Una canción para Novalie

Una canción para Novalie

María Martínez

TITANIA

Argentina • Chile • Colombia • España
Estados Unidos • México • Perú • Uruguay

2.ª edición Noviembre 2021

Plaza de los Reyes Magos, 8, piso 1.º C y D – 28007 Madrid
www.titania.org
atencion@titania.org

ISBN: 978-84-17421-44-1
E-ISBN: 978-84-9944-899-2
Depósito legal: B-16.508-2021

Fotocomposición: Ediciones Urano, S.A.U.
Impreso por Romanyà Valls, S.A. – Verdaguer, 1 – 08786 Capellades (Barcelona)

Impreso en España – *Printed in Spain*

Dedicado a todos los que persiguen sus sueños.
Para Esther, por hacer realidad los míos.

1

—Lo siento.

—Lo sentimos muchísimo.

—Era una gran mujer. La echaremos de menos.

—Ahora hay otro ángel en el cielo.

—Dios siempre se lleva primero a las buenas personas.

Novalie asentía como un autómata a todas aquellas muestras de condolencia. Apenas las oía, solo eran un eco apagado en el fondo de su cerebro. Se sentía demasiado confusa y no podía apartar los ojos de la urna que contenía las cenizas de su madre. Hacía meses que había asumido que su madre no iba a recuperarse y que su final era inminente. Los últimos días había resistido gracias a un leve resquicio de voluntad, incapaz de irse antes de dejarlo todo arreglado.

—Tendrás que hacer un esfuerzo más. Tu padre te va a necesitar, él no está preparado para aceptarlo. Cuida de él y no olvides que te quiere —le había dicho ella en un susurro.

No sé cómo hacerlo, mamá.

—Sigue siempre a tu corazón, cariño, siempre —musitó sin fuerzas y, tras un «te quiero» y una suave caricia, se apagó para siempre.

—No, no, no... Por favor. No me dejes, mamá, no...

Novalie despertó de golpe. Tardó un segundo en recordar dónde se encontraba y un poco más en controlar el ritmo de su respiración. Miró a su alrededor. La mayoría de los pasajeros del avión dormía, incluido su padre, que aún sujetaba en la mano el frasco con los somníferos que se había recetado a sí mismo. Se lo quitó de entre los dedos con cuidado de no despertarlo y contó los comprimidos.

«Dos, solo faltan dos. Eso entra dentro de la dosis normal», pensó.

Respiró aliviada y lo contempló con los ojos entornados. Él había vuelto a fumar, no hacía otra cosa. Apenas comía y pasaba la mayor parte del tiempo mirando por la ventana del despacho que tenía en casa, sumido en un duelo del que no parecía querer recuperarse.

Había abandonado su trabajo como cirujano e investigador en el hospital MD Anderson de Houston. No habían hablado de ello, pero Novalie sabía que esa decisión se debía a que se sentía culpable por la muerte de su esposa. Ni todos sus conocimientos, experiencia o medios habían conseguido salvarla.

Desde entonces, lo único que hacía era huir de la realidad y de los recuerdos. Al principio, aislándose dentro de su propio mundo; ahora, también del de fuera. Por ese motivo había vendido la casa y en ese instante viajaban en un avión rumbo a Portland, Maine. Desde allí se trasladarían en ferry hasta Bluehaven, una pequeña isla frente a la costa, que sería su nuevo hogar.

Inclinó la cabeza y miró por la ventanilla. Las vistas eran asombrosas. Las ciudades iluminadas en la noche se sucedían salpicando el paisaje como si se tratara de un enorme árbol de Navidad.

Se vio reflejada en el cristal. Su aspecto había empeorado en las últimas semanas: la ropa le quedaba grande, su pelo rubio ya no era brillante y sedoso, sino una maraña encrespada que necesitaba un buen corte, y su cara demacrada reflejaba unos rasgos huesudos y afilados. Apartó la vista y trató de no pensar en nada.

Su padre abrió los ojos. Novalie lo miró de soslayo.

—¡Buenos días, dormilón! —susurró a modo de broma. Aún faltaban un par de horas para que amaneciera.

Él se limitó a asentir con la cabeza y no dijo nada. Se movió en el asiento y resopló: primeros síntomas de la falta de nicotina.

Hicieron el resto del viaje en silencio; un silencio opresivo y doloroso que se había instalado entre ellos como una pared de ladrillo. Hacía semanas que había dejado de intentarlo. Era imposible llegar al lugar en el que su padre se encontraba, algún punto a medio camino entre el enfado y la autocompasión.

Llegaron al puerto de Portland cuando las primeras luces del alba despuntaban en el horizonte, tiñendo el mar de tonos naranjas y violetas. Al descender del taxi, el olor a salitre y gasolina hizo que Novalie arrugara la nariz. El calor de principios de verano comenzaba a ser insoportable, incluso a esas horas de la mañana.

Se estiró con disimulo y, mientras su padre pagaba al taxista, cerró los ojos y dejó que el sol le calentara la piel fría por el aire acondicionado. Las gaviotas revoloteaban sobre su cabeza a la caza y captura de los restos de comida que los turistas y viajeros dejaban caer. Sus graznidos se mezclaban con el sonido de las voces y el ruido de los motores de las embarcaciones en marcha. En cierto modo, era reconfortante escuchar algo diferente al tictac de un reloj o a unos pasos sordos sobre la moqueta, la banda sonora de las últimas semanas.

La verja del transbordador se abrió y la gente se apresuró a embarcar a través de la pasarela. Novalie y su padre hicieron otro tanto, uniéndose a la cola. Una vez en la cubierta del barco, buscaron un lugar tranquilo donde soportar los cincuenta minutos de balanceos inseguros sobre las olas de un mar algo picado.

A medida que se acercaban a la isla, la costa se fue perfilando con unas calas agrestes y rocosas entre largas playas de arena suave. El faro, pintado de blanco y rojo, se levantaba sobre un espigón natural. Parecía una enorme bandera que daba la bienvenida a los visitantes.

Novalie, agarrada a la baranda, contempló cómo el pueblo de Bluehaven tomaba forma al pie de unas colinas arboladas. Sus casas se distribuían alrededor del puerto como un racimo; con la niebla de fondo, parecía una de esas postales de ensueño que todo el mundo busca en las tiendas de recuerdos.

La última vez que Novalie había visitado Bluehaven, estaba a punto de cumplir los quince años, y de eso hacía ya cuatro. Los mismos años que su madre había pasado enferma. Intentó recordar cómo era la vida en la pequeña comunidad: los desayunos en el Baker Bar&Grill con Lucy, Maggie y Lana, sus amigas durante los largos veranos que pasaba en casa de su tía Alyson; y las tardes de pesca con su tío Tom a bordo del Titán, un pequeño bote destartalado lleno de parches. Su tío decía que el nombre se debía a su espíritu y que apenas le hacía justicia. Aquel bote le había salvado el pellejo en más de una ocasión, haciendo frente a las olas y devolviéndolo sano y salvo a casa.

En cierto modo, Bluehaven era su segundo hogar. Sus padres habían nacido y crecido allí. Juntos habían abandonado la isla para formar una familia, una vida en común, y juntos regresaban cada año a pasar las vacaciones. La poca familia que le quedaba vivía en aquella isla. Aun así, Novalie no estaba muy segura de si se alegraba de volver. También recordaba lo que era vivir en un lugar donde todos conocen a todos, donde los secretos son de dominio público, donde nadie olvida ningún detalle.

En cuanto el ferry atracó, los pasajeros empezaron a cruzar la rampa hasta el muelle. De repente, una voz se alzó sobre las demás.

—¡Cuidado! ¡Por Dios, ¿quieren tener cuidado con eso?! ¿Se hacen una idea de lo valioso que es? ¡Es frustrante tanta ineptitud!

Novalie sintió curiosidad por aquella voz masculina con marcado acento francés que sonaba tan disgustada. Se agarró a la barandilla y se inclinó de puntillas para ver de dónde provenía. En el muelle, junto al casco de la embarcación, unos tipos tiraban con fuerza de unas cuerdas suspendidas de una grúa hidráulica, tratando de izar un enorme cajón de madera que acababan de sacar de la bodega.

De golpe, la descomunal caja se elevó varios metros. Se alzó frente a la cara de Novalie con un peligroso balanceo, tan cerca que pudo oler el aroma del pino con el que estaba fabricada. Unos centímetros más cerca y la «B» de la palabra «Bösendorfer», que iba grabada en un lateral, se habría estampado en su frente como un sello.

Con lo que no contó, fue con el retroceso. El cajón osciló, uno de los operarios no estaba preparado para la sacudida y la cuerda que sujetaba resbaló de entre sus manos. La caja se precipitó sobre Novalie como un columpio. Se quedó paralizada y sin tiempo para reaccionar. ¿De verdad iba a morir en ese momento, aplastada?

Alguien la apartó de un empujón y se precipitó de bruces contra el suelo. Cayó de costado, golpeándose con fuerza el codo. Vio las estrellas.

—¿Estás bien? —preguntó una voz.

Novalie asintió mientras se apartaba el pelo de la cara y trataba de ponerse de pie. Solo logró incorporarse hasta quedar de rodillas. Notaba la cadera magullada.

—¿Eso es un sí o un no? —volvió a preguntar aquella voz profunda.

—Sí... Sí, estoy bien, gracias —respondió Novalie.

Alzó la vista y se encontró con un chico alto, con gafas de sol, que le tendía la mano.

—Gracias por apartarme. —Se puso de pie por sus propios medios y el chico retiró la mano. El cajón había desaparecido y el tipo con acento francés volvía a gritar al borde de un infarto.

—De nada. Suerte que estaba justo detrás de ti.

—Sí, has sido de lo más oportuno. Gracias —repitió mientras forzaba una sonrisa sin apenas mirarlo a la cara.

No es que no estuviera agradecida, pues lo estaba, pero se sentía ligeramente abochornada por la situación. Notaba los ojos de los otros pasajeros sobre ella, y llamar la atención se había convertido en una especie de fobia que no lograba controlar. En los últimos meses había sido la destinataria de infinidad de miradas, todas apenadas y compasivas. No soportaba esa actitud piadosa. La ponía enferma.

Se percató de que no llevaba el bolso.

—¡Joder! —resopló al verlo tirado a sus pies, con todas sus cosas desparramadas sobre la cubierta.

Se agachó y comenzó a recogerlas. Su rostro se contrajo con una mueca de dolor. Se examinó el brazo y encontró un par de arañazos.

—Eso tiene pinta de doler —comentó el chico, devolviéndole un bloc de notas y el teléfono móvil.

—Estoy bien, no es nada —respondió Novalie mientras lanzaba miradas furibundas al muelle. Estaba tan enfadada que no pudo reprimir el impulso y se asomó a la barandilla—. ¡Podrían tener más cuidado, ¿no?! —gritó—. ¡Idiotas! —añadió por lo bajo al ver el gesto de desprecio del tipo estirado.

—Sí, la verdad es que hay que ser un poco idiota para montar este lío. Ha sido un tanto peligroso —dijo el chico.

—¿Peligroso? Casi me aplasta.

Novalie lo miró de reojo y se fijó un poco más en él. Parecía mayor, le calculó unos veintipocos. Era alto, con el pelo castaño claro y corto (al que el sol arrancaba reflejos cobrizos), y una sonrisa muy bonita. Ella no pudo evitar devolvérsela, y aceptó el pañuelo que le ofrecía para su brazo. Él se agachó de nuevo y cogió del suelo una pulsera de plata de la que colgaba una medalla ovalada.

—«Para Novalie con todo mi amor. Mamá» —leyó en voz alta.

Novalie se la arrebató de la mano con brusquedad y se la guardó en el bolsillo de sus pantalones cortos.

—Es mío, gracias. Se me debe de haber caído.

—¿Te llamas Novalie?

La miró de arriba abajo. Era mona, aunque la dulzura de su cara chocaba un poco con su aspecto algo descuidado: tejanos negros muy cortos, camiseta gris sin mangas con la portada del último disco de Slipknot y unas botas de cordones. Todo a juego con un maquillaje oscuro que enmarcaba unos ojos verdes y brillantes.

Novalie dijo que sí con la cabeza y se encogió de hombros.

—Nunca lo había oído. Me gusta, es muy bonito —replicó él.

—Gracias.

—Nickolas, ¿podemos irnos, por favor? *Mes nerfs sont brisés!* —gritó de nuevo el tipo estirado—. *Je suis entouré d'incompétents. Oh, mon Dieu! Pourquoi me punis-tu comme ça?*

—Enseguida voy, *professeur* Armand —respondió él tras un suspiro de resignación. Le dedicó una nueva sonrisa a Novalie y se encaminó con paso rápido a la pasarela mientras añadía—: Espero que no me demandes por lo de la caja. Estoy en libertad condicional.

Novalie tardó un segundo en procesar lo que había dicho. ¿El cajón que casi la había aplastado era suyo? Se quedó pasmada, con los ojos clavados en la espalda del muchacho mientras este abandonaba el ferry. Se estremeció con una risa de incredulidad y trató de tomárselo con humor. Suerte que solo lo había llamado «idiota»; su repertorio de palabras malsonantes era mucho más extenso e imaginativo.

«¿Qué habrá querido decir con "libertad condicional"?», pensó.

No tenía aspecto de chico de reformatorio, ni de preso de cárcel; aunque no es que ella supiera cuál era el aspecto de uno de esos tipos. Pero el *idiota* parecía cualquier cosa menos alguien con tendencia a meterse en problemas: camisa blanca impecable, pantalón de vestir, cinturón a juego con los zapatos, afeitado perfecto... Parecía salido de un anuncio de Tom Ford.

—Ya tengo las maletas, podemos desembarcar.

Novalie se giró hacia su padre. Él cargaba con todo el equipaje y se apresuró a ayudarlo. Estuvo tentada de contarle lo que acababa de ocurrir. Tenía su gracia. Una no estaba a punto de morir aplastada todos los días, ni era salvada por la misma persona que había tratado de asesinarla. Pero al ver cómo él se encaminaba a la pasarela sin apenas mirarla, sintió que las palabras se le quedaban atascadas. Se le encogió el estómago y, por un instante, los labios le temblaron.

Lo siguió con la maleta de ruedas traqueteando tras ella. Sus ojos volaron hasta el enorme camión donde unos operarios se afanaban en asegurar con cintas el cajón de madera bajo la atenta mirada de su *salvador.* El chico trataba de hacer entrar a su acompañante en un ostentoso coche negro, pero todos sus intentos eran en vano. Lo que hubiera dentro de la caja era tan importante para ese hombre que su vida parecía depender de ello. Empezó a sentir curiosidad por el misterioso contenido.

—¡Novalie!

Novalie se giró al instante. Allí estaba su tía Alyson, con su larga melena castaña recogida con un palillo de madera, avanzando hacia ella entre el torrente de pasajeros. No había cambiado nada en el último año, ni siquiera en su forma de vestir: camisa a cuadros y tejanos reciclados para el verano a golpe de tijera.

—¡Tía Aly! —exclamó. Soltó la maleta y corrió hasta precipitarse entre sus brazos.

—¡Mi pequeña! ¡Me alegro tanto de que estés aquí!

—Yo también —dijo con la voz rota. La abrazó con más fuerza, aspirando el olor familiar de su perfume. La había echado tanto de menos...

—¿Ha ido bien el viaje? ¿Estás cansada?

—Solo un poco.

Aly la cogió de las manos y se echó hacia atrás para contemplarla.

—Mírate, estás preciosa. —Volvió a abrazarla, y le susurró al oído—: A partir de ahora todo va a ir bien. Te lo prometo.

—¿Y qué, no hay abrazo para mí? —Tom la observaba con ojos brillantes.

Novalie miró a su tío por encima del hombro de Aly y sonrió de oreja a oreja. Adoraba a aquel hombre, tan grande como un oso pardo, pero con el rostro de un ángel y la sonrisa más cálida que un día de agosto.

—Eso depende. ¿Prepararás tus chuletas especiales esta noche? —respondió ella.

Él asintió y abrió los brazos.

—Ven aquí, chantajista.

Novalie se dejó acunar por aquel cuerpo fuerte y protector. Sí, en el fondo se alegraba de volver. Aquella era su familia y la necesitaba. Necesitaba volver a sentirse parte de algo. Sentir que alguien se preocupaba por ella.

—Espero que te gusten los cambios que hemos hecho en tu habitación —dijo Tom.

—¿Qué cambios? —preguntó Novalie con el ceño fruncido.

—Para empezar, hemos decidido trasladarte al cobertizo...

—¡Venga ya, me estás tomando el pelo! —lo interrumpió.

—¡Hablo muy en serio! Tu cuarto es ahora mi laboratorio de cría de lombrices. He conseguido los mejores cebos del país; gordas y suculentas. Los peces saltan al bote con solo olerlas.

—¡Déjalo, Tom, ya no es una niña, no cuela! —repuso Aly con los ojos en blanco.

Tom se encogió de hombros.

—Vale, es cierto. En realidad tus cosas están en la casa del árbol. Un poco pequeña, pero si intentas no estirarte... —La miró de arriba abajo con más atención y frunció el ceño—. Por cierto, has crecido mucho, ¿lo sabías? Te has convertido en una jovencita preciosa...

—En tres meses cumpliré diecinueve años. ¡No me llames «jovencita»!

Tom ignoró su protesta y se rascó la mandíbula, pensando.

—Creo que limpiaré la vieja escopeta de mi padre. Seguro que a partir de ahora habrá un montón de chicos que...

—¡Tom! —lo reprendió Aly.

—¿Qué? Es cierto. Verás que aparecen como moscas. Con sus cerebritos llenos de ideas indecentes... Sé cómo piensan.

—No lo dudo. Aún recuerdo nuestra primera cita —bromeó Aly.

—¿Qué has querido decir con eso? —se defendió él con una expresión ofendida. Miró a Novalie—. ¿A ti te ha sonado tan mal como a mí?

Novalie sacudió la cabeza y se echó a reír. La sonrisa se borró de su cara en cuanto se percató de que su padre no estaba con ellos. Ni siquiera se había detenido a saludar. Se había dirigido hasta el monovolumen de sus tíos y estaba colocando el equipaje en la parte de atrás.

—¿Qué tal está? —quiso saber Tom, lanzando una mirada preocupada a su cuñado.

—Mal, y cada día que pasa está peor. Apenas me habla —respondió Novalie.

—Graham amaba mucho a tu madre, pero lo superará. Sé que será fuerte y saldrá adelante —dijo Aly sin apartar la vista de su hermano durante unos segundos. Después, miró a su sobrina—. Y tú, ¿qué tal estás?

Novalie se encogió de hombros y, por un momento, tuvo que pensar la respuesta. Hacía mucho que se había olvidado de sí misma. Había pasado tantos años pendiente de su madre que apenas tenía conciencia de su propia existencia.

—La echo mucho de menos, pero sé que ahora está en un lugar mejor. Cualquier cosa es mejor que todo lo que tuvo que soportar estos últimos años —respondió, forzando una sonrisa que no pudo ocultar la angustia que contenían sus palabras.

Tom y Aly se miraron sin disimular su preocupación por ella.

—¡Eh! ¿Es cosa mía o estamos empezando a ponernos un poco tristes? Tengo una idea: ¿y si preparo mis chuletas especiales para desayunar? —dijo Tom, cambiando el rumbo de la conversación. Rodeó con su brazo los hombros de Novalie y la acompañó hacia el coche—. Y tú serás mi ayudante. Va siendo hora de transmitir el secreto de mi fabulosa salsa a mi futura heredera.

2

—¿Friegas los platos o intentas ahogarlos? —preguntó Tom mientras preparaba una cafetera después de cenar.

Novalie dio un respingo, sobresaltada, y sus ojos volaron desde la ventana a la pila en la que el agua amenazaba con desbordarse. La espuma del jabón oscilaba en la superficie como la bola de helado de un cucurucho.

—¡Oh, vaya, lo siento! —se disculpó mientras cerraba el grifo a toda prisa. Metió la mano entre los platos y tanteó el fondo en busca del tapón.

Tom la observó con detenimiento un largo instante y sacudió la cabeza. Había pasado más de un año desde la última vez que la había visto. Durante ese tiempo, su trato se había limitado a conversaciones telefónicas, mensajes y postales en Navidad y en su cumpleaños. Ahora le costaba mirarla. La niña que él conocía había desaparecido y en su lugar se hallaba un ser triste y preocupado al que la vida le había robado su adolescencia.

—Vamos, deja que yo friegue y tú vas secando —sugirió Tom.

Abrió un cajón, cogió un paño y se lo entregó a Novalie.

Ella le dedicó una sonrisa y se hizo a un lado. En silencio comenzaron a limpiar la vajilla, pero, casi sin darse cuenta, volvió a quedarse embelesada contemplando, a través de la ventana, cómo su padre y su tía paseaban por el jardín. Un plato pasó ante su cara. Parpadeó y desvió la mirada. Sus ojos se encontraron con los de Tom y se sonrieron.

—Lo siento —volvió a disculparse. Continuó secando—. ¿De qué crees que están hablando? —preguntó en voz baja. La curiosidad la reconcomía.

Tom levantó los ojos del agua y miró a través del cristal. Su mujer y Graham se habían detenido junto al columpio. Se encogió de hombros.

—Supongo que se estarán poniendo al día. Hace mucho que no se ven.

—Pues a mí me parece que discuten.

—¡Qué va! Ya sabes cómo es tu tía; siempre sobreactúa.

Novalie sonrió tímidamente ante la broma, pero su sonrisa se desvaneció de inmediato. Se dio la vuelta y se apoyó en la encimera.

—A mí apenas me habla. Ni siquiera me mira.

Tom suspiró.

—Te pareces muchísimo a ella. Cuando te miro es como... —Sacudió la cabeza para deshacerse de la nostalgia—. Es como volver a verla cuando tenía tu edad, corriendo por la playa, gastándonos bromas... Aunque ella sonreía. Y tú deberías sonreír más.

La empujó con la cadera y le salpicó la cara con el agua de la pila. Ella le devolvió el empujón.

De repente, Novalie se puso seria.

—Yo también la echo de menos. No soporto la idea de que se haya ido, pero no me comporto como... como él.

—Eso es porque tú tienes la conciencia tranquila. Estás en paz contigo misma y con ella. Pero tu padre no. Él se siente culpable por no haber podido hacer nada.

Novalie tragó saliva.

—Pero es que él no podía hacer nada. Todos lo sabemos.

Tom suspiró.

—Y acabará por darse cuenta. Y, cuando eso ocurra, volverá con nosotros. Te lo prometo. —Se inclinó y la besó en la sien.

Novalie asintió, aferrándose a esa promesa como a su propia vida. No podía permitir que su padre se alejara de ella. No podía perderlo a él también. Se limpió una lágrima solitaria de la mejilla y volvió a girarse hacia la ventana. Tomó otro plato y comenzó a secarlo.

—¿Por qué dejasteis de visitarnos?

Tom se quedó quieto. Su tranquilidad se desvaneció de golpe y su cuerpo se puso tenso. Lentamente volvió a frotar los restos de lasaña de una fuente, pero su mirada estaba desenfocada, como si estuviera pensando varias cosas al mismo tiempo.

—Bueno, sé que no es excusa. El trabajo se complicó, ya sabes. No siempre podemos hacer lo que deseamos.

—¿Ni una sola vez en más de un año? —preguntó Novalie con desconfianza.

—Cariño...

El teléfono empezó a sonar.

—¡Vaya! ¿Quién podrá ser a estas horas de la noche? Espero que nadie se haya quedado tirado en la carretera y tenga que salir. Estoy molido. ¿Terminas tú? —propuso Tom, mientras se dirigía al teléfono.

—Claro.

Al cabo de un rato, Novalie salió al porche con un vaso de té helado. Se sentó en el balancín, algo descolorido por el sol. Inhaló el aire húmedo de la noche y el olor a salitre se pegó a su nariz. El murmullo de las olas al romper contra la orilla y el canto de los grillos eran los únicos sonidos en la oscuridad absoluta que rodeaba la casa. Aquella tranquilidad era acogedora a la vez que triste y melancólica.

Miró al cielo y sonrió. Millones de estrellas titilaban en el firmamento de un negro profundo. Desde su casa en Houston apenas se veían las estrellas. Cerró los ojos y recordó el último verano que había pasado en aquella casa. Hacía poco que a su madre le habían diagnosticado la enfermedad: leucemia, un caso demasiado agresivo como para tener esperanzas de que pudiera superarla. Aun así, había logrado resistir cuatro años.

Su madre y ella se habían sentado en aquel mismo balancín cada una de las noches de esas cortas vacaciones, escuchando en silencio la música del océano. Ahora Novalie atesoraba cada recuerdo en lo más profundo de su corazón.

Ya habían pasado casi cinco meses desde su muerte y la pérdida le dolía como el primer día, puede que más. Seguir adelante, sin ella, había sido duro, pero se lo había prometido; y por ese mismo motivo se resistía a dejar de sentir.

«Nunca pierdas la esperanza. Sé siempre tú misma y no temas ir a contracorriente. Defiende tus ideas y aquello que quieres, aunque sea algo opuesto a lo que los demás esperan. No tengas miedo a vivir», le había repetido en muchas ocasiones.

La mosquitera abatible de la puerta se abrió.

—¡Aquí estás! —exclamó Aly. Se sentó junto a su sobrina y suspiró con una sonrisa en los labios—. Me alegra que hayas vuelto, te he echado muchísimo de menos. —La miró de soslayo y le dio un apretón cariñoso en la pierna. Frunció el ceño y le prestó más atención a su ropa—. ¿Desde cuándo vistes así?

—¿Así cómo? —preguntó Novalie, echándole un vistazo a su camiseta gris y a sus *shorts*; unos viejos tejanos negros a los que les había hecho algunos arreglitos.

Los ojos de Aly recorrieron su cuerpo de arriba abajo y sonrió de tal manera que su mirada quedó enmarcada por unas arruguitas.

—Como si acabaras de escaparte de un concierto.

Novalie sonrió y estiró las piernas, moviendo en el aire sus botas negras.

—¿Y qué tiene de malo?

—Nada. Si he de ser sincera, me gusta tu nuevo aspecto.

—A mamá también le gustaba. Decía que me hacía parecer una chica dura, con carácter, y que eso mantendría a los idiotas alejados.

Aly soltó una carcajada. Novalie la miró de reojo y también se echó a reír.

—¿En serio te dijo eso?

Novalie sacudió la cabeza con un gesto afirmativo.

—Sí, aunque me hizo prometerle que no me haría ningún tatuaje o *piercing* ni me teñiría el pelo de azul.

Las carcajadas de Aly aumentaron.

—Lo odiaba, lo sé. Ella prefería el tutú, las zapatillas y mis vestidos —continuó Novalie—. Pero siempre me apoyaba en todo, hasta cuando me empeñé en tener como mascota aquel pato. Lo soportó viviendo en el baño durante meses —admitió con una enorme sonrisa en la cara.

—¡Lo recuerdo, vuestro apartamento olía como una granja! También recuerdo cómo refunfuñaba tu padre cada vez que encontraba al pobre animal en la bañera —indicó Aly sin apartar la vista de su sobrina.

Novalie hizo girar el vaso entre sus manos.

—He roto una de las promesas que le hice —confesó sin atreverse a mirarla.

Aly guardó silencio y esperó a que Novalie terminara de explicar aquello que había empezado.

Novalie se inclinó hacia delante y con una mano se apartó el pelo del cuello. En su nuca apareció un tatuaje de colores oscuros que descendía por su espalda hasta acabar oculto bajo la camiseta.

Con un dedo, Aly tiró de la prenda hacia abajo y dejó a la vista un precioso pajarito que alzaba el vuelo. Bajo él se podía leer una frase: «Sigue a tu corazón». Se quedó sin aliento. El dibujo era tan perfecto que casi parecía real. Pero no era eso lo que la había impresionado, sino el significado. Su cuñada repetía esa frase continuamente; era su lema desde muy pequeña. Soltó la camiseta y le acarició su larga melena rubia. Conforme crecía, más se parecía a Meredith. La esposa de su hermano había sido una mujer muy hermosa y ella era su vivo retrato.

—Es precioso. Estoy segura de que a ella le encantaría.

—Necesitaba sentirla conmigo y no se me ocurrió mejor modo. Fue lo último que me dijo.

Se agitó una ligera brisa y Novalie agradeció el fresco que le acariciaba el rostro.

—¿Cómo ves a papá? —quiso saber.

—Bueno, creo que hay que darle tiempo. Mejorará —aseguró Aly.

Novalie se encogió de hombros y desvió la mirada al suelo.

—Habéis hablado durante un buen rato.

Aly se movió incómoda, con una expresión sombría que trató de ocultar forzando una sonrisa.

—Hay muchas cosas que hacer y preparar. Tu madre dejó algunas indicaciones y ya han pasado varios meses desde que… —Se quedó en silencio.

—Murió, puedes decirlo, esa es la palabra.

Alyson tragó saliva.

—Ella quería que sus cenizas se llevaran al faro y que, desde allí, tu padre y tú… —Sintió un nudo en la garganta.

Novalie se enderezó de golpe.

—Papá no me ha dicho nada. ¿Dejó indicaciones? ¿Qué indicaciones? —preguntó con el ceño fruncido.

Sacudió la cabeza, un poco molesta. No era ninguna cría para que la mantuvieran ajena a esas cuestiones. No se había comportado como una niña durante los cuatro años que había cuidado de ella. No tenían derecho a excluirla.

Aly sacó un papel doblado del bolsillo de su pantalón y se lo entregó.

—Me envió una copia. Sabía que tu padre pondría objeciones y que no aceptaría sus deseos. Quiso asegurarse, a través de mí, de que se cumplirían.

Novalie leyó la carta y, mientras sus ojos recorrían los párrafos escritos por la mano temblorosa de su madre, su rostro se cubrió de lágrimas calientes y saladas. Su deseo era que sus cenizas reposaran en el océano que la había visto crecer, enamorarse y concebir a su única hija. Abrió los ojos y un ligero rubor coloreó sus mejillas; desconocía ese detalle. Continuó leyendo. El resto hacía referencia a sus pertenencias y a su deseo de que todos se mantuvieran juntos y unidos. Dejó la carta sobre sus rodillas y se limpió las lágrimas con las manos.

—Lo haré; ella quería esto. Lo haré...

Alyson suspiró.

—El problema es que tu padre no quiere, no está dispuesto a «deshacerse» de ella. No le importa si esa era su última voluntad, no atiende a razones. Ni en eso ni en nada. ¡Es demasiado cabezota!

—Hablaré con él. No puede hacerle algo así a mamá.

—Mejor que no. Esperemos unos días. Aquí vivieron muchas cosas. Cada rincón estará lleno de recuerdos para él; puede que eso le ayude. Tal y como se encuentra ahora mismo, no creo que funcione que lo presionemos. Hazme caso, conozco a mi hermano.

Novalie no estaba muy de acuerdo con esa sugerencia. Ya habían pasado muchos meses. ¿Cuánto tiempo más debían esperar? ¿Qué pensaría su madre si pudiera ver aquel panorama? Pero, muy en el fondo, sabía que su tía tenía razón. Deslizó las manos por el papel arrugado y se percató de la última frase escrita. Levantó la vista.

—¿Por qué te pide perdón mamá?

—¿Qué? —preguntó a su vez Aly con una sonrisa algo tensa.

—Aquí. —Alzó el papel, para mostrarle el lugar—. Te pide que la perdones.

—No es nada. Una tontería.

Novalie no la creyó. Supo que su tía mentía porque no la miraba a los ojos y su vista vagaba sin rumbo fijo.

—Pues cuéntamela.

Aly se humedeció los labios y se puso de pie, frotando las palmas de las manos contra los pantalones.

—No tiene importancia, en serio.

—Si no tiene importancia, no entiendo por qué no me lo dices. —Novalie se dio cuenta del tono hiriente de sus palabras, pero su tía le sonreía con ternura, sin que pareciera importarle. De hecho, su gesto era tan condescendiente que la que se sentía molesta era ella.

—Porque es tardísimo, estoy molida y tengo que levantarme dentro de cinco horas para recoger unos paquetes que llegan en el primer ferry —respondió Aly—. Y tú también deberías ir a dormir. Si no estoy de vuelta a las ocho, tendrás que abrir la librería por mí.

—¿Qué? ¿Por qué? ¿Y qué pasa con Brittany? ¿No puede abrir ella?

Acababa de llegar a la isla. Trabajar en la librería al día siguiente no entraba dentro de sus planes. Dormir hasta tarde, disfrutar del sol y de la playa le parecía mucho más interesante.

—Britt tuvo un bebé hace poco y no regresará al trabajo hasta septiembre. Por lo que necesito a alguien de confianza que me eche una mano y que se conforme con la mitad del sueldo. Últimamente no vendemos mucho y tengo que reducir gastos.

—Explotándome a mí —refunfuñó Novalie.

—Solo será por las mañanas. Vamos, ¿no irás a dejar colgada a tu pobre tía? —comentó, pestañeando con ojitos apenados.

Novalie no pudo evitar sonreír.

—¡Colgada! ¿Desde cuándo hablas así?

—¡Eh! Aún sigo en la onda.

—Vale, ahora sí que eres tú. Ya nadie dice «sigo en la onda» —replicó con los ojos en blanco.

Aly rompió a reír. Se acercó a ella y le dio un abrazo.

—¡Buenas noches, cariño! Dejaré las llaves sobre la mesa de la cocina. Si no te apetece ir andando, dile a Tom que te lleve.

—No hace falta, ya tengo permiso de conducir.

—¿En serio? —preguntó Aly sorprendida. Novalie asintió con una gran sonrisa—. ¡Vaya, eso es genial! Entonces también podrás ayudarme con el reparto. Le diré a Tom que mañana ponga a punto la camioneta.

—¿Cobraré un plus por eso?

—Estoooo... —Aly frunció el ceño—. ¡No, solo mi más sincera gratitud! —apuntó con un suspiro, y abrió la mosquitera.

—Tía Aly.

Alyson se detuvo en la puerta y se giró para mirarla.

—Sé que pasó algo en vuestra última visita. Papá ni siquiera os acompañó al aeropuerto y después no volvisteis, ni cuando mamá murió. Sé que pasó algo y que tiene que ver con esta disculpa —dijo Novalie, y alargó el brazo para devolverle la carta.

Al ver su mirada, Alyson supo que Novalie no la había creído y que no se daría por vencida tan fácilmente. Al fin y al cabo, era una Feist. Terca y cabezota como lo era Graham, y como ella misma. Tomó la carta y dio media vuelta sin decir nada, apretando aquel papel entre sus dedos con un nudo en la garganta que amenazaba con ahogarla.

3

En cuanto despertó, Novalie pudo sentir el aire caliente y húmedo sobre el cuerpo. Empujó las sábanas con los pies hacia el suelo y permaneció tumbada de espaldas en la cama. Clavó la mirada en un tenue rayo de luz que cruzaba la habitación, incidiendo en la lámpara de cristales que colgaba del techo. Las paredes se llenaron de destellos multicolores que convirtieron el cuarto en un enorme caleidoscopio. Se estiró con una sonrisa, desperezándose y ronroneando como un gatito. Por primera vez en mucho tiempo, había dormido del tirón y a pierna suelta.

Se sentó en la cama y se recogió el pelo en la nuca con un moño. Afuera, los ladridos nerviosos de un perro se mezclaban con los graznidos de las gaviotas y el sonido agónico del motor de un coche. Se asomó a la ventana. El cielo, de un azul brillante, estaba completamente despejado, y en el horizonte se fundía con el mar sin que se pudiera adivinar dónde empezaba uno y terminaba el otro.

Un perro de color canela correteaba sobre las dunas de arena tras las gaviotas que picoteaban en la orilla. Saltaba de un lado a otro, giraba sobre sí mismo y volvía a trotar para espantarlas mientras evitaba las olas que rompían contra la arena. Un chico, vestido con unas bermudas cargo y una gorra, apareció corriendo por la playa y el perro dejó de prestar atención a su juego para seguirlo.

Novalie los observó hasta que desaparecieron a lo lejos. Sintió una punzada de envidia. Deseaba con todas sus fuerzas imitarlos, bajar hasta la playa y pasarse el día tomando el sol y yendo de un lado para otro. Pero no podía. Su segundo día en Bluehaven y debía trabajar.

El sonido de una pequeña explosión le hizo volver a la realidad. Sacó medio cuerpo por la ventana y se encontró con una nube de humo que olía a gasolina y a goma quemada. En medio de la humareda pudo distinguir a Tom, inclinado sobre el motor de la vieja camioneta.

—¿Va todo bien? —preguntó.

Su tío se enderezó y la miró a través de sus ojos llorosos.

—Sí, todo va bien. Enseguida estará preparada.

—¿Estás seguro? Porque parece que ese trasto está en las últimas.

—¡Eh, no llames «trasto» a la pequeña Betsy, podrías herir sus sentimientos! —se quejó su tío, palmeando la carrocería de la camioneta—. No le hagas caso, cariño. Yo sé que a ti te queda cuerda para rato —le dijo en tono mimoso al vehículo.

Novalie puso los ojos en blanco.

—Creo que Betsy debería quedarse en casa. Yo iré andando a la librería —replicó. Aquel cacharro parecía a punto de desintegrarse al más mínimo traqueteo.

—Hay cuatro kilómetros hasta el centro... y con este bochorno... —comentó Tom como si nada. Le guiñó un ojo.

Novalie soltó un suspiro de resignación y volvió adentro.

Quince minutos después ya se había duchado, vestido con un pantalón corto y una camiseta de tirantes, y apuraba el café de su desayuno. Oyó pasos en la planta de arriba y una puerta que se cerraba, después el agua de la cisterna del baño. La puerta volvió a abrirse y los pasos se encaminaron a la escalera. Su padre entró en la cocina en pijama. Sus miradas se cruzaron y ella le sonrió.

—¿Café? —le preguntó Novalie y, sin esperar a que contestara, sirvió otra taza. Se la puso en las manos, mientras la mirada perdida de él vagaba por la estancia hasta encontrarse con sus ojos. Casi dibujó una sonrisa y ella sintió una especie de alivio, con la sensación de haber ganado un premio. Suspiró—. Voy a echarle una mano a tía Aly en la librería. No regresaré hasta la hora del almuerzo, pero si necesitas algo solo tienes que llamarme y vendré...

—Estaré bien y... ocupado —susurró.

Tenía peor aspecto que nunca. Las sombras bajo sus ojos se habían acentuado y la falta de peso hacía que sus huesos se distinguieran con toda claridad a través de la piel. Parecía un cadáver andante.

—¿Ocupado? Eso es genial. ¿Qué vas a hacer? —preguntó ella con el corazón encogido.

—Hace tiempo que firmé un contrato con una revista médica. Les debo un artículo sobre... —Cerró los ojos y sacudió la cabeza—. No importa. Lo terminaré y, con suerte, me dejarán en paz de una vez —masculló. Dejó la taza sobre la mesa y abandonó la cocina sin haber tocado el café.

—¡Estupendo! —soltó para sí misma con tono mordaz.

Novalie se quedó inmóvil mientras intentaba recordar la última vez que habían hablado con normalidad, o reído por algo gracioso, o se habían fundido en un abrazo sin un motivo especial. Solo porque les apetecía, porque el amor entre ellos era tan tangible como aquel trozo de cerámica que ahora apretaba entre los dedos.

Dejó la taza en el fregadero y salió a la calle al tiempo que su tío aparcaba a Betsy. Se quedó mirando la camioneta, con las manos enfundadas en los bolsillos traseros de sus *shorts*, mientras él frotaba los faros delanteros con un trapo. Lo cierto era que la vieja GMC de color azul no estaba tan mal. Tenía su encanto; ese encanto que solo los clásicos poseen, y Betsy era todo un clásico.

Tom se colocó junto a Novalie en la escalera, imitando su postura, y contempló a «su pequeña» con una sonrisa boba en los labios.

—Bonita, ¿eh? Todo en ella sigue siendo original, hasta la última pieza. Chasis y carrocería en buen estado... —Suspiró—. ¡Una maravilla!

Novalie lo miró de reojo.

—¿Has terminado de ligar con tu coche? Que tenga nombre de chica ya es sospechoso, pero estas declaraciones de amor... No sé, ¿qué piensa Aly de esto?

Tom ladeó la cabeza, muy serio, y se la quedó mirando sin decir nada. Sin previo aviso saltó sobre ella, pero Novalie fue más rápida y echó a correr, rodeando el coche muerta de risa.

—¡Ven aquí, pequeña mocosa! Como te coja, te meteré de cabeza en esa tina de agua sucia —la amenazó escondiendo una carcajada.

—¡No! —gritó Novalie sin dejar de correr por el porche. Pero su tío fue más rápido y consiguió asirla por la cintura. Se la echó sobre el hombro y se encaminó hacia al taller que tenía junto a la casa, donde había un gran barril de agua—. Lo siento, en serio. Jamás volveré a decir algo parecido. ¡Lo juro! —chilló con una risa nerviosa.

—Tarde, al agua.

—¡No, por favor! Haré lo que sea —suplicó Novalie. Conocía muy bien a su tío y sabía que era capaz de zambullirla—. Fregaré los platos de la cena.

—No.

—Lo haré toda la semana, y... y lavaré a Betsy.

Tom se detuvo sin soltarla.

—¿Toda la semana?

—Sí.

—Un mes.

—Sí, sí. Todo un mes, lo prometo —aseguró Novalie, que estaba ansiosa por pisar el suelo.

—Está bien. Todo un mes —aceptó Tom con voz cantarina.

Dio media vuelta. La dejó junto a la camioneta y le abrió la puerta con una ridícula reverencia. Novalie se deslizó en el asiento y agarró el volante mientras Tom empujaba la puerta con suavidad.

—Para cambiar de marcha tienes que pisar un poco el embrague, soltarlo y entonces pisar a fondo, ¿vale?

—Vale —respondió ella tomando aire.

Acomodó el cuerpo en el asiento y giró la llave en el contacto. La camioneta vibró con un ronroneo ahogado y pisó un poco el acelerador para que no se calara.

—Muy bien. Cuida de mi pequeña, ¿de acuerdo? —dijo Tom, golpeando ligeramente el techo.

Novalie sacudió la cabeza.

—¡Tranquilo, te la devolveré de una pieza! —replicó con cierto hastío.

—No te lo decía a ti, sino a la camioneta.

Novalie sintió cómo el pecho se le inflaba con una cálida sensación. Adoraba a aquel hombre desde que era pequeña. Incluso desde antes de que se convirtiera en el marido de Alyson, cuando apenas comenzaban a salir. Era el hombre más bueno y cariñoso que jamás había conocido. Era inteligente, divertido, y siempre estaba contento, bromeando a todas horas.

Un movimiento en una de las ventanas llamó la atención de Novalie. Levantó la vista y vio a su padre a través del cristal, y pensó que él también había sido así antes. Antes de que todo cambiara para siempre. Él se apartó de la ventana y Novalie volvió a mirar a su tío. Se inclinó y lo besó en la mejilla.

—Gracias.

Al salir de allí, un par de lágrimas rodaron por sus mejillas. Las secó con la mano, con el firme propósito de no volver a derramar ni una más por aquel tema. Encendió la radio y subió el volumen. La música la envolvió y comenzó a tamborilear sobre el volante, marcando el ritmo.

La brisa salada, proveniente del mar, le agitó el pelo y le azotó el rostro. Cerró los ojos un instante y llenó sus pulmones de aire; cuando los abrió, una enorme sonrisa se dibujó en su cara. Era un día precioso de principios de verano, en un lugar de ensueño: mar, sol y mucho tiempo libre. Y no lo iba a estropear con lamentaciones.

Abandonó la angosta carretera, cubierta de arena de las dunas, y se dirigió al centro del pueblo. Nada había cambiado durante aquellos cuatro años, todo estaba exactamente igual que lo recordaba: aceras limpias, coches bien aparcados, casas de tejados grises con sus contraventanas blancas... y turistas. El ferry debía de haber atracado hacía muy poco, porque una marea humana ascendía desde el muelle en dirección a la calle principal, donde se encontraban la mayor parte de restaurantes y tiendas de suvenires.

Milagrosamente encontró un lugar frente a la librería donde aparcar. Bajó del coche con un nudo en el estómago y se quedó mirando el viejo edificio. Aún conservaba el antiguo cartel, con las letras descoloridas por culpa del salitre que lo corroía todo. La Ventana Mágica era, con diferencia, el negocio más pintoresco que albergaba la isla.

Los recuerdos afloraron con una mezcla agridulce. Recordaba con total nitidez los momentos que había pasado allí cuando era niña. Leyendo cuentos tumbada en el suelo frente a un viejo ventilador, mientras su madre y su tía tomaban té helado, organizaban jornadas de lectura y fabricaban sus propios marcapáginas con conchas que recogían de la playa y fieltro.

Aún faltaban unos minutos para abrir, así que dio media vuelta y se dirigió al Baker Bar&Grill, esperando que el local que había en esa esquina aún continuara allí. Una sonrisa se dibujó en su cara cuando cruzó la puerta y el aroma a café alcanzó su nariz. Todo estaba igual: la misma decoración y la misma camarera. No era un Starbucks, pero si tenía café, a ella le bastaba. No recordaba en qué momento se había vuelto adicta a la cafeína. Podía vivir sin azúcar, sin su teléfono móvil, sin los bollos de canela que tanto le gustaban, pero no podía vivir sin café.

Pidió un capuchino para llevar, y sin prisa regresó saboreando la bebida.

—¿Novalie? Novalie, ¿eres tú?

Novalie se giró de golpe y se encontró con una chica morena, con el pelo recogido en una larga trenza que colgaba sobre su hombro. Frunció el ceño mientras trataba de ubicarla. De repente, su boca dibujó una «o» de sorpresa. Sin las gafas y sin la ortodoncia, le había costado reconocerla.

—¿Lucy? —preguntó.

La chica soltó un gritito y se lanzó a su cuello con un abrazo.

—Te he visto saliendo del café y no podía creer que fueses tú. He tenido que pellizcarme —dijo Lucy emocionada. Dio un paso atrás y miró a Novalie de arriba abajo—. ¡Vaya cambio! ¡Estás... estás genial! ¿Qué digo genial? ¡Estás cañón, nena!

—Tú también. Me ha costado reconocerte.

—Sí, estoy mucho más delgada. Se nota, ¿verdad? —Lucy suspiró, con un rápido aleteo de pestañas, y añadió con dulzura—: ¿Cuándo has vuelto?

—Ayer. Llegué ayer.

—¿Y piensas quedarte mucho tiempo? —preguntó la chica con cierto anhelo.

Novalie se encogió de hombros.

—Me temo que sí. He venido para quedarme.

—¿Para quedarte? ¿Te mudas? ¿En serio? ¿Eso quiere decir que volveremos a ser las mejores amigas del mundo otra vez?

Novalie soltó una risita ante la batería de preguntas. Había olvidado lo entusiasta que podía llegar a ser Lucy.

—Sí —respondió, y su sonrisa se ensanchó al ver la cara de asombro de su amiga.

—¡Eso es fantástico! Es genial tenerte de vuelta. —Enmudeció un instante mientras la miraba a los ojos, como si le costara creer que estuviera allí—. Oí lo de tu madre. Lo sentí tanto... Era una mujer maravillosa. ¿Cómo lo llevas?

Novalie sonrió y miró su reloj.

—Mejor. Ya han pasado algunos meses y debo seguir adelante.

—¡Por supuesto! Me alegro mucho de que pienses así. No puedo imaginar por lo que debes de haber pasado, pero la vida sigue, ¿no? La universidad, chicos guapos y un poco de libertad... —Sonrió encantada con la idea—. Oye, ¿a qué universidad vas a ir? A mí me han aceptado en Dartmouth, y aunque sé que debería estar muy contenta por la oportunidad, no es lo que quiero yo, sino mi padre. Yo me muero por ir a Nueva York.

Novalie apartó la mirada, un poco avergonzada. Inspiró hondo.

—No... no voy a ir a ninguna universidad. No logré acabar el último curso. Mi madre empeoró mucho en otoño... Yo traté de concentrarme en los estudios, pero me distraía con facilidad... Abandoné. Necesitaba estar con ella.

Lucy esbozó una sonrisa comprensiva y le acarició el brazo.

—No tienes que justificarte, Novalie. Lo entiendo. No pasa nada.

—Pero me he matriculado aquí, en el instituto. Voy a graduarme como sea. Tengo créditos acumulados...

—¡Eso es genial! —exclamó Lucy—. Estoy segura de que lo conseguirás. Siempre he envidiado tu cerebrito de sabelotodo. En serio, siempre has sido una empollona.

Novalie se echó a reír, mucho más animada. No haberse graduado era como un estigma para ella, pero las cosas habían sucedido de ese modo y lo había abandonado todo por la única persona que de verdad lo merecía. Y aunque no se arrepentía, tenía la sensación de haber fracasado. Suspiró.

—¡Se me hace tarde! Tengo que marcharme, pero... te llamaré y quedaremos.

—¿A dónde vas? —se interesó Lucy.

—A la librería. Mi tía me ha pedido que me encargue de abrirla.

Lucy enlazó su brazo con el de Novalie y sonrió como si acabara de recibir un regalo.

—Te acompaño. Tú y yo tenemos que ponernos al día.

Novalie pasó las siguientes dos horas escuchando cada detalle de todo lo acontecido en Bluehaven en los últimos cuatro años. Era increíble que en un pueblo tan pequeño como aquel pudieran pasar tantas cosas. Incluso habían tenido un supuesto avistamiento de ovnis, que trajo consigo una avalancha de cazadores de alienígenas digna del Área 51 de Nevada.

Cuando Lucy por fin se marchó, y tras casi medio litro más de café, Novalie se dejó caer en el viejo sillón de Aly. Inspiró la fragancia que impregnaba el aire: limón y libros. Adoraba el olor de los libros. Recorrió con la vista la atiborrada librería. El escaparate y los estantes estaban llenos de novelas, de artículos de papelería y de juguetes hechos a mano. La sección infantil tenía nuevo mobiliario: una mesita con forma de nube y unas sillas diminutas que parecían animales, todo colocado sobre una enorme alfombra decorada con un arcoíris. Sonrió al recordar los ratos que había pasado en ese suelo, escuchando embobada una y otra vez los mismos cuentos.

La cafeína que le recorría el cuerpo le hacía imposible permanecer quieta. Abrió un par de cajas apiladas junto a la puerta y curioseó su contenido: novelas juveniles de ficción. Sus ojos se abrieron como platos al ver los últimos libros de Rick Riordan y Veronica Roth. Sonrió. Después de todo, trabajar allí no iba a ser tan malo.

Le echó un vistazo a las estanterías para ver de qué forma estaban colocados los libros, si por editorial, autor..., y empezó a ordenarlos. Luego buscó en la trastienda una escalera para limpiar los estantes superiores, donde se acumulaban infinidad de libros ilustrados y desplegables. Armada con un plumero y un paño, comenzó a organizarlos.

La campanilla de la puerta sonó de un modo estridente.

—¡Hola! —saludó una voz de hombre.

—¡Un momento, enseguida voy! —gritó Novalie, haciendo malabarismos para que no se le cayera de las manos un atlas gigantesco.

—Tranquila, no tengo prisa.

Novalie miró de reojo por encima de su hombro y vio a un chico echándole un vistazo al expositor de postales. Vestía unas bermudas cargo marrones, una camiseta negra ajustada y una gorra de los Red Sox que le ocultaba el rostro. Era alto, con la constitución de un atleta y el aspecto de un surfero. Descendió la escalera y se dirigió a él, limpiándose el polvo de las manos contra el pantalón.

—Hola, ¿en qué puedo ayudarte? —preguntó.

El chico se dio la vuelta con una sonrisa en la cara y Novalie se la devolvió con una extraña sensación de *déjà vu*. Lo reconoció. Incluso con la gorra que le ocultaba el pelo, sin las gafas de sol y con aquella ropa, supo sin lugar a dudas que se trataba de él. Parpadeó y sacudió la cabeza, sin apartar la vista de sus ojos azules.

—Tú eres...

—El idiota —terminó de decir él, tan sorprendido como ella—. Y tú eres... Novalie.

Ella asintió, ruborizándose al recordar el encuentro en el ferry.

—Buena memoria —comentó mientras daba media vuelta y rodeaba el mostrador—. Y bien, ¿qué puedo hacer por ti?

Él carraspeó y apoyó las manos sobre la madera.

—Hace una semana encargué unos libros. Ayer recibí un mensaje que me notificaba que podía venir a recogerlos.

Novalie levantó las cejas mientras miraba a su alrededor. Sonrió con aire de disculpa y miró al chico.

—Pues no tengo ni idea. ¿Podrías venir esta tarde? Entonces estará Aly y seguro que ella...

—Lo siento, pero esta tarde no puedo. ¿Tú no trabajas aquí? —preguntó con cautela.

—No... Sí... —Dudó y dejó escapar un suspiro abochornado—. La verdad es que es mi primer día.

—Entiendo —dijo él. Se quedó pensando un momento, algo desilusionado.

La cara de Novalie se iluminó con una idea. Recordó haber visto unos libros en la trastienda, con unas notas adhesivas pegadas en la tapa.

—¡Espera un momento! Creo que sé dónde pueden estar.

Desapareció tras la cortinilla y se dirigió a la mesa donde antes había visto unos libros organizados en paquetes. Sí, allí estaban. Todos tenían una nota con un nombre, números de referencia y un teléfono.

—¡Perdona, pero ¿a nombre de quién está el pedido?! —gritó Novalie.

—Nickolas Grieco —respondió el chico.

—Nickolas Grieco, Nickolas Grieco... —murmuró mientras iba comprobando las notas—. ¡Lo encontré!

Volvió afuera y dejó los libros sobre el mostrador.

—Aquí los tienes. —Levantó la vista hacia él—. Así que... te llamas Nickolas.

Él asintió y giró los ejemplares para poder verlos.

—Prefiero Nick. Nickolas suena demasiado serio. Pero tú puedes seguir llamándome «idiota». No hay problema —apuntó con un ligero tono de burla. Alzó los ojos, y se iluminaron al sonreír.

Novalie enrojeció y fijó toda su atención en los libros del pedido. Frunció el ceño al ver los títulos: *J. S. Bach, la estructura del dolor*; *Casals y el arte de la interpretación*, y por último, *La vida de Mahler*.

—¿Son para ti? —preguntó con curiosidad. Nick asintió con la cabeza y en su gesto atisbó cierto orgullo—. ¿Estudias Historia de la Música o algo así?

—Sí, algo así —contestó sin más.

—Pues debe de gustarte mucho —comentó ella. Solo con leer los títulos, ya estaba segura de que eran un verdadero tostón—. Pero el curso ya terminó, ¿no?

Nick se encogió de hombros y sus ojos la contemplaron un momento antes de responder.

—Estos libros son para entretenerme durante las vacaciones, nada más.

Novalie lo miró sorprendida.

«¿Ha dicho para entretenerse?», pensó. Forzó una enorme sonrisa. Abrió la boca para decir algo, cualquier cosa, ya que él la miraba con cierta expectación, pero no se le ocurría nada que sonara natural. Le seguían pareciendo un rollo.

—¡Vaya, seguro que lo vas a pasar genial! —exclamó con énfasis.

Volvió a apilarlos para colocarlos en una bolsa. Mientras lo hacía, observó con disimulo a Nick. Era guapo, con unos ojos azules con largas pestañas y una boca que se curvaba ligeramente hacia arriba, dibujando una sonrisa de la que era imposible apartar la mirada. Brazos tonificados, pecho de atleta y un estómago plano que se intuía bajo la camiseta. Su aspecto era natural, casi descuidado, y le gustaba mucho más que el traje caro con el que le había visto en el ferry.

Nick entornó los ojos. Había percibido cierta ironía en las palabras de Novalie.

—¿Te estás burlando de mí? —preguntó de golpe.

—¿Qué? —inquirió Novalie a su vez, algo confundida y perpleja—. ¡No! ¿Por qué iba a hacer eso?

—Acabas de juzgarme solo por los libros que leo —aseguró él.

—¡No! Cada uno lee lo que le da la gana, ¿por qué iba a importarme? —replicó, tratando de disimular que se estaba ruborizando.

Y es que Nick tenía razón: se había formado un juicio sobre él y había podido leerlo en su cara.

—Aun así lo has hecho. ¿Qué has pensado de mí?

—¡Nada, en serio! —Novalie soltó una risita incómoda—. Oye, eres un poco rarito, ¿no?

—Es posible, pero lo estás haciendo de nuevo, me estás juzgando sin conocerme. ¡Venga, sé valiente! Dime qué has pensado al ver los libros.

Novalie levantó la vista de la caja registradora, donde estaba sumando el precio total de la compra, y se encontró con la sonrisa retadora de Nick.

—No pienso seguirte el juego.

—No pareces de las que se rajan.

Acababa de tocar su punto flaco. Muy bien, él la había provocado.

—De acuerdo, pero que conste que tú has insistido. Y tienes que prometerme que no vas a ofenderte. Mi tía me mataría —susurró para sí misma.

Nick apretó los labios para no reír y alzó una mano a modo de promesa. La contempló sin cortarse un pelo. Se había ruborizado y el color de sus mejillas le daba un aspecto inocente, demasiado mono como para pasarlo por alto. Enarcó una ceja, esperando la respuesta.

—Aburrido —dijo Novalie sin dudar—. He pensado que eres aburrido, porque solo alguien aburrido, después de pasarse todo el año estudiando lo que sea que estudies sobre música, se distrae durante las vacaciones con una biografía de Mahler. Y siento si he herido tus sentimientos, pero es lo que pienso. A-bu-rri-do.

Nick rompió a reír con fuerza. Era la primera vez que alguien criticaba su dedicación a la música. Normalmente, todos los que le rodeaban le asfixiaban recordándole lo importante que eran sus estudios y su preparación, y que debía consagrar cada minuto de su vida a esa preparación.

—No has herido mis sentimientos, tranquila. Así que crees que soy aburrido. —Ella asintió completamente ruborizada, pero le sostuvo la mirada. Nick volvió a reír—. ¿Sabes qué? Tienes razón, soy muy aburrido. —Novalie abrió los ojos como platos ante la confesión y él pensó que estaba adorable—. ¿Y qué crees que debería leer para dejar de ser tan plasta?

Novalie lo miró sorprendida. Aquella conversación estaba siendo de lo más extraña.

—¿Me lo estás preguntando en serio?

—Sí. Venga, recomiéndame algo. El verano es largo.

Novalie frunció el ceño. No estaba muy segura de querer hacerlo. Ahora quizá sería él quien se formaría un juicio sobre ella y sin conocerla. Pensaría que era una friki, porque en cuanto a sus gustos literarios sí que lo era: una auténtica friki. Pero ya era tarde. Ella solita se había metido en aquel lío. Primera lección del día: no juzgar a las personas a la ligera si no quieres que te paguen con la misma moneda.

—¡Está bien! —aceptó con un largo suspiro—. Yo empezaría por Philip Pullman o Peter Dickinson, y también por alguien más reciente como John Green. El tipo escribe bien. James Dashner también mola.

Nick asintió y le dio la vuelta a su gorra, de modo que la visera quedó sobre su nuca. La miró con nuevos ojos. Había algo en aquella chica que despertaba su curiosidad, algo genuino y real que había visto en muy pocas personas a lo largo de su vida. Le gustaba la forma que tenía de decir lo que pensaba sin importarle la reacción que pudiera provocar. También empezaba a gustarle la manera en la que los mechones sueltos de su coleta le enmarcaban la cara y esos dos hoyuelos que aparecían a ambos lados de su boca cada vez que sonreía.

—De acuerdo. ¿Y si quisiera ser mucho más divertido? ¡El alma de la fiesta! —comentó con un guiño y una sonrisa torcida.

Su gesto hizo que Novalie también empezara a reír. La energía que ella desprendía era contagiosa. Se mordió el labio y Nick la imitó sin darse cuenta.

—Pues habría que pasar a los pesos pesados, pero no sé yo si estás preparado para algo así —dijo ella medio en broma, mucho más relajada. En realidad no era tan aburrido. Él hizo un puchero, demostrando que no estaba muy de acuerdo con esa observación—. Te recomendaría cualquier libro de Neil Gaiman o Pratchett. Son unos genios.

—Unos genios, ¿eh? —Nick inclinó la cabeza y la miró con una curiosidad cada vez mayor—. Gracias, tendré muy en cuenta tus sugerencias.

—Sonrió y señaló la bolsa en la que Novalie acababa de guardar un tique de compra—. Por cierto, falta un libro.

—¿De verdad? —preguntó ella, mirando de nuevo la nota. Se percató de un apunte entrecomillado—. Tienes razón, pero aquí dice que no llegará hasta la próxima semana. Lo siento.

—No pasa nada. Con estos tendré suficiente hasta entonces —replicó él. Tomó la bolsa de las manos de Novalie. Sacó unos billetes doblados del bolsillo de su pantalón y los dejó sobre el mostrador—. Quédate con el cambio, por las molestias. —La miró un instante y dio media vuelta mientras se recolocaba la gorra—. Adiós.

—Adiós —repitió ella, y una sonrisa fugaz cruzó su rostro. No sabía por qué, pero tenía la sensación de que le había estado tomando el pelo todo el tiempo, y tampoco sabía por qué eso no la molestaba.

—Por cierto —Nick se dio la vuelta—, me da reparo decírtelo, pero tienes algo aquí. —Se señaló la cara, bajo el ojo—. Una mancha. Se te ha corrido el lápiz de ojos.

Novalie se llevó la mano a la cara y se frotó la piel con las yemas de los dedos, incómoda por haberse paseado por ahí con la cara sucia. Ella y su estúpida manía de ponerse a llorar cuando iba maquillada.

—Aún lo tienes. Cerca del pómulo —explicó él.

Novalie volvió a frotar su cara.

Nick sacudió la cabeza y se acercó a ella.

—No. La tienes aquí —dijo sonriente, mientras alargaba la mano y deslizaba el pulgar por debajo de sus pestañas.

Repitió la acción un par de veces con delicadeza. Ella se puso colorada bajo su tacto y empezó a arderle la piel. Los ojos de Nick, azules e intensos, la observaban risueños al tiempo que ladeaba la cabeza para evaluar su trabajo. Novalie se quedó inmóvil, turbada por la intimidad del gesto. ¡Vaya, de cerca era mucho más guapo!

—Ya está —anunció él dando un paso atrás.

—Gracias —susurró Novalie.

—De nada. Bueno, ahora sí que me marcho.

Alzó la mano a modo de despedida.

Novalie se quedó mirando cómo cruzaba la tienda con pasos largos y seguros. La puerta se cerró tras Nickolas, pero no antes de que una fuerte corriente de aire penetrara en la habitación. De repente, una pirámide de libros que decoraba el mostrador se tambaleó peligrosamente. Novalie saltó mientras alargaba las manos para sujetar la base, pero no llegó a tiempo y la montaña se desplomó contra el suelo. Un grueso tomo le cayó sobre el pie.

—¡Mierda, mierda, mierda! —mascculló saltando sobre una sola pierna—. ¡Joooder!

Resopló con otra maldición y clavó los ojos en la espalda de Nick a través del cristal. Nickolas Grieco era un peligro para su seguridad física.

4

Nick salió de la librería sin dejar de sonreír. En realidad se estaba conteniendo, porque lo que de verdad le apetecía era reír a carcajadas. Había algo en Novalie que despertaba su buen humor. Y necesitaba tanto sentirse así, sin presiones, sin responsabilidades, sin escrutinios. ¡Aburrido! Se echó a reír.

—¡Hola, chico! ¿Te has portado bien? —preguntó al perro que le esperaba dentro de su Jeep. Se acomodó en el asiento y le rascó tras las orejas.

El labrador de color canela gimoteó y se acercó para olfatearle el rostro. Nick se encogió y lo apartó con dulzura para evitar los lametazos.

—¿Listo para volver a casa? —preguntó de nuevo. El animal ladró una vez y se quedó quieto con la vista en el parabrisas. Nick le palmeó el cuello y después hundió la nariz en su pelaje—. ¡Te he echado mucho de menos, chaval!

Puso el coche en marcha y se dirigió de vuelta a casa. La parcela de los Grieco se encontraba al norte, justo al otro lado de la isla. Una finca sobre un talud de roca desde donde se divisaba todo el océano y, en los días más despejados, hasta se podía intuir la costa de Portland al otro lado.

Quince minutos después de haber abandonado la librería, se detuvo frente a una verja de hierro forjado. Llamó al intercomunicador y la cancela se abrió de inmediato. Avanzó sin prisa por el camino bordeado de árboles. Bajó la ventanilla, a pesar del calor sofocante del exterior, y respiró el aire cargado de humedad.

Aparcó junto a la entrada principal. Alzó la vista hacia la mansión, rodeada de magníficas terrazas, y sintió una punzada de nostalgia. Casi dos años, ese era el tiempo que había transcurrido desde la última vez que había estado en Bluehaven, su hogar, y nada había cambiado, todo seguía igual. La luz era la misma, el aire olía de la misma forma y el pequeño muelle desde el que se zambullía en el mar continuaba en su sitio, aguantando los embates de las olas y el tiempo.

Se apartó de la puerta y dejó que el perro bajara. El animal comenzó a saltar y a correr de un lado para otro, llamando su atención.

—Quieres jugar, ¿eh? —le dijo mientras cogía una ramita del suelo. La lanzó con todas sus fuerzas—. ¡Venga, chico, busca, busca!

El perro salió corriendo y se perdió entre los árboles. Nick lo observó con las manos en las caderas y tuvo el antojo de seguirlo y volver a la playa para correr tras los cormoranes como habían hecho esa misma mañana. Los espacios cerrados cada vez lo ahogaban más.

—¡Nickolas, deberías estar ensayando! —dijo una voz con marcado acento francés tras él.

Nick puso los ojos en blanco y se dio la vuelta sin ganas. Forzó una sonrisa y contempló a Armand, su profesor, quien, apoyado sobre la balaustrada de la terraza principal, lo fulminaba con una mirada censuradora. Una semana, solo llevaban una semana en la isla, siete días de sus supuestas primeras vacaciones en los dos últimos años, y el tipo no había dejado de incordiarlo con los ensayos. Solo pedía algo de tiempo alejado de todo, y cuando se refería a todo, era a todo: la música, los ensayos, las clases...

¿Era demasiado pedir pasar un mes como una persona normal?

Dejó escapar el aire de sus pulmones y emprendió de mala gana el camino a las escaleras.

—Deberías relajarte, Armand. No creo que Nick vaya a olvidarse de cómo se toca un piano por un día que descanse, ¿no es así, hermanito? —dijo una voz.

Nick alzó la vista y se encontró con los ojos de Marco, su hermano pequeño. Iba en calzoncillos y tenía aspecto de acabar de levantarse. Rodeaba con su brazo a Armand, y este parecía realmente molesto por la confianza, porque se deshizo de él con un aspaviento y dio media vuelta de regreso al interior mientras farfullaba algo sobre que a él le pagaban para cuidar de Nick y de su futuro y que era su responsabilidad; y algo más que ya no pudieron dilucidar, pero que, por el tono de su voz, no sonó muy amable.

—¿Una mala noche? —preguntó Nick, al percatarse de las ojeras y el color cetrino de la piel de Marco. Subió los peldaños hasta la terraza donde se encontraba.

—¡Yo diría que muy buena! —respondió este, rascándose la coronilla. Entornó los ojos para evitar el sol y dio un pequeño traspiés.

Nick se apresuró a cogerlo del brazo, temiendo que cayera. Arrugó la nariz cuando su hermano se le abrazó al cuello y comenzó a reír, pues notó al instante que le apestaba el aliento a tabaco y alcohol. Suspiró preocupado. No le gustaba nada el cariz que la vida de Marco estaba tomando. Se pasaba el día durmiendo y las noches de fiesta en fiesta sin preocuparse por los excesos. Había abandonado sus estudios tras graduarse por los pelos y no parecía que tuviera prisa por encontrar un empleo.

—Anda, vamos adentro, te prepararé un café —indicó, guiándolo hacia el interior de la casa.

Cuando entraron en la cocina, los envolvió el aroma a comida recién hecha. Dolores, la mujer que se encargaba de la casa, estaba cocinando su salsa especial con alcaparras y aceitunas negras para *tortellini.* En ese momento troceaba un filete de jamón fresco para el relleno. Con destreza, cortaba, separaba y añadía la carne a una cacerola en la que el aceite comenzaba a humear. Se dio la vuelta en busca de un paño y vio a los chicos.

—¡Por Dios santo, Marco! ¿Acaso no tienes unos pantalones que ponerte?—dijo mientras se cubría los ojos.

—Vamos, Dolores, no te hagas la remilgada. Me has cambiado los pañales y bañado millones de veces —replicó el chico, dejándose caer en una silla.

—Sí, pero en aquel tiempo eras un mocoso, y ahora tienes todo lo que debe tener un hombre —añadió Dolores, apuntándole con el cuchillo.

Marco se echó a reír con ganas, a pesar de que sentía que la cabeza iba a estallarle.

—En aquel tiempo tenía exactamente lo mismo que ahora. Bueno, lo mismo… lo mismo…

Dolores puso los ojos en blanco. Después se giró y volvió a ponerse manos a la obra. Le dedicó una sonrisa a Nick cuando este pasó a su lado y le dio un beso en la mejilla.

—Tú sí eres un buen chico —le susurró.

—¡Sí, Nick es el mejor en todo, el orgullo de la familia! —exclamó Marco, dando un efusivo golpe a la mesa.

Nick se sentó frente a su hermano.

—Bébetelo —le ordenó en tono condescendiente.

Nick dio un largo trago al líquido caliente de su taza y su mirada se detuvo en el ventanal. Las vistas eran sobrecogedoras. El océano brillaba como si en su superficie flotaran millones de cristales, reflejando la fulgurante luz del sol. Posó los ojos en su hermano y soltó el aire de sus pulmones a través de la nariz. Marco acababa de cumplir los veintitrés. Era un chico alto, de pelo oscuro y unos ojos tan azules como los suyos, aunque su piel era más morena y sus rasgos más mediterráneos; había heredado los genes italianos de la familia.

—¿No crees que deberías frenar un poco?

Marco levantó la vista de la mesa y lo miró con un gesto inocente.

—¿Frenar? ¿Y por qué iba a hacer eso?

—Marco, mírate. ¿De verdad te gusta esta vida que llevas?

—¡Joder, sí! —Sintió un golpe en la coronilla y vio las estrellas—. ¡Au!

—No digas palabrotas en mi presencia, jovencito —le espetó Dolores—. En el armario tienes aspirinas, tómate dos. —Agarró un cesto de debajo de la encimera y salió al patio en busca de la colada.

Nick se echó a reír. Se acercó al armario y cogió el bote de las aspirinas.

—Ten, hazle caso o te dará otra colleja. —Le puso dos en la mano y volvió a sentarse—. Lo digo en serio, Marco. Tienes que parar.

—Y yo también lo digo en serio. Dinero, fiestas y chicas... Sexo, mucho sexo. ¿Sabes lo que es eso o también tienes que pedir permiso para acostarte con una tía?

Nick resopló.

—Por favor, no seas tan vulgar.

—¡Vulgar! —Marco soltó una carcajada y sacudió la cabeza—. Ya veo. ¿Cuánto hace que no echas un polvo, Nick? ¿Todas tus caricias se las dedicas al piano? Pues un buen par de tetas entre las manos puede hacer maravillas...

—No te pases —lo cortó Nick.

Marco se repantigó en la silla y observó en silencio a su hermano durante un largo instante. Suspiró.

—¡Mírate! ¡Parece que tienes cien años! Serio, aburrido, siempre correcto. ¿Cuándo fue la última vez que actuaste por un impulso? ¿Cuándo fue la última vez que hiciste algo que de verdad te apetecía, Nick?

Marco se inclinó sobre la mesa, buscando los ojos de su hermano. Nick se quedó callado e hizo girar la taza entre sus manos con incomodidad.

—Yo no podría vivir como tú, sometido a una vida diseñada por ellos de principio a fin —continuó Marco—. Necesito sentir que soy libre y dueño de mi propia vida. Despertar en una cama diferente cada día, disfrutar del momento sin preocuparme de nada más. ¿Cómo voy a querer otra cosa?

—Porque el tiempo pasa y también acabarás aburriéndote de todo esto, y entonces será tarde para lo demás.

—¡Oh, por favor, no hagas esto! —exclamó Marco alzando los brazos.

—¿El qué? —preguntó Nick sin entender a qué se refería.

—Ir de salvador conmigo. Hacer como que te preocupa.

—Marco, soy tu hermano y me preocupas. Que no pueda estar aquí, contigo, no significa que no me importes. Te he pedido un millón de veces que vengas conmigo a Europa.

—¿A qué? ¿A seguirte como un perrito, oyendo a todo el mundo decir lo bueno que eres?

Nickolas se inclinó hacia él sobre la mesa y bajó la voz.

—Tú también lo eres.

Marco le sostuvo la mirada un largo instante. Se echó hacia atrás en la silla.

—Pero nunca lo seré tanto como tú y no quiero vivir a tu sombra. Prefiero destacar por mis propios méritos, aunque sea como la vergüenza de esta familia. No por ser el hermano del gran Nickolas Grieco, con el que siempre sería comparado.

—Me duele que digas esas cosas.

—Lo sé, pero porque eres idiota y me tomas en serio cuando aún estoy borracho —replicó Marco con una sonrisa. Quería a su hermano con locura, pero no podía evitar meterse con él—. Sí, asúmelo, eres idiota.

—Idiota... —susurró Nick, acordándose de Novalie. Sacudió la cabeza y rio para sí mismo. Por un momento, se preguntó qué estaría haciendo ella en aquel instante—. Al final acabaré creyendo que lo soy.

Marco se tragó las dos pastillas y se llevó la taza a los labios. Bufó al comprobar que estaba vacía y le quitó a Nick la suya, apurando de un trago todo el café.

El teléfono de la casa comenzó a sonar y Dolores entró en la cocina a la velocidad del rayo. Los chicos la miraron, preguntándose cómo alguien de su edad podía moverse con aquella agilidad. Vestida con su uniforme rosa y sus zapatillas blancas, bajita y con algunos kilos de más, no aparentaba la fuerza que su cuerpo aún mantenía. La mujer ya trabajaba para la familia antes de que Nick y Marco nacieran, y aún continuaba siendo alguien capaz de darles unos buenos azotes si creía que lo merecían. Cogió el auricular y se lo pegó a la oreja con gesto de concentración. Cuando colgó, miró a los chicos.

—Era Roberto. El ferry está a punto de atracar. Estarán aquí en veinte minutos —anunció la mujer.

Marco se puso de pie.

—Será mejor que me dé una ducha y que me ponga presentable. Me duele demasiado la cabeza como para aguantar una monserga tan temprano —dijo. Se llevó una mano al estómago tratando de aplacar las náuseas que sentía.

—Iré a buscar a la abuela —anunció Nick.

—Hace un momento estaba junto a los rosales —informó Dolores, afanándose con la comida.

Nick salió al jardín, en la parte posterior de la casa, bajó la escalinata y se dirigió hacia los parterres de rosas que dibujaban un cuidado sendero hasta el templete de madera. Bajo los árboles y entre los setos, el aire era más fresco y agradable, y el aroma dulzón de las flores inundaba hasta el último rincón. Cerró los ojos e inspiró la calidez del ambiente con un nudo en el estómago. Todos sus recuerdos felices estaban allí, en aquella casa. Trató de no pensar en su regreso a Austria a finales de agosto. Esta vez le iba a costar horrores marcharse.

Encontró a su abuela junto al magnolio, podando unas ramitas secas.

—¡Nana! —la llamó. La mujer se giró y dibujó una gran sonrisa en su cara—. ¡Vaya, has cortado un montón! —observó. Sobre el suelo había un cesto en el que debía de haber varias docenas de rosas.

—Hay que aligerarlos para que puedan crecer con más fuerza.

—No lo dudo, pero si sigues aligerándolos de esa forma, no quedarán más que las raíces —comentó con un guiño. Su abuela se echó a reír y le palmeó la mejilla—. Roberto acaba de llamar. El abuelo y mis padres están a punto de llegar.

Nana frunció el ceño.

—¿Quién es Roberto? —preguntó con aire despistado.

Nick la miró con cierta angustia. Sus problemas de memoria eran cada vez más evidentes. Hacía pocos años que le habían diagnosticado la enfermedad. La habían llevado a los mejores especialistas, tanto de Estados Unidos como de Europa, y todos coincidían en el mismo diagnóstico y en que no se podía hacer nada, solo tratar de retrasar el inevitable desenlace ejercitando sus recuerdos.

—Nana, Roberto es el nieto de Dolores, ¿recuerdas? Ahora trabaja como chófer y asistente del abuelo. —Frunció el ceño y la miró con atención—. Recuerdas a Dolores, ¿verdad?

—¡No digas tonterías! ¿Cómo no voy a recordar a Dolores? Esa mujer lleva toda la vida conmigo, desde que su madre entró a trabajar para mi madre en España. Crecimos juntas. Y es tan pesada como un dolor de cabeza —explicó Nana un poco enfurruñada.

Nick sonrió, cogió del suelo el cesto con las rosas y después le ofreció el brazo a su abuela. Ella se apoyó en él y sonrió.

—¿Qué te parece si le pedimos a Dolores que las coloque en unos floreros? Seguro que a mamá le gustan.

—Lo que le gusta a tu madre me trae sin cuidado —apuntó Nana sin disimular su malestar.

Nick tuvo que contenerse para no echarse a reír. Nana y su madre nunca habían congeniado del todo, aunque siempre habían hecho lo posible por llevarse bien. Quizá las diferencias se debían a que pertenecían a mundos muy diferentes. Teresa, su abuela, había nacido en España, en el seno de una familia con carácter, muy unida, de fuertes convicciones religiosas en las que demostrar los sentimientos era tan normal como el respirar. Por el contrario, Ivanna, su madre, había crecido a la sombra de un matrimonio roto, entre internados y academias privadas, y su carácter era tan frío como su país natal, Rusia.

Entraron en la casa y se dirigieron al vestíbulo. En ese momento, Marco descendía la escalera, con el pelo todavía húmedo y terminando de abotonarse la camisa.

—¡Nana!

—¡Mi pequeño Marco! —Nana se acercó a él y le pellizcó las mejillas—. ¿Sabes que te llamas así por tu bisabuelo? Era el hombre más guapo de toda Verona, y tu abuelo es clavadito a él, como tú. —Marco asintió con una sonrisa; su abuela le había dicho aquello millones de veces. Se quedó pensando y su mirada se volvió distraída—. ¿Qué hago aquí?

Nick se acercó a ella y le rodeó los hombros con el brazo, dedicándole una mirada de pesar a su hermano. Marco se la devolvió preocupado.

—El abuelo está a punto de llegar. Vamos a recibirlo, ¿te parece bien?

Nana asintió con una sonrisa y se dejó llevar.

Dos coches rodearon la fuente y se detuvieron frente a la entrada principal. Del primer vehículo descendieron un hombre y una mujer. Ella era alta y rubia, con unos ojos tan azules como un zafiro. Lucía un vestido turquesa de seda que se pegaba a su cuerpo por culpa de la brisa, dibujando una silueta perfecta. Él lucía una melena tan negra y espesa como una noche sin luna, y su piel, dorada por el sol, brillaba bajo las primeras gotas de sudor. Se secó la frente con un pañuelo y se encaminó hacia los chicos con una gran sonrisa.

—¡Me alegro de veros! —saludó, dándoles un abrazo fugaz.

—¡Bienvenido, papá! —respondieron Nick y Marco.

Filipo Grieco, un hombre alto y bien parecido, con el pelo canoso, salió del segundo coche mientras Roberto, un chico moreno y corpulento que vestía un sobrio uniforme negro, sujetaba la portezuela. Filipo miró a su alrededor con cierto aire de disgusto. Sus ojos se detuvieron en Nick y una sonrisa se dibujó poco a poco en sus labios. Fue a su encuentro mientras abría los brazos y reía encantado.

—¡Aquí está mi chico! —exclamó Filipo.

—Hola, abuelo —saludó Nick, dejando que aquellos brazos lo estrecharan con fuerza.

—¿Recogiste mi regalo?

Nick asintió.

—Es precioso. Gracias.

—Te mereces lo mejor.

5

—¡Esto es vida! —exclamó Roberto.

Tenía las manos entrelazadas en la nuca y los pies subidos en el salpicadero del coche de Nick. Con los ojos cerrados, disfrutaba de la brisa que entraba por la ventanilla abierta, mientras sacudía la cabeza al ritmo de la música que sonaba en la radio.

—¿A qué le llamas tú «vida»? —preguntó Nick sin apartar la vista de la carretera. Giró a la derecha y se dirigió al centro.

Roberto abrió un ojo y miró a su amigo. Lo eran desde niños, los mejores amigos.

—Pues a esto. A dormir hasta tarde, a desayunar las tostadas con jamón curado que prepara mi abuela..., a no tener que conducir y a que me invites a comer. Por cierto, te has pasado, el Grill está en el paseo, junto al club de vela, ¿recuerdas?

—No vamos al Grill —dijo Nick.

Se encogió de hombros, dedicándole una mirada de disculpa a su amigo y se enderezó en el asiento en busca de un lugar donde aparcar. Algo que, a primera vista, parecía una misión imposible. Era sábado y los fines de semana la afluencia de turistas se multiplicaba. Las calles estaban llenas de vehículos y forasteros que, cámara en mano, iban fotografiando hasta el último detalle pintoresco que se les ponía a tiro.

Roberto frunció el ceño. Llevaba semanas soñando con su regreso a la isla solo para volver a probar la barbacoa de carne que preparaban en ese restaurante. El filete de medio kilo más grasiento, jugoso y picante que había comido nunca.

—¿Y a dónde vamos? ¿Tienen carne? Y cuando digo «carne», me refiero a un buen filete. No a ese pollo desgrasado que comes tú —indicó con sorna. No estaba dispuesto a renunciar a su almuerzo favorito así como así.

—Carne no sé, pero tienen la mejor langosta de toda la isla. ¿Sabes cuánto hace que no pruebo una auténtica langosta de la costa de Maine? Mucho —repuso Nick abriendo los ojos con expresión hambrienta.

Roberto soltó un suspiro y levantó la mirada al techo.

—Espero que lleves suficiente pasta encima, porque con el hambre que tengo voy a necesitar una docena de esos bichos —gruñó, dándose por vencido.

Nick soltó una carcajada y sacudió la cabeza. Por el retrovisor vio cómo un coche se ponía en marcha y dejaba libre un hueco. Pisó el freno y dio marcha atrás. Giró el volante y deslizó el coche entre otros dos vehículos con una habilidad increíble. Nick levantó una ceja y le dedicó una sonrisa a Roberto mientras se desabrochaba el cinturón y abría la puerta.

Solo tuvo tiempo de ver cómo se transformaba la cara de su amigo antes de sentir un golpe en la carrocería. Se dio la vuelta y vio cómo una melena rubia desaparecía, precipitándose al suelo.

—¡Menudo golpe! —exclamó Roberto, y empezó a pelearse con el cinturón para liberarse del asiento.

Nick saltó del coche con el corazón en un puño. Había golpeado a alguien por accidente. Se encontró con una chica, tirada sobre el trasero en la jardinera de uno de los arbustos florales que decoraban la acera.

—Lo siento, lo siento muchísimo. No te he visto. ¿Estás bien? —preguntó, agachándose junto a ella. Se quedó de piedra cuando la chica levantó la mirada de sus piernas salpicadas de barro y clavó sus ojos verdes en él—. ¡Novalie! ¡Dios, cuánto lo siento! ¡No te he visto! ¿Te has hecho daño?

Novalie le dedicó una mirada asesina, incapaz de pronunciar palabra. Observó sus manos cubiertas de barro y una mueca de fastidio entristeció su rostro al comprobar que sus piernas estaban mucho peor. ¡Qué casualidad que esa misma mañana hubieran regado las plantas! No tenía ni idea de dónde apoyarse para ponerse de pie y no mancharse más de lo que ya estaba.

—Deja que te ayude —pidió él completamente avergonzado.

—¡No! —exclamó Novalie, haciendo caso omiso a las carcajadas de dos chicas que pasaban junto a ellos—. No te me acerques. Entre tú y yo se está estableciendo un vínculo bastante peligroso que no me gusta nada. Cuando estás cerca siempre me pasan desgracias —replicó enfurruñada. Aún le dolía el pie y en su brazo se apreciaban las marcas de los arañazos que se había hecho en el ferry.

Se puso de pie con la habilidad de una contorsionista y lanzó un rápido vistazo a su trasero, solo para comprobar lo que ya intuía por la humedad que sentía, que estaba empapado de barro. «¡Maldita sea!», pensó. Le encantaban aquellos pantalones.

—Lo siento, no ha sido a propósito —volvió a disculparse Nick, y de verdad parecía muy arrepentido.

—¡Menos mal! —replicó Novalie en tono mordaz.

—¿Puedo hacer algo por ti? ¿Te ayudo a limpiarte ese barro?

Novalie dio un paso atrás mientras sacudía las manos para mantenerlo a distancia.

—No, mejor no te muevas.

Roberto se pasó una mano por la cara para esconder una carcajada. Tenía los labios tan apretados que empezaba a ponerse rojo.

—Me siento fatal. Primero lo del ferry, ahora esto... —dijo Nick.

«Y no te olvides de la montaña de libros», pensó ella.

—¿Qué pasó en el ferry? —preguntó Roberto con una risita divertida.

Nick le dedicó una mirada de advertencia. No era el momento para uno de sus comentarios sin gracia.

—No te preocupes, en serio. Le pediré a alguien que me traiga algo de ropa —continuó Novalie.

—Yo te la puedo traer... o comprar. Sí, eso, déjame que te compre algo de ropa. Me sentiré mucho mejor. ¡Por favor!

Novalie lo miró a los ojos. Unos ojos que suplicaban su perdón. Poco a poco esbozó una sonrisa.

—No pasa nada. También ha sido culpa mía por ir por donde no debía. Así que, en paz. No te preocupes. —Se rio entre dientes, algo nerviosa. Alzó la mano a modo de despedida y dio media vuelta de regreso a la librería—. Pero, por si acaso, no te acerques mucho a mí —comentó mientras se alejaba.

Nick se quedó mirándola hasta que la perdió de vista. Sí, era guapa, pero no era eso lo que le llamaba la atención. Había algo en Novalie que despertaba en él un extraño deseo. Algo que ya había percibido en la librería el día anterior, y es que no se parecía a ninguna chica que hubiera conocido; por eso no era capaz de clasificarla en ninguna categoría. ¡Era... ella misma! Y en su vida cotidiana eso era tan difícil de encontrar... Quería conocerla, conocerla de verdad.

—¿Quién es? —preguntó Roberto, estudiando a su amigo con atención.

—Alguien a quien conocí en el ferry el otro día —respondió de forma distraída, con la mente en otra parte. Sonrió para sus adentros.

—Es guapa. ¿Es de por aquí? Lo pregunto porque es la primera vez que la veo, y si la hubiera visto antes, créeme, me acordaría.

—No lo sé, supongo que sí. Trabaja en la librería.

—¡Vaya, si hasta sabes dónde trabaja!

Nick lo miró con el ceño fruncido.

—Ya sé por dónde vas y te equivocas. No la veo de ese modo. ¡Apenas la conozco!

Roberto parpadeó con gesto inocente, aunque sus intenciones lo eran todo menos eso.

—¿Qué modo? Yo no he dicho nada. Lo estás diciendo tú.

Nick puso los ojos en blanco y lanzó un suspiro de exasperación.

—No voy a entrar en ese juego.

—¿Qué juego?

—Intentas que diga que me gusta.

—Y... ¿te gusta?

—¿Tú la has visto? Claro que me gusta, a cualquier tío con ojos en la cara le gustaría. Pero no la veo de ese modo.

—¿Qué modo? Y, por favor, explícamelo con palabras que pueda entender —replicó Roberto. Nick tenía una habilidad sobrehumana para irse por las ramas con un montón de divagaciones que nunca lograba comprender.

—No es de esa clase de chicas, a las que buscas para echar un polvo y pasarlo bien. Y no estoy interesado en ningún otro tipo de relación —masculló Nick en voz baja.

Novalie no le parecía de esas chicas que se ponían a reír tontamente como si fuesen idiotas —convencidas de que esa actitud las hacía más atractivas—, y que se metían en la cama de un tío la primera noche, cruzando los dedos para que hubiera una llamada al día siguiente.

—¿Y cómo estás tan seguro de eso? No la conoces. Quizá le vayan los rollos de una noche. Pregúntaselo y sales de dudas.

—Ni de coña. Ya te he dicho que no me interesa en ese sentido.

Roberto se encogió de hombros.

—Quizá tengas razón. La verdad, da la impresión de que no tendría el menor problema en darte una patada en los huevos si te pasas un poco. —Sonrió para sus adentros, y añadió—: Gallina.

—¿Tú no tenías hambre? —preguntó Nick en un tono que daba por zanjada la conversación. Se dio la vuelta y cruzó la calle en dirección al restaurante. Escuchó que Roberto se reía entre dientes tras él, pero decidió ignorarlo.

Lucy llamó a la puerta de la librería. Sus ojos se abrieron como platos cuando vio a Novalie. Tenía las piernas salpicadas de barro, también los pantalones y la camiseta. Parecía una croqueta de lodo seco.

—¿Qué te ha pasado? —preguntó con un atisbo de preocupación en la voz.

Novalie se encogió de hombros. Puso los ojos en blanco y se hizo a un lado para que pudiera pasar.

—Es algo tan tonto que no sé si merece la pena contarlo. ¿Has traído lo que te he pedido? —preguntó a su vez.

Lucy asintió y le entregó una bolsa con jabón, toallas y algo de ropa que esperaba le sirviera a su amiga. Novalie era más alta y delgada que ella, siempre lo había sido. Recordaba perfectamente su aspecto a los catorce años: rubia, paliducha, con las mismas curvas que un tablón. Ahora continuaba siendo rubia, más alta y paliducha, pero su cuerpo había cambiado y era bastante más voluptuoso.

La siguió adentro con una sonrisa en la cara. Se alegraba tanto de que Novalie hubiera regresado... Siempre habían congeniado a las mil maravillas, desde que se conocieron con cuatro años en la feria que solía instalarse en el paseo marítimo durante los meses de julio y agosto.

—Gracias por este favor. Van a llegar unos paquetes y no puedo volver a casa. Ya sabes, seguro que me ausento y aparece el mensajero en ese momento. ¡Con la suerte que tengo! —se quejó Novalie.

—No te preocupes, no tenía otra cosa que hacer.

—¿Te importa ocuparte de todo esto mientras me aseo un poco y me cambio?

—Tranquila, yo me ocupo —respondió Lucy con una sonrisa. Se sentó en el taburete que había tras el mostrador y se puso a hojear un catálogo de pósteres.

Un minuto después, Novalie asomó la cabeza entre las cuentas de la cortina que separaba la tienda de la trastienda, y estiró el brazo mostrando un vestido con tirantes de lazo. Tenía el ceño tan fruncido que sus cejas se unían formando una única línea.

—¿Qué es esto? —preguntó, sacudiendo la tela.

—¿Un vestido? —aventuró en tono mordaz Lucy. Novalie asintió con cara de pocos amigos. Y la chica añadió—: Y déjame adivinar, no te gusta mi vestido, mi precioso vestido de firma que me costó una pasta en eBay. La única prenda de todo mi armario en la que es posible que puedas entrar sin calzador. Y que, como buena amiga, pienso prestarte para que no te pases el día cubierta de fango pegajoso con olor a pescado. —Volvió a posar los ojos en el catálogo y comenzó a pasar las páginas de forma distraída—. Pero si quieres, puedo traerte algo de ropa de mi madre.

Novalie se estremeció al recordar los vestidos con estampados de frutas que solía llevar la madre de Lucy. Volvió adentro, maldiciendo por lo bajo, preguntándose en qué momento la dulce y tímida Lucy había desarrollado ese carácter irónico y burlón.

Miró el vestido blanco y verde con ojo crítico. En el fondo era bonito, con el pecho y la espalda fruncidos por un intrincado diseño de nido de abeja y una falda con vuelo, pero para su gusto era demasiado infantil. Además, hacía mucho tiempo que no se ponía un vestido; lo más parecido que había lucido era su minifalda tejana.

Se desprendió de toda la ropa sucia. Se recogió el pelo en una coleta y trató de lavarse, humedeciendo una toalla en el lavabo del pequeño aseo con el que contaba la librería.

—Eh, Nov… —dijo Lucy desde fuera.

—¿Sí?

—Aunque sea algo tonto, cuéntame cómo has acabado así, por favor. Me está matando la curiosidad —admitió con una risita.

Novalie puso los ojos en blanco: ¿también cotilla?

—Vale, pero tú pagas la comida.

—¡Tendrás cara! Está bien, yo pago la comida, pero tú no te dejes ningún detalle.

Novalie sonrió para sí misma y comenzó a relatarle lo que había sucedido. Solo pensaba contarle el incidente por el que había acabado dentro de la jardinera, pero al final acabó poniéndola al corriente de todo lo ocurrido con Nick desde el encuentro en el ferry.

—A lo mejor es gafe —bromeó Lucy.

—Pues compadezco a su familia. Debe de ir provocando desastres a su paso —replicó Novalie con una risita. Pensó en Nick y se le aceleró la respiración sin darse cuenta.

Se pasó el vestido por la cabeza y, a fuerza de tirones y saltitos, consiguió embutirse en él. Anudó los lazos en los hombros. Le apretaban tanto que temió que la sangre no pudiera circularle por los brazos. Pero lo peor de todo era lo increíblemente corto que le quedaba. Era cierto que sus *shorts* lo eran aún más, pero no podía compararse, porque con ellos su trasero estaba a salvo. En cambio, con aquel trozo de tela tenía la sensación de que todo el mundo iba a adivinar de qué color era su ropa interior.

Se calzó las botas. Sacudió la cabeza, segura de que debía de tener un aspecto ridículo, e hizo el firme propósito de no mirarse en ningún espejo. Arregló su melena con los dedos y, con disimulo, a pesar de que sabía que nadie podía verla, se olió la piel de los brazos para comprobar si el olor del barro cargado de salitre había desaparecido. Sonrió: el jabón a lavanda había hecho bien su trabajo.

—Estoy lista —dijo al salir de la trastienda. Miró la hora en su reloj de pulsera. Era más de la una y tenía hambre—. ¡Nos vamos!

—¿Y los paquetes? —preguntó Lucy.

—¡Bah! No creo que lleguen hasta la tarde, pero dejaré una nota en la puerta. Vamos a estar ahí enfrente —argumentó. Buscó una hoja de papel y garabateó una breve nota para el repartidor. La pegó con cinta adhesiva a la puerta y se volvió hacia su amiga con una sonrisa—. ¿Nos vamos? Me muero de hambre.

El Port Blue Seafood era uno de los restaurantes más conocidos y turísticos de todo Bluehaven. Su langosta cocida al vapor con mantequilla, en cazuela, estofada o empanada tenía, en gran parte, la culpa de que siempre estuviera abarrotado de gente. Su decoración hacía el resto. El interior era como el de un gran barco antiguo. De hecho, muchos objetos pertenecían a viejas embarcaciones que habían naufragado frente a la costa, como el timón que formaba parte del atril junto a la entrada donde se recibía a los clientes.

Novalie apoyó la nariz en el cristal y miró dentro. Sus hombros se hundieron con cierta desilusión.

—Está lleno. —Se dio la vuelta y frunció los labios con un mohín. La alternativa al Port Blue era un McDonald's que se encontraba un poco más arriba, pero ella se moría por volver a probar un trozo de empanada.

Lucy sonrió, con un gesto cargado de suficiencia, y empujó la puerta. El sonido de las campanillas se ahogó bajo las voces y el ruido de los cubiertos chocando contra los platos. Le hizo un gesto a su amiga para que la siguiera.

—¡Tío Miles! —gritó Lucy, lanzándose a los brazos de un hombre que lucía un uniforme negro y naranja con el dibujo de una enorme langosta en el delantal.

—¡Hola, pequeña! ¿Qué haces aquí?

—¿Te acuerdas de Novalie? —preguntó la chica a su vez.

El hombre fijó su atención en Novalie, entornó los ojos y, de repente, su rostro se iluminó con una sonrisa.

—¡Por supuesto que sí! ¿Cómo iba a olvidar esos ojos? Iguales a los de su madre —comentó Miles con las manos en las caderas, moviendo la cabeza de arriba abajo—. Aunque creo que ella no se acuerda de mí —añadió.

Novalie arrugó la nariz con una tímida sonrisa.

—Nunca me olvidaría de usted, señor Perkins.

El hombre abrió los brazos.

—Pues ven y dame un fuerte abrazo. —La estrechó con ternura y a continuación rodeó los hombros de las chicas con sus brazos, acompañándolas hacia el fondo del comedor—. ¿Tenéis hambre?

Ambas asintieron con ojos brillantes.

—Me encantaría probar un buen trozo de empanada —dijo Novalie, y su estómago protestó con un rugido que provocó la risa de Miles.

—¡Eso está hecho! —respondió el hombre—. Podéis tomaros algo en la barra. Pediré que os preparen una mesa.

Se acomodaron en una esquina y en cuestión de segundos disfrutaban de un té helado con mucho azúcar y unas hojitas de menta.

—¿Desde cuándo trabaja tu tío Miles aquí? —preguntó Novalie.

—No trabaja aquí, es el dueño —respondió Lucy sacando pecho, orgullosa—. El señor Collins puso el restaurante a la venta cuando decidió jubilarse y mi tío se hizo con él.

—Es genial, ¿no?

—Sí, de otro modo no habríamos conseguido una mesa un sábado a la hora del almuerzo, y totalmente gratis.

Novalie sacudió la cabeza y se puso bizca con una mueca de burla.

—Ahora entiendo por qué has aceptado tan pronto pagar la comida —comentó.

Lucy dejó escapar una risita y, hundiendo el dedo en el hielo de su vaso, comenzó a agitarlo.

Una camarera les hizo señales para que se acercaran a la mesa que acababa de prepararles.

—Iré a lavarme las manos, las sigo notando pegajosas —comentó Novalie.

Se encaminó al baño mientras iba dando pequeños tirones al bajo de su vestido.

Frente al espejo no le quedó más remedio que echarle un vistazo a su aspecto. Los lazos empezaban a marcar sus hombros y los aflojó un poco, dejando el nudo en un estado precario que amenazaba con deshacerse al más mínimo movimiento. Intentó llenar sus pulmones de aire y una de las costuras crujió un poco. Su pesadilla sobre quedarse desnuda delante de un montón de gente estaba a punto de hacerse realidad. Bufó y trató de pensar únicamente en el jugoso trozo de empanada que la esperaba en la mesa.

Se lavó las manos y salió a toda prisa del baño, para no caer en la tentación de echarle otro vistazo a su ridículo aspecto de Barbie californiana; aunque, por suerte, ella no lucía la piel morena y carbonizada por el sol, ni los dientes blanqueados y una talla de pecho descomunal.

Primero notó el golpe contra su hombro y después unas gotitas que olían a cerveza salpicando su cara. El «lo siento» que escuchó a continuación provocó que empezara a reír como una loca, aunque nada de aquello le hacía la más mínima gracia. Se giró y sus ojos se encontraron con los de su maldición desde que había llegado a la isla.

—¡Tú...! ¡No puede ser! —susurró Nick completamente colorado.

Novalie apretó los párpados un instante y tomó aire.

—¿Seguro que todo esto es accidental? Porque yo empiezo a pensar que has iniciado algún tipo de *vendetta* contra mí. ¿Te he hecho algo? ¿Tratas de deshacerte de mí? Si es eso... ¡por favor, dispárame y acaba de una vez! —exclamó con dramatismo.

Nick inclinó la cabeza, derrotado, y la miró. Sus ojos se abrieron un poco más al ver el vestido, deteniéndose en su escote más de lo debido.

—Lo siento. Discúlpame. Te juro que en este momento solo deseo esconder la cabeza bajo tierra —dijo con un suspiro.

—Mejor no te muevas, ¿vale? —replicó Novalie alzando las manos frente a él. Nick asintió sin poder contener la risa—. Bien, porque ahora voy a moverme hacia mi derecha. Lo haré despacio, muy despacio. Iré hasta mi mesa y tú no te moverás de aquí hasta que me haya alejado, ¿de acuerdo?

Nick asintió de nuevo con una enorme sonrisa dibujada en su cara.

—No me moveré, prometido —aseguró con una mirada traviesa.

La observó mientras se dirigía a una mesa en la que una chica morena la esperaba. Intentó que sus ojos no descendieran más abajo de la cintura, pero no pudo. Era imposible no fijarse en las piernas más bonitas que había visto en mucho tiempo.

Novalie se sentó y buscó con la vista a Nick. Seguía en el mismo sitio donde le había dejado, y la miraba. Él alzó la cerveza en su dirección, indicando que había cumplido, y se dirigió a la mesa que ocupaba junto a la ventana, muy cerca de ellas. Se sentó y quedaron frente a frente, separados por un par de comensales y el chico moreno que lo acompañaba en el coche.

Consciente de que aún la observaba, frunció el ceño y alzó su plato. Olió el trozo de empanada con desconfianza. Hundió el dedo en el relleno y se lo llevó a la boca, probándolo con cierto recelo. Nick se levantó de golpe y se encaminó a su mesa con paso firme y seguro, los ojos clavados en los de ella y el rostro mortalmente serio. Novalie tragó saliva y se puso tensa. Quizá se había pasado de mordaz con aquel gesto y la broma no le había hecho ninguna gracia.

Nick apoyó las manos en el mantel y se inclinó sobre ella. Esbozó una sonrisa torcida que le dibujó unos hoyuelos. La mirada de Novalie descendió a sus labios entreabiertos, mientras el corazón le martilleaba el pecho, y después descendió un poco más abajo. La camiseta gris que vestía le sentaba muy bien, y dejaba intuir un torso perfecto. Se dijo que no debería estar mirándolo de ese modo. Un ligero carraspeo hizo que levantara la vista.

—Si quisiera envenenarte, no lo haría con la comida, sino con los cubiertos. Impregnaría el veneno en ellos. Nadie se fija en los cubiertos —dijo él a media voz. Tomó el tenedor de Novalie, pinchó un trozo de empanada y se lo llevó a la boca. Le guiñó un ojo de forma traviesa y se pasó la lengua por el labio inferior para atrapar una gota de aceite—. Mmm... ¡Está buena!

Dio media vuelta y se alejó mientras le pedía a una camarera un nuevo juego de cubiertos para ella.

—¿Qué acaba de pasar? ¿Quién es ese? —preguntó Lucy sorprendida.

Novalie tardó un largo instante en contestar.

—Ese es Nick, el chico del que te he hablado.

Lucy se inclinó sobre la mesa para atisbar la que acababa de ocupar Nick.

—¿Ese es el gafe? ¡Vaya, pues está buenísimo!

—¿No le conoces?

Lucy negó con la cabeza.

—No, ¿debería?

—Bueno, es de aquí... o al menos tiene una casa aquí. En Pine Point, si no recuerdo mal. —Creía haber leído esa dirección en la nota de sus libros.

—¿En serio? Porque si vive aquí, te juro que me habría fijado en él.

Novalie asintió mientras masticaba.

Lucy se quedó pensando.

—¿Cómo has dicho que se llama?

—Nick, Nickolas Grieco.

Lucy empezó a toser. Se llevó su vaso de té a los labios y bebió para pasar la comida que se había atascado en su garganta.

—¿Ese es Nickolas Grieco? —logró decir sin respiración. Se asomó de nuevo, buscando una perspectiva mejor de la mesa de Nick—. ¡Vaya, qué cambiado está!

—Entonces le conoces...

—La verdad es que no. Hacía años que no lo veía y nunca he hablado con él. No suele venir por Bluehaven muy a menudo. Por lo visto vive en Europa, estudia o trabaja allí, no sé exactamente lo que hace. Al que sí conozco es a su hermano, Marco, todo un *playboy*. Guapísimo, sí, pero colecciona romances como si fueran cromos. Lo cierto es que son un poco raritos.

—¿Qué quieres decir? —preguntó Novalie con auténtico interés.

Lucy se encogió de hombros y alzó su vaso vacío, tratando de llamar la atención de la camarera.

—Los Grieco se comportan como si estuvieran por encima de los demás. No digo que sean malas personas ni nada de eso, pero son distantes y no suelen relacionarse con la gente de la isla durante el tiempo que pasan aquí. Que no es mucho, la verdad.

Novalie posó sus ojos en Nick. Él conversaba con su acompañante y daba la impresión de que se lo estaban pasando en grande. A ella no le parecía que fuese alguien distante y, mucho menos, una persona que se comportara como si se sintiera por encima de los demás, sino todo lo contrario. Nick levantó la vista y sus miradas se encontraron; él le guiñó un ojo.

No, definitivamente Nick no parecía el tipo de persona que acababa de describir Lucy.

6

Novalie se desperezó sobre la cama. Abrió los ojos y una sonrisa se dibujó en su cara. Domingo, por fin un largo día durante el que no hacer nada. Se levantó de un salto y corrió a la ventana. El sol brillaba en un intenso cielo azul que se fundía en el horizonte con el océano, tan tranquilo que parecía la imagen inanimada de una postal.

Se vistió a toda prisa, se recogió el pelo en un moño descuidado y corrió a la habitación de su padre. Se paró frente a la puerta, tomó aire y llamó con los nudillos. No esperaba que le contestara, así que entró sin más.

Lo encontró sentado frente a un escritorio, junto a la ventana abierta. Una ligera brisa hacía ondear las cortinas con ligeras sacudidas, emitiendo un áspero frufrú al rozar la madera del marco estropeada por las inclemencias. Miraba el paisaje, y si se había percatado de la presencia de Novalie, no lo demostró.

—¡Buenos días! —dijo ella con entusiasmo, haciendo un esfuerzo para que no le afectara su aspecto ojeroso y descuidado. Arrugó la nariz y se preguntó cuánto tiempo hacía que no se daba un buen baño—. ¿Has desayunado? ¿Quieres que te suba un café?

Su padre no contestó, ni siquiera parpadeó. Novalie dio un par de pasos con las manos en los bolsillos.

—Papá.

Él ladeó la cabeza con lentitud y posó sus ojos en ella. Unos ojos vacíos y desprovistos de vida, enmarcados por unas arrugas que hubiera jurado que no estaban ahí el día anterior. Novalie dio otro par de pasos y sonrió, pero la sonrisa se desvaneció en cuanto él se giró para volver a contemplar la ventana. Deseó no parecerse tanto a su madre. Sabía que ese era el motivo por el que a él le costaba acercarse a ella. Mirarla le hacía daño.

—Hace un día precioso —continuó con vacilación—. Había pensado que podríamos ir a dar un paseo por la playa. Acercarnos hasta el muelle y comprar unas almejas fritas. Podemos comerlas allí mismo, como cuando era pequeña e intentábamos que las gaviotas no nos las quitaran, ¿te acuerdas? —Él asintió una sola vez—. Entonces, ¿te apetece que salgamos? Hace mucho tiempo que no hacemos nada juntos. Estaría bien… —Se hizo un silencio, más largo que el anterior, y Novalie tuvo que apretar los dientes para no ponerse a gritar como una posesa—. ¿Papá?

Graham suspiró, apartó la vista de la ventana y la posó en la pantalla del ordenador portátil que tenía delante.

—Mejor no, tengo que terminar el artículo. Otro… otro día, ¿de acuerdo?

Novalie asintió y sonrió, a pesar de que en la pantalla solo había una página en blanco con un título; la misma imagen que el día anterior. Dio media vuelta y salió de la habitación. No se molestó en cerrar la puerta; estaba demasiado triste y enfadada con él como para ser amable. Que lo hiciera él; al menos así se levantaría de esa maldita silla.

Se dirigió a la cocina y se sirvió unos cereales, que terminó de comer en el porche. Los arrumacos de Aly y Tom junto a la secadora estaban a punto de quitarle el apetito. Pensó que deberían ser más cuidadosos con sus muestras de cariño. El sonido de sus besos y sus risas inundaban la casa y también se oirían en la habitación de su padre. Era cruel. Se detuvo con la cuchara a medio camino de su boca y la dejó caer. Estaba siendo injusta con sus tíos al pensar así.

Bajó la vista hacia el tazón y tragó saliva mientras dejaba que unas lágrimas calientes y saladas resbalaran por sus mejillas, a sabiendas de que no podía venirse abajo ni ponerse sentimental. Esa no era la actitud que la ayudaría a seguir adelante.

Dejó los cereales a un lado y se puso de pie, para encaminarse a la playa. Sus chanclas se hundían en la arena y esta se colaba entre los dedos de sus pies haciéndole cosquillas. Se acercó a la orilla, dejando que las pequeñas olas le bañaran los tobillos. El agua estaba un poco fría, pero era agradable centrarse solo en esa sensación. Se soltó el pelo, cerró los ojos y abrió los brazos en cruz. Inspiró el aire cálido de la mañana y espiró tratando de vaciar su interior de todo rastro de negatividad.

Los ladridos de un perro llamaron su atención. Era el mismo labrador que había visto desde su ventana cada mañana, persiguiendo a los cormoranes y jugando con las olas. Buscó con la vista al hombre que solía acompañarlo. Los había observado cada día desde que llegó a la isla. Le gustaba verlos jugar. Surgió tras una duna, caminando hacia ella sin prisa. Frunció el ceño. Había algo familiar en él, a pesar de que solo era una figura desdibujada a lo lejos.

Sus ojos se abrieron como platos cuando lo reconoció y, sin saber por qué, su corazón se aceleró. Empezó a sentir unas mariposas en el estómago que apenas la dejaban respirar. El perro comenzó a saltar junto a ella, inquieto, como si pidiera su atención. Novalie alargó la mano y le acarició la cabeza.

—Le gustas —dijo Nick con una sonrisa.

Novalie sonrió y se agachó junto al animal, rascándole tras las orejas.

—¡No le hagas eso o no podrás deshacerte de él jamás! —añadió él en tono dramático al llegar a su altura.

—¿Como me ocurre contigo? —preguntó Novalie mientras se ponía en pie. Adoptó una expresión severa y añadió—: ¿Me estás siguiendo?

Nick se cruzó de brazos y le dedicó una mirada dura.

—¿Y tú a mí?

—¡No, por supuesto que no!

Se miraron fijamente, muy serios y sin pestañear, tratando de contener sus sonrisas. El perro dejó de saltar y se sentó, observándolos a ambos sin dejar de mover la cabeza. Empezó a gimotear.

—¡Pobrecito, lo hemos asustado! —exclamó Novalie.

—No pasa nada, Ozzy. No iba en serio —dijo Nick, palmeando el lomo del animal. Miró a Novalie y le guiñó un ojo—. Es muy sensible.

—¿Se llama Ozzy? ¿Como el cantante?

—Se llama así por el cantante —confesó él.

—¡Es un perro precioso! —susurró. Volvió a acariciarlo. Siempre había querido tener un perro—. Os he visto varias mañanas corriendo por la playa. —Hizo un gesto con la cabeza, señalando la casa a su espalda—. Desde mi ventana —y añadió en tono de disculpa—: Pero no sabía que eras tú.

—¿Vives en esa casa? —preguntó él con interés. Levantó la barbilla y contempló el edificio de dos plantas—. Es muy bonita.

—Gracias.

Hubo un silencio que se prolongó unos segundos, durante el cual se sostuvieron la mirada.

—Bueno, será mejor que vaya tras él antes de que se meta en algún lío —comentó Nick. Su perro se alejaba en dirección al muelle—. La otra mañana arremetió contra el puesto de almejas fritas.

Novalie soltó una pequeña carcajada.

—¿Le gustan las almejas?

—Tanto como a mí, y te aseguro que me gustan mucho —respondió, sonrojándose un poco—. La culpa es mía. Se las daba de comer cuando solo era un cachorro y ahora es un adicto sin control. ¡He creado un monstruo! —exclamó mientras echaba a andar.

Alzó la mano a modo de despedida y la miró por encima de su hombro. Novalie le devolvió el gesto, sacudiendo la cabeza sin dejar de reír. Lo atrapó en el acto el sonido de su risa y el brillo de sus bonitos ojos verdes.

Entonces ella apartó la vista y se sacó la camiseta, que tiró sobre la arena. Después llevó las manos a sus pantalones con intención de quitárselos. Nick dejó de observarla con un revoloteo en el estómago y trató de buscar a su perro, una mancha de color canela que correteaba entre unos niños que volaban unas cometas. Pero cuando se hubo alejado unos cuantos metros, no fue capaz de reprimir el impulso de darse la vuelta y mirarla. Novalie se adentraba en el mar dando pequeños saltitos, como si intentara acostumbrarse a la temperatura del agua antes de sumergirse de lleno. ¡Dios, tenía un cuerpo que quitaba el hipo!

Más tarde, cuando Nick llegó a casa, la imagen de Novalie seguía en su mente y el extraño revoloteo de su estómago se extendía por todos sus miembros. Sonrió, recordando cada uno de sus encuentros, y su sonrisa se ensanchó aún más cuando entró en su habitación y vio los libros que había comprado en la librería. Evocó su cara al llamarle «aburrido» y una leve carcajada escapó de sus labios.

—Dicen que solo los locos ríen y hablan solos.

—¿Y quién ha dicho que yo estoy cuerdo? —preguntó Nick mientras se daba la vuelta. Su madre estaba apoyada en el marco de la puerta, con una taza de café entre las manos—. Buenos días, mamá.

—Buenos días —respondió ella, poniendo su mejilla al tiempo que él se inclinaba para besarla—. ¿Qué planes tienes para hoy?

Nick se sentó en la cama y comenzó a quitarse las zapatillas.

—El abuelo quiere que le acompañe a los viñedos. Papá que juguemos al golf en el club, y si de Armand dependiera, estaría atado las veinticuatro horas del día a ese piano... —Se encogió de hombros—. Marco me ha pedido que esta noche le acompañe a una fiesta en la playa... —Suspiró y se pasó una mano por la cara—. ¡Y yo solo quiero dormir! —exclamó, dejándose caer sobre las sábanas.

—Bueno, seguro que si te organizas podrás cumplir con todo, sobre todo con tus clases. Nickolas, no te relajes ni dejes que estos días en la isla te distraigan de lo que es importante, ¿de acuerdo?

—Sí.

—Pronto volveremos a Salzburgo. Tu vida y tu trabajo están allí. Y son muchos los que matarían por estar en tu lugar.

—No te preocupes...

—Lo digo en serio. Si quieres ser el mejor, has de respirar por y para el piano. Tu padre y yo sabemos lo que supone ese sacrificio, pero la recompensa es aún mayor... Tienes un don, hijo. Y esta familia lo está sacrificando todo para que tú logres lo inimaginable.

Nick cruzó las manos bajo su nuca y suspiró con la vista clavada en el techo. Estaba cansado de oír las mismas palabras una y otra vez, en diferentes labios: su abuelo, sus padres, sus profesores y compañeros... Aunque el significado y la exigencia que contenían eran los mismos. En el fondo odiaba que cada paso que daba estuviera fijado por una agenda, pero era incapaz de rebelarse.

—Lo sé, mamá. No temas. Estos días aquí no van a cambiar nada, ni me cambiarán a mí. Sé cuál es mi camino y no voy a apartarme de él...

—No, nada lo apartará de su camino. Porque don Perfecto sabe muy bien la cantidad de corazones que rompería si, de repente, decidiera pensar por sí mismo —dijo Marco. Había aparecido tras su madre y le rodeó la cintura con los brazos, besándola en el cuello—. ¿No es así, hermanito?

Ivanna se deshizo del abrazo de su hijo pequeño y, dedicándole una mirada severa, le palmeó la mejilla con dudoso afecto.

—Tu sentido del humor me pone de los nervios, querido —replicó, y un destello de impaciencia cruzó por sus ojos azules. Dio media vuelta y enfiló el pasillo con paso ligero, haciendo resonar sus tacones sobre el suelo de mármol en dirección a la escalera, mientras su vestido ondeaba dejando tras de sí una estela de caro perfume francés.

—¡Oh, oh! —dijo Marco entre risitas ahogadas. Entró en el cuarto y se dejó caer en una butaca junto al vestidor—. Creo que no ha entendido la broma.

Nick puso los ojos en blanco y se levantó de la cama ignorando a su hermano. Entró en el baño y abrió el grifo de la ducha. Regresó al dormitorio y cogió del armario unos tejanos y una camiseta blanca que dejó sobre la cama.

—¡Eh! No iba en serio lo que he dicho —se defendió Marco.

—¿Qué parte? ¿La de «don Perfecto» o la de «si decidiera pensar por mí mismo»? —masculló perdiéndose en el baño.

Marco rio por lo bajo y lo siguió. Se apoyó en el marco de la puerta con los brazos cruzados sobre el pecho y observó la silueta opaca de su hermano tras la mampara de la ducha.

—Venga, no te enfades, ya sabes cómo soy.

—Sí, un cretino.

Marco se desternilló de risa y bajo el sonido del agua pudo oír cómo su hermano también reía. Sintió una especie de nudo en el estómago, algo que se parecía a los remordimientos. Nick nunca se enfadaba de verdad con él. A pesar de lo que hiciera o dijera, siempre se mostraba comprensivo y tolerante. Era su hermano mayor y nunca le había fallado. Trataba de aconsejarle y le cubría las espaldas cada vez que se metía en un lío; algo que solía pasar a menudo. Pero se sentía incapaz de deshacerse de esa gruesa capa de malicia y saña que le recubría la piel, convirtiendo sus emociones en unos sentimientos malsanos, y que solía derramar sobre su hermano, el único que no tenía culpa de nada.

De repente, sintió que necesitaba una copa. Se frotó las manos e ignoró el deseo.

—Sigue en pie lo de esta noche, ¿no? —preguntó Marco.

Nick apareció con una toalla alrededor de las caderas. Le caía agua del pelo y empapó la madera del suelo.

—¿Acaso puedo rechazar la invitación? —respondió en tono mordaz.

—No. Además, fuiste tú el que insistió en hacer cosas juntos, con ese espíritu sacrificado y salvador que derrochas conmigo. Con un poco de suerte, en lugar de salvarme, descubres que no está tan mal emborracharse un poco y bañarse con una chica desnuda en el mar bajo las estrellas —comentó Marco con un tono sugerente.

Nick apartó la vista de su hermano y la hundió en el cajón de su cómoda. Sin pretenderlo, la imagen de Novalie bañándose desnuda acudió a su mente y sus mejillas ardieron. Pensar en ella de ese modo no estaba bien, y desde que la había visto en el restaurante, con ese vestido tan inocente, no hacía otra cosa. Nunca se había sentido demasiado atraído por las chicas como ella, una mezcla de lolita y estrella del rock. Pero su aspecto de chica mala le parecía de lo más sexi.

—Entonces, ¿vas a ir? —insistió Marco.

—Iré a esa fiesta, pero no pienso emborracharme y no me bañaré con ninguna chica desnuda... ni vestida —matizó antes de que su hermano abriera la boca para responder—. Y tú tampoco.

—¡Aguafiestas! —exclamó Marco antes de salir de la habitación.

Nick sacudió la cabeza y soltó un suspiro. «¿Qué demonios voy a hacer yo en una fiesta donde no conozco a nadie?», pensó.

7

—¡Mirad cuánta gente! ¡Va a ser una fiesta estupenda! —proclamó Lucy nada más bajar del coche de su prima Maya.

En la playa ardían varias hogueras y a su alrededor parecía haber un centenar de personas, puede que muchas más. La música sonaba a un volumen alto, pero no conseguía apagar el bullicio de las voces que reían y gritaban.

—Sí, lo va a ser, así que intenta no dar la nota y avergonzarme —le espetó Maya, y echó a andar poniendo distancia entre ellas. En cuanto oyó que la puerta del coche se cerraba, accionó el mando a distancia sin mirar ni una sola vez atrás.

—¿Por qué diantres hemos venido con ella? No nos soporta, nunca lo ha hecho —masculló Novalie por lo bajo, con la vista clavada en la espalda de Maya.

Maya era un par de años mayor que ellas y pertenecía al grupo de los populares desde que iba a la guardería. Y ahora que era una universitaria de Princeton, su ego rozaba alturas estratosféricas.

—¡Chis! Te va a oír —susurró Lucy.

—¿Y qué?

—¿Te haces una idea de lo que me ha costado convencerla de que nos trajera?

—No veo las puertas, ni los tipos duros que suelen controlarlas. ¡Por Dios, es una fiesta en la playa! ¡Podríamos haber venido en mi camioneta! No la necesitábamos —protestó Novalie con los ojos muy abiertos.

—¿En tu camioneta? No te ofendas, pero eso nos restaría bastantes puntos. Esta fiesta es privada y Maya era nuestro único billete.

Novalie abrió la boca y balbuceó, sorprendida.

—¿Privada? Eso no me lo habías dicho.

—Sí, es la fiesta del año, todo el mundo la espera. Que te inviten marca la diferencia entre ser guay o una pringada. —Alzó una mano y sacudió la cabeza con un gesto exasperado—. Y yo ya estoy preparada para cambiar de nivel, te lo aseguro.

—¡Vale, ya veo que tu vida depende de esto! —exclamó Novalie en tono dramático, esforzándose por no echarse a reír. Lucy le sacó la lengua y le dio un codazo—. ¿Y quién la organiza?

—El nuevo novio de Maya, Duncan Hewitt. Recuerdas a Duncan, ¿no?

Novalie puso los ojos en blanco.

—Sí, era tan idiota como su hermano —esbozó una sonrisa burlona. Sabía perfectamente quiénes eran los Hewitt. Pertenecían a una de las familias más adineradas de Bluehaven, y si Duncan era uno de los chicos más odiosos que recordaba, Billy, su hermano pequeño, no lo era menos—. No sabía que Maya salía con ese tipo. ¿Aún se baña en fijador para el pelo?

—¡Te va a oír! —Lucy fulminó con la mirada a Novalie. Inmediatamente una sonrisa se dibujó en sus labios y asintió—. ¡Kilos y kilos! A este paso se quedará calvo a los veinticinco.

Las dos empezaron a reír por lo bajo. Descendieron el estrecho sendero y llegaron a la playa. Novalie apenas conocía a nadie. Le sonaban algunas caras, pero nada más. Un par de manos se alzaron y reconoció bajo el excesivo maquillaje a Maggie y Lana, dos chicas con las que solía salir durante los veranos que había pasado en la isla. Les devolvió el saludo con una tímida sonrisa.

—¿Esas no son...?

—Sí, las mismas, y te aconsejo que pases de ellas. No son las que eran, créeme. Han hecho de la superficialidad y el esnobismo un arte —masculló Lucy, apretando el paso.

—¡Vaya! ¿Quién diría que hace unos años erais inseparables? Pues me caían bien, eran divertidas. Aún me acuerdo de las fiestas de pijamas en casa de Lana. ¿Recuerdas aquella imitación que hacía con los palillos? —comentó mientras se llevaba las manos a la nariz y movía los dedos.

Lucy resopló y se detuvo.

—Está bien. Si quieres ir con ellas, ve. No me importa. Así podrás comprobar tú misma de qué calaña es esa *robanovios* —mascullό muy enfadada.

Novalie soltó un pequeño grito ahogado. Carraspeó para aclararse la garganta.

—*¿Robanovios?* ¿Es por eso que...?

—Sí, la muy... —Se tragó el insulto que pulsaba por salir de su boca—. El año pasado, por fin, Elliot me pidió salir. Ya sabes que siempre he estado enamorada de él, desde la guardería. Y esa arpía, Maggie, estuvo durante meses entrometiéndose hasta que... que...

Lucy sacudió los brazos con los puños apretados y lanzó un gritito de frustración al cielo. Novalie no apartaba los ojos de su cara. Aun en aquella oscuridad, podía ver cómo sus mejillas se encendían y brillaban por la rabia.

—¿Qué? —la apremió.

Lucy soltó el aire que estaba conteniendo.

—¡Se lo tiró! La muy fresca se lo tiró, y se dejó las bragas «olvidadas» —hizo un gesto de comillas con los dedos— en su coche. ¿Sabías que borda la ropa interior con su nombre y unos lacitos?

—¿En serio? —preguntó Novalie sin dar crédito.

Lucy asintió, sacudiendo la cabeza muy deprisa.

—Tal como te lo cuento. Y ahora también quiere robarme a mi mejor amiga —gimoteó.

Novalie lanzó una mirada fugaz a las dos chicas, que no paraban de cuchichear entre risas cargadas de intención. No era difícil adivinar cuál era el tema de conversación.

—Nadie va a quitarte a tu mejor amiga, o sea, *moi* —dijo Novalie. Enlazó su brazo al de Lucy y tiró de ella hacia el centro de la playa—. Mira a tu alrededor. Estamos en la mejor fiesta del mundo, llevas un vestido precioso... ¡Vamos a pasarlo bien!

Lucy esbozó una leve sonrisa, que poco a poco se fue ensanchando.

Una hora después, Novalie vagaba aburrida entre las hogueras. Lucy y Elliot se habían encontrado en la improvisada barra donde se habían dispuesto las bebidas. Una sonrisa había dado pie a un tímido saludo, el saludo a un «¿qué tal estás?», y habían acabado por alejarse para hablar de lo ocurrido entre ellos.

Novalie se deslizó hasta la orilla, donde las olas rompían con un lento y suave vaivén. La luna se reflejaba en el vasto y negro océano, trazando una estela brillante que se perdía en el horizonte. La noche resultaba refrescante y la brisa agitaba sus cabellos. Suspiró. No le apetecía nada estar allí, pero le había prometido a su amiga que la esperaría.

—¡Hola! Yo te conozco, ¿verdad? —saludó una voz tras ella.

Novalie se giró y se encontró con Billy Hewitt. Él avanzó un par de pasos y se colocó a su lado. Solo llevaba unas bermudas caqui, con bolsillos en las perneras, e iba descalzo.

—Tú eres esa chica que solía venir durante las vacaciones, ¿no? —continuó él—. La sobrina del mecánico. —Sonrió al ver que Novalie asentía con la cabeza—. Me acuerdo de ti, sí. ¡Vaya, me ha costado reconocerte! Eras una mocosa la última vez que te vi.

—Gracias... Supongo... —dijo Novalie, dejando escapar una risita incómoda.

Billy la miró con la cabeza ladeada.

—Te llamabas...

—Novalie, Novalie Feist.

—Sí, Novalie, ahora lo recuerdo. Yo soy...

—Billy Hewitt. Sé quién eres. Solías ir con tu padre al taller de mi tío.

—Sí. Buena memoria —comentó él, enfundando las manos en los bolsillos de sus bermudas.

Hubo un largo silencio en el que ninguno de los dos apartó la mirada del agua. Las olas se movían con rapidez y formaban una densa espuma que se quedaba pegada a la arena endurecida. Novalie explotó las pompas con el pie y levantó la vista al cielo.

—Es una fiesta estupenda, ¿verdad? —preguntó Billy.

Novalie lo miró a los ojos. El fuego se reflejaba en sus pupilas dándoles un aspecto de oro líquido, a juego con su pelo, un poco largo y despeinado.

—Lo es. ¡Felicidades!

Billy se encogió de hombros y negó con la cabeza.

—¡Bah! Todo esto es cosa de mi hermano, yo no tengo nada que ver. —Una nueva pausa, algo más larga que la anterior—. ¿Te... te apetece algo de beber?

Tras unos instantes tensos por su indecisión, Novalie asintió. Billy se quedó paralizado, mirándola sin parpadear, sorprendido de que hubiera aceptado. Estaba seguro de que iba a rechazarlo. No parecía muy contenta con su compañía. Quizá solo fuera timidez... y a él le encantaban las chicas tímidas.

—¡Genial! Espera aquí, ¿vale? Vuelvo enseguida. —Dio media vuelta y apretó el paso. Se volvió con una sonrisa de despiste en la cara—. No me has dicho qué quieres beber.

—Un refresco estaría bien —respondió Novalie con una risita.

Se ruborizó y apartó la mirada antes de que él pudiera notarlo. No estaba acostumbrada a recibir ese tipo de atenciones. En realidad no estaba acostumbrada a tener el interés de ningún chico. No había tenido tiempo para ellos.

—Vale. No tardo nada.

Billy regresó con dos vasos de plástico llenos de refresco. Le entregó uno a Novalie y se dejó caer sobre la arena. Ella lo imitó. Empezaron a hablar sobre el tiempo y la temperatura, pero poco después bromeaban sobre series de televisión y películas de acción, videojuegos y los temas de sus grupos musicales favoritos.

Novalie clavó la mirada en un grupo brillante de estrellas. Un incómodo silencio se había impuesto entre ellos después de la euforia inicial. Cerca de donde se encontraban, una pareja se tumbó en la arena y comenzó a darse el lote. A unos pocos metros de allí, otra se besaba apasionadamente mientras se adentraban medio desnudos en el mar.

Novalie no sabía muy bien a dónde mirar. No importaba en qué lugar posara los ojos, siempre encontraba a alguien con la boca o las manos ocupadas. Era como si los asistentes a la fiesta hubieran sido poseídos por el espíritu de Cupido o por el de cualquier otro ser alado más lascivo. Bajó la vista al suelo mientras se recogía el pelo tras las orejas con un gesto que denotaba incomodidad.

Billy alzó la mano y le acarició un mechón que se le había escapado y que ondeaba con la brisa.

—Eres muy guapa —susurró, y sus dedos soltaron el mechón y pasaron a acariciarle el hombro.

Novalie sonrió y se inclinó hacia un lado, apartándose un poco, esperando que captara la indirecta. Pero Billy no lo hizo y acortó la distancia que ella había impuesto. Acercó la nariz a su cuello y depositó allí un beso.

—Hueles muy bien —musitó con voz ronca.

Novalie carraspeó.

—Es tarde. Debería buscar a Lucy y volver a casa.

Hizo ademán de ponerse de pie, pero Billy se lo impidió sujetándola por la muñeca.

—Vamos, no te vayas, lo estamos pasando muy bien.

—En serio, tengo que irme... ¡Ay! —Él apretó con más fuerza su muñeca y se inclinó sobre ella. El aliento le apestaba a alcohol—. Billy, no sé si he hecho o dicho algo que puedas haber malinterpretado, pero no me interesas en este sentido. Déjame, por favor.

Él soltó una risita fría y desagradable.

—Llevas una hora aquí conmigo, riendo todos mis chistes, ¿y me dices que no te intereso? No hace falta que finjas, sé cuando le gusto a una chica.

—Pues siento si te he dado esa impresión, pero no me gustas de este modo.

La mano libre de Billy se posó en su muslo y la movió hacia el interior en un peligroso ascenso.

—Oye, Billy, ya vale. No tiene gracia. —La voz le temblaba, pero trató de que sonara severa. Lo apartó sin mucho éxito. Su peso le estaba aplastando el lado izquierdo—. ¡Quita, joder!

Billy sonrió con malicia y sus ojos se entornaron, vidriosos, como si su rechazo y el oírla decir tacos lo excitara. Y sin darle tiempo a reaccionar, la atrajo hacia él atrapando sus labios con un beso. Novalie notó la presión de su lengua abriéndose paso en su boca. Era repugnante y las náuseas le estrujaron el estómago.

Forcejeó, tratando de quitárselo de encima, pero Billy era mucho más fuerte y casi la tenía sometida. Su cuerpo estaba sobre el de ella en una posición que no le permitía moverse. Le mordió el labio sin saber qué otra cosa hacer. Él interrumpió el beso, se lamió la herida y sonrió de una forma que hizo que el corazón de ella se disparara con un ataque de pánico. Pero ¿qué le pasaba a ese tío, acaso era un sádico que disfrutaba con el dolor? La tomó por la nuca con una mano y trató de volver a besarla, mientras con la otra buscaba un hueco entre la cinturilla de sus pantalones y sus caderas.

—Suéltame o me pondré a gritar —lo amenazó sin aliento.

—Inténtalo, nadie va a hacerte caso.

Asustada y enojada, Novalie utilizó toda su energía contra él. Lo empujó hasta que logró apartarlo. Cerró la mano en un puño y le asestó un golpe en la cara con todas sus fuerzas, acertando de lleno en la nariz. Oyó huesos crujir. Pensó que era el tabique nasal del chico, pero el intenso dolor que sintió en la mano le dijo que eran sus dedos los que habían hecho aquel desagradable sonido.

Billy dejó escapar un grito de dolor y se llevó las manos a la cara.

—¡Joder, me has roto la nariz! —bramó mientras se ponía de pie, tratando de controlar la hemorragia.

Novalie también se puso de pie, trastabillando a la vez que sacudía la mano. Los nudillos le palpitaban y el calor que sentía indicaba que se le estaban hinchando rápidamente.

—¿Qué pasa contigo? ¡Dios, me has destrozado la cara! —gimió Billy. La sangre se le escurría entre los dedos, goteándole en el pecho.

—No vuelvas a tocarme. Jamás vuelvas a tocarme —le espetó ella apuntándole con el dedo, y echó a correr alejándose de allí.

—Esta me la pagas, estúpida. Te juro que me las vas a pagar.

Novalie apretó el paso, ignorando la amenaza contenida en aquella frase. Tragó saliva y se limpió la boca. Notaba el estómago revuelto por el beso. Sentir sus labios, su saliva, había sido asqueroso. Se masajeó la mano y una parte de ella sonrió; le había dado un buen puñetazo a ese cretino. Se lo merecía por canalla, y estaba segura de que su ego había salido más dañado que su cara.

Zigzagueó entre la gente buscando a Lucy. Necesitaba salir de la playa, marcharse de allí cuanto antes. No dejaba de mirar a su espalda, temiendo que en cualquier momento Billy saliera en su busca. El tío parecía capaz de mucho más que forzar a una chica.

Encontró a Lucy cerca de la última hoguera, junto a las rocas, besándose con Elliot. Por un instante vaciló. Era evidente que habían hecho las paces y no quería interrumpirlos, pero estaba cansada y no quería seguir en el mismo lugar que Billy ni un segundo más.

—Lucy.

Ni caso. Alzó un poco más la voz.

—¡Lucy!

La sacudió por el hombro. Lucy se dio la vuelta con una mirada asesina. La expresión se borró de su cara al ver a Novalie.

—¿Qué... qué pasa? ¿Estás bien?

—Quiero irme.

Lucy frunció el ceño, perpleja.

—¿Ya? Si aún es pronto.

—Son más de las once. Quiero volver a casa.

Lucy lanzó una mirada a Elliot y este le respondió con un gesto impaciente. Tomó a Novalie del brazo y tiró de ella, alejándose unos pasos.

—Por favor. Espera un poco más. Elliot se ha disculpado y le he perdonado. Estamos juntos otra vez. No me obligues a irme.

Novalie resopló y un gemido se ahogó en su garganta.

—Lo siento, de verdad, pero ha pasado algo y necesito marcharme.

Lucy entornó los ojos.

—¿Qué ha pasado?

—¡Eh, Lu! —gruñó Elliot.

—Voy —respondió rápidamente—. Por favor, quédate. Además, no tenemos coche, vinimos con Maya, ¿recuerdas?

—Le pediremos a alguien que nos lleve —insistió Novalie, sin dejar de mirar atrás.

—¡Es la fiesta del año, Nov!

Lucy no podía disimular que se sentía molesta, que la estaba poniendo en un aprieto. Novalie sacudió la cabeza. No merecía la pena insistir. Su amiga tenía bastante claras sus prioridades: Elliot.

—¿Sabes qué? Te entiendo, quédate con él. No pasa nada —le aseguró. Forzó una sonrisa.

—¿Lo dices en serio? —preguntó Lucy con un suspiro de alivio.

—Sí, adelante. No importa —repuso, y dio media vuelta completamente decepcionada.

Tensa y nerviosa, tomó el sendero por el que habían descendido a la playa. Una rápida mirada por encima de su hombro le bastó para comprobar que los remordimientos que Lucy pudiera tener por haberla dejado colgada, desaparecían entre los brazos de su novio. Su cuerpo se agitó con un estallido de emociones dolorosas.

Llegó hasta la explanada, convertida en aparcamiento para esa noche, y se detuvo un segundo para localizar la carretera. Tomó aire y trató de vaciar su mente de cualquier pensamiento, especialmente de lo sucedido en los últimos minutos, porque si no, acabaría por echarse a llorar. Nunca le había ocurrido algo así, jamás, y esperaba no tener que volver a pasar por nada semejante. Se sentía humillada a la par que desprotegida.

—¿Me estás siguiendo? —preguntó una voz grave.

Novalie dio un salto y se llevó la mano al pecho, como si así pudiera contener los latidos de su corazón desbocado. Se giró y vio a Nick, apoyado sobre un todoterreno negro. La luz de la luna lo bañaba de tal forma que se preguntó cómo no se había dado cuenta antes de su presencia.

—Yo podría hacerte la misma pregunta —señaló ella, y añadió con mejor humor—: ¿Seguro que no eres algún tipo de acosador?

Él rio bajito y le dio un trago a una botella de cerveza.

—Entonces soy un acosador de pacotilla, porque no te he visto en la fiesta.

—Sí, la verdad es que das bastante pena.

Nick soltó un hipido y se rio con ganas echando la cabeza hacia atrás.

—¡Gracias! —exclamó.

Novalie dobló las rodillas con una reverencia, fingiendo que levantaba la falda de un vestido imaginario.

—De nada, ha sido un placer inflar tu ego. —Hizo una pausa y su expresión se endureció—. Bueno... Adiós.

Se despidió con un gesto de la mano y continuó caminando.

—¿Ya te marchas? —preguntó Nick.

—Sí —dijo sin detenerse.

Nick se enderezó intentando no perderla de vista.

—¿Andando? —se extrañó.

—Sí.

—¿Hasta tu casa?

—Sí.

—¿Eres consciente de que vives al otro lado de la isla y que tardarás más de dos horas en llegar?

Nick adivinó el cuerpo de Novalie aproximándose entre los coches. Bajo la luna, sus ojos almendrados eran excepcionalmente bonitos. Poseía unos rasgos dulces, angelicales, acentuados por una pequeña nariz.

—¿Dos horas? —inquirió ella un poco angustiada.

—Sí.

Novalie se desinfló como lo haría un globo y se quedó inmóvil, con los hombros hundidos y los brazos colgando sin vida a ambos lados de su cuerpo. No quería volver a la playa y esperar a que Lucy y Maya dieran por acabada la fiesta; podían pasar horas. Pero caminar esas mismas horas por una carretera en plena noche, no le parecía mejor plan.

—Si quieres puedo llevarte —se ofreció Nick, al tiempo que daba un paso hacia ella.

Novalie lo contempló un largo instante y contuvo el aire mientras pensaba si era una buena idea.

—¿Harías eso por mí?

Él asintió y le ofreció la botella. Novalie se acercó hasta que estuvo a solo un par de pasos, la tomó y se la llevó a los labios. No se había dado cuenta hasta ese momento de lo seca que tenía la garganta. Lo miró a los ojos, que bajo la luna brillaban como dos faros plateados.

—¿Y qué pasa con la fiesta?

—¿Crees que estaría aquí, bebiendo solo, si me estuviera divirtiendo en esa fiesta? —le hizo notar Nick.

Novalie sonrió y le devolvió la bebida.

—Supongo que no. —Se apoyó en el coche y alzó la cabeza para contemplar las estrellas—. Gracias —susurró.

Él la imitó y observó las luces de posición de un avión que se alejaba hacia el sur. La miró de reojo y volvió a ofrecerle la cerveza. Ella la aceptó y, al cogerla, sus manos se tocaron. La de ella temblaba.

—¿Estás bien? —se interesó Nick, buscando sus ojos. Ella se giró hacia él y negó una vez.

—Creo que le he roto la nariz a un chico hace un momento —confesó. Necesitaba decírselo a alguien y aligerar el peso que la aplastaba. Volvió a pasarle la botella—. No estoy segura, no me he quedado para comprobarlo.

—¿Que tú qué? ¿Qué ha pasado? —quiso saber, preocupado.

—Trató de propasarse conmigo. De hecho, me besó… Y pretendía mucho más… —explicó ella, enrojeciendo por completo. Apartó la vista, incapaz de mirarlo a la cara.

Nick soltó la cerveza, que acabó derramándose a sus pies, y se enderezó.

—¿Te ha hecho daño? ¿Te ha...? —preguntó con un nudo en la garganta, tan apretado que le tembló la voz. E inexplicablemente ese nudo de preocupación se transformó en ira.

—¡No, no me ha hecho nada! Más bien al contrario. —Rio con timidez y se frotó los nudillos—. ¡Le he atizado bien! —Sonrió orgullosa—. Lloriqueaba como un bebé.

Nick se quedó mirándola sin mediar palabra. Sacudió la cabeza y una sonrisa se dibujó en sus labios, que acabó transformándose en una carcajada.

Novalie levantó la vista sorprendida.

—¿De qué te estás riendo? —se hizo la indignada, contagiándose de su risa. Había algo en su sonido que le erizaba el vello con una sensación agradable.

—Es que nunca he conocido a nadie como tú. En serio, eres... especial. ¡Y lo digo en el buen sentido! —se apresuró a aclarar, y alzó las manos en un gesto de paz.

La miró con ternura, le era imposible no hacerlo. Su larga melena rubia brillaba bajo la luna como si estuviera hecha de hilos de plata, y sus ojos tenían una expresión triste que no podía disimular la sonrisa que esbozaban sus labios.

—Vamos, sube al coche. Te llevaré a casa —dijo mientras abría la puerta para que pudiera subir.

Ella dudó unos segundos.

—¿No te fías de mí? —preguntó Nick—. No sé qué clase de tío es ese que se ha propasado contigo, pero te aseguro que no soy como él.

Novalie alzó la mirada hacia él y sintió un revoloteo en el estómago. Una emoción extraña que hizo que las manos comenzaran a sudarle.

—No es eso, es que... ¿Te importa si esperamos un poco? Creo que aún estoy demasiado nerviosa como para ir a casa. Se darán cuenta, querrán saber y... —Se encogió de hombros—. ¿Te importa?

—Claro que no. —Iba a empujar la puerta para cerrarla, pero se detuvo. Había tenido una idea—. ¿Tienes hambre?

—¿Qué?

—¿Tienes hambre? —repitió Nick—. Porque yo sí. Podríamos comer algo.

—No creo que encuentres un sitio donde te sirvan a estas horas. Son casi las doce.

Nick carraspeó, y cuando habló lo hizo con un tono cargado de suficiencia.

—¿Y si te digo que conozco un restaurante italiano donde nos prepararán una lasaña como no has probado otra?

Novalie sintió cómo su estómago protestaba al imaginarse un enorme plato de pasta humeante, aderezada con especias aromáticas. La boca se le hizo agua. Estaba muerta de hambre y dijo que sí con la cabeza.

Subieron al coche y quince minutos después aparcaban frente al restaurante italiano que se alzaba en el paseo, muy cerca de la pasarela junto a la que se instalaba la feria de verano. Novalie contempló el local; parecía cerrado y las cortinas a cuadros rojos y blancos cubrían las ventanas ocultando el interior. Solo un cartel luminoso, con forma de gorro de cocinero con un gracioso bigote, daba vida al inmueble.

Nick le hizo un gesto con la cabeza para que lo siguiera. Se adentraron en un estrecho callejón donde se alineaban varios cubos de basura. El sonido de unas voces llegó hasta ellos, entre música y risas. Nick se detuvo frente a una puerta y llamó con fuerza.

Esta se abrió al cabo de unos segundos y una mujer, que rondaba los cincuenta, apareció en el umbral con el ceño fruncido. Al verle, se le iluminó la cara.

—*Nickolas, che sorpresa!*

—*Ciao, Simona* —saludó él.

—*Vieni dentro, vieni dentro* —dijo la mujer, urgiéndolos a que entraran.

—Siento mucho presentarme sin avisar —empezó a decir Nick—, pero me preguntaba si...

Simona le palmeó la espalda con fuerza.

—Os prepararé una mesa ahora mismo. Vamos, pasad al comedor. Nicoletta os tomará nota.

Los guio a través de la cocina, en la que los empleados estaban cenando. A ellos pertenecían las voces que habían oído al entrar en el callejón. Les saludaron alzando sus copas con un gesto de bienvenida. Todo el mundo parecía conocer a Nick y se alegraban de verle por allí.

Cruzaron una puerta abatible que conducía al comedor. Simona fue hasta la barra y encendió las luces.

—Sentaos donde os apetezca. Avisaré a Paolo; se alegrará de saber que has venido —anunció sin perder la sonrisa.

Se sentaron a una mesa, cerca del aire acondicionado.

—¿Estás seguro de que no molestamos? —preguntó Novalie en voz baja, mientras acercaba su silla a la mesa.

Nick negó con la cabeza.

—Tranquila, hace muchos años que conozco a Simona y Paolo, desde que era un niño. Se mudaron aquí gracias a mi abuelo, que les ayudó a instalarse y a montar este restaurante.

Una chica morena de grandes ojos castaños, que no contaba con más de veinticinco años, entró en el comedor y se acercó a ellos. Sacó un bloc de notas y un bolígrafo del bolsillo de su delantal.

—Hola, Nick, ¿cómo estás?

—¿Qué tal, Nicoletta?

—Como siempre —respondió la chica—. ¿Qué os apetece cenar?

Nick la miró con ojos brillantes y se frotó las manos.

—Me muero por un poco de lasaña. Si aún os queda. Si no, cualquier cosa que ya esté preparada.

Nicoletta sonrió divertida.

—Tranquilo, aún queda. Lasaña por aquí —susurró mientras tomaba nota. Levantó la vista y le dedicó una sonrisa a Novalie—. ¿Y para esta señorita?

—Lo mismo, tomaré lo mismo —se apresuró a contestar ella.

—¿Y para beber?

Nick miró a Novalie y se encogió de hombros.

—¿Vino? —propuso. Novalie negó con la cabeza—. ¿Cerveza?

—No, gracias.

—¿Algo más fuerte? —inquirió él con el ceño fruncido.

Novalie se puso colorada y se inclinó sobre la mesa.

—Tengo dieciocho años, no puedo beber alcohol —comentó algo cortada.

Nick empezó a toser como si se hubiera atragantado. La miró sin poder disimular su sorpresa, ni lo mucho que lo contrariaba aquella revelación.

—Dieci... ¿Solo tienes dieciocho años? —preguntó alarmado.

Novalie asintió y bajó la vista. La reacción de Nick comenzaba a incomodarla.

Nicoletta carraspeó, llamando su atención.

—¿Qué te parece un refresco?

Novalie asintió y le dio las gracias. En cuanto Nicoletta se hubo alejado, Nick clavó los codos en la mesa y se inclinó sobre ella.

—¿Por qué no me has dicho que solo tienes dieciocho?

—No me lo has preguntado, y tampoco creo que sea tan importante, ¿no? ¿Cuántos años tienes tú?

—Cumplo veinticinco el mes que viene —respondió.

Novalie se quedó de piedra. Sabía que era mayor que ella, pero no esperaba que tanto. «¡Dios, seis años de diferencia entre nosotros!», pensó sin aire en los pulmones.

—Bueno, yo cumplo diecinueve en octubre —aclaró con la sensación de que debía justificarse. No entendía muy bien por qué, pero sentía la necesidad de que él la viera como una adulta, no como una niña. Y tenía la impresión de que en aquel momento eso era precisamente lo que él veía: una niña.

Nick se cruzó de brazos. Sonrió sin dejar de mirarla y se repantigó en la silla. Se pasó una mano por la mandíbula y después por el pelo. Dejó escapar un breve resoplido.

—Continúan siendo dieciocho.

Novalie se puso colorada como un tomate. Comenzó a doblar la servilleta sobre la mesa, repasando cada doblez con el dedo una y otra vez.

—¿Y por qué eso es tan importante? Si es por la cerveza en la playa, no se lo diré a nadie.

Lo miró algo confusa, pero él negó con la cabeza antes de que pudiera continuar por esos derroteros.

—No es por eso, es...

Nick se pasó de nuevo la mano por el pelo. Se sentía raro. No es que le molestara la edad de Novalie. Era mucho más joven, sí, y él un completo adulto en comparación, pero solo eran amigos. No mantenían ningún tipo de relación que pudiera verse afectada por una diferencia de edad tan grande.

—No pareces tan joven. Tu aspecto, tu forma de hablar, de comportarte, no es la de... Pensé que eras más mayor, nada más.

Novalie volvió a ponerse roja, nerviosa, pero logró relajarse lo suficiente como para volver a posar su vista en él. Una idea le pasó por la cabeza y comenzó a sonreír.

—¿Qué? —preguntó Nick con curiosidad.

—¿Sabes? Pareces un novio decepcionado porque acaba de descubrir que su novia usa relleno en el sujetador.

Los ojos de Nick se abrieron como platos y por un momento se preguntó si había oído bien. Pero al ver que ella agachaba la mirada, cohibida, supo que eso era exactamente lo que había dicho. Se echó a reír con ganas. Vale, era una mocosa, pero la mocosa más divertida que había conocido hasta ahora.

—No estoy decepcionado —replicó. La repasó con la mirada casi sin darse cuenta y se detuvo en su escote. El aire frío del climatizador había hecho que se le erizara cada centímetro de piel. Se mordió el labio y enarcó una ceja—. No creo que el relleno sea uno de tus problemas.

Novalie sacudió la cabeza, ocultando la sonrisa de sorpresa que asomaba a su cara.

—Y yo no puedo creer que hayas dicho eso.

Nick se ruborizó y apretó los párpados con fuerza. La había cagado sin darse cuenta. No hacía ni una hora que un tío había tratado de sobrepasarse con ella y allí estaba él, flirteando como si quisiera montárselo con ella sobre la mesa.

—Ni yo. Lo siento. —Soltó una risita incómoda—. Te aseguro que no voy por ahí... No quiero que pienses que yo... ¡Dios, mátame y acabemos con esto! —gruñó llevándose las manos al rostro.

La miró a través de sus dedos. Ella le sonreía de una forma que hizo que le dieran ganas de cogerle la cara entre las manos y plantarle un beso en la boca. Se contuvo. ¡Ni loco iba a hacer algo así! Apoyó los brazos en la mesa y jugueteó con los cubiertos.

—Lo que quería decir es que no estoy decepcionado. No tengo ningún problema con tu edad, Novalie. Solo he flipado un poco, ¿vale? Lo que he dicho antes iba en serio. No sé, te echaba veintiuno o veintidós años, y me ha sorprendido un poco.

Se fijó en un mechón de pelo que se le había quedado pegado a la mejilla. Le apetecía apartárselo delicadamente con un dedo, pero eso tampoco lo hizo. No podía ir haciendo esa clase de tonterías. Ya había cubierto su cupo por esa noche.

—Mira, mi único problema con tu edad es que tendré que beberme yo solo una botella del mejor tinto italiano que puedas imaginar.

Novalie no apartó la mirada de sus ojos en ningún momento. Una tímida sonrisa curvaba sus labios y hacía que le temblaran las mejillas como a un conejito. Esa sonrisa desarmó por completo a Nick, que alargó la mano por encima de la mesa.

—¿Amigos?

Para su sorpresa, Novalie posó su mano sobre la de él sin hacerse esperar y asintió con la cabeza. Miró sus dedos sobre los suyos y los apretó un segundo. Las sensaciones extrañas que le provocó lo desconcertaron.

—Bonito colgante —dijo Novalie, mientras recuperaba su mano y el aire de los pulmones. La mirada de Nick sobre ella la ponía nerviosa.

Nick inclinó la barbilla y se miró el pecho. Alzó la cadena con un dedo y le dio la vuelta a la placa de platino. En el reverso tenía grabada la silueta de una brújula.

—No suelo llevar joyas, no me gustan —empezó a explicar—. Pero este colgante es especial para mí. Marco, mi hermano, lleva uno idéntico. Cuando éramos unos críos decidimos hacer uno para cada uno. Una especie de símbolo que nos uniera.

—Es un gesto muy bonito. ¿Qué significa la brújula?

Nick sonrió y guardó el colgante bajo su camiseta.

—Por muy lejos que estemos el uno del otro, siempre sabremos cómo encontrarnos.

Novalie se lo quedó mirando y una oleada de ternura la recorrió de arriba abajo. Para ella la familia era muy importante y Nick parecía compartir esos mismos sentimientos.

—¡Vaya, eso es precioso! Debéis de estar muy unidos.

Nick bajó la mirada y empezó a darle vueltas a un tenedor.

—Marco es mi único hermano, es el pequeño, y la persona más importante en mi vida.

A pesar de lo bonitas y sinceras que eran sus palabras, Novalie percibió un atisbo de tristeza.

La puerta que daba a la cocina se abrió y apareció un hombre vestido de blanco, algo entrado en kilos y con el pelo canoso.

—¡Oh, me alegra ver que mis clientes favoritos lo pasan bien! —exclamó el hombre con entusiasmo.

—¡Paolo! —dijo Nick, poniéndose de pie. Fue a su encuentro y le dio un abrazo—. Ven, quiero que conozcas a Novalie.

8

A la mañana siguiente, Novalie se levantó de la cama en cuanto el sol despuntó en el horizonte tiñendo de naranja el cielo. Se acercó a la ventana y el corazón le dio un vuelco al divisar un perro corriendo por la playa. Una leve sonrisa se dibujó en su cara, y desapareció de inmediato al comprobar que no se trataba de él.

Recordó la cena en el restaurante, a Paolo, Simona…, y a Nick. ¡Cómo había disfrutado de su compañía! Era amable, simpático, y muy divertido, con una risa contagiosa que le calentaba el corazón. Apenas habían hablado después de la cena. Paolo les había pedido que se unieran a los empleados que cenaban en la cocina, y ella se había dedicado a escuchar las mil historias que la familia había vivido en sus primeros años como inmigrantes en Bluehaven. El vino italiano había aflojado las sonrisas y acabaron cantando y bailando hasta bien entrada la madrugada.

Mientras Nick la acompañaba a casa, la conversación había girado en torno a los recuerdos que él conservaba de cuando era pequeño, de cómo prácticamente se había criado durante sus primeros años en aquella cocina.

Al final se habían despedido con un tímido adiós que a ella le supo a poco.

Después de vestirse y desayunar, Novalie se dirigió a la librería. Aly volvió a ausentarse, por lo que ella se quedó sola entre montones de pedidos y la reunión que el club de lectura llevaba a cabo todos los lunes. Miranda, la presidenta, era la mujer más meticulosa que Novalie jamás había conocido, y también la que más ponía a prueba su paciencia. Dirigía a los miembros del club como si de colegiales de un campamento se trataran.

Una vez en casa, preparó la comida para Tom y para ella. Aly no regresaría hasta la noche, y su padre seguía alimentándose a base de café y algún sándwich que Novalie le llevaba a su habitación.

—Mmm... Pasta. Adoro la pasta —dijo Tom al entrar en la cocina. Fue hasta el fregadero y se lavó las manos manchadas de grasa. Después se acercó a la sartén donde se cocía una salsa de tomate y la destapó, aspirando el aroma—. Esto huele de maravilla, ¿qué es?

Novalie volcó los espaguetis cocidos en un escurridor y abrió el agua fría.

—Es una receta nueva —respondió con una sonrisa. Simona le había dado su fórmula especial de boloñesa, también la del pesto, y si Nick no la hubiera rescatado, habría vuelto a casa con todos los secretos culinarios que la mujer atesoraba.

Se descubrió pensando de nuevo en él. No sabía por qué, pero empezaba a sentirse atraída por Nick. Sabía que era un sentimiento inútil. Él era mayor que ella, sus vidas eran muy diferentes, y nunca la miraría de esa forma, eso le había quedado claro. Pero la noche anterior, mientras reía y hablaba con sus amigos, algo en sus ojos y en su sonrisa habían despertado un sentimiento desconocido en ella.

Tom y ella comieron en silencio, viendo un programa de entrevistas en la televisión. Tom no tardó en volver al taller, y Novalie aprovechó para descansar un rato en el jardín antes de regresar a la librería. Paseó bajo la sombra de los árboles, donde el calor no era tan sofocante y una dulce brisa agitaba las hojas con un suave susurro. Entre las ramas del viejo roble distinguió su casita.

Conservaba vagos recuerdos del día en que sus padres la construyeron para ella. Solo tenía dos años y era el primer verano que visitaba la isla. Sus abuelos aún vivían en aquel tiempo. De hecho, había sido su abuela quien, con una paciencia infinita, había cosido las cortinas, tejido la colcha que usaba de alfombra y pintado las flores y abejitas de las paredes.

Se preguntó si aún podría entrar. Pisó el primer peldaño, sujeto al tronco con un par de clavos; lo hizo con cuidado por miedo a que pudiera partirse y poco a poco escaló hasta arriba.

Un gemido escapó de su garganta. Todo estaba tal y como lo había dejado la última vez, pero cubierto por una gruesa capa de tierra, y con las cortinas descoloridas y un poco rotas. Se acomodó en el interior y cerró los ojos. Los recuerdos volvieron a su mente en cascada: sus padres dormitando en la hamaca, su abuela regando las flores, su abuelo preparando el cebo para la pesca, Tom y Aly haciéndose arrumacos en el porche, y ella observándolo todo desde su casita, su mirador privado.

Se oyeron unos pasos en el porche y alguien golpeó la puerta de la cocina.

—¡Novalie! —gritó Lucy—. Novalie, ¿estás ahí?

Novalie se asomó por una de las diminutas ventanas y vio a su amiga con la nariz pegada a la mosquitera de la puerta. Aún estaba molesta y no le apetecía nada hablar con ella.

—Nov, ¿estás ahí?

—Estoy aquí —dijo al fin con un suspiro resignado.

Lucy levantó los ojos hacia el árbol y se le abrieron como platos.

—¿Qué haces ahí arriba?

—Ver el paisaje —contestó muy seria.

Lucy se percató de inmediato de que Novalie estaba enfadada con ella, y eso la hizo sentirse aún más culpable. Con cautela, bajó del porche hasta tener una vista clara de la casa.

—¿Puedes bajar? Necesito hablar contigo sobre lo que pasó anoche.

Novalie se encogió contra la pared y se cruzó de brazos, enfurruñada.

—Si quieres hablar, tendrás que subir hasta aquí.

—¿Qué? ¿Quieres que me mate? —inquirió Lucy escandalizada.

No pensaba subir, bajo ningún concepto, por aquella escalera carcomida y resquebrajada. El silencio comenzó a alargarse de un modo molesto.

—¡Está bien, pero si me rompo algo será culpa tuya! —aceptó al comprobar que Novalie no daba su brazo a torcer.

Por respuesta recibió una risotada sarcástica.

Lucy se agarró con manos temblorosas a los peldaños. Al llegar arriba, se quedó de rodillas en la puerta. Recorrió con una mueca de disgusto el interior y al final posó la mirada en su amiga, que estaba sentada con las piernas cruzadas y la espalda apoyada en la pared.

—¿Cómo has conseguido meterte ahí dentro? Pareces Alicia después de comerse el pastel, embutida en una habitación chiquitita.

Novalie dejó escapar con fuerza el aire por la nariz, pero no dijo nada.

Lucy suspiró. Arreglar las cosas con su amiga iba a ser más difícil de lo que esperaba, y sabía que la única culpable era ella. Con un lamento entró a gatas y se acomodó como pudo a su lado.

—Acabo de enterarme de lo que pasó anoche... Yo... Lo siento... Si me lo hubieras contado, yo... —empezó a decir Lucy, pero no lograba encontrar las palabras apropiadas—. ¡Billy es un cerdo!

Novalie apretó los dientes. El incidente con Billy se repetía en su cabeza una vez tras otra, sin descanso. Si cerraba los ojos, aún podía sentir su aliento en el rostro, el olor de su colonia mezclado con el salitre del mar que se le había impregnado en la piel; el roce de sus labios resecos arañando su boca.

Novalie miró de reojo a Lucy. Parecía de verdad preocupada y el sentimiento de culpa se le notaba en la forma de retorcer su vestido con los dedos.

—¿Cómo te has enterado?

—Gena Copperman os vio y se lo contó a todo el mundo. Ahora corren un montón de rumores, aunque el final es el mismo: que le rompiste la nariz de un puñetazo.

—Ya.

—¿Por qué no me lo dijiste?

—Lo intenté. Te pedí que nos marcháramos. Te dije que me había ocurrido algo, pero tú solo pensabas en Elliot y en meterle mano —replicó, mirando a su amiga con el ceño fruncido.

—Lo siento, lo siento mucho, Nov. —Se acercó a ella y le cogió la mano—. Llevaba tanto tiempo deseando volver con Elliot que... anoche... cuando me pidió... Te fallé, y ningún chico, por muy guapo que sea, se merece que yo te traicione. ¡Soy una amiga horrible!

Novalie arrugó la frente y clavó la mirada en el trozo de océano que se veía entre las ramas. Continuaba enfadada con Lucy. La noche anterior se había sentido abandonada por ella, sola, pero Lucy estaba arrepentida. Nadie es perfecto, y ella era su mejor amiga. A una amiga de verdad se le perdonan los errores. Suspiró y le apretó la mano mientras le dedicaba una leve sonrisa.

—Sí, lo eres, pero también eres la única amiga que tengo.

Lucy soltó un gemido.

—¡Dios, ahora me siento muchísimo peor! —exclamó. Se inclinó hacia Novalie y apoyó la cabeza en su hombro—. Deberías denunciarle.

—¿Y de qué serviría? Él me acusaría a mí, yo a él, y ganaría el abogado más caro: el suyo.

Novalie descartó esa idea. Iba a dejarlo correr y lo olvidaría.

Lucy consideró sus palabras durante unos segundos. Soltó un sonoro suspiro.

—Puede que tengas razón. —Cabizbaja se frotó las mejillas—. En ese caso, quiero que te mantengas alejada de él. En la isla se dicen cosas sobre Billy, y ninguna es buena.

Novalie parpadeó, sorprendida.

—¿Qué cosas dicen?

—Que es un machista, algo agresivo y muy dominante. Estuvo un tiempo saliendo con Cynthia Watson y ella cambió mucho, dejó de relacionarse con sus amigas, apenas hablaba y besaba el suelo que Billy pisaba. La anuló por completo y sus amigas comentaban que le tenía miedo. También dicen que es un tío muy vengativo y retorcido.

—¡Vaya, lo tiene todo! —replicó Novalie en tono mordaz.

Se quedaron en silencio con la vista perdida en el océano.

—¿Cómo regresaste a casa? —se interesó Lucy.

Novalie sintió un hormigueo en el estómago.

—Nick me acompañó —explicó en el tono más indiferente que logró adoptar.

—¿Nick? ¿Qué Nick? —La mente de Lucy se iluminó—. ¿Te refieres a Nickolas Grieco?

Novalie asintió y se ruborizó.

—Sí, también estaba en la fiesta. Nos encontramos en el aparcamiento y... Acabamos cenando en ese restaurante italiano que hay en el paseo. Después me acompañó a casa.

Lucy dio un respingo.

—¿Cenando? ¿Te invitó a cenar? —preguntó estupefacta—. ¿Tuviste una cita con él?

—¡No fue una cita, claro que no! Se ofreció a acompañarme a casa, pero yo estaba tan nerviosa por lo ocurrido con Billy que le pedí algo de tiempo para tranquilizarme y él sugirió lo de la cena. Nada más —respondió sin darse cuenta de que la respiración se le había acelerado. Tomó aire y trató de serenarse.

Lucy soltó un suspiro.

—Además de guapo es un caballero. ¿Crees que tiene novia? Los tipos como él siempre están cogidos. Seguro que tiene.

—No... no tengo ni idea —murmuró Novalie.

Un doloroso nudo empezaba a oprimirle la garganta. Pensar en esa posibilidad le provocaba un vacío extraño en el estómago. ¿Qué demonios le estaba pasando con ese tío? La respuesta estaba ahí mismo, y sería una mentirosa redomada si la ignorara. Le gustaba todo lo que había visto de él, sobre todo esa estúpida sonrisa suya que le calentaba el cuerpo. Se movió, cortando de golpe esos pensamientos.

—Tengo que volver a la librería.

9

La semana transcurrió con normalidad para Novalie. Las mañanas en la librería se sucedían a un ritmo frenético. La isla se había llenado de turistas, los hoteles estaban completos y las familias que vivían en el continente y que solían regresar durante los veranos empezaban a instalarse.

Las tardes las pasaba ocupada entre botes de pintura, brochas y rodillos. Alyson se había empeñado en darle una capa de pintura a la casa. La brisa marina la oxidaba y resquebrajaba con facilidad, y su aspecto empezaba a ser preocupante. Así que, cuando llegó el viernes, ella fue la primera sorprendida de que el tiempo hubiera pasado tan rápido.

Estaba muy cansada, pero agradecía el ritmo que había tenido que soportar. Todo ese trabajo había logrado que apenas tuviera tiempo de pensar en nada. Ni en su padre, ni en Billy, ni siquiera en Nick; aunque su subconsciente la había traicionado en alguna ocasión, colando a este último en su mente como un soplo de aire cálido durante sus sueños. ¡Y qué sueños!

—Hay que organizar el escaparate y colocar las novedades —comentó Aly desde el mostrador. Acababa de salir por la puerta el último cliente, y la librería parecía un campo de batalla—. También deberíamos ver los pedidos que han llegado e intentar repartirlos antes del almuerzo.

Novalie salió de la trastienda con un nuevo paquete de bolsas y las dejó junto a la caja registradora.

—Prefiero ocuparme del escaparate y de la reposición de libros. Paso de conducir, estoy muerta —repuso mientras llenaba un pequeño cesto con los nuevos marcapáginas.

—Está bien. A ver qué tenemos —dijo Aly echándole un vistazo a una caja repleta de sobres y paquetes con el logotipo de una compañía de mensajería—. Por fin llegó. ¡Qué difícil me ha resultado encontrar este libro!

—¿Qué libro?

—*Reflexiones sobre la música de cámara* —anunció Aly con una mueca burlona—. ¿Será tan aburrido como suena? Bueno, dejaré este para el final. La casa está al otro lado de la isla.

A Novalie le dio un vuelco el corazón, y con disimulo trató de ver el nombre y la dirección en el sobre. Sus pulsaciones aumentaron al comprobar el destinatario. La tentación era demasiado grande como para no caer en ella.

—¿Sabes qué? Yo haré el reparto, encárgate tú del escaparate —propuso a su tía mientras agarraba la caja.

—¿Seguro? —preguntó Aly con cierto alivio. El calor en la calle era insoportable y lo último que deseaba era pasar dos horas dentro del coche bajo un sol infernal.

—Sí, pero no esperes que vuelva si acabo temprano. Me iré derechita a casa.

—Ya decía yo... —murmuró su tía poniendo los ojos en blanco.

Novalie abandonó la librería cargando con la caja. Bufó por el calor al entrar en la camioneta y, tras tomarse unos segundos para controlar sus latidos, se puso en marcha. En menos de una hora había entregado todos los pedidos menos uno.

Miró de nuevo la dirección y respiró profundamente. Estaba tan nerviosa que le temblaban las manos, y la primera sorprendida de sentirse así era ella misma. Empezó a arrepentirse de su decisión. Quizá lo sensato sería alejarse de él en lugar de ir en su busca, porque ni siquiera estaba segura de por qué lo hacía o qué pretendía con ello.

Le costó un poco encontrar el camino que conducía a la propiedad. Al cabo de dos kilómetros, llegó a una enorme puerta de hierro forjado decorada con florituras y un escudo ornamental. Por suerte estaba abierta y continuó sin detenerse. Los árboles que bordeaban la estrecha carretera eran tan altos y frondosos que sus ramas se unían formando una cúpula que los rayos de sol apenas podían atravesar.

Novalie acercó el rostro a la ventanilla y aspiró la brisa fresca que le acariciaba la piel, agradecida por la tregua del soporífero calor.

De golpe, sus ojos se abrieron como platos. Ante ella se alzaba la casa más espectacular que había visto nunca. Era enorme y completamente blanca, y todas las ventanas tenían amplios balcones y terrazas. Una fuente con esculturas griegas la recibió en la entrada. Aparcó junto a ella y se bajó del vehículo con la boca abierta. Miró en derredor y su asombro aumentó. Parterres multicolores rodeaban la casa y el olor que desprendían era delicioso.

—¿Puedo ayudarla en algo? —preguntó una voz a su espalda.

Novalie resopló al reconocer el acento francés y se giró esbozando una sonrisa.

—Busco a Nickolas. Traigo un paquete para él.

—El señor Grieco está ocupado en este momento. Yo se lo entregaré —dijo el hombre, estirando la mano hacia ella.

Desde una de las ventanas surgía una hermosa melodía. Alguien estaba tocando un piano y era lo más hermoso que Novalie había escuchado en la vida. Se obligó a prestar atención al hombre que tenía delante con el brazo estirado, esperando que se lo entregara. Ella dudó un instante. Lo sensato habría sido hacerlo, pero no lo hizo. Una necesidad apremiante se apoderó de ella: quería ver a Nick.

—Lo siento, pero el destinatario es él, y solo a él se lo entregaré.

—Señorita, mi trabajo es ocuparme de que el señor Grieco... —empezó a decir sin mucha paciencia.

—Y el mío entregarle esto en mano —le cortó ella mientras agitaba el paquete ante su cara.

—¡*Pour Dieu,* esto es ridículo! ¿Quiere darme ese paquete de una vez?

—¡Novalie!

Novalie levantó la vista y se encontró con Nick asomado a la terraza. Sonreía de oreja a oreja sin apartar la vista de ella.

—¿Qué haces aquí? —preguntó él, y su tono de voz no pudo disimular que se alegraba de verla.

—Ha llegado tu libro.

—No deberías haberte molestado. Si me hubieras llamado habría ido a recogerlo. Pero entra, no te quedes ahí. —Hizo un gesto apremiante con la mano—. Armand, por favor, acompáñela.

Armand le dedicó un seco asentimiento a Nick, y le indicó a Novalie que lo siguiera. La acompañó hasta el vestíbulo. Ella no dejaba de mirar a su alrededor. Había obras de arte por todas partes: cuadros que apenas dejaban ver las paredes, esculturas, jarrones que debían de pertenecer a algunas de esas dinastías chinas. Los muebles eran preciosos y casi parecía un crimen pisar la alfombra que cubría el suelo.

Nick bajó la escalera a su encuentro. Vestía unos pantalones de lino beis y una camisa blanca que solo llevaba un botón abrochado, por lo que gran parte de su pecho y su vientre quedaban a la vista. Tenía un cuerpo increíble, musculoso y definido.

Novalie se dio cuenta de que se había quedado mirándolo boquiabierta. Apartó la vista, consciente de que se había puesto colorada, y se dijo a sí misma que se habían terminado esos libros eróticos que leía a escondidas. Alimentaban demasiado su imaginación, y eso no podía ser bueno cuando el objetivo de sus fantasías era tan platónico como la propia historia del libro.

Se obligó a mirarlo a los ojos y le entregó el paquete. En lugar de despedirse de ella, Nick le propuso:

—Ven, acompáñame. Hace un calor horrible. ¿Te apetece tomar algo frío?

—La verdad es que sí —respondió ella mientras ascendía la escalera junto a él.

—Estupendo, acabo de preparar té helado. Bueno, no lo he preparado yo, sino Dolores, pero yo he cortado el limón —aclaró con una sonrisa.

Estaba nervioso y guardó silencio antes de decir alguna estupidez más. Encontrar a Novalie en su casa era algo que no esperaba.

Había pensado en ella durante toda la semana. No sabía por qué, pero era su primer pensamiento al despertar y el último antes de dormir. La tentación de pasarse por la librería para poder verla había sido constante y, en algunos momentos, un impulso que le había costado controlar.

Pero sabía que no estaba bien comportarse así. Era una chica preciosa por la que se sentía atraído. Se había dado cuenta de ello en el restaurante, pero también era un imposible por muchas razones. En pocas semanas regresaría a Europa, y podía pasar mucho tiempo antes de que volviera a visitar Bluehaven, puede que años, como la última vez. Iniciar algo que estaba destinado a acabarse, incluso antes de comenzar, era una estupidez y un arma de doble filo si al final los sentimientos entraban en juego. Mejor dejar las cosas como estaban. No iba a arriesgarse a romperle el corazón a nadie.

Nick la condujo hasta una doble puerta con pomos dorados. Empujó una de las hojas y la sostuvo para que ella pudiera pasar.

—Adelante.

Novalie entró y a punto estuvo de llevarse las manos a la boca para ahogar un gemido de sorpresa. La sala era enorme. La pared que daba al exterior era una secuencia de enormes ventanales abiertos, en los que ondeaban cortinas blancas. Todo el suelo era de madera, de un color rojizo que brillaba reflejando la luz. Otra de las paredes la ocupaba una librería que debía de medir varios metros, tanto a lo ancho como a lo alto, atestada de libros. Frente a ella, había un escritorio repleto de folios, manuscritos encuadernados, más libros y un ordenador. Pero lo que de verdad fascinó a Novalie, fue el piano de cola que ocupaba el centro de la estancia. Jamás había visto nada igual. El brillo de la madera negra lo convertía en un espejo. Se acercó muy despacio y reconoció el nombre grabado en él; el mismo que había leído en el enorme cajón de madera: «Bösendorfer».

¡Así que aquello era lo que transportaba aquel día en el ferry!

—¿Quieres azúcar? —preguntó Nick mientras servía el té.

—No, gracias. —Se acercó a él y aceptó el vaso que le ofrecía. Sus dedos se tocaron y, durante un latido, sus miradas se encontraron y quedaron enredadas—. ¡Vaya, tienes un montón de libros! —comentó, centrando toda su atención en ellos.

—Me gusta leer.

—Ya veo.

Novalie recorrió despacio los estantes.

—¿Qué tal estás? —quiso saber Nick, unos pasos por detrás de ella.

—Bien, ¿y tú?

—Muy bien. Gracias —contestó sin apartar la vista de ella.

La observó sin disimulo aprovechando que estaba distraída con su biblioteca. Vestía una camiseta sin mangas negra, que dejaba entrever los tirantes de su sujetador, también negro, y una faldita tejana con *strass* en los bolsillos. La mirada descendió por sus piernas y se detuvo en los pies, con las uñas pintadas de un azul oscuro. Sonrió al ver cómo agitaba los dedos que sobresalían de sus sandalias.

Ella se apartó el pelo del cuello con la mano libre y Nick pudo ver que tenía un tatuaje. Se le disparó la respiración. Ya no era solo una cuestión de su mente que pensaba en ella todo el tiempo, sino que su cuerpo había decidido que tampoco era inmune a lo que veía y empezaba a reaccionar. Nunca imaginó que un tatuaje pudiera ser tan sexi.

—¿Te ha vuelto a molestar ese chico? —preguntó. Había estado preocupado toda la semana por ese asunto.

—¡No! —respondió Novalie rápidamente.

—Bien, porque si lo hace, yo puedo...

Novalie se giró para que él pudiera verle la cara y saber que decía la verdad. Nick tenía el ceño fruncido y sus preciosos ojos azules entornados por el sol que entraba a través de la ventana.

—No, tranquilo, todo está bien. No he vuelto a verle —aseguró con una sonrisa y volvió a contemplar los libros.

Se quedó helada y su boca se abrió de par en par. Sintió cómo un calor intenso ascendía desde su pecho y subía hasta sus mejillas. Dejó el vaso en el escritorio y deslizó la mano por el lomo de los libros. Allí estaban todos los volúmenes publicados por Neil Gaiman, y todos eran primeras ediciones, incluido *Buenos presagios,* su favorito. También las novelas gráficas y, junto a ellas, las obras de Pratchett sobre *Mundodisco* en edición especial. Su colección de libros y cómics era un sueño hecho realidad.

Le encaró con el entrecejo fruncido y una mirada asesina.

—¡Te burlaste de mí en la librería! Me pediste que te recomendara libros y cuando te hablé de ellos —los señaló con el dedo—, fingiste que no tenías ni idea. Te estuviste riendo de mí todo el tiempo. ¡Eres odioso!

Nick apretó los labios para no echarse a reír.

—Necesitabas una lección. No hay que dejarse llevar por las apariencias —respondió con ojos brillantes, y una sonrisa traviesa se dibujó en sus labios—. Bueno, ¿sigues pensando que soy... aburrido?

Ella se lo quedó mirando y sacudió la cabeza dejando escapar una risita.

—No, y en el fondo me alegro de saber que no soy la única friki a la que le gustan tanto. Tienes una colección alucinante.

Él soltó una carcajada. Nunca nadie le había llamado «friki».

—Puedes disponer de ella cuando quieras —dijo con sinceridad.

—Te tomo la palabra —señaló Novalie con alegría. Sus ojos volaron de nuevo hasta el piano—. Así que eso es lo que traías en el ferry con tanto celo.

—Sí. ¿Cómo lo sabes?

—Soy muy observadora. —Le guiñó un ojo—. Es precioso —susurró acercándose al instrumento. Deslizó la mano por su contorno con la suavidad de una caricia—. Realmente precioso.

—Sí lo es —dijo él. Se sentó en el banco frente al piano y pulsó una tecla que emitió un sonido agudo y vibrante—. Ven, siéntate conmigo.

Ella obedeció y tomó asiento junto a él. Apenas había espacio para los dos y sus cuerpos se rozaban al mínimo movimiento.

—Antes, cuando he llegado, eras tú quien tocaba, ¿verdad? *Claro de Luna*, de Beethoven.

Él ladeó la cabeza y la miró de una forma tan intensa que ella se estremeció.

—Sí. —Nick sonrió y comenzó a tocar—. Esta es una de mis favoritas: *Comptine d'un Autre Été*. ¿La conoces?

—¡Sí! Es de Yann Tiersen. Me encanta, la compuso para *Amelie*... creo.

Nick sonrió.

—Veo que te gusta la música, y también el cine.

Novalie asintió mientras observaba sus manos deslizándose sobre las teclas. Eran preciosas, con unos dedos largos y delgados y una piel tan fina que parecía de porcelana.

—Mi madre era bailarina de danza clásica. Así que he estado rodeada de música desde que nací —comentó Novalie.

—¿Tú también bailas? —se interesó Nick. Tenía la necesidad de saberlo todo sobre ella.

Novalie tardó unos segundos en contestar. Clavó la mirada en las teclas y la sonrisa se desvaneció de su cara.

—Ya no, lo dejé hace mucho.

—¿Por qué? Seguro que lo hacías muy bien.

—No se me daba mal, pero hubo cambios en mi familia y dejé de tener tiempo para bailar.

Nick suspiró y contempló el reflejo de ambos sobre la brillante madera.

—Esas cosas pasan, pero siempre podrías retomarlo... —Guardó silencio unos segundos, sin dejar de tocar—. Has dicho que tu madre era bailarina. ¿Ya no lo es?

—No —respondió Novalie con un suspiro entrecortado—. Murió hace cinco meses.

Nick se quedó inmóvil. Se giró hacia ella y la miró compungido.

—¡Lo siento mucho! —dijo con el corazón encogido y, sin pensar en lo que hacía, la cogió de la mano y entrelazó sus dedos con los suyos.

Novalie contempló por un instante sus manos unidas. Encajaban como dos mitades.

—No te preocupes. Estoy bien. —Alzó la barbilla y sus miradas se encontraron. Estaban tan cerca que podía sentir su aliento en la cara. De repente tuvo miedo de hacer una tontería, como acercarse un poco más y besarlo; algo que haría sin remedio si no emergía de aquellos dos océanos que eran sus ojos. Soltó su mano y añadió en un tono más alegre—: Así que esto es lo que estudias. Por eso los libros. ¿Quieres ser pianista?

Nick se encogió de hombros. A Novalie le pareció percibir cierta tristeza en ese gesto.

—Sí.

—Toca algo bonito.

—Toda la música es bonita —replicó Nick como si se hubiera ofendido, pero sus ojos sonreían.

Novalie le dio un empujón cariñoso con el hombro.

—Pues toca algo alegre —le sugirió.

Nick frunció el ceño, pensando. Tomó aire y posó sus manos en las teclas. Sus ojos brillaron divertidos y comenzó a tocar una melodía infantil que Novalie reconoció de inmediato. No se acordaba del título, pero la había oído un millón de veces. Empezó a reír conforme él aceleraba el ritmo.

—Toca conmigo —dijo Nick, empujándola con el hombro tal y como ella había hecho antes.

—¡No, no tengo ni idea!

—Es muy fácil. Algo sencillo. —Le tomó los dedos con suavidad—. Pon la mano aquí y sigue el ritmo así. —Ella hizo lo que él le pidió—. Muy bien, sigue así, y ahora...

Nick empezó a tocar de nuevo, sin apartar la vista de ella, que sonreía. Era una visión adorable. La risa de ella era contagiosa y él también empezó a reír. Se estaba derritiendo por dentro.

Las puertas de la sala se abrieron de golpe y Filipo Grieco entró como alma que lleva el diablo, seguido de Armand, que los contempló con una mirada altiva.

—¡Abuelo! —exclamó Nick—. No sabía que habías vuelto. Ven, quiero presentarte a una amiga. —Tomó a Novalie del brazo—. Este es Filipo, mi abuelo. Abuelo, esta es...

—Veo que no estás practicando —lo interrumpió Filipo muy serio—. Ya sabes lo importante que es ser constante.

Nick se envaró, sorprendido por la reacción maleducada y sin sentido de su abuelo. Ni siquiera había mirado a Novalie.

—Sí, pero...

Filipo alzó una mano con gesto autoritario. Lo hizo con la facilidad del que está acostumbrado a mandar y que se le obedezca.

—Será mejor que te despidas de tu *amiga* y que continúes con tus obligaciones. Seguro que esta jovencita aún tiene libros que entregar —indicó, mirando a Novalie con tanta frialdad que a ella se le erizó la piel—. ¿No es así?

Novalie no contestó. Era evidente que aquel hombre no estaba contento de verla allí, pero no pensaba dejarse amedrentar por ello. Alzó la barbilla y le sostuvo la mirada. Después se giró hacia Nick sin perder ni un ápice de su dignidad, aunque por dentro estaba temblando.

—Adiós, Nick. Gracias por el té.

Salió a toda prisa de la sala.

—¿A qué ha venido eso? ¿Por qué la has tratado de ese modo? —preguntó Nick a su abuelo.

—¿Qué quieres decir? —inquirió Filipo con expresión inocente. Puso una mano sobre el hombro de su nieto y le dio un apretón cariñoso—. Deja de perder el tiempo y céntrate en lo importante. Ese concierto en Salzburgo te abriría las puertas de la gloria y no pareces consciente de lo que está en juego.

—Lo soy. Soy muy consciente, te lo aseguro. Es imposible olvidarlo cuando es lo único que escucho todo el día.

—Pues no lo parece, cuando pierdes el tiempo con distracciones que no merecen ni un segundo de tus atenciones.

Nick sacudió la cabeza con malestar y le sostuvo la mirada a su abuelo. Una parte de él estaba sorprendido por su actitud, pues no solía comportarse de ese modo.

—Novalie no es ninguna distracción. Es mi amiga y le has faltado al respeto.

Pasó entre Filipo y Armand y abandonó la sala a la carrera.

—¡Nickolas, vuelve aquí! —gritó Filipo.

Novalie bajó las escaleras corriendo y cruzó el vestíbulo sin detenerse. Había sido una experiencia de lo más humillante. Ese hombre la había tratado con desprecio e indiferencia, y ni siquiera la conocía. Lucy tenía razón al decir que los Grieco eran diferentes, que se comportaban como si estuvieran por encima de los demás. Filipo era un claro ejemplo. Desde luego, parecía un clasista.

Abrió la puerta y salió sin mirar. Chocó contra alguien que entraba y a punto estuvo de caerse de culo. Se encontró con un chico moreno de ojos azules que la miraba sorprendido.

—Lo... lo siento —se disculpó ella.

—Yo no —respondió el chico con una sonrisa traviesa, y la miró de arriba abajo sin cortarse ni siquiera un poco.

Novalie ignoró el guiño seductor y el descarado repaso, y siguió caminando hasta Betsy.

—¡Espera, Novalie, espera! —gritó Nick cuando ella estaba abriendo la puerta de la camioneta—. Lo siento, lo siento muchísimo. No... no sé qué le ha pasado a mi abuelo. A veces es un poco... difícil de tratar.

Novalie miró de reojo hacia la casa.

—No pasa nada.

—Sí que pasa. —Nick suspiró y enfundó las manos en los bolsillos de los pantalones, sin saber qué hacer con ellas—. Estoy avergonzado. Te pido disculpas en su nombre y también en el mío. Lo siento mucho. ¡No sé cómo ha sido capaz!

Novalie levantó la vista del suelo. Nick estaba realmente abatido. Tragó saliva mientras la invadía una sensación de sofoco, y trató de sonreír a pesar de la opresión que sentía en el estómago.

—Disculpas aceptadas —dijo sin más.

No tenía intención de alargar su estancia allí y subió a la camioneta. La puso en marcha y maniobró para rodear la fuente. Estaba perpleja por lo que había ocurrido hacía tan solo unos minutos. Jamás se había topado con un tipo tan borde y sobrado y, si podía evitarlo, mejor no encontrarse de nuevo con él.

—¡Espera! —gritó Nick. Ella frenó y él se acercó a la ventanilla—. ¿Dónde suele ir la gente para divertirse aquí?

Ella parpadeó, sorprendida. No esperaba para nada esa pregunta.

—Bueno, lo cierto es que... —Se encogió de hombros—. No lo sé.

—¿No sueles salir con tus amigos? —se extrañó Nick.

Novalie sonrió un poco incómoda. Apretó con fuerza el volante y lo miró a los ojos.

—Mi primera salida fue durante la fiesta en la playa y ya viste cómo acabó —replicó.

Nick carraspeó y se frotó la mandíbula.

—Acabaste cenando conmigo —le recordó. Parecía un poco decepcionado.

Los ojos de Novalie se abrieron como platos.

—¡Y lo pasé muy bien! —se apresuró a aclarar con un ligero tono de disculpa—. Fue estupendo, de verdad.

—Me alegro, porque yo también lo pasé muy bien —confesó con voz ronca y se mordió el labio inferior.

Novalie se quedó pasmada, mirando su boca. De repente encontraba muy atractivos ciertos gestos que en otros chicos le habían parecido ridículos. Notó cómo se le aceleraba de nuevo el corazón, algo que empezaba a convertirse en una costumbre cuando estaba cerca de él. Inclinado sobre la ventanilla, el olor de Nick penetraba en la camioneta empujado por una suave brisa, y olía tan bien... Se percató de que él seguía esperando a que dijera algo.

—Sobre tu pregunta. Mañana inauguran la feria, así que supongo que todo el mundo irá allí.

—¿Tú irás? —inquirió él con anhelo.

—No... no lo sé. Es posible —respondió un poco nerviosa. Se preguntó a qué venía aquel interés, pero no quiso darle vueltas.

Nick sonrió y dirigió la mirada hacia la casa. Su abuelo le observaba desde una de las ventanas.

—Gracias por el libro, Novalie. Espero verte pronto.

Sus miradas quedaron conectadas durante un largo instante. Novalie intentó descifrar lo que había más allá de sus ojos. ¿De verdad quería verla pronto, o solo lo había dicho para ser educado? Nick ladeó la cabeza y sonrió para ocultar su desconcierto. Los silencios de Novalie lo desarmaban, lo ponían nervioso porque sentía el deseo irrefrenable de saber qué estaba pensando en ese momento. Siempre había sido un hombre seguro de sí mismo, consciente de su atractivo y del interés que despertaba en las mujeres, pero con Novalie no tenía ni la más remota idea de qué terreno estaba pisando. Su actitud enigmática era algo nuevo para él.

Novalie le devolvió la sonrisa.

—Yo también espero verte pronto —murmuró casi sin voz—. Adiós, Nick.

Nick palmeó el techo de la camioneta a modo de despedida y se apartó. Se quedó mirando cómo el coche desaparecía en el camino, pero en realidad no lo estaba viendo; solo podía pensar en ella y en el momento que habían compartido en la sala de música unos minutos antes, en el calor y el olor de su piel...

Escuchó unos pasos tras él, e inmediatamente supo que se trataba de su hermano.

—¿Quién es el bombón?

Nick suspiró.

—Trabaja en la librería. Ha venido por un libro que encargué.

—¡Vaya, pues creo que yo también encargaré algunos! —dijo Marco con suficiencia—. ¡Puede que me acerque esta tarde!

—Pasa de ella, Marco —replicó Nick, y en su voz sonó un atisbo de amenaza.

Marco soltó una risita.

—Ya veo, la quieres para ti. De acuerdo, sin problema, tú la viste primero...

Nick se quedó mirando a su hermano sin disimular que estaba molesto por el comentario. Conocía muy bien a Marco, y era un coleccionista de rollos fáciles. Las chicas solo eran un entretenimiento para él y no tenía el menor problema a la hora de pasar de una a otra sin importarle cuántos corazones pudiera romper. Novalie no era un rollo fácil. Ella era de esa clase de chicas con las que un hombre quiere hacer mucho más que acostarse con ella.

—Yo no quiero nada, solo que la dejes en paz —masculló con rabia—. Ella no es como tus *amiguitas*, no es tu tipo.

—Tengo muchos tipos —repuso Marco sin perder la sonrisa que dibujaban sus labios, aunque sus ojos estaban serios y contemplaban a Nick con curiosidad.

—Novalie no es uno de ellos. Es una buena chica, Marco, y lo ha pasado mal. —Contuvo el aire un instante—. Déjala en paz, y no te lo estoy pidiendo.

Regresó a la casa. Sentía la mirada de Marco clavada en su espalda y era muy consciente de que su reacción había sido desmedida. Novalie no era nada suyo y nunca se había inmiscuido en la vida íntima y personal de su hermano.

Definitivamente tenía un problema: Novalie empezaba a gustarle de verdad.

10

Las luces multicolores de la feria se reflejaban sobre un mar tan negro como el cielo que había sobre él. Centenares de bombillas colgaban de los postes formando una intrincada telaraña de cables. El ruido era ensordecedor. La música de las casetas se mezclaba con la de las atracciones y los gritos histéricos de las personas que ponían a prueba sus límites en ellas. Puestos de perritos calientes y hamburguesas se sucedían entre los de palomitas y algodón de azúcar.

—¿Qué hacemos aquí cuando podríamos estar tomando tequila en ese bar nuevo donde las chicas te sirven en bikini? —preguntó Roberto con una mueca de disgusto.

Nick suspiró y continuó serpenteando entre la gente.

—¿Qué tiene de malo la feria? Veníamos aquí cuando éramos niños. ¡Te gustaba!

—La que me gustaba era Molly Gray, aquella chica rellenita que vendía entradas para la noria.

Nick se echó a reír.

—¿Quién sabe? Quizá siga por aquí.

—Ya. El problema es que mis gustos han cambiado bastante desde entonces —masculló Roberto, mientras se daba la vuelta para mirar a una chica morena de curvas generosas—. Bien, ¿y qué hacemos? ¿Quieres pescar patitos? ¿Que te consiga un osito de peluche acertando unas canastas? ¿Te compro un helado? —se burló.

Nick le dio un puñetazo en el hombro sin dejar de sonreír. Recorrió con la vista los rostros de la gente y torció el gesto al no encontrar el que buscaba. Había pasado todo el día inquieto, mirando el reloj como si el tiempo fuese a avanzar más rápido solo por ese hecho. No tenía ni la más remota idea de qué estaba haciendo; lo que sí sabía era que no debía hacerlo.

Continuaron abriéndose paso entre la multitud. Nick inspeccionó los grupos de personas que se arremolinaban sobre los puestos de comida y las colas de los aseos, pero no vio a Novalie por ninguna parte. La decepción empezó a apoderarse de él. Ni siquiera había pensado en la posibilidad de que ella no apareciera por allí.

Estaba a punto de rendirse cuando la vio y el corazón le dio un vuelco. Se encontraba en una de las casetas de tiro al blanco. Vestía un peto tejano muy corto sobre una camiseta blanca de encaje con tirantes, y unas botas de cordones. Se había recogido el pelo en una trenza que descansaba sobre su hombro derecho y no llevaba nada de maquillaje.

—¿Unas dianas? —propuso a Roberto.

Sin esperar a que respondiera, se abrió paso entre la gente.

Mientras iba en busca de Novalie, una parte de él se preguntaba qué estaba haciendo. Tenía sentimientos confusos hacia ella. Se sentía atraído, era preciosa, sobre eso no albergaba ninguna duda. Pero también era consciente de lo absurdo que sería plantearse algo más. Su razón le pedía a gritos que parara antes de empezar.

«No está bien y no te llevará a ninguna parte. Vas a irte muy pronto, y es muy posible que no vuelvas a verla. Déjala tranquila», le decía esa vocecita llamada «conciencia».

Y a pesar de todo, allí estaba, yendo a su encuentro con el corazón en un puño como si de nuevo tuviera quince años y se hallara ante la primera chica que le gustaba de verdad.

«Solo somos amigos y no tengo intención de que eso cambie. Solo amigos», intentó convencerse.

Se paró en la cola y la observó. Novalie se encontraba con una chica y un chico, que parecía el novio de esta. Ella contemplaba con tedio cómo sus amigos disparaban, sin mucho tino, a una diana móvil. Se giró mientras resoplaba, aburrida, y sus miradas se encontraron. Los ojos de Novalie se abrieron como platos y él fingió que acababa de verla. Alzó la mano y la saludó. Ella le devolvió el saludo y apartó la vista un poco turbada, pero inmediatamente volvió a posarla en él con una tímida sonrisa.

—¡No puede ser! Esa es... —empezó a decir Roberto al reconocer a Novalie. Y se echó a reír con ganas—. ¡Ahora sí entiendo qué diablos hacemos aquí! Menos mal que es por una chica; empezaba a preocuparme.

—¿Quieres callarte? —le espetó Nick, dándole un empujón. Y añadió—: Te equivocas.

—Vale, entonces supongo que te dará igual que se esté largando sola y que yo quiera comerme una hamburguesa, ¿no?

Nick alzó la mirada y la buscó. Roberto tenía razón, se alejaba sola. Sus amigos se habían quedado rezagados, besándose, ajenos a cuanto los rodeaba.

—Ve pidiendo las hamburguesas, no tardo —dijo a Roberto, y empezó a abrirse paso entre la multitud para alcanzarla.

Inmerso en la marea de personas, mantenía la vista fija en la melena rubia que flotaba a contracorriente. Parecía como si esa noche todo Bluehaven hubiera decidido acudir a la feria. Era imposible moverse entre tanta gente. Notaba en la piel el calor de cada persona, incluso el sudor, y no era precisamente agradable. Esquivó un par de empujones y el vano intento de dos chicas por entablar una conversación con él.

Perdió a Novalie de vista y un segundo después la localizó de nuevo. Tuvo la sensación de que alguien la seguía, un chico rubio de rostro serio que no dejaba de mirar hacia atrás, como si tratara de asegurarse de que nadie se fijaba en él. Le dio mala espina y apretó el paso, pero había demasiadas personas y le costaba avanzar.

Con el corazón acelerado, consiguió llegar a un pasaje por el que estaba seguro que ella había desaparecido. Echó una mirada a ambos lados. Nada hasta donde sus ojos alcanzaban.

Una farola apagada, que debía de estar estropeada, parpadeó un par de veces. Y los vio. El chico estaba sobre ella tratando de abrazarla. Novalie lo empujaba para quitárselo de encima, pero él continuaba insistiendo.

Corrió hacia ellos. Lo agarró por el cuello de la camisa y tiró de él, apartándolo de Novalie. Su instinto le dijo que era el mismo tipo que la había molestado en la playa.

—¡Eh, no la toques! ¿Qué crees que estás haciendo? —espetó al chico mientras con un brazo protegía a Novalie tras él.

—Esto no es asunto tuyo, lárgate —gruñó el rubio.

—No, el que se larga eres tú. Ya —replicó Nick, señalando la salida.

Se dio la vuelta para ver si ella estaba bien, pero no tuvo tiempo. Lo agarraron por el hombro, tirando de él, y al girarse notó un fuerte golpe en la cara.

—¡Billy, no! —suplicó Novalie.

Nick trastabilló hacia atrás. Durante un segundo quedó aturdido.

—¿A este sí le dejas que te meta mano? —se burló Billy con desprecio—. Seguro que yo te lo hago mucho mejor.

Billy levantó el brazo con intención de volver a golpearlo. Novalie trató de sujetarlo para que no lo hiciera, pero él la apartó de un empujón y se golpeó la espalda contra la baranda del muelle. Su rostro se contrajo con una mueca de dolor al tiempo que sofocaba un grito.

Aquello fue demasiado para Nick y algo hizo clic en su cabeza. Sin pensar en lo que hacía, se lanzó contra Billy y le dio un puñetazo, y otro, y otro..., hasta que acabó en el suelo sobre el chico. No tenía ni idea de dónde estaba saliendo toda aquella rabia que lo consumía y que no le dejaba detenerse a pesar de que Billy ya no se defendía. Notó que lo sujetaban por los brazos y tiraban de él.

—¡Para, para o le harás daño de verdad! —le gritó Roberto, conteniéndolo con un fuerte abrazo. Lo zarandeó hasta que consiguió que lo mirara a la cara—. Tranquilízate, ¿quieres?

Nick asintió. Pestañeó, volviendo en sí.

—¡Joder! —exclamó Roberto—. Pero ¿a ti qué te pasa?

—Estaba sobre ella y yo... —Se pasó una mano por la cara y entornó los ojos, como si le costara recordar.

Roberto suspiró y maldijo por lo bajo. Su mirada iba del rostro de Nick al del chico que estaba en el suelo tratando de sentarse. En pocos minutos su cara iba a tener un aspecto horrible, puede que hasta necesitara puntos en la ceja. Se fijó en el rostro de Nick, que solo tenía la mejilla un poco magullada. ¿Dónde demonios había aprendido Nick a golpear de ese modo? ¡Si no había roto un plato en toda su larga y aburrida vida!

—Vale, tienes que irte. Esto se está llenando de gente. —Roberto tomó el mando de la situación. Se giró hacia Novalie—. Sácalo de aquí —le pidió, empujando a Nick hacia ella. Ella no reaccionó—. ¿Me has oído? Tienes que sacarlo de aquí. Llévatelo.

—¿Yo? —musitó sin aliento.

—Sí, tú. No puede verse involucrado en esto. Si su familia se entera... —Se pasó una mano por el pelo—. ¡Joder, voy a quedarme sin trabajo!

—¿Y tú qué vas a hacer? —preguntó ella.

Roberto se encogió de hombros.

—Lo que hago siempre: solucionar el problema —respondió, y volvió a empujar a su amigo para que se pusiera en marcha. Nick aún parecía ido, incapaz de apartar la vista del chico al que había golpeado—. Llévatelo donde pueda tranquilizarse.

Novalie dejó de dudar. Tomó de la mano a Nick y tiró de él a través de la marea de personas que se habían agolpado a su alrededor. Por segunda vez, Billy iba a ser el cotilleo del pueblo después de que alguien le rompiera la cara.

Consiguió llegar al aparcamiento y localizó su camioneta.

—Sube.

Nick obedeció.

Se pusieron en marcha y abandonaron la zona a toda prisa sin decir una sola palabra. Novalie condujo unos minutos sin saber muy bien a dónde dirigirse. Le temblaban las manos y coordinar los pies para pisar los pedales se estaba convirtiendo en algo imposible. Apenas podía respirar. Billy era un idiota y un acosador, y ahora Nick podía meterse en un lío por su culpa. Lo miró de reojo. No parecía estar bien. Tenía los labios apretados y un tic le contraía la mandíbula. Disminuyó la velocidad hasta detenerse en el arcén.

—¿Estás bien? —preguntó mientras observaba su rostro.

Con un dedo en la barbilla le obligó a que girara la cabeza hacia ella. Nick tenía sangre en el labio y la mejilla un poco hinchada y magullada. Se inclinó sobre la guantera, consciente de que él no apartaba la vista de ella, y sacó un pañuelo. Con cuidado empezó a limpiar la sangre, que había comenzado a secarse. Alzó la vista de su boca y el corazón le dio un vuelco al percatarse de lo cerca que su cara estaba de la de él.

—¿Y tú? —quiso saber Nick. La sujetó por la muñeca, esperando una respuesta. Ella asintió—. Bien, porque yo tengo la mano destrozada. Si me la he roto, estoy en un lío.

Hizo una mueca de dolor que transformó por completo su cara.

—¿Tu mano? —Novalie se dio cuenta de inmediato de que hablaba del piano, de su música. Se le aceleró la respiración, consciente de lo que supondría para él una lesión de ese tipo—. ¡Tenemos que ir al hospital!

Nick asintió y se recostó contra el asiento. Guardó silencio durante todo el trayecto. Se sujetaba la mano mientras su mirada perdida no era capaz de fijarse en algo concreto que lo distrajera. No podía pensar en nada salvo en su familia. Se llevarían un gran disgusto si se la había roto, sobre todo cuando descubrieran que el único culpable era él por haberle dado una paliza a otro tío.

Nada más llegar al hospital, una enfermera le hizo pasar a un box para que un médico pudiera atenderle.

En la sala de espera, Novalie no lograba permanecer quieta más de diez segundos. Había dado tantas vueltas alrededor del mostrador de ingresos que le sorprendió no haber hecho un surco en el suelo. Se sentía culpable por todo lo ocurrido. Si Nick se había destrozado la mano... No quería pensar en lo que podría suponer para él. ¿Tendría que dejar sus estudios? ¿Durante mucho tiempo? ¿Le afectaría eso? Y... ¿la culparía a ella? Mientras se hacía todas esas preguntas, la puerta que separaba la sala de espera de los boxes de urgencias se abrió. Nick apareció por ella y Novalie corrió a su encuentro.

—¿Qué tal ha ido? ¿Está... está rota?

Nick negó con la cabeza y sonrió. Levantó un papel que sujetaba con la mano sana.

—Está bien, solo un poco machacada. Me han recomendado que me ponga hielo y que me aplique una crema. También que tome un analgésico y un antiinflamatorio, nada más. ¿Te importaría acercarme a una farmacia?

Novalie tomó de su mano la hoja y leyó el informe, buscando cuáles eran los medicamentos que necesitaba. Sonrió aliviada y agitó el papel en el aire.

—No hace falta. En casa tengo todo esto. También hielo.

—No es necesario que... —empezó a decir él.

—Sí lo es. Por favor, necesito hacer algo para dejar de sentirme tan mal. Ha sido culpa mía.

—¿Qué? ¡No! Tú no tienes la culpa de nada. No digas tonterías —la regañó.

—Vale, pero ven a mi casa. Deja que haga esto por ti —pidió con el corazón en la garganta. Tragó, intentando que volviera a bajar a su sitio, pero se negaba a descender, latiendo cada vez más deprisa.

Nick dudó y entornó los ojos sin estar muy seguro de si debía aceptar.

—¿Y tu familia? ¿No crees que verán un poco raro que aparezcas conmigo... y así?

—Tranquilo, mis tíos están pasando el fin de semana en Portland. Y mi padre... Mi padre... No te preocupes por él. —Negó con la cabeza y esbozó una sonrisa—. Vamos, hay que rebajar esa inflamación.

Desde la ventana de la cocina, Novalie observaba a Nick, sentado en uno de los peldaños del porche trasero. El pobre llevaba un buen rato sumergiendo la mano en hielo, pero no se había quejado ni una vez. Con la espalda apoyada contra la columna y los ojos cerrados, parecía un ángel en los brazos de Morfeo. Su piel tenía un ligero tono dorado. Una sombra de barba le endurecía las facciones, escondiendo los hoyuelos más adorables que había visto nunca.

La cafetera emitió un pitido y ella se apresuró a servir dos tazas. Empujó la puerta abatible con la cadera y salió afuera. El ruido hizo que él abriera los ojos y la mirara. Una sonrisa se dibujó en sus labios, y Novalie no pudo evitar que su boca se curvara con otra.

—Aquí tienes —dijo al sentarse en el peldaño junto a él. Alargó la mano y le entregó la taza humeante.

Él le dio las gracias.

—Así que tus tíos están en Portland —comentó Nick, aunque sonó más a pregunta.

Novalie asintió, dando un sorbo a su café.

—Los padres de mi tío se trasladaron allí hace unos años. Y una vez al mes van a visitarlos.

—¿Y tu padre? ¿Estás segura de que no le molestará que hayas traído un chico a casa a estas horas?

Nick miró por encima de su hombro hacia la puerta de la cocina. Ella siguió su mirada y le sonrió para tranquilizarlo.

—Bueno, mi padre no está muy bien desde que mi madre falleció y... Digamos que pasa un poco de todo, incluida yo. —Se recogió unos mechones sueltos tras las orejas—. Seguro que está en su cuarto contemplando la pared. Por lo visto es a lo máximo que aspira de momento —explicó sin poder disimular un ramalazo de dolor que le taladró el pecho.

Nick frunció el ceño. Viendo su mirada vulnerable tuvo ganas de rodearla con los brazos y atraerla hacia él. Novalie despertaba en él unos impulsos y una ternura difíciles de manejar.

—¿Y qué tal estás tú?

Novalie se encogió de hombros.

—Han sido unos años muy duros. Ella enfermó cuando yo tenía catorce y hasta el último segundo siempre creí que ocurriría un milagro y que podría recuperarse. Solo era una ilusión, porque no tenía posibilidades. Sé que es algo que no superaré jamás, pero saldré adelante. —Apuró el café. Le costaba hablar de sus problemas, y más con él—. ¿Qué tal va esa mano? —preguntó, preocupada al ver que tenía los nudillos de un color morado, casi negro.

—Mucho mejor —respondió Nick, moviendo los dedos muy despacio.

—No debiste hacerlo. —Bajó los ojos y aclaró—: Pegarle.

—Sí debía. Se merecía eso y mucho más —admitió Nick, pero en su tono se adivinaba un atisbo de culpabilidad.

—Y aun así te sientes mal —susurró ella mientras le daba vueltas a su pulsera. Podía sentir la mirada de Nick sobre su rostro y el calor que desprendía su piel cada vez que se movía y le rozaba el brazo, pero sobre todo podía notar su ánimo, abatido.

—Nunca le había pegado a nadie —confesó Nick en voz baja—. Y jamás pensé que sería capaz de actuar con tanta violencia. Siento como si otra persona se hubiera apoderado de mí, tomando el control. Alguien a quien no conozco. —Soltó el aire de sus pulmones con fuerza y dejó caer la cabeza hacia atrás—. O quizá haya sido más yo que nunca.

Novalie lo observó. Daba la impresión de que él trataba de desliar algo en su cabeza.

—¿Por qué dices eso?

Nick tardó unos segundos en responder, porque no estaba muy seguro de qué explicación dar. La tensión entre ellos aumentó mientras se miraban fijamente. Soltó un suspiro largo y pesado.

—A veces tengo la sensación de que paso todo el tiempo interpretando un papel, y que cuando pierdo los nervios o actúo sin pensar, es cuando de verdad dejo ver mi verdadero yo. —Frunció el ceño, pensativo, y una sonrisa triste se dibujó en su boca—. No sé si entiendes lo que quiero decir. Ni yo mismo lo sé.

Novalie también sonrió en un pobre intento de animarlo, pero los labios le temblaban. De golpe tuvo la sensación de que Nick era más frágil de lo que aparentaba. Había algo en él que no lograba interpretar, pero que la urgía a querer protegerlo de algún modo.

—Anda, dame tu mano. Te pondré la crema, pero te advierto que no huele muy bien.

Él soltó una risita y dejó el hielo a un lado. Después colocó la mano sobre la de Novalie, sin apartar los ojos de su cara mientras ella la secaba con suaves roces. A continuación puso un poco de crema sobre la piel y, trazando pequeños círculos con los dedos, la fue extendiendo con un ligero masaje.

—Tienes unas manos muy bonitas —dijo Nick al cabo de unos segundos, y añadió—: Se te da muy bien esto.

El dolor comenzaba a remitir y sentía un hormigueo placentero.

Ella lo miró a los ojos, pero apartó la vista de inmediato para concentrarse en su tarea.

—Mi padre es cirujano, siempre cuida... cuidaba mucho sus manos y yo solía darle este tipo de masajes —comentó con cierta tristeza. Se detuvo un segundo—. Comparadas con las tuyas, mis manos parecen las de un mecánico. Nunca consigo llevarlas limpias, y tienen el tacto de una lija.

Nick le sujetó los dedos y los giró poniendo la palma de su mano hacia arriba. La acarició con lentitud, entreteniéndose en el gesto.

—A mí me parecen perfectas —musitó.

Ella se quedó inmóvil y notó su corazón acelerarse al mismo ritmo que el de él. Su pecho subía y bajaba cada vez más rápido. La intensa mirada de Nick se posó en sus labios y empezó a inclinarse sobre ella. Novalie sintió que el corazón le latía con furia, consciente de su proximidad, del calor que emanaba su cuerpo, y se preguntó qué iba a hacer si la besaba. No lo rechazaría, de eso estaba segura. Notaba su respiración sobre el rostro. Instintivamente cerró los ojos y alzó la barbilla hacia su boca.

Nick se detuvo un instante antes de besarla. Tragó saliva y retrocedió despacio, como si alguien tirara de su cuerpo para apartarlo y él se estuviera resistiendo. ¿Qué demonios estaba haciendo? No podía cruzar esa línea, pero mantenerla empezaba a convertirse en un problema. Había una larga lista de motivos por los que no era buena idea que se liara con ella. «Vas a irte y ella es frágil. Ha sufrido demasiado para que tú le hagas daño ahora», se recordó. Despacio retiró la mano de entre las de ella y arrugó la nariz.

—Tenías razón, no huele muy bien —susurró.

Novalie recuperó el aliento, lidiando como pudo con lo que acababa de pasar, si es que acababa de pasar algo. Estaba demasiado confundida como para tratar de analizar el súbito cambio de actitud de Nick. ¿Había intentado besarla, o su mente inquieta lo había imaginado?

—¿Te sigue doliendo? —logró preguntarle de manera afectuosa, como si no hubiera ocurrido nada fuera de lo normal.

—Muy poco —respondió él, abriendo y cerrando los dedos. Y continuó en tono divertido—: Podría contratarte. Suelo sufrir tirones y calambres a menudo.

Novalie sonrió y notó cómo sus mejillas ardían.

—¿Desde cuándo tocas el piano? —comentó, más por cambiar de tema, llenar el silencio y disimular esa sensación extraña que le recorría el estómago, que por auténtica curiosidad.

—Desde que tengo uso de razón. Tuve mi primer piano a los dos años.

—¿Tan pronto? ¿Y ya sabías que te gustaba? Porque lo único que yo recuerdo de esa edad son los *Tweenies*.

—¿Los *Tweenies*? —se interesó Nick con el ceño fruncido.

—Una serie infantil inglesa.

Nick respiró hondo y pensó en la pregunta de Novalie.

—Lo cierto es que no recuerdo nada de aquel tiempo, pero mi familia dice que pasaba horas enteras escuchando y practicando.

—¿Y cómo has acabado estudiando en Europa? ¿Aquí no hay buenas escuelas?

Una parte de ella no podía ocultar la ansiedad que esa respuesta le causaba. Era consciente de que él se iría en algún momento, puede que pronto, y Europa estaba tan lejos... Ese pensamiento empezaba a ser desconcertantemente doloroso.

Nick se pasó la mano sana por el pelo y estiró las piernas sobre los peldaños, acomodando los codos de forma que quedó recostado. Suspiró con la vista en el cielo y la miró a los ojos.

—Con tres años mis padres me matricularon en mi primera escuela. A los cinco logré que me admitieran en un programa para jóvenes de la Escuela de Música de Manhattan. A los nueve mi familia consiguió una audición en Juilliard y entré en uno de sus programas para nuevos talentos. Cuatro años más tarde pensaron que debía dar el salto a Europa.

Hizo una pausa y tomó un sorbo de café. Continuó:

—Así que, a los trece obtuve una plaza en la Academia Franz Liszt de Budapest. Las clases se sucedieron entre audiciones y conciertos y, tres años más tarde, mi familia organizó mi traslado a Moscú. El Conservatorio Tchaikovsky me dio una beca completa para que me formara allí, donde cursé mis estudios universitarios. Ahora, por fin, hemos conseguido asentarnos con cierta normalidad en Salzburgo. Allí estoy preparando mi postgrado; una investigación sobre musicología en la Universidad Mozarteum.

—¡Vaya, es impresionante! Me sorprende que no estés mareado con tantos tumbos —bromeó Novalie.

Sacudió la cabeza, sorprendida y fascinada por la vida que Nick había llevado, aunque no dejaba de parecerle fría en el fondo. Así era imposible tener unas raíces o apego a algo que no fueran unas pertenencias que cabrían en unas maletas. No sabía por qué, pero le causaba cierta tristeza.

Nick soltó una carcajada y se recostó un poco más, acercándose a ella de forma inconsciente. Era incapaz de apartar la vista de sus ojos y de sus piernas. Esa noche llevaba una fina pulsera en el tobillo de lo más sexi.

—Quizá un poco cansado, pero no puedo quejarme. Mi familia quiere lo mejor para mí y ha luchado mucho para que logre llegar a donde estoy. Ellos quieren que consiga ser alguien importante en el mundo de la música.

—¿Ellos también son músicos?

—Sí. Mi madre es chelista; mi padre, pianista, y mi bisabuelo fue uno de los *luthiers* más famosos de Italia. Sus instrumentos de cuerda se consideran hoy en día joyas. Y mi abuela... Su familia suministraba maderas nobles a los talleres más importantes de Europa. Así se conocieron mis abuelos. De un modo u otro, toda la historia de mi familia gira en torno a la música.

—¡Suena fascinante! —exclamó Novalie. Guardó silencio un momento. En la explicación de Nick había un detalle que le había sido imposible ignorar, algo que le erizaba la piel y le creaba un nudo en la garganta. Se abrazó las rodillas y apoyó la barbilla en ellas—. Es estupendo que tu familia quiera tantas cosas para ti, que llegues a lo más alto y todo eso, pero... —se encogió de hombros, dudando de si debía hacer la pregunta— ¿qué quieres tú?

Nick se enderezó con el ceño fruncido, sin entender.

—¿Qué?

—¿Que qué quieres tú? No dejas de decir: mi familia quiere, mi familia hizo, mis padres decidieron... ¿Y qué hay de ti? ¿Qué quieres tú?

Nick la observó en silencio, considerando su pregunta. Sacudió la cabeza y resopló por la nariz. Se echó a reír, pero enseguida calló y miró a Novalie a los ojos con una intensidad tan abrumadora que ella se sintió cohibida. Se pasó las manos por el pelo. Se había puesto nervioso sin saber muy bien por qué. En su cabeza una idea confusa comenzó a palpitar.

—Ya hago lo que quiero —respondió sin más.

Novalie no pensaba darse por vencida.

—Vale, cambiaré la pregunta. ¿Qué te gustaría hacer de verdad?

Nick se quedó inmóvil, con la mirada perdida en algún punto a lo lejos que solo él podía ver. Hizo un ruidito con la garganta y ladeó la cabeza. De golpe se sintió como si un rayo lo hubiera atravesado.

—Acabo de darme cuenta de que... —una sonrisa se insinuó en sus labios, demasiado tensos— nunca nadie me había hecho esa pregunta.

Novalie tragó saliva. Una idea estaba tomando forma en su cabeza y, aunque no debía, aunque no quería, sintió lástima. Estaba segura de haber comprendido lo suficiente.

—¿En serio? ¿Nunca? —preguntó. Él asintió, rio en voz baja, y ese sonido fue como una caricia para ella. Tuvo que sentarse sobre sus manos para no abrazarlo—. Y bien, yo te lo estoy preguntando, ¿qué quieres tú? ¿Qué te gustaría hacer?

Nick vaciló. Tenía la impresión de encontrarse desnudo delante de ella, dominado por un sentimiento de vulnerabilidad que se había esforzado por mantener a raya durante años. Nunca nadie se había interesado por sus deseos, por lo que nunca se había sentido obligado a contestar, a ser sincero; sobre todo consigo mismo. Nunca había conocido otra vida, y la que tenía siempre le había parecido una buena vida. Pero dentro de él había un rincón secreto que vibraba con un anhelo cada vez mayor.

Inspiró hondo y se giró con el codo apoyado en el peldaño, de modo que su cara quedó a pocos centímetros de la de ella. Sus ojos azules se clavaron en los de Novalie.

—Quiero descansar del piano. Necesito dejar de lado esta sensación de tener que superarme constantemente. Quiero regresar aquí y quiero tocar la guitarra: *jazz, jazz fusión, smooth jazz, rock, bossa nova*... —Por momentos su cara se estaba iluminando con un entusiasmo que apenas podía contener. Se sentó derecho, pegándose a ella. Sus ojos estaban a la misma altura y sus rostros apenas separados por unos centímetros—. Me gustaría enseñar a otros...

—¿Enseñar a otros? —lo interrumpió ella sorprendida.

Él asintió enérgicamente. Su sonrisa era increíble, vital.

—Sí, lo que has oído, ser *profe*. —La empujó con el hombro, mientras le guiñaba un ojo. Ella se ruborizó y le devolvió el empujón—. Sí, eso es lo que quiero. ¡Sí! ¿No te parece una locura?

—No es ninguna locura, Nick. Y tienes todo mi apoyo. Creo que eres capaz de hacer cualquier cosa que te propongas.

La sonrisa se borró de la cara de Nick y su mirada volvió a vagar sin rumbo en la oscuridad.

—Ojalá fuera suficiente, pero es mucho más complicado que el simple hecho de querer hacerlo —comentó con desencanto. El pecho le dio un vuelco cuando ella apoyó la mano en su hombro. La notó fría a través de la camiseta. Ladeó la cabeza y le dedicó una sonrisa—. ¿Tienes una guitarra?

Novalie parpadeó con cara de póker.

—¿Te refieres a una guitarra de verdad? —preguntó, asimilando la petición. Él asintió—. ¡Sí, creo que sí! ¿Por qué? ¿Quieres que te la traiga? —Él volvió a asentir—. Espera un momento aquí.

Novalie se levantó de un salto y corrió al interior de la casa. Subió hasta la habitación de sus tíos. Arrastró una silla para llegar a la parte de arriba del armario y cogió una enorme funda negra. La colocó sobre la cama y abrió con cuidado la cremallera. Una preciosa guitarra quedó a la vista. Tomó aire, la agarró por el mástil y volvió abajo.

—Aquí la tienes. Es de mi tío, de cuando era un adolescente. Entonces tenía un grupo bastante malo de *rock*.

Nick tomó el instrumento de sus manos y lo sopesó, le dio un par de vueltas y sonrió. Deslizó los dedos por las cuerdas y estas emitieron un sonido en escala.

—¡Vaya, está afinada! —La colocó sobre sus piernas e inclinándose sobre ella comenzó a tocar unos acordes—. Nunca le había dicho nada de esto a nadie, y nunca la he tocado para nadie —confesó en un susurro.

Novalie intentó asimilar aquello. Entrelazó los dedos, sin saber muy bien qué hacer. Lo miró fijamente. El aspecto de su rostro era tan tierno en ese momento que sintió que la dejaba sin aire.

—¿Y por qué quieres tocar para mí?

Sus ojos se encontraron y ella le sostuvo la mirada. Había algo cobrando vida en su expresión, algo importante y profundo. Nick sonrió y continuó tocando una lenta melodía, dulce y suave, con cierto aire de melancolía.

—Buena pregunta —respondió él mientras se encogía de hombros.

Novalie escuchó embobada, sin apartar la vista de él. Lo contempló sin pudor, desde el pelo corto y castaño, con un pequeño remolino en la frente que le daba un aire travieso, pasando por sus ojos hasta la forma de sus labios, junto a los que distinguió un pequeño lunar. Pensó que podría pasarse así el resto de su vida, mirándolo.

Sonó un teléfono. Nick dejó la guitarra a un lado y sacó su móvil del bolsillo. Le echó un vistazo.

—Es mi hermano, viene de camino.

—¿Por qué? ¿Ocurre algo?

—No, todo está bien. Lo he llamado mientras preparabas el café. Habría sido egoísta pedirte que también me llevaras a casa.

—¡Pensaba hacerlo sin que me lo pidieras!

Él sonrió y se puso de pie.

—Lo sé, por eso lo he llamado. No quiero molestarte más. Además, va siendo hora de regresar a casa. Mañana quiero levantarme temprano y salir a navegar.

Novalie también se puso de pie. Tenía las piernas flojas y los nervios que empezaba a sentir en la boca del estómago acrecentaron la sensación. Se agarró a la baranda.

—¿A navegar?

—Sí, necesito alejarme de mi familia unas horas. ¡No es que me molesten ni nada de eso, no me malinterpretes! —Hizo una pausa y se pasó la mano por el pelo—. Pero en Salzburgo paso mucho tiempo solo y... no estoy muy acostumbrado a que me presten tanta atención. Después de tantos días, necesito un respiro.

—Es lógico —respondió ella con una sonrisa.

Sonó un claxon.

—Es Marco —anunció él.

Juntos rodearon la casa hasta la entrada principal. Y allí estaba, un deportivo de un llamativo color rojo. La ventanilla del piloto bajó y un chico moreno asomó la cabeza. Novalie reconoció al tipo con el que había tropezado en el vestíbulo de la mansión de los Grieco. Él la miró de arriba abajo y sonrió de forma socarrona.

Novalie apartó la mirada un poco incómoda.

—Bueno, gracias por todo —dijo Nick—. Lo he pasado muy bien.

—Gracias a ti por lo del muelle. Espero que tu amigo no haya tenido problemas por quedarse allí.

—Tranquila, Roberto es un tipo de recursos. —La miró a los ojos. Tomó aire y sonrió con un millón de mariposas en el estómago—. Adiós.

Ella se limitó a levantar la mano y lo observó mientras él se dirigía al coche.

De repente, Nick se detuvo, bajó la cabeza y la movió como si estuviera meditando algo. Dio media vuelta.

—¿Te gustaría venir conmigo? Mañana, a navegar —propuso. Ni siquiera sabía de dónde había salido aquel impulso, pero lo deseaba, deseaba volver a verla.

Novalie se quedó muda un instante, procesando lo que acababa de pasar. Sintió una descarga eléctrica recorriéndole la espalda.

—¿Por qué quieres que te acompañe? Has dicho que necesitas estar solo.

Nick acortó la distancia que los separaba y sonrió mientras le recogía un mechón de pelo detrás de la oreja. Llevaba toda la noche deseando hacerlo.

—Quizá no quiera estar tan solo.

—¿Y por qué yo? Apenas me conoces.

—Esa también es una buena pregunta —dijo él y añadió—: A las nueve en el puerto del club. Busca el Atenea, es un velero pequeño, de un solo mástil.

Y sin más, se dirigió al coche.

Marco maniobró de vuelta a la carretera. Una sonrisa maliciosa se instaló en su cara mientras lanzaba una mirada interrogativa a su hermano. Tamborileó con los dedos sobre el volante y empezó a silbar.

—¿Qué? —estalló Nick a los pocos segundos.

—Me mentiste. Sí que la querías para ti.

—¿De qué estás hablando?

—Del bomboncito de la librería —aclaró.

—No es lo que imaginas —replicó Nick mientras desviaba la vista hacia la ventanilla.

—¿Y qué se supone que imagino?

—No me interesa en ese sentido. Es... es una chica especial...

Marco se rio.

—¿Especial?

—Sí, lo es, y merece todo el respeto. Es especial, lista, divertida... Me cae bien. Es de las pocas personas auténticas que he conocido. Hablar con ella es fácil y no conozco a mucha más gente en la isla.

Marco carraspeó, fingiendo ponerse muy serio.

—Veo que la conoces profundamente. ¿Cómo de profundo? —murmuró con voz seductora.

Nick lo fulminó con la mirada.

—No te pases, Marco. No voy a permitirte ese tipo de comentarios. No sobre ella.

—Vale, lo pillo. Solo es una amiga y no tienes ningún interés sexual en ella. Pero yo tampoco puedo tenerlo. Prohibida por completo. —Suspiró de forma dramática—. ¡Lástima, porque está muy buena! Ese aire inocente pone mucho. Aunque algo me dice que, en realidad, es como un cachorrito de león, precioso y adorable, pero capaz de arrancarte un dedo si le acercas la mano demasiado.

—Entonces no saques tu mano del bolsillo o el león grande te arrancará un brazo. Y por si no lo has pillado, el grande soy yo.

Marco se echó a reír con ganas.

—Joder, Nick, creo que tienes un problema. Uno muy grande —dijo sin parar de reír.

11

Nick miró de nuevo su reloj y paseó la vista por el muelle. Eran las nueve y veinte y no había señales de Novalie. Un peso extraño se instaló sobre sus hombros, cierta decepción que empañó una soleada y preciosa mañana de domingo. Suspiró, apartando aquellas desconcertantes emociones, y se obligó a ponerse en marcha. Al fin y al cabo, ella no debía convertirse en alguien importante en su vida. Solo era una conocida a la que pronto perdería de vista.

Ese pensamiento empeoró aún más su ánimo.

Comenzó a recoger cabos, y se disponía a soltar una de las velas cuando el corazón le dio un vuelco. Sus labios se curvaron con una sonrisa. Novalie acababa de aparecer en el muelle. Llevaba una mochila a la espalda y vestía un pantalón corto de algodón blanco y una camiseta de tirantes gris. El cabello recogido en un moño, como si acabara de levantarse y se lo hubiera peinado de cualquier manera. Su aspecto descuidado lo dejó boquiabierto: estaba increíblemente atractiva. Las chicas con las que solía relacionarse no vestían de ese modo ni para estar en casa. Ni locas habrían salido con esas pintas a la calle.

La observó durante unos segundos. Con paso rápido y aire despistado, parecía buscar algo. Le encantaba su naturalidad y estaba convencido de que ella no tenía ni idea de lo guapa que era en realidad. Ni sus movimientos ni sus gestos eran para nada premeditados; no era una de esas chicas que estudiaba hasta el último detalle de su persona para potenciar su atractivo. Ella miró en su dirección y se detuvo. Con timidez levantó una mano y lo saludó. Nick le devolvió el gesto.

Novalie recorrió el muelle hasta llegar al pequeño velero. Todo el barco era blanco, desde el casco de fibra de vidrio hasta las velas, pasando por el largo mástil. Todo menos el nombre, pintado con letras doradas en un lateral, y la cubierta de madera de teca. Era una de las embarcaciones más bonitas que había visto nunca.

—¡Hola! —dijo Nick, cruzando la cubierta a su encuentro.

—Hola.

Nick iba sin camisa y Novalie trató de que sus ojos no volaran a su torso desnudo, pero cayó en la tentación cuando él se apoyó en la baranda con ambas manos, y lo miró de arriba abajo. El corazón le golpeó el pecho. Era evidente que Nick cuidaba su cuerpo, y si no lo hacía, la naturaleza había derrochado con él todos sus dones.

—¡Estás aquí! —exclamó Nick.

—Tú me invitaste —le recordó, un poco abrumada por el entusiasmo que él demostraba.

—Sí, pero no estaba muy seguro de que vinieras. Y viendo que te retrasabas, ya había perdido las esperanzas.

Novalie se ruborizó.

—Lo siento. Suelo ser puntual, pero mi camioneta no arrancaba...

—No pasa nada. Al menos no me has dejado plantado. —Alargó el brazo, ofreciéndole la mano—. Ven, te ayudaré a subir.

Novalie la aceptó. Inspiró hondo y saltó desde el muelle a la cubierta del velero. Tomó demasiado impulso y cayó sobre él. Sus cuerpos chocaron. Nick apenas tuvo tiempo de sujetarla entre sus brazos. Se tambalearon y lograron mantener el equilibrio por los pelos.

Durante un largo instante se quedaron inmóviles, abrazados, mirándose sin parpadear. Los dedos de Nick se curvaron en torno a su espalda y ella apretó sus manos sobre la cintura de él. Sus respiraciones subían y bajaban al mismo ritmo, cada vez más rápido, cada vez más fuerte. Novalie se dio cuenta de que sus pechos estaban aplastados contra su torso y que casi podía sentir sus latidos, pero sus piernas no parecían dispuestas a moverse.

Nick tragó saliva.

—¿Estás bien? —preguntó sin soltarla.

—Sí, gracias —contestó ella, muerta de vergüenza—. Mi sentido del equilibrio es algo penoso.

Nick le dedicó una sonrisa divertida.

—Por suerte el mar está en calma. Si no, tendría que atarte al mástil para evitar que cayeras por la borda —bromeó. Soltó una carcajada cuando ella le sacó la lengua con un gesto infantil—. Anda, dame tus cosas. Las guardaré abajo.

Novalie le entregó su mochila y lo siguió al interior del barco, bajo la cubierta. Nunca habría imaginado que el camarote fuera tan espacioso. Había una pequeña cocina-salón con una mesa y dos sofás encastrados en las paredes, uno a cada lado, y algunos electrodomésticos, incluido un televisor. Tras una puerta plegable se adivinaba un baño con ducha y junto a esta, se podía ver otra habitación con una cama y una mesa.

—¡Vaya, esto es genial! —exclamó encantada.

Se percató de la cesta con comida que había sobre la estrecha encimera. No pudo evitar acercarse y curiosear su contenido.

—¡Cuántas cosas! ¿Vamos a comernos todo esto?

Nick sonrió y se encogió de hombros.

—No sé qué te gusta y he traído un poco de todo. Algo de fruta, queso, tomates...

—¡Dátiles! ¡Me encantan los dátiles! —gimió Novalie mientras tomaba un envase de cristal con tapa. La levantó y los olió—. Hace siglos que no los pruebo naturales.

—Me alegro de haber acertado.

Novalie abrazó el recipiente contra su pecho y se mordió el labio inferior.

—No sabes cuánto.

Nick sonrió satisfecho y comenzó a sacar toda la comida de la bolsa. Colocó el pan en un armario y se giró para guardar el queso, dándose de bruces contra Novalie. Era imposible moverse en un espacio tan reducido sin que chocaran entre ellos o se tocaran. Sus senos le rozaron el pecho y él se esforzó por no parecer alterado por el sutil contacto, aunque no pudo evitar que su mirada descendiera hasta su escote durante un segundo. Se le entrecortó la respiración. Sus ojos se cruzaron y vio la sorpresa que los de ella trataban de reprimir. Lo había pillado. Esbozó una leve sonrisa de disculpa.

Novalie se ruborizó. Empezaba a estar bastante segura de que él la encontraba atractiva y esa realidad le provocó una oleada de cosquilleos. Bajó los párpados con timidez y arrugó la nariz con un gesto de reprimenda. ¡Dios, estaba coqueteando con él! Ambos podían sentir la tensión que iba creciendo. Nick la observó como si intentara averiguar qué estaba pensando.

La intensidad de aquella mirada hizo que Novalie se quedara sin respiración y que sus entrañas se licuaran.

Nick se aclaró la garganta.

—¿Zarpamos? —propuso con un guiño.

Novalie dijo que sí con la cabeza. Cualquier cosa con tal de salir de aquel camarote. Y lo siguió a la cubierta.

Nick soltó el cabo que los mantenía anclados al muelle y terminó de desplegar las velas. Se puso al timón y poco a poco abandonaron la ensenada del puerto. Una vez en mar abierto, una cálida brisa les dio la bienvenida recorriendo los costados de la embarcación. Las velas se hincharon y el velero comenzó a abrirse paso sobre las olas.

Novalie se sentó en la proa, junto a la barandilla. Desde allí solo se veía el azul infinito del océano y una imperceptible sombra gris en el horizonte, que debía de ser la costa de Maine.

Se giró y miró a Nick. Él maniobraba el timón para tomar rumbo al sur. Tenía la barbilla alzada, oteando el horizonte mientras el sol se reflejaba en los cristales de sus gafas de sol, deslumbrándola. Utilizó la mano a modo de visera.

—Parece fácil —comentó ella, haciendo un gesto hacia el timón.

—¿Nunca has pilotado un barco?

—¿Cuenta un bote de remos?

Nick soltó una carcajada y sacudió la cabeza.

—Siempre hay una primera vez. Ven.

—¿Lo dices en serio? —preguntó Novalie con ojos brillantes. Nick se encogió de hombros y con un gesto la animó a acercarse—. ¡Vale!

Se levantó de un salto y fue hasta él con una sonrisa enorme en la cara. Nick se apartó un poco para que ella ocupara su lugar frente al timón.

—Bien, sujétalo fuerte. Voy a explicarte lo más básico, ¿de acuerdo?

Novalie asintió, sonriendo con admiración. Obedeció cuantas órdenes y consejos él le fue dando, pero no era tan fácil como en un principio le había parecido, y tras un par de virajes demasiados bruscos, Nick tuvo que colocarse tras ella y ayudarla a mantener firme el timón.

Les resultaba imposible ignorar la proximidad de sus cuerpos ni las respiraciones cada vez más rápidas. Novalie sentía sus brazos alrededor de ella, el olor de su piel, tan masculino. Cada vez que el velero remontaba una ola, el vaivén les empujaba el uno contra el otro, leves choques que provocaban chispas en su interior. De pronto, el aire entre ellos estaba cargado de electricidad.

Nick tragó saliva para deshacer el nudo que le oprimía la garganta. El deseo de soltar el timón y deslizar las manos por su cintura y sus caderas, o de acariciarle el pelo, tan rubio que casi parecía blanco bajo aquel sol de justicia, le estaba provocando un estado de ansiedad que amenazaba con obligarle a hacer una tontería. Y qué mayor tontería que trazar el contorno de su tatuaje con la punta de la lengua, que mordisquear y lamer cada centímetro de su piel... En su pecho estalló un anhelo profundo, consciente de lo mucho que empezaba a desear a Novalie.

Fondearon en mar abierto para preparar la comida. Nick había llevado pasta fría con aceitunas negras, queso de cabra y pepino. Novalie no perdía detalle de ninguno de sus movimientos. Verle trocear los tomates era un espectáculo. Se preguntó si habría algo que no supiera hacer. Él colocó los tomates sobre la ensalada y añadió unos frutos secos con pasas. La aliñó con aceite de oliva y puso el plato en la mesa.

—*Bon appétit!* —exclamó al tiempo que se sentaba frente a ella.

—Todo tiene una pinta estupenda —dijo Novalie muerta de hambre. No sabía por dónde empezar.

Comieron sin dejar de hablar. La conversación giró en torno a los libros, la música, el cine, algún viaje; nada personal a excepción de las anécdotas que Nick narraba acerca de los países en los que había vivido. Novalie escuchaba sin dejar de sonreír. De vez en cuando no podía controlarse y acababa riendo a carcajadas por alguna de sus ocurrencias.

—Creo que ya he hablado suficiente sobre mí —dijo él, repantigándose en el sofá mientras se llevaba un dátil a la boca—. Cuéntame algo sobre ti. Solo sé que trabajas en la librería de tu tía, que tu tío es mecánico y que tu camioneta se llama Betsy.

—No hay mucho más, pero... Adelante, pregunta.

Él arrugó sus labios, pensativo.

—No eres de Bluehaven, ¿verdad? Creo que te recordaría si te hubiera visto antes.

—No, nací en Houston, pero Bluehaven siempre ha sido mi segundo hogar. Bueno, ahora el primero, porque voy a quedarme aquí —aclaró un poco nerviosa bajo su mirada atenta. Hizo una pausa para tomar aire—. Mis padres nacieron y crecieron en la isla. Y siempre regresaban durante las vacaciones de verano y Navidad. La última vez que estuve aquí tenía catorce años y tú tendrías... ¿veinte? He cambiado mucho desde entonces. Podríamos habernos visto un centenar de veces y no me reconocerías.

Nick valoró esa suposición.

—Es posible. —Se pasó la mano por la barba incipiente—. ¿Echas de menos Houston?

Ella empezó a doblar la servilleta para ocupar las manos y esconder los ojos. Hablar de ciertos temas le resultaba difícil.

—Solo un poco. Los últimos recuerdos que tengo de allí no son muy buenos, así que... en parte me alegro del cambio.

—¿Por qué no son buenos?

—Los últimos cuatro años han sido muy difíciles.

La preocupación asomó a los ojos de Nick.

—¿Te refieres a tu madre? —preguntó, inclinándose sobre la mesa. Parecía tan frágil en aquel momento... Ella asintió—. ¿Qué le pasó? Si quieres contármelo, claro. No quiero ser entrometido...

Novalie se encogió de hombros y en sus labios apareció un asomo de sonrisa triste.

—Enfermó. Leucemia. Estuvo enferma durante cuatro largos años, sometiéndose a todos los tratamientos posibles, incluso experimentales. Su caso era demasiado agresivo... Nunca tuvo posibilidades.

—¿Por eso dejaste de bailar? —la tanteó Nick.

Novalie levantó la vista del plato. Él recordaba lo que le había contado.

—Lo abandoné todo. Solo iba al instituto y porque me obligaban. No quería separarme de mi madre. Necesitaba pasar cada minuto con ella porque no sabía cuánto más la tendría conmigo. —Hizo una pausa, y cuando continuó lo hizo en un susurro—. Me tuvo a su lado hasta el final, cuidándola, porque debía y porque no había nadie más que lo hiciera.

«Porque no había nadie más que lo hiciera.»

Esa frase caló hondo en el interior de Nick. Sintió una profunda tristeza por ella, pero no quiso ahondar en la herida. Sin embargo, Novalie continuó, como si de repente necesitara hablar de ello.

—La verdad es que nadie esperaba que aguantara tanto tiempo. Durante los últimos tres meses, los médicos hablaban de cada día como si ese fuese a ser el último. Dejé de ir al instituto y perdí el último curso. No me importaba nada, ni la graduación, ni el futuro —confesó avergonzada—. Iba a perderla y necesitaba que supiera que la quería, que no iba a estar sola cuando ocurriera. Prácticamente viví en el hospital todo ese tiempo.

Levantó los ojos y miró a Nick con lágrimas bajo sus pestañas. Agradecía que él no dijera nada y que solo se estuviera limitando a escuchar. Suspiró y añadió en voz baja:

—Cuando pasó, estuve con ella. Se fue agarrada a mi mano.

Se miraron en silencio. Solo se oía el batir de las olas contra el casco del barco. Novalie observó a Nick intentando reprimir en todo momento la clara atracción que sentía por él, aunque cada vez le costaba más trabajo. Le miró los labios e inconscientemente su boca se abrió para tomar aire. Se obligó a apartar la mirada.

Nick se inclinó sobre la mesa. Su rostro sereno no podía disimular que su historia le había afectado más de lo que esperaba.

—No quiero imaginar por las cosas que habrás pasado, deben de ser demasiadas para alguien de tu edad. ¿Cuántos años tenías cuando enfermó? ¿Catorce? —Ella asintió—. Y murió hace solo cinco meses.

—Cinco meses ya. —Novalie suspiró—.Y parece que sucedió ayer.

—Recuerdo esos cuatro años de mi vida —empezó a decir él—. Te sientes mayor, adulto, pero no eres más que un niño que juega a serlo. Pero tú, tú creciste de verdad. Las circunstancias te han obligado a madurar contra natura y aun así... —Sonrió con admiración—. Mírate, estás aquí hablando sobre ello con una entereza increíble. Admiro tu fortaleza.

—No soy tan fuerte.

Él se inclinó un poco más sobre la mesa y puso su mano sobre la de ella. La miró a los ojos con una intensidad abrumadora mientras sus dedos se entrelazaban.

—Sí lo eres. De eso no me cabe la menor duda. Hay chicos que, ante las adversidades, se refugian en el lado oscuro, se vuelven problemáticos, rebeldes..., frágiles. Es el mundo contra ellos, o eso piensan. Créeme, lo he visto con mis propios ojos: en compañeros, mi hermano...

—¿Tu hermano? —saltó ella sorprendida. Marco parecía cualquier cosa menos un chico conflictivo o con problemas.

Nick resopló y se encogió de hombros. Sus ojos azules se oscurecieron. Miró sus manos, que continuaban unidas. Con el pulgar le frotó la piel y contuvo el aire. Tocarla parecía tan natural que no se paró a pensar que lo estaba haciendo.

—Sí. Marco ha crecido sin mis padres, al cuidado del servicio y de mi abuela. Pero ella empezó a tener problemas de memoria hace años y necesitaba incluso más cuidados que él. Sé que Marco me culpa por todo eso. Ellos se volcaron en mí y en mi carrera. Él ha crecido a mi sombra, esforzándose en demostrar que también tenía talento (yo sé que lo tiene), pero se cansó de intentarlo... —Sacudió la cabeza y retiró la mano—. Es una historia demasiado larga y complicada...

Novalie sintió un escalofrío cuando él dejó de tocarla, como si se hubiera llevado con él el calor del camarote.

—Creo que esta conversación ha seguido un curso que no debía —añadió Nick. Levantó las cejas con un gesto travieso—. ¡Hagamos algo divertido!

—¿Como qué? —preguntó Novalie con una sonrisa asomando en sus labios. Derretirse cuando la miraba así era sencillo e inevitable.

—¿Nadar? —sugirió él.

—¡No, acabamos de comer! Apenas podría llegar a la cubierta sin dormirme.

Él soltó una risita y se levantó para recoger los platos. Ella lo imitó.

—¿Y qué sugieres? ¿Dormir la siesta? Si algo me gusta de mis raíces españolas es dormir la siesta. —Le guiñó un ojo.

Novalie se ruborizó, con los ojos abiertos como platos. La recorrieron escalofríos de la cabeza a los pies y el corazón aleteó contra sus costillas, incapaz de entender lo que acababa de decirle. Bueno, sí que lo había entendido. Nick la miró y entornó los ojos, una minúscula sacudida eléctrica recorrió el vientre de ella. Casi no podía respirar.

—¿Una siesta, los dos? Creo que... Quiero decir que... No me van los líos de una noche. De una tarde —rectificó—. No es que no me gustes. Sí me gustas. No en ese sentido, claro, no te ofendas. Aunque te encuentro atractivo para eso, claro que sí. —Se llevó una mano al cuello sin poder respirar. ¡Dios, estaba divagando y tartamudeando como una idiota! ¿Dónde estaba la mujer decidida y segura?—. Pero acabo de conocerte. Es un poco... precipitado. Quiero decir... Cuando me invitaste no creí que... tú y yo...

Su mirada asustada voló hasta la cama. Los ojos de Nick la siguieron y durante un segundo brillaron sorprendidos.

—¿Qué? ¡No! ¡Oh, Dios, Novalie, no me refería a...! Joder, siento haberte dado esa impresión. ¡Qué idiota soy!

Se acercó y la tomó por los hombros. ¿Había dicho que lo encontraba atractivo para *eso*?

—Perdóname —suplicó. Sus labios temblaban tratando de contener una enorme sonrisa. No dejaba de ser divertido—. Me refería a subir a la cubierta y tomar el sol. Solo tomar el sol y dormitar un poco. Todo inocente y seguro. Te lo prometo. —Su expresión cambió—. Quizá lo del sol no sea mala idea. Míranos. —Pegó su brazo al de ella. El color de sus pieles era idéntico, de un tono blanco ligeramente dorado—. Nuestro aspecto no es que sea muy isleño, ¿no crees?

Novalie sonrió y negó con la cabeza, aliviada por el cambio de conversación. En silencio agradeció a Nick su habilidad para esquivar aquel momento tan incómodo. Se sentía tan tonta por haber sacado unas conclusiones tan precipitadas.

—No es mala idea, pero se me ocurre algo mejor. Antes he visto algo —dijo en tono misterioso. Dio media vuelta y se dirigió al pequeño habitáculo que era el dormitorio. Dos segundos después volvía con una guitarra—. La he visto junto al armario. Pensaba que no querías que tu familia supiera nada de esto.

—Y no quiero —respondió Nick, mirando el instrumento—. Este es el único lugar donde puedo guardarla sin que la descubran. A mi familia no le gusta mucho navegar. Este barco es solo mío, mi refugio. Mi casita en el árbol, como la tuya.

—¿Cómo sabes que tengo una casita en un árbol?

—La vi anoche. Me pareció adorable. No me cuesta imaginarte con dos coletas subiendo por ese tronco —musitó.

Novalie se ruborizó. Otro mensaje de que seguía viéndola como una niña. Se preguntó qué hacía allí, en aquel barco con él. ¿Para qué le había pedido que lo acompañara cuando era evidente que no tenía el más mínimo interés en ella? Abandonó esos derroteros que amenazaban con empañar el momento.

—Toca para mí. Me gusta escucharte —pidió sin poder disimular cierto anhelo. Alargó el brazo, tendiéndole el instrumento. Vio algo pegado en la parte de atrás de la caja: un sobre amarillo del que sobresalían fotos—. ¿Qué es esto?

—¡Dios, había olvidado que puse eso ahí! —exclamó él.

Agarró el sobre y lo despegó. Sacó las fotografías, que en realidad eran unas postales y un par de recortes de prensa.

—¿Recuerdas que te dije que me gustaría regresar aquí para quedarme y dar clases de guitarra?

—Sí.

Novalie tomó de su mano los recortes para poder verlos de cerca. En uno de ellos se veía a dos hombres en una sala de grabación, sonrientes.

—Aquí es donde me gustaría hacer todo eso —comentó Nick con la vista clavada en la postal de un edificio con columnas y balaustradas torneadas en la terraza—. La Escuela de Música Berklee, en Boston. Para mí es la mejor del mundo, y lo único que de verdad he querido siempre. Pero no me di cuenta de lo mucho que lo deseo hasta que hablé contigo anoche.

—Hazlo. Da clases —sugirió Novalie con una sonrisa.

—Es tarde para eso.

—No lo es. Lo único que tienes que hacer es quedarte, instalarte en Boston e ir a esa escuela.

Nick sacudió la cabeza con un gesto de pesar. Abrió la boca para decir algo, pero lo pensó mejor y guardó silencio. Su expresión cambió y se tornó en algo indescifrable.

Novalie percibió ese atisbo de vulnerabilidad que ya había visto la noche anterior. Deseó poder cumplir todos sus sueños, poder borrar aquella sombra que apagaba sus ojos. Abrumada por lo que sentía, levantó la mano y la posó en su mejilla. Sintió en la piel su barba de dos días, un poco áspera.

Deslizó la mano hasta apoyarla sobre su pecho. A través de los dedos sintió su piel caliente y su corazón latiendo acelerado. Lo miró a los ojos, y no pudo resistir esa mirada intensa y oscura sobre ella. Le dieron ganas de besarlo con avidez. Se pasó la punta de la lengua por los labios y... Nada, no se atrevió a moverse.

Nick se apartó. Tragó saliva y le quitó los recortes de la mano.

—No es tan sencillo. —Suspiró y lo guardó todo en el sobre—. Puede que algún día.

Volvió a sonreír cuando la miró, tratando por todos los medios de no parecer tan afectado como en realidad estaba. Novalie había tocado en apenas una hora todas las cuerdas directas a su mente y a su cuerpo. Las había tensado y las había hecho vibrar con una afinación perfecta. ¡Mierda! Le gustaba, le gustaba mucho, y parecía comprenderle. No solo comprenderle. De un modo que no terminaba de entender, Novalie le conocía, podía ver dentro de él como nunca nadie lo había hecho.

Debía ponerle fin a aquello, fuese lo que fuese. Alcanzó la guitarra y se encaminó a la escalera que conducía a la cubierta.

—Y bien, ¿alguna petición en especial? —preguntó, recuperando su buen humor.

12

Novalie abrió los ojos muy despacio. No quería olvidar las últimas imágenes de su sueño: tumbada en la cubierta del velero, tomando el sol, mientras Nick la acariciaba con sus labios.

Se desperezó con una sonrisa boba en la cara mientras empujaba las sábanas con los pies. Tenía la sensación de ser una acosadora onírica, pero no podía evitarlo. Era cerrar los ojos y su mente volaba sin remedio a un mundo en el que Nick y ella estaban juntos. En el que podía tocarlo, besarlo y fundirse con él como si no hubiera un mañana. Se puso roja y un hormigueo le recorrió los labios. Se llevó la almohada a la cara y ahogó un gritito.

Apartó la almohada de golpe. El hormigueo de su piel se había convertido en dolor. Se pasó los dedos por la cara y vio las estrellas. Tenía la piel ardiendo, incluso le escocía un poco. Se levantó de golpe y corrió al espejo. ¡Madre mía, estaba fatal! ¡Parecía que había metido la cara en una fuente rebosante de chile picante! Trotó hasta el baño buscando la crema balsámica.

—Date prisa o llegaremos tarde —dijo Aly en el pasillo.

Novalie salió del baño.

—¡Oh, Dios mío! ¿Qué te ha pasado? —preguntó Aly con los ojos como platos.

—Creo que pasé demasiado tiempo al sol.

—¿Que pasaste...? ¡Si parece que te lo has inyectado en vena! ¿No usaste protector? No puedes salir a la calle sin un protector solar, Nov —la reprendió.

—Creo que se me olvidó —confesó Novalie.

Aly movió la cabeza de un lado a otro.

—Está claro que hoy no puedes ir a trabajar. Yo tengo que marcharme, pero quiero que te acerques a la consulta del doctor Keplinger y que te eche un vistazo. Las quemaduras solares son muy peligrosas.

Novalie hizo una mueca de fastidio.

—Vale, iré.

—Eso espero. Tom pasará toda la mañana fuera. Si necesitas algo, envíame un mensaje. Llamaré dentro de un rato para ver cómo estás.

Después de que Aly se fuera, Novalie intentó darse una ducha. A los diez segundos de notar el agua sobre el cuerpo, saltó fuera dando saltitos como un gato malhumorado. Completamente desnuda, se miró en el espejo. De frente, de lado, de espaldas. Estaba hecha unos zorros. Se vistió con la ropa más ligera y corta que pudo encontrar. Cuanto menos piel entrara en contacto con otras superficies, mucho mejor.

Bajó a la cocina para desayunar. Mientras se servía una taza de café, pensó en su padre. Se le partía el corazón cada vez que lo hacía. Los días pasaban y él no salía de su encierro. No quería sentirse así, pero empezaba a desesperarse y la situación se le hacía insostenible. Sentada a la mesa, contempló la pulsera que colgaba de su muñeca. Pasó el dedo por la inscripción y suspiró. Había hecho una promesa, pero no tenía ni idea de cómo cumplirla. Alzó la cabeza cuando el sonido del motor de un coche llegó hasta ella, y acabó deteniéndose ante la puerta principal.

—¿Quién demonios será?

Fue hasta el salón y se asomó con cuidado a la ventana. Se quedó sin aire en los pulmones al ver a Nick bajando de su Jeep.

—¡Mierda, no quiero que me vea así! —gimoteó, pegándose a la pared.

Sonaron unos golpes en la puerta. Novalie no se movió. Si fingía que no estaba en casa, acabaría por marcharse. Apretó los párpados con fuerza. Era patético que se comportara de ese modo, lo sabía, pero no podía evitarlo.

Nick llamó con más fuerza.

—¿Novalie?

Ella gruñó un par de palabrotas.

—Márchate —susurró para sí misma.

—Novalie, sé que estás ahí. Acabo de pasar por la librería. Tenía que comprar unos cuadernos y Aly me ha dicho que te habías quedado en casa, que no te encontrabas bien.

—Estoy bien —contestó al fin, alzando la voz para que pudiera oírla.

Nick frunció el ceño y se quedó mirando la puerta, esperando a que ella abriera. Cuando pasaron los segundos y vio que no se movía, resopló un poco preocupado.

—¿Seguro? Porque tu tía me ha dicho que parecía que habías sufrido radiaciones gamma.

Los ojos de Novalie se abrieron como platos.

—¿De verdad te ha dicho eso? —inquirió molesta.

Nick rio por lo bajo.

—No —respondió en tono travieso al otro lado de la puerta—. ¿Por qué no me abres? —Silencio—. Al menos dime cómo te encuentras. Ayer, cuando regresamos, estabas muy roja.

Novalie clavó los ojos en la pared y frunció los labios. Se acercó muy despacio a la puerta, pero no abrió.

—¿La verdad? Si me hubiera frotado la cara con ortigas tendría mejor aspecto... Y duele —confesó. Oyó que él reía al otro lado—. ¡No le veo la gracia! Seguro que tú también pareces un salmonete —replicó, e inmediatamente se arrepintió de su reacción infantil.

Nick se echó a reír con más ganas. Novalie puso los ojos en blanco y esperó a que se le pasara el ataque de risa.

—Perdona, es que... ha tenido gracia —se disculpó Nick.

—Si tú lo dices... —masculló ella mientras le echaba un vistazo al resto de su cuerpo.

—Venga, no te enfades conmigo —dijo en tono meloso.

Novalie se ruborizó y comenzó a sonreír. Nick insistió:

—Déjame entrar, por favor.

—¿Para qué? —inquirió ella con el corazón latiendo muy deprisa.

—Pues porque he venido a verte y estaría muy feo por tu parte no invitarme a pasar.

Novalie gimió por lo bajo. Tenía un aspecto horrible y no quería que la viera así. Nunca había sido muy coqueta, pero tampoco le había gustado tanto un chico como para importarle su aspecto. Giró el pomo y abrió, y seguidamente se dio la vuelta y se dirigió a la cocina.

Nick entró y echó un vistazo a la habitación. El salón era acogedor, con muebles sencillos y funcionales. Le gustó la sensación que transmitía, cálida y familiar. Siguió a Novalie. Mientras lo hacía, se fijó en su cuerpo apenas tapado por unos pantaloncitos de algodón y una camiseta muy ligera y holgada de tirantes. Tanto sus piernas como sus brazos estaban quemados por el sol.

—Novalie, date la vuelta.

—Cuando te he dicho que estaba roja no exageraba.

—Lo sé, acabo de verte, y eso que me lo has puesto muy difícil.

—Es que estoy fatal, parezco un... un... salmonete a la parrilla.

Nick tuvo que apretar los dientes para no reír.

—Seguro que no es para tanto.

—Sí lo es —gimió ella—. Y te estás riendo, puedo oírte.

—¡No! Bueno, sí, es que te estás comportando como una niña.

Se acercó y le puso una mano en la cintura para que se diera la vuelta. Novalie se giró muy despacio.

—Déjame verte —susurró.

Con sumo cuidado, le apartó el pelo de la cara. Ella levantó sus ojos verdes y lo miró incómoda. Esa mirada tuvo un efecto inmediato en él. Novalie se estaba convirtiendo en un problema de los gordos. Siempre había sido un buen tipo, de los que atiende a razones, pero con ella la razón empezaba a importarle un cuerno.

—No estás tan mal.

—Lo dices para que me sienta mejor.

—Lo digo porque es verdad. Incluso como un salmonete eres preciosa.

Novalie se relajó y esbozó una leve sonrisa. Se había ruborizado, pero estaba segura de que él sería incapaz de notarlo.

—¿Y tú por qué estás bien? Te quemaste tanto como yo.

—Por esto —dijo él, sacando un bote de plástico del bolsillo de sus pantalones—. Cuando llegué a casa y Dolores me vio, me preparó uno de sus mejunjes y me embadurnó de arriba abajo. Son milagrosos, te lo aseguro —aclaró con una sonrisa.

—¿Has venido hasta aquí solo para traerme ese potingue?

Nick asintió y sus ojos risueños se iluminaron.

—Cuando tu tía me ha dicho cómo estabas, he pensado que te vendría bien un poco.

—¿Qué lleva eso?

—Creo que lleva áloe y alguno de los remedios secretos de Dolores. ¡Tranquila, sigo entero! —exclamó al ver su gesto de desconfianza—. Te prometo que te pondrás bien enseguida. Ponte un poco y verás cómo deja de dolerte.

Novalie vaciló. No tenía mucha fe en los remedios caseros, pero tomó el tarro y lo dejó sobre la mesa.

—Gracias.

—¿No vas a ponértelo? —preguntó Nick.

Novalie titubeó y se encogió de hombros.

—Esperaré a que regrese Aly. No creo que pueda aplicármelo yo sola. Me duelen hasta los dedos.

Nick la miró de arriba abajo. Frunció los labios y negó con la cabeza, preocupado.

—Tienes que aliviar esas quemaduras o esta tarde estarán mucho peor. Dame la crema, yo te la pondré.

Novalie obedeció sin estar muy segura de si era buena idea.

—Bien, siéntate aquí mismo, en la encimera. Así quedarás a mi altura —sugirió él.

Ella hizo lo que le pedía. Se sentó sobre el mármol con las piernas ligeramente abiertas y él se colocó entre ellas. Nick abrió el tarrito y una pasta transparente quedó a la vista. Untó los dedos en ella y, muy despacio, comenzó a aplicársela trazando suaves círculos con sus dedos.

Novalie cerró los ojos y le dejó hacer. Era una sensación maravillosa. Las manos de Nick se deslizaban como seda en torno a sus ojos, sobre su nariz, alrededor de su boca. El mero roce de sus dedos en la piel hacía que cada parte de su cuerpo se estremeciera. Entreabrió los labios, dejando escapar el aire que, sin darse cuenta, estaba conteniendo. Tenía miedo de mirarlo mientras la tocaba. El calor que sentía en el cuerpo nada tenía que ver con la insolación. Le estaba costando fingir que su proximidad no la alteraba.

Nick contempló el rostro de Novalie. Untó de nuevo los dedos y los deslizó por sus mejillas con lentitud. No era capaz de moverse más deprisa, porque lo que necesitaba en ese momento era tranquilizarse y reprimir el deseo de besarla. Tenía la boca más bonita y perfecta que jamás había visto. Se obligó a concentrarse en sus brazos. Los masajeó desde las muñecas hacia arriba. Luego los hombros, primero hacia la espalda y después en dirección al pecho. La situación comenzaba a complicarse: el escote en pico de su camiseta mostraba un hueco demasiado tentador. ¡Dios, no llevaba sujetador! Se excitó en el acto. Si a ella se le ocurría mirar hacia abajo, se daría cuenta sin ningún problema. Estaba a punto de darle algo.

El día anterior, mientras regresaban al muelle, estaba decidido a terminar con lo que fuera que hubiese empezado entre ellos. Pero allí estaba, mandando a tomar viento a la sensatez, porque era incapaz de reprimir el deseo de verla. Se movió un poco y notó las rodillas desnudas de Novalie a ambos lados de sus caderas. Ni siquiera quería pensar cómo sería tener esas largas piernas rodeándole la cintura; la idea lo volvía loco. Y olía tan puñeteramente bien que la presión tras los pantalones palpitaba buscando espacio.

Carraspeó y se alejó de ella un par de pasos, a punto de sufrir una combustión espontánea. Iba a explotar.

—Creo que ya está. Queda suficiente para las piernas y el torso. Pero es mejor que te la apliques tú... Yo tendría que haberme ido ya... Tengo que ensayar. —La miró una sola vez y se dirigió a la salida. Todo su cuerpo latía y en ese momento se sentía demasiado abrumado y excitado como para pensar con claridad—. Ya me contarás si ha funcionado —dijo antes de salir.

Novalie solo fue capaz de asentir. Estaba aterrorizada por lo que sentía. Por la intensa atracción que Nick había despertado en ella. Por ese deseo muerto de hambre que no dejaba de pedirle que lo alimentara. «¡Mierda, mierda, mierda...! Novalie Feist, corta con este rollo, sea el que sea», pensó.

Pero dos días después era incapaz de olvidar lo sucedido y continuaba dándole vueltas, recreándolo una vez tras otra. Estaba perdiendo el control de sus sentimientos, de sus acciones. Mientras él le aplicaba aquel mejunje, ella había tratado de imaginar la inocencia del gesto, pero sus manos tocándola habían logrado que su cuerpo vibrara. Una sensación extraña que había apartado de su mente cualquier lógica y que había despertado una sensualidad que desconocía. ¿Se habría dado cuenta él? ¿Se habría marchado así por esa razón? Ni siquiera quería imaginarlo. Se moriría de vergüenza.

13

Novalie arrastró una silla hasta el armario para alcanzar la parte superior. Su tía le había pedido que buscara una carpeta en la que guardaba antiguos recibos que necesitaba para cerrar la contabilidad del trimestre. Se subió y sus ojos se abrieron de par en par. La repisa era un caos: estaba atiborrada de cajas y archivadores.

—¿De qué color es? —preguntó Novalie.

La voz de Aly ascendió desde la planta de abajo.

—Azul.

Novalie frunció el ceño y miró las carpetas apiladas tras un par de cajas.

—Pero ¡si todas son azules! —murmuró para sí misma.

Se puso de puntillas y apartó una caja a un lado. Trató de alcanzar las carpetas, pero solo logró rozarlas con los dedos. Necesitaba quitar la otra caja. La cogió con la mano izquierda y la apoyó contra su pecho, bajo la barbilla. Estiró el brazo derecho para llegar al fondo de la repisa y...

—¡Mierda! —masculló cuando la caja se le escurrió y cayó al suelo. La tapa se abrió y un montón de fotografías quedaron esparcidas sobre la alfombra.

—¿Qué ha pasado? —exclamó Aly desde la cocina.

—Nada —respondió Novalie a pleno pulmón.

Se arrodilló en el suelo y comenzó a recoger el estropicio. Las amontonó todas con las manos y volcó la caja de lado para arrastrarlas adentro. Una fotografía llamó su atención. En ella se veía a un par de chicos, que no tendrían más de dieciséis años, sosteniendo un bajo y una guitarra repletos de parches y pegatinas. Se sentó sobre los talones y la miró con más atención; había algo familiar en la instantánea que no terminaba de ver.

La dejó a un lado y comenzó a rebuscar entre las otras fotografías. Encontró otra similar, de ese mismo día a juzgar por las ropas que vestían. Pero los chicos se encontraban en un garaje y tocaban junto a un batería y un pianista. Todos haciendo muecas y posturas como si fueran auténticas estrellas del *rock* dando un concierto. Aly también aparecía en la imagen.

Novalie estudió con detenimiento el rostro del chico que tocaba la guitarra. Dio un respingo y sus ojos se abrieron como platos. ¡No podía ser! ¡Era el mismo tipo, no tenía dudas! Se quedó mirándola un buen rato mientras un torrente de ansiedad le calentaba las venas. Agarró la foto y corrió a la cocina con la idea más loca que se le había ocurrido en toda su vida.

—Tía, ¿conoces a este tipo?

—¡Olvídalo! —zanjó Aly, dejando la fotografía en la mesa tras haber oído el plan descabellado que la mente de su sobrina había elucubrado en apenas diez minutos.

Se puso de pie y comenzó a preparar la cena.

—Pero ¿por qué no? —insistió Novalie. También se levantó y siguió a su tía mientras esta se movía por la cocina.

—Porque... porque es una locura.

—No lo es.

—Nov, ¿qué clase de adulto responsable sería si te dejara hacer lo que propones? —preguntó mientras empezaba a lavar unas patatas.

—Serías la mejor tía del mundo —respondió ella con ojitos tiernos—. ¡Por favor!

Aly sonrió ante el gesto suplicante y sacudió la cabeza, afianzándose en su postura.

—No, no y no. Por muy nobles que sean tus intenciones, no puedo dejarte.

Novalie gimió, frustrada, dando pataditas al suelo.

—Sí puedes. Ya te he explicado que...

—Lo sé, y lo entiendo, te lo aseguro. Es muy bonito lo que quieres hacer por ese chico, pero no puedo dejar que lo hagas. —Alzó las manos, agitando la patata hacia su sobrina—. No estaría bien. A ver, ¿cuántos años tiene?

—Aún tiene veinticuatro.

—¿Aún?

—Cumple veinticinco en agosto.

—¿Veinticinco? Ni siquiera sabía que era tan mayor.

—¿Y qué tiene que ver la edad en esto? No voy a casarme con él.

—Es muy mayor, Nov. Los hombres son... hombres. Ya me entiendes, no necesitas que te lo explique.

Novalie se sentó en la encimera, junto a ella, pensando en lo poco que su tía conocía a Nick. Él jamás se comportaría de forma inadecuada, de eso estaba segura.

—Ni siquiera pasaré la noche fuera. Puedes fiarte de mí.

Aly suspiró. La miró un segundo con gesto condescendiente y la emprendió con las zanahorias.

—Sé que puedo confiar en ti. Pero no conozco de nada a ese chico y no sé si puedo fiarme de él. ¡Y su familia no me supone ningún aval! Conozco a su padre desde que éramos unos críos.

Novalie se puso de pie de un salto, incapaz de permanecer quieta. Estuvo tentada de preguntarle por qué había dicho eso sobre el señor Grieco, pero no quería desviar la atención de su propósito.

—Tía, Nick es la persona más amable, buena y simpática que he conocido jamás; con él estaré completamente a salvo. Créeme, no supone ningún peligro.

Aly tomó un calabacín y comenzó a trocearlo de forma enérgica.

—¿Qué pasa, es gay?

Por un momento, Novalie se quedó pasmada intentando digerir la pregunta.

—¡No! —respondió tajante. Se quedó pensando un momento—. Bueno, creo que no. Estoy segura de que no. ¿Qué importa eso?

Aly sacudió la cabeza con una sonrisa maliciosa.

—Sí que importa. Dudo que un gay intente violarte.

—¡Nick no va a violarme! —exclamó sin dar crédito a lo que acababa de oír. Si no tenía cuidado y controlaba un poco sus hormonas, él único con riesgo de violación iba a ser él. Apretó los párpados un momento. No podía creer que hubiese pensado eso. Sí, lo había hecho.

—Mi respuesta sigue siendo no —sentenció Aly con firmeza.

—Podría hacer esto a tus espaldas, ¿sabes? —dijo Novalie. Dio otro paso atrás cuando su tía la fulminó con la mirada y se apresuró a añadir—: Pero te estoy pidiendo permiso, te lo he contado todo. Por favor, he sido sincera y ya sabes cuáles son mis intenciones. —Pateó el suelo—. ¡Necesita ayuda y yo puedo dársela!

—No.

—Si le hubieras oído tocar, cambiarías de opinión.

—He dicho que no, y no es negociable.

—Hablas así porque no le conoces —protestó Novalie enfadada. Se apoyó en la pared con los brazos cruzados sobre el pecho.

—¿Prefieres pasta o arroz con las verduras? —preguntó Aly.

—No tengo hambre. Me voy a mi cuarto —contestó dedicándole una sonrisa malhumorada. Salió de la cocina arrastrando los pies y añadió con retintín—: ¿Sabes? Empiezas a parecerte a una de esas madres que tanto criticabas.

Aly bufó con los ojos en blanco. Sus labios se habían convertido en una fina línea. Eso le había dolido. Ella jamás sería como esas señoras estiradas y conservadoras de la Asociación pro Familia Tradicional. Las odiaba.

—¡Está bien! Tú ganas —resopló dándose por vencida.

—¿En serio? —quiso asegurarse Novalie entrando a la carrera. Sus pies descalzos se deslizaron sobre el suelo de linóleo.

Aly asintió, aún molesta. Novalie era la persona más cabezota con la que se había topado hasta la fecha, y ella era demasiado blanda.

—Tráelo a casa, quiero conocerlo. Después tomaré una decisión.

—Pero… pero… no puedo invitarlo a casa sin más.

—¿Por qué?

—Bueno… No sé… Sospechará si lo invito así, de golpe. Pensará que es una cita o algo parecido. ¡Y con mi familia, para colmo! Saldrá corriendo para evitar que le entregue el anillo.

Aly se echó a reír. Encendió un fogón y vertió las verduras en una sartén.

—Además —continuó Novalie—, no debe sospechar nada. Ha de ser una sorpresa. Si sabe la verdad, no querrá hacerlo para no disgustar a su familia. Él se muere por poder hacer esto, pero jamás dará el paso.

—¿Y tú quieres darlo por él porque…? —La miró sin perder ni un detalle de su expresión.

—Porque… —Novalie se quedó sin saber qué contestar.

—Te gusta —terminó de decir Aly.

—Sí... ¡No! ¡No me gusta, qué va! ¿Acaso tú nunca has hecho nada desinteresado por nadie? —le preguntó con una voz cuidadosamente controlada.

Su tía se quedó mirándola en silencio unos segundos. Al final lanzó un suspiro y volvió a centrarse en la comida.

—Lo siento, cariño, pero esa es mi condición. Quiero a ese chico en mi mesa para pasar el examen.

—¡Dios, ¿por qué me ha sonado tan mal eso?!

Novalie abandonó la cocina y se sentó en el balancín del porche. No podía invitar a Nick a casa sin más. No se conocían tanto como para tener ese tipo de familiaridades, pero si no lo hacía, no podría llevar a cabo su maravilloso plan. Sonrió mientras seguía dándole vueltas a la idea. Sabía que quizá se estaba metiendo donde no debía, pero tenía la sensación de estar brindándole al chico la oportunidad que se merecía y que, de otra forma, jamás tendría porque no era capaz de dar el paso por sí mismo.

Cada vez más convencida de que hacía lo correcto, empezó a pensar en la forma de traer a Nick a casa sin que él sospechara nada. Debía dar con una excusa, algo que pareciera accidental.

Oyó un ronroneo agónico. Se inclinó hacia delante y vio a Tom en el taller con medio cuerpo dentro del motor de un coche. La idea pasó por su cabeza como un *flash*, y sus ojos se posaron en Betsy, la vieja camioneta. Después de todo, ese plan podía funcionar. Fue en busca de las llaves.

Se detuvo en Silver Point, frente a las dunas, a medio camino entre su casa y el pequeño acuario. Sacó su teléfono móvil y buscó el número de Nick. Se quedó mirando los dígitos en la pantalla, sin atreverse a pulsar el botón de llamada.

—Vale, a la de tres —se dijo a sí misma—. Una, dos... —Cerró los ojos un instante—. Y tres.

Se llevó el teléfono al oído y esperó con un nudo en el estómago mientras se sucedían los tonos. De repente:

—¿Novalie?

Ella dio un respingo al oír su nombre al otro lado del teléfono.

—No... Digo... Sí... —Se golpeó la frente con la palma de la mano—. ¡Hola, sí, soy yo! ¿Qué tal, cómo estás? Te estarás preguntando por qué te llamo, ¿no? —«Cierra la boca, pareces estúpida», pensó, muerta de vergüenza.

—¿Va todo bien? —preguntó Nick.

—Sí... Digo, no... Verás, es que... ¿sabes algo de coches?

Nick tomó aire, desconcertado.

—Depende. ¿Sobre qué se supone que debo saber? —inquirió, cada vez más despistado.

—Motores, mecánica... ¿Sabes arreglar un coche?

—No, ni idea, lo siento —respondió Nick, y añadió—: ¿Ocurre algo?

«¡Bien!», exclamó Novalie para sí misma, mientras cerraba el puño en un gesto de victoria.

—Bueno, verás, mi... mi camioneta acaba de dejarme tirada en Silver Point, en la carretera, frente al mar de dunas. No sé qué le pasa. Me preguntaba... si... tú podrías venir hasta aquí y acercarme a casa. No localizo a...

—¡Claro que sí! No te muevas de ahí. Tardo diez minutos.

—Gra... —Se quedó mirando el teléfono. Nick ya había colgado, y terminó de decir—: cias.

Esperó sentada sobre el capó de la camioneta, preguntándose hasta qué punto el fin justificaba los medios. Se sentía un poco bruja con todo aquello. Estaba segura de que hacía lo correcto, pero no podía dejar de sentir cierto remordimiento.

Oyó un ruido y se giró para ver cómo un coche se aproximaba. A pesar de la brisa fresca que llegaba desde el mar y que le erizaba la piel, empezaron a sudarle las manos. Conforme se acercaba el vehículo, pudo distinguir que se trataba del Jeep Chrysler negro de Nick, y sus rodillas temblaron. Tragó saliva, pero su corazón se negó a descender hasta su lugar en el pecho.

El coche se detuvo junto a la camioneta y Nick bajó a toda prisa con una sonrisa en los labios.

—Hola. He venido lo antes posible. ¿Estás bien?

—Sí. Gracias por venir —susurró Novalie con una mirada huidiza. Se percató de su copiloto—. ¡Veo que has traído compañía! —exclamó.

Se acercó a la ventanilla y acarició a Ozzy tras las orejas. El perro gimió encantado de verla.

—Estábamos dando un paseo por el bosque cuando llamaste.

—Lo siento, no quería molestar —se disculpó ella ruborizándose.

—¿Pero qué dices? Es un placer venir a rescatarte.

Novalie notó cómo el calor que había ascendido hasta sus orejas bajaba rápidamente inundándole el pecho con un cosquilleo.

—¿Y qué le pasa a la camioneta? —preguntó él.

—Ni idea. Empezó a hacer un ruido raro y se paró de golpe. —Sonrió, limpiándose el sudor de las manos en sus pantalones—. He llamado a casa, pero nadie cogía el teléfono. También lo he intentado con Lucy, y lo tenía apagado, así que...

—Yo era tu última opción —la cortó él con cierta decepción—. Creo que ya no me siento tan salvador.

—¿Qué? ¡Oh, no, no quería decir eso, en serio! Si te soy sincera he pensado en ti primero, pero... No sé, he creído que... —empezó a justificarse. Tartamudeaba muy nerviosa, deseando que se abriera un agujero en la tierra y se la tragara.

—¿De verdad has pensado primero en mí?

—¡Sí, sí, en serio! —aseguró ella compulsivamente.

—Ahora me siento acosado —indicó Nick dando un paso atrás.

—¡No! —Novalie se llevó las manos a la frente, frustrada y a punto de gritar. Aquello era el castigo por meterse donde no la llamaban—. ¡Dios, esto va de mal en peor! Lo que intento decir es...

—Es broma —dijo él echándose a reír. Estaba un poco avergonzado por ponerla en ese aprieto, pero no había podido evitarlo.

Novalie se quedó paralizada, con la boca abierta, y una expresión asesina transformó su cara.

—¡Serás idiota! —protestó. Y en un impulso se abalanzó contra él golpeándolo con las palmas de las manos en el pecho y en los brazos.

Nick, muerto de risa, trataba de protegerse.

—¡Ay! Lo siento, lo siento —se disculpó, incapaz de sofocar las carcajadas. Logró asirla por las muñecas y la sujetó con fuerza, inmovilizándola—. Lo siento, perdóname. No —estaba a punto de ponerse a reír de nuevo—, no he podido evitarlo. Soy un idiota, pero eso ya lo sabes, ¿no?

Novalie sonrió ante la confesión. Sacudió la cabeza y se relajó. Se dio cuenta de que seguían cogidos. Los dos bajaron la vista a sus manos unidas. Ninguno sabía cómo, pero sus dedos estaban entrelazados. Ambos percibían la respiración del otro, el flujo de la sangre corriendo bajo la piel, el calor que desprendían sus cuerpos. Se miraron a los ojos un instante e interrumpieron el contacto a la vez.

Nick soltó el aire que estaba conteniendo y trató de sonreír y aplacar el impulso que pugnaba por liberarse. Abrió la puerta del coche e hizo un gesto con la mano, invitándola a subir.

—¡Vamos, Ozzy, atrás, atrás! —ordenó al perro para que dejara el asiento delantero libre.

Novalie subió y esperó con un nudo en el estómago a que él pusiera el coche en marcha. Rezó para que todo saliera bien esa noche. Necesitaba que saliera bien.

—Gracias por traerme —dijo cuando se detuvieron frente a la casa.

—Ha sido un placer —respondió Nick mientras empujaba a su perro con una mano para que se mantuviera quieto en el asiento trasero—. ¡Está loco por ti! —exclamó al ver cómo Ozzy lograba lamerle el rostro a Novalie.

—Bueno, tengo mi encanto —repuso ella entre risas.

—De eso no hay duda —musitó él con un atisbo de seducción en la voz. Sus ojos volvieron a encontrarse y la tensión fluyó entre ellos—. Bueno, será mejor que me vaya.

—¿Novalie?

Aly acababa de aparecer en el porche, limpiándose las manos con un paño. Bajó los peldaños y se encaminó hacia ellos.

—Hola, tía —saludó Novalie nada más descender del coche. Nickolas la siguió.

—¿Y la camioneta? ¿Qué ha pasado?

—La camioneta se paró en Silver Point. No he conseguido arrancarla y Nick ha sido muy amable al traerme hasta casa —explicó, lanzándole a su tía una mirada cargada de intención.

—¡Ah, bueno! Es muy vieja. Es un milagro que aún funcione —empezó a decir Aly. Clavó los ojos en el muchacho con una sonrisa y lo contempló de arriba abajo.

—Tía, ¿conoces a Nick?

—Nos conocimos hace unas semanas en la librería, cuando hice aquel pedido de libros —se apresuró a informar él. Dio un par de pasos hacia Aly, con la mano estirada—. ¿Qué tal estás?

—Muy bien, gracias —respondió ella, aceptando el gesto. Lanzó una mirada fugaz a su sobrina y le dedicó una sonrisa encantada.

Durante unos segundos nadie dijo nada, solo sonrisas y miradas expectantes.

—Bueno, será mejor que me marche —anunció él y dio media vuelta con las manos en los bolsillos de su pantalón.

Novalie comenzó a hacerle señales a su tía para que no dejara que se fuera. Aly la miró sin entender, hasta que por fin comprendió.

—¡Nick, espera! —alzó la voz. Él se giró sorprendido y ella añadió—: ¿Te apetece quedarte a cenar?

—Sí, es una idea estupenda. Quédate a cenar, es lo menos que podemos hacer —intervino Novalie.

—No es necesario —vaciló él.

—Sí que lo es, y no acepto un no. Te quedas a cenar —sentenció Aly, recuperando su carácter. Nick sacudió la cabeza y aceptó con una sonrisa—. ¡Estupendo! ¿Por qué no vais entrando y ponéis la mesa? Yo iré a buscar a Tom, seguro que quiere recoger a Betsy antes de que se haga más tarde.

Dos horas después, y con un tazón de helado entre las manos, los cuatro estaban sentados en el porche. Tom se había dado cuenta desde un principio de que a la camioneta no le pasaba nada, y así se lo había hecho saber a Novalie en un descuido. «Averiguaré de qué va esto», le había dicho junto a la pila de los platos, lanzando una mirada asesina al que, estaba seguro, era el motivo de una cena más que planeada de antemano. Ella se limitó a contestarle con una sonrisa radiante y un beso en la mejilla, y a Tom se le pasó el enfado de un plumazo.

Cerca de la medianoche, Nick decidió que ya era hora de marcharse.

—Lo he pasado muy bien —dijo a Novalie junto a su coche—. Gracias por invitarme.

Ella se abrazó los codos con un estremecimiento. Había refrescado bastante y la humedad se condensaba por encima de sus cabezas, descargando una fina llovizna.

—Gracias a ti por traerme a casa.

—Ya sabes que lo he hecho encantado —declaró con un guiño. Hubo una pausa en la que se quedó mirando sus ojos verdes y brillantes—. Me alegro de que confiaras en mí.

—¿Quién ha dicho que confío en ti? Eras mi última opción, ¿recuerdas?

Nick se echó a reír. Dio un paso hacia delante, como si su cuerpo tuviera vida propia y buscara la forma de acercarse a ella constantemente, encontrando cualquier excusa para tocarla. Se inclinó sobre su oído y le rozó la mejilla con su cara.

—Me estás destrozando el corazón —susurró cerca de su oído.

Novalie cerró los ojos un segundo, sintiendo por un momento que esa frase hacía referencia a mucho más que a su comentario mordaz de hacía unos segundos. Se miraron a los ojos y sonrieron.

—¿Una tirita?

La sonrisa de Nick se ensanchó.

—No sé, de pequeño mi abuela me daba un besito en las heridas y funcionaba bastante bien. —Se tocó el pecho a la altura del corazón—. Duele.

—¿Intentas aprovecharte de mí dándome pena? —preguntó Novalie, fingiendo escandalizarse, aunque por dentro su corazón había entrado en barrena y estaba a punto de estrellarse.

Nick entornó los ojos, ardientes, sorprendido de que le estuviera siguiendo el juego. Antes de que pudiera contestar, Novalie se puso de puntillas y le dio un beso suave en la mejilla. Sus labios carnosos presionaron durante un largo segundo su piel. Nick ladeó un poco la cabeza, buscando su aliento con la respiración entrecortada. Se detuvo al tiempo que ella se apartaba.

—¿Mejor? —inquirió Novalie con tono travieso.

—Mucho mejor —susurró Nick.

Le guiñó un ojo y subió al coche sin decir nada más, como si de pronto tuviera prisa por marcharse de allí. La miró una última vez y alzó la mano a modo de despedida, mientras aceleraba y tomaba el camino hacia la carretera.

Novalie entró en casa con un montón de mariposas en el estómago. Encontró a su tía aclarando los platos. Se acercó a ella, tomó un trapo de la encimera y comenzó a secar los cubiertos. La miró de reojo y vio que sonreía.

—¿Y bien? —preguntó, tratando de que no se le notara lo ansiosa que estaba por conocer el veredicto.

Aly clavó sus ojos castaños en ella. Poco a poco su sonrisa se volvió más amplia.

—¡Es guapísimo! —exclamó emocionada—. Y muy simpático. Tenías razón, es un chico estupendo.

A Novalie se le escapó una risa floja de alivio.

—¿Eso significa que puedo ir? ¿Llamarás a ese tipo?

Aly suspiró y dejó de frotar la ensaladera.

—No sé, Nov... ¿No hay otra forma? —sugirió con un nudo en el estómago. Su sobrina negó con la cabeza y una mirada suplicante.—. Hace años que no hablo con él. Ya ni siquiera viene por la isla...

—Por favor...

—Rompí con él para salir con Tom, y no se lo tomó muy bien...

—Por favor —insistió Novalie entre parpadeos.

—Si tu tío se entera de esto...

—Yo no se lo diré —aseguró Novalie con una sonrisa apremiante.

Aly se quedó pensando un momento, con la vista clavada en la esponja que flotaba en la espuma del fregadero. Cerró los ojos, tomando una decisión.

—Está bien. Trae el teléfono y esa grabación; y reza para que Steve se alegre de oírme.

14

El desayuno estaba delicioso, realmente delicioso. Nickolas tragó otro par de tortitas entre sorbos de café. Estaba lleno y aun así no dejaba de comer. La culpa la tenía ese vacío en el estómago que le había provocado la llamada de Novalie la tarde anterior. La chica había recurrido a él para un nuevo favor. Un viaje relámpago a Boston para algo relacionado con una academia de baile. No tenía quien la acompañara y no quería viajar sola por una ciudad que no conocía. Además, su camioneta era un trasto que había que enfriar cada cincuenta kilómetros.

Se alegraba de que confiara hasta ese extremo en su amistad, y aun así había estado a punto de rechazar la petición. En el fondo sabía que no era buena idea. Pasar tiempo con Novalie solo empeoraría las cosas, y él bien sabía que ya estaban bastante mal.

No conseguía dejar de pensar en ella. Lo hacía a todas horas: era su primer pensamiento al levantarse y el último al acostarse. Y nada de eso estaba bien. Le gustaba Novalie como jamás le había gustado nadie, y no solo porque fuera guapa y excitante, con un cuerpo que incitaba a perder la cabeza y que él deseaba de una forma casi dolorosa; también era inteligente, divertida y tan hermosa por dentro como por fuera. Pero darle cuerda a aquella situación era un error. Iniciar una relación cuando en apenas dos meses tendría que abandonarla, no era justo para ninguno.

Tenía que sacársela de dentro, porque estaba empezando a volverlo loco de remate. Y a pesar de ello, allí estaba, camino del puerto donde habían quedado para tomar el primer ferry de la mañana a Portland. Desde allí conducirían hasta Boston durante una hora y media. Mucho tiempo a solas.

La encontró junto a la pasarela por la que embarcaban los vehículos. Se le iluminó la cara cuando la vio caminar hacia él, con sandalias y un vestidito de color verde sin mangas. Estaba preciosa.

—¡Hola! —saludó ella al entrar en el coche, invadiendo el interior con el aroma a flores de su perfume.

—Buenos días —respondió Nick con una sonrisa adorable.

—Podemos avanzar. Ya tengo los pasajes.

—Pues vamos allá.

Nick maniobró con habilidad y el Jeep cruzó la pasarela. Aparcaron donde el operario de la bodega les indicó y subieron hasta la cubierta. La travesía duró lo que un suspiro, y de nuevo se encontraron circulando a bordo del todoterreno camino de Boston.

El sonido intermitente de un claxon despertó a Novalie. Abrió los ojos entre pesados parpadeos y tomó aire por la nariz mientras se desperezaba. Cayó en la cuenta de dónde se encontraba y se enderezó en el asiento ruborizándose.

—Me he dormido —confesó, aunque sonó a pregunta.

—Sí, como un bebé. Hasta roncabas —comentó Nick alzando las cejas.

—¡No es cierto, yo no ronco! —replicó sin estar muy convencida. Nunca nadie le había dicho nada al respecto. Posó la vista en él, muerta de vergüenza—. ¿Lo dices en serio?

Él asintió.

—Pero debo admitir que son los ronquidos más adorables que he oído nunca.

Novalie se cubrió el rostro con las manos.

—Esto es muy bochornoso.

—¿Por qué? Yo también ronco, espera a oírme —dijo con un guiño, y empezó a hacer unos ruiditos que se asemejaban a los de un cerdo, tan molestos que Novalie tuvo que taparse los oídos.

—¡Vale, para, basta ya! —gritó entre risas. Nick la miró con cara apenada y empezó a reír entre dientes. Ese sonido tan cálido hizo que ella se derritiera—. ¿Dónde estamos?

—En Boston. Bienvenida al hogar de los Sox —exclamó entusiasmado.

—¿Por eso llevas esa gorra a todas horas? ¿Te gusta el béisbol?

El rostro de Nick se transformó con una expresión de verdadera devoción.

—Adoro el béisbol y me encantan los Red Sox. Son el mejor equipo de la *Major League*. Es uno de los pocos *hobbies* que tengo. No suelen dejarme jugar, por si sufro alguna fractura en las manos. Así que me conformo con verlo.

—¡Vaya, eres toda una caja de sorpresas!

Él se encogió de hombros y redujo la velocidad. Abandonaron la autopista y se sumergieron en el tráfico de la ciudad. Novalie no podía despegar la vista del parabrisas, contemplando los edificios. Era una ciudad preciosa.

—¿Y a dónde vamos exactamente? No me lo has dicho —indicó él, deteniéndose en un semáforo.

—¿Te importa? —preguntó Novalie mientras señalaba el navegador del coche.

—No, adelante, pero conozco la ciudad. Dudo que nos perdamos si me das la dirección a mí.

Novalie ignoró el comentario y tecleó las señas, aprovechando que él debía prestar atención a los vehículos que volvían a ponerse en marcha. Subió el volumen de la música y bajó el cristal para comprobar a qué olía la ciudad. Cerró los ojos e inspiró con los brazos apoyados en la ventanilla.

Diez minutos después, la voz del GPS anunció que habían llegado a su destino. Nick aparcó con la vista clavada en el imponente edificio que había al otro lado de la calle. Tragó saliva y sintió un estremecimiento en el corazón. Se quitó el cinturón y se giró en el asiento.

—Creo que te has equivocado. No recuerdo que por aquí hubiera una academia de danza.

Novalie se mordió el labio inferior y clavó la mirada en su regazo. Había llegado el momento de la verdad y no tenía ni idea de por dónde empezar.

—Es que no hay ninguna academia —confesó.

Nick sacudió la cabeza.

—No entiendo nada. ¿Qué hacemos aquí entonces?

Novalie tragó saliva y se obligó a mirarlo a los ojos. Su expresión dura y desconcertada hizo que comenzaran a temblarle las manos.

—Estamos aquí porque dentro de veinte minutos tienes una audición. Van a hacerte una prueba... De... de guitarra.

Nick se puso blanco y después pasó al verde. Sus ojos volaron hasta el otro lado de la calle, donde la escuela Berklee se alzaba, imponente.

—¡¿Qué?!

—Todo ha sido una especie de trampa para hacerte venir. Sabía que si te decía la verdad, no aceptarías...

—¿De qué demonios estás hablando, Novalie? —preguntó atónito.

Ella empezó a ponerse cada vez más nerviosa. No dejaba de retorcerse los dedos y sentía la garganta tan seca como si hubiera estado comiendo arena.

—No te enfades, ¿vale? Deja que te explique —pidió.

Nick abrió la boca para protestar, pero lo pensó mejor y guardó silencio, muy serio. Se cruzó de brazos e hizo un gesto para que hablara.

Novalie suspiró.

—Estaba en casa y encontré una fotografía antigua en la que aparecía mi tía con un grupo de amigos —empezó a explicar, vacilante. Las palabras se atropellaban en su boca sin apenas sentido—. Reconocí a uno de los chicos, un tal Steve, al que había visto antes en esos recortes que guardas en el barco. Resulta que Aly y él fueron novios cuando solo eran unos críos. No sé cómo, pero la idea apareció en mi cabeza y pensé que debía hacerlo por ti. Ese tipo da clases en esa escuela, es el mejor, y si le gustas...

—Pues olvídalo; no voy a entrar ahí —la cortó Nick.

Apoyó la cabeza en el reposacabezas, alzó el mentón y cerró los ojos. Una pequeña arruga apareció entre sus cejas. Se había enfadado y la tensión se reflejaba en su cara, consumida por la irritación. Esto no le podía estar pasando.

Novalie se enderezó en el asiento dando un respingo. De repente tenía ganas de darle un puñetazo por testarudo.

—¿Qué? ¿Te haces una idea de lo que me ha costado conseguirlo? —le espetó mientras se giraba en el asiento hacia él, sin importarle que el vestido se le hubiera subido por los muslos.

—No te lo he pedido.

—Me da igual. ¿Sabes? —Levantó las manos, exasperada. El nerviosismo dio paso al enojo y lo soltó todo antes de que se acobardara y no pudiera decir nada—. Mi tía dijo que no estaba dispuesta a que hiciera este viaje contigo, por muy nobles que fueran mis intenciones. No se fiaba de ti, no te conocía. Así que tuve que fingir que la camioneta se había estropeado para lograr que vinieras a casa y poder someterte a su estúpido examen. Y… y contra todo pronóstico, lo pasaste. No solo lo pasaste, quedó encantada contigo. Entonces llamamos a Steve y le habló de ti, le pusimos la grabación y dijo que sí…

Nick alzó una mano y se llevó un dedo a la boca como si pidiera silencio.

—Un momento. ¿Examen? —preguntó completamente alucinado—. ¿Y qué grabación?

Novalie sacó su teléfono móvil del bolso y lo agitó en su mano.

—El otro día, en el barco, te grabé sin que te dieras cuenta. No me preguntes por qué lo hice, porque ni yo misma lo sé, pero parece que fue cosa del destino, ¿no crees? —Se quedó hundida en el asiento, sin atreverse a levantar la vista de sus rodillas.

Nick resopló mientras se pasaba una mano por el pelo. Inhaló bruscamente e hizo una mueca de fastidio. Intentaba asimilar la historia que ella acababa de contarle. ¡Dios, parecía una broma de mal gusto! Pero ¿cómo se le había ocurrido hacer algo así? Estaba loca de remate. La miró de soslayo y, pese al impacto inicial que lo había dejado bloqueado, incluso enojado, algo en su pecho se ablandó.

Novalie tenía un extraño efecto en él. Cuando la contemplaba, su mente se quedaba en blanco y se olvidaba de todo. La miró de arriba abajo y sus ojos se detuvieron en sus piernas desnudas. Un atisbo de su ropa interior hizo que se le disparara el pulso y el deseo de arrastrarla a su regazo y arrancarle el vestido se le hizo insoportable. Ella acababa de complicarle la vida y él solo podía pensar en sexo. Muy maduro por su parte.

Empezó a sonreír mientras sacudía la cabeza, sorprendido por todo lo que Novalie había hecho: la avería, la cena, la academia de baile. Una mentira tras otra hasta llegar allí, y todo porque…

—¿Por qué has hecho todo esto, Novalie? —preguntó en el tono más dulce que pudo adoptar. Aún estaba un poco alterado.

Ella comenzó a juguetear con un hilo suelto del bajo de su vestido. Se encogió de hombros y se ruborizó.

—Porque sabía que tú jamás lo harías por tu cuenta.

—No me refiero a eso. —La tomó de la barbilla y la obligó a que lo mirara—. ¿Por qué quieres hacer esto por mí?

Novalie tragó saliva e intentó mirar a otro lado, pero él se lo impidió sujetándola más fuerte. Sus ojos verdes brillaban y el labio inferior le temblaba un poco.

—Porque para ti esto es importante, es lo que quieres —respondió en un tono extraño, como ahogado.

Nick se tragó el nudo que tenía en la garganta.

—Hay muchas cosas que quiero y eso no significa que...

—¡No! —lo cortó ella, y apartó su mano—. Esto lo quieres de verdad. Es lo que más deseas, lo sé... y yo quiero que lo tengas.

Nick se quedó mirándola. Su vehemencia no dejaba de ser desconcertante.

—¿Por qué? —susurró con una sospecha que hacía que su corazón latiera muy deprisa.

—Porque... —«Porque me gustas, me gustas mucho y quiero verte feliz», pensó. Pero no lo dijo. Tomó aire y lo miró a los ojos con determinación—. ¿Vas a entrar ahí o tengo que obligarte? —le espetó.

Nick se quedó inmóvil, sin decir nada; en realidad estaba a punto de echarse a reír por la amenaza. Ella se inclinó hacia él, buscando sus ojos con una súplica en la mirada.

—Por favor —rogó Novalie cogiéndole la mano—. Por favor.

Se quedaron mirándose fijamente.

Nick se estaba derritiendo. Joder, se convertía en un títere cuando ella lo miraba así. Pensó que sus preciosos ojos verdes deberían venir con una advertencia: «Cuidado, pueden convertirte en un calzonazos». Novalie puso una mano en su pierna y le dio un apretón.

«Soy un calzonazos.»

—¡Vamos! —dijo de pronto, quitando la llave del contacto.

Mientras cruzaba la calle, Nick no daba crédito a que estuviera a punto de cumplir su mayor deseo, el sueño inalcanzable con el que ni siquiera se atrevía a fantasear. Miró de reojo a Novalie, que caminaba a su lado con una enorme sonrisa, y sintió que la realidad se desdibujaba por momentos. Su mundo se encontraba patas arriba por ella. El blanco y el negro estaban dando paso a toda una paleta de colores que desconocía. Siempre había sido una persona muy metódica. Le gustaba sopesar los pros y los contras de todo, y meditaba todas sus opciones hasta obtener la respuesta adecuada. Ahora tenía miedo de pararse y pensar en ello: en posibilidades, alternativas… Otra vida.

Miró el edificio con un nudo de ansiedad. Rezó para que nadie se diera cuenta. «Un tipo más, solo soy uno más, y eso es lo que verán», pensó, dándose ánimos.

Entraron en el vestíbulo principal. Novalie vio a una mujer que sujetaba un portafolios contra su pecho y que estaba repartiendo unas acreditaciones de visita. Se dirigió a ella.

—Disculpe. Mi nombre es Novalie Feist y tengo una cita con Steve…

—¿Novalie Feist? —dijo una voz tras ellos.

Ella se giró y se encontró con el hombre de las fotografías.

—Hola, soy Steve —se presentó, ofreciéndoles la mano—. Si tú eres Novalie, este chico debe de ser Nickolas.

Nick asintió y le estrechó la mano con fuerza. Steve se la sostuvo un momento y se fijó en sus dedos.

—¿Sabes? Has despertado mi curiosidad. Estoy deseando verte en acción. —Rodeó los hombros de Nick con el brazo y lo instó a seguirlo con un suave empujón—. ¿Vamos? Solo dispongo de la sala de conciertos durante una hora.

Novalie era incapaz de permanecer quieta. Comprobó la hora en el reloj del pasillo. Solo habían pasado tres minutos desde la última vez que había mirado, pero a ella le habían parecido tres horas. La incertidumbre sobre lo que estaba pasando al otro lado de la pared era insoportable. Los nervios que le estrujaban el estómago le estaban provocando náuseas; no podía seguir allí por más tiempo o acabaría vomitando en el impoluto suelo.

Recorrió el laberinto de pasillos y regresó al vestíbulo. Atosigada por un ataque de claustrofobia, le dijo a la chica de las acreditaciones que estaría fuera por si alguien preguntaba por ella. Salió a la calle e inspiró el aire caliente, en el que flotaba un intenso aroma a perritos calientes. Miró al cielo. Nubes de tormenta lo habían cubierto por completo y un trueno retumbó sobre su cabeza seguido de un relámpago. El viento comenzó a soplar con más fuerza, anunciando la llegada del temporal del que se venía hablando desde hacía días en todos los medios. Estaban en plena temporada de tormentas.

A pesar de la amenaza de un inminente chaparrón, prefirió caminar por la acera a volver adentro. Se detuvo frente a un músico que tocaba un clarinete. Sacó un par de dólares y los dejó caer en la gorra que había en el suelo.

—Esta es para la señorita —anunció el músico, y comenzó a tocar una nueva melodía.

Novalie sonrió y se quedó a escuchar. Al cabo de unos minutos dejó de seguir el ritmo de las notas. Sus pensamientos estaban en otra parte. Empezó a pensar en qué ocurriría si Nick pasaba la prueba con éxito. Si le admitían en la escuela, además de cumplir su mayor sueño, tendría que mudarse a Boston para poder asistir a las clases. Esa idea provocaba que millones de mariposas revolotearan por su estómago. Se instalaría en la ciudad y no regresaría a Europa, y ella podría verle de vez en cuando. Mantendrían su amistad y...

—¡Novalie!

Se giró y vio a Nick corriendo a su encuentro con una sonrisa de oreja a oreja.

—¿Cómo ha ido? —preguntó sin esperar a que llegara a su lado.

Nick se paró frente a ella con la respiración agitada y un rubor en las mejillas que a ella le pareció adorable.

—Ha sido genial —respondió entusiasmado.

—¿En serio? ¿Qué... qué ha pasado? ¿Qué te han dicho? —Estaba dando saltitos sin ser consciente de que lo hacía. El corazón le latía muy deprisa.

—Les ha gustado muchísimo la audición y... —Hizo una pausa para tomar aire. Estaba hiperventilando por culpa de la emoción.

—¿Qué? —estalló Novalie impaciente.

—Quieren que me quede. Me han ofrecido un puesto. Un año de formación para habituarme y después quieren que dé clases.

Novalie rompió a reír. Se llevó las manos a la cara, emocionada, mientras unas estúpidas lágrimas se arremolinaban bajo sus pestañas.

—¡Eso es... Eso es fantástico, justo lo que tú querías!

—Sí.

—¿Y qué les has dicho? ¿Vas a aceptar?

Nick se encogió de hombros, frenético.

—No lo sé. Les he dicho que necesito pensarlo. Ni siquiera imaginaba que podría pasar algo así. Tengo... tengo que pensarlo.

—Bueno, tienes tiempo de sobra. Y lo importante es que lo has conseguido.

Nick asintió con una sonrisa y se quedó mirándola en silencio unos segundos. Contempló su rostro como si quisiera aprendérselo de memoria: la frente alta y despejada, las mejillas sonrosadas, una nariz pequeña y respingona, y unos labios que se asemejaban a una fresa madura. El dique que había estado conteniendo sus impulsos empezó a ceder ante la imagen. Era una locura y no estaba bien, pero ¿cómo algo que le hacía sentir así de vivo podía ser malo? ¡A la mierda con todo! ¿Por qué no?

—Todo te lo debo a ti. Gracias —susurró con la vista clavada en sus ojos. Un trueno estalló sobre ellos y notó una pequeña gota de lluvia en la mejilla—. Me alegro tanto de haberte conocido, de que seas mi amiga...

Novalie se quedó sin aliento, observando sus preciosos ojos muy de cerca.

—Yo también.

—Nadie, nunca, había hecho por mí algo parecido.

—Tienes un don, Nick. Te mereces esto y mucho más —le aseguró ella.

Empezaron a caer más gotas y un ligero olor a polvo invadió la calle. Ninguno de los dos se movió a pesar de que los truenos cada vez se sucedían con más fuerza. Nick esbozó una sonrisa.

—Eres maravillosa, ¿lo sabías? —musitó, dando un paso hacia delante. Sus cuerpos casi se tocaban. Ella no respondió, aturdida por la proximidad entre ellos—. Me gusta estar contigo y no quiero que eso cambie.

Novalie sonrió y se encogió de hombros.

—¿Y por qué iba a cambiar? —preguntó en tono inocente.

Él desvió la vista de sus ojos a los labios y dejó escapar un leve suspiro. Su deseo, su corazón, terminó imponiéndose a la cabeza.

—Porque me muero por besarte ahora mismo. Tengo unas ganas locas —dijo con vehemencia mientras le tomaba el rostro entre las manos—. Voy a besarte.

Sus labios, cálidos y firmes, presionaron contra los de ella. Fue un beso dulce y suave. Suspiró dentro de su boca, con los ojos cerrados. Se apartó casi con miedo, temiendo su reacción. Abrió los ojos y la miró.

Novalie apenas podía controlar la respiración. No había dejado de fantasear en secreto con ese momento desde que lo había conocido, pero nunca pensó que sucedería de verdad. Ahora él la observaba con una mezcla de desconcierto, duda y expectación. Novalie solo sentía una irremediable atracción. Se lanzó hacia delante y posó sus labios sobre los de él, enlazando los brazos en torno a su cuello mientras sus dedos se perdían entre su pelo. Casi dolía besarle, en ese punto tras las costillas que latía muy deprisa.

La lluvia arreció, empapándolos en décimas de segundo. No les importó. Sus labios se abrieron explorando sus bocas, dulces y cálidas. Se abrazaron como si separarse supusiera caer a un abismo sin fondo, mientras sus lenguas danzaban juntas.

Nick la rodeó con sus brazos, ciñéndola por la cintura mientras la apretaba contra su estómago. Sus besos aumentaron de intensidad, ardientes, apremiantes. La ropa mojada intensificaba el roce entre sus cuerpos. Se aplastaban el uno contra el otro sintiendo cada curva, cada músculo, cada redondez como si nada separara sus pieles.

Él fue el primero en apartarse cuando la necesidad de sentirla de una forma más profunda provocó que su cuerpo reaccionara de un modo muy evidente. Se miraron en silencio a través de la cortina de agua. Sus ojos brillaban con anhelo.

—¡Vaya! —musitó Nick.

—¡Vaya! —repitió ella sin aliento.

—Creo que me he equivocado. En realidad, esto lo cambia todo.

Novalie sintió un ligero escalofrío de pánico.

—¿Qué quieres decir?

—Que ahora es aún mejor —respondió él esbozando una sonrisa traviesa.

Le deslizó las manos por el cuello y le apretó suavemente la garganta. Se inclinó muy despacio y volvió a besarla. Con la lengua capturó las gotas de lluvia que se deslizaban por su mandíbula. Las siguió hasta la oreja y le rozó el lóbulo con la nariz de una forma sensual. No podía creer que estuviera pasando, que la tuviera de ese modo entre sus brazos y completamente entregada. Le rozó la piel con los dientes y ella gimió sin importarle que se hallaran en medio de la calle, bajo un aguacero.

—Espero que sepas lo que estás haciendo, porque yo no tengo ni idea. Ni puñetera idea de hacia dónde vamos —susurró él pegado a su piel—. Solo sé que quiero tenerte de este modo.

Novalie lo miró a los ojos y una sonrisa le iluminó la cara.

—Me da igual mientras me sigas besando —logró responder.

Los ojos de Nick se entornaron y bajo sus párpados apareció una mirada sugerente. La tomó por la nuca, la atrajo hacia sí y estampó sus labios sobre los de ella.

15

—¿Por qué no le va echando un vistazo a estos otros mientras atiendo a esa chica? —sugirió Novalie a la señora Hanson, y dejó sobre el mostrador otro montón de cuentos.

La librería estaba llena de clientes y ella no daba abasto. El ferry zarparía en media hora y muchos turistas hacían cola para comprar una de las guías turísticas con fotografías que vendían como recuerdo de la isla.

—¿Y dices que a mi nieto le gustarán estos animalitos? —preguntó la mujer.

—Sí, señora Hanson. Son de una serie de televisión que ven todos los niños —respondió Novalie mientras le daba su cambio a una joven morena.

—No sé, no sé...

Novalie le dio la espalda poniendo los ojos en blanco. La mujer llevaba cerca de una hora hojeando un cuento tras otro y no terminaba de decidirse. La puerta repicó. Novalie alzó la vista de una caja de postales que acababa de dejar frente a una pareja de ancianos y el corazón le dio un vuelco. Todo se ralentizó a su alrededor, como si alguien hubiera apretado el botón de pausa, y solo fue consciente del chico que se abría paso entre la gente. Lo examinó de arriba abajo, lo que hizo que algunas partes de su cuerpo se derritieran y desearan tenerle más cerca.

Nick la saludó con una leve inclinación de cabeza y una sonrisa traviesa en los labios.

Ella no podía quitarle los ojos de encima mientras él se paseaba de un lado a otro entre las estanterías. No habían vuelto a verse desde la tarde anterior, cuando él la había acompañado a casa tras su escapada a Boston y se habían despedido con un escueto adiós y una mirada cargada de intenciones, conscientes de que Aly y Tom los observaban desde el porche.

Poco a poco los clientes se fueron marchando. Nick no había dicho nada, ni siquiera se había acercado a ella en los veinte minutos que llevaba allí. Solo cuando la señora Hanson salió por la puerta con el cuento perfecto para su nieto, él levantó la vista del libro que estaba mirando sin mucho interés. Se acercó al mostrador y apoyó las manos en la madera.

—Hola —dijo muy serio.

—Hola...

—No sé si podrá ayudarme. Estoy buscando algo muy particular —comentó, adoptando un gesto concentrado.

Novalie sonrió y el pulso se le aceleró con un ritmo frenético.

—Si me dice qué busca, es posible que pueda ayudarle.

Nick entornó los ojos con un amago de sonrisa curvando sus labios. Su mirada descendió a su boca.

—Busco algo muy especial —confesó y, mientras hablaba, empezó a rodear el mostrador muy despacio—. Algo bonito, dulce, suave... Algo que no me canse de mirar, de tocar...

Novalie tragó saliva, Nick se hallaba a apenas unos pasos. Él alargó el brazo y le rozó la mano con los dedos. Ella sintió una oleada de calor que se extendió por todo su brazo y acabó en su estómago con un cosquilleo.

—... y de besar —musitó él sobre su boca, con un tono de voz sensual y algo ronco.

—¿Y ves *algo* que tenga todo eso? —preguntó Novalie sin aliento.

Nick le dedicó un guiño pícaro y sus labios se curvaron hacia arriba. Sus manos la buscaron, agarrándola por las caderas, y la atrajo hacia él. Sus ojos estudiaron su cara.

—Algo.

Apoyó sus labios en los de ella y deslizó la lengua por el hueco donde se unían. Una vez, y luego otra, hasta que los abrió para él. Su lengua se movió contra la de ella, despacio, saboreándola. Le tomó la cara con una mano y deslizó la otra por su cintura, apretándola más fuerte contra su cuerpo. Estiró los dedos sobre la piel de su espalda, bajo la camiseta, y trazó una línea con ellos hasta la curva de su trasero. Ella gimió en su boca con un sonido adorable y los besos se tornaron más apremiantes. ¡Cuántas veces había deseado tenerla así! Casi le parecía mentira.

—Van a vernos —consiguió decir Novalie mientras lanzaba una mirada nerviosa a la puerta.

Nick miró en la misma dirección. La alzó del suelo por las caderas y ella le rodeó la cintura con las piernas. Sin dejar de besarla, se dirigió al pasillo que formaban las estanterías. Se apoyó contra una de ellas y el golpe provocó que se cayeran unos libros. Giraron y chocaron contra la columna.

—Vamos... a... romper... algo... —logró murmurar Novalie entre besos.

—¿Tenéis seguro? —masculló Nick, mordisqueándole la barbilla hasta ese punto sensible bajo su oreja. La pregunta hizo que ella rompiera a reír con ganas—. Me encanta cuando te ríes así. ¡Es tan sexi! —Y acalló su risa con otro beso.

Sosteniéndola por los muslos, giró buscando la pared. La aplastó contra ella y las entrañas de Novalie se convirtieron en líquido mientras él deslizaba la lengua por su garganta y una de sus manos se colaba bajo su pantalón y le asía el trasero. Su otra mano le levantó la camiseta y le rozó las costillas con las puntas de los dedos. Gimió cuando acunó su pecho con la palma de la mano.

Novalie soltó el aire de sopetón y abrió los ojos de golpe. ¡Dios, nunca nadie la había tocado de ese modo y apenas llevaban juntos un día! Había supuesto que irían despacio, que algo así tendría lugar después de unas cuantas citas. Primero un beso de despedida. Después alguna caricia. Y más adelante... Nick presionó sus caderas contra ella y lo sintió más que preparado, y eso hizo que olvidara cualquier objeción que pudiera tener. Le ardía el cuerpo y un leve cosquilleo se extendió por todo su ser hasta concentrarse en su vientre. Era una sensación nueva y alucinante. Gimió con fuerza.

—Si vuelves a hacer ese ruidito, no respondo —murmuró Nick, apretando la cadera entre sus piernas.

Se quedó sin aliento y se echó atrás un poco para mirarla. Novalie le sostuvo la mirada con las mejillas arreboladas. Ella asintió y abrió la boca, mirando fijamente sus labios. Enredó los dedos en su pelo corto y lo atrajo para besarlo.

La puerta se abrió de golpe con el sonido de las campanillas rompiendo el silencio.

—Nov, ¿has visto los recibos de los pedidos que había que entregar esta tarde? No están en el coche —preguntó Aly mientras se dirigía al mostrador con una caja llena de rollos de papel de regalo.

Novalie y Nick se separaron de golpe. Él la dejó en el suelo y comenzó a peinarse con los dedos mientras ella se recomponía la ropa y su larga melena a toda prisa.

—No, no los he visto —contestó, forzando una sonrisa para disimular sus emociones. Salió del hueco dando un traspiés, con Nick detrás.

—Pues no sé dónde los habré puesto —indicó su tía, dando media vuelta. Se quedó parada al ver al chico—. ¡Nickolas! ¡Vaya, qué sorpresa!

—Hola, sí, bueno... Estaba... —empezó a decir.

—Quería agradecerte que llamaras a tu amigo para la audición —intervino Novalie. Se cruzó de brazos y los volvió a descruzar.

—No era necesario, ya lo hiciste ayer, varias veces; y fue un placer ayudarte. Ya lo sabes.

—Sí, pero... —replicó Nick.

—También ha venido a por un libro —le interrumpió Novalie, cada vez más nerviosa.

No tenía ni idea de por qué estaba reaccionando así, pero no podía evitarlo, a pesar de que estaba segura de que su tía podía leer en su cara lo que habían estado haciendo. Se giró, agarró el primer libro que vio y se lo estampó a Nick en el pecho.

—Creo que este es el que buscas.

—Eh... Sí, gracias —respondió él, lanzándole una mirada interrogante.

—Te lo pondré en una bolsa —se ofreció Aly. Cogió el libro y fue hasta la caja. Sus ojos se abrieron como platos al ver el título—. *Diseña tu propia ropa* —dijo en voz alta, y sus ojos fueron del rostro cada vez más pálido de su sobrina al de Nick, que comenzaba a ruborizarse—. Son veintitrés dólares.

Nick se apresuró a sacar su cartera.

—Gracias —susurró y, dedicándole otra mirada inquisitiva a Novalie, abandonó la tienda.

Aly guardó el dinero en la caja muy despacio. Después cogió el tique y lo puso en el cajón de las facturas con una lentitud premeditada. Novalie aprovechó para dar media vuelta y dirigirse a la trastienda.

—Me has mentido. Entre ese chico y tú hay algo. Me aseguraste que solo erais amigos y os pillo dándoos el lote en mi librería —replicó Aly.

Novalie se paró en seco.

—¡No!

—Por favor, no intentes mentirme de nuevo.

—Te dije la verdad, te lo prometo —aseguró Novalie con un nudo en el estómago—. Pero una vez allí, no sé, pasó sin darnos cuenta...

—¿Y qué fue lo que pasó exactamente?

—Nada, solo nos besamos. —Novalie se dejó caer en el viejo sillón—. No me mires así, te estoy diciendo la verdad. Y ahora tampoco ha pasado nada.

Aly suspiró, llevándose las manos a las mejillas.

—Cariño, nada de esto está bien. No dudo que sea un buen chico, estoy segura de que lo es, pero no puedes tener una relación con él.

Novalie se sonrojó, pero no apartó la mirada de ella. No estaba dispuesta a aceptar lo que su tía le sugería.

—¿Qué tiene de malo que salga con él?

—Para empezar, es mucho mayor que tú.

—Seis años, pero no deja de ser un número. Además, no son tantos.

Los ojos castaños de Aly la contemplaron. Se arrodilló junto a ella.

—En este momento son demasiados, cariño.

Novalie negó con la cabeza. Ni siquiera quería analizar eso.

—Serían un problema si yo fuese menor de edad, pero no lo soy. Soy tan adulta como lo puede ser él —dijo convencida.

Aly soltó un sonoro suspiro. Razonar con Novalie cuando se negaba a hacerlo podía ser muy frustrante.

—Es cierto. Pero la edad no es el único problema, Novalie. La vida de Nick no es compatible con la tuya, no tiene nada que ver contigo. Su vida ya está planificada: estudios, trabajo... Tú ni siquiera has terminado el instituto. Sus necesidades no tienen nada que ver con las tuyas. Seguro que ha salido con otras chicas, chicas de su edad con las que, evidentemente, habrá tenido una relación mucho más seria, más equilibrada, más semejante. Puede que en unos cuantos años esas diferencias sean insignificantes, pero ahora están ahí. —Hizo una pausa para tomar aire y la cogió de la mano—. Si lo piensas con calma, verás que no tenéis nada en común.

Novalie la miró a los ojos. Le temblaba el labio inferior.

—La otra noche te parecía bien.

—Me parecía bien que fueseis solo amigos, pero esto es diferente.

—¿Por qué?

Aly procuró suavizar su tono.

—Porque vas a sufrir por su culpa. No puedo permitirte que salgas con él, no...

—¿Permitirme? —preguntó Novalie incrédula.

—Soy responsable de ti...

Novalie se puso de pie, alterada, enfadada. Ya habiendo oído más que suficiente sobre el tema.

—Tú no eres responsable de mí. Mi padre es responsable de mí y le importo un bledo, pero aún sigue estando ahí. Así que no actúes como si te perteneciera. No te comportes como si fueses mi madre.

Alyson ignoró el golpe que acababa de recibir en el corazón. Novalie guardaba mucho dolor en su interior. Su pérdida de control solo era una secuela de todo lo que había tenido que sufrir y no podía tenérselo en cuenta.

—No es eso lo que pretendo, cariño. Te quiero, me preocupo por ti, y es mi responsabilidad que nadie te haga daño.

—No soy tu responsabilidad. No soy tu hija —le espetó de malos modos.

—Lo sé.

Novalie la miró sin poder respirar, cegada por las lágrimas.

—Yo ya tengo una madre y está muerta, pero sigue siendo mi madre. Nadie va a sustituirla.

—Por supuesto que no —dijo Aly con voz temblorosa.

—Soy mayor de edad. No necesito a nadie que decida por mí. Es mi vida, de nadie más.

Dicho eso abandonó la librería con un enfado monumental.

Fue directamente a casa, subió a su habitación y se encerró allí un buen rato con la música a todo volumen. No quería pensar en nada y mucho menos en las cosas que Aly le había dicho, pero una parte de ella no podía dejar de repetirlas en su cabeza como un odioso bucle.

La duda se instaló en su pecho y comenzó a pensar en las cosas que sabía sobre Nick. Había pasado más tiempo viviendo en Europa que en Bluehaven. Llevaba dos años sin visitar la isla; si volvía a irse, ¿cuánto tardaría esta vez en regresar? ¿Habría salido con muchas mujeres? Probablemente sí. Su actitud en la librería, la forma en que la había besado y tocado no era la de alguien inseguro y sin experiencia. Estaba acostumbrado a ser correspondido con el mismo entusiasmo. Y ella... Su única experiencia íntima había sido un desastre traumático.

Se llevó las manos a las sienes y hundió la cabeza entre las rodillas. No iba a funcionar, era imposible que funcionara. Los separaba un abismo. Él era la primera cosa buena que le pasaba en años y la ilusión apenas le había durado unas horas.

Se dejó caer sobre la cama. Su teléfono móvil comenzó a sonar. Alargó la mano, tanteando sobre las sábanas hasta que dio con él. Miró la pantalla: era Nick. Contestó con el corazón a mil por hora.

—Hola.

—Hola —saludó él, en un tono tan dulce que los pensamientos negativos de Novalie se borraron de un plumazo—. ¿Todo bien con tu tía?

—Sí, ¿por qué lo preguntas? —inquirió, tratando de mostrarse natural. No iba a contarle nada sobre la conversación que había mantenido con Aly después de que él se marchara.

—Bueno, te has puesto tan nerviosa... —Dejó escapar una risita—. Por cierto, el libro es fantástico. Hay un par de vestidos que seguro que me quedan genial.

Novalie se cubrió la cara con su mano libre, notando cómo sus mejillas se encendían.

—Lo siento mucho, no sé por qué he reaccionado así. Te devolveré el dinero.

—Pero ¿qué dices? En cuanto Dolores lo ha visto me lo ha quitado de las manos. He tenido que decirle que era un regalo para ella.

Hubo una pausa en la que ninguno dijo nada.

—¿Seguro que todo está bien? —preguntó él.

—Sí, todo bien —respondió Novalie. Sintió que un poco de su tensión se relajaba, como si el nudo de su pecho empezase a deshacerse.

Se hizo un nuevo silencio. Nick empezaba a sospechar que no estaba siendo del todo sincera.

—¿Te apetece que quedemos esta noche? Me gustaría verte.

—A mí también me gustaría verte —admitió Novalie con el estómago lleno de mariposas. Era lo único que deseaba en ese momento.

Nick sonrió con el teléfono pegado a la oreja mientras caminaba de un lado a otro de la sala de música.

—¿Te recojo sobre las ocho? Podríamos cenar juntos.

—Sí, claro, aunque prefiero que nos encontremos en otra parte. ¿Qué te parece en el paseo?

—Allí me parece bien —dijo él. Se pasó una mano por el pelo y tomó aire, un poco nervioso. Hubo una nueva pausa—. Nos vemos a las ocho.

—Adiós.

—Novalie.

—¿Sí?

—Ya te echo de menos —susurró con voz ronca.

Novalie se estremeció. Su pecho empezó a subir y bajar con rapidez mientras luchaba por respirar con normalidad. Colgó con una sonrisa boba en los labios y dejó el teléfono a un lado.

Se puso de pie. Se apartó el pelo de la nuca y lo peinó con los dedos hasta formar una coleta mientras se acercaba a la ventana y contemplaba el paisaje, aunque lo único que podía ver y sentir era a Nick besándola y abrazándola. Cerró los ojos con un estremecimiento. Pensar en él le provocaba una calma tan profunda como nunca había sentido. Esa calma que sientes cuando encuentras aquello que creías perdido o recuerdas lo olvidado. Se notaba completa. Durante los últimos años se había sentido como las piezas de un puzle desperdigadas sobre una mesa, sin forma. Se había esforzado en unirlas y por fin la última había encajado en su hueco, completándola.

Y no iba a permitir que nada lo estropeara.

Abrió los ojos y el sueño se esfumó. Vio a su padre a través de la ventana, caminando en dirección a la playa. Era la primera vez que salía de la casa desde que habían llegado a la isla. Con el corazón encogido, Novalie bajó la escalera a toda prisa y cruzó la cocina a la carrera hasta la calle. Lo siguió preguntándose a dónde iría, qué tendría ahora en la cabeza. Necesitaba que todas aquellas preocupaciones se esfumasen para siempre. ¡Estaba tan cansada!

Llegó a la playa y lo buscó con la mirada. Se había sentado en un pequeño montículo sobre la arena y contemplaba el mar. Caminó hasta él, sin prisa, y sin decir nada se sentó a su lado. Observó a las gaviotas pescando, cómo caían en picado sobre el agua para después remontar el vuelo con pequeños peces plateados en sus picos. Miró de reojo a su padre. Las ganas de enlazar su brazo con el de él y apoyar la cabeza en su hombro, como cuando era más pequeña, se le hizo insoportable. Se abrazó los codos para reprimir el deseo.

—Fue una buena idea venir a vivir aquí. Este sitio es precioso —comentó con un suspiro.

—¿Te gusta estar aquí? —preguntó él.

Novalie se quedó sin respiración. Era la primera vez en meses que le preguntaba algo.

—Sí, mucho. Hasta tengo ganas de que empiece el instituto —dijo entre risas.

—Me alegro. Tus tíos te quieren mucho.

—Lo sé, y yo a ellos, pero... deberíamos buscar una casa para nosotros, ¿no crees? Ellos querrán estar solos en algún momento.

Su padre se encogió de hombros y guardó silencio.

—Si compramos una casa para nosotros, podríamos hasta, no sé, montar una pequeña consulta y que empezaras a trabajar en ella. Como hacías durante los veranos. Solo que ahora cobrando, claro —sugirió en tono vacilante.

Recordó que su padre solía pasar consulta gratuita para las familias de la isla con pocos recursos y sin seguro. Ella le ayudaba de vez en cuando a ordenar la sala de espera, o atendía el teléfono cuando la enfermera, la señora Webber, estaba ocupada. Se le encogió el estómago y tuvo que apretar los labios para contener las lágrimas. ¿Dónde se habían quedado todos aquellos momentos? Contempló la casa por encima de su hombro. Esos recuerdos estaban encerrados en una urna de plata repleta de cenizas.

—Papá —musitó con la vista perdida en el horizonte. Él se giró y la miró sin ninguna emoción—, han pasado cinco meses. Sé que esto te duele demasiado, pero ya va siendo hora de hacer las cosas bien. Ella... —Suspiró—. Ella dejó indicaciones, sus deseos...

Su padre se puso de pie como si un resorte lo hubiera empujado hacia arriba. Novalie lo siguió y lo sujetó por el brazo.

—Espera...

—No voy a hablar de esto —afirmó él categórico, y comenzó a andar de regreso a la casa.

—Antes o después tendremos que hacerlo —replicó Novalie mientras caminaba a su lado, trastabillando sobre la arena por culpa de sus chanclas—. Sé que quería que fuéramos al faro y que allí, juntos...

—No pienso hacerlo. No voy a lanzarla al aire y a dejar que el viento se lleve sus restos como si nunca hubiera existido.

—Era lo que quería.

Su padre aceleró el paso.

—No me importa cuál era su deseo. Es lo único que me queda de ella —espetó casi a gritos.

—No es lo único. —Se obligó a contener las lágrimas—. Papá, quedo yo.

Su padre se detuvo un segundo y la miró. Por un momento su expresión se transformó con un atisbo de culpabilidad. Sacudió la cabeza y se encaminó de nuevo hacia la casa.

—¡No puedes ignorar la realidad como lo estás haciendo! —gritó Novalie.

No sabía qué hacer, qué decir. Se sentía tan frustrada, tan dolida, que era un milagro que pudiera respirar bajo el peso de la tristeza que la embargaba.

—No ignoro ninguna realidad. ¡Está muerta, lo tengo muy presente! —exclamó él alzando la voz.

—¿También tienes presente que la única que murió ese día fue ella y no tú? ¿Que tú estás vivo y yo también?

Graham se paró en seco y dio media vuelta, enfrentando a Novalie con una mirada helada.

—No es verdad. Puede que mi corazón siga latiendo, pero está tan muerto como el de tu madre. La quería más que a mi propia vida...

—Yo también... Y la echo de menos, y me siento perdida sin ella. Pero también me siento perdida y sola sin ti. Te necesito, papá. Necesito que vuelvas —confesó con las lágrimas resbalando por sus mejillas. Se las enjugó con el reverso de la mano, que no dejaba de temblar.

—Ella ya no está, no tengo a donde volver.

Novalie sollozó, rota por dentro.

—Sí lo tienes. Aquí, conmigo.

Su padre la miró fijamente. Sus ojos oscuros brillaron con emoción. Muy despacio alzó una mano y con un dedo limpió una lágrima sobre la mejilla de Novalie. Apenas un leve roce. La deshizo entre sus dedos y, sin decir una palabra más, volvió adentro.

Novalie se quedó mirando la puerta por la que acababa de desaparecer. Un abismo oscuro y profundo se abrió bajo sus pies. Quería dejarse arrastrar por él, sumergirse en la oscuridad y dejar de respirar. Recordó cada una de las promesas que le había hecho a su madre, pero no sabía cómo mantenerlas.

Aly apareció en el porche con el gesto descompuesto.

—¿Qué ha pasado? —preguntó.

Novalie sacudió la cabeza y se echó a llorar.

—¡Pequeña! —Aly la rodeó con sus brazos—. No llores, cariño. Todo se arreglará.

—No va a arreglarse.

Aly le tomó el rostro entre las manos y le secó las lágrimas, calientes y saladas.

—Ven, siéntate conmigo. Hay algo que debes saber.

La llevó hasta el porche. Se dejó caer en el balancín y con un golpecito sobre los cojines le pidió que se sentara. Novalie se acomodó a su lado. Con el dorso de la mano se secó los ojos y miró a su tía, intrigada.

Aly suspiró.

—Me preguntaste qué había ocurrido en mi última visita a Houston y por qué no había regresado desde entonces. —Hizo una pausa durante la que trató de controlar su respiración—. Bien, voy a contártelo porque creo que debes saberlo para poder entender algo. Pero tienes que prometerme que me escucharás hasta el final y que tratarás de ser comprensiva.

Novalie asintió de nuevo, aunque no estaba muy segura de querer saberlo. No iba a ser una historia bonita, intuía, y se encontraba muy cansada como para soportar otro mazazo. Aly le sonrió y le pasó una mano por la mejilla.

—Hace poco más de un año, tu madre me llamó y me pidió que fuera cuanto antes. Había empeorado mucho y sentía que le quedaba muy poco tiempo. Cuando llegué al hospital vi que era cierto. Apenas quedaba nada de la mujer que conocía. Era una carcasa a la que le insuflaban aire y alimento por un tubo. —Resopló, tratando de contener las lágrimas—. Quería pedirme algo muy importante.

—¿Qué?

—Me pidió que buscara un médico que pudiera certificar que se encontraba en pleno uso de sus facultades, y un abogado que redactara un documento legal por el que se negaba a seguir recibiendo más tratamientos. Estaba cansada. Ya no soportaba vivir de ese modo, con dolores y la humillación de no poder controlar ni su propio cuerpo.

Hizo una pausa y tomó las manos de Novalie entre las suyas. Continuó:

—Tu padre estaba planeando un nuevo trasplante con una técnica nueva y ella no quería volver a pasar por todo ese sufrimiento. Hice lo que me pidió, no podía negárselo. Y cuando estaba a punto de firmar el documento, tu padre nos descubrió. Por más que tratamos de hablar con él, no atendía a razones. Nos echó de la habitación e inhabilitó a tu madre con el favor de uno de sus colegas...

—¿Qué? —intervino Novalie escandalizada.

—Me pidió que me fuera y que no volviera nunca más porque no sería bien recibida. Para él había dejado de ser su hermana. Por ese motivo no regresé a Houston, ni siquiera cuando ella murió. Él no me habría permitido veros.

Novalie estaba temblando. No podía dar crédito a todo lo que acababa de escuchar, y aun así estaba segura de que cada palabra era cierta.

—¿Cómo pudo hacerlo?

Aly se encogió de hombros.

—Porque perdió la razón, cariño. El miedo a perder a tu madre no le dejaba pensar con claridad y se transformó en alguien al que ahora no logra perdonar. Son sus remordimientos los que no le dejan vivir, y tiene que perdonarse a sí mismo para poder seguir adelante. ¿Entiendes?

—Pero ¿cómo va a hacerlo si sigue cometiendo los mismos errores? Se niega a darle lo que ella deseaba, su última voluntad.

Aly soltó un suspiro entrecortado.

—Despertará, tendrá que hacerlo tarde o temprano. Y tú debes tener paciencia y no guardarle rencor. Nos necesita más que nunca, aunque no sea capaz de verlo.

Novalie subió los pies al balancín y se abrazó las rodillas.

—Debiste contármelo —murmuró malhumorada.

—¿Para qué? Ya estabas pasando por demasiadas cosas.

—Creí que te habías olvidado de nosotros.

—¡Eso jamás, cariño! Tu tío y yo te queremos como si fueras hija nuestra. —Sorbió por la nariz; también había empezado a llorar. Clavó la vista en el horizonte, en algún punto al que solo ella podía llegar.

—¿Y por qué hemos regresado aquí si las cosas acabaron tan mal entre vosotros?

Aly suspiró y con ternura comenzó a recogerle detrás de la oreja unos mechones sueltos.

—La familia siempre es la familia. Además, eso sí que es algo a lo que debe responderte tu padre.

—Como si lo fuera a hacer —replicó Novalie en tono mordaz.

—Quizá sea mejor que no lo haga —susurró Aly para sí misma.

Se quedaron en silencio durante un rato, abrazadas mientras la luz comenzaba a cambiar por la caída del atardecer.

—Siento mucho lo que te dije en la librería. Tienes todo el derecho a sentirte responsable de mí y a decirme lo que piensas —dijo Novalie, dejando escapar un profundo suspiro.

—Te gusta mucho ese chico, ¿verdad?

Novalie asintió mientras el calor de sus mejillas le quemaba la cara.

—Mucho. Es... es especial, me hace sentir especial.

Aly sonrió y le dio un beso en la sien.

—Eso es bueno.

—Puede que tengas razón en lo que dijiste, pero quiero intentarlo. No me importan todas esas diferencias que nos separan... Me gusta mucho. —Sonrió—. ¿Quién sabe? Puede que funcione.

Aly se repantigó sobre el balancín y comenzó a mecerse con los pies apoyados en el suelo.

—Ojalá estés en lo cierto; no quiero que sufras más.

Novalie la miró y sus ojos se iluminaron con un atisbo de esperanza.

—¿Eso significa que no te opondrás a que le vea?

—¿Serviría de algo que lo hiciera? —preguntó Aly a su vez con una sonrisa que era pura resignación. Novalie bajó la vista y negó con la cabeza—. Prefiero saber la verdad, dónde estás y con quién, a que me mientas. No me opondré. Puede venir a casa cuando quiera. Eso sí, no respondo por tu tío. Si se entera de que sufres por Nick, aunque solo sea un poquito, probablemente lo corte en trocitos y se los dé de comer a los tiburones.

Novalie se lanzó a su cuello y la abrazó con fuerza, emocionada y agradecida.

—Gracias.

—¡Espero no arrepentirme!

—No lo harás, de verdad. —Aflojó su abrazo sobre ella—. Lo que has dicho sobre mi tío era broma, ¿no?

Aly no contestó y se limitó a mirarla con una expresión que decía: «Yo no pondría la mano en el fuego por él».

El teléfono de la casa comenzó a sonar.

—¿Quién será? —preguntó Aly. Se puso de pie y entró en la cocina—. ¿Sí? ¿Steve?

Novalie entró corriendo al escuchar el nombre del profesor de Berklee.

—¿Que por qué no te dije quién era el chico? ¿Y quién se supone que es? —quiso saber Aly con el ceño fruncido—. Mira, Steve, no tengo ni idea de qué me estás hablando... Sí, tengo televisión por cable... ¿Qué canal...? Novalie, pon la tele, el canal Mezzo, creo que está en el treinta y cuatro.

Novalie obedeció y en la pantalla apareció la imagen de un concierto. En el escenario se veía a un pianista interpretando una pieza clásica que no supo reconocer. La cámara se movía captando los rostros de los asistentes, todos engalanados como para una fiesta de Nochevieja, y con una expresión de éxtasis absoluto. La cámara regresó al escenario y el *zoom* se centró en el pianista. Dejó de respirar al reconocer a Nick, vestido con un esmoquin, tocando absolutamente concentrado.

—Lo estoy viendo —dijo Aly al teléfono, con los ojos abiertos como platos—. No lo sé, Steve... Tendría sus razones... Te juro que no tenía ni idea de quién era. De hecho, sigo sin tenerla... ¡Claro! No tienes que darme las gracias... Me alegro de que estés tan contento... Adiós.

Novalie, pálida como un cirio, no conseguía apartar la vista de la imagen. De golpe, salió corriendo hacia su cuarto. Subió los peldaños de dos en dos y fue directamente a su escritorio. Encendió el ordenador y empezó a buscar entradas con el nombre de Nick. Le costó un poco encontrarlo, pero finalmente dio con él. Se derrumbó en la silla con un gemido.

—No puede ser, es él.

—Nickolas Petrov —leyó Aly a su espalda—. Usa el apellido de su madre, Ivanna Petrova, por eso nadie lo identificó en Berklee. ¡Madre mía! —exclamó con una mano en la boca.

—¿Será cierto lo que dice aquí sobre él? —preguntó Novalie mientras leía la entrada que le dedicaba la Wikipedia.

Aly se inclinó sobre la pantalla.

—Parece que sí. ¿No sabías nada de todo esto?

Novalie sacudió la cabeza con vehemencia.

—¡No, claro que no! De haberlo sabido te juro que... —«No me habría acercado a él». Se quedó muda ante el pensamiento que acababa de tener.

Era cierto. Si hubiera sabido quién era desde el principio, se habría sentido tan cohibida que ni siquiera le habría hablado. ¡Dios, hasta le había llamado «idiota» en más de una ocasión! Sintió una mezcla de vergüenza e ira tan grande que pensó que echaría humo de forma literal. Imprimió la página y fue en busca de su camioneta.

16

Mientras Novalie conducía en dirección al paseo, su cabeza era un hervidero de pensamientos encontrados. Nunca había estado muy puesta en nada relacionado con el arte, y mucho menos con la música. Sabía quiénes eran los artistas del momento y conocía sus canciones gracias a la radio y a cadenas de televisión como la MTV. Los míticos, como The Beatles, Queen, AC/DC o The Police, formaban parte de su vida porque su padre había sido un apasionado del *rock*. Y conocía a compositores clásicos, como Stravinsky, Tchaikovsky o Mendelssohn, gracias a su madre y a la danza.

Aparte de eso no sabía nada sobre compositores o músicos actuales, ni sobre orquestas de cámara o sinfónicas. Pero, por lo que había visto en Google, en ese mundo, Nick era una especie de estrella, algo así como el Tiger Woods del golf o el Matt Kemp del béisbol.

Aparcó en la esquina donde se encontraba el Grill y continuó a pie hasta el paseo, repleto de gente que iba en dirección a la feria. Con el papel apretado entre sus dedos y el corazón palpitándole en las sienes, buscó a Nick con la mirada. Lo vio junto a una de las pasarelas, con los brazos apoyados en la baranda, contemplando el océano. Vestía unos tejanos desgastados y una camiseta azul. ¡Estaba tan guapo! Apartó ese pensamiento de su mente y apretó el paso. Nick giró la cabeza y la vio. Se enderezó de golpe y, con una sonrisa, fue a su encuentro.

Conforme se acercaba a ella, Nick se dio cuenta de que algo iba mal. La sonrisa desapareció de su cara y arrugó el ceño, preocupado.

—¿Qué ocurre? —preguntó.

Novalie le estampó la hoja en el pecho.

—Dímelo tú. Estoy deseando saber por qué me has mentido desde el principio. —Hizo una pausa cargada de efecto y añadió—: Nickolas Petrov.

Él miró el papel y se puso pálido. Tragó saliva.

—No te he mentido. Simplemente no lo mencioné, que es muy distinto.

—¡No lo mencionaste! —exclamó Novalie con incredulidad. Negó con la cabeza—. No sé, pero yo creo que era algo que deberías haber mencionado. ¿Por qué no me lo dijiste?

Él miró en derredor.

—Aquí no, hablemos en otra parte —musitó mientras la cogía del brazo y tiraba de ella. Cruzaron la calle hasta el Jeep, que estaba aparcado justo enfrente.

Se pusieron en marcha en silencio. Nick condujo hasta el espigón donde se alzaba el faro, consciente de la tensión que se había instalado entre ellos. Sabía que antes o después acabaría averiguándolo, pero no esperaba que fuera tan pronto. Paró el coche y se giró en el asiento para mirarla a los ojos.

—No te mentí —dijo muy serio—. Desde el principio has sabido quién soy y lo que hago.

—Sí, pero olvidaste comentar que eres uno de los mejores pianistas del mundo. ¡Del muuuuundo! —repitió abriendo los brazos como si pretendiera abarcarlo todo con ellos—. Que las mejores escuelas y universidades se pelean por ti y que las filarmónicas más famosas desean contratarte. ¡Eres famoso!

—Solo en ese mundo —repuso incómodo.

—¿Y te parece poco? Y yo como una idiota intentando conseguirte una audición para esa escuela, porque me hiciste creer que era tu sueño. ¿Por qué me dejaste hacerlo? ¿Por qué me seguiste el juego cuando te habrían abierto las puertas solo con decir tu nombre? ¿Te resultaba divertido?

Nick resopló.

—No lo entiendes. —Sacudió la cabeza—. Esa audición es lo mejor que me ha pasado en la vida, porque cumplí mi sueño y lo hice como quería, como un aspirante más. Alguien anónimo al que aceptaron porque tenía talento y no por un apellido. Y todo gracias a ti.

Novalie se cruzó de brazos con un nudo de ansiedad en el estómago. Le sostuvo la mirada intentando ver la verdad en sus ojos. Parecía sincero, y se le veía tan apenado...

—Vale, eso puedo entenderlo, pero no justifica que conmigo te hicieras pasar por alguien corriente cuando no lo eres. Debiste decírmelo. ¡Me siento como una idiota!

—¿Por qué? —preguntó exasperado—. ¿Dónde está el problema?

—Quien eres lo cambia todo —respondió Novalie.

Se bajó del coche, incapaz de permanecer sentada por más tiempo.

Nick la siguió. La frustración que sentía comenzaba a ahogarlo. Lo que había temido desde un principio estaba pasando. Iba a dejarlo, podía verlo en sus ojos. Pero ahora que sabía lo que era estar con ella, no estaba muy seguro de si sería capaz de aceptarlo.

—¿En qué nos afecta a nosotros que yo sea conocido? Lo era ayer y estábamos bien.

Novalie aceleró el paso, lanzando al aire una risita mordaz.

—Esto me supera. Es demasiado para mí.

—¿Qué pasa? ¿Que ahora vas a romper conmigo por ser bueno y reconocido en algo? ¿Tanto te cuesta aceptar ese detalle? Porque de ser así me estarías ayudando a batir otro récord: el de la relación más corta que jamás he tenido.

—¿Eso es lo que tenemos? ¿Una relación? —inquirió ella sin dejar de caminar en dirección al faro.

—¡Sí! —exclamó él. La cogió por la muñeca, obligándola a detenerse—. No sé tú, pero para mí el beso de ayer supuso algo. Y lo de esta mañana... —dejó la frase suspendida en el aire mientras el recuerdo de Novalie jadeando entre sus brazos hacía estragos en su mente.

—¿Y qué es ese algo, Nick? Porque yo aún no lo sé.

—Esto que tenemos, lo que sentimos —contestó tomándola por los hombros—. Me gustas mucho, Novalie. Pienso en ti a cada momento, despierto, dormido; solo en ti. Nunca he sentido algo así por nadie, esta atracción, este... este deseo. Eso es lo que de verdad importa, no lo demás.

Novalie se apartó frustrada.

—¿Y qué importará todo eso cuando te marches? ¿Acaso no lo ves? No va a funcionar. Dentro de unas semanas te irás a Europa y se acabará igual. Allí tienes una vida que no se parece en nada a esta.

—No tiene por qué acabarse —dijo él en tono suplicante—. Yo no quiero que se acabe. Solo tenemos que intentarlo. Haré todo lo posible por visitar la isla a menudo, y tú podrías aprovechar tus vacaciones para ir a verme. Yo me encargaré de los billetes, y te alojarías en mi casa. Podrías ver lo que hago y que no soy tan importante como crees. ¿Lo ves? Solo hay que querer hacerlo.

—No lo entiendo, Nick. De verdad que no lo entiendo.

—¿Qué es lo que no entiendes?

Novalie sacudió la cabeza y se encogió de hombros. Tenía un nudo en la garganta que apenas la dejaba hablar. No podía ilusionarse con él, no podía creer que acabaría funcionando, porque cuando terminara, y lo haría, se le rompería el corazón.

—No entiendo por qué le pones tanto empeño a lo nuestro. Ayer me dijiste que no tenías ni la más remota idea de a dónde nos llevaba esto.

Nick se la quedó mirando.

—No lo sé, es cierto, pero quiero averiguarlo. Me gustas mucho. Verte, estar contigo, se ha convertido en una necesidad. Y te deseo tanto que duele.

Novalie suspiró de forma entrecortada, atrapada en el brillo desesperado de sus ojos.

—Yo siento lo mismo.

—Pues sal conmigo. Dame una oportunidad. —Su voz era apenas un susurro.

Ella sintió su cálido aliento sobre la piel y comenzó a derretirse. Dio un paso atrás para no flaquear.

—Para eso necesito confiar en ti —afirmó de forma rotunda.

—¡Puedes confiar en mí! —le aseguró Nick con vehemencia—. Si te hubiera dicho todo esto desde un principio, te habrías asustado. Eso o habrías pensado que era un idiota prepotente que alardeaba intentando ligar. No te dije nada porque... —señaló el papel que aún llevaba en la mano— ese no soy yo.

Novalie tragó saliva.

—¿Qué quieres decir?

—Que Nickolas Petrov, el músico famoso, se quedó en Salzburgo; y que aquí solo estoy yo, el de verdad: Nick el idiota.

Ella sonrió. No quería hacerlo porque estaba muy enfadada y abrumada, pero con él era imposible no rendirse. Nick le acarició la mejilla.

—No eres la única a la que le he ocultado la verdad —continuó en voz baja—. Nadie en la isla sabe nada. Hace mucho tiempo que me esfuerzo para que sea así. Es el único refugio que me queda. Aquí puedo sentirme normal. La gente no se acerca a mí constantemente buscando algo, o para salir en la foto y alardear de que me conoce. ¿Tanto te cuesta entenderlo?

Novalie levantó la vista del suelo y lo miró a los ojos. En ellos volvía a ver esa fragilidad que lograba ablandarle el corazón y que la empujaba a querer abrazarlo.

—Lo entiendo —musitó, inclinando la cabeza hacia él. Sintió un cosquilleo en el estómago cuando los brazos de Nick se cerraron en torno a su cintura y la acercaron a su cuerpo.

—Entonces, ¿saldrás conmigo? ¿Qué dices? ¿Quieres ser mi chica? —propuso, rozando su frente con los labios.

Novalie cerró los ojos. Aún tenía dudas sobre todo aquello. Si las diferencias que los separaban ya eran grandes, las nuevas revelaciones marcaban una distancia abismal entre ellos.

—¿La chica de cuál de los dos, Nick? —preguntó sin disimular que aún se sentía molesta. Notó que él sonreía. La tomó por la barbilla y la miró a los ojos.

—Siento decirte que, si aceptas, tendrás que aguantarnos a los dos. En este caso no hay separación posible. Si dices que sí, estaremos saliendo, con todo lo que implica. No será un secreto. —Se inclinó hacia ella y recorrió con suavidad su rostro, rozando con la punta de la nariz su mejilla hasta llegar a su oreja. Depositó un tierno beso en el lóbulo—. ¿Qué contestas? —susurró.

Novalie se estremeció. De lo único que estaba segura era que quería estar con él. En apenas un día se había vuelto adicta a sus brazos, a su olor, a su boca, al tono de su voz cuando pronunciaba su nombre. Asintió sin poder decir ni una palabra. Percibió la sonrisa de alivio que él esbozó, y muy despacio ladeó la cabeza buscando su boca. Sus labios se abrieron, y su tacto y su sabor penetraron dentro de ella grabándose a fuego. Tan adentro que nadie podría quitárselos jamás.

Se separaron sin aliento. Ella apoyó la frente en su pecho y respiró su aroma. Oía el latido de su corazón y su respiración acelerada. Nick comenzó a acariciarle la espalda, con la barbilla descansando en su cabeza.

—No más secretos —dijo Novalie envuelta en aquellos brazos cálidos y firmes.

—No más secretos —repitió Nick—. Prometido.

Se quedaron así, sin hablar, durante un rato.

—Sales muy guapo en todas esas fotos. Estás muy atractivo con esmoquin —comentó Novalie.

Nick soltó una carcajada.

—Pues lo siento mucho, pero prefiero mil veces unos tejanos y una camiseta vieja.

—¡Y tu gorra de los Red Sox! —indicó ella alzando la mirada hacia él. Le dedicó un guiño coqueto.

—Y mi gorra de los Red Sox —respondió él estrechándola un poco más.

Su cuerpo estaba prácticamente encima de ella y no parecía ser suficiente. Le rozó los labios con un tímido beso.

Novalie necesitó de toda su fuerza de voluntad para despegarse un poco, consciente de todas las zonas en las que sus cuerpos estaban en contacto.

—¡Menuda primera cita! —exclamó compungida.

—Sí, creo que es la primera que tengo que empieza con una discusión —suspiró. Ella gimió muerta de vergüenza e intentó taparse la cara con las manos, pero él se lo impidió, sujetándola por las muñecas—. Pero discutir contigo es muy sexi. Te pones muy guapa cuando me gritas. —Novalie le dio un golpe en el pecho y lo fulminó con la mirada. Eso le arrancó una sonrisa traviesa—. Aún podemos hacer que esta cita acabe bien. Seguro que Simona nos está guardando la mesa.

—¿Tú crees? Porque tengo hambre.

Nick asintió y la miró con ternura. La luz de la luna hacía que sus ojos pareciesen más oscuros, su pelo casi negro. Novalie sintió cómo su corazón latía con firmeza bajo su mano, la que había dejado reposando sobre su pecho con un descuido premeditado. Le era tan difícil tenerlo cerca y no tocarlo...

A la mañana siguiente, Nick se despertó con una sonrisa en los labios. Se desperezó con un ronroneo y se quedó contemplando el techo. No necesitaba mirarse en un espejo para saber que su expresión era la de un idiota encantado de la vida. Su cita con Novalie había sido increíble. Tras la tensa discusión (que, por qué no admitirlo, también había tenido algo de chispa), habían cenado en el restaurante de Simona y Paolo.

Habían sido los últimos en abandonar el local, sorprendidos de cómo las horas pasaban sin apenas darse cuenta. Después habían dado un paseo por la feria y habían contemplado el cielo repleto de estrellas, tumbados sobre la arena de la playa. Más tarde, el cielo dejó de interesarles y, con el murmullo de las olas rompiendo contra la orilla, se habían besado hasta sentir los labios entumecidos.

El recuerdo le aceleró el pulso. En cierto modo se sentía sobrepasado por sus emociones. Nunca había sentido, ni remotamente, algo así por nadie. A pesar de su juventud, Novalie era una chica muy lista y madura, con las ideas claras y un carácter decidido. No se amedrentaba ni se dejaba convencer fácilmente. Eso le gustaba de ella.

Llenó de aire sus pulmones y se levantó de un salto. Pasó de vestirse y bajó hasta la cocina descalzo, tan solo con el pantalón de su pijama. Encontró a Dolores preparando café.

—¡Buenos días! ¿Cómo está mi chica esta mañana? —preguntó mientras la cogía de una mano y la hacía girar entre sus brazos con una pirueta de baile.

Dolores rompió a reír y le palmeó la mejilla con afecto.

—Veo que te has levantado muy contento.

—¿Y por qué no iba a estarlo? Hace un día precioso, el sol brilla y el mundo es perfecto —comentó mientras se servía una taza de café—. ¿Y sabes qué? Soy un tipo bastante afortunado —respondió antes de que ella dijera nada.

—De eso no me cabe la menor duda, pero… ¿hay algún motivo en especial para tanta felicidad? —inquirió Dolores con tono pícaro.

Nick sonrió y ocultó su rostro tras la taza mientras daba otro sorbo a su café. Miró a la mujer y le dedicó un guiño.

—Sí que lo hay —intervino Roberto desde la puerta. Se dejó caer en una de las sillas, resoplando. Vestía ropa de deporte y estaba sudando—. Rubia, ojos verdes…, muy guapa.

—Eres un bocazas, ¿lo sabías? —le espetó Nick sin perder la sonrisa.

—¡Oh, una chica! ¡Eso es estupendo, Nick! —exclamó Dolores.

Nick se acercó a la mujer y le dio un beso en la mejilla.

—Guárdame el secreto, ¿vale? Ya sabes cómo son —rogó en tono cariñoso, pensando en su familia.

Dolores sonrió mientras asentía.

—Voy a ensayar un rato. Quiero cumplir con el horario de Armand para poder escaparme más tarde.

—¿Vas a encargar más libros? —preguntó Roberto en tono irónico.

—Puede... —respondió Nick, esbozando una enorme sonrisa—. Y tú deberías leer alguno y dejar el *Playboy* antes de que se te fría el cerebro.

—¿Qué *Playboy,* jovencito? —gruñó Dolores con los brazos en jarras.

Roberto se levantó de un salto y rodeó la mesa alejándose de su abuela. Estaba seguro de que tenía las orejas tan grandes por los tirones que ella le daba cuando se enfadaba con él.

—Abuela, ¿no ves que está bromeando?

Nick salió de la cocina tronchándose de risa y se dirigió a la sala de música. Las ventanas estaban abiertas y la brisa hacía ondear las cortinas. El olor del mar, mezclado con el de las flores del jardín, le colmó el olfato. Se sentó frente al piano, levantó la tapa que cubría las teclas y apoyó las manos en ellas con suavidad. Alzó los ojos y vio su reflejo en la madera brillante.

De repente, un pensamiento cruzó su mente y una sombra oscura borró su sonrisa de un plumazo. En menos de dos meses tendría que regresar a Salzburgo. Debería abandonar el único lugar donde era feliz y se sentía a gusto, y volver a sumergirse en el teatro en el que se había transformado su vida. Era una realidad a la que se había resignado hacía mucho: la vivía sin más, sin pensar, sin cuestionarse nada. Su vida era la música, convertirse en el mejor.

Y mientras pensaba en todo eso, una parte de él comenzó a rebelarse contra ese futuro. Aún recordaba cómo se había sentido durante su audición en Berklee: completamente vivo, pletórico. Había disfrutado como nunca antes lo había hecho y, por primera vez en mucho tiempo, los halagos que había recibido le hicieron sentirse bien de verdad, orgulloso de sí mismo. Recorriendo los pasillos, viendo las aulas repletas de alumnos, había tenido la necesidad de pertenecer a aquel lugar.

Tomó aire y sus dedos se deslizaron sobre las teclas. Frente a él, la partitura de la *Sonata para piano nº 16 en Do mayor de Mozart.* No necesitaba mirarla, se la sabía de memoria. Cerró los ojos, sintiendo cada nota bajo la piel y, sin darse cuenta, sus pensamientos le llevaron hasta Novalie. La sonata se diluyó bajo una melodía improvisada, dulce, suave como lo era ella.

Se quedó quieto, con el eco de la última nota apagándose en su cerebro. Abrió los ojos con una sonrisa en los labios. Hacía mucho tiempo que no componía nada y aquella pieza había surgido sin ningún esfuerzo.

—*Magnifique!* —exclamó Armand desde la puerta, aplaudiendo con adoración—, *merveilleux... Oh, excellent!*

Nick se limitó a saludarlo con un seco asentimiento de su cabeza. Se levantó y fue hasta la mesa, donde buscó un lápiz y comenzó a escribir las notas antes de correr el riesgo de olvidarlas.

—Ha sido maravilloso, Nickolas. Se podía palpar el sentimiento, los matices, cada color. Realmente brillante —continuó Armand.

—Gracias.

—Deberías incluirlo en tu repertorio —sugirió el hombre.

—No creo, es demasiado personal.

—En la interpretación no hay nada íntimo ni personal, mi joven pupilo. Los artistas han de desnudar su interior ante el público para poder transmitir la verdadera esencia, esa magia que hace que un tema deje de ser bueno para convertirse en sublime.

Nick le dio la espalda con los ojos en blanco.

—Si me disculpa, iré a vestirme —alegó, dirigiéndose a la puerta.

—¡Oh, por supuesto! Pero antes deberías ir al cenador. Tu abuelo y tus padres te esperan allí. Solo he venido para avisarte.

Nick se detuvo y lo miró con atención.

—¿Ocurre algo?

Armand sonrió de forma misteriosa y, haciéndose a un lado, le indicó con la mano que saliera.

—Te esperan.

Nick cruzó el vestíbulo, continuó hasta la sala de recreo y, a través de ella, salió al jardín. Descendió los peldaños y caminó sobre el césped húmedo en dirección al cenador. Tal y como había dicho Armand, su abuelo y sus padres estaban allí, sentados a una mesa mientras desayunaban. También estaba Marco, hojeando una revista sobre coches de lujo.

—¡Buenos días! —saludó.

—¡Aquí está mi chico! —clamó su abuelo, limpiándose las manos con una servilleta que después arrojó con descuido encima del plato.

—¡Buenos días, cariño! —exclamó su madre. Se puso de pie, sacudiendo su melena rubia, y se acercó a él para darle un beso en la mejilla.

Nick observó sus rostros expectantes, sonrientes. Se percató de los distintos periódicos europeos sobre la mesa y de un *e-mail* impreso con el membrete del Festival de Música de Schleswig-Holstein, en Alemania.

—¿Qué pasa? —inquirió con un pálpito.

—¿Que qué pasa? —dijo su abuelo. Se puso de pie y lo envolvió con sus brazos. Su risa cascada se elevó sobre el rumor del agua de la fuente y añadió—: Ven, siéntate. Necesitas sentarte para escuchar esto.

Nick obedeció con la respiración atascada en la garganta. Tomó el primer periódico, una edición bávara. La academia de Bellas Artes alemana se hacía eco del próximo festival de verano de Salzburgo, y la noticia iba acompañada de una imagen de Nick tocando en el Festival de Ravinia, un par de años atrás.

—¿Estás listo? —preguntó Filipo, cogiéndole las manos. Nick asintió—. Los rumores apuntan a que este año serás el ganador del Premio Leonard Bernstein. Tocarás en el festival.

—¡¿Qué?! —exclamó con una sacudida en el estómago.

—Y no solo eso —continuó Filipo con una enorme sonrisa—. Darás tres conciertos, ¡tres!, durante el festival de verano de Salzburgo. Y ahora viene lo bueno... —Hizo una pausa para tomar aire y crear expectación—. Vas a dirigir tu primera filarmónica, y lo harás en el auditorio del Louvre con unos asistentes de lujo. Ya han confirmado su asistencia Riccardo Muti y Daniel Barenboim. —Filipo tomó el rostro de Nick entre las manos—. ¿Sabes lo que eso significa? Que estás arriba, en lo más alto. ¡Vas a hacer tu debut como director! Estás a un paso de convertirte en director asistente. ¡Ya hay dos ofertas!

Nick se quedó mudo. Empezó a temblar. Se pasó la lengua por los labios; de repente tenía la boca demasiado seca.

—¿No dices nada? ¿No te alegras? —preguntó Filipo, sorprendido por su silencio.

Nick apenas podía parpadear. Una sensación de vacío en el pecho lo estaba dejando sin aire.

—¡Claro que se alegra, papá! —intervino Ivanna, rodeando con sus brazos los hombros de Nick—. Es solo que se ha quedado sin palabras. ¡No es para menos! ¿No es así, cariño? —Lo besó en la mejilla y después le frotó la piel con el dedo para borrarle el carmín.

—¡Enhorabuena, hijo! —dijo el padre de Nick.

Nickolas asintió mientras forzaba una sonrisa. Sus ojos se encontraron con los de su hermano. Marco le sostuvo la mirada muy serio; un atisbo de preocupación se adivinaba en su expresión. Eran tan diferentes como la noche y el día, y aun así, parecían compartir una sola mente. Se conocían demasiado bien como para ignorar qué le pasaba al otro por la cabeza.

—No me habíais dicho nada de todo esto —murmuró Nick cuando consiguió recuperar el habla.

—Bueno, hay un motivo para haberte mantenido al margen. Queríamos que estas noticias fueran tu regalo de cumpleaños —comentó su padre—. Y sé que te lo hemos dado con demasiada antelación, pero a finales de este mes regresaremos a Austria para prepararlo todo y no habrá tiempo de nada. —Se pasó la mano por el pelo y sonrió—. Eso, y que no podíamos quedarnos callados mucho más.

—¿Este mes? Apenas faltan tres semanas —advirtió Nick con un nudo en la garganta—. Dijisteis que podría quedarme todo el verano.

—Pero eso ya no es posible —informó su abuelo—. Sé que tenías muchas ganas de descansar aquí, pero intentaremos regresar en Navidad, ¿de acuerdo?

Nick asintió, incapaz de unir sus pensamientos a su capacidad de hablar. Por momentos ni siquiera era consciente de sí mismo.

—¿Sabéis qué? —repuso Marco al tiempo que se ponía de pie—. Creo que lo que mi hermano necesita es una copa para deshacerse del susto. Así que, con vuestro permiso, iremos a celebrarlo.

—¡Buena idea! —exclamó Filipo—. Si mi médico no me lo tuviera prohibido, Dios sabe que os acompañaría.

Marco tomó del brazo a su hermano y lo guio de vuelta a la casa. Prácticamente tenía que sostenerlo para que no tropezara.

—Al menos podrías haber fingido que te alegrabas —susurró mientras lo llevaba escaleras arriba.

—¿Tú lo sabías?

Marco puso los ojos en blanco y soltó una risita forzada.

—¿Yo? ¿Desde cuándo se me tiene en cuenta en esta familia salvo para que no moleste? Me he enterado a la vez que tú. Y debo admitir que es lo mejor que podía pasarte y que me alegro por ti. Solo que... algo me dice que tú no estás muy de acuerdo.

Nick se dejó caer pesadamente en la cama. Se tapó la cara con las manos.

—¿Tan malo es que no desee nada de eso?

—¿Qué? ¿Lo dices en serio? —preguntó sin dar crédito. Nick asintió. Marco resopló y le dedicó una mirada apenada—. No te muevas de ahí, enseguida vuelvo.

Salió de la habitación y un par de minutos después regresaba con una botella de champán y dos copas.

—No me apetece —dijo Nick, torciendo el gesto—. Ya te he dicho que no tengo nada que celebrar.

—Eso veo, pero lo que sí necesitas es ponerte pedo. —Descorchó la botella y un buen chorro cayó sobre la alfombra. Dejó escapar una risita mientras le entregaba una copa llena a su hermano—. Dolores va a matarme como vea esto.

Se sentó a su lado y bebió directamente de la botella.

—Venga, suéltalo —ordenó Marco—. ¿Por qué hace dos semanas soñabas con ganar esos premios y con poder dirigir, y ahora no quieres ni oír hablar del tema?

Nick frunció el ceño y agachó la cabeza.

—Han cambiado algunas cosas.

Marco estudió a su hermano con atención.

—Ya. ¿No tendrá algo que ver el bomboncito de la librería? —averiguó dando un nuevo trago. Chasqueó la lengua para deshacerse de las burbujas. Nick lo miró de reojo—. ¡Venga, sabes que puedes confiar en mí! ¿Es por ella?

—En parte —confesó Nick—. La otra es que sé que no quiero pasar el resto de mi vida haciendo algo con lo que no disfruto. Podría dar clase en Berklee el próximo año. Me han ofrecido un puesto de profesor. Lo he pensado mucho y quiero aceptar.

Marco se quedó con la botella a medio camino de su boca y volvió a bajarla, con los ojos como platos.

—Esto sí que no lo esperaba... ¿Y qué pasa con tu postgrado? Con los conciertos y los festivales... ¿Y qué pasa con Christine?

—¿Qué tiene que ver Christine en todo esto? Hace meses que rompimos.

—¿Habéis roto? ¿En serio?

—¿Crees que estaría saliendo con Novalie si no fuera así?

—¿Estás saliendo con ella? —se interesó, cada vez más alucinado.

Nick se levantó de la cama, gruñendo por lo bajo. Apuró la copa de un trago y la dejó sobre la cómoda.

—A veces haces que me pregunte si no te golpeaste la cabeza de pequeño. Eso explicaría muchas cosas.

—¡Venga ya, eres tú quien no me cuenta nada! —se quejó Marco. Dejó la botella en el suelo y se tumbó—. ¿Qué piensas hacer? Porque si no regresas a Austria, te vas a cargar todo el castillo de naipes que ellos han levantado a tu alrededor.

Nick clavó la mirada en su hermano. Marco tenía razón, pero no podía seguir adelante con todo aquello. Había llegado el momento de aprender a decir no, a defender lo que de verdad quería... Solo que no tenía ni idea de cómo empezar a hacerlo.

—Buscaré la forma de acabar con todo esto. No puedo seguir adelante.

17

—No sé, pero creo que me gustaría llenar todo el jardín con farolillos de papel y poner una fuente de hielo de la que los invitados se puedan servir el ponche. También he pensado en una tarta de tres pisos —explicaba Lucy mientras caminaba por la librería tras Novalie—. Imagínatela, toda blanca, decorada con flores de colores y perlas plateadas. ¡Y arriba del todo, yo!

—¿Tú? —se sorprendió Novalie frunciendo el ceño. Se agachó para recoger unos cuentos que los niños habían dejado sobre la alfombra.

—Bueno, yo no, sino una réplica chiquitita de caramelo, pero muy sexi —indicó Lucy con las manos en las caderas y los labios fruncidos con un mohín que pretendía ser coqueto.

Novalie la miró de reojo y sonrió.

—Parece que estás planeando una despedida de soltera y no un cumpleaños.

—¡Qué exagerada! No se cumplen diecinueve años todos los días, y quiero que sea especial.

—Créeme, si sigues así, lo será. Sobre todo si continúas con esa idea de contratar bailarines.

Lucy empezó a dar saltitos sin poder controlar su euforia.

—Y no unos bailarines cualquiera. Deberías ver las fotos. ¡Están como un queso! —Se puso seria—. Pero mi padre se niega en rotundo. Dice que un poni sale más barato y que es... «más acorde con tu edad» —imitó la voz grave de su padre, en un intento bastante pobre que solo logró provocarle un ataque de tos—. Pero ¿qué se cree, que aún tengo doce años?

Novalie se echó a reír. A veces sí parecía que tuviera doce años, pero no pensaba decírselo.

—Y hablando de todo un poco, ¿cómo llevas el artículo para el periódico? —preguntó Novalie para cambiar de tema. Lucy llevaba días hablando de su fiesta de cumpleaños, y ella ya había llegado al límite de lo que podía soportar. Cinco minutos más de cháchara sobre el tema y sufriría un ataque.

Lucy se desplomó en el sillón.

—Fatal. Sugerirle a mi madre una sección para jóvenes ha sido la peor idea de toda mi vida.

—Querías ganar pasta.

—Sí, pero escribir no es lo mío. Se me han acabado las ideas: ropa, bolsos, rebajas, qué regalarle a tu novio por su cumpleaños... Yo lo que quiero es hablar de temas realmente interesantes: sexo, fiestas, cotilleos. Pero a mi madre le daría un infarto y mi padre me arrastraría a la iglesia para hacerme un exorcismo. Me castigarían y ni siquiera lo publicarían. Así que me limitaré a comentar los estrenos de cine. ¿Se te ocurre alguna idea?

Novalie se apoyó en el mostrador, de espaldas a la puerta, y suspiró mientras golpeaba un taco de facturas contra la madera para ordenarlas.

—Habla de libros. No sé, podrías comentar esas cosas de las que quieres hablar, pero a través de las novelas. En plan... —hizo un gesto con las manos, como si mostrara un cartel— «Literatura juvenil: sexo y violencia. ¿Existe la censura?».

—¡Vaya! Eso estaría bien, pero que muy bien —admitió Lucy con una sonrisita mientras se imaginaba la columna.

—Ahí tienes tu artículo de esta semana.

—¿Me ayudarás a escribirlo? ¡Anda, *porfa*, di que sí! A ti siempre se te han dado muy bien estas cosas. *Porfi, porfi, porfi*... —suplicó poniendo ojitos.

Novalie resopló y trató de contener la sonrisa que amenazaba con escaparse de su boca. Miró de reojo a Lucy y le fue imposible decir que no; parecía un perrito de ojos grandes y tristes.

—¡Está bien, te ayudaré!

—¡Genial, eres la mejor! —exclamó Lucy. Se puso de pie y le dio un abrazo—. ¡Te quierooooooooo! Voy a buscar alguna novela que nos sirva para el artículo... ¿Dónde busco? —preguntó con cara de póker.

—Al fondo, a la izquierda, la última estantería —indicó, y se quedó mirando cómo su amiga se perdía tras montones de libros.

Novalie comenzó a archivar en un clasificador las facturas. Empezaban a acumularse y, aunque odiaba la parte administrativa de su trabajo, no tenía más remedio que encargarse del papeleo. Aly pasaba mucho tiempo fuera. La puesta en marcha de la biblioteca de verano le estaba dando mucho trabajo extra.

La puerta se abrió con el sonido agudo de las campanillas. Miró por encima de su hombro y sus latidos se volvieron irregulares mientras giraba sobre los talones. Abrió la boca para saludar, pero no tuvo tiempo. Nick, con una mano escondida en la espalda, cruzó con dos pasos la distancia que los separaba y la besó hasta dejarla sin aliento.

—Hola —susurró él sobre sus labios.

—Hola —suspiró, abrumada por lo intensas que eran sus reacciones cuando lo tenía cerca.

Antes pensaba que chicos como él solo existían en las películas, pero no, tenía uno de carne y hueso para ella solita. Deslizó las manos por su cintura y se puso de puntillas para besarlo. Sabía a naranja, y le encantaban las naranjas.

Alguien carraspeó. Los dos se separaron de golpe y miraron hacia el origen del sonido. Lucy, con una sonrisa exultante, saludaba agitando los dedos.

—¡Hola! —exclamó.

Sus ojos brillaban divertidos, e iban del rostro de Novalie al de Nick sin dar crédito a lo que acababa de ver.

—Hola —saludó Nick. Frunció el ceño y miró a Novalie con gesto inquisitivo.

—Esta es Lucy —anunció Novalie—. Una amiga.

—Sí, soy Lucy, pero no soy una amiga, sino *su mejor amiga* —subrayó con un tonito de reproche. Acortó la distancia que los separaba y le plantó tres besos a Nick, alternando las mejillas—. Es así como os saludáis en Europa, ¿no?

—No, solo lo hacen en Francia —contestó él un poco cortado.

—*¡Ups!* —musitó Lucy, ruborizándose, pero se recompuso de inmediato—. Es un placer conocerte.

—Lo mismo digo. —Un poco contrariado, clavó sus ojos en Novalie—. Solo quería darte esto. —Le mostró una cesta repleta de dátiles dentro de una bolsita de plástico, con un lazo que hacía de cierre.

—¡Vaya, gracias! —exclamó ella. Tomó la cesta con el corazón desbocado.

—Bueno, tengo que irme —repuso Nick sin dejar de mirarla a los ojos.

—Vale.

—Te veo luego.

—Claro.

Hubo un silencio en el que ninguno de los dos se movió. Novalie tragó saliva, sin saber muy bien si era oportuno un gesto como un beso o un abrazo de despedida.

—Por mí no os cortéis —intervino Lucy.

Novalie la fulminó con la mirada. Nick se pasó la mano por la cara para ocultar una sonrisa divertida.

—Te llamo más tarde y quedamos —dijo él en voz baja y le dio un beso en los labios.

Novalie se quedó mirando cómo Nick abandonaba la librería. Cerró los ojos, preparándose para lo que estaba por venir.

—¡Aaaahhhh! ¿Cómo no me has contado esto? ¡Menuda bomba! ¿Estáis saliendo? ¿Como novios? ¡Aaaahhhh, pellízcame porque no me lo creo! —gritaba Lucy como loca.

Novalie no se lo pensó dos veces y le dio un pellizco en el brazo. Aunque lo que de verdad deseaba era estrangularla, retorcerle su bonito cuello, por los tres besos, por inoportuna y por bocazas.

—¡Ay, me has hecho daño!

—Me has dicho que te pellizcara —replicó tan tranquila.

—Ya, pero no iba en serio —protestó Lucy, frotándose el brazo con una mueca de disgusto—. Vale, te perdono si me lo cuentas todo.

Dos horas después, Novalie por fin pudo poner el cartel de cerrado en la puerta de la librería. El tiempo había transcurrido con una lentitud exasperante después de que lograra deshacerse de Lucy. Su amiga no se había dado por vencida hasta conseguir todos los detalles: cómo habían empezado a salir, quién había dado el primer paso, el primer beso...

Novalie jamás había sido sometida a un interrogatorio de ese grado. Aunque en el fondo se alegraba de haber podido contárselo, porque ahora sentía que todo era más real. Una conversación de chicas en la que, por primera vez, ella era la protagonista. Además, se suponía que podía hablar de ello; no era ningún secreto ni tenía que esconderse por ningún motivo. Estaban saliendo juntos, tenían una relación, algo que Nick le había dejado muy claro.

Se dirigió a casa sin entretenerse. En cuanto entró en su habitación, volvió a comprobar su teléfono móvil. Nick le había dicho que la llamaría, pero no tenía ninguna llamada perdida ni tampoco mensajes. Se metió en el baño, abrió el agua caliente a pesar del calor sofocante, y se sumergió en la bañera repleta de espuma. Trató de relajarse, inspirando el leve aroma a lilas de las sales de baño, pero sus ojos volaban a cada rato hasta el teléfono.

Llegó la hora de la cena y nada, ni una señal. Cerca de medianoche todos se habían ido a dormir, y ella estaba a punto de hacerlo cuando la pantalla del teléfono se iluminó con un mensaje.

Nick: ¿Es tarde para verte?
Novalie: ¡No! ¿Dónde estás?
Nick: Asómate a la ventana.

Novalie cruzó la habitación a toda prisa y sacó medio cuerpo a través del hueco. Vio a Nick abajo. Él levantó la mano y la saludó con una sonrisa.

—¿Quieres dar un paseo? —preguntó en voz baja.

Ella asintió con vehemencia, mientras el corazón se le disparaba. Volvió adentro y se deslizó hasta la escalera. Cruzó la cocina de puntillas y abrió la puerta con cuidado de no hacer ruido. Hasta que no vio la mirada de Nick sobre ella, no se dio cuenta de que no se había vestido. Solo llevaba un culotte de color rosa y una camiseta de tirantes, con los que solía dormir.

—No voy muy apropiada para dar un paseo, ¿verdad?

Nick la miró de arriba abajo y le dedicó una sonrisa sugerente que escondía muchos pensamientos.

—Para un paseo por la playa sí —respondió él, tomándola en brazos sin avisar.

—¿Qué haces?

—Cargar contigo hasta la arena. ¿O quieres caminar descalza sobre las piedras?

—No —confesó ella con una risita, pasando los brazos alrededor de su cuello.

Nick sonrió con malicia mientras se la comía con los ojos y alzó una ceja.

—¿Te he dicho alguna vez que no me canso de mirarte?

—Creo que es la primera —dijo Novalie con voz pizpireta, encantada con sus palabras.

Él inclinó la cabeza y la besó en el cuello, tras la oreja.

—Pues ve acostumbrándote.

Una vez en la playa, Nick dejó a Novalie en el suelo. Una luna en cuarto creciente y las estrellas eran la única iluminación de la que disponían, suficiente para poder distinguir sus rasgos en aquella oscuridad. Se la quedó mirando un segundo, después le tomó el rostro con las manos y apoyó su frente contra la de ella.

—Tenía muchas ganas de verte —susurró.

—Creía que ya no llamarías.

—Lo siento. Siento haber aparecido tan tarde, pero mi familia había preparado una especie de cena sorpresa y no he podido escaparme hasta ahora —explicó Nick en voz baja mientras miraba al cielo.

—No pasa nada —aseguró Novalie. Se acercó a él para verle mejor el rostro. Podía percibir que estaba serio, preocupado y distraído—. ¿Va todo bien?

Nick la miró a los ojos. La cogió de la mano y entrelazó sus dedos con los de ella. Sonrió, pero lo que esbozó fue una mueca de cansancio.

—Eso depende de cómo se mire. —Puso su mano libre en la mejilla de Novalie y la acarició con el pulgar—. Tengo que contarte algo. Paseemos un poco.

Novalie notó que se le helaba la sangre mientras se esforzaba en vano por permanecer tranquila. Eso no había sonado nada bien. Cruzó su mirada con la de él y dijo que sí con la cabeza. Caminó a su lado, sintiendo a través de su mano la tensión del cuerpo de Nick. Estaba rígido y miraba al frente sumido en sus propios pensamientos. Guardó silencio, esperando paciente a que él se decidiera a hablar; algo le decía que era importante. Le dio un ligero apretón, recordándole que estaba allí, a su lado, y que contaba con ella.

Nick la miró, ella sonrió, y el calor de esa sonrisa fluyó a través de él aliviando parte de su preocupación.

—Hoy he sabido algo —empezó a decir—. En agosto tienen lugar dos de los festivales de música más importantes que existen en este momento. Uno en Austria y el otro en Alemania. Me han invitado a participar en ambos y la verdad es que... es un privilegio.

Novalie abrió la boca para contestar, pero él le apretó la mano con suavidad.

—Espera, hay más —pidió con una sonrisa, aunque su expresión era vulnerable e incierta—. ¿Has oído hablar del Premio Leonard Bernstein?

Novalie sacudió la cabeza y se encogió de hombros.

—No. Sé quién es Leonard Bernstein: *La ley del silencio, West Side Story*... Pero no sabía que hubiera un premio con su nombre.

—Pues lo hay, y es el más importante que un joven artista puede recibir. Que te lo otorguen supone despegar, y muy alto —aclaró en voz baja. Novalie asintió, dando a entender que comprendía su importancia. Él continuó—: Pues todo apunta a que yo pueda ganarlo este año.

Novalie se paró delante de él, haciendo que se detuviera.

—¡Eso es estupendo! —exclamó entusiasmada. La expresión de él no cambió, continuaba muy serio—. No lo es, ¿no?

Nick negó con la cabeza, muy despacio.

—Si me lo hubieran dicho hace unas semanas... —Cogió la cara de Novalie entre sus manos y la besó con fuerza, volcando en ese beso todo el desasosiego que sentía. Sus labios se detuvieron sobre los de ella—. No quiero regresar, quiero quedarme. Sé que todo el mundo va a pensar que he perdido el juicio o que tengo algún tipo de crisis que se empeñarán en solucionar, pero no me importa.

Novalie se mordió el labio y el corazón le martilleó el pecho.

—¿Y has perdido el juicio? —preguntó con los ojos muy abiertos—. Todo eso parece tan importante que creo que muchos matarían por estar en tu lugar. Y tú quieres dejarlo todo por... —Se le cerró la garganta por un pensamiento imprevisto. Empezó a comprenderlo—. ¿No lo estarás haciendo por mí?

Él sonrió de verdad por primera vez en toda la noche y se encogió de hombros.

—¿Y qué si lo hago por ti?

Novalie se movió ligeramente hacia atrás.

—¡No! No quiero que lo hagas por mí. No quiero ser responsable de algo así y que dentro de un tiempo te arrepientas, ya no sientas lo mismo o deje de gustarte, y me culpes de haber arruinado tu futuro.

—Eso no pasará.

Nick suspiró y trató de abrazarla, pero ella se lo impidió manteniendo las distancias con el brazo. Novalie alzó las manos con un gesto exasperado.

—¿Cómo lo sabes? Yo... yo ni siquiera sé qué va a pasar mañana.

Lo que Nick sí sabía era que se sentía más feliz que nunca desde que ella había entrado en su vida. La miró, bebiéndose su rostro a largos tragos. Tuvo que reprimirse para no volver a atraerla hacia él y besarla de nuevo.

—Cuando aún no había nada entre nosotros, te confesé cuáles eran mis deseos. Tú mejor que nadie los conoces, y sabes que no es eso lo que quiero. No lo hago por ti, lo hago por mí, ¿vale? Pase lo que pase, tú nunca serás responsable de nada, te lo prometo.

Novalie sacudió la cabeza. Sabía que él decía la verdad, pero tenía tan poco sentido que quisiera abandonar ese mundo, casi mágico, de fama y reconocimiento, para dar clase a otros músicos en una escuela y poder estar cerca de ella. Era cierto que también era una buena escuela, pero allí solo sería uno más.

—Entonces, ¿vas a aceptar la oferta de Berklee? —quiso saber Novalie con un nudo en el estómago.

Él asintió sin perder la sonrisa y deslizó el pulgar por su labio inferior. Inspiró hondo, aguantando las ganas de comérsela a besos.

—Y tu familia, ¿qué vas a hacer con ellos? Porque supongo que la cena de esta noche era para celebrar las buenas noticias —insistió Novalie, aún con dudas.

Nick soltó un suspiro cargado de pesar.

—Necesito tiempo para reunir el valor y decírselo. Sé que no lo van a aceptar de buenas a primeras. Tengo que prepararme para lo que pueda ocurrir y mantenerme firme.

—¿Y qué es lo peor que podría pasar? —inquirió ella, preocupada por el atisbo de temor que percibía en él al pensar en su familia.

Recordó su encuentro con Filipo. No parecía de esas personas que dieran su brazo a torcer fácilmente. Se le aceleró el pulso al ver que la mirada de Nick descendía de su rostro hacia abajo y su expresión cambiaba con una mueca juguetona y ardiente.

—¿La verdad? No tengo ni idea. Pero te aseguro que no me preocupa —murmuró él.

Hizo una pausa sin apartar los ojos del estómago de Novalie. Sus dedos agarraron el borde de su camiseta y la atrajo hacia él. Le acarició el ombligo suavemente con el pulgar y sintió el calor sedoso que emanaba de su piel. Con la otra mano le asió la cadera y la acercó hasta que sus piernas estuvieron pegadas.

—A ti tampoco debería preocuparte —añadió en tono áspero.

Novalie tragó saliva, sin apenas aliento. Nick se balanceaba muy despacio de modo que sus caderas se mecían la una contra la otra en un baile íntimo. Sus manos le acariciaron el trasero de un modo sugerente.

—Es difícil que me preocupe algo en este momento. Ni siquiera consigo pensar —confesó con el pulso atronándole en las venas. Las caricias empezaban a volverla loca.

—Pues yo no dejo de pensar en cosas. —Nick le rodeó la cintura con el brazo y la apretó contra su pecho con un gesto cargado de tensión. Se pasó la lengua por el labio inferior—. Eres preciosa.

—Tú tampoco estás mal.

—Eso he oído —comentó mientras miraba fijamente sus labios—. Aunque preferiría gustarte porque soy ingenioso, o por otras habilidades.

Novalie sonrió y deslizó las manos por debajo de su camiseta. Le rozó el estómago y lo notó estremecerse y contener el aliento.

—Me gustan tus habilidades. Oírte tocar es maravilloso.

Él se rio por lo bajo.

—No me refiero a ese tipo de habilidades —murmuró con voz ronca, y se inclinó para acariciarle el cuello con los labios.

Sus gestos eran contenidos, todo lo que podía controlarse, porque no sabía cuál era el límite de Novalie ni hasta dónde podía llegar con ella. Quería dejar esa decisión en sus manos, que ella marcara el ritmo.

Novalie cerró los ojos y se dejó tocar de aquella forma tan íntima, hundiéndose de nuevo en el mundo de sensaciones que estaba descubriendo junto a él. ¡Con Nick todo era tan intenso! Con él su reacción física era perturbadora: las entrañas se le retorcían con fuerza, el corazón se le aceleraba y los pulmones se le quedaban sin aire.

Nick se quitó la camisa que llevaba anudada a la cintura y la extendió sobre la arena. Se sentó sobre ella y atrajo a Novalie hasta colocarla a horcajadas sobre sus caderas con las rodillas a ambos lados de su cuerpo.

Ella se tensó, nerviosa, al sentirse tan expuesta sobre él. Sentía su excitación y la de ella aumentó hasta robarle el aliento. Tenía la sensación de que todo le daba vueltas como un tiovivo.

—¿Estás bien? —preguntó Nick, deslizando las puntas de los dedos por sus muslos desnudos.

Novalie asintió con los ojos cerrados.

Él continuó su ascenso y le acarició la cintura, mientras apretaba la boca contra su cuello, besando y lamiendo cada centímetro de su garganta. Rozó el borde de sus pantaloncitos y abrió las manos por debajo de la tela, abarcando cada centímetro de piel. La empujó hacia delante, presionando su cuerpo contra el suyo hasta que encajaron en el lugar correcto. Dejó escapar un soplo de aire, sin dejar de mecerla con suavidad. Sonrió cuando ella soltó un gemido, que quedó atrapado entre sus bocas. La besó, devorando su boca, su lengua provocándola al tiempo que sus dedos se crispaban clavándose en sus caderas, meciéndola más rápido con un ritmo estudiado.

El placer se extendió por el cuerpo de Novalie, concentrándose entre sus piernas. En ese momento tuvo plena consciencia de lo que Nick le estaba haciendo. Empezó a asustarse por lo que podía suceder, pero su cuerpo estaba tan entregado que no era capaz de apartarse. Ni siquiera sabía si podría pedirle que parara. Se apoyó en sus hombros y detuvo su balanceo.

Nick la miró. Se inclinó y le dio el beso más suave que fue capaz. Apenas un roce.

—Mírame —susurró, tomándole el rostro.

Novalie abrió los ojos, espoleada por su ruego. Sus miradas quedaron conectadas y una sensación arrolladora les recorrió el cuerpo. Deseo.

—No vamos a llegar mucho más lejos. Te lo prometo —musitó Nick sin dejar de mirarla—. Pero lo dejaremos aquí si es lo que quieres.

Novalie intentó respirar con calma. Imposible, porque todo su autocontrol había desaparecido bajo la necesidad dolorosa de que él continuara tocándola, acunándola con su cuerpo como lo había hecho.

—No quiero —susurró mientras enredaba los dedos en su pelo y lo atraía hacia su rostro, buscando de nuevo esa intimidad.

Nick deslizó la lengua por sus labios y Novalie abrió la boca para dejarle entrar. Se besaron durante largo rato, sus lenguas enredadas, sumergiéndolos en una humedad deliciosa.

Novalie sentía que la cabeza le daba vueltas. Las manos de Nick abandonaron su rostro y bajaron por su espalda hasta las caderas. La elevó un poco y la estrechó con más fuerza. En esa posición el cuerpo de Nick no podía ocultar lo que quería de ella. Se apretó contra él y gimió en su boca. Los labios de Nick se movieron sobre los de ella, exigentes, implacables. Sus cálidos dedos le recorrieron la cintura y después las costillas, en un lento ascenso que la estaba volviendo loca.

Él abandonó su boca para recuperar el aliento y pasó la lengua por su cuello. Con los dedos le rozó la curva del pecho, trazó su contorno y acabó acunándolos sin apenas ejercer presión. La respiración de Novalie se convirtió en un jadeo. Dejó que él la apartara un poco y que le quitara la camiseta. Sus manos volvieron a sostenerla y con los pulgares trazó pequeños círculos que enviaron descargas eléctricas directamente a su vientre.

Novalie apretó las rodillas contra sus caderas. ¡Dios, jamás había experimentado nada parecido y no quería dejar de sentirlo! Así que era eso; esa era la magia de la que había oído hablar a sus amigas. Se inclinó y su boca buscó la de él con los dedos apretados contra sus sólidos brazos. Lo acarició con la lengua, introduciéndola más profundamente en su boca, creando entre ellos un ritmo sugerente.

Nick gimió cuando Novalie se estrujó aún más contra él. Le mordió suavemente el hombro, mientras con una mano le acariciaba el pecho y deslizaba la otra por su vientre hasta el interior de sus muslos. La acarició por encima de las bragas.

Novalie dio un gritito y se quedó quieta. Hundió sus manos entre ellos y sujetó la de Nick por la muñeca. Lo miró fijamente.

—Espera —dijo sin aliento.

—¿Quieres que pare? —preguntó Nick, la voz ronca por el deseo—. Lo haré si es lo que quieres. No pasa nada. Está bien.

Novalie se quedó en silencio, jadeando. No quería que parara, claro que no, pero estaban llegando muy lejos y tenía miedo; miedo de lo que pudiera pasar, miedo de lo que pudiera pensar después.

—No es eso, es que...

—¿Qué? Nena, puedes decírmelo —insistió Nick al ver que dudaba y se retraía.

Novalie respiró hondo antes de contestar.

—Apenas llevamos dos días juntos y... no quiero que pienses que soy una guarra por dejarte ir tan lejos tan pronto.

Nick la besó en la comisura de los labios y sonrió, sorprendido por su sinceridad.

—Jamás pensaría eso de ti.

Ella apartó la vista, insegura.

—¡Eh! Mírame. —Con una mano en su rostro, Nick la obligó a mirarlo—. Nunca he juzgado a una chica por su sexualidad. De hecho, una mujer que sabe lo que quiere y cuándo lo quiere, sin importarle los prejuicios, me parece muy sexi. Me ha puesto mucho verte sobre mí, sin complejos, disfrutando de lo que estamos haciendo. Eres mi chica, no eres un lío de una noche.

Novalie le sostuvo la mirada, iluminada por el reflejo de las estrellas en sus pupilas. Sintió en lo más profundo de su corazón que decía la verdad, que era sincero. Él no pensaba que ella fuera de esa clase de chicas, ni ella pensaba que él fuera de esa clase de chicos que van a lo que van. Sus palabras le habían quitado un peso de encima, porque seguía sintiendo su cuerpo enfebrecido por sus caricias y quería más.

—No tenemos por qué seguir si este es tu límite, me parece bien —murmuró Nick, dándole un beso suave en la nariz.

Novalie movió la cabeza. Centró toda su atención en sus labios y un ruego suplicante escapó de su garganta.

—Quiero seguir, pero no estoy preparada para hacerlo hasta el final —susurró, dejando a un lado su cobardía.

—Tú tienes el control, nena. Solo cuando estés preparada. Y aunque lo estuvieras, no sería esta noche, ni aquí.

Novalie cerró los ojos y se inclinó buscando su boca.

—Tócame —pidió casi sin voz.

Nick la besó y la acarició hasta que la cabeza le dio vueltas y toda su mente se convirtió en una maraña de pensamientos inconexos sin voluntad. El control lo tenía su cuerpo y sabía demasiado bien qué quería.

Se dejó llevar. Cuanto más apremiantes eran sus besos, más rápido se movían el uno contra el otro.

Las manos de Nick le acariciaron el trasero y recorrieron su piel hasta el interior de las rodillas para luego ascender por sus muslos. La acarició sobre la ropa interior, sin prisa. Con los dedos recorrió el borde de sus bragas. Se detuvo y respiró hondo. Soltó un suspiro bajo y sensual. Erótico.

A Novalie le temblaba todo el cuerpo. Sus gemidos se habían convertido en sollozos por la tensión de sus músculos.

—¿Quieres que siga? —le susurró Nick al oído.

Novalie asintió con nerviosismo, incapaz de respirar. Sintió la sonrisa de Nick contra su piel y su lengua dibujando la curva de su oreja. Sus dedos se colaron por debajo del fino tejido de algodón de sus bragas y la tocó. Primero despacio, suave, dándole tiempo a asimilar lo que le estaba haciendo. Después más deprisa. Ella notó que todo su cuerpo se tensaba en torno a su mano y que algo se desataba en su interior arrancándole un grito que él acalló con su boca.

Novalie escondió el rostro en el cuello de Nick mientras las piernas le temblaban sin control. Sabía lo que acababa de pasar. ¡Dios, había tenido su primer orgasmo! Se sentía desconcertada, pero para nada avergonzada. Él había conseguido que la experiencia no fuera nada embarazosa, sino natural. Nick la sostuvo entre sus brazos y la apartó para verle la cara. Por su expresión parecía bastante satisfecho por lo que había conseguido.

Novalie sonrió, roja como un tomate. Sentía el cuerpo flojo y pesado, y se dejó caer sobre él. Notó presión bajo su ropa y se dio cuenta de que Nick continuaba excitado. Con timidez, bajó la mano hasta sus bermudas de camuflaje, pero él la detuvo mientras negaba con la cabeza.

—No.

—¿Por qué? No me parece justo cuando tú... —empezó a protestar Novalie.

Un dedo se posó en sus labios para hacerla callar.

—He sacado de esto mucho más de lo que imaginas —respondió Nick.

—Pero...

—El anhelo también es excitante. Déjame disfrutar un poquito más. Sufrir por desearte me pone mucho —susurró contra su boca.

Se tumbó en la arena arrastrándola con él y permanecieron quietos y en silencio un buen rato. Novalie podía sentir el corazón de Nick latiendo con firmeza bajo su cuerpo. Abrió los ojos para mirarlo. Él la mantenía abrazada y tenía los ojos cerrados. Deslizó un dedo por la línea de su mandíbula y después dibujó sus labios. Se percató por su respiración de que se estaba quedando dormido y se quedó mirándolo sin apenas parpadear. Le acarició de nuevo la cara, la barba incipiente...

—Te estás quedando dormido —murmuró. Él asintió con una sonrisa—. No puedes dormirte aquí.

—Sí puedo —gruñó de forma perezosa y la estrechó con más fuerza—, y tú también puedes. Cierra los ojos.

—¿Estás loco?

—¡Ajá! Por ti. Cierra los ojos.

—¡No podemos dormir aquí!

—Solo un ratito —insistió él, escondiendo un bostezo, y la atrajo hacia su pecho.

Novalie se apoyó en un codo, tratando de distinguir su rostro en la oscuridad. Una sonrisa maliciosa se dibujó en su cara y se sintió osada. Deslizó las manos por debajo de su camiseta, le rozó el estómago y ascendió por su pecho. Nick volvió a gruñir, pero esta vez por otro motivo: empezaba a despertarse. Novalie deslizó los dedos por los costados y comenzó a hacerle cosquillas.

—¡Dios, para! —exclamó él mientras le sujetaba los brazos y añadía sorprendido—: Eres perversa.

Novalie empezó a reír con ganas.

—Da gracias de que haya sido yo y no una decena de cangrejos hambrientos. No puedes dormirte aquí —y bajó la voz hasta convertirla en un susurro inaudible—. Puede que ya estemos rodeados, casi oigo chasquear las pinzas.

—¿Cangrejos? —preguntó él sin soltarla. Sus ojos brillaron un instante—. ¡Espera a ver lo que puede hacer un pulpo!

La empujó hacia atrás y con un giro logró situarse sobre ella. Comenzó a hacerle cosquillas.

Novalie gritó.

—¡Para, para...!

—Suplica —repuso él muerto de risa.

—Vale, vale, te lo suplico, para... —chilló sin dejar de retorcerse bajo él.

—Novalie, ¿dónde estás? —llamó Aly desde el porche.

Los dos se pusieron en pie de golpe.

—Estooo... Aquí, estoy aquí —respondió mientras rescataba su camiseta de la arena y se la ponía.

—¿Qué haces ahí a estas horas? Es más de la una. ¿Y por qué gritabas?

—Un cangrejo —informó alzando la voz.

Nick se echó a reír y ella tuvo que taparle la boca con la mano.

—¡Chis! No quiero que sepa que estás aquí.

Él se enderezó, torciendo el gesto.

—¿Por qué no? Deja que te acompañe —susurró.

—Míranos, cubiertos de arena y yo en ropa interior. Va a darse cuenta de que hemos estado... ¡ya sabes! Me moriré de vergüenza.

—Vale —masculló Nick con una risita maliciosa—. Pero una chica mayor como tú no debería avergonzarse por esto.

—¡Cómo se nota que no conoces a mi tía!

—¡Novalie! —insistió Aly—. ¿Quieres hacer el favor de entrar en casa? Es muy tarde.

—¡Voy! —gritó. Se puso de puntillas y besó a Nick—. Llámame mañana.

—Sí —aseguró él y la besó de nuevo.

—Vale. Adiós —se despidió. Echó a andar, pero él la sujetó por la muñeca y volvió a atraerla para plantarle otro beso—. Adiós —repitió mientras se derretía.

Lo miró una última vez y tomó el sendero de vuelta a la casa con las piernas temblando como gelatina.

Lucy estaba tumbada en la cama de Novalie, sujetándose el estómago mientras reía a carcajadas. Llevaba así unos cinco minutos y no parecía que tuviera intención de parar. Novalie, sentada en la repisa de la ventana, hacía rato que había dejado de prestarle atención.

—¡Ay, me muero, qué cosas! —dijo Lucy entre hipidos, mientras se secaba las lágrimas de los ojos—. ¡Pescando cangrejos! —exclamó para sí misma—. ¿Y tu tía se lo tragó?

—Sí... No sé... Supongo. Me mandó a la cama con ese gesto de ceja alzada que se le da tan bien —respondió Novalie y se abrazó las rodillas.

Lucy esbozó una sonrisa que era pura malicia.

—¿Y pasó algo anoche? Ya sabes, entre él y tú —preguntó con la cara sonrojada y una mirada cómplice.

Novalie la miró de hito en hito.

—¡No! —se apresuró a contestar a la defensiva.

—¡Vale, no te pongas así! No pasa nada si...

—Que no pasó nada —insistió indignada.

—Tranquila, lo he pillado. Solo digo que, si lo hubierais hecho, sería lo más normal del mundo. No tendrías por qué sentirte mal por ello. Él te gusta mucho, ¿no?

Novalie se mordió el labio y lanzó una mirada azorada a su amiga. Asintió.

Lucy la miró durante un largo minuto en el que Novalie tuvo que emplearse a fondo para no perder los nervios bajo su escrutinio.

—¿Tú te crees que soy idiota y que voy a tragarme sin más tu inocente historia? —estalló Lucy—. Tienes un chupetón y un mordisco en el cuello.

—¡¿Qué?! —gritó Novalie mientras daba un salto de la ventana y corría al tocador. Se apartó el pelo del cuello e inspeccionó su piel. Al comprobar que no tenía nada se giró hacia Lucy fulminándola con una mirada asesina.

Lucy sonrió y después arrugó la nariz con un mohín.

—Lo sabía. No seas zorra y cuéntame los detalles.

Novalie le sostuvo la mirada. Poco a poco su boca se curvó con una sonrisa y se echó a reír.

—Eres, eres... —Suspiró—. Nos enrollamos, ¿vale? Y estuvo muy bien.

—¿Solo muy bien?

Novalie se puso colorada y cerró los ojos mientras los recuerdos le asaltaban la mente. Sintió un calambre en el vientre y una oleada de calor se extendió por su cuerpo.

—¡Fue increíble! —exclamó obligándose a bajar la voz. Soltó un gritito y se tapó la cara con las manos.

Lucy se echó a reír y palmeó la cama, invitándola a sentarse a su lado. Novalie se acercó y se sentó con las piernas cruzadas sobre las sábanas desordenadas.

—Fue la mejor noche de mi vida, Lucy. No llegamos a hacerlo, te lo prometo, solo nos besamos y nos acariciamos. Pero fue muy intenso. Creí que acabaría saliéndome de mi propia piel porque no era capaz de soportar todas las sensaciones. —De repente tuvo la necesidad de contárselo todo; necesitaba hablarlo con alguien—. Nunca había sentido las cosas que sentí con él. Lo que me hizo, cómo me lo hizo…, y luego esa explosión. No imaginaba que sería así.

—¿Explosión? ¿Te refieres a… un orgasmo? —preguntó Lucy. Novalie asintió tan roja como un tomate—. ¡Vaya! ¿Nunca antes habías tenido un orgasmo?

—No.

—¿Eres virgen?

—Técnicamente no. ¿Y tú?

Lucy suspiró.

—Técnicamente sí.

Se quedaron mirándose con los ojos muy abiertos.

—¡Tú primero! —gritaron a la vez.

—Yo lo he dicho antes —se apresuró a decir Novalie—. ¿Técnicamente sí?

Lucy agarró una almohada y se tapó la cara para ahogar un grito de frustración.

—No se lo contarás a nadie, ¿verdad?

—Eres mi amiga, jamás te traicionaría de esa forma.

—Está bien. —Lucy se acomodó subiendo las piernas a la cama—. El primer chico por el que he sentido algo tan fuerte como para plantearme hacerlo, ha sido Elliot. Cuando empezamos a salir nos dábamos el lote casi todos los días, en todas partes. Al principio era algo raro y yo no sentía nada en especial, aunque me gustaba estar así con él. Pero la práctica te hace maestro y aprendimos bastantes trucos con los que lográbamos ver las estrellas. ¡Dios, una lengua puede hacer maravillas!

Novalie se cubrió las mejillas. Le daba cierto pudor hablar de ese modo tan abierto con su amiga.

Lucy continuó:

—Pasados unos meses, él empezó a pedirme más, que llegáramos hasta el final, ya sabes. Me costó bastante decidirme y, cuando por fin creí que había llegado el momento, me puso los cuernos con esa arpía de Maggie. Ahora estamos juntos otra vez y yo sigo sintiendo lo mismo. —Hizo una pausa y su expresión cambió. Frunció el ceño y bajó la mirada—. Así que la otra noche lo invité a casa aprovechando que mis padres no iban a estar...

Lucy se quedó callada y se puso roja como un tomate.

—¿Y? —la apremió Novalie muerta de curiosidad.

—Todo iba bien, perfecto, diría. Subimos a mi habitación, nos tumbamos y... —Se llevó las manos a la cara—. Yo empecé a hablar sin parar. Era incapaz de mantener la boca cerrada. Él me besaba y yo seguía hablando. Me tocaba y yo seguía hablando. Mientras se ponía el preservativo, yo dale que dale. Parecía una cotorra en plena crisis nerviosa.

Novalie tuvo que apretar los labios para no echarse a reír.

—Al final no pasó nada. Lo dejé frío —confesó Lucy con cierto aire de decepción—. Y mi virginidad sigue intacta. Es como un estigma, ¿sabes? —Suspiró y centró toda su atención en Novalie—. ¿Técnicamente no?

Novalie se la quedó mirando, pensando en el suceso más incómodo y bochornoso de toda su vida. No se lo había contado a nadie porque se trataba de una vivencia que solo les pertenecía a Ethan y a ella, y porque le daba vergüenza. Pero si Lucy había sido capaz de contarle el vergonzoso episodio de la cotorra, ella podía corresponderle de la misma forma y, de paso, liberarse del peso que aún sentía al recordar ese momento.

—Sucedió un poco después de mi cumpleaños. Se llamaba Ethan Cadwell. Éramos compañeros de instituto, pero nunca habíamos hablado hasta que nos tocó hacer juntos un trabajo de Literatura. Siempre quedábamos en mi casa. —Bajó la vista, jugueteando con un hilo suelto de su camiseta que no dejaba de enrollar en su dedo—. Poco a poco nos fuimos conociendo y supe que había perdido a su padre en un accidente de tráfico. ¿Sabes? Las tragedias unen más de lo que imaginas, tanto que llegué a pensar que sentía algo muy intenso por él.

Lucy escuchaba absorta.

Novalie sacudió la cabeza y arrancó de un tirón el hilo.

—Una tarde, la asistenta que cuidaba de la casa tuvo que irse más temprano y nos quedamos solos. Una cosa llevó a la otra y acabamos medio desnudos en el sofá. —Sonrió avergonzada—. Apenas hubo preliminares. Unos besos. Yo estaba tan nerviosa que no sabía cómo reaccionar y mucho menos qué hacer. Antes de que me diera cuenta, él ya se había puesto un condón y estaba sobre mí. Empujó una sola vez, me dolió mucho, y ahí acabó. Se corrió sin llegar a entrar del todo. Aquello fue el fin. Se enfadó, me dijo que era culpa mía y no volvimos a hablar. Desde entonces no me he interesado por ningún chico.

Se mordisqueó los labios, nerviosa y abochornada.

—Menudo trauma —susurró Lucy—. ¿Cómo se supera algo así?

Novalie entrelazó las manos en su regazo y sonrió para sí misma. El recuerdo de una mirada ardiente y una sonrisa maliciosa le provocó un revoloteo en el estómago.

—Creo que lo hice anoche —confesó con timidez.

Lucy la miró de soslayo y arqueó una ceja. Una sonrisita pícara se dibujó en su cara.

—La envidia me corroe —replicó.

—Lo sé.

Lucy gritó fingiendo que estaba ofendida.

—¡Serás mala amiga! —le espetó mientras le lanzaba un almohadón.

18

La segunda semana de julio llegaba a su fin y la isla era un hervidero de gente. Los hoteles y apartamentos estaban completos. Las familias que vivían en el continente y que poseían casa de recreo en Bluehaven, ya estaban instaladas para pasar las vacaciones de verano. Hasta el campin que había al otro lado de la isla, con vistas al océano Atlántico, estaba al cien por cien.

La culpa la tenía el Festival de la Langosta que se celebraba allí cada año. La gente acudía en masa para presenciar la carrera de captura de langostas, los desfiles y la elección en público de la Reina del Mar. Pequeñas carpas de color blanco se distribuían por el puerto, el paseo y las calles contiguas a estos. En unas se podían probar diferentes platos, todos con el ingrediente estrella. En otras se podían comprar camisetas, delantales y hasta chapas con el logo del festival: una enorme langosta sonriente.

El día había comenzado muy temprano para Novalie. Ese sábado Aly y ella habían abierto la librería una hora antes. Un famoso escritor de libros de viajes iba a dar una charla sobre su última publicación, una guía ilustrada de las islas con más encanto de la Costa Este, desde Nueva Escocia, pasando por Nantucket, hasta las Bahamas. Y a Bluehaven le había dedicado uno de los reportajes más bonitos.

A media mañana, por fin, pudo escaparse del trabajo. Fue hasta casa de Lucy. Habían quedado para pasar el día juntas porque su amiga no estaba atravesando un buen momento. Desde su *casi* con Elliot, él se mostraba distante y esquivo. Novalie sabía que debía ser una buena amiga y que Lucy la necesitaba, pero pasar un día como aquel sin Nick no entraba dentro de sus planes.

La solución al problema había acudido como una revelación la noche anterior. Había llamado a Nick y le había propuesto el plan: ella llevaría a Lucy y él a Roberto. Y con un poco de suerte se caerían bien y podrían pasar un día estupendo los cuatro juntos.

Nick no lo tenía tan claro. Roberto era un tipo un tanto especial y su idea de un día de fiesta distaba mucho del Festival. Al final había logrado convencerlo y, hacia el mediodía, los dos chicos ya las esperaban en el muelle.

Primera actividad del día: paseo en goleta para disfrutar de las pequeñas islas, los faros y los barcos langosteros.

A Lucy tampoco le sentó muy bien esa cita a ciegas y pasó un buen rato sin dirigirle la palabra a Novalie. Pero un aliado imprevisto les echó un cable sin ni siquiera saberlo. El capitán de la goleta, un tipo con larga barba y un arete en la oreja, era un contador de historias nato, sobre todo de historias de terror. Y lo que no habían podido unir los tejemanejes de Novalie, lo hizo una leyenda aterradora sobre un fantasma que aún se paseaba por uno de los faros más antiguos de la isla.

Roberto y Lucy tenían en común un gusto preocupante por todo lo oscuro: asesinos en serie, fantasmas que regresaban para atormentar a los vivos, monstruos en el armario y espectros en los espejos.

Al anochecer, Novalie estaba hecha un manojo de nervios. Una mención más a un zombi o un vampiro y se pondría a gritar. Con un plato de langosta cocida en la mano, caminaba junto a Nick por el paseo marítimo que conducía a la feria. Roberto y Lucy iban unos pasos por delante, diseñando en sus retorcidos cerebros el disfraz perfecto para una noche de Halloween.

—Parece que se llevan bien —comentó Novalie mientras untaba un trozo de langosta en salsa y le daba un mordisco.

—Aún me cuesta creerlo, pero sí —suspiró Nick.

Novalie frunció el ceño.

—¿Y por qué te cuesta tanto creerlo? Lucy es estupenda.

—No lo digo por ella —replicó él con una sonrisa divertida—. Tu amiga es extraordinaria, en serio, aunque ahora que conozco sus gustos... —Dejó la frase suspendida en el aire mientras le lanzaba una mirada suspicaz.

Esa noche Lucy era la viva imagen de la inocencia. Vestía un mono corto de un blanco impoluto y un lazo que mantenía su larga melena oscura apartada del rostro. Nada sospechoso que anunciara que tenía los gustos de una psicópata en potencia.

Nick se encogió de hombros y añadió:

—Lo que no esperaba era que Roberto encajara con ella. Es un tío un tanto especial. Le van otro tipo de chicas.

—¿Qué chicas? —preguntó Novalie intrigada.

Nick aminoró el paso y bajó la voz hasta convertirla en un susurro.

—Su última novia era una *stripper* eslovaca que se sacaba un sobresueldo con las peleas en el barro. A mí me hubiera podido partir por la mitad con una sola mano, te lo aseguro.

Los ojos de Novalie se abrieron como platos y volaron hasta Roberto.

—¿Estás de broma?

—No, lo digo completamente en serio. Y la anterior a esa, fue una chica vietnamita que trabajaba en un teléfono erótico durante el día y por la noche era bailarina exótica en un local de moda en Praga. Bailaba con serpientes.

Novalie se estremeció. Lo último que Lucy necesitaba era un tipo que veía cumplidas sus fantasías en una chica vestida con látex y que era capaz de noquear a alguien de un solo golpe, o en una bailarina que se lo montaba con serpientes.

—Bueno, pero aquí nadie está hablando de que vayan a salir juntos, ¿no? Mi intención no era organizarles una cita.

—Puede que ellos empiecen a verlo de otro modo —repuso Nick, señalando a la pareja con un gesto.

Roberto acababa de rodear con su brazo los hombros de Lucy y reía a carcajadas por algo que ella había dicho. Nick miró de reojo a Novalie. Sonrió al ver su gesto de preocupación y le dio un empujón cariñoso con el brazo.

—No te preocupes. Roberto es mi mejor amigo, es un buen tío y no hará nada con lo que Lucy se pueda sentir incómoda. Pero si vas a estar más tranquila, prometo darle una charla.

Novalie sonrió agradecida y decidió no darle más vueltas a ese asunto. Tiró a una papelera el plato de plástico y cogió el vaso de refresco que Nick sostenía en su mano. Bebió saboreando la bebida, dispuesta a disfrutar del resto de la noche.

La música de las casetas se mezclaba con la que surgía de la feria. Olía a algodón de azúcar, a palomitas y a carne de langosta chisporroteante. Bajaron a la playa a través de una de las pasarelas, donde se había montado un escenario y un grupo local estaba dando un concierto. La gente bailaba frente a los altavoces y coreaban a gritos las letras de las canciones. Solo faltaba unos minutos para la medianoche y a esa hora los bomberos lanzarían los fuegos artificiales. Cogidos de la mano, Nick y Novalie deambularon entre las personas que esperaban a que comenzara el espectáculo.

De repente, alguien chocó contra Nick con violencia y él, sin querer, empujó a Novalie haciéndola trastabillar.

—¿Quieres mirar por dónde caminas? —le espetó una voz.

—Lo siento, discul... —la palabra se ahogó en la boca de Nick al reconocer a Billy Hewitt.

El chico lo taladraba con una mirada de desdén y una sonrisa cínica cargada de hostilidad. Nick le sostuvo la mirada sin dejarse intimidar.

—¿Qué miras, imbécil? —escupió Billy, y sus ojos se clavaron en Novalie. Le guiñó un ojo.

Nick apretó los puños y dio un paso adelante. Si ese capullo volvía a mirarla de ese modo, le partiría la cara.

—¡No, déjalo! —susurró ella sujetándolo por el brazo. Billy no iba solo; dos de sus amigos se mantenían tras él sin perderles de vista—. ¡Por favor!

Nick lo pensó mejor. Recordó lo que había ocurrido un par de semanas antes y lo mal que se había sentido después de destrozarle la cara. No merecía la pena volver a pasar por todo eso de nuevo. No tenía nada que demostrar. Dio media vuelta y abrazó a Novalie por la cintura para alejarse de allí.

«Puta». El insulto cruzó el aire hasta sus oídos. Nick giró sobre sus talones y se abalanzó sobre Billy. Roberto salió de la nada y empujó a Billy para evitar que lo golpeara, al tiempo que contenía a Nick con una mano en el pecho.

—Para, Nick —masculló Roberto, interponiéndose entre los dos. Se giró hacia Billy con una calma forzada—. Te dije que no te acercaras a ellos si no querías vértelas conmigo.

Lejos de apartarse, Billy dio un paso adelante, plantándole cara furioso.

—No tienes idea de con quién estás hablando.

Roberto alzó las cejas.

—¡Por supuesto que lo sé! Sé quién eres tú, tu padre, tu abogado, hasta el dentista que te hace los empastes. Pero si vuelvo a verte, te romperé las piernas, ¿está claro?

Billy guardó silencio y dio un paso atrás. Su instinto de supervivencia se impuso a su soberbia y sus aires de gallito. Aquel tipo no hablaba en broma y parecía capaz de muchas cosas. Dio otro paso atrás. Su mandíbula tensa y los puños apretados reflejaban su orgullo herido. Lanzó una última mirada a Novalie cargada de desprecio y un odio profundo. Había algo cobrando vida en su expresión; algo siniestro y peligroso. Sin decir palabra dio media vuelta y salió de allí a toda prisa, llevándose por delante a todos los que se cruzaban en su camino.

Roberto inspiró hondo y se enfrentó a Nick. Sus ojos echaban chispas y lo golpeó en el pecho con un dedo acusador.

—¿Qué pensabas hacer? ¿Atizarle de nuevo? ¿Quieres que pierda mi trabajo por no poder protegerte como es debido?

—Eres el asistente de mi abuelo, no mi guardaespaldas —replicó Nick con los ojos en blanco.

Roberto se cruzó de brazos y arrugó la frente.

—Si te pasa algo mientras estás conmigo, soy hombre muerto. ¡Me lo prometiste!

Nick resopló y alzó las manos con un gesto de derrota.

—Vale —aceptó, y las duras líneas de su cara se suavizaron en una sonrisa.

Roberto le devolvió la sonrisa y le palmeó el hombro.

—Estupendo, grandullón. Ahora dame veinte pavos.

—¿Qué?

—Que me des veinte pavos para invitar a Lucy a un helado. Me los he ganado.

—¿Un helado? —repitió Nick, y añadió sorprendido—: ¿Vas a invitarla a un helado?

—La invitaría a un tequila, pero es menor. No soy un depravado.

Nick sacó el dinero de su cartera y le puso el billete sobre la mano extendida. Ahora, a quien deseaba atizar era a su amigo. Roberto le guiñó un ojo. Se acercó a Lucy y le ofreció el brazo, sonriendo como un chico malo.

—¿Os marcháis? —preguntó Novalie.

—Sí —contestó Lucy. Y se apresuró a aclarar—: Ya sabes que no me gustan los fuegos artificiales. ¡Ah, y no te preocupes por el regreso, Roberto me llevará a casa! Bueno..., adiós. ¡Nos vemos mañana en la playa!

—Nos vemos mañana —repitió Roberto con una sonrisa socarrona. Y desapareció entre la gente con Lucy colgando de su brazo completamente embelesada.

El primer cohete ascendió en el aire y estalló sobre el mar dibujando una preciosa palmera. Le siguieron otros tres y la arena vibró bajo sus pies. Nick buscó la mano de Novalie, entrelazó sus dedos con los de ella y, zigzagueando entre la gente, se alejaron de la multitud. El estruendo del festival se fue desvaneciendo poco a poco al tiempo que se distanciaban de las luces.

Se tumbaron entre unos botes varados en la arena. Novalie apoyó su cabeza en el pecho de Nick y le rodeó la cintura con el brazo. Era la primera vez en todo el día que estaban los dos solos.

—Quiero que me prometas algo —dijo ella con la vista en el cielo.

—Eso suena muy serio.

—El verano es muy largo, la isla muy pequeña, y necesito que me prometas que no vas a pelearte con ese idiota de Hewitt. No importa cuánto te provoque.

Nick resopló y se pasó una mano por la cara.

—Te ha insultado. Te ha faltado al respeto en mi presencia, nena. Si vuelve a hacerlo no creo que pueda...

Novalie lo hizo callar con un dedo en los labios. Se incorporó sobre el codo y lo miró a los ojos.

—Ese chico nos odia, y algo me dice que no va a dejarnos tranquilos. Así que prométemelo. No quiero estar preocupada por este asunto.

—Pero te ha...

—Me da igual lo que pueda decir. Prométemelo, Nick.

Lo miró a los ojos, seria y decidida. Él le sostuvo la mirada, dudando. Maldijo para sí mismo, incapaz de contradecirla.

—Te lo prometo —masculló al fin. Notó que ella sonreía y la estrechó contra su pecho, disfrutando de la maravillosa sensación que le producía que se apretara contra él.

—¿Tú también ibas a ese local de moda en Praga? —preguntó Novalie al cabo de unos segundos. Se tumbó de espaldas y se quedó mirando el cielo.

Nick la observó, preguntándose por qué quería saber eso. A la mayoría de las chicas ese tipo de detalles les cambiaba el humor.

—Un par de veces. Una fue acompañando a Roberto, la otra por el cumpleaños de un amigo —respondió con sinceridad—. ¿Te molesta?

—¡No, qué va! Solo me preguntaba cómo son —repuso ella como si nada.

Una sonrisa se dibujó en los labios de Nick mientras observaba las estrellas. Ladeó la cabeza al tiempo que ella y escudriñó sus ojos. Estaban tan cerca que podía oler en su aliento el azúcar del refresco que había tomado unos minutos antes.

—Oscuros y ruidosos —contestó.

Novalie frunció el ceño. No esperaba una respuesta tan escueta. Le llevó un momento dar forma a las palabras que quería decir.

—En esos locales las chicas son... Quiero decir que... Ellas ofrecen...

—Solo algunas ofrecen ese tipo de servicios y lo hacen de forma discreta. La mayoría solo baila para que las miren —explicó Nick en cuanto se dio cuenta de a qué se refería.

Novalie volvió a contemplar las estrellas. Nick llevaba casi toda su vida viviendo en Europa y allí la gente era mucho más abierta y liberal. Tenía curiosidad por saber cómo era su día a día, cómo eran sus amigos, qué aficiones tenía y qué le gustaba hacer para divertirse. Suspiró. En realidad, quería saber si a él también le atraían las chicas que le gustaban a Roberto, porque ella no era, ni de lejos, así.

—¿Y tú las mirabas? —musitó, odiándose a sí misma por su ataque de inseguridad.

Nick observó su perfil. Se movió hasta colocarse de lado y se apoyó en el codo. Le acarició los labios con el pulgar.

—¿Quieres saber si a mí también me gusta ese tipo de chicas?

Novalie se quedó de piedra. Por un momento pensó que le había leído la mente.

—¡No! Solo es curiosidad.

—Mentirosa —le susurró él al oído, mientras deslizaba una mano por su cintura.

—No estoy...

Sus palabras se ahogaron bajo los labios de Nick. Sintió su peso sobre ella y cómo le separaba las rodillas hasta colocarse entre sus piernas. Con los antebrazos a cada lado de su cabeza, la besó con más fuerza. Novalie le apretó las caderas con las rodillas, derritiéndose bajo el mejor beso que le había dado hasta ahora. Gimió sin aliento cuando él se apartó.

—No me gustan —murmuró Nick, y recorrió con la punta de la lengua su cuello, descendiendo hasta su escote.

Novalie volvió a gemir. El suave roce de su boca comenzaba a marearla. Nick coló una mano bajo su camiseta y la subió dejando a la vista su sujetador.

—Solo hay un tipo de chica capaz de volverme loco —musitó.

Ella se estremeció al sentir su aliento en el pecho, sus dedos trazando círculos sobre las copas de algodón. Paró una fracción de segundo y su lengua tomó el relevo.

—¡Oh, Dios! —jadeó Novalie, enredando las manos en el pelo de Nick, incapaz de pensar.

Nick contuvo el aliento y se quedó quieto sobre ella. Hundió la cabeza en su cuello.

—Tú —dijo sobre su piel. Le rozó el cuello con la nariz y coló la mano dentro de sus pantalones—. Tú me vuelves loco.

Dos horas después, Novalie se despidió de Nick con un largo y profundo beso, y entró en casa. Se recostó contra la puerta de madera con una sonrisa en los labios y el recuerdo de un día estupendo, que había empezado de maravilla para acabar con un final de ensueño.

Esa noche tampoco habían pasado de los besos y las caricias, de la provocación y la pasión contenida. Nick la había sepultado bajo un torrente de dulzura, sensaciones y placer que no había dejado que le devolviera, al igual que otras veces. Se resistía a que ella le tocara de ese modo.

«Quiero hacer de todo contigo, Novalie. Pero con calma, sin prisa y en el momento adecuado», le había dicho mientras la llevaba a casa. Novalie no terminaba de entender su reticencia. Era plenamente consciente de lo mucho que él llegaba a excitarse cuando estaban juntos, y de la frustración que debía de sentir al no descargar toda esa tensión. No era idiota, e imaginaba que después de sus encuentros, él tendría la necesidad de ocuparse de sí mismo.

No entendía por qué no le permitía que le devolviera todas sus atenciones.

Cruzó el salón y entró en la cocina buscando agua fría. Encontró una jarra en la nevera y se sirvió un vaso. En el porche trasero se oían voces. Empujó la mosquitera y se encontró con Tom inclinado sobre una mesa, con el delco de un coche a medio desmontar. Escuchaba uno de esos programas de radio de fútbol americano que tanto le gustaban.

—Hola —saludó.

Tom levantó la vista y su cara se iluminó con una sonrisa.

—Hola, preciosa.

—¿Qué haces?

—Llevo retraso con un par de arreglos e intento adelantar. ¿Qué tal lo has pasado?

—De maravilla —respondió, encogiéndose de hombros, ilusionada.

Tom rompió a reír con estrépito y miró a Novalie.

—Ve arriba antes de que me entren ganas de asesinar a ese chico. Cuando te miro, aún veo a la dulce niña con coletas que solía buscar caramelos en mis bolsillos. —Sacudió la cabeza—. No me acostumbro a que crezcas.

Novalie arrugó los labios con un mohín. Se acercó a él y le dio un sonoro beso en la mejilla.

—Te quiero, gruñón. Buenas noches.

—Yo también te quiero —dijo Tom, y volvió a centrarse en las piezas del delco.

Novalie regresó adentro y se dirigió a las escaleras sin prisa. Le pesaban los párpados y su boca se abrió con un bostezo. El cuerpo le picaba por la arena y no estaba segura de si aguantaría despierta para darse una ducha. Por un momento estuvo tentada de tumbarse tal cual, incluso vestida. Además, toda su piel olía a él. Sería tan dulce dormir con ese aroma...

Al llegar arriba le pareció oír susurros y, a pesar de que solo eran eso, murmullos, creyó percibir que escondían una fuerte discusión. De puntillas cruzó el pasillo y, con un incómodo vacío en el estómago, comprobó que provenían de la habitación de su padre. Se pegó a la pared, tratando de controlar su respiración y los latidos de su corazón, tan fuertes que eran lo único que escuchaba en ese momento. Un hilillo de sudor le bajó por la espalda.

—No puedes hacerlo —decía Aly.

—Me lo prometiste —replicó su padre.

—Pero lo hice porque estaba convencida de que entrarías en razón y de que olvidarías el tema. ¡Jamás creí que seguirías adelante!

Novalie se tragó el nudo que tenía en la garganta y dio un par de pasos para acercarse a la puerta del dormitorio.

—Necesito que lo hagas —insistió su padre.

—¡Dios, no puedes estar hablando en serio! Graham, eres mi hermano mayor y te quiero sin condiciones, a pesar de que no te reconozca en estos momentos, pero es una locura que no puedo permitir.

—Es lo mejor y lo sabes. Yo no puedo…

—Deja de pensar en ti de una maldita vez y mira a tu alrededor, mira lo que tienes. Vas a perderlo todo y, cuando te des cuenta, ya será tarde.

—Firma.

—No puedo, esto no está bien.

—Alyson, por favor…

El teléfono móvil de Novalie comenzó a sonar en su bolsillo.

«¡Oh, mierda!», pensó mientras lo cogía precipitadamente y apretaba el botón.

—Novalie, no te lo vas a creer… —oyó que decía Lucy desde el aparato sujeto entre sus dedos.

—Novalie, ¿eres tú? —preguntó Aly saliendo al pasillo. Estaba pálida y su respiración agitada hacía subir y bajar su pecho muy deprisa. Forzó una sonrisa—. ¿Todo bien, cariño?

—Sí, acabo… acabo de llegar. Iba a mi cuarto cuando os oí hablar… —Vio que el rostro de su tía se descomponía con horror y optó por disimular—. Quería daros las buenas noches.

—Buenas noches —dijo Aly. Lanzó una mirada a la puerta de la habitación—. ¿Graham?

—Buenas noches —respondió su padre.

Aly volvió a sonreír.

—Será mejor que todos nos vayamos a dormir, es tarde.

—¿Va todo bien? —se preocupó Novalie. Se inclinó para intentar ver el interior de la habitación de su padre.

—Sí, claro que sí —replicó Aly—. Ve a descansar.

Novalie entró en su cuarto. Su teléfono volvió a sonar, esta vez con un mensaje de texto:

Llámame en cuanto puedas, tengo que contarte un montón de cosas... ¡Es tan guapo!

Novalie se llevó una mano a la cara. No quería, pero una sonrisa se dibujó en sus labios. Algo le decía que Elliot había pasado a la historia en la vida de Lucy y que Roberto acababa de abrir un nuevo capítulo.

Dejó escapar el aliento de golpe y apartó el teléfono. En ese momento solo podía pensar en ese atisbo de conversación que había captado entre su padre y Aly. Era absurdo sacar conclusiones. Podrían haberse referido a tantas cosas que empezar a suponer y darle vueltas a la cabeza era perder el tiempo.

Pero lo hizo.

A la mañana siguiente, el cielo estaba completamente azul, la temperatura era sofocante y el aire olía a agua salada y a protector solar. La arena estaba salpicada de sombrillas y toallas de colores hasta donde alcanzaba la vista. Novalie, tumbada boca arriba y apoyada en los codos, se protegió los ojos con la mano y observó a los chicos mientras preparaban una tabla de *windsurf*. No se cansaba de admirarlo. Nick tenía el cuerpo de un atleta, musculoso y definido, algo que no pasaba desapercibido a otras chicas, sobre todo a un grupo de universitarias que se habían instalado muy cerca de ellos y que jugaban a pasarse una pelota.

—Me están entrando ganas de asesinar a la pelirroja —murmuró Lucy, mirando por encima de sus gafas de sol al grupo de chicas—. Es la segunda vez que la pelotita se le escapa cerca de mi novio.

Novalie dio un respingo.

—¿Novio?

Lucy sonrió encantada. Inspiró y soltó el aire con un suspiro de ensoñación.

—Está aquí, ¿no? Ha querido volver a verme.

—Bueno, sí, pero de ahí a «novio» hay unos cuantos pasos, ¿no? —Novalie escrutó a su amiga con atención—. ¿Ha pasado algo que yo no sepa?

Lucy se humedeció los labios y estudió a Roberto con una mirada cargada de lujuria.

—Me besó y fue maravilloso. ¡Dios, los músculos de esos brazos parecen de acero cuando me abrazan! También me dijo que soy preciosa, divertida y que tengo un cuerpo de escándalo. —Entornó los ojos y se pasó una mano por el estómago desnudo—. Me confesó que beber tequila en mi ombligo se había convertido en una de las cosas que quería hacer antes de morir.

—¿Vas a dejarle hacer eso?

—¡Sí! Haré cualquier cosa que me pida con ese acento hispano. Es tan sexi...

Novalie se quedó estupefacta ante la declaración. Estuvo tentada de contarle lo que Nick le había dicho sobre él y su tipo de chica, pero no tuvo valor. Quizá se estaba precipitando al sacar conclusiones.

Roberto miró en su dirección, levantó una mano y saludó. Lucy se apresuró a responder con un aleteo de dedos. Ambos se sonrieron.

—Entonces, ¿Elliot ya no te importa? —quiso saber Novalie.

—¿Elliot? ¿Qué Elliot? —preguntó Lucy a su vez en tono despectivo. Suspiró con exagerado dramatismo—. Elliot es un inmaduro salido, y yo lo que necesito es un hombre de verdad. Alguien como Roberto.

—¡Dios, te ha dado fuerte!

—Pero ¿tú le has visto bien? Mi estigma virginal tiene los días contados.

—¿Ya estás pensando en acostarte con él? ¡Pero si le acabas de conocer!

—¡Uy, mira quién fue a hablar! ¡Miss Orgasmo en la Primera Cita!

Un ligero carraspeo sonó tras ellas. Se giraron y se encontraron con la mirada censuradora de una madre que ponía crema solar a su hija pequeña.

Lucy y Novalie se miraron de reojo con las mejillas encendidas. Aguantaron el tipo mientras se daban la vuelta. Un ruido raro escapó de la boca de Lucy, seguido de una risotada que trató de ahogar con una mano.

—Eres lo peor —susurró Novalie, muerta de risa.

Se recostó en la toalla. Esperaba que su amiga no acabara con el corazón roto con toda aquella historia. De golpe, una sombra cayó sobre ella y ocultó el sol. Novalie levantó la cabeza y vio a un chico moreno con gafas oscuras, de pie frente a ella. Vestía unas bermudas blancas y una camisa abierta que dejaba a la vista su torso desnudo y parte de las caderas. Él se quitó las gafas y le dedicó una sonrisa traviesa. Era Marco, el hermano de Nick.

—Hola —dijo él, mirándola de pies a cabeza sin ningún disimulo.

—Hola —saludó Novalie mientras se incorporaba. Se abrazó las rodillas, incómoda por el descarado repaso—. Tu... tu hermano está allí.

—Lo sé. Pero he venido a verte a ti.

Novalie lo contempló con los ojos como platos. Su corazón se aceleró por momentos.

—¿A mí?

—Sí, he pensado que debería presentarme como es debido. Ahora somos algo así como familia, ¿no? —Sonrió a medias y entornó los ojos—. Puede que esté exagerando.

Novalie se encogió de hombros sin saber qué responder. Se abrazó con más fuerza las rodillas, incómoda porque él no dejaba de mirarla fijamente. Marco le ofreció la mano.

—Soy Marco Grieco. Un placer conocerte.

—Lo mismo digo —respondió ella, estrechando su mano con una ligera sacudida. Él la soltó muy despacio, entreteniéndose en el gesto—. ¿Por qué me miras así? —preguntó cohibida, incapaz de sostener su penetrante mirada.

Marco inclinó la cabeza, como si estuviera buscando una mejor perspectiva de ella.

—Intento distinguir qué es eso que mi hermano ha visto en ti para, de repente, querer abandonar todo lo que ha conseguido hasta ahora con tanto esfuerzo.

Novalie se quedó muda, con la sensación de haber recibido una bofetada en plena cara.

—¡Marco! —gritó Nick con la mano en alto.

Marco también alzó su brazo.

—¡Eh! —saludó. Miró de nuevo a Novalie y le guiñó un ojo—. ¡Adiós, cuñadita!

—Ahí tienes un claro ejemplo de lo que pretendía decir cuando te contaba que los Grieco eran un tanto especiales. Siempre con ese aire de suficiencia, como si fuesen mejores que los demás —comentó Lucy con una mirada asesina clavada en la espalda de Marco.

—Nick no es así —susurró Novalie.

—No, por supuesto que él no es así. El problema es que está rodeado de todos ellos.

Novalie se estremeció. Las palabras de Lucy habían dado en el clavo: Nick era minoría dentro de esa familia y hasta ahora se había sometido a ellos. Había seguido los pasos que durante años habían marcado para él, sin rebelarse ni una sola vez, haciéndolos suyos como si de sus propios deseos se tratara, en contra de todo aquello que su corazón anhelaba.

Se sintió inquieta, alerta. Ya había visto a su abuelo, ahora a Marco, y algo le decía que para aquellas personas ella era un escollo muy molesto. Con seguridad también lo sería para el resto.

Novalie apartó el pensamiento de su mente, contempló a Nick y sonrió con el corazón encogido. No quería perderlo.

19

En la zona este de la isla se encontraba un pequeño restaurante. Un edificio de madera y cristal, con un techo curvo formado por una serie de arcos que se asemejaban al cascarón de un barco boca abajo. Pasaba completamente desapercibido entre la cafetería de diseño francés y el Museo del Náufrago, un pequeño museo donde se exponían los restos recuperados de antiguos hundimientos frente a la costa. Pero quien lo conocía, sabía que poseía una terraza con unas preciosas vistas a la ría Cape Wild, una embocadura navegable que se adentraba en la isla.

Nick guio a Novalie entre las mesas hasta la que había reservado junto a la baranda de metacrilato que rodeaba la terraza. Con ese carácter galante que poseía, retiró la silla para que ella pudiera sentarse y después ocupó un sitio a su lado.

Novalie contempló el paisaje, maravillada por las vistas. Soplaba una ligera brisa, que arrastraba el aroma de la sal marina y de los árboles que bordeaban la orilla, sobre todo pinos. Una fina capa de bruma avanzaba desde la costa al interior, confiriéndole a las luces del anochecer un tono azulado. Alzó la mirada cuando la camarera colocó una ensalada de pollo frente a ella y volvió a posarla en algún punto a lo lejos.

Nick la miraba sin perder detalle de su expresión. Sus dos intentos por entablar conversación no habían recibido respuesta. Ella parecía encontrarse en algún lugar muy lejano. Algo no iba bien, de eso estaba seguro. Alargó el brazo por encima de la mesa y colocó su mano sobre la de ella.

—¿Va todo bien?

Novalie lo miró y sonrió como si acabara de verlo por primera vez después de mucho tiempo.

—¡Esto tiene una pinta increíble! —exclamó, mirando la ensalada.

Nick la estudió un momento, evaluándola con sus ojos azules. Sonrió mientras troceaba su filete de salmón. Tras un breve silencio, dijo:

—Empiezo a conocerte y sé que algo te preocupa. ¿No vas a contármelo?

—Es por mi padre... —le confesó ella.

—¿Le ocurre algo?

Novalie sacudió la cabeza.

—Qué no le ocurre sería la pregunta apropiada, pero no es por él exactamente. —Tomó aire, lo contuvo en sus pulmones mientras pensaba y lo soltó de golpe, dejando a continuación el tenedor en el plato. Se inclinó sobre la mesa para que solo él pudiera oírla—. La otra noche les oí hablar a él y a Aly. Mi padre quería que ella firmara algo, pero ella se negaba. Estaban tensos, enfadados y, fuera lo que fuese, parecía importante.

—No te preocupes, seguro que no es nada.

—Le pregunté a Aly y se puso muy nerviosa y esquiva. No sé, tengo un mal pálpito con este asunto.

Nick le acarició el mentón.

—Pues habla con ellos y sal de dudas.

Novalie resopló y la emprendió con su pollo, al que parecía estar asesinando a cuchilladas.

—Como si fuera tan sencillo —masculló—. Se han convertido en expertos a la hora de mantenerme al margen. Mi tía lo soluciona todo con una gran sonrisa y un «No te preocupes, cariño. No pasa nada, cariño». —Trató de imitar a Aly, pero solo logró darle a su voz un tono más mordaz—. Y para mi padre no existo. Le da igual lo que yo piense o sienta. Se comporta como un loco, con las cenizas de mi madre secuestradas en su habitación.

Nick se quedó quieto y sus ojos se abrieron como platos.

—¿Qué? Es metafórico, ¿no?

—No —confesó Novalie avergonzada. Lo miró a los ojos, sintiendo lástima de sí misma—. ¿De verdad quieres escuchar esto?

Nick asintió una sola vez de forma rotunda.

—Sí, todo lo que tiene que ver contigo es importante para mí.

Novalie sonrió. Lo adoraba.

—Mi madre dejó por escrito que quería que, tras su muerte, su cuerpo fuera incinerado y que sus cenizas se esparcieran desde el faro. Ella amaba esta isla, cada rincón; aquí fue muy feliz. Pero él se niega a cumplir esa voluntad. —Suspiró—. Mi tía dice que el dolor le ha hecho perder la razón y que con el tiempo todo pasará. Yo creo que está loco de verdad y que no va a recuperarse. —Bajó la voz hasta convertirla en un susurro—: Mi padre toma pastillas para dormir. Se las receta a sí mismo y las consume sin control. Y cuando no consigue dormir, se dedica a dar vueltas de un lado a otro de la habitación o a mirar por la ventana durante horas, completamente inmóvil. A veces tengo miedo, miedo de que... —Cerró los ojos, apretando los párpados para contener le emoción que comenzaba a embargarla con solo pensar en esos temas—. Suelo entrar a escondidas en su habitación y cuento las pastillas. Busco las recetas para controlar cuántas compra...

—¿Le crees capaz de llegar a eso? —preguntó Nick, comprendiendo lo que estaba insinuando.

—Me digo a mí misma que no, pero no estoy segura. He visto cosas, indicios que me hacen creer que sí. Paso todo el tiempo preocupada por él y empiezo a estar cansada —admitió, sintiéndose mal por pensar así.

Nick se llevó su mano a los labios y la besó. Después entrelazó sus dedos con los de ella y la observó. Tocarla era como una droga de la que ya dependía completamente. No sabía qué decir. No era experto en solucionar problemas familiares. Si no era capaz de enfrentar los suyos, ¿cómo iba a ayudarla a ella?

—¡Mira quiénes están aquí! —exclamó una voz.

Marco acababa de aparecer en la terraza del restaurante y se dirigía hacia ellos con una chica colgada de su brazo. Novalie se movió incómoda en la silla y soltó la mano de Nick con disimulo. Cogió su copa y bebió un buen trago de agua sin atreverse a mirar al pequeño de los Grieco.

—Buenas noches, parejita —dijo Marco con la vista clavada en Novalie. Cuando ella esbozó una tímida sonrisa a modo de saludo, centró su atención en su hermano.

—Hola, Marco, no sabía que te gustaba este sitio —señaló Nick.

—Es demasiado sencillo para mi gusto. Pero Anna adora las vistas y la tarta de chocolate que preparan aquí, y a mí me gusta complacerla. —Guiñó un ojo a su acompañante, y añadió en tono sugerente—: Después suelo ser correspondido con mucha generosidad.

La chica soltó una risita tonta, completamente encandilada con Marco. Novalie y Nick cruzaron sus miradas y se ruborizaron.

—Señor, su mesa ya está preparada —informó la camarera.

Marco se despidió de su hermano con un movimiento de cabeza y se alejó tras la camarera; a Novalie ni siquiera la miró.

—¡Vaya, qué coincidencia! —susurró Nick.

—Creo que no le caigo bien —soltó Novalie sin pensar. Bajó la mirada al plato que aún rebosaba de comida.

—¿Por qué dices eso? —preguntó él con el rostro serio. Novalie se encogió de hombros—. ¿Te dijo algo la otra mañana? Vi que hablaba contigo.

Novalie sacudió la cabeza, arrepentida por el comentario.

—Solo es una sensación —respondió con una sonrisa temblorosa.

Nick se inclinó sobre ella y le acarició el brazo con ternura.

—Marco es un tanto especial, pero no es mal tío. Es engreído y un poco conflictivo, y se pasa la mayor parte del tiempo a la defensiva. Pero es mi hermano y sé que todo eso es una pose. —Sonrió y alzó la mano para rozarle la mejilla con el pulgar—. Seguro que son imaginaciones tuyas.

—Seguro que sí —admitió Novalie, viendo que aquel tema preocupaba a Nick.

—Además, apoya nuestra relación. Al igual que hará toda mi familia.

Novalie clavó sus ojos en él y su leve sonrisa se desvaneció.

—¿Tu familia ya sabe que nos vemos?

Nick negó con la cabeza.

—Pero no pienses mal, ¿vale? No es que quiera esconderte ni nada de eso. Es solo que... —Suspiró y se pasó la mano por la cara, buscando las palabras adecuadas para poder explicarse sin que ella pudiera malinterpretarle—. Aún no les he dicho que no voy a regresar a Austria y tampoco les he hablado de la oferta de Berklee. Estoy buscando el momento oportuno para hacerlo. Decepcionarlos me resulta muy difícil —aclaró en voz baja sin apartar la mirada de ella—. Si se enteran de lo nuestro antes de que yo haya podido explicarles mis planes, te nombrarán culpable universal de mis decisiones y no quiero eso. Les va a costar aceptar que quiero dejarlo y les será más fácil echarte a ti la culpa que asumir que es mi decisión. ¿Lo entiendes?

Los ojos de Nick eran tan sinceros que Novalie no dudó de él. Asintió con una tímida sonrisa.

—Primero aclararé este tema y después les hablaré de nosotros —añadió él.

Novalie jugueteó con la lechuga de su plato.

—No es necesario que les hables de mí..., de lo nuestro. Después de todo, tampoco necesitas su permiso, y esto solo nos incumbe a ti y a mí, ¿no? Ya veremos qué pasa con el tiempo.

—Tus tíos saben lo nuestro. Voy a tu casa y ellos me tratan como si me consideraran tu novio.

Novalie levantó la vista del plato y contempló la ría.

—Les caes bien. Les gustas.

Nick frunció el ceño e intentó ver más allá de sus palabras.

—¿Tienes miedo de no gustarle a mi familia?

—Ya viste a tu abuelo. No creo que se alegren de que salgas con alguien como yo.

—¿Alguien como tú? ¿Te refieres a una chica preciosa y sexi además de divertida, inteligente, generosa...? Puedo seguir.

Una sonrisa se dibujó en la cara de Novalie. Lo miró a los ojos y se ruborizó. Él la cogió de la mano y ese simple roce bastó para que su corazón latiera desbocado dentro de su pecho.

—Escucha, Novalie. Debo decírselo a mi familia, porque antes o después se enterarán, y prefiero que lo sepan por mí. No necesito su permiso para estar contigo. Y si no les parece bien, tendrán que aguantarse, porque tú me importas demasiado. —Suspiró—. Pero estoy convencido de que les vas a gustar.

Tomó de nuevo sus cubiertos y comenzó a cenar. Ella lo imitó, dejando a un lado las preocupaciones, dispuesta a disfrutar de su cita.

De repente, Nick se quedó inmóvil, con el tenedor a medio camino entre el plato y su boca abierta. Novalie siguió la dirección de sus ojos y vio a una pareja de mediana edad que cruzaba la puerta que unía el comedor interior con la terraza. La mujer tenía el pelo largo y de un rubio platino. Alta y esbelta como una modelo, era imposible no fijarse en ella, sobre todo en sus ojos azules. El hombre vestía de blanco. Ese color destacaba el moreno de su piel y la melena azabache que le tapaba las orejas. Iban cogidos de la mano, conversando, sin perder la sonrisa estática de sus rostros.

—Puede que, después de todo, no vaya a tener tiempo de explicarles nada —susurró Nick muy tenso.

—¿Qué pasa? ¿Los conoces? —preguntó Novalie cada vez más nerviosa. Algo le decía que ya sabía la respuesta. La mujer y Nick se parecían demasiado como para considerarlo casualidad.

—Son mis padres. No te preocupes, no pasa nada. Les vas a encantar —musitó con una sonrisa.

—¡Nickolas! —exclamó el padre de Nick.

—¡Papá, mamá! —dijo él poniéndose de pie—. ¡Qué sorpresa! Pensaba que estaríais en Nueva York hasta mañana.

—Bueno, suspendieron el concierto. Otra vez será. Habrá más ocasiones para ver tocar al pupilo de tu madre —aclaró el hombre, dedicándole una sonrisa a su esposa.

Ella no apartaba la vista de Novalie, y Nick se dio cuenta.

—Novalie, ellos son mis padres, Ivanna y Mario.

—Un placer conocerles —contestó Novalie mientras sus mejillas se coloreaban por el rubor.

—¡Qué nombre tan curioso! —replicó Ivanna—. Novalie... ¿qué más?

—Novalie Feist —se apresuró a responder.

—No me suena. ¿Tu familia vive en la isla?

—Sí, mi tía es la dueña de la librería, pero mi padre y yo...

—¿Tu tía es Alyson Feist? —la interrumpió Mario muy serio, mientras la miraba con atención. Novalie asintió con la cabeza—. Luego tus padres son Graham y Meredith. —Ella volvió a asentir—. Te pareces mucho a ella. ¿Cómo está?

—Papá... —intervino Nick incómodo por la pregunta, y también sorprendido de que su padre conociera a los padres de Novalie.

—No pasa nada —dijo ella, esbozando una leve sonrisa—. Murió hace unos meses.

—¿Murió? —inquirió Ivanna con cierta frialdad.

Novalie asintió sin más.

—No tenía ni idea —musitó Mario sin poder disimular que la noticia le había afectado—. Lo siento. Transmite mis condolencias a tu familia, por favor.

—Gracias. Lo haré.

Hubo un incómodo momento en el que ninguno supo qué decir. Las miradas de Ivanna y Novalie se cruzaron un instante y la mujer aprovechó para saciar su curiosidad.

—¿Y de qué os conocéis vosotros dos? —La pregunta era para Nick.

—Nos conocimos en la librería. Necesitaba unos libros y Novalie fue muy amable al sugerirme unos títulos bastante interesantes. —Miró a Novalie y le dedicó una sonrisa cariñosa.

—Ya. Es bueno que hagas amistades con las que entretenerte durante las vacaciones. ¡Qué pena que sean tan cortas y que no podáis disfrutar más! Pero es lo que tienen las relaciones de verano, que se limitan a eso, al verano. Y después, como si no hubieran existido —comentó Ivanna.

—¡Mamá! —la reprendió Nick—. ¿A qué viene eso?

—No he dicho nada que no sea cierto, cariño.

Mario resopló y lanzó una mirada de reproche a su esposa.

—Creo que debemos dejar a los chicos disfrutar de su cena, Ivanna —intervino mientras la sujetaba por el codo. Se dirigió a Novalie—. Un placer conocerte.

—Lo... lo mismo digo, señor Grieco.

Nick y Novalie volvieron a sentarse.

—Lo siento mucho —se disculpó él.

—No pasa nada.

—Sí que pasa. Incluso a mí me cuesta a veces soportarlos —replicó malhumorado—. Su comentario ha estado fuera de lugar y aún no entiendo qué pretendía con él.

Novalie se quedó mirándolo, contemplando la línea de su cuello y los ángulos de sus pómulos. Sus cejas se habían unido al fruncir el entrecejo. Tuvo el impulso de recorrerlas con los dedos, pero sabía que en aquel momento estaban siendo observados y no tuvo el valor de hacerlo. Novalie sabía sin lugar a dudas qué había pretendido Ivanna con ese comentario: hacerla sentir incómoda y dejarle muy claro que no era más que un capricho de verano con el que su hijo pretendía divertirse hasta su regreso a Europa.

—No le des mayor importancia. Yo no se la doy —dijo para tranquilizarlo.

Él levantó la vista de la mesa y sus labios esbozaron una cálida sonrisa.

Tras despedirse de Novalie, Nick regresó a la mansión de estilo georgiano que era su hogar. Se bajó del coche con sigilo y contempló la casa. No le apetecía nada entrar, se sentía demasiado inquieto, molesto, y no estaba de humor para aguantar a nadie. Rodeó el edificio y se dirigió a la piscina, comprobando aliviado que no había nadie. Hasta las luces del jardín estaban apagadas y la única luminosidad provenía de los focos bajo el agua.

Se repantigó en una silla y observó el cielo cubierto de estrellas. Ahora que estaba solo, su interior hervía lleno de contradicciones y dudas. Quizá solo eran miedos sin sentido, pero los notaba como un lazo alrededor del cuello que apenas le dejaba respirar.

Estar con Novalie era su remanso de paz, zona segura. Sin ella, esa seguridad se diluía con los remordimientos y la maldita sensación de estar traicionando a su familia. Julio llegaba a su fin y ellos ya estaban preparando la vuelta a Austria. Nick sabía que no podía demorar mucho más aquella situación. Debía hablar con ellos, decirles que él no iba a regresar, que no daría esos conciertos y que ese premio, que tanto ansiaban, era mejor que lo recibiera otro que lo deseara más que él.

—Las noches aquí son preciosas.

Nick ladeó la cabeza, sobresaltado, y se encontró con su madre. Caminaba descalza, por eso no la había oído aproximarse. Se sentó junto a él con una copa de vino en la mano. Nick volvió a contemplar el cielo sin hacerle caso.

—¿Estás enfadado conmigo? —Era más una afirmación que una pregunta. Suspiró—. ¿Qué nos está pasando, Nick? Nos estamos distanciando. Hay momentos en los que no te reconozco, no reconozco a mi pequeño.

—Quizá sea porque ya no soy ese pequeño, aunque tú te empeñas en obviarlo —dijo él con amargura—. ¿Sabes? A mí también me cuesta reconocerte. ¿A qué ha venido ese comportamiento en el restaurante? ¡Me has avergonzado delante de Novalie y a ella la has ofendido!

—No le des tanta importancia. Esa chica no tiene motivos para sentirse ofendida, solo he comentado algo que es evidente —replicó sin poder disimular su desdén.

—¿Y qué es evidente, mamá?

—Pues que necesitas pasarlo bien y distraerte mientras estemos en la isla. Pero debes tener cuidado y que esa diversión no pase de un par de risas y una cena; a ser posible sin testigos —aclaró con los ojos en blanco—. No olvides que dentro de poco regresaremos a Salzburgo. Allí está tu futuro y también Christine. No creo que a ella le agrade que...

Nick la interrumpió, cansado de tanta ambigüedad.

—Hace semanas que rompí con Christine. Tres meses, para ser más exactos —anunció como si nada.

Ivanna se quedó de piedra, con la impresión de que todo el aire abandonaba el espacio. Se miraron fijamente durante unos segundos mientras ella trataba de luchar con sus pensamientos.

—¿Has roto con ella? —preguntó, intentando mostrarse calmada. Nick asintió—. ¿Y no has dicho nada hasta ahora?

—Mi vida personal solo me incumbe a mí. No tengo por qué ir dando explicaciones, ni a ti ni a nadie.

—No te dirijas a mí en ese tono, Nickolas —le advirtió ella. Tomó aire para tranquilizarse y dio un sorbo a su copa de vino. Se había calentado y lo tragó con un gesto de disgusto—. ¿Y puedo saber al menos cuál ha sido el motivo de la ruptura? Llevabais juntos casi dos años. Es una chica preciosa, con muchas cualidades. Su familia es una de las más importantes de toda Inglaterra, sin contar las influencias...

Nick soltó una carcajada forzada.

—¡Su familia! Eso es lo que realmente te molesta... —Sacudió la cabeza con incredulidad. A veces se olvidaba de que la ambición era el sentimiento que movía a su madre en casi todas sus facetas—. He roto con ella porque no la quiero, madre. Sí, es una buena chica, pero no es suficiente. No tenemos nada en común salvo la música y compartir unas pocas clases.

—Bueno, el tiempo podría solucionar eso... El cariño...

—No, el tiempo solo lo empeoraría. —Se puso de pie. Él ya sabía lo que era estar loco por alguien, necesitar y desear a esa persona más que a nada, no concebir un mañana si no la incluía...

—Christine te adora. Y... y a nosotros, y nosotros a ella. Ni siquiera entiendo por qué no se ha puesto en contacto conmigo para contármelo.

Nick la miró sin dar crédito a lo que oía.

—Quizá porque ella también cree que esto solo nos incumbe a nosotros. ¿Sabes? La gente no va por ahí contándole su vida a todo el mundo y menos a la madre de un exnovio. Existe algo llamado «intimidad» y «amor propio».

Ivanna dejó la copa en el suelo y también se levantó.

—¡Basta! ¡Debiste decirlo! Tu abuelo ha incluido a su familia en la lista de invitados a tu debut como director. También al festival donde se otorgará el premio y a la cena de después.

Nick se quedó de piedra.

—¿Cena de después? ¿Aún no he ganado el premio y ya estáis organizando una cena de celebración? ¡En serio, no dejáis de sorprenderme! —exclamó con indignación.

Se pasó las manos por la cara y después por el pelo, y acabó entrelazándolas sobre su nuca mientras resoplaba. Empezaba a arrepentirse de haber guardado silencio tanto tiempo. Aún podía solucionarlo.

—No pienso regresar a Europa. Y voy a anular todo lo que habéis puesto en marcha. Lo dejo.

Ivanna escudriñó el rostro de su hijo con fiereza.

—¿Que lo dejas? ¿Qué se supone que dejas? —inquirió con tensión.

—Ya me has oído. Lo dejo todo. Voy a quedarme aquí y a dedicarme a otra cosa.

Ella notó cómo se le doblaban las rodillas. Tuvo que apoyarse en la mesa para no perder el equilibrio y miró a su hijo como si tuviera ante ella a un extraño.

—¿Y cuándo has tomado esa decisión?

—Valor para hacerlo, apenas unas semanas atrás —respondió Nick. Y añadió—: Hace mucho tiempo que quiero dejarlo, no disfruto con lo que hago. No aspiro a pasarme la vida de concierto en concierto. Presionado para ser el mejor, preocupándome por las listas, las clasificaciones... Considerando enemigos a mis compañeros, audición tras audición, y sintiéndome un fracasado ante vuestros ojos cada vez que otro lo consigue y no yo.

Ivanna lo taladró con la mirada mientras una idea retumbaba en su cerebro como un dolor de cabeza.

—¿Tiene algo que ver esa chica en tu decisión? Sé lo que una mujer puede conseguir con las armas apropiadas.

—No la ofendas de esa forma. No voy a permitirte que la rebajes de ese modo.

—¡Entonces es así! ¡Toda esta locura es por ella!

—No, no es por ella. Ella simplemente me hizo la pregunta que necesitaba que me hicieran.

—Una doña nadie que vende libros. ¿Eso es lo que quieres en lugar de la cima en la que estás? ¿Al menos va a la universidad o piensa ganarse la vida vendiendo libros para siempre en esta apestosa isla? Necesito entender qué tiene de especial, además de sus evidentes atributos.

—No va a la universidad.

—¡No sé por qué no me sorprende! —exclamó mientras alzaba sus brazos decorados con varias pulseras.

—Aún va al instituto —aclaró él y se ruborizó.

—¿Al instituto? ¡Dios, dime que no es una menor! —rogó ella, llevándose las manos al pecho.

—Es mayor de edad; está a punto de cumplir diecinueve años.

—¿Y aún va al instituto? ¡Vaya, parece que es lista solo para lo que le interesa! —Una rabia glacial comenzó a apoderarse de ella—. ¿Tienes idea de a lo que te estás exponiendo? ¿Has pensado por un solo momento lo que estás arriesgando por un capricho?

—No es un capricho. Novalie me importa.

—¡Por Dios, no me hagas reír! ¿Cuánto hace que la conoces? Me sorprendes, Nick. Creía que eras mucho más listo. Esa chica solo busca lo que buscan todas las que son como ella. Fama y dinero.

—Novalie no es así. Ni siquiera sabía quién era yo.

—¿Estás seguro de eso? —preguntó ella con desdén.

—Lo estoy.

—Quiero que dejes de verla…

—No.

—¡No me repliques cuando te estoy hablando! —gritó Ivanna—. ¡Esto es como un suicidio! Si la prensa se entera de que sales con esa chica, si se filtra de algún modo y se llega a saber, toda tu reputación, tu prestigio y tu carrera morirán.

—Estás exagerando.

—¿Exagerando? ¿Has visto el *New York Times* de hoy? Lo hemos dejado en tu habitación. Te dedican dos páginas. Ya no eres solo conocido en Europa, aquí también. Se acabó esconderse, hijo. Porque cualquier día uno de esos periodistas aparecerá en la puerta, y ellos solo verán a una isleña que ni siquiera ha sido capaz de graduarse, a la que te tiras mientras tu novia, esa que aparece a tu lado en todas las fotos, te espera en Austria. Perderás el respeto de la prensa.

Guardó silencio. Una pausa en la que su ira no hizo más que aumentar. Entornó los ojos. No había amor de madre en aquella mirada, solo frialdad.

—Te lo diré una sola vez, Nick. De momento no haré nada. Voy a darte tiempo para que vuelvas a ponerlo todo en su sitio y te alejes de esa chica. Pero si no lo haces, si no me obedeces, me veré obligada a intervenir. Y créeme, no quieres eso.

—¿Qué piensas hacer? ¿Vas a obligarme? Ya no tengo diez años y me he cansado de seguir vuestras órdenes.

—No voy a dejar que arruines nuestro futuro —masculló su madre y, sin darle opción a responder, dio media vuelta y se marchó.

—¡¿Nuestro futuro?! —gritó Nick en tono mordaz, sabiendo que aún podía oírle.

20

A la mañana siguiente, Nick abandonó la casa antes de que su familia despertara. La conversación con su madre lo había mantenido en vilo hasta bien entrada la madrugada, repitiendo en su mente cada palabra que ella había pronunciado, cada amenaza. En el fondo no estaba sorprendido por su reacción, por esa frialdad y el argumento tan extremo que había esgrimido contra él como si, en lugar de a su hijo, estuviera dirigiéndose a un empleado.

A su madre solo le importaba su carrera como músico: la fama que su éxito le estaba proporcionando, los premios, el prestigio de ser uno de los mejores. A ella solo le importaba lo que pensaban los demás, los titulares de prensa, los cotilleos de sociedad cada vez que se publicaba una fotografía de él junto a Christine. La heredera de una de las fortunas más importantes de toda Europa.

Fue hasta el garaje anexo a la casa y destapó su vieja moto, una BMW R 75/7 completamente restaurada. Adoraba esa moto. La empujó varios metros hasta alejarse de la casa. Cuando supo que nadie podría oírle, la puso en marcha.

El aire era frío a esas horas de la mañana. El sol comenzaba a despuntar en el horizonte y los únicos habitantes que encontraba a su paso eran las gaviotas y los cormoranes.

Circulando sin prisa por la carretera que discurría por la costa, el mundo no parecía tan complicado. Lo cierto era que dejaba de ser complicado cuando se alejaba de su familia. Pensó en Novalie y el deseo de verla se convirtió en un agujero en su pecho. Solo había una certeza real en su vida en ese momento: lo único que deseaba era pasar todas las horas del día con ella. La conocía desde hacía apenas unas semanas y ya se había convertido en parte de su vida.

Novalie abrió un ojo y escuchó. De nuevo aquel sonido. Se incorporó en la cama, apoyándose en los codos. Algo golpeó la ventana. ¿Estaban tirando piedras contra el cristal? Medio dormida se acercó a la ventana, la abrió y se asomó. Notó un impacto en la cabeza.

—Pero ¿qué...?

—¡Lo siento! ¿Estás bien?

Novalie se frotó la frente y clavó sus ojos en la figura que había abajo. Su respiración se aceleró de golpe y su corazón comenzó a latir como loco.

—Creo que tu idea del romanticismo no se parece en nada a la mía —susurró con un mohín. Nick se echó a reír—. ¿Qué haces aquí tan temprano?

Nick se encogió de hombros.

—Quiero llevarte a un sitio —respondió él con las manos embutidas en los bolsillos de sus pantalones.

—Es lunes, tengo que trabajar —le recordó ella.

—Deja una nota y apaga el móvil. Después puedes echarme la culpa a mí —le sugirió Nick con un brillo pícaro en la mirada.

Ella asintió una sola vez con el corazón disparado y volvió adentro. No necesitaba insistirle mucho para convencerla. Unos minutos después salía al porche, vestida y con las zapatillas en la mano. Nick la esperaba en el primer peldaño. La rodeó con sus brazos, alzándola en el aire, y la besó.

—Aún hueles a sueño. Me gusta.

—El sueño no huele —replicó ella ruborizándose.

—Sí que huele —la contradijo—. Huele a algo cálido y dulce; a ti. —Sonrió y se le dibujaron hoyuelos en las mejillas.

—¿A dónde vamos? —quiso saber ella mientras se ponía las zapatillas.

—Quiero llevarte a un sitio.

Nick la cogió de la mano y la guio hasta la carretera, donde había aparcado la moto. Se montó y le indicó con un gesto que subiera detrás.

—¿Y esto? ¡Es chulísima! —exclamó ella.

—Lo es. Me la compré cuando cumplí los dieciocho. He tenido que dejarla aquí para no despertar a tu familia —comentó Nick mientras la arrancaba. El rugido del motor resonó en sus oídos—. Agárrate.

—Espera, no llevamos cascos.

—Lo sé, es irresponsable. Pero iré despacio, te lo prometo. Sujétate fuerte.

Novalie obedeció. Le rodeó el torso con los brazos y ciñó sus caderas con las piernas, apretando el cuerpo contra su espalda.

—Mmm… —gruñó Nick. La miró por encima de su hombro y una sonrisa traviesa curvó sus labios—. No sé si así podré concentrarme.

Ella le dio un golpe en el hombro y le lanzó una mirada coqueta que hizo que él se echara a reír. Se pusieron en marcha.

Veinte minutos después se adentraban en el interior de la isla. El enorme cartel de madera que anunciaba los viñedos Grieco apareció como un estandarte en el camino. Cruzaron el arco de hierro y se dirigieron al edificio principal, donde se encontraba la oficina y la bodega. Nick aparcó frente a la puerta, tomó a Novalie de la mano y rodeó la vieja casa en dirección al campo de viñas.

—¡Will! —gritó.

—¿Qué es esto? —preguntó Novalie entre susurros.

—Este viñedo fue idea de mi abuela. Trajo unas cepas desde España y las sembró. Ahora produce unas dos mil botellas al año del mejor vino blanco que puedas imaginar.

—¡Vaya, tu familia está llena de sorpresas! Y hablando de tu familia, ¿no estarán por aquí, verdad? —murmuró sin poder disimular cierta tensión.

Él le apretó la mano para tranquilizarla, intuyendo su preocupación. Sintió un ramalazo de rabia. Ella no se merecía sentirse así.

—Tranquila, no están, y si aparecen da igual. Estás conmigo, ¿de acuerdo? —aclaró con una sonrisa. Ella asintió y se dejó llevar—. ¡Will! —llamó de nuevo.

—Aquí.

Un hombre de mediana edad apareció en medio del camino, limpiándose las manos con un paño.

—¡Nick, qué sorpresa!

—Hola, Will, ¿cómo estás? —saludó él, mientras le daba un abrazo—. Siento no haber venido antes a verte.

—Tranquilo, sé que has estado ocupado. ¡Te veo bien! —exclamó, contemplándolo de arriba abajo. Se fijó en Novalie—. Hola.

Nick rodeó con su brazo la cintura de Novalie y una sonrisa enorme se dibujó en su cara.

—Will, esta es Novalie. Alguien muy especial para mí —dijo mientras la miraba a los ojos. Y añadió—: Y este señor de aquí es William Allen, uno de los mejores enólogos que conocerás jamás.

—Encantada —susurró Novalie.

El hombre le dedicó una sonrisa.

—¿Has venido a recoger a tu abuela? Pensaba llevarla yo a mediodía.

—¿Mi abuela? ¿Qué hace aquí mi abuela tan temprano?

Will se encogió de hombros.

—Roberto la trajo hace un rato.

—¿Y dónde está?

—En la sala de cata. Suzanne le ha preparado el desayuno. Venid, le diré que os prepare algo a vosotros también. Tenéis pinta de no haber comido nada.

Novalie sonrió, agradeciendo la invitación. No había tomado ni un solo bocado desde la noche anterior y se moría por una taza de café. Siguieron a Will hasta el edificio principal. Dentro olía a madera ácida, con un toque dulzón que hizo que a Novalie le picara la nariz. Observó con atención el interior. En las paredes había vitrinas con un montón de fotografías. Algunas realmente antiguas.

—Esa de ahí es mi abuela, en España —explicó Nick tras ella, señalando a una niña con largas trenzas junto a un carro cargado con uva—. Sus abuelos tenían una modesta bodega, que poco a poco fue creciendo. Más tarde empezaron a fabricar los toneles en los que se fermentaba el vino. De ahí el trato con la madera y que más adelante mis bisabuelos se dedicaran a comerciar con ella.

Cogió a Novalie de la mano.

—Ven, te gustará conocer a mi abuela. Es estupenda —aseguró él. Se puso serio y una sombra oscureció sus ojos—. Aunque hay algo que debes saber antes. Mi abuela tiene problemas de memoria. A veces olvida quién es o quiénes somos nosotros. No recuerda qué estaba haciendo un momento antes o dónde se encuentra, cosas así. Por lo que si te dice alguna cosa o notas algo raro, no se lo tengas en cuenta.

—Tranquilo, no lo haré.

Nick volvió a sonreír y la condujo por unas escaleras que descendían.

—Aunque hoy debe de tener un buen día si ha decidido venir hasta aquí —añadió él.

Las escaleras terminaban en un amplio túnel de piedra iluminado por fluorescentes. Cada pocos metros había una bifurcación que parecía conducir a una sala.

—Cada una de esas habitaciones es para una cosa diferente, y abarcan todas las fases de elaboración —empezó a decir Nick—. Hay una donde se almacena y se deja añejar el vino; otra de embotellamiento y etiquetado. Hay un laboratorio para comprobar la calidad, y una zona de almacenaje donde se controla la temperatura y la humedad. Y esta es la sala de cata y degustación, o lo que es lo mismo, la excusa para ponerte pedo mientras parece que haces algo interesante y profesional —susurró al oído de Novalie.

—Te he oído —replicó Will unos pasos por delante.

Nick se echó a reír y besó a Novalie en la sien, que apretaba los labios para no soltar una carcajada.

Entraron en una preciosa sala con el suelo y el techo de madera y las paredes de piedra. En un lateral había una barra iluminada por unas luces suaves. En la pared, tras la barra, debía de haber cientos de botellas almacenadas, cubiertas por una espesa capa de polvo.

—¡Abuela! —exclamó Nick.

Novalie vio una mujer mayor sentada a una mesa. La acompañaba una mujer mucho más joven, que le estaba sirviendo una taza de café. Debía de ser Suzanne.

—Nickolas —saludó la mujer mayor con una sonrisa—. ¿Qué haces aquí?

Él se acercó y la besó en la mejilla.

—Hola, Nana. Buenos días, Suzanne.

—Hola, muchacho, me alegro de verte. ¿Os apetece uniros al desayuno? —propuso Suzanne.

—Eso estaría bien; me muero de hambre.

Novalie y Nick se sentaron a la mesa.

—¿Quién es tu amiga? —preguntó su abuela.

—Es Novalie, Nana. Estamos saliendo juntos —informó él sin ningún pudor mientras servía dos tazas de café y ponía una frente a Novalie. La miró de reojo y vio que se había ruborizado hasta las orejas. Sonrió divertido y le dio un golpecito con la rodilla.

—¿De verdad? Es preciosa —dijo Nana. Alargó su mano para tomar la de Novalie, que reposaba sobre la mesa—. Puedes llamarme «abuela».

Novalie sintió cómo se le encogía el corazón. Miró a la mujer con ternura y le apretó la mano.

—Gracias..., abuela.

Nana se echó a reír.

—¡Vamos, comed! Suzanne ha preparado un desayuno espléndido. Después daremos un paseo por el viñedo; quiero ver cómo están creciendo las uvas. Will asegura que este año habrá una buena cosecha.

Nick y Novalie abandonaron el viñedo cerca de mediodía y pasaron la tarde en la feria, perdiendo el tiempo entre casetas de tiro y atracciones. Hablaron de cosas absolutamente triviales, como sus películas favoritas o los momentos más bochornosos de sus vidas, como cuando Novalie se quedó atascada en las gradas de su instituto mientras trataba de recuperar una pelota. Cualquier cosa que les abstrajera de la realidad.

Todo un día sin hacer nada salvo estar juntos.

Al anochecer, Nick acompañó a Novalie a casa. Aparcaron en la carretera y bajaron hasta la playa cogidos de la mano. Esa noche había luna llena. Una enorme esfera blanca que se reflejaba en el mar dándole un aspecto aún más hermoso.

—Cuéntame algo de tus amigos —pidió él.

Sentados sobre una duna, contemplaban el horizonte. Novalie se sacó de la boca la brizna de hierba seca con la que estaba jugando.

—¿Te refieres a Lucy?

—No, a tus amigos de Houston —aclaró él. Ella hundió las manos en la arena y lo miró alzando una ceja—. ¿Cómo lo haces?

—¿El qué?

—Eso —dijo él mientras señalaba su cara con un dedo. Empezó a hacer muecas raras—. Yo solo consigo poner cara de idiota cuando intento levantarla como tú.

Novalie tuvo que hacer verdaderos esfuerzos para no echarse a reír.

—Ese es un secreto para el que aún no estás preparado, pequeño *padawan* —anunció ella, haciéndose la interesante.

Una sonrisa juguetona se dibujó en los labios de Nick. Se abalanzó sobre ella y rodaron por la arena mientras Novalie gritaba entre risas, intentando protegerse de las cosquillas. Quedó tumbado sobre ella. La miró sin parpadear y, con la boca entreabierta, se inclinó y la besó hasta dejarla sin aliento. Cuando separaron sus labios, una sonrisa de satisfacción iluminaba el rostro de Nick.

—Mis amigos... —empezó a decir ella con la voz entrecortada. Nick asintió y se tumbó a su lado—. No tengo amigos en Houston.

—¿Has vivido allí dieciocho años y no tienes ningún amigo?

Novalie ladeó la cabeza para mirarlo y esbozó una sonrisa melancólica.

—Supongo que no eran amigos de verdad, y cuando llegaron los problemas y dejé de salir, de asistir a fiestas y cumpleaños... pues pasaron de mí —respondió. Cerró los ojos cuando él le apartó con cuidado un mechón de pelo de la cara—. O quizá fui yo la que pasó de ellos. Pensaba que no estaba bien divertirse cuando mi madre se encontraba tan enferma, ni bailar cuando esa era su vida...

—Por eso lo dejaste.

—Sí.

Novalie se echó a reír a pesar de la tristeza que sentía al recordar esos momentos. Nick se incorporó sobre el codo y le dio un beso en la frente. Su expresión abatida le partía el alma. Se puso de pie, con el brazo estirado, ofreciéndole la mano.

—Ven —dijo mientras tiraba de ella para ponerla de pie. Le rodeó la cintura con el brazo y alzó su mano sosteniendo la de ella—. Baila conmigo —le pidió, haciéndola girar entre sus brazos.

—¡No! —replicó ella muerta de vergüenza.

—¿Por qué?

—No tenemos música, y sin música no sé bailar.

—Vale. Sé que esto no es muy romántico, pero servirá —repuso él.

Sacó el teléfono móvil de su bolsillo y deslizó el dedo por la pantalla táctil un par de veces. Empezó a sonar una canción, lenta y suave. Dejó el teléfono sobre la arena y tomó de nuevo a Novalie por la cintura. Comenzaron a mecerse al son de la música, tan pegados que el aire apenas circulaba entre sus cuerpos.

—¿Y qué hay de tus amigos? ¿Tienes muchos en Europa? —preguntó ella.

—Lo cierto es que no. Tengo compañeros, pero nadie a quien pueda considerar un amigo de verdad. Antes o después, todos nos convertimos en rivales de todos. Ya sea por conseguir una audición, un concierto, o una de las pocas plazas que ofrecen los profesores más prestigiosos.

Novalie notó que se le encogía el corazón. Lo miró a los ojos. Tenía miedo de lo que no podía ver, de lo que él guardaba en su interior. Tenía miedo de que tuviera algo roto, quebrado en lo más profundo, y que no pudiera recuperarse porque había heridas que no cicatrizaban nunca. Enlazó los brazos alrededor de su cuello.

—¿Y qué me dices de las chicas?

—¿Qué chicas? —preguntó a su vez Nick. Sonrió y la agarró por las caderas sin poder apartar la vista de sus ojos verdes. La luz de la luna se reflejaba en ellos.

—¡Las chicas con las que has salido!

Nick alzó la cabeza hacia el cielo.

—¡Ah, esas chicas...!

—Sí, esas chicas.

Volvió a mirarla.

—¿Y qué quieres saber?

Novalie arrugó la nariz con un gesto adorable. Sonrió mientras él la hacía girar con una pirueta y volvía a atraerla hacia su pecho. Bailar con Nick era una delicia. Sus brazos eran fuertes y un lugar seguro en el que refugiarse, donde nada podía ir mal.

—No sé, ¿con cuántas chicas has salido?

—¿Estás segura de que quieres hablar de esto? Por experiencia sé que estas conversaciones suelen poneros de mal humor. Queréis saber, pero después os molestan las respuestas.

—Yo no soy como el resto de chicas.

—Eso es cierto —admitió él con una sonrisa. El deseo de besarla se le hizo insoportable y su respiración se aceleró. Tras guardar silencio unos instantes, añadió en voz baja—: Vale, ¿quieres saber con cuántas? —Ella asintió sin perder detalle de su expresión—. Han sido cinco, pero solo con dos de ellas fue algo serio.

—¿Cómo de serio?

—Puede decirse que llegaron al grado de novia. —Tomó aire—. Conocí a sus padres, ellas a los míos, asistían a comidas familiares, fines de semana... Ese tipo de cosas.

Novalie sintió una punzada de celos y empezó a preguntarse en qué categoría se encontraba ella, si en la de amiga, amiga especial o la de novia. Sonrió para que él no notara que la conversación empezaba a afectarla. ¡Dios, Nick tenía razón!

—¿Cómo se llamaban?

Él la abrazó con firmeza, deslizando la mano por su espalda de arriba abajo.

—La primera se llamaba Inés. La conocí en España durante unas Navidades, cuando ambos teníamos diecisiete años. Estuvimos juntos unos ocho meses. La segunda se llamaba Christine; salimos durante casi dos años y rompimos hace unos meses.

Novalie enarcó una ceja.

—¡Vaya, casi dos años, eso es mucho tiempo! ¿Y quién decidió terminar?

—¿Acaso importa?

—Un poco...

—Fui yo quien cortó la relación.

—¿Y por qué?

Nick suspiró y sonrió con timidez.

—Porque no teníamos nada en común salvo la música. Christine es una buena chica, lista y hermosa. Pero un día me di cuenta de que los sentimientos que despertaba en mí nada tenían que ver con la pasión, y supe que no era la adecuada.

—¡Pasión! Así que llegasteis a algo más que a cogeros de la mano y unos besos —replicó Novalie en tono irónico mientras se ruborizaba.

Nick le dedicó una sonrisa, que desapareció inmediatamente. La miró a los ojos de una forma tan intensa y ardiente que ella apartó la mirada.

—Estoy a punto de cumplir los veinticinco y vivo solo desde los diecisiete. Y creo que te he dejado bastante claro que me gusta el sexo. Es una parte importante para mí en una relación. No soy un santo, Novalie —admitió con sinceridad mientras deslizaba la mano por su trasero hasta su muslo y lo apretaba con fuerza.

—Algo me dice que eres todo lo contrario —musitó ella.

Él se detuvo y la sujetó por la barbilla, obligándola a alzar la cabeza. Una mirada extraña oscureció sus ojos.

—¿Eso te supone un problema? —inquirió muy serio.

Novalie sacudió la cabeza con un gesto negativo.

—No —dijo con toda la seguridad de la que fue capaz.

—¿Estás segura? Porque a ese respecto puede que yo... a veces me entusiasme un poco. No en el mal sentido, no te asustes. Pero no soy lo que se dice tímido en el sexo y quizá tampoco muy formal. ¡Joder! Eso no ha sonado muy bien.

Novalie sonrió al verlo tan nervioso.

—Estoy segura.

Estaba convencida de que haría cualquier cosa que Nick le pidiera, pero en el fondo se preguntaba qué consideraba él tímido y formal y qué no.

La tercera canción empezó a sonar. Novalie deslizó las manos por su cuello hasta el pecho. Las dejó entre los dos, sintiendo los latidos de su corazón en la palma. Un recuerdo vergonzoso hizo su aparición. Nick parecía todo un experto en sexo y ella... ella arrastraba la peor experiencia del mundo.

—¿Y tú no vas a preguntarme sobre chicos?

—No —respondió él de inmediato.

—¿No tienes curiosidad? —se extrañó.

Una punzada de decepción se apoderó de ella. Lo miró con expresión sombría y sintió un leve aleteo de mariposas en el estómago.

Nick asintió con un extraño brillo en los ojos.

—¡Oh, sí, por supuesto que la tengo! —exclamó de manera rotunda.

Ella, aún más desconcertada, se apartó un poco para no perder detalle de su cara.

—¿Y por qué no me preguntas?

—¿Por dónde empiezo? —musitó con tono mordaz—. Porque la lista de motivos es larga, aunque podría resumirse en dos puntos. Uno, soy un caballero que considera que hacer ese tipo de preguntas a una mujer es una grosería; y dos, los celos me volverían loco... —Hizo una pausa, y al final añadió—: Pero si quieres contármelo...

Novalie quería. Nick merecía saber que quizá ella no iba a cumplir todas las expectativas que él pudiera tener.

—Solo he salido con dos chicos —confesó—. Con el último hubo un «casi», pero al final no pasó nada.

—¿Con un «casi» te refieres a...? —Un tic le contrajo la mandíbula. Ella asintió—. ¿Y no pasó nada de nada?

—Sí pasó; es solo que... Es difícil de explicar.

—Novalie, no tienes que contármelo si no quieres.

Ella sacudió la cabeza.

—Quiero contártelo, quiero contártelo desde hace días. Pero me da vergüenza.

Nick contuvo el aliento, preocupado. Deslizó una mano por su nuca y la besó en la frente. Con la boca pegada a su piel, añadió:

—No voy a juzgarte, ya deberías saberlo.

Novalie tomó aire y se inclinó hacia atrás para mirarlo a los ojos. ¡Puf! Estaba a punto de contárselo y se sentía aterrorizada.

—No tengo ninguna experiencia sexual, Nick. Cuando mis amigas salían con chicos, tenían citas y probaban el sexo, yo cuidaba de mi madre. A los dieciséis conocí a un chico, me gustaba mucho, pero no pasamos de unos cuantos besos. Pronto se cansó de que prefiriera estar con mi madre, en lugar de ir a ponerme pedo con él en casa de sus amigos, y rompimos. —Apartó la mirada y oyó a Nick tragar con fuerza—. El año pasado, un compañero de clase vino a casa para hacer un trabajo. Creía que me gustaba, y acabamos enrollándonos...

Nick le acarició la mejilla, tratando de tranquilizarla.

—Suéltalo —susurró al ver que volvía a retraerse.

Novalie sacudió la cabeza y gimió.

—¿Se puede ser virgen sin serlo? —espetó angustiada—. Porque ese es mi caso, Nick. Soy virgen sin serlo, y no es que yo sea de esas chicas que mide su valor por la virginidad. Tampoco creo que un chico deba valorar a una chica por ese motivo, por ser el primero. Pero me siento como si tuviera algún defecto...

Nick emitió un ruido ahogado desde el fondo de su garganta y le tomó el rostro entre las manos.

—Nunca he considerado importante la virginidad de una chica. Puede que para otros hombres sea algo así como un trofeo, pero para mí no lo es. Me parece una actitud hipócrita exigirle a alguien su inocencia cuando yo soy el primero que la perdió hace mucho. No me gustarás menos por eso, deja de agobiarte por lo que yo pueda pensar. Lo que sí me preocupa es la verdadera razón por la que te sientes tan avergonzada.

Novalie lo miró a los ojos.

—Fue horrible, doloroso y torpe —confesó—. Se puso sobre mí y acabó antes de empezar. Ni siquiera llegó a penetrarme del todo, ¿entiendes? —explicó muerta de vergüenza—. Se enfadó muchísimo conmigo, me dijo unas cosas horribles y me echó la culpa.

Nick la miró de hito en hito. La rodeó con sus brazos y la atrajo hacia sí con fuerza.

—Tú no tuviste la culpa de nada, ¿está claro? De nada. El único culpable fue él por no saber controlarse, y fue tan poco hombre a la hora de admitirlo que prefirió echarte a ti la culpa. —Se aclaró la garganta y dijo con voz ronca—: Olvídate de ese tío, Novalie. Eres perfecta como eres, preciosa y sexi, y siento mucho que tuvieras esa primera experiencia en un momento tan vulnerable de tu vida. Pero voy a decirte un secreto: el sexo puede ser horrible con alguien inadecuado, pero también puede ser maravilloso si das con la persona correcta.

Novalie se fundió en sus brazos. Sus manos cálidas le frotaron la espalda con dulzura y ella sintió una oleada de calor extendiéndose por su cuerpo. Se le aceleró la respiración.

—Lo sé —susurró con anhelo.

Nick se apartó un poco para poder verle la cara.

—¿Seguro?

Novalie asintió. Él la recompensó con una sonrisa arrogante que dibujó hoyuelos en su cara.

—Bien, pero por si acaso, voy a recordarte lo maravilloso que puede ser. —La cogió por la nuca con una mano y apoyó su frente en la de ella—. Solo para asegurarme de que no se te olvida.

Novalie tragó saliva, incapaz de hablar. Las manos cálidas de Nick le recorrieron los costados. Sus preciosos ojos claros ardieron mientras las deslizaba por debajo de su blusa, tocándola con tal suavidad por encima del sujetador que la cabeza empezó a darle vueltas.

Suspiró y sus respiraciones se mezclaron. Lo mordió en el labio y sintió cómo su lengua se deslizaba en la boca con un jadeo ahogado. El pecho de Nick se movía de forma agitada, su respiración entrecortada le calentaba la piel. Se apretó contra su cuerpo. Su olor la envolvía hasta nublarle el juicio y la firmeza bajo sus pantalones le arrancó un gemido cargado de deseo.

Se puso de puntillas y le mordisqueó el cuello. Deslizando una mano por su tenso abdomen llegó hasta los pantalones. Pasó un dedo sobre la cremallera y después posó la mano sobre la evidencia del deseo que sentía por ella. Nick gimió e inspiró entre dientes.

—No —susurró, sujetándola por la muñeca. Despacio le apartó la mano.

—¿Por qué? —jadeó.

—No tienes que hacerlo —dijo con los ojos cerrados, incapaz de mirarla.

—Quiero hacerlo.

Nick abrió los ojos y la miró con tal intensidad que la dejó sin aire.

—Desde que te besé por primera vez, supe que iba a ser el primero en muchos sentidos. Enseguida me di cuenta de lo inocente que eras —confesó con voz ronca—. No tenemos prisa, ¿vale? Quiero que estés segura de lo que quieres y de cómo lo quieres, antes de... —Tomó aire y la sangre le zumbó en los oídos—. Cuando te toco, no lo hago esperando que me devuelvas el favor.

Novalie respiró hondo. Estaba completamente segura de lo que quería y, desde luego, no era devolverle el favor, como si solo se tratara de una obligación con la que cumplir porque era lo correcto. Quería acariciarlo, sentirlo, porque disfrutaba haciendo que se sintiera bien.

—No pretendo devolverte ningún favor. Deseo tocarte. ¿No quieres que lo haga?

—¡Dios, claro que quiero, no sabes cuánto! Es solo que... quiero que te sientas cómoda y segura contigo misma, y que confíes en mí. No quiero acojonarte por culpa de las prisas, ni que pienses que soy un pervertido si me dejo llevar. Eres la primera chica sin experiencia con la que estoy, y que no conozcas tus límites hace que me sienta inseguro. No quiero incomodarte.

Novalie escrutó su cara. Nick tenía miedo de que ella se sintiera incómoda o amenazada al hacer determinadas cosas. Se ruborizó un poco. Quizá, antes de conocerle sí habría tenido miedo a ciertos aspectos del sexo. Después de lo que le había pasado con Ethan se convenció a sí misma de que no estaba hecha para ese tipo de intimidad. Ahora estaba segura de que sí. Con él sí. Era Nick.

—Puede que no tenga experiencia, pero no soy tan inocente como crees. —Le rozó los labios con los suyos y añadió contra su boca—: Confío en ti. Nada de lo que digas o hagas me causará mala impresión.

Muy despacio soltó la mano que él aún mantenía aprisionada entre sus dedos y la deslizó por la suave tela de sus pantalones. Nick contuvo el aire y lo dejó escapar con fuerza cuando ella soltó el botón, le bajó la cremallera y tiró hacia abajo liberando sus caderas. Con la inseguridad de la inexperiencia, lo rodeó con la mano, y la sensación fue muy distinta a todo lo que había imaginado o esperado. Era suave y agradable. Lo notó duro, preparado y palpitante bajo sus dedos, y el gemido que él soltó se coló directamente en su vientre.

—Quiero darte todo lo que tú me das —susurró mientras lo acariciaba. Nick bajó la cabeza hasta apoyar su frente sobre la de ella y se aplastó contra su mano, temblando de arriba abajo—. Quiero hacerlo todo contigo, Nick...

—Y yo contigo —gimió él mientras se estremecía.

Al llegar a casa, Novalie tuvo que aguantar el sermón que Aly tenía preparado y los reproches y la decepción en su mirada. Se había enfadado mucho, pero no tanto por el hecho de no haber ido a trabajar como por el de haberse largado durante todo un día dejando tan solo una nota escueta y ninguna explicación.

—Por cierto, ha llegado algo para ti en el correo. Está sobre la mesa de la sala —dijo Aly antes de irse a dormir.

Novalie encontró un paquete envuelto en papel marrón. Miró el remitente y se le aceleró el corazón. Lo enviaba la directora de la escuela de danza donde su madre había trabajado durante años. Lo desenvolvió con cuidado, despacio, casi con miedo. Una caja blanca quedó a la vista. Agarró la tapa, pero no fue capaz de levantarla. Se sentó en el sofá y miró la caja fijamente durante cinco minutos. Tras la muerte de su madre había embalado todas sus cosas en cajas y las había donado a la beneficencia, tal y como ella le había pedido. Solo conservaba algunos recuerdos en un pequeño baúl que guardaba bajo la cama y que no había vuelto a abrir porque su corazón aún no estaba preparado para soportarlo.

Apartó la vista y contempló la ventana con los ojos anegados de lágrimas. Recuerdos dolorosos afloraron de nuevo. Con un suspiro tomó la caja y la abrió. Leyó la nota que la directora había incluido. En una antigua taquilla había encontrado una serie de objetos personales y pensó que Novalie querría conservarlos.

Dentro no había muchas cosas: unas cintas de vídeo; una fotografía de su madre junto a Mijaíl Baryshnikov en el teatro Minskoff, y un álbum con recortes de prensa. También unos dibujos firmados, probablemente por las niñas a las que había dado clase, y fotografías tomadas en la escuela y durante algunas actuaciones.

Tenía un leve recuerdo de haber visto a su madre confeccionándolo. Acarició la cinta rosa que había pegada en una de las páginas, junto a una fotografía en la que se reconoció con apenas dos años, vestida con un tutú. La cinta pertenecía a las primeras zapatillas de baile que Novalie había tenido. Acercó la nariz y la olió, con el deseo de captar algo de aquel tiempo.

Abrazó el álbum contra su estómago mientras su mirada, enrojecida por las lágrimas, se clavaba en el techo, en la habitación que había sobre su cabeza. Subió las escaleras sin hacer ruido y recorrió el pasillo hasta la habitación de su padre. Empujó la puerta con cuidado.

—¿Papá?

Nadie contestó, pero aun así entró. Quería enseñarle aquello. Quizá, si compartían ese recuerdo juntos, podría lograr que se abriera. Se acercó a la cama donde se adivinaba el cuerpo de su padre tumbado de lado.

—Papá, ¿estás despierto?

De nuevo el silencio como respuesta. Por su respiración lenta y profunda supo que estaba dormido. En la mesita vio el pequeño bote de somníferos y a su lado un vaso con agua. Se sentó en el borde del colchón y se quedó mirándolo. Ni siquiera se había desvestido. Le quitó los zapatos y los dejó en el suelo; después le abrió la mano y cogió el paquete de tabaco que agarraba. Dejó el álbum sobre la almohada, al lado de su cabeza, para que pudiera verlo si despertaba. No quería desprenderse de él, pero su padre lo necesitaba más que ella.

Su madre había pedido ser incinerada, y ese deseo se había respetado, pero el resto…

Quería que la dejaran ir para siempre, mecida por el viento.

El tiempo pasaba y Novalie comenzaba a obsesionarse con el tema, con la inquietante sensación de que ella seguía allí, atada a aquella urna y que no era feliz. Fue hasta la repisa que había sobre la cómoda y se quedó mirando la macabra vasija. Alzó la mano para tocarla, pero no fue capaz. La apretó en un puño y salió de allí cerrando la puerta con fuerza, como si así pudiera bloquear el paso al dolor que sentía y dejarlo entre aquellas paredes.

21

Por fin había llegado el viernes y Nick no veía el momento en el que el ferry atracaría en el puerto de Bluehaven. Incapaz de permanecer quieto, paseaba por la cubierta de la embarcación con su abuela del brazo, mientras su madre seguía hablando por teléfono. De hecho, era lo único a lo que se había dedicado durante los tres días que habían pasado en Nueva York. Tres días durante los cuales su abuela se había sometido a una de las revisiones completas que solía pasar a menudo. Las pruebas habían indicado un avance de su enfermedad, lento, pero continuo, y las previsiones no eran muy optimistas.

—¿Necesitas sentarte, Nana? —propuso Nick al ver que respiraba con un poco de dificultad.

—Solo ponerme a la sombra, comienza a hacer calor.

Nick le acarició la mano que reposaba en su brazo y la guio al interior del ferry. Durante la última semana, Nana había pasado por algunos momentos de olvido y de confusión. Era siempre impredecible cómo se sentiría o qué recordaría de un día para otro. Unos días tenía la mente despejada y otros se perdía entre una espesa niebla. Pero ese mañana parecía que era ella de nuevo.

—¿Traerás a Novalie a casa? Me gustaría volver a verla —dijo su abuela.

Nick la miró de reojo y después buscó con la mirada a su madre. Desde su tirante conversación junto a la piscina unos días atrás, apenas habían vuelto a cruzar unas cuantas frases. Entre ellos se había instalado una extraña tensión y estaba seguro de que no le haría gracia saber que había llevado a Novalie a los viñedos y que se la había presentado a Nana.

—¿Te acuerdas de ella? —preguntó en voz baja.

—Claro que sí. ¿Por qué no iba a acordarme de ella?

—A veces olvidas las cosas, Nana.

La mirada de Nana era firme.

—Lo sé. —Le acarició la mejilla con la mano y contempló su rostro fijamente—. Me cuesta creer que un día veré tu preciosa cara y que no sabré quién eres.

Nick le sostuvo la mirada y sintió un nudo muy apretado en la garganta.

—Yo te lo recordaré. Todos los días te diré cuánto te quiero.

Nana sonrió y apartó la vista para posarla en la gente que se movía de un lado a otro.

—Entonces, ¿traerás a tu amiga a casa? Podrías invitarla a merendar.

—No creo que sea buena idea, al menos de momento —susurró Nick mientras estiraba las piernas y acomodaba la espalda contra el asiento de plástico. Observó a su madre a través del cristal. Seguía pegada al teléfono y evitaba al resto de pasajeros como si estos fuesen portadores de una enfermedad contagiosa.

Nana siguió su mirada y frunció el ceño. No le costó imaginar cuál era el problema que oscurecía la expresión de su nieto.

—Nadie puede decirte a quién puedes o no amar, cariño. Esa decisión solo puede tomarla tu corazón, y ni siquiera a ti te pedirá permiso para enamorarse. —Posó su mano sobre la de él y se la llevó a los labios—. Te gusta mucho esa chica, ¿verdad?

—Me hace sentir vivo, fuerte. Me hace ser yo mismo, Nana.

—Entonces defiende lo que sientes. No dejes que te lo arrebaten.

—¿Aunque tenga que abandonarlo todo para poder conservarlo? Y hablo de nuestra familia.

—Sí, sobre todo si hablamos de nuestra familia.

Nick sonrió, pero fue una sonrisa triste cargada de cansancio.

—Ya sabes cómo son; no me lo van a poner fácil.

Guardaron silencio durante unos minutos.

—Siento no poder ayudarte, cariño. Probablemente mañana ni siquiera recuerde que hemos tenido esta conversación. Pero haz caso a esta vieja, no acabes como ellos. No pases el resto de tu vida preguntándote cómo hubiera sido si...

Nick la miró de reojo y notó un sentimiento cálido en el pecho, acompañado de una punzada de dolor. Su abuela no se merecía nada de lo que le estaba pasando. La vida podía ser muy injusta.

El ferry atracó pocos minutos después y Nick condujo directamente hasta casa con su abuela dormitando en el asiento trasero y su madre pegada a una revista de moda y belleza. Agradeció que continuara ignorándolo, aunque no podía dejar de darle vueltas a su amenaza. «Si no me obedeces, me veré obligada a intervenir. Y créeme, no quieres eso». La miró de reojo. Era su madre, ¿de verdad era tan fría e insensible como quería aparentar?

Una vez en casa, Nick se apresuró a deshacer el equipaje y como un rayo entró en el baño para darse una ducha y cambiarse de ropa. Con un poco de suerte, aún podría llegar al centro antes de que Novalie cerrara la librería y podrían comer juntos. Se moría de ganas de verla. ¡La había echado tanto de menos!

Durante su estancia fuera de la isla, había pensado mucho en todo lo que estaba ocurriendo; en sus decisiones, en los pros y en los contras; en la amenaza que su madre había lanzado sobre él y en las cosas que le había dicho sobre la prensa sensacionalista y lo que podía ocurrir si se filtraba información errónea y tergiversada. No por cómo pudiera afectar a su carrera, porque continuaba en sus trece con la idea de abandonar, sino porque pudiera perjudicarle para entrar en Berklee.

Siempre se había sentido a salvo en la isla. Era su refugio. Allí siempre podía ser él mismo, solo Nick. Nada de fotos, ni entrevistas, ni conciertos. Pero si salía a la luz el lugar donde se escondía, el hogar que lo mantenía anclado a la realidad, el único resquicio de intimidad que le quedaba desaparecería; y sí que podía hacerse una idea de cómo afectaría eso a Novalie. Necesitaba un plan, prever todos los posibles inconvenientes. Porque por nada del mundo iba a dejar a Novalie ni el futuro que se abría ante él.

Salió del baño envuelto en una toalla. Se vistió deprisa y recogió las llaves del coche de encima de la cama. Cuando abrió la puerta, se encontró a Marco a punto de llamar.

—¿Te marchas? —preguntó su hermano.

—Sí, tengo algo de prisa. ¿Por qué? ¿Pasa algo? ¿Estás bien?

Marco se tomó su tiempo para responder.

—Christine llamó ayer, quería saber si ya estarías en Salzburgo para tu cumpleaños. Ha oído rumores de que así será y necesitaba asegurarse. Por lo que parece, está pensando en organizarte una pequeña fiesta sorpresa, y ya sabes lo que significa «pequeña» para ella: doscientos invitados, cena de gala, asistentes famosos... Me obligó a prometerle que no te diría nada. —Hizo una pausa en la que esbozó una sonrisa que era pura malicia y añadió—: Me cuesta creer que aún no me conozca.

—¿Qué? —espetó Nick con incredulidad.

—Por favor, no me hagas repetirlo, ya no sonaría tan ingenioso. ¿Puedo pasar? Hablar en el pasillo parece tan frío... —replicó con un inocente parpadeo.

Nick se hizo a un lado y cerró la puerta cuando su hermano estuvo dentro.

—¿Y tú qué le dijiste? —inquirió muy molesto.

—Nada, ¿qué iba a decirle? Me hice el tonto, como siempre. Aunque, fingiendo una de mis soberbias borracheras, le insinué algo sobre que vosotros ya no salíais juntos. A lo que Christine argumentó que, si bien era cierto, aún esperaba que recapacitaras. De ahí que ella no le haya dicho a nadie que os habéis separado.

—¡¿Qué?! —aulló Nick fuera de sí—. ¡No me lo puedo creer! Y luego somos los tíos los que no entendemos que un no quiere decir no, sin matices.

—Quizá no fuiste muy convincente cuando rompiste con ella. No sé, sueles mostrarte tan dulce y comprensivo cuando te sientes culpable que seguro que ella no terminó de captar la idea del «Hemos roto, paso de ti». «Podemos ser amigos» no suele funcionar. Créeme, da demasiadas esperanzas —comentó Marco, divertido con el momento.

Nick lo fulminó con la mirada.

—Te aseguro que fui muy convincente —gruñó.

—¡Eh, tranquilo, que yo solo soy el mensajero!

Nick se dejó caer en una de las sillas y ocultó el rostro entre las manos.

—Da gracias de que fui yo quien cogió el teléfono. Si hubiera sido cualquiera de ellos, la bomba habría explotado. La convencí de que esperara sin hacer nada y le prometí que la llamaría en cuanto tuviera información que pudiera servirle —añadió Marco sentándose en la cama—. ¿Te importa si fumo?

—Sí —contestó Nick con una mueca de asco.

Marco arrugó los labios, enfurruñado.

—¿Ibas a ver al bombоncito?

Nick resopló.

—Deja de llamarla así, ¿quieres? —Lo miró a los ojos con pesar—. Por favor, deja por un rato esa actitud pasota, ¿vale? No me atormentes con tu sarcasmo sin gracia. Ya estoy bastante jodido sin tu ayuda.

Marco sostuvo la mirada de su hermano durante un largo instante. Al final alzó las manos en un gesto de derrota.

—Vale, hablemos en serio si lo prefieres. —Se echó hacia atrás sobre la cama y se apoyó en los codos—. ¿Qué te pasa? Cuéntamelo.

—Mamá lo sabe. La otra noche me vio con Novalie y se lo tuve que contar. No quería hacerlo de ese modo pero pasó, y no se lo tomó muy bien que digamos —anunció un tanto frustrado.

Marco sacudió la cabeza.

—¿Y qué esperabas? ¿Una palmadita en el hombro? No te lo van a poner fácil, pero eso tú ya lo sabes sin necesidad de que yo te lo diga.

—¿Y qué puedo hacer? Mi decisión es firme, no quiero seguir adelante. Me mudaré a Boston y trabajaré en Berklee. Jugaré al béisbol e iré a los partidos de los Red Sox, y seguiré con el bombоncito —comentó con un guiño cómplice y una sonrisa.

Marco se la devolvió, pero se puso serio enseguida.

—¿De verdad has meditado bien toda esta historia? Mira, no te ofendas, pero es muy raro que, de repente, en apenas un mes, quieras tirar a la basura casi veinte años de trabajo y esfuerzo. Parecías contento y orgulloso de tu vida. Cuesta un poco entenderte, ¿sabes?

Nick resopló, repantigándose en la silla bajo la mirada escéptica de su hermano.

—Tú lo has dicho: parecía contento. En el fondo nunca he querido esa vida. Pero me engañé a mí mismo. Nunca tuve el valor suficiente para plantarles cara, y el miedo a decepcionarlos hizo el resto.

—¿Has pensado que quizá tengas que elegir? Puede que tu nueva vida no sea compatible con esta familia. No te van a apoyar, Nick. Hasta ahora han accedido a todas tus rarezas porque ninguna ponía en peligro tu carrera. Pero esto es diferente. Verán este asunto como un fracaso y ya sabes cómo se toman los fracasos.

Se produjo un extraño e incómodo silencio. Nick se pasó las manos por la cara con un gesto de exasperación.

—¿Crees que no lo sé? Por eso aún no les he dicho nada. No sé cómo hacerlo sin que me estalle en la cara.

—Lo más sensato sería que no hicieras nada. Deja las cosas como están, haz las maletas y regresa a Austria. Arregla las cosas con Christine y gana ese premio —opinó Marco con sinceridad—. Eso sería lo sensato. Esta familia no está preparada para otra oveja negra.

A Nick estuvo a punto de desencajársele la mandíbula por la impresión. Ni en un millón de años habría imaginado a su hermano diciendo eso. Se puso de pie de golpe.

—¡Dios, tú también! De ellos podía esperarlo, pero... ¿de ti?

—Estás pillado por esa chica, Novalie o como se llame. No eres capaz de pensar con claridad y ver que solo es un rollo de verano. Vete, y si dentro de unos meses sigues pensando igual, entonces vuelve con ella.

—¡No... no es un rollo de verano! —alegó Nick a la defensiva.

Marco también se puso de pie y dio un par de pasos, buscando la mirada de su hermano, que vagaba de un lado a otro de la habitación.

—En serio, ¿qué tiene de especial? ¿Que es guapa? ¡Hay muchas tías buenas en el mundo! En cambio Christine... Esa chica es la que te conviene. Pertenece a nuestro mundo, comparte tus intereses y es una mujer de verdad. —Puso los ojos en blanco—. Tu bomboncito puede que aún juegue con muñecas.

—¿A qué viene este repentino interés en mi vida sentimental? ¡¿A ti qué más te da con quién salga o lo que haga?! —soltó de mal humor.

—Bueno, si quieres que sea totalmente sincero... Mientras ellos continúen viendo sus sueños cumplidos a través de ti, serán felices y les seguirá importando una mierda lo que yo haga con mi vida. Así todos contentos, sobre todo yo.

—Así que al final se trata de ti, siempre se trata de ti. Creí que podía contar contigo, pero ya veo que no —le espetó Nick y salió de la habitación como alma que lleva el diablo.

—¡Aunque no lo creas, estoy de tu parte! —gritó Marco desde el pasillo.

Durante un momento, mientras ponía el coche en marcha, Nick consideró la idea de largarse de allí en ese mismo instante, para siempre.

Condujo por la carretera de la costa. No sabía a dónde se dirigía, solo quería poner distancia entre su familia y él. Le dolía la cabeza de tal modo que no descartaba que su cerebro estuviera a punto de sufrir un colapso.

La costa era rocosa en esa parte de la isla y estaba bordeada de árboles. Aparcó en el arcén, saltó la valla de madera que delimitaba el mirador y descendió hasta el mar por un sendero pedregoso, concentrándose en dónde ponía los pies para no acabar despeñándose. El sonido de las olas rompiendo contra la orilla ahogaba su respiración entrecortada. Por suerte no había nadie en la playa.

Eso era lo que necesitaba, tiempo a solas para tranquilizarse, pensar y sacudirse el mal humor, para ver las cosas con perspectiva. Dio un paseo, tiró cantos al agua y acabó tumbándose sobre la arena caliente por el sol. Arena, olas y destellos cegadores. Inspiró el aire salino a bocanadas y trató de ordenar sus pensamientos. Cada uno de sus deseos chocaba con la aplastante realidad.

Al final necesitó más tiempo del que imaginaba y casi había anochecido cuando se levantó de la arena con todo el cuerpo entumecido y los ojos algo irritados por el salitre. Al menos había tomado una decisión: al día siguiente hablaría con su familia. No podía seguir adelante, sabía lo que quería y no iba a renunciar a sus sueños así como así. Pasara lo que pasara, perdiera lo que perdiera, iba a ser consecuente.

Se llevó la mano al bolsillo trasero de sus tejanos, buscando el teléfono. No había tenido noticias de Novalie y empezaba a preocuparse. Alzó la vista hacia la carretera, recordando que lo había dejado en el Jeep, sobre el asiento. ¡Mierda!

Con paso rápido regresó al coche. Una vez dentro comprobó el teléfono. Se pasó una mano por el pelo, bastante agobiado, mientras contemplaba la lista de llamadas y mensajes; sin embargo, solo le interesaba uno de sus contactos. Marcó el número.

—¡Hola! —contestó Novalie al primer tono.

—Hola.

—¿Estás bien? No has cogido el teléfono en todo el día y... —Guardó silencio, no quería dar la impresión de que lo estaba controlando como si fuese una novia celosa y desconfiada.

—Lo olvidé en el coche y acabo de ver las llamadas... ¿Dónde estás?

—En el club.

—¿El club de vela?

—Sí, pensé que podrías haber salido a navegar y quería asegurarme de que estabas bien.

Nick sonrió. Ella estaba preocupada por él y eso le gustó. Tuvo una idea.

—¿Vas a hacer algo esta noche?

—No, ¿por qué? —preguntó Novalie a su vez.

—No te muevas de ahí, ¿vale? No tardaré.

—¿Quieres que me quede aquí?

Nick soltó una risita.

—Sí, justo ahí. Espérame.

—Vale —susurró Novalie.

22

Nick puso el coche en marcha y condujo hasta el centro. Preparar la cita le llevó algo más de lo que esperaba y, cuando entró en el club, lo hizo a la carrera, preocupado por el tiempo que Novalie llevaba sola. Cruzó el acceso para socios que conducía directamente al puerto y, sin dejar de correr, se dirigió al muelle. La encontró sentada en uno de los amarraderos, con la vista perdida en el mar.

Se detuvo y se quedó mirándola. Llevaba el pelo recogido en un moño sujeto por un palito de madera; algunos mechones se le habían soltado y revoloteaban sobre su cara agitados por la brisa. Vestía unos pantaloncitos negros de algodón y una camiseta blanca con la espalda tan baja que dejaba a la vista todo el tatuaje y parte del cierre de su sujetador negro. El sol le había dorado la piel y brillaba bajo la luz anaranjada de las últimas luces del día. Esbelta y delicada; era una preciosidad. El deseo lo sacudió de arriba abajo y le arrancó un jadeo.

Ella se giró, como si hubiera sentido que alguien la observaba, y le vio. Una sonrisa le iluminó el rostro mientras se ponía de pie. Entornó los párpados con un gesto pícaro, como si hubiera adivinado qué le estaba pasando a él por la cabeza y se ruborizó. O quizá fuera porque sus pantalones no podían ocultar la evidencia de sus pensamientos.

Nick bajó la mirada fingiendo estar avergonzado y sonrió con una expresión que le hizo parecer un zorro. Se acercó a ella y sin mediar palabra le plantó un beso en los labios.

—Hola —dijo sobre su boca.

—Hola —repitió Novalie con los ojos cerrados.

Los abrió muy despacio y lo que vio hizo que se derritiera: Nick sostenía un precioso ramillete de flores y le rozó la nariz con ellas. Debía de llevarlas guardadas en la bolsa que cargaba en su brazo, y por eso no las había visto antes.

—Son para ti.

Novalie las tomó y las abrazó contra su pecho.

—Nunca antes un chico me había regalado flores —confesó con una sonrisa tonta en el rostro. Se mordió el labio inferior sin saber qué hacer. La mirada sugerente que él esbozó le hizo aún más difícil concentrarse en algo que no fuera su pulso golpeándole cada parte del cuerpo—. ¿Qué llevas ahí? —preguntó.

—¡La cena! —anunció él, como si acabara de sacar un conejo de la chistera.

La cogió de la mano y subieron al velero. Nick encendió las luces de la cubierta. De noche, el barco era aún más bonito. Soltó el amarre y se dirigió al timón.

—¿Vamos a zarpar? —se sorprendió Novalie.

—Sí.

—¿De noche?

—¿Has visto alguna vez la isla desde el mar completamente iluminada?

Novalie frunció los labios con un gesto de disculpa.

—Sí.

—No como yo quiero que la veas —replicó él con una sonrisa misteriosa.

Poco a poco salieron a mar abierto. Navegaron durante varios minutos, rodeando la costa en dirección al faro mientras se iban alejando. Novalie no podía apartar los ojos de él. Estaba espectacular, vestido con unos vaqueros desgastados y una camiseta de tela ligera que marcaba cada centímetro de su torso. Su forma de moverse mostraba lo a gusto que se encontraba consigo mismo, y a ella le encantaba su seguridad, esa confianza que brillaba en sus ojos.

Nick echó el ancla y se acercó a Novalie, que estaba de pie en la proa del barco. Rodeó con sus brazos su estrecha cintura y le dio un beso en el cuello.

—¿Qué te parece?

Novalie no contestó, estaba sin palabras. La luna parecía un foco sobre la isla. A la derecha, el faro se alzaba como una bandera con su silueta recortada contra el cielo plagado de estrellas. La iluminación del pueblo se extendía desde la costa hasta el interior como un racimo titilante de puntos blancos y dorados.

—Es precioso —suspiró. Se giró entre sus brazos y sus ojos se iluminaron de afecto y ternura mientras observaba su rostro despacio, como si estuviera memorizando cada uno de sus rasgos—. Te he echado de menos.

Él respondió con un dulce beso en la frente, luego en las comisuras y finalmente en los labios. Le acarició la mejilla con la nariz.

—Seguro que no tanto como yo a ti —susurró—. No sé cómo lo haré en Boston para pasar toda una semana sin verte. Solo podré venir los fines de semana.

Novalie cerró los ojos y se apretó contra su pecho, en ese hueco bajo su cuello en el que su cabeza encajaba a la perfección.

—¿Eso significa que ya les has dicho que sí? —preguntó, acariciándole la espalda con los dedos. Su voz no pudo disimular el anhelo que le causaba esa respuesta.

—La semana que viene me enviarán el contrato para formalizarlo. Comenzaré durante la segunda quincena de septiembre, así que debería empezar a buscar un apartamento donde alojarme y mudarme con tiempo.

Novalie alzó el rostro para mirarlo y dibujó una sonrisa radiante.

—En ese caso, podríamos alternar los fines de semana. Tú vienes uno aquí y al siguiente yo voy a Boston —sugirió coqueta. La idea de pasar los fines de semana con él en Boston era de lo más atractiva para ella.

—Eso estaría bien —dijo él. La miró a los ojos y su voz adoptó un tono áspero mientras le acariciaba la mejilla con el pulgar—. Pero que muy bien.

Se miraron fijamente, sin parpadear. Ella alzó la mano y deslizó los dedos entre los cabellos de Nick, después por su nuca y bajó por el cuello hasta la altura de su estómago. La atracción que sentía por él era tan intensa que el corazón se le retorcía y le latía con fuerza. Y por cómo la miraba, él parecía sentir la misma agonía. Apoyó la barbilla en su pecho y levantó la mirada hacia su cara. Sus ojos la contemplaban con una expresión intensa y desbordada de pasión contenida.

—¿Quieres cenar? —preguntó Nick—. Porque yo no he comido nada en todo el día y me muero de hambre.

Novalie asintió y le rodeó la cintura con los brazos, un poco reacia a separarse de él tan pronto.

—Cenaremos aquí arriba, ¿vale? Hace una noche preciosa.

Novalie volvió a mover la cabeza con un gesto afirmativo y se apartó de él dándole una palmada cariñosa en el pecho. Fue recompensada con una sonrisa seductora que la derritió por dentro.

En pocos minutos, Nick preparó un improvisado pícnic sobre la cubierta. Había extendido una suave manta y, sobre ella, un mantel. Abrió la bolsa y sacó dos hamburguesas, patatas fritas y aros de cebolla; una cajita de plástico repleta de nachos con queso fundido y jalapeños, y una ensalada de col que olía de maravilla.

Novalie levantó los ojos de la comida y miró a Nick. Una sonrisa maravillosa se extendió por su cara.

Nick se encogió de hombros y trató de mostrarse serio ante su reacción, aunque por dentro se estaba tronchando de risa.

—Bueno, al principio pensé en un menú degustación de Darius: berenjenas en escabeche, raviolis rellenos de requesón y nueces, rollitos de espárragos con ahumados... —Señaló la comida—. Pero algo me dijo que con esto me ganaría esa preciosa sonrisa.

Novalie se ruborizó. No tenía ningún problema con la cocina elaborada, elegante y sofisticada a la que Nick estaba acostumbrado, pero debía admitir que una buena hamburguesa era algo a lo que no se podía resistir. Se puso de rodillas y se inclinó sobre él, apoyando las manos en sus piernas.

Nick contuvo el aire mientras ella acercaba su boca a la de él.

—Gracias. Es la mejor cita del mundo —susurró Novalie sobre sus labios.

Nick sonrió y atrapó su labio inferior con los dientes.

—De nada —respondió. Le recorrió la cara con la mirada y se fijó en todos y cada uno de sus rasgos—. Aunque no sé si me molesta que tengas las expectativas tan bajas conmigo.

Novalie se echó a reír. Se sentó sobre la manta y observó con ojos hambrientos la comida.

—¿Y la bebida? —preguntó. Frunció el ceño—. ¿No hay refrescos?

Nick alzó un dedo, pidiéndole que tuviera paciencia, y se puso de pie con una sonrisa burlona.

—Tengo algo mucho mejor.

Desapareció en el camarote y segundos después regresaba con dos copas y una botella de vino tinto.

—Château Haut-Brion, una mezcla perfecta de Cabernet Franc, Cabernet Sauvignon y Merlot. Uno de mis tesoros. La guardaba para una ocasión especial —explicó un poco sonrojado.

Se sentó sobre los talones y sacó un sacacorchos del bolsillo trasero de sus tejanos. Novalie tomó una patata y le dio un mordisco sin apartar la mirada de Nick.

—¿Y crees que comer hamburguesas grasientas, y con estas pintas, es una ocasión especial para un vino de cien pavos?

Nick levantó la vista y la miró con una expresión divertida. Sacó el corcho de un tirón y comenzó a servir el vino.

—En realidad son doscientos treinta pavos.

Novalie se atragantó. Nick volvió a ruborizarse y le entregó una de las copas.

—¿Acabas de abrir una botella de doscientos dólares para alguien que aún no tiene edad para beber?

Nick frunció el ceño, como si de pronto hubiera caído en la cuenta de algo importante. Apretó los párpados con fuerza y arrugó la nariz con un gesto que a Novalie le pareció adorable.

—Siempre se me olvida que eres una encantadora niñita.

Novalie se echó a reír con ganas.

—¿Niñita?

Nick asintió.

—Puedo conseguirte un refresco o un zumo si lo prefieres. —Esbozó una sonrisita maliciosa y se llevó la copa a los labios.

Novalie le sostuvo la mirada y de un trago apuró todo el vino de su copa. Nick se apresuró a llenarla de nuevo.

—Por las chicas malas que infringen la ley —susurró, mirándola fijamente a los ojos.

—¿Me ha traído hasta aquí para emborracharme, señor Grieco? —preguntó Novalie, chocando su copa contra la de él—. ¿Pretende aprovecharse de mí?

Un destello iluminó la mirada de Nick y Novalie se quedó sin aliento. Se inclinó hacia ella, reduciendo la distancia entre sus cuerpos. Le tomó el rostro con una mano y deslizó los dedos hasta rodearle la nuca.

—Tengo muchos motivos ocultos para traerte aquí, pero ese no es uno de ellos —musitó sin apartar la vista de sus labios.

Inclinándose lentamente, su boca se encontró con la de ella. Se apartó con la mirada ardiendo y la respiración entrecortada. Negó con la cabeza, sonriendo, antes de bajar sus ojos a la comida que empezaba a enfriarse. Por él como si se convertía en un trozo de hielo; estaba seguro de que podría derretirlo con el calor que le recorría el cuerpo.

Hablaron mientras devoraban la cena, y Novalie notó una extraña tensión en Nick, como si no supiera cómo contarle algo.

—¿Qué tal en Nueva York? —se interesó—. ¿Qué os han dicho los médicos?

Nick levantó la vista de la bolsa de papel donde acababa de guardar las sobras. La cerró y la dejó a un lado mientras cogía la botella de vino. Rellenó las copas.

—No me apetece hablar de eso. —Bebió un sorbo de vino.

A Novalie se le encogió el corazón. Pensó en Teresa y sintió una punzada de rabia. El mundo era injusto cuando permitía que a las personas buenas les pasaran cosas malas.

—¿Todo bien con tu madre? —inquirió con cautela.

Sabía que había viajado con ella y desde la noche en la que se habían encontrado en el restaurante no había vuelto a mencionarla. Lo estudió con atención y se dio cuenta de que sus ojos intentaban ocultar algo secreto y profundo de lo que tampoco quería hablar. Su silencio la puso nerviosa.

—Tampoco quiero hablar de eso —susurró él al cabo de unos segundos.

De repente, Novalie tuvo miedo por lo que hubiese podido pasar y vio ese mismo sentimiento en los ojos de Nick. Se quedó observando las facciones de su cara durante un minuto, escrutando su expresión para ver si conseguía descifrar algo en ella, pero lo único que logró fue distraerse. Era increíblemente atractivo, y el deseo que en ese momento ardía en su mirada la dejó sin aliento, anulando cada uno de sus pensamientos.

Se mordió el labio inferior para esconder el temblor que lo sacudía y lo miró de arriba abajo. La mirada de él se detuvo en ese punto mientras su boca se entreabría con un leve jadeo.

Nick se llevó la copa a los labios y echó la cabeza hacia atrás para apurarla de un solo trago. Sin previo aviso, le quitó a Novalie su copa de las manos, la cogió por la cintura y la sentó encima de él, cara a cara. Sorprendida, sonrió, con las manos apoyadas en su pecho. Acomodó sus piernas abiertas sobre las caderas de él y dejó que su cuerpo se relajara, algo difícil cuando solo podía pensar en lo cerca que estaban el uno del otro.

—¿Este es uno de tus motivos ocultos? —preguntó nerviosa.

Nick esbozó una sonrisa pícara. Le ciñó la cintura con las manos y la atrajo hacia él. Sacudió la cabeza y le dio un besito en los labios, apenas un roce.

—Acabo de darme cuenta de que he olvidado el postre. Intento ser creativo y buscar un sustituto.

Novalie sintió que se encendía con la intensidad de su mirada, y un calor líquido se deslizó por su vientre cuando él apretó un poco más los dedos en su cintura.

—¿Y has encontrado alguno? —repuso, entrando en su juego.

Nick sonrió y se inclinó sobre ella, observándola con atención. La rodeó con ambos brazos y su corazón empezó a latir como loco, al ritmo de su creciente excitación. En esa posición ella no tardaría en darse cuenta de hasta qué punto lo provocaba. Las caderas de Novalie se mecieron sobre las suyas y por un momento se le olvidó qué le había preguntado.

Asintió, intentando no pensar en lo que sentiría si toda la ropa que los separaba desapareciera. Un solo movimiento y podría perderse dentro de ella. La idea lo estaba volviendo loco. Sus caderas volvieron a moverse sobre él. La sujetó para que se quedara quieta. Iba a estallar. La miró a los ojos y supo que no había nada inocente en sus gestos.

—Y tú, ¿has encontrado alguno? —preguntó con voz ronca—. Porque yo tengo un serio problema. No sé si empezar a comerte por aquí… —Se inclinó y le mordió el lóbulo de la oreja—. Por aquí… —Recorrió su cuello con la lengua hasta el pronunciado escote de su camiseta, mientras con las manos empujaba los tirantes hacia abajo por sus brazos—. O por aquí…

Le mordió con suavidad un pecho por encima del sujetador. El vino se le había subido a la cabeza y se sentía completamente desinhibido. Deslizó las manos por las piernas de Novalie y acarició con las puntas de los dedos el interior de sus muslos.

—O quizá por...

Novalie le cerró la boca con los labios antes de que acabara aquella frase. No era una mojigata, o al menos creía que no lo era después de todas las nuevas experiencias que había tenido con Nick. Pero el sexo oral era algo que desconocía por completo y... ¡Oh, Dios, se había puesto roja como un tomate solo con la insinuación! Las manos de Nick le aplastaron el trasero y la apretaron contra él con más fuerza. Sentirlo tan excitado la estaba derritiendo por dentro.

Nick se apartó sin aire. Le lamió el labio inferior. Una vez, y luego otra, de una forma como nunca lo había hecho antes.

—¿Qué dices? ¿Quieres ser mi postre? —Le dio un mordisquito, arrancándole un gemido mientras deslizaba las manos bajo su pantaloncito.

Novalie quiso oponerse, pero la boca de él regresó a la de ella y el único sonido que pudo articular fue un gemido de placer. La cabeza le daba vueltas y ya no era capaz de pensar con coherencia. Lo deseaba tanto que dolía, y solo quería que dejara de dolerle. Le pasó las manos por el pelo y tiró de algunos mechones mientras se pegaba a su pecho.

—Quiero comerte. De arriba abajo —murmuró Nick contra su boca sin aliento—. Muero por descubrir a qué sabes.

Novalie gimió más fuerte y apretó las rodillas ciñéndole las caderas mientras recorría con los dedos su espalda hasta la tela de sus pantalones. No tenía ni idea de dónde salía aquella pasión provocadora que sentía. Sus dedos vagaron por su cintura buscando el botón. Lo soltó y tiró de la cremallera.

Nick sintió que aquel gesto codicioso aflojaba todas sus articulaciones. Una vocecita en su interior gritaba desde algún rincón que debía controlarse, que debía ir más despacio, que para ella todo era nuevo. Dejó de oírla en cuanto Novalie comenzó a tirar de su camiseta para sacársela por la cabeza. La ayudó levantando los brazos y soltó un suspiro ahogado cuando ella se inclinó y le mordió el cuello. Echó la cabeza hacia atrás y miró las estrellas.

—¡Joder! —gimió Nick con fuerza al notar sus dientes bajo la oreja.

Le acarició la cintura hasta la espalda y buscó el cierre de su sujetador. Prácticamente se lo arrancó y después le siguió la camiseta, arrugada en torno a su cintura. Sus bocas se buscaron con ansiedad mientras él colaba una mano por dentro de sus pantalones cortos sin mucha delicadeza. Novalie gimió muy fuerte y cerró los ojos.

—No dejes de mirarme —susurró él. Casi sonó a una orden.

Novalie hizo lo que le pidió. Él la miraba con una intensidad colmada de deseo. Cada movimiento entre ellos era frenético y rítmico, con una necesidad que rayaba la desesperación. Lo agarró del pelo para atraerlo y él le mordió el cuello lo bastante fuerte como para sentir una punzada de dolor. Después pasó su lengua por el mismo punto mientras sacaba la mano de entre sus pantalones y le sujetaba las muñecas a la espalda.

Nick se movió y sus caderas encajaron entre las piernas de ella. La abrazó con fuerza sin soltarla y con su cuerpo marcó un rítmico balanceo. Su firmeza apretada contra el calor de ella. Novalie era incapaz de mantenerse erguida, sentía cómo su cuerpo se derretía como la mantequilla caliente. Jadeaba sin aliento. Nick introdujo la lengua en su boca y empezó a besarla con urgencia. Aumentó la fricción y sonrió con malicia al detenerse de golpe.

Los ojos de Novalie se abrieron de sopetón y en ellos apareció una súplica. Gimió cuando él apretó con más fuerza sus brazos contra la espalda. Era un poco doloroso y, aun así, le gustó. La tenía sometida, pero no le importó. Intentó moverse. Él sacudió la cabeza para que se quedara quieta. Obedeció. Entonces Nick meció las caderas iniciando de nuevo aquella deliciosa tortura, con una lentitud que hizo que Novalie gimiera. Se retorció sobre él para que aumentara el ritmo y él se detuvo de nuevo. Era casi cruel lo que le estaba haciendo.

—Por favor, por favor —imploró.

Nick le soltó los brazos y con una mano le deshizo el moño. Enredó los dedos en su larga melena y con un ligero tirón la obligó a echar la cabeza hacia atrás. Se inclinó y le rozó el pecho con la lengua.

—Vas a dejarte llevar —susurró contra su piel, y eso también sonó como una orden.

Novalie asintió, incapaz de hablar.

Nick la rodeó con un brazo y se inclinó hacia delante hasta que la tumbó de espaldas sobre la manta. Sus ojos desaparecieron bajo sus largas pestañas y una expresión sedienta oscureció su rostro. Le quitó sin contemplaciones los pantaloncitos y se quedó mirándola desde arriba.

—Eres preciosa —murmuró, acariciándole el pecho y la cintura.

Con los brazos a ambos lados del cuerpo de Novalie, se inclinó y le besó el ombligo. Trazó un círculo húmedo a su alrededor y sonrió al ver que ella se retorcía bajo su cuerpo. Deslizó una mano por su cadera, después por el muslo y le separó las piernas hasta alinearlas con su cuerpo. Excitado, se apretó contra ella y de su garganta surgió un gruñido sensual. Subió la otra mano por su cuerpo hasta la garganta y le rodeó el cuello con los dedos mientras la besaba completamente hambriento.

Novalie sintió que todo el cuerpo le palpitaba. No dejaba de pensar que aquello no podía estar pasando, pero estaba pasando. El cuerpo de Nick sobre ella era puro calor, sus movimientos bruscos una hermosa tortura. Recordó algunas de las cosas que en otras ocasiones él había dejado caer, pero en ese momento se dio cuenta de que en realidad eran avisos. «No quiero que pienses que soy un pervertido si me dejo llevar», le había dicho un poco cohibido.

Empezaba a entender a qué se refería. A Nick le gustaba el sexo, disfrutaba con el sexo y no se contenía. Esta vez no estaban jugando, no eran simples caricias solo dedicadas a ella. Esta vez habían dado un paso más, o puede que todos los pasos, y él parecía muy seguro de llegar hasta el final.

Se preguntó si estaba preparada para hacerlo allí, ahora, y de ese modo tan dominante. El recuerdo de Ethan sobre ella la asaltó. Su cuerpo frío y torpe, el dolor, la vergüenza. La inseguridad se abrió paso a través de su mente. Abrió los ojos y se encontró con la mirada de Nick sobre ella. Había lujuria en sus pupilas y furia en su respiración entrecortada. Esa mirada bastó para ponerla al rojo vivo. Todo recuerdo de la angustia de aquella mala experiencia desapareció. Enredó los dedos en su maravilloso cabello y tiró para acercarlo a ella. Un jadeo ansioso escapó de su garganta y movió las caderas hacia él.

Nick le sujetó las manos por encima de la cabeza y le pasó la lengua entre los pechos. Ella arqueó la espalda buscando su cuerpo.

—¡Oh, Dios! —exclamó.

Sí que estaba preparada para que pasara. El cosquilleo entre sus piernas era una señal inequívoca. Gimió con fuerza al sentir las caderas de Nick presionando en su centro e intentó besarle, pero él se apartó, atormentándola, y acercó jadeante la boca a su oído.

—Hay algo que quiero hacer desde hace mucho —murmuró Nick.

Como si pesara menos que una pluma, deslizó una mano por la espalda de Novalie y le dio la vuelta, tumbándola boca abajo. Ella apenas tuvo tiempo de tomar aire cuando él se colocó encima, apretándose contra su trasero. Nick le apartó el pelo, dejando a la vista su espalda. Un escalofrío le recorrió la columna cuando notó la punta de su lengua recorriendo su nuca. La besó y la lamió, trazando los contornos de su tatuaje.

—Es lo más sexi que he visto nunca —susurró Nick contra su piel al tiempo que volvía a torturarla meciendo sus caderas contra ella, cada vez más rápido, más rudo.

Novalie trató de separar las piernas, pero el peso de Nick sobre ella no la dejaba moverse. Gimió de frustración. En algún momento de los últimos segundos, la chica con falta de confianza, inexperta y con problemas de inseguridad había desaparecido. Se sentía desinhibida y capaz de cualquier cosa. Arañó con las manos la manta y trató de darse la vuelta.

—¡Nick! —gritó exasperada.

Nick se detuvo y abrió los ojos como si saliera de un trance. Sentía la suave espalda de Novalie temblando bajo sus abdominales, los mofletes de su trasero a ambos lados de una erección como no recordaba haber tenido otra. Pudo ver su piel enrojecida en las zonas en las que le había clavado los dientes. Se echó hacia atrás y se apartó.

«¿Qué demonios estoy haciendo?», se preguntó. Había roto todas y cada una de las reglas que se había impuesto a sí mismo para estar con ella. ¡Mierda, era su primera vez y él había perdido el control! Había imaginado aquel momento un millón de veces. Lo había planeado pensando solo en ella. Cuando llegara el momento, cuando ella estuviera de verdad preparada, le haría el amor despacio, sin prisas, con ternura y mucho cuidado. Le demostraría lo hermoso y maravilloso que podía ser el sexo. Borraría de su vida a ese capullo que no había sido capaz de apreciar el regalo que ella le había dado. Y ahora él podía haberla traumatizado del mismo modo o aún peor.

«Genial, Nick, ahora el capullo eres tú.»

—¿Qué te ocurre? —quiso saber Novalie, dándose la vuelta para poder mirarlo.

Nick sacudió la cabeza. Su piel brillaba por el sudor.

—Perdona, no pretendía que esto pasara —logró contestar. Sentado sobre sus talones trató de respirar con normalidad. Se pasó una mano por el pelo y miró a Novalie de reojo, avergonzado.

Novalie lo observó fijamente. Un sentimiento de temor coloreó sus mejillas.

—¿He hecho algo mal? —preguntó ella en voz baja. Buscó algo con lo que taparse. Agarró la manta y la apretó contra su pecho.

—¡No, nada de eso! —respondió Nick de inmediato—. ¡Joder, tú no has hecho nada mal! He sido yo quien ha perdido la cabeza. Lo... siento... ¡Dios, debes de pensar que soy...!

—No entiendo nada. ¿Qué es lo que sientes?

Nick resopló, confuso.

—Novalie, es tu primera vez después de ese tío, confiabas en mí y yo... Yo... casi... Te he tratado sin ningún cuidado, me he dejado llevar sin pensar lo que hacía. Ni siquiera pretendía llegar tan lejos.

Novalie lo miraba sin parpadear con los ojos muy abiertos, intentando averiguar de qué le estaba hablando. De repente lo comprendió y su cara se iluminó.

—A ver si lo entiendo. ¿Te estás disculpando por lo que acaba de pasar entre nosotros? —Apretó los labios para no sonreír como una idiota. Arqueó una ceja y suspiró—. Pues, sinceramente, creo que deberías disculparte por haber parado.

Nick le sostuvo la mirada. Frunció el ceño cuando el significado de aquellas palabras caló en su mente. Su expresión cambió y sus ojos empezaron a sonreír, esforzándose por saber cómo pensaba aquella cabecita, pero no lo consiguió.

Todavía agarrando la manta contra su pecho, Novalie se puso de rodillas. Se acercó a él y posó una mano en su mejilla. Tomó aire. Esta vez iba a decir todo lo que sentía sin necesidad de que tuvieran que sacarle las palabras con un sacacorchos.

—Me ha gustado, me ha gustado todo lo que me has hecho; y por muy peligroso, estúpido o raro que esto pueda sonar, quiero que vuelvas a hacerlo. No quiero que te controles por mí, no quiero que te contengas y no quiero que des por sentado que sabes lo que tienes o no tienes que hacer para que yo me sienta bien. Soy muy capaz de hacértelo saber llegado el momento. —Hizo una pausa sin poder creer que le estuviera hablando de ese modo, pero se sentía bien por ello, era liberador—. Pero, por si tienes alguna duda, seré lo más explícita posible. Me vuelves loca y quiero hacerlo todo contigo, todo. No me importa si eres rudo o dulce; quiero probarlo todo.

Nick alzó una ceja y su mirada cayó a la vez que la manta. Una sonrisa malévola oscureció sus rasgos. No podía dejar de sonreír mientras se la comía con los ojos. Era sexi y guapa, y él sí que se estaba volviendo loco por su culpa; loco de deseo.

—No puedo creer que hayas dicho todo eso —susurró.

—¡Eh! —Le apuntó ella con un dedo—. Todo es culpa tuya. Tú me has convertido en una descerebrada sin pudor adicta al sexo.

La sonrisa de Nick se hizo más ancha. La miró de arriba abajo y se quedó sin aire. Estaba preciosa, completamente desnuda salvo por unas diminutas bragas, con el pelo suelto ondeando por la brisa. Era perfecta. Y él era el idiota con más suerte del mundo.

—Acabas de hacer realidad la fantasía de cualquier hombre: una chica que sabe lo que quiere, cómo lo quiere y que no tiene miedo a pedirlo. No te haces una idea de cómo pone algo así.

Novalie le sostuvo la mirada, pero acabó perdiéndose por el cuerpo de Nick. Una sonrisita tímida se dibujó en sus labios. Sí que podía hacerse una idea. Con un dedo le pidió que se acercara.

Nick se movió hasta quedar de rodillas frente a ella. Con una mano le acarició la mejilla y con la otra le rodeó la cintura. Muy despacio la tumbó sobre la cubierta y la besó hasta que la tuvo retorciéndose bajo su cuerpo. Se apartó el tiempo justo para quitarse los pantalones. Exhaló el aire que estaba conteniendo mientras sacaba un condón y lo dejaba al alcance de su mano. Mirándola desde arriba, le levantó las caderas. Deslizó las braguitas por sus piernas y las tiró a un lado.

Novalie se estremeció, nerviosa. Inspiró hondo y sus miedos se desvanecieron al sentir sus labios de nuevo sobre su boca. La expectación aumentó en su cuerpo cuando él se detuvo un segundo para alcanzar el paquetito cuadrado. Nick le pasó las manos por la cara y las puntas de sus dedos se metieron entre su pelo enmarañado.

—Eres tan guapa... —susurró.

Sus suaves labios se fundieron con los de ella, saboreándose. Inspiró y se deslizó en su interior, y le demostró que también podía ser dulce y tierno.

Un par de horas después, yacían abrazados bajo las sábanas que Nick había subido del camarote. Contemplaban las estrellas en silencio. Con la cabeza entre su hombro y su pecho, ella le dibujaba de forma distraída círculos con el dedo sobre el estómago.

Nick la besó en el pelo mientras la abrazaba con más fuerza. Podría acostumbrarse a aquello para siempre. Su cuerpo delgado encajaba perfectamente, como un rompecabezas, en el hueco que formaba el suyo.

La luna se había ocultado tras la isla y la oscuridad era absoluta. Todo era silencio a su alrededor; un dulce silencio roto tan solo por el sonido de sus corazones.

—Estás muy callada —musitó él.

Ella alzó la mano y le puso un dedo en los labios.

—¡Chis! No digas nada —susurró.

—¿Por qué? —balbuceó Nick bajo su mano.

—Porque este es el momento más perfecto que he tenido en toda mi vida y no quiero que acabe —confesó, y lo besó en la clavícula.

Nick sonrió y el deseo de besarla larga, lenta y profundamente se apoderó de él. Los músculos de su pecho se movieron cuando cambió de posición. Se puso de lado, apoyando la cabeza en el codo para poder mirarla a los ojos. No podía evitar sonreír cada vez que la contemplaba. Su larga melena rubia estaba toda enmarañada y en sus ojos verdes se reflejaban las estrellas.

Ella le acarició la barba incipiente. También se colocó de lado y enredó las piernas con las suyas.

—¿En qué piensas? —preguntó Nick.

—¿Cómo sabes que estoy pensando en algo?

Él le tocó la frente con la punta de los dedos.

—Porque cuando le das vueltas a un pensamiento, frunces el ceño así —respondió, imitando su gesto.

Ella soltó una risita y le dibujó los labios con el dedo.

—Pensaba que si el fin del mundo estuviera a punto de llegar, este sería el lugar que elegiría para esperarlo —susurró, acariciándole el cabello en la oscuridad. Y añadió—: Contigo.

Nick bajó la vista hacia sus labios, se inclinó y la besó con suavidad.

—Hay algo más, ¿cierto? —insistió. El corazón le decía que algo la preocupaba.

Novalie se estremeció y ladeó la cabeza para mirar las estrellas. Que empezara a conocerla tan bien, en tan poco tiempo, no dejaba de sorprenderla. Se dio cuenta de que estaba donde siempre había querido estar desde que aquel día en el ferry él la salvara de morir aplastada por un enorme piano.

—No vas a irte, ¿verdad?

Nick la miró con una gran seriedad. Sus ojos empezaron a sonreír y la estrechó con fuerza entre sus brazos.

—No pienso ir a ninguna parte.

Ella suspiró con anhelo y apoyó la cabeza en su pecho, escuchando el latido de su corazón.

—¿Y tu familia? ¿Estás seguro de que...?

Las palabras quedaron ahogadas bajo un beso furioso. Cuando logró volver a respirar, Nick le alzó el rostro con un dedo bajo su barbilla para que lo mirara.

—Mi madre ya lo sabe y no se lo tomó nada bien. Pronto lo sabrán los demás y no les va a gustar. Mi abuelo va a volverse loco, pero ¿sabes qué? Me da igual.

—¿Estás completamente seguro? Porque...

Nick le puso un dedo en los labios para tranquilizarla.

—No pienso ir a ninguna parte, eso es lo único importante. No te preocupes por nada y deja que yo me ocupe del resto.

—Es tu familia, Nick, y no quiero que tengas que elegir. Yo te metí esa idea en la cabeza...

—Empiezo a creer que eres tú la que ha cambiado de opinión y que quieres convencerme para que lo piense mejor.

—¡No, claro que no! Pero necesito saber que...

Nick la tumbó de espaldas y se puso sobre ella, sosteniendo su cuerpo con los brazos para no aplastarla.

—Tengo que confesarte algo —admitió él.

Novalie notó que se le paraba el corazón.

—¿Ah, sí?

—Sí —afirmó mientras le rozaba los labios con los suyos—. Podría enamorarme de ti, Novalie. De hecho, después de esta noche, creo que es algo que sucederá sin remedio y de forma inminente. —Le cogió la mano y se la llevó a la altura de su corazón—. Lo siento aquí.

Se inclinó y la besó.

Novalie se estremeció con un revoloteo dentro de su estómago. Comenzó a derretirse al notar su lengua deslizándose por su cuello y sus caderas presionando un poco contra las de ella.

—Creo que lo sientes en otras muchas partes —murmuró sin aliento.

Nick se quedó quieto, y una suave risa sacudió su cuerpo. Apoyó la frente entre sus pechos sin dejar de reír, y Novalie acabó contagiándose. Se llevó la mano a la boca y ahogó una carcajada.

—¿Algún problema con mi modo de demostrarte lo mucho que me importas? —susurró él.

Novalie sacudió la cabeza con los labios apretados.

Nick giró hasta colocarse de espaldas, con ella encima. Las risas desaparecieron bajo un dulce silencio en el que sus miradas quedaron conectadas.

—Me gusta tanto estar así contigo... No pienso ir a ninguna parte, y lo digo muy en serio. Jamás he estado tan seguro de algo como de esto.

Novalie regresó a casa bien entrada la madrugada. Se bajó de la camioneta con las rodillas flojas y con la felicidad grabada en el rostro. Había pasado, y para nada era como lo había imaginado, sino mil veces mejor. Sentía un cosquilleo por todo el cuerpo cada vez que los íntimos recuerdos acudían a su mente. Nick había sido tan cariñoso y dulce, tan atento y cuidadoso con ella, que el nerviosismo y el miedo inicial habían quedado ahogados rápidamente por una avalancha de sentimientos y emociones tan desconcertantes y placenteras que, por momentos, había llegado a pensar que no podría contenerlas en su cuerpo y que este explotaría literalmente.

Se dirigió a la casa con la sensación de estar caminando sobre una nube y, sin pensar en lo que hacía, comenzó a bailar. Los pasos de danza seguían en su cabeza y su cuerpo los llevó a cabo como si nunca los hubiera dejado: *port de bras, promenade, temps lié simple en avant, fouetté...*

Llegó hasta el porche y se detuvo en el primer peldaño. Quería echarse a reír, ponerse a gritar. Una sombra y un susurro le dieron un susto de muerte. Se giró hacia el ruido y se dio cuenta de que no estaba sola. Con las luces apagadas no había visto a Aly sentada en el balancín.

—Hacía mucho que no te veía bailar. Y sigues haciéndolo tan bien como entonces. Tu madre se pondría muy contenta si lo retomaras.

Novalie sonrió y, un poco cohibida, se acercó hasta sentarse a su lado.

—Puede que busque una escuela para este próximo curso... —Se encogió de hombros—. Boston estaría bien, seguro que encuentro una buena academia, y no está lejos —dijo como si tal cosa.

—Sabes que cuentas con nuestro apoyo —declaró Aly sin apartar sus ojos de ella. Hubo un largo silencio—. ¿Dónde has estado? Es muy tarde.

—Salí a navegar con Nick. Cenamos en mar abierto, frente al faro. Después hemos observado las estrellas —respondió con el pulso acelerado.

Aly sonrió. Subió las piernas al balancín y se abrazó las rodillas.

—Y por tu sonrisa veo que lo has pasado muy bien.

Novalie asintió mientras se ponía colorada. Aly la miró de reojo y suspiró.

—Sé que no soy tu madre, pero si necesitas hablar conmigo, sabes que puedes hacerlo, ¿verdad?

—¡Claro!

—También sé que no eres una niña y que sabes perfectamente lo que ocurre entre un hombre y una mujer cuando...

—¡Tía! —exclamó Novalie algo incómoda—. ¿A qué viene esto?

—A que yo también he tenido tu edad y sé qué significa esa sonrisa en tu cara y que solo quieras bailar y gritar... —repuso Aly en tono dulce y maternal—. Yo no soy quién para dar consejos y pedirte que esperes y te lo tomes con calma. No es eso lo que quiero decirte, Nov. Pero eres muy joven y quiero que tengas cuidado, ¿vale?

—Tendré... cuidado —murmuró Novalie algo confusa; en realidad no tenía muy claro a qué se refería su tía. Si le estaba pidiendo que aplazara su primera vez, el consejo llegaba muy tarde, y desde luego no se arrepentía de haber estado con Nick.

Aly se dio cuenta de su confusión, porque resopló y soltó sin ningún pudor:

—¡Condones, Novalie! Hablo de condones.

Novalie asintió y desvió la mirada, muerta de vergüenza.

—No... no tienes que preocuparte por eso —le aseguró.

Estaba desconcertada por la actitud de su tía. Lejos de enfadarse, estaba tratando de mostrarse comprensiva y preocupada. ¿Dónde estaban los gritos y la decepción? La miró de reojo y sonrió.

—Me alegro. Es algo importante —añadió Aly. La cogió de la mano y le dio un ligero apretón—. Bueno, si conseguirlos por tu cuenta te diera pudor... En el armario que hay justo encima...

—¡Por Dios, déjalo! —suplicó Novalie tapándose la cara. Le ardían las mejillas—. Te lo agradezco, pero esto no deja de ser un poco raro.

Soltó una risita y volvió a mirar a su tía.

Aly alzó la barbilla y se quedó contemplando el horizonte.

—Supongo que no querrás contarme cómo ha sido.

Novalie solo fue capaz de esbozar una sonrisa pícara, pero una sonrisa que hubiera eclipsado al mismísimo sol.

—¡Vaya! —exclamó Aly, aliviada de que la experiencia no hubiera sido decepcionante o traumática.

No dijo nada más, se limitó a rodearle los hombros con el brazo y a atraerla hacia su pecho, acunándola como cuando era pequeña.

23

Nick pasó toda la noche despierto. Después de despedirse de Novalie había regresado a casa, pero no había sido capaz de entrar. Aquellas paredes lo asfixiaban. Paseó por los jardines bajo la luz de las estrellas y acabó en la playa, sentado sobre la arena viendo cómo amanecía. Pasó el dedo por la pantalla del teléfono y volvió a mirar las fotos que le había hecho a Novalie en el velero. Se detuvo en una en la que ella arrugaba la cara con una mueca, y sintió una oleada de calor recorriéndole el cuerpo. ¡Joder, incluso bizca y con cara de loca estaba guapísima!

Se frotó las mejillas y suspiró. En sus manos aún podía percibir el aroma de Novalie. Le había dicho que podría enamorarse de ella, pero estaba seguro de que en algún momento de la noche pasada, esa certeza se había convertido en un hecho consumado. Cerró los ojos y volvió a verla sobre él, con sus pequeñas caderas meciéndose muy despacio. Novalie era lo mejor que le había pasado en la vida y no pensaba dejarla.

Una nueva vida se abría ante él; un futuro lleno de planes que, de repente, deseaba llevar a cabo con todas sus ganas. Quería hacer miles de cosas, experimentar otras tantas, y sabía perfectamente a quién quería a su lado para vivirlo todo hasta el último segundo, con toda la intensidad de la que fuera capaz. Pero antes debía hacer algo muy difícil para él. No podía alargar aquella situación ni un minuto más y se sentía más decidido que nunca a enfrentarse a su familia. Y debía hacerlo sin más dilaciones, yendo a por el escollo más complicado.

Regresó a la casa y, sin demorar más el momento, se dirigió al despacho de su abuelo. Llamó a la puerta, sabiendo que él ya estaría allí. Un ligero gruñido le indicó que podía pasar.

—Buenos días, abuelo —saludó una vez dentro.

Filipo levantó la vista de los documentos que examinaba y su rostro se iluminó con una sonrisa.

—¡Vaya, mi nieto favorito por fin se digna a pasar algo de tiempo conmigo! —exclamó, aunque no había ni un atisbo de reproche en su voz—. ¿Te has levantado temprano para practicar? Eso está bien. Disciplina, esa es la clave del éxito; hay que ser disciplinado —se respondió a sí mismo antes de que Nick pudiera abrir la boca—. Si yo no lo fuera, no llevaría aquí dos horas, peleándome con abogados chupasangres que pretenden saber más que yo sobre un negocio que levanté solo, sin tanto chupatintas.

—¿Pasa algo? —se preocupó Nick.

—Nada, tranquilo. Todo está bien —aseguró mientras guardaba una carpeta marrón en un armario de la pared. Se sentó y miró a su nieto con atención—. ¿Te encuentras bien? Estás pálido.

—Necesito hablar contigo.

Filipo entrelazó las manos sobre la mesa y estudió su rostro.

—Parece importante.

—Lo es. Se trata de mi regreso a Salzburgo.

Filipo se echó hacia atrás en la silla y soltó una risotada.

—Ya sé que quieres quedarte hasta finales de agosto, lo entiendo, pero no siempre podemos hacer lo que queremos. Una vez allí necesitaremos tiempo para organizarlo todo...

—Solo iré a Austria para recoger mis cosas, anular las clases y dejar la casa. Y no sé cuándo será eso.

—¿De qué demonios estás hablando? —espetó Filipo, poniéndose en pie de golpe.

Nick se detuvo unos segundos para armarse de valor antes de continuar.

—De que lo dejo, lo dejo todo... Dejo la Mozarteum, dejo las clases, dejo los conciertos y dejo la dirección. No participaré en los festivales, y desde luego que no aceptaré ningún premio.

—Si es una broma no tiene gracia.

—No es una broma, abuelo —admitió Nick, implacable—. En el fondo nunca he querido esta vida. Hace tiempo que lo sé, pero jamás he dicho nada. No sé si por cobardía, o por miedo a defraudaros, pero ya no soy capaz de seguir adelante.

Filipo le dio la espalda a Nick, moviendo la cabeza de un lado a otro, rechazando la simple idea de planteárselo.

—Tú no vas a dejar nada —replicó en un tono frío y tranquilo que no pudo esconder la amenaza que contenía.

—Esto no es negociable, abuelo. Lo siento. Está decidido.

Filipo se giró y lo miró con inquina.

—Esta familia lo ha sacrificado todo por ti, ¿y crees que voy a permitir que lo eches a perder por un capricho? Si piensas eso, estás muy equivocado.

—No es un capricho, abuelo. Es lo que quiero, lo que deseo más que nada. Quiero ser alguien anónimo y dedicarme a dar clases. Tocar por placer la música que me gusta. ¿Tan difícil es de entender?

—¡Por supuesto que lo es! Solo un loco renunciaría a todo lo que tienes ante ti. Tienes al mundo postrado a tus pies. Esta familia, su apellido, pasará a los anales de la historia y… ¿tú quieres destruirlo todo por una inquietud? La familia supone sacrificio, y tú vas a sacrificarte por esta familia.

—Ya me he sacrificado bastante. Se acabó.

Filipo entornó los ojos y se acercó a él.

—Dime que no es por esa niña con la que te estás viendo —masculló.

Nick se quedó de piedra. Su abuelo continuó:

—¿Acaso crees que no sé lo que ocurre en mi casa? Me he mantenido al margen porque no me importa con quien te acuestas para pasar el rato. Entiendo que necesites divertirte…

Nick se llevó las manos a la cabeza. En realidad no le sorprendía que su abuelo se hubiera enterado de la existencia de Novalie. Probablemente su madre se habría encargado de decírselo. Pero le revolvía el estómago la forma en la que se estaba refiriendo a ella.

—¿Cómo puedes hablar así de Novalie? ¡Ni siquiera la conoces!

—Pero conocí a su madre. Intentó hacer lo mismo con tu padre —soltó con una mueca de desprecio—. Me costó mucho conseguir que esa mujer no arruinara la vida de mi hijo y no dejaré que esa chica arruine la tuya. ¡No comprendo la obsesión de esas mujeres por los hombres de esta casa!

—¿De qué estás hablando? —se horrorizó Nick. Tenía la sensación de encontrarse ante un desconocido; un desconocido que comenzaba a desvariar.

—Sí, ¿de qué estás hablando, padre? —inquirió Mario desde la puerta del despacho. Nadie se había percatado de su presencia. Al oír la disputa se había levantado de la cama y acudido al estudio. Estaba pálido y tenía el rostro desencajado mientras miraba a Filipo sin parpadear—. ¿Qué has querido decir con eso? ¿Qué pasó con Meredith?

Filipo guardó silencio, taladrando con la mirada a su hijo. De repente, explotó:

—¡No te atrevas a juzgarme! Gracias a mí estás donde te encuentras ahora.

—¡¿Qué hiciste?! ¡¿Qué demonios hiciste con Meredith?! —gritó Mario fuera de sí. ¡De repente tantas cosas tenían sentido!

Filipo dio un paso hacia su hijo, apuntándole con el dedo de forma amenazante.

—Solo lo que debía. Te mantuve en el camino adecuado.

Mario apretó los puños y entró en la habitación.

—¿Y qué camino se supone que es ese, padre? ¿Cuál es ese lugar en el que se supone que estoy?

—El del éxito.

—¿Qué éxito? —inquirió Mario en un tono tan desesperado que sonó hasta cruel—. ¡Si... si solo soy un pianista mediocre de óperas de segunda!

—Ella era un lastre. Solo aceleré las cosas. No iba a durar.

—¿Cómo podías saberlo? Ni siquiera te molestaste en hablarlo conmigo —replicó Mario.

Filipo sacudió una mano con desdén.

—No había nada que hablar.

—¡Ella me importaba!

—¡Mario, ya basta!

Ivanna entró en la habitación y cogió a su marido del brazo.

—No hasta que me diga qué fue lo que hizo —exigió Mario.

Ella se giró hacia su hijo.

—Esto es lo que estás consiguiendo con tu egoísmo. Que la familia que lo ha dado todo por ti discuta y se desmorone. Llévate de aquí a tu padre para que se tranquilice —le ordenó.

Nick bajó la mirada. Agarró a su padre por los hombros y lo sacó del estudio. Casi a rastras tuvo que llevarlo a la cocina y obligarlo a sentarse. Sirvió dos tazas de café y se sentó a la mesa, frente a él.

—Ten —susurró, ofreciéndole una.

Mario miró la taza. La apartó, derramando una parte, y se puso de pie. Comenzó a abrir armarios hasta que dio con la botella de aguardiente que Dolores utilizaba para sus postres. Tomó un vaso y volvió a sentarse.

Nick observó en silencio cómo su padre abría la botella, se servía un vaso y lo apuraba de un trago. Volvió a llenarlo.

—¿Qué pasó entre Meredith Feist y tú? —preguntó. Su padre alzó la vista y lo miró, pero guardó silencio—. Necesito que me lo cuentes. Novalie es muy importante para mí, y si entre su madre y tú hubo algo, tengo que saberlo.

Mario bajó la vista y giró el vaso entre sus dedos.

—Conocía a Meredith desde que nació. Aquí todo el mundo se conoce —apuntó, encogiéndose de hombros—. Pero no fue hasta que tuve dieciocho años y ella unos dieciséis, que hablamos por primera vez. Me enamoré de ella y comenzamos a salir. Estuvimos juntos durante ocho meses y, de un día para otro, me dejó. Empezó a salir con un chico con el que más adelante supe que se casó, y yo conocí a tu madre.

—¿Por qué te dejó?

—Nunca lo supe. Un día me dijo que no quería volver a verme, que no me acercara más a ella. A las pocas semanas de aquello yo empecé la universidad y no volvimos a coincidir hasta unos años más tarde. Aunque después de lo que ha dicho tu abuelo, me hago una idea de lo que pudo pasar.

—Era importante para ti, ¿verdad?

—Lo es. No sé si está bien decirte esto, sales con su hija y tu madre está ahí al lado, pero... Cuando supe que había muerto... Lo que sentí... Sé que Meredith estará dentro de mí para siempre. Creo que solo se quiere así una vez en la vida. —Apuró de nuevo el vaso y se puso de pie—. Quizá no te convenga salir con esa chica, Nickolas. Tu madre me contó tus planes y, aunque jamás te obligaré a hacer nada que no desees, creo que ella tiene razón: tu carrera, la prensa... Nickolas Petrov no podrá retirarse sin más. Todo el mundo querrá saber por qué abandonas y no creerán que sea por algo tan simple. No te dejarán en paz.

—Sí. Lo harán si cerramos filas y los mantenemos alejados. Antes o después nos dejarán tranquilos.

—Deberías pensar si de verdad merece la pena todo ese esfuerzo. Salir con Christine te expuso demasiado a los medios... Si este asunto cobra relevancia, ¿crees que Novalie y su familia podrán soportarlo? Solo es una niña que acaba de quedarse huérfana.

Nick se quedó parado, sin saber qué decir respecto a eso. En cierto modo su padre tenía razón, pero solo hasta un punto. No, no iba a dejarse amedrentar por la posibilidad de que cuatro periódicos especularan sobre los motivos que tenía para abandonar su carrera. Sería el centro de atención durante unas semanas y pronto perderían el interés. No era para tanto. Christine, la rica heredera del imperio de su familia, pronto tendría un nuevo novio y este tomaría el relevo. Y fin de la historia.

—Ya lo he pensado —respondió cuando su padre cruzaba el umbral de vuelta al vestíbulo. Mario lo miró por encima del hombro—. Merece la pena correr el riesgo. Y si el abuelo y mamá reniegan de mí o me desheredan, pues que lo hagan. Es mi vida la que debo vivir, no la de ellos. Quiero a Novalie.

—Pues protégela de esta familia. Y no le cuentes nada sobre su madre y yo; no creo que le haga ningún bien saberlo.

—Lo sé, no pensaba hacerlo.

24

Los días pasaron y nadie en la familia Grieco volvió a hablar del tema. No hubo más menciones sobre el regreso a Austria ni ninguna otra cosa relacionada con Nick y su futuro. Nadie pronunció una palabra sobre su relación con Novalie. Era como si todos hubieran hecho una especie de pacto de silencio, y lo cumplían quizá con demasiada determinación. Las conversaciones entre ellos eran escuetas y solo sobre temas triviales o relacionados con la organización de la casa; nada personal.

Ivanna y Mario pasaban más tiempo fuera de la isla que en ella, al igual que Filipo, al que apenas se le veía por casa. Y durante los escasos intervalos que se encontraba allí, siempre los pasaba encerrado en su estudio.

Nick no podía evitar sentirse incómodo con aquella situación. Eran su familia y los quería, pero la burbuja se había roto y nada volvería a ser igual, empezando por la forma en la que él los veía ahora. Una parte de él siempre había sabido cómo eran en realidad: ambiciosos, en cierto modo manipuladores, exigentes y muy preocupados por las apariencias. Perfección y fracaso eran las dos palabras que más había oído de sus labios desde que apenas era un niño; celebraban la primera, castigaban la segunda. Y Nick sabía que, para su familia, él había fracasado.

—No hay nadie más en casa y necesito que me lleves al centro. Estaré en el vestíbulo en diez minutos.

Nick levantó los ojos de las teclas del piano y dejó de tocar para ver cómo su madre daba media vuelta y desaparecía. Miró la hora. Era demasiado temprano para que ella estuviera tan activa. Se preguntó a qué iría al centro.

Diez minutos después se plantó en el vestíbulo con las llaves del coche en la mano. Puntual como siempre, Ivanna descendió la escalera, arreglada como si en lugar de pasearse por las calles de un humilde pueblecito pesquero, fuera a hacerlo por la calle Ulitsa Kuznetsky de Moscú, donde se encontraban la mayor parte de *boutiques* de firma de la ciudad y los Bentley aparcaban en doble fila.

Sostuvo la puerta del coche hasta que ella se acomodó en el asiento. Solo se dirigieron un par de sonrisas tensas y se pusieron en marcha. Las calles de la ciudad comenzaban a llenarse de gente. Camiones de reparto bloqueaban el tráfico a cada momento y el sonido de los cláxones invadía el ambiente, casi irrespirable por culpa de la humedad y el calor.

—Nos veremos aquí en media hora —dijo Ivanna mientras salía del coche.

Sujetó el bolso con fuerza y caminó por la acera con la cabeza bien alta en dirección a la oficina de correos. Se detuvo frente a la puerta y contempló el edificio un momento. Una vez dentro, sus ojos inspeccionaron la pequeña estafeta. Los paquetes se amontonaban en dos carritos y una mujer regordeta se apresuraba a clasificarlos en montones más pequeños sobre una mesa tras una cristalera. En el mostrador, un hombre de unos sesenta años mojaba el dedo en una esponjita para poder separar las cartas y clasificarlas en bandejas de plástico.

Ivanna contempló el repetitivo trabajo y soltó el aire de sus pulmones con un suspiro. Se encaminó a la ventanilla y trató de esbozar una sonrisa, aunque lo único que logró fue una mueca que convertía sus labios en una fina línea sin expresión. El hombre levantó la vista.

—¡Oh, disculpe! No la había visto. ¿En qué puedo ayudarla? —preguntó, ajustándose unas pequeñas gafas sobre la nariz.

—Necesito enviar todo esto —respondió ella mientras sacaba de su bolsa una caja de color blanco perla con una filigrana dorada en el centro. La abrió y un montón de sobres color marfil quedaron a la vista.

El hombre los miró con atención. Tomó uno y le dio la vuelta; sus ojos se abrieron como platos. En su larga vida como trabajador postal había sellado muy pocos sobres lacrados. La gente ya no solía usar esas cosas. Miró a Ivanna con curiosidad y sus pequeños ojos sonrieron.

—Son muchos y para el extranjero. Esto le va a costar un buen dinero.

—¿Y cree que eso me importa? —le espetó ella dedicándole una mirada de soberbia—. Haga su trabajo, por favor.

El hombre asintió una sola vez.

—Si es tan amable de sentarse, tardaré un rato —indicó, señalando una silla junto a la puerta.

Ivanna se giró para ver el lugar que le indicaba. Se acomodó el bolso en el hombro y frunció el ceño. Por nada del mundo iba a sentarse allí.

—Gracias, pero prefiero esperar de pie.

El hombre no dijo nada más, agarró la caja y se sentó a una mesa junto al mostrador. Colocó un matasellos a su lado y comenzó su labor inclinado sobre la madera. Los finos bordes de sus gafas doradas brillaron a la débil luz que daba una vieja lámpara de lectura.

Ivanna respiró hondo el aire rancio de la oficina. Llenó los pulmones y cerró los ojos un instante, con la esperanza de no notar ese sentimiento de culpa que pendía sobre su cabeza como un halo de energía negativa.

Miró su reloj por enésima vez, lamentándose de que en la casa no hubiera ningún empleado con la discreción y eficiencia suficiente como para encargarle aquellas gestiones. Solo habría podido recurrir a Roberto, pero era la última persona en la que confiaría.

—Esto ya está, señora —anunció el hombre al cabo de un buen rato.

Ivanna dejó escapar un gemido de alivio. Pagó el importe y salió de allí a toda prisa. Mientras caminaba por la calle buscó sus gafas de sol. La luz a esa hora incidía directamente en sus ojos e iba a provocarle un ataque de jaqueca. Recorrió la acera bajo los toldos coloridos de las tiendas. Entró en la farmacia para comprar analgésicos y unas pastillas homeopáticas que la ayudaban a conciliar el sueño. Un minuto más tarde, salió del establecimiento en dirección al lugar donde Nick había aparcado el coche.

Dobló la esquina, vigilando por dónde pisaba. Levantó la vista y su cuerpo se estremeció como si algo punzante se abriera hueco a través de su estómago. Entornó los ojos y apretó el paso rechinando los dientes.

Novalie sujetaba un vaso de café con las dos manos mientras daba pequeños sorbos para no quemarse la lengua con el líquido caliente. Aly caminaba a su lado e iba enumerando la lista de cosas que debían preparar para la lectura conjunta del club a finales de esa semana. Anotaba en una agenda los detalles de última hora que se le iban ocurriendo; algo complicado de hacer mientras caminaba evitando las farolas y a la gente.

—Creo que, cuando vaya a la universidad, escogeré alguna carrera relacionada con la Literatura. ¡Me gusta! —exclamó Novalie de pronto.

Llevaba días dándole vueltas a su futuro. No había pensado mucho en ello, porque durante mucho tiempo la enfermedad de su madre había acaparado cada faceta de su vida, cada pensamiento. Ahora tenía la sensación de estar asomada a un balcón desde el que divisaba distintas direcciones entre las que poder escoger. En apenas un mes regresaría al instituto. Debía aprobar las asignaturas que necesitaba para graduarse por fin, y en un abrir y cerrar de ojos estaría con su maleta bajo el brazo camino de la universidad.

Aly levantó los ojos de la agenda y la miró.

—Eso estaría bien —comentó con una enorme sonrisa—. ¡Mi sobrina toda una erudita!

Novalie soltó una risita.

—Aunque si me van a llamar así, casi que prefiero dedicarme a otra cosa.

—Bueno, te llamarán «doctora». Doctora Feist. ¡Suena bien! ¿Y has pensado dónde quieres estudiar?

—Creo que en Boston. El colegio de Artes y Ciencias de allí es una pasada.

—¿En serio? ¡Eso es estupendo!

Novalie sonrió ante el entusiasmo de su tía.

—¿Te parece bien?

—Por supuesto. Está a menos de dos horas de aquí; podremos verte.

—Pero es una universidad privada, saldrá muy caro estudiar allí.

Aly sacudió la cabeza y le dio un empujón cariñoso con el hombro.

—No te inquietes por eso. Tus padres crearon un fondo para cuando llegara ese momento. No tienes que preocuparte por ese tema.

Novalie la miró de reojo y sus cejas se unieron formando una línea.

—¿Y por qué tú sabes esas cosas y yo no? —preguntó.

Su tía se encogió de hombros mientras ensartaba el lápiz en el moño en el que había recogido su larga melena castaña.

—Pues ya lo sabes —concluyó Aly sin más.

De repente, se percató de que su sobrina palidecía y que casi se había detenido; alzó la vista para ver qué era aquello que tanto la había impresionado, pero no tuvo tiempo de reaccionar.

—Voy a decírtelo solo una vez y espero, por tu propio bien, que me hagas caso —dijo Ivanna a Novalie apuntándola con el dedo. Y sin molestarse en bajar el tono continuó—: Olvídate de mi hijo, no vuelvas a acercarte a él. Conozco a las de tu clase y sé lo que buscáis. Él no es para ti. No le llegas a la suela de los zapatos —le espetó con una mueca de asco, mirándola de arriba abajo.

—¿Quién te crees que eres para hablarle así a mi sobrina? —intervino Aly—. No voy a permitirte...

—La que no va a permitir nada soy yo —replicó Ivanna con brusquedad—. Mi hijo tiene ante él una brillante carrera y no permitiré que una... —hizo una pausa para tragarse el insulto que pugnaba por salir de su boca— niñata con evidentes encantos, y que sabe cómo usarlos, lo aparte de su camino.

Aly abrió la boca estupefacta. Por muy correcta que fuese la forma de expresarse de la mujer, lo que había insinuado sobre Novalie no iba a consentirlo.

—Creo que tu hijo es lo suficientemente mayor para tomar sus decisiones y que Novalie no es responsable de las consecuencias.

—Si lo que buscáis es dinero, no vais a ver un centavo —afirmó Ivanna con una sonrisa de desprecio. Clavó sus ojos en Novalie—. ¿Acaso crees que durará? En cuanto se aburra, que se aburrirá, serás historia.

Novalie dio un paso atrás, incapaz de abrir la boca.

—¡Se acabó! —ordenó Aly, interponiéndose entre Novalie y la mujer—. Si vuelves a acercarte a mi sobrina, tomaré medidas. ¿Me has entendido, estúpida pija esnob? No vuelvas a dirigirte a ella o te enseñaré que sé usar algo más que mis encantos.

Alzó un puño a la altura de su cara.

—¿Me estás amenazando? —se burló Ivanna.

—No más que tú.

Nick apareció tras ellas y agarró a su madre del brazo.

—¿Qué estás haciendo? —masculló entre dientes con rabia.

Ella se liberó del agarre con un tirón.

—Poner cada cosa en su sitio —respondió, fulminando con la mirada a Novalie. Dio media vuelta y se alejó de allí.

Nick cerró los ojos un momento. Estaba a punto de explotar. La vergüenza lo consumía. Alterado y ofuscado miró a Novalie y después a Aly.

—Lo... lo siento mucho. —Se pasó una mano por el pelo—. ¡Dios, esto es...! —Hizo ademán de golpear el aire, demasiado frustrado como para estarse quieto—. No tengo palabras... Lo siento muchísimo.

—No te preocupes —dijo Aly al ver que Novalie seguía en estado de *shock*. Le rodeó los hombros con el brazo y trató de sonreír a Nick—. No es culpa tuya.

Nick asintió, agradeciendo las palabras a pesar de que no estaba de acuerdo. Se sentía responsable de todo lo ocurrido. Miró a Novalie con el corazón en un puño, pero ella mantenía la vista en el suelo, inmóvil.

—No se volverá a repetir, os lo prometo —aseguró él. Aly le dedicó una sonrisa—. Será mejor que la lleve a casa. Ya se ha exhibido bastante por hoy —añadió en voz baja.

Dio media vuelta y siguió a su madre.

—¿Estás bien? —preguntó Aly.

Novalie alzó la mirada y sacudió la cabeza. La gente las miraba. El altercado no había pasado desapercibido y ahora la gente cuchicheaba. El rumor no tardaría en extenderse por toda la isla.

—No —susurró mirando a su alrededor.

—No te preocupes por ellos, que digan lo que quieran. Yo ya estoy acostumbrada a las habladurías, y tú te acostumbrarás en cuanto lleves un tiempo aquí —dijo Aly, empujándola con cuidado para que echara a andar.

Una vez en la librería, Novalie notó las lágrimas anegando sus ojos, pero no quería llorar. Sentía una nada reptando por sus entrañas que se fue transformando en odio hacia Ivanna. Jamás se había sentido tan insultada y humillada por nadie. No dejaba de preguntarse qué clase de familia eran los Grieco. Eran malas personas, de eso no cabía duda, desde el primero hasta el último; lo había comprobado uno por uno. Solo las malas personas eran capaces de herir de esa forma, de intentar rebajar a los demás a la altura de las ratas.

«Todos menos Nick», se dijo a sí misma. Él no era así.

—¿Qué está pasando, Nov? —le preguntó Aly mientras le ponía un vaso de agua entre las manos—. Las cosas que ha dicho esa mujer...

Novalie se encogió de hombros.

—Sé tanto como tú. Pero es evidente lo que ocurre, ¿no crees?

—Para mí no, te lo aseguro.

Novalie giró el vaso y bebió un poco. En realidad era lógico que Aly no supiera a qué se debía la escenita en mitad de la calle. No le había contado absolutamente nada de los planes de Nick, ni del papel que tenía ella en esos planes.

—Nick va a dejar la vida que ha llevado hasta ahora para dedicarse a otras cosas. Ya sabes, la música clásica, lo de dirigir y los conciertos... Europa... —respondió con cautela, sin saber cómo reaccionaría su tía.

Aly frunció el ceño y se cruzó de brazos sin quitarle la vista de encima.

—¿Y qué va a hacer ahora?

—Va a aceptar un puesto de profesor en Berklee. Steve le envió el contrato hace un par de días.

—¡Vaya! Y supongo que por eso tú quieres ir a la Universidad de Boston, ¿no?

Novalie suspiró y asintió de forma imperceptible.

—¡Por Dios, cariño! —exclamó Aly—. ¿No crees que estáis actuando con demasiada celeridad para el poco tiempo que os conocéis? Estáis tomando decisiones muy importante basadas... ¿en qué? ¿En que os sentís atraídos el uno por el otro? Atraerse no es suficiente...

—Él no ha tomado esa decisión por mí. Es algo que quiere hacer desde hace tiempo, mucho antes de conocerme.

—¿Estás segura de eso? Porque aunque no está bien lo que ha hecho, puedo entender que su madre haya perdido los nervios ante semejante bomba.

—¡Sí, estoy segura! —repuso Novalie mientras se ponía de pie con exasperación—. ¿Estás... estás justificando las cosas que me ha dicho esa mujer?

—¡Por supuesto que no! Solo yo sé el esfuerzo que me ha costado no darle una patada en su estirado trasero —contestó Aly de inmediato, dando una patada al aire.

Novalie no pudo evitar sonreír ante el comentario.

—Puedes estar tranquila, tía. No nos estamos precipitando. No vamos a casarnos ni nada de eso, ¿vale? Simplemente estamos trazando un futuro, él el suyo y yo el mío, y de momento van juntos, nada más. Quiero ir a Boston porque Nick estará allí, eso es cierto, pero también porque es una de las mejores universidades del país y está cerca de aquí. Podré venir a menudo y vosotros también podréis ir a verme —admitió con total sinceridad.

Aly se quedó mirándola durante unos segundos, sopesando sus palabras. Al final decidió que decía la verdad y que no había nada más. Se acercó a ella y la abrazó, acunándola entre sus brazos.

—Sabes que tienes todo mi apoyo. Si es lo que quieres, a mí me parece bien. Y sin duda Nick es un buen chico que cuenta con mi aprobación, pero ten cuidado, ¿vale?

Novalie se apartó un poco para verle la cara.

—¿Por qué dices eso?

—Porque conozco a esa familia, cariño. Cuando se trata de los suyos se convierten en hienas hambrientas capaces de devorarte. Viven en su propio mundo y las personas como tú y yo no encajamos en él. Créeme, lo sé.

Novalie frunció el ceño, con una idea dando vueltas en su cabeza.

—Dijiste que conocías muy bien qué clase de persona era su padre, Mario. ¿Acaso tú y él...?

Aly sacudió la cabeza y suspiró con una sonrisa melancólica.

—¿Sabías que tu padre y tu madre empezaron a salir gracias a mí? —preguntó.

Novalie asintió y también sonrió.

—Sí, era tu mejor amiga y acabó enamorándose de papá.

—Sí, así fue. Graham ya se había fijado en ella. Yo lo sabía porque la miraba con ojos de corderito desde que solo era una niña. Solo un idiota o un ciego no se habría dado cuenta de que estaba loco por ella, pero tu madre salía con otro en aquel tiempo. —Hizo una pausa. Tomó aire y la miró a los ojos—. Salía con Mario Grieco.

Novalie dio un paso atrás sin dar crédito a lo que acababa de oír.

—¿Mi madre y el padre de Nick...? —inquirió con voz ronca. Aly lo corroboró con un gesto—. ¿Y qué pasó?

—Su familia —respondió, como si eso lo explicara todo—. Un día apareció Filipo. Su cochazo estaba aparcado frente a la puerta de nuestro instituto. Invitó a tu madre a subir para hablar con ella y, cuando bajó de aquel coche, Mario se convirtió en historia.

El rostro de Novalie se desfiguró por completo, y se llevó una mano a la boca mientras sacudía la cabeza.

—¿Qué le dijo?

—Tu madre nunca me lo contó, pero lo que fuera la afectó muchísimo. Aunque ya no sirve de nada recordar todo eso. Te lo he contado porque quiero que evites cualquier contacto con ellos, ¿vale? Ya has visto a esa mujer.

—¿Crees que Nick lo sabe? Su padre... mi madre... juntos.

—No lo sé. Supongo que no. Es algo que pasó hace mucho y no creo que su familia lo vaya comentando. ¿Te preocupa?

—No. Bueno, no lo sé. Se me hace raro pensar en ellos juntos.

—No dejes que te afecte. Nick y tú no tenéis nada que ver con ese pasado. —Aly sacudió la cabeza—. ¿He hecho mal en decírtelo?

—¡No! Me alegro de saberlo. ¡Dios, es como si la historia se repitiera! Es de locos.

Aly suspiró.

—Olvídalo, cariño.

Novalie asintió. Estaba demasiado confundida como para pensar con claridad, todo le daba vueltas y sus sentimientos giraban en su interior como un torbellino que amenazaba con absorberla. «¿Qué más sorpresas me quedan por descubrir?», se preguntó, porque no se veía capaz de soportar mucho más.

Cuando a última hora de la tarde llegó a casa, se desplomó sobre la cama sin tan siquiera quitarse las sandalias. Se sentía agotada, sin energía para nada; aun así, se obligó a moverse. Su habitación estaba hecha un asco, hacía días que posponía su limpieza, pero había llegado el momento de poner orden en aquel caos.

Se puso de pie, recogió su pelo en un moño y observó el cuarto, organizando mentalmente las tareas. Sus ojos volaron al teléfono móvil apagado sobre la cómoda. Estaba segura de que si lo encendía, vería un montón de llamadas y mensajes de Nick, pero necesitaba un poco de tiempo y espacio antes de hablar con él. Descubrir que entre sus padres había habido una especie de relación no dejaba de ser raro y desconcertante. Ni siquiera sabía si sería capaz de hablar sobre ese tema con él. Sentía la necesidad de correr un tupido velo sobre esa historia.

Se acercó al ordenador y puso música. Arregló la cama y empezó a recoger la ropa que había esparcida por el suelo y a meterla en un cesto que había traído del baño. *El lago de los cisnes* comenzó a sonar y, sin apenas darse cuenta, sus pies trazaron unos cuantos pasos de baile que acabaron convirtiéndose en una coreografía metódica cargada de piruetas. Acabó frente al espejo, con la respiración acelerada, y se miró. Alzó los brazos y estiró el cuello hacia un lado. Aún mantenía el porte y la gracia de una bailarina. Se puso de puntillas y estiró la espalda. Sonrió a su reflejo en el espejo, pero la sonrisa desapareció de inmediato al descubrir a su padre en el pasillo, mirándola fijamente.

Se giró muy despacio.

—Por un momento he creído que eras ella —dijo él con ojos brillantes. Las lágrimas se arremolinaban bajo sus pestañas—. Ha sido como volver atrás en el tiempo... Solía hacer eso mismo, ¿sabes? No importaba si se ponía a cocinar, limpiar o leer. —Sonrió ante las imágenes que se desarrollaban en su cabeza—. Acababa bailando por toda la casa, contemplando su reflejo en todos los espejos para corregir la postura.

Novalie se mordió el labio, conteniendo las lágrimas. No era un buen día para recordarla. Habían pasado demasiadas cosas y no quería hablar de ella. Eso terminaría de hundirla en ese pozo oscuro que la perseguía sin descanso, esperando a que diera un traspiés.

—¡Vaya! ¿Después de tantos meses quieres que hablemos de ella? Pues, ¿sabes qué?, esta vez soy yo la que no quiere recordar nada. No quiero que me hables de mamá —le espetó sin pararse a pensar en lo que decía. Se estaba dejando llevar por el impulso y la necesidad de pagar con alguien la frustración que sentía.

Su padre dio media vuelta y se alejó por el pasillo sin mediar palabra. Novalie se quedó parada, inmóvil en medio del cuarto mientras pensaba en lo que acababa de pasar. Poco a poco se dio cuenta de lo que había hecho. Por primera vez desde la muerte de su madre, su padre había tomado la iniciativa para hablar de ella y lo había echado de malos modos.

—¡Papá!

Salió al pasillo, pero ya no estaba. Fue hasta su habitación y llamó a la puerta.

—¡Papá, lo siento! —exclamó mientras entraba en el cuarto.

Oyó correr el agua en el baño. Se acercó a la puerta y apoyó las manos sobre la madera.

—Papá.

Solo recibió silencio por respuesta. Se sentó en la cama dispuesta a esperar a que saliera. Necesitaba disculparse, y rezaba para que él no volviera a encerrarse en sí mismo, que aquel paso solo hubiera sido el primero de muchos y que ella no lo hubiera estropeado con su soberbia.

Unos papeles sobre las sábanas llamaron su atención. Tenían el membrete de un bufete de abogados. Los tomó y les echó un vistazo. Poco a poco el color abandonó su rostro y las manos comenzaron a temblarle. Apenas podía sostener los documentos. Aquello era un testamento; un manuscrito que nombraba a sus tíos administradores de todos sus bienes hasta que Novalie cumpliera veintiún años. Otro documento les concedía poderes legales para tomar decisiones respecto a la venta de inmuebles, decisiones médicas en distintos supuestos...

Se levantó de la cama, soltando los papeles como si quemaran. Dio unos cuantos pasos atrás hasta que chocó con la mesa. Algo cayó al suelo. Un cuaderno quedó abierto sobre la madera con una pluma entre sus páginas. Lo tomó al reconocer la letra de su padre.

Leyó el primer párrafo y se llevó una mano a la boca con un gemido: era una carta de despedida para ella. Estaba sin terminar. La puerta del baño se abrió y los ojos de su padre se clavaron en ella, después en los documentos y a continuación en el cuaderno que sujetaba entre sus dedos. Él no dijo nada, ni una excusa, ni una justificación; ni siquiera parecía avergonzado por haber sido descubierto en algo tan feo, en plena traición. Su impasibilidad despertó algo latente en Novalie. Apretó los puños y lo encaró.

—¿Qué significa esto?

Él apartó la mirada, aferrándose a su silencio.

—¿Por qué quieres arreglar todas esas cosas ahora? ¿Por qué nombras a Aly mi tutora? ¿Y después qué? ¿Qué pretendes hacer después? —lanzó la batería de preguntas sin apenas respirar—. ¿Acaso vas a marcharte? ¿Vas a abandonarme?

Él continuó en silencio, inmóvil como si se tratara de un cuerpo inerte. Solo sus ojos mostraban la tormenta de emociones que estaba teniendo lugar en su interior. Una idea tomó forma en la mente de Novalie. El pálpito que la había estado acosando las últimas semanas se hizo más pesado.

—¡Oh, dime que no se trata de eso! —Su padre apartó la vista y ella obtuvo la confirmación a sus miedos—. ¡No pretenderás...! ¿Dónde están? ¿Dónde las guardas? —lo interrogó mientras comenzaba a registrar todos los muebles, poseída por una especie de loco frenesí.

Abrió el armario y una caja cayó del altillo. Con el golpe se abrió y el contenido se desparramó por el suelo. Había varios tarritos de medicamentos. También fotografías de su madre y varios poemas garabateados con una caligrafía vacilante. Tomó uno de ellos y el vello se le erizó. Miró a su padre con ojos desorbitados.

—Si lo haces, te odiará. Te despreciará y no te lo perdonará jamás. Crees que si está ahí arriba viendo lo que pretendes, que te has olvidado de su hija y que quieres abandonarla dejándola sola, ¿va a perdonártelo alguna vez? ¡No lo hará! ¡En este momento debe de estar gritándote con todas sus fuerzas que te odia, tanto como te odio yo! —gritó con rabia. Se agachó y cogió los botes del suelo. Abrió uno y volcó todo el contenido en su mano—. ¿Quieres hacerlo? Bien, irás al infierno por ello, bien lejos de mamá. Los suicidas no están bien vistos en el cielo, ¿sabes? Lo que no entiendo es a qué esperas. Hazlo de una maldita vez y deja de destrozarme como lo estás haciendo —le espetó, lanzándole el puñado de pastillas a la cara mientras abandonaba la habitación.

Enfiló el pasillo y al llegar a la escalera se topó con Aly y Tom, que subían corriendo tras haber oído los gritos.

—¿Cómo habéis sido capaces de hacerme algo así? —les preguntó fuera de sí—. Confiaba en vosotros.

—¿De qué hablas, cariño? —preguntó Aly tratando de cogerle la mano.

Novalie la evitó y unas lágrimas ardientes y espesas comenzaron a caer por sus mejillas.

—Del testamento, de todos esos documentos —respondió. Vio cómo ellos palidecían y se miraban aterrorizados—. Eso es lo que papá quería que firmaras. ¿Cómo has podido siquiera considerarlo y mantenerme al margen? ¿Tienes idea de lo que pretende hacer después?

—Cariño, deja que te expliquemos —suplicó Aly.

—Sí, hablemos de esto —intervino Tom con el rostro desencajado.

Novalie negó con la cabeza. Apretó los puños y se lanzó hacia delante, pasando entre ellos sin que tuvieran tiempo de detenerla. Se precipitó escaleras abajo y salió de la casa corriendo sin rumbo fijo. Solo quería escapar de allí y alejarse todo lo posible de aquel lugar. De ellos.

25

Nick abrió los ojos con un respingo. Alguien estaba llamando a la puerta de su habitación.

—¿Sí? —preguntó mientras se levantaba de la cama. Miró el reloj sobre la mesita. Eran más de las cuatro de la madrugada.

—Nick —susurró Dolores al otro lado—. Alguien te busca.

—¿Qué? —se extrañó mientras abría la puerta.

Encontró a Dolores en el pasillo con el teléfono de la casa en la mano, vestida con un camisón que le llegaba hasta los pies y con el pelo revuelto y cara de sueño.

—Es una mujer. Me ha dicho que era muy importante y que necesitaba hablar contigo. La verdad es que parece muy alterada.

Nick tomó el teléfono y volvió adentro tras darle las gracias a Dolores.

—Soy Nick.

—¡Hola! Siento molestarte a estas horas, pero necesito saber si Novalie está contigo.

—¿Alyson? ¡No, Novalie no está conmigo! He intentado llamarla como un millón de veces, pero tenía el teléfono apagado. Supuse que necesitaba tiempo después de lo ocurrido con mi madre. ¿Ha pasado algo? —quiso saber cada vez más preocupado.

—Sí —contestó ella mientras se sorbía la nariz.

Nick se dio cuenta de que estaba llorando y todos sus sentidos se pusieron alerta.

Aly continuó:

—Ayer supo algo que jamás debió saber. Se marchó enfadada y aún no ha regresado. Hemos salido a buscarla, pero nada... Te llamaba por si tú sabías algo, pero ya veo que no.

—¿Por qué no me has avisado antes? —preguntó Nick mientras se ponía los pantalones.

—Lo hago ahora —respondió ella, y añadió con una súplica—: Ayúdame a encontrarla. Creo que tú la conoces mejor que yo.

Nick colgó el teléfono y terminó de vestirse a toda prisa. Segundos después ponía el coche en marcha y salía de la finca a toda velocidad. Recorrió la isla. Cada calle, cada playa, cada rincón al que pensaba que podía haber ido. La buscó en todos los lugares en los que alguna vez habían estado juntos. Cerca del amanecer, llegó al último sitio que quedaba en su lista: el faro. Con miedo y decepción comprobó que tampoco estaba allí.

Contempló el océano desde la punta del espigón, preguntándose sin cesar dónde podría haberse escondido. Porque era evidente que se trataba de eso: no quería que nadie la encontrara y se había ocultado a conciencia. Miró al cielo, justo cuando una estrella fugaz cruzaba el firmamento formando un arco por encima de la luna. De golpe se le ocurrió algo, tan obvio que a punto estuvo de golpearse la frente contra la pared del faro. Recordó las palabras que Novalie dijo cuando estuvieron juntos en el velero.

Condujo hasta el club, ignorando cada señal y semáforo que encontró a su paso. Por suerte, a esas horas de la madrugada el tráfico era casi inexistente. Bajó del coche y a grandes zancadas cruzó el aparcamiento. Corrió a toda prisa hasta el amarradero donde se encontraba el velero. Una vez en la cubierta, solo tardó un instante en ver a Novalie acurrucada junto al mástil. Se quedó parado un momento, mientras respiraba aliviado por haberla encontrado sana y salva.

Sin decir una sola palabra se sentó a su lado. Ella giró la cabeza y lo miró, y en silencio se deslizó hasta que acabó sentada en su regazo, con los brazos rodeándole el torso y la cabeza reposando en su hombro. Él se limitó a besarla en la frente y a abrazarla con fuerza. Estuvieron así un buen rato, mientras el sol comenzaba a despuntar en el horizonte tiñendo de púrpura un cielo completamente despejado.

—Me has dado un susto de muerte —dijo él—. No lograba encontrarte. He recorrido toda la isla hasta que por fin me he acordado de lo que dijiste sobre el fin del mundo y que este sería tu refugio. Y aquí estás.

—No es el fin del mundo, pero se le parece bastante —susurró ella.

Nick le cogió la mano y le acarició la palma con el pulgar. Sentía las emociones de ella fluyendo a través de su piel: estaba asustada, enfadada, aturdida. Apoyó la barbilla en su cabello y la acomodó sobre su pecho, donde la sentía temblar.

—Cuéntame qué ha pasado. Aly me ha llamado muy preocupada.

Novalie tardó un rato en contestar.

—Ayer descubrí los planes que tiene mi padre para nuestro futuro —mascullό en tono mordaz—. Piensa marcharse, para siempre y sin vuelta atrás. Es un maldito cobarde que solo piensa en sí mismo —explicó sin poder disimular el rencor que sentía.

Apenas conseguía evocar el momento en el que había descubierto los documentos y las pastillas sin que le entraran ganas de ponerse a gritar y llorar como una histérica. Por otro lado, sentía una rabia descomunal al recordar cómo su padre había guardado silencio durante todo el tiempo, impasible, como si ella le importara menos que nada.

—¿Qué quieres decir? —preguntó Nick con un mal pálpito, recordando los temores de Novalie respecto a su padre.

—¿Tú qué crees?

«¡Joder!», maldijo Nick para sí mismo.

—Lo siento, cariño. Lo siento mucho —susurró con un largo suspiro mientras volvía a abrazarla. La envolvió como si así pudiera protegerla de todo y de todos—. Siento todo lo que está pasando, lo que ocurrió con mi madre, esto… No soporto que sufras.

—¿Qué voy a hacer? Estoy tan cansada que apenas tengo fuerzas para seguir —se lamentó.

Él la acarició y la acurrucó contra su pecho sintiendo cómo se hacía cada vez más pequeña.

—Tranquila, nena… No te preocupes, seguirás adelante.

—¡¿Cómo?! —exclamó exasperada.

Nick le tomó el rostro entre las manos y la miró a los ojos.

—Muy fácil. Piensa solo en nosotros, en nadie más. —La besó en los labios con ternura y le secó las lágrimas que le caían por las mejillas. Le partía el corazón verla llorar—. Dentro de unos meses te graduarás y saldrás de aquí para ir a la universidad. Ven conmigo a Boston, tiene una de las mejores universidades del país y estoy seguro de que te admitirán en cuanto vean lo brillante que eres.

Novalie dejó escapar una triste risita que apenas fue un susurro.

—Ya lo he pensado —confesó.

—¿De verdad? —preguntó él encantado a la par que sorprendido.

Novalie asintió con la cabeza y la metió bajo su barbilla apretándose con más fuerza contra él.

—Sí. No quiero estar lejos de mi familia, ni de ti —explicó mientras intentaba contener las ganas de llorar—. Pero ahora todo es más complicado y no sé si podré aguantar tanto tiempo.

—¡Pues no aguantes! —repuso Nick—. Me mudaré dentro de unas semanas, ven conmigo. Buscaré un apartamento para los dos y trataremos de matricularte en un buen instituto.

Novalie se enderezó en su regazo y lo miró con los ojos muy abiertos.

—¿Lo dices en serio?

—Jamás he hablado tan en serio en toda mi vida —afirmó él con sinceridad y una expresión solemne que no dejaba lugar a dudas. Se llevó las manos de Novalie a los labios y las besó—. Tengo dinero ahorrado, más lo que gane trabajando. Con eso bastará.

—¡Dios mío, lo dices de verdad! —exclamó Novalie con un sollozo.

Nick soltó una carcajada y, con un movimiento inesperado, la empujó tumbándola de espaldas sobre la cubierta del barco. Se situó sobre ella aguantando su peso con los brazos para no aplastarla. Se inclinó y la besó en el cuello. Sentía cada palabra que había pronunciado. No concebía un futuro en el que Novalie no estuviera presente.

—Pues claro que lo digo de verdad. ¿Qué necesitas para creerme? ¿Que me lo tatúe? ¿Que lo grite en la feria a hora punta? Porque lo haré —dijo él con una sonrisa divertida—. Sé que es un paso importante, pero no imagino a otra persona con la que darlo. Ven a vivir conmigo. —Le cogió la mano y la besó, entreteniéndose en el gesto—Te quiero, Novalie —murmuró en un suspiro.

Ella se quedó parada, sorprendida.

—¿Lo dices de verdad? —musitó con el corazón en un puño.

—¿Qué? ¿Que te quiero? —Ella asintió—. Hace tiempo que lo sé, pero no me había atrevido a decírtelo hasta ahora. —Se inclinó sobre ella y la besó con ternura—. Te quiero —dijo sobre su boca.

—Apenas me conoces.

Nick frunció el ceño.

—¿No me irás a salir con eso de que los flechazos no existen y que el amor a primera vista es cosa de libros?

Novalie se encogió de hombros.

—Lo piensa mucha gente.

—Gente triste y decepcionada —afirmó él mientras le acariciaba los labios con el pulgar.

—¿Por qué...? —preguntó ella con ojos brillantes—. ¿Por qué me quieres?

Nick la miró durante un largo segundo y observó sus preciosos ojos muy de cerca.

—Es tan fácil, tan increíblemente sencillo quererte. No tienes ni idea de cómo eres en realidad, de lo que yo veo cuando te miro.

—¿Y qué ves?

Nick se colocó de lado, apoyándose sobre el codo para poder mirarla. Le apartó un mechón de pelo del rostro y le acarició la mejilla, después los labios.

—El único lugar en el que me siento seguro.

Novalie se quedó mirándolo sin decir nada. Alargó los brazos, le rodeó el cuello y lo atrajo para besarlo. Fue un beso lento y profundo con el que se evaporó todo el pesar que sentía.

—Yo también te quiero.

Notó cómo él sonreía y se le aceleraba la respiración. Podía sentir los latidos de su corazón retumbando contra su pecho.

Él se apoderó de su boca y ella arqueó la espalda pegándose a su cuerpo. Novalie enlazó sus piernas con las de él y poco a poco lo obligó a girarse hasta que acabó tendido de espaldas, y ella sobre sus caderas con los muslos ciñéndole el cuerpo. Le acarició el vientre, el pecho y los hombros, y notó bajo sus dedos cómo se le tensaban los músculos de los brazos al tomarla con las manos por la cintura.

Novalie tragó saliva sin apartar sus ojos de los de él, que ardían por el deseo. Con Nick todo parecía tan natural... Se inclinó y le rozó la boca con los labios, después la mejilla, por último se acercó a su oído y le susurró:

—Te necesito.

Nick cerró los ojos. Sabía que su familia la estaba buscando y, aunque se moría por acceder a sus deseos, no estaba bien mantener por más tiempo su preocupación.

—Deberías regresar. Aly estaba muy mal.

Novalie lo besó en el cuello y saboreó su piel.

—No te lo estoy pidiendo, más bien suplicando. Te necesito de verdad.

Él contuvo la respiración. «¡A la mierda!», pensó mientras empezaba a quitarle la ropa.

Nick acompañó a Novalie a casa. Cogidos de la mano cruzaron el jardín trasero en dirección al porche. Ella miró hacia arriba y sus ojos se encontraron con los de su padre, que permanecía de pie tras la ventana. Durante un instante la expresión de Graham se transformó, aliviado, y en un impulso apoyó la mano en el cristal como si quisiera tocarla. Novalie se detuvo, esperando que hiciera algo más, algún gesto, pero simplemente se dio la vuelta y desapareció.

—Tranquila —dijo Nick, acariciándole la espalda sin apartar la vista de la ventana. Le hubiese gustado subir hasta allí y pegarle un puñetazo a aquel hombre para hacerle despertar.

Entraron en la cocina. Aly y Tom estaban sentados a la mesa con la vista puesta en el teléfono que había sobre ella. Se giraron de golpe al oír la puerta. Ambos tenían el rostro demacrado y descompuesto por la preocupación. Aly se levantó tan rápido que hizo caer su silla y corrió a abrazarla. La apretó muy fuerte con una mano en la espalda y otra en la cabeza. Miró a Nick a los ojos y le susurró un «gracias». Él asintió con una leve sonrisa y, cuando Novalie se separó de su tía, aprovechó para despedirse de ella.

—Será mejor que regrese a casa y os deje para que podáis hablar —musitó.

Novalie alzó sus ojos verdes hacia él y sonrió.

—Vale.

—Cualquier cosa...

—No te preocupes —murmuró ella—. Estaré bien.

Nick se inclinó. La besó en la frente y a continuación abandonó la casa.

Novalie se sentó a la mesa bajo la atenta mirada de sus tíos.

—Siento haberme ido así y haberos tenido preocupados tanto tiempo. Pero debéis entender que todo esto es demasiado para mí. Ne... necesitaba alejarme y pensar —confesó mientras no dejaba de retorcerse los dedos, nerviosa.

—Lo entendemos y no estamos enfadados, solo preocupados —dijo Aly.

—Te queremos mucho, cariño —declaró Tom, envolviendo con su enorme mano las de su sobrina—. Solo deseamos lo mejor para ti.

—En ese caso, sabéis que no podéis firmar esos documentos —afirmó Novalie—. Yo también os quiero mucho y ya sois como mis padres, pero firmar eso no estaría bien. Nada de esto está bien; tú misma se lo decías a papá cuando os oí hablar.

—Puede que tengas razón —aventuró Aly con la vista clavada en la mesa.

—Sé que la tengo. —Hizo una pausa para ordenar sus ideas y miró a su tía—. No podéis seguir protegiéndome. Sobre todo si para hacerlo me mentís y me mantenéis al margen.

Aly y Tom se miraron un instante; él asintió de forma imperceptible y ella le sonrió.

—Está bien. No lo haremos. Tienes todo el derecho a opinar y a decidir qué quieres hacer con tu vida. Te lo has ganado con tu franqueza —indicó Aly acariciándole la mejilla.

—Y en cuanto a mi padre —continuó Novalie—, no sé si está loco, enfermo, o ambas cosas, pero dejad de protegerle y excusarle con que el tiempo hará que mejore. Nunca debisteis ocultarme sus planes; tenía todo el derecho a saberlo. Y deberíamos ir pensando en buscarle ayuda o acabará haciendo un disparate.

—Entendido, no más secretos y buscaremos la forma de ayudar a Graham. Nunca creímos que sus planes llegaran tan lejos —aseguró Tom—. Somos una familia y actuaremos como tal, compartiendo lo bueno y lo malo.

Novalie le sonrió agradecida y añadió:

—Solo una cosa más.

—Lo que quieras, cariño —respondió Aly.

—¿Podemos hacer tortitas? Me muero de hambre —exclamó mientras se secaba con la mano una lágrima que resbalaba por su mejilla.

Los días siguientes mejoraron bastante. Julio se acababa y agosto llamaba a la puerta prometiéndoles un verano perfecto. La paz y la tranquilidad regresó en mayor o menor medida a sus vidas. Sin secretos ni dudas, sin discusiones familiares ni reproches, solo cabía mirar hacia delante.

—Este tiene buena pinta —comentó Nick. Sentado en un saliente frente a la proa del velero, sostenía un ordenador portátil sobre las rodillas y señalaba una imagen en la pantalla.

Novalie estaba inclinada sobre la barandilla, observando a unos delfines que nadaban junto a ellos desde hacía un buen rato. Se acercó y se sentó a su lado.

—Tiene dos dormitorios, dos cuartos de baño y una terraza fantástica —indicó él, mientras le mostraba las fotografías de un apartamento en la web de una inmobiliaria—. ¿Qué te parece?

—Un poco caro, ¿no? —repuso ella al percatarse del precio. Pensaba hacerse cargo de la mitad de los gastos cuando se fuera a vivir con Nick en Boston, y el precio del alquiler de ese apartamento se salía bastante de su presupuesto.

—¿Aún estás con eso? —preguntó él con los ojos entornados.

—*Sip* —afirmó de forma rotunda. Le dio un beso en la mejilla y apoyó la cabeza en su hombro.

Nick esbozó una sonrisa de resignación y contempló las imágenes con pena. Le gustaba el sitio.

—Pues no creo que encontremos algo que esté tan cerca de la universidad y de mi trabajo por menos dinero —apuntó él mientras se encogía de hombros.

—Bueno, podríamos pasar de tener dos dormitorios. Con uno tendríamos más que suficiente, ¿no?

Él la miró de reojo, y la sonrisa provocadora que esbozó hizo que a ella se le aflojara cada pieza del cuerpo.

—¿Un solo dormitorio? De eso nada —intervino Lucy. Se giró en la toalla donde tomaba el sol y bajó sus gafas de sol hasta la punta de la nariz para mirarles por encima de ellas—. Necesitaré un dormitorio cuando vaya a visitaros.

—Pondremos un sofá —replicó Novalie en un tono algo cortante. Su amiga acababa de autoinvitarse a su futura casa y, conociéndola como la conocía, sabía que sería una visita habitual. No estaba segura de si esa idea le gustaba.

—¿Has oído, Roberto? —inquirió Lucy. Roberto emitió un gruñido que se asemejaba a un sí—. ¡Pretende que durmamos en el sofá! Ten amigas para esto —masculló.

—Bueno, así estaremos más juntitos —ronroneó Roberto mientras le rodeaba las caderas con un brazo, tumbándose a su lado.

Novalie y Nick se miraron con los ojos como platos.

—Me da igual lo que digas; necesitamos dos dormitorios —apuntó él en voz baja.

Novalie se echó a reír y lo abrazó por el cuello plantándole un beso en los labios.

—Me has convencido —aceptó ella entre risas—. Dos dormitorios, y a ser posible, insonorizados.

A última hora de la tarde llegaron a puerto y cada uno regresó a su casa, con la promesa de verse después para tomar algo en el nuevo local de moda, un *pub* con música en directo frente a la playa.

Nick no se molestó en dirigirse al garaje y aparcó junto a la casa. Roberto soltó un silbido y frunció el ceño, convencido de que se habían equivocado de lugar.

—¿Qué pasa aquí? —preguntó mientras miraba los camiones y las personas que se afanaban en sacar cosas de su interior.

—Ni idea, pero no me gusta, sobre todo cuando mi cumpleaños está tan cerca —respondió Nick.

—¿Crees que todo esto es...?

—Espero que no, pero tengo un pálpito —masculló mientras se bajaba del coche.

Se dirigió a la casa, esquivando a todas aquellas personas que cargaban cajas. Cruzó el vestíbulo buscando a alguien de su familia y reconoció la voz de su madre dando órdenes desde el jardín. Fue a su encuentro y la halló cerca del cenador, donde se había levantado una enorme carpa blanca, indicando dónde se debían colocar unas mesas y unas sillas. Con los ojos muy abiertos, observándolo todo con un mal presentimiento, se acercó a ella.

—¿Qué pasa aquí?

—Nada, cariño. Solo preparamos la fiesta.

—¿Qué fiesta? Nadie me ha hablado de una fiesta.

—La de tu cumpleaños, mi amor. ¿Qué fiesta si no?

—Esto no es lo que tengo en mente para mi cumpleaños —farfulló él por lo bajo. La tomó del codo y tiró de ella hasta el magnolio para tener un poco de intimidad—. No puedes decidir estas cosas por mí. Esto es excesivo, ¿no crees? ¿A cuántas personas has invitado? —preguntó, aunque podía hacerse una idea viendo el despliegue de personal—. Dudo que conozcamos a tanta gente aquí.

—La mayoría de los invitados son nuestros amigos de Europa y, si me disculpas, solo tengo cuatro días para organizarlo. Tus pataletas no me ayudan.

—¿Europa? ¿Pataletas? —gruñó Nick—. ¿A quién demonios has invitado?

Su madre lo taladró con sus ojos de color zafiro, los mismos ojos que él había heredado.

—A todos —respondió con frialdad y soberbia. Y añadió—: Por cierto, no creo que los primeros tarden en llegar. Deberías arreglarte un poco, no querrás que tu prometida y su familia te vean así.

Nick se quedó de piedra, tan sorprendido que no fue capaz de moverse mientras ella se alejaba. Vio una carpeta sobre la mesa del cenador, la tomó con el corazón latiendo a mil por hora y encontró en su interior la página de un periódico europeo. Una foto de él junto a Christine, a la salida de un concierto en Berlín, ocupaba un buen trozo bajo un titular que anunciaba su compromiso. Arrugó la hoja en su mano hasta que la convirtió en una bola compacta y la arrojó al suelo con rabia.

La ira se arremolinaba en su interior como una tormenta de verano a punto de estallar. Irrumpió en el estudio de su abuelo y cerró de un portazo.

—¡¿De qué compromiso hablan los periódicos?! —gritó.

—De tu compromiso con Christine, ¿de cuál va a ser? —repuso Filipo con tranquilidad.

—¿De qué estás hablando? Hace meses que rompí con Christine.

—Bueno, esa es tu percepción. Ella se quedó con otra impresión y se tomó vuestra ruptura como una pausa que necesitabas para aclarar tus ideas. Pero creemos que ya has tenido tiempo suficiente y que ahora hay que afrontar el futuro.

—¿Qué has hecho? —preguntó Nick completamente aterrorizado.

—Te dije que no iba a permitir que arruinaras tu futuro —le recordó Filipo mirándolo a través de sus ojos entornados—. No debiste desobedecerme y ponerme a prueba. A mí no.

—¿Qué has hecho? —insistió Nick imaginando por dónde iban los tiros.

—He hablado con Christine y su familia, y han aceptado vuestro compromiso de buen grado. Ya se ha comunicado a la prensa europea y mañana se publicará en los periódicos nacionales. El anuncio oficial tendrá lugar aquí, dentro de cuatro días, durante la fiesta de tu cumpleaños, y os casaréis el quince de diciembre en Londres.

Nick no podía apartar los ojos de su abuelo. Un impulso asesino se apoderó de él. Apretó los puños, haciendo acopio de voluntad para controlarse y no abalanzarse sobre él y golpearlo hasta hacer desaparecer de su cara aquella expresión de suficiencia.

—No lo haré —respondió.

—Lo harás —sentenció Filipo en tono amenazante—. No me vas a dejar en mal lugar ante medio mundo, ni vas a dar al traste con mis planes. La familia de esa chica va a invertir muchos millones en los negocios de esta familia, que supondrán un gran beneficio para ambas partes, y pondrán en tus manos la filarmónica que elijas. Quiero que dirijas y dirigirás. —Apoyó las manos en la mesa, inclinándose hacia delante—. En este momento hay doscientas personas preparándose para venir hasta aquí y no voy a permitirte que lo estropees. Te comprometerás y te casarás con ella.

Nickolas no podía encontrar una explicación lógica para semejante sacrificio. Y no la había, por eso no pensaba aceptar aquel disparate.

—Pero yo no la quiero —insistió Nick.

—Pero ella a ti sí. Christine pertenece a nuestro mundo, lo comprende. Vamos, Nick, es una chica hermosa e inteligente, y muy atractiva. No creo que te suponga mucho esfuerzo hacer que lo vuestro funcione. Y estoy seguro de que sabrá hacerte feliz.

Nick se llevó una mano a los ojos. ¡Por Dios, tenía ganas de llorar por toda aquella locura! Se frotó la cara y miró a su abuelo.

—¡Me estás vendiendo! Para ti no soy nada más que otro de tus negocios.

—Eso no es cierto. Hago todo esto porque te quiero y sé lo que te conviene.

Con las sienes martilleándole, Nick sacudió la cabeza sin apartar la mirada de Filipo.

—Me da igual en qué lugar quedas ante todas esas personas, me da igual que pierdas todo ese dinero, y aún me importa menos una filarmónica. No me casaré con Christine cuando estoy enamorado de otra persona. —Se encogió de hombros—. Y en lo que a mí respecta, he terminado con esta familia. Si sigues adelante con esta locura, tendrás que buscar a otro que ocupe mi lugar. Yo me largo de aquí esta misma noche —dijo de manera rotunda.

Dio media vuelta para dirigirse a la puerta.

—Veremos si esa persona de la que estás tan enamorado quiere seguir contigo cuando descubra que le has estado mintiendo sobre tu compromiso —soltó como si nada Filipo.

Nick se detuvo con la vista clavada en el pomo de la puerta.

—Ella jamás dudará de mí. Créeme, os conoce muy bien —masculló.

Filipo sonrió con malicia y se dejó caer en su sillón con un suspiro.

—Te sorprendería saber lo que pueden hacer los celos y el despecho. —Miró su reloj y esbozó una sonrisa—. Y a estas horas ya debe de saberlo. Los rumores corren como la pólvora en este pueblo.

Nick no se molestó en contestar. Abrió la puerta y salió, cerrando tras de sí con un portazo.

Filipo se inclinó hacia delante con los codos en la mesa. Enterró el rostro entre sus manos y lo frotó con fuerza, como si tratara de borrar algún rastro de él. Se llevó una mano al cuello y rozó la medalla que pendía de él. Una imagen de la virgen María acunando un bebé.

—¿Remordimientos? —preguntó una voz.

Filipo desvió la mirada hacia el ventanal que daba paso a la terraza, justo cuando Marco asomaba entre las cortinas. Se había ocultado allí al irrumpir su hermano en el estudio, y por suerte este no se había percatado de su presencia.

—No tengo motivos para sentirlos —repuso Filipo mientras sacaba su BlackBerry del bolsillo—. Sé que hago lo que debo. ¿Y tú? ¿He de temer por tu conciencia? —interrogó a su nieto, taladrándolo con la mirada.

Marco le regaló una sonrisa forzada.

—¿Acaso podría apelar a mi conciencia? —comentó a su vez—. ¿Me serviría de algo decir que no me parece bien?

Filipo esbozó una sonrisa torcida.

—No. Te gusta demasiado la ropa de firma y los lujos caros. Y puedo dejarte sin un centavo en cualquier momento.

Se produjo un tenso silencio durante el cual se miraron fijamente.

—Si crees que va a agradecértelo, estás muy equivocado. No lo hará nunca. *Tu chico* no va a perdonarte —comentó Marco, dirigiéndose de nuevo a la terraza.

—No necesito consejos, solo que hagas lo que yo te ordene.

26

Nick abandonó la casa a toda prisa. Al descender la escalinata se topó con dos empleados que portaban lo que parecían las piezas de una fuente de cristal; el encontronazo fue irremediable y las partes cayeron al suelo causando un gran estrépito, haciéndose añicos. Durante un segundo Nick vaciló, dudando de si debía ayudar o no a los dos hombres que se excusaban sin cesar, pero no lo hizo. Enfadado como estaba por los acontecimientos, lo único que quería era hablar con Novalie antes de que fuera demasiado tarde, y pasó por encima de ellos sin inmutarse.

Subió al coche y lo puso en marcha, maniobrando con habilidad entre los camiones. Aceleró en cuanto el camino quedó despejado y se dirigió al pueblo. Cogió su teléfono y llamó a Novalie.

—Tenemos que vernos —soltó de golpe en cuanto ella contestó.

—¡Creía que habíamos quedado más tarde! Lucy aún está en la ducha —dijo, poniendo los ojos en blanco mientras oía a su amiga destrozar una canción de Joss Stone.

Nick suspiró aliviado. Que hubiera contestado era buena señal. Aún no sabía nada.

—Es importante, tenemos que hablar.

Novalie guardó silencio con un nudo en el estómago. Se sentó en la cama, sujetando contra su pecho la toalla que le rodeaba el cuerpo.

—¿Qué ocurre? —preguntó con un mal pálpito.

—Por teléfono no. Estaré en el paseo en cinco minutos, frente a la calle principal. Te espero allí… —Hizo una pausa. Se pasó una mano temblorosa por el pelo—. Ve directamente a buscarme y… no te entretengas hablando con nadie.

—Me estás asustando.

—Confías en mí, ¿verdad?

—Por supuesto.

—Y confiarías en mí pasara lo que pasara, solo en mí, ¿verdad?

—Claro que sí. ¿A qué viene esa pregunta?

—Necesitaba oírlo —susurró—. No tardes.

—No, ya salgo para allá —respondió ella mientras se ponía de pie y abría el armario.

—Novalie...

—¿Sí?

—Te quiero muchísimo.

—Yo también —contestó cada vez más preocupada.

Colgó el teléfono y se vistió sin apenas fijarse en lo que se ponía. Abandonó la habitación dejando allí a Lucy, que continuaba en el baño. Salió por la puerta principal para evitar el porche trasero, donde Aly y Tom tomaban un té helado mientras escuchaban música en un viejo tocadiscos.

Novalie tenía un mal presentimiento. Había notado muy raro a Nick y, mientras conducía hasta el pueblo, se sumió en un estado paranoico en el que no dejaba de preguntarse qué sería esta vez, qué nuevo problema habría surgido. Una semana, solo una semana; ese era el tiempo que habían logrado pasar en paz.

Nick llegó al paseo. Con las manos en los bolsillos de sus tejanos, no dejaba de moverse de un lado a otro mientras sus pensamientos iban a mil por hora, tratando de encontrar una vía de escape de aquel callejón sin salida. No tenía ni idea de cómo iba a explicarle a Novalie el giro que habían dado los acontecimientos, cuando ni siquiera él lograba entenderlo. Su teléfono móvil vibró, lo sacó del bolsillo y le echó un vistazo. En la pantalla parpadeaba el mensaje de un amigo de la universidad. Lo abrió y se encontró con una felicitación por su reciente compromiso. Todo aquello había llegado demasiado lejos.

La bocina del ferry lo sobresaltó. Acababa de llegar el último de ese día. En pocos segundos el paseo se llenó de viajeros y el claxon de los coches que cruzaban la pasarela de desembarque ahogó la tranquilidad de la tarde. Entre todos aquellos vehículos que se iban incorporando al tráfico, uno parecía fuera de lugar: una ostentosa limusina negra. La siguió con la mirada mientras doblaba en su dirección, muy despacio.

Nick se quedó de piedra, como si hubiera visto un fantasma, y el pulso se le congeló en las venas cuando el vehículo frenó y dio marcha atrás. La puerta trasera de la limusina se abrió y una chica morena, con una melena rizada a la altura de los hombros, descendió a toda prisa.

—¡Nick! —Se echó en sus brazos y le plantó un beso en los labios—. ¡Mi amor, cuánto te he echado de menos!

Nick apenas fue capaz de pronunciar su nombre.

—¡Christine!

A la chica la seguían un hombre y una mujer de mediana edad, de aspecto refinado.

—¡Nickolas, muchacho! ¡Me alegro de verte! —exclamó el hombre, tendiéndole la mano.

—Señor Blair —musitó Nick—. Señora Blair.

La mujer se limitó a sonreírle y le palmeó la mejilla.

—¿Qué haces aquí? ¿Nos esperabas? —preguntó Christine con un mohín—. ¡No debías saberlo, era una sorpresa!

Tomó a Nick del rostro y volvió a besarlo.

—Pero ¿no dices nada?

—¿Qué quieres que diga si no lo dejas hablar? —repuso entre risas la madre de Christine.

Novalie aparcó frente al paseo y corrió los pocos metros que la separaban del lugar donde había quedado con Nick. Enseguida lo vio, pero no estaba solo. Aminoró el paso estudiando a las personas que estaban con él, sobre todo a la chica que colgaba de su cuello y que no dejaba de reír y de tocarlo. Durante un segundo sus latidos se detuvieron. ¡Ella lo había besado en la boca! Por un instante dudó si había visto bien. Seguro que lo había imaginado o simplemente lo había parecido y, en realidad, era un casto beso en la mejilla.

Con el corazón a mil por hora se paró junto a él.

—Hola, Nick —saludó expectante.

Nick se giró y palideció al verla tras él.

—¡Novalie! —pronunció su nombre con voz ronca.

—No sabía que ibas a venir acompañado.

—No, no... Ellos... acaban de llegar... —No conseguía unir dos palabras seguidas, demasiado impresionado por todo aquello.

—¿Quién es tu amiga? —preguntó Christine a Nick mientras miraba a Novalie de arriba abajo. Con un gesto íntimo le frotó los restos de carmín que le había dejado en el cuello.

Abrumada por la sorpresa, Novalie tardó un segundo en reaccionar y se adelantó a la respuesta de Nick, que parecía en estado de *shock*.

—Soy Novalie.

—Hola, encantada de conocerte. Yo soy Christine, la prometida de Nick.

—¿Prometida? —inquirió perpleja. Esta vez fue ella quien palideció.

—Novalie, no... —empezó a decir él, tratando de deshacerse del abrazo de la chica.

—Sí. Suena bien, ¿no? ¡Prometida! —dijo Christine muy despacio, paladeando la palabra. Abrazó a Nick con más fuerza y lo besó en la mejilla—. Lo anunciaremos el viernes, durante su fiesta de cumpleaños. ¡Estoy tan emocionada! —Volvió a centrar su atención en Novalie—. Si eres amiga de Nick, supongo que vendrás a la fiesta.

Novalie creyó que iba a desmayarse allí mismo. La cabeza le daba vueltas y sus rodillas se empeñaban en doblarse.

—No, la verdad es que no estoy invitada —contestó con una mezcla de orgullo herido y rabia.

—¡Oh, vaya!

—No pasa nada. —Forzó una sonrisa mordaz y miró a Nick a los ojos. Él tenía el rostro descompuesto—. En realidad no somos tan amigos; solo le vendo libros.

Sus palabras fueron como ácido corroyendo su interior. Nick se sentía superado por la situación. La última hora estaba siendo infernal, como una pesadilla que no hacía más que empeorar y de la que no conseguía despertar. Novalie estaba reaccionando justo como había temido que lo hiciera, y él se encontraba paralizado, incapaz de abrir la boca bajo la mirada de Christine y sus padres. Ni siquiera sabía si ellos eran realmente culpables y cómplices de la trama, o solo otros peones más en el juego de su abuelo.

—Yo... debo marcharme. Encantada de haberte conocido —empezó a decir Novalie a Christine—. Espero que seáis muy felices.

Dio media vuelta y echó a andar hacia su camioneta, con el pulso martilleándole las sienes. Apenas podía respirar y un dolor agudo en el pecho la obligó a inclinarse hacia delante mientras caminaba. Empezó a correr, muerta de vergüenza, ahogándose en una profunda humillación.

—Disculpadme un momento —pidió Nick a los Blair, y corrió tras Novalie—. ¡Novalie!

La asió por la muñeca en cuanto le dio alcance, pero ella se soltó con un tirón mientras lo asesinaba con la mirada.

—Deja que te explique.

—¡¿Explicarme qué?! —estalló ella, convencida de que ya estaba todo dicho.

Sentía la bilis ascendiendo por su garganta, quemándole las entrañas hasta las mejillas, que se le habían puesto aún más rojas por la furia que la recorría en oleadas.

—Te juro que iba a contártelo. ¿Por qué crees que te he llamado? Iba a explicártelo —replicó Nick.

—¡Vaya, qué considerado! En ese caso debería darte las gracias, ¿no? Pues gracias, más vale tarde que nunca. ¿No es eso lo que se suele decir? —Lo miró con rabia y los puños apretados—. Espero que seas muy feliz con tu prometida. Desde luego sois el uno para el otro. —Su voz se quebró en la última frase debido a la indignación.

Continuó andando, pero Nick volvió a detenerla. Esta vez se plantó delante de ella, cortándole el paso.

—Novalie, deja que te explique, las cosas no son...

—Para ti solo he sido un entretenimiento, alguien con quien jugar y pasar el rato —lo cortó. Estaba tan enojada con él que perdió los estribos—. ¿Te has divertido jugando con la pobre huerfanita? ¿Te has aprovechado de mí de forma deliberada? ¿Acaso te ha importado en algún momento el daño que me estabas haciendo? ¡Dios, ¿cómo he podido ser tan tonta para tragarme todas tus mentiras?!

Nick alzó una mano suplicante con intención de tocarle la cara, pero ella dio un paso atrás, alejándose de él.

—No digas eso, sabes que no es cierto. Yo te quiero.

Novalie soltó una carcajada. Cortó el aire con las manos, a todas luces dolida.

—¡Aún tienes el valor de salirme con esas! ¡Tú no quieres a nadie salvo a ti mismo! En el fondo esa chica me da pena. Va a casarse con un mentiroso que seduce a otras cuando ella no está —le dijo en un tono acerado, fulminándolo con la mirada.

Nick sacudió la cabeza con incredulidad. Le costaba asimilar las palabras que salían de su boca. Haciendo caso omiso de la gélida mirada de Novalie, le pidió con más calma:

—Déjame explicarte...

—No hay nada que explicar, está bastante claro, ¿no crees? —masculló Novalie sin dejarle hablar. No quería escuchar ni una sola excusa más—. Te has burlado de mí, me has hecho creer que eras una persona diferente, pero no lo eres. Solo querías una chica con la que divertirte durante unas semanas. ¿Cómo has podido ser tan cruel? Los planes sobre vivir juntos, las cosas que me dijiste, ¿de verdad era necesario que llegaras tan lejos para echar un polvo?

Nick se estremeció de impotencia.

—Me dijiste que confiabas en mí, solo en mí —recordó él.

Novalie retrocedió un paso.

—¿Confiar en ti para que me sigas mintiendo? ¿De verdad me crees tan ingenua? Me has engañado una vez; no habrá una segunda.

Él resopló decepcionado y se le crispó la mandíbula. Unas lágrimas airadas y dolorosas brillaron en sus ojos. Aquello no podía estar pasando.

—¡Maldita sea! ¿Quieres escucharme de una puta vez? —insistió Nick en un tono de voz más alto de lo que pretendía; un par de personas se giraron para mirarlos con curiosidad. Hizo una pausa y se pasó la mano por la cara, demasiado frustrado para pensar con calma—. Estás siendo irracional. No te he mentido, jamás lo he hecho.

—Sí, es cierto, tú solo *no mencionas* las cosas. Así es como lo justificas todo —le espetó ella con una mirada cargada de rencor—. No vuelvas a acercarte a mí.

Su voz lo atravesó.

—¡Novalie, por Dios! —suplicó Nick desesperado.

—Si te acercas a mí una vez más, juro que te denuncio por acoso.

Nick se quedó inmóvil en la acera, viendo cómo ella se alejaba. Un abismo se abrió bajo sus pies y el deseo de desaparecer en él se le hizo insoportable. Se sentía incapaz de sufrir el vacío, el agujero que le desgarraba el pecho. Jamás se había aferrado a nadie con tanta necesidad como a Novalie, y acababa de perderla sin darse cuenta.

—¡Nick! —gritó Christine desde lejos.

Él ignoró su llamada, estaba a punto de desplomarse de rodillas. Ni en sus peores pesadillas habría imaginado un dolor como el que sentía. Se obligó a darse la vuelta y a regresar junto a los Blair.

—¿Va todo bien? —preguntó ella en cuanto se detuvo a su lado.

Nick asintió y la miró a los ojos. Christine era una chica muy bonita, de piel sonrosada, con unas mejillas mofletudas salpicadas de pecas. Su mirada era limpia y no percibió en ella la mentira ni el complot.

—Tú y yo tenemos que hablar —murmuró, muy serio.

—¡Claro que sí, pero no ahora! Tendremos tiempo de hablar de todo lo que quieras en los próximos días —dijo ella enlazando su brazo con el de él—. Ahora necesitamos descansar. Mis padres están exhaustos del viaje y yo hambrienta. Así que... ¿por qué no nos llevas a esa preciosa villa de la que tanto presume tu familia? —sugirió con un mohín.

Cuando Nick llegó a casa con los Blair, descubrió con alivio que los camiones y los operarios habían desaparecido. Los acompañó al interior de la mansión y aguantó estoicamente los saludos y cumplidos entre ambas familias, tratando de no dejarse arrastrar por la necesidad de zanjar toda aquella locura cuanto antes. No iba a haber compromiso, y por supuesto que no iba a haber boda, de eso estaba seguro.

Se vio arrastrado por el brazo de Christine. Todos juntos salieron al jardín para ver los preparativos de la fiesta. Ivanna iba explicando dónde se colocaría cada adorno y cada lámpara, las esculturas de hielo y el cuarteto de cuerda. La señora Blair asentía, completamente cautivada.

—¡Todo esto es precioso! —exclamó Christine, abrazando a la que ya consideraba su suegra—. Será una fiesta preciosa.

—Sí, pero no tanto como lo que Nick tiene para ti —respondió Ivanna. Se giró hacia su hijo y le dedicó una sonrisa—. Va siendo hora de que le entregues cierto regalo a tu prometida, ¿no crees?

Nick frunció el ceño, sin entender a qué se refería su madre. Pero fuera lo que fuese solo serviría para complicar aún más las cosas. Negó con la cabeza de forma imperceptible. Ella lo ignoró.

—Pasemos al salón —sugirió Ivanna.

Todos la siguieron hasta la enorme estancia. Dolores sirvió unas bebidas y abandonó la sala para dejarlos solos. Filipo se acercó a Nick.

—Ten, entrégaselo después de que yo hable —le susurró a su nieto.

Nick miró la pequeña cajita, intuyendo qué contenía: un anillo de compromiso.

—No voy a hacerlo, es más, voy a zanjar esto ahora mismo —repuso con determinación. La mano de Filipo sobre su hombro impidió que se moviera. Los dedos nudosos de su abuelo se hundieron en su piel haciéndole daño.

—No vas a hacer nada. Sonreirás demostrando lo feliz que te hace esta unión. No permitiré que me dejes en mal lugar por un capricho, y esta vez puedes tomártelo como una amenaza si eso lo hace más fácil —masculló su abuelo con un brillo airado.

—¿Qué vas a hacer, matarme? —lo retó Nick, y añadió, esta vez para todos los presentes—: Lo siento, pero hay algo que debo deciros.

Sintió el golpe contra el suelo antes de que pudiera pronunciar la primera palabra. Se giró y vio a su abuelo de espaldas sobre la alfombra, con una mano en el pecho y la otra agarrada a su corbata.

—¡Papá! —exclamó Mario mientras se arrodillaba en el suelo a su lado—. ¡Llamad a una ambulancia, rápido! —gritó.

Tres horas después, el médico que los había recibido a su llegada a urgencias entró en la sala de espera con el ceño fruncido y expresión preocupada. Todos se pusieron de pie.

—¿Cómo está? —inquirió Mario.

El médico sonrió con gesto cansado.

—En este momento ya está fuera de peligro.

—¿Qué le ha ocurrido? —preguntó el señor Blair, rodeando con su brazo los hombros de su hija.

—Su corazón. Ha tenido un amago de infarto. El señor Grieco parece estar sometido a mucha presión. Su pulso y su tensión están muy por encima de lo normal, y eso es peligroso en este momento. Es muy importante que esté tranquilo y que no se altere hasta que esos niveles se estabilicen, porque, en caso contrario, las posibilidades de que sufra un infarto son muy altas y los daños que conllevaría podrían ser irreparables, incluso mortales —explicó el especialista.

—¿Tan alto es el riesgo? —quiso saber Marco desde la esquina en la que se había apartado del resto.

—Me temo que sí. Ha desarrollado una hipertensión importante —respondió el médico.

—Muchísimas gracias por todo, doctor —dijo Ivanna.

—De nada. Es conveniente que pase la noche aquí. Si evoluciona como hasta ahora, por la mañana podrán llevárselo a casa, ¿de acuerdo? Aunque deberá estar vigilado todo el tiempo.

Mario asintió y se despidió del hombre con un apretón de manos. Miró a Nick y le hizo un gesto con la cabeza para que lo siguiera afuera. Sin mediar palabra, avanzaron codo con codo por el pasillo hasta una máquina dispensadora de café. Mario sacó dos monedas de uno de sus bolsillos y las metió en la ranura. Seleccionó un café solo y pulsó el botón. Mientras contemplaba cómo la bebida goteaba dentro del vaso de plástico, suspiró, soltando de golpe todo el aire de sus pulmones.

—Tu abuelo es un hombre con muchos defectos —empezó a decir—, pero es mi padre y lo quiero, y siempre ha pensado antes en su familia que en sí mismo. Nos ha antepuesto a todo y se ha desvivido por nosotros, sacrificando muchas cosas para darnos una buena vida. —Tomó el vaso, dio un sorbo y, con la vista clavada en la pared, añadió—: No quiero que le suceda nada.

—¿Qué estás insinuando? —preguntó Nick con un nudo en el estómago.

—Solo te pido que cedas un poco, que no lo contraríes. Os oí hablar cuando te entregó el anillo. Tu amenaza fue lo que provocó el ataque —lo acusó sin reparos—. ¡Acepta el compromiso! ¡La vida de tu abuelo es más importante que un deseo o un capricho! Una muerte no tiene vuelta atrás, lo demás...

Nick se estremeció. Esto sobrepasaba todos sus límites, física y emocionalmente.

—¡No puedo creer que me lo estés pidiendo en serio! Tú no —lo interrumpió Nick. Sacudió la cabeza con los ojos cerrados—. ¿Y qué hay de mi vida?

—Tienes toda la vida por delante, tiempo de sobra para hacer muchas cosas. Tu matrimonio no tiene por qué ser para siempre... Pero ahora quizá sea lo mejor.

Nick captó la insinuación implícita en el comentario, y su asombro aumentó.

—¿Quieres que me case con Christine para que la deje dentro de unos años? ¿Quieres que cometa con Novalie los mismos errores que tú cometiste con Meredith? —inquirió con voz enérgica.

Mario apartó la mirada distraídamente, como si solo estuvieran hablando del tiempo o los deportes.

—Nick, tu madre y yo al principio... —No encontraba las palabras para decir aquello—. Mira, quizá mis sentimientos por ella no fueran muy intensos, pero con el tiempo y la convivencia... Luego nacisteis tu hermano y tú, y yo aprendí a quererla. Es una gran mujer. Te ocurrirá lo mismo.

—¡Aprendiste a quererla! —repitió Nick en tono mordaz. Miró a su padre a los ojos—. Dime que nunca te has arrepentido ni una sola vez. Dime que en todos estos años no has deseado volver atrás en el tiempo. Que no te has preguntado cómo habría sido tu vida al lado de una mujer a la que amabas de verdad. Júramelo.

Mario se quedó mirándolo y guardó silencio. No podía responder que no porque mentiría. Siempre se lamentaría de haberse rendido con Meredith. Era un cobarde, eso lo tenía asumido, y estaba pagando el precio día a día.

Nick esbozó una triste sonrisa. La falta de respuesta contestaba a sus preguntas.

—Y deseas lo mismo para mí —continuó en tono glacial—. Estás haciendo conmigo lo mismo que el abuelo hizo contigo. ¡Genial, papá! ¡Gracias por nada!

27

Aly, sentada a la mesa de la cocina mientras tomaba su desayuno, observó cómo Novalie restregaba con fuerza las paredes del horno. Cuando terminó de secarlo, cerró la puerta y deambuló por la cocina buscando qué más fregar, barrer o desempolvar, pero no encontró nada. Llevaba desde las cinco de la mañana inmersa en un ataque de limpieza a fondo que había puesto media casa patas arriba. Posó la mirada en la taza que Aly aún sostenía entre las manos.

—¿Has terminado con eso? —preguntó Novalie.

Su tía miró la taza. Aún quedaba café, pero se la entregó para no contrariarla. Novalie se acercó al fregadero y comenzó a enjabonarla con movimientos enérgicos.

Notaba los párpados pesados. No había conseguido dormir, y mucho menos permanecer quieta desde que la noche anterior había llegado a casa tras el apocalipsis en el que se había convertido su vida.

Sin rodeos contó lo ocurrido a sus tíos sin omitir ningún detalle. Al fin y al cabo, iban a enterarse de todo en cuanto asomaran por el pueblo. La noticia del compromiso de Nickolas Grieco con una joven y rica chica europea iba a propagarse como la pólvora; también los rumores sobre su relación con Novalie. Todos sus vecinos los habían visto juntos, cogidos de la mano o abrazados por las calles y playas de Bluehaven. Y no tenía dudas de que sería ella la que se llevaría la peor parte de las especulaciones.

Su teléfono móvil comenzó a sonar sobre la encimera. Lo miró de reojo. Era él, otra vez. Ignoró el sonido y se sirvió una taza de café. Seis, siete, ocho timbrazos... Dejó la taza y agarró el móvil con malos modos. Tras dos intentos consiguió abrirlo y extraer la tarjeta, y la tiró a la basura. Tenía ganas de estamparlo contra el suelo. Necesitaba romper algo para arrancarse aquella sensación que le oprimía el pecho.

—¡No, eso sí que no! —exclamó Aly poniéndose de pie y arrancándoselo de las manos—. El teléfono no tiene la culpa de nada.

Novalie se apoyó en la encimera.

—Lo sé —dijo entre sollozos mientras alzaba las manos como si se rindiera.

Aly suspiró y le rodeó los hombros con un brazo.

—Puedes quedarte en casa si quieres. Buscaré a alguien que me eche una mano en la librería hasta que este asunto se haya calmado y se olvide toda esta historia.

Novalie negó con la cabeza y la miró con el ceño fruncido.

—¿Y esconderme? ¡No, ni hablar! ¡Yo no he hecho nada malo para esconderme como si tuviera algo de lo que avergonzarme!

—No lo digo por eso, cariño. Desde anoche veo que intentas fingir que no ha pasado nada, que todo marcha bien. Es normal que estés enfadada, que quieras llorar o gritar, incluso buscar a ese cretino y darle una paliza. Algo que tu tío haría encantado si no lo hubiera amenazado con dormir durante todo un mes en el porche...

Novalie esbozó una sonrisa. Era cierto, Tom se había pasado media noche golpeando el saco de boxeo que tenía en el garaje mientras soltaba una gran cantidad de insultos entre los que el nombre de Nick y el apellido Grieco aparecían con mucha frecuencia.

—Lo que te ha ocurrido no es fácil. Puedo hacerme una idea de cómo te sientes, y no es bueno que guardes todos esos sentimientos dentro de ti. Déjalos salir para que puedas recuperarte —añadió Aly.

—No voy a llorar por él, tía. Y me recuperaré llevando una vida normal —dijo ella de forma tajante.

—Está bien —aceptó Aly—. Como quieras.

A la mañana siguiente Novalie tuvo que arrastrarse fuera de la cama. Tampoco había podido dormir esa noche. Era miércoles, y en apenas dos días y medio Nick estaría anunciando su compromiso con Christine en una fiesta plagada de pijos ricos. No dejaba de pensar en él, y el hecho de que hubiera intentado contactar con ella por todos los medios existentes complicaba aún más la situación. Había llamado a la librería varias veces y había enviado mensajes a Lucy, pero ella no había querido escucharlos.

Se había presentado en casa la tarde anterior, pero ella se había negado a verlo. Por suerte, Tom no estaba a esas horas y Aly ni siquiera le había dado la oportunidad de justificarse, invitándolo amablemente a llevar su trasero fuera de la propiedad y a no acercarse a ellas nunca más.

Pero, a pesar de todos los motivos que tenía para odiarlo, estaba enamorada de él. Echaba de menos su risa, sus ojos, sus besos, sus caricias, el roce de su piel contra la suya. Se maldecía por evocar esos momentos y se obligaba a recordar que era un maldito mentiroso que se había burlado de ella desde el primer instante.

Bajó a la cocina y se encontró con Tom. Acababa de levantarse y tenía el pelo alborotado. La miró por encima del periódico y sonrió.

—Buenos días —saludó Novalie. Se dejó caer en una silla y con la velocidad de una serpiente le quitó una tostada del plato.

—¡Eh! —protestó él.

—Te estoy haciendo un favor al comérmela, en serio. Tus musculitos de acero empiezan a parecer de mantequilla —dijo con una mirada inocente—. Deberías cuidarte más.

Tom se quedó callado un momento, frunció el ceño y elevó un brazo, doblándolo por el codo para marcar el bíceps.

—¿Tú crees? —preguntó, con una arruga de desconfianza en la frente.

Novalie asintió mientras trataba de esconder una risita maliciosa. Necesitaba sentirse bien, bromear.

—Tienes razón, será mejor que empiece a desayunar fruta —comentó Tom. Se puso de pie y fue hasta la nevera, de donde sacó una manzana y una jarra de zumo.

—En ese caso, no te importará que me quede con esto, ¿no? —repuso Novalie apropiándose del plato.

Puso las tostadas en una servilleta y se las fue comiendo mientras conducía hacia la librería. Esperaba tener una mañana muy ajetreada llena de clientes y turistas. Estar ocupada era lo que necesitaba para no pensar en el despecho, en la vergüenza y en el dolor que le taladraba el pecho. Y parecía que el destino la había escuchado, porque no tuvo ni un minuto libre hasta la hora de comer.

Aprovechó ese tiempo para limpiar el escaparate. Cogió un cubo con agua y jabón, unos paños limpios y salió afuera. El calor era sofocante a esa hora, pero prefería estar allí, ocupada, que dentro sin hacer nada.

Enjabonó el cristal, lo aclaró y comenzó a secarlo. Estaba de puntillas y con el brazo estirado por encima de la cabeza para alcanzar la parte superior del cristal cuando se detuvo en seco. El reflejo de Marco alzó una mano y la saludó. Los ojos de Novalie se estrecharon con indignación. ¿Qué demonios hacía allí?

Procuró controlar su enfado y se volvió hacia Marco.

—Hola —dijo él. Levantó una ceja y una expresión amable brilló en sus ojos azules.

Novalie se lo quedó mirando.

—¿Qué quieres? —mascculló.

—¿Es así como saludas a tus amigos?

—Tú no eres mi amigo —le espetó ella—. Ni siquiera te caigo bien.

—Vamos, eso no es cierto —replicó Marco—. Si lo fuera, no estaría aquí.

Novalie dejó escapar una risita que lo era todo menos amable.

—¡No me digas que has venido en una visita de cortesía!

Los labios de Marco se curvaron.

—Algo así —respondió—. Lo cierto es que quería saber si estabas bien.

—¿Y por qué no iba a estarlo?

Le sonrió con un atisbo de chulería. Su vena macarra afloraba cuando se sentía amenazada, y con Marco percibía esa amenaza todo el tiempo. Se giró para seguir limpiando el cristal.

—Vamos, no te hagas la dura conmigo —musitó él, poniendo una mano sobre su hombro para que se diera la vuelta. Para su sorpresa, ella lo hizo—. Sé lo mucho que te importa mi hermano y también sé lo mal que se pasa con un desengaño así. No soy tan insensible como crees. A mí también me han roto el corazón.

Novalie lo miró fijamente.

Marco sonrió y le apartó un mechón de la cara; ella se echó hacia atrás, rechazando el gesto.

—Tienes una cosa en el pelo.

Había algo tranquilizador en su tono de voz que hizo que Novalie no opusiera resistencia cuando él llevó de nuevo la mano a su cabello y deslizó los dedos entre los mechones rubios.

—¿Lo ves? Solo es una pelusilla.

Novalie suspiró y le dedicó una sonrisa amable. De nada le servía ponerse a la defensiva con Marco, y no parecía que él tuviera ninguna intención oculta. Lo miró a los ojos y el corazón se le aceleró. Tenía los mismos ojos que Nick, la misma forma almendrada y el mismo color zafiro. Apartó la vista y observó el tráfico como si fuese lo más fascinante del mundo. Se ahogaba en su propio dolor solo con pensar en él.

—No me caes mal. Ese no era el motivo de mi comportamiento —aclaró Marco, retomando la conversación. Ella lo miró de soslayo—. Es solo que, en cierto modo, sabía que lo vuestro no iba a ninguna parte y no quería que te hiciera daño. Pensé que si me mostraba desagradable contigo, conseguiría asustarte y desaparecerías. Pero no, ocurrió justo lo contrario.

Novalie se quedó paralizada con la declaración de Marco. Sus palabras eran como cuchillos abriendo heridas en su pecho. Lo examinó con atención y no vio nada que la llevara a pensar que le estaba mintiendo. No sabía qué creer. De repente el hermano malo se había convertido en el bueno y... Todas las emociones confusas y complicadas que había sentido desde que Nick había salido de su vida se acentuaron, arrastrándola a una necesidad absoluta de compartir con alguien cómo se sentía. Aunque ese alguien fuese Marco.

—Llegué a creer que era sincero. Que cada promesa, cada plan de futuro juntos, era real —susurró, tragando el nudo ardiente y asfixiante que tenía en la garganta.

Marco cruzó los brazos y respiró hondo.

—No debí permitírselo. Yo sabía que él nunca dejaría su mundo ni a Christine. Es un hombre indeciso, incoherente. Siempre le ocurre igual: se encapricha de algo y no para hasta que lo obtiene y después, cuando todo se complica, regresa a la seguridad de su mundo perfecto —dijo con una sonrisa triste—. Lo siento, debí decírtelo, pero sabía que no me creerías. Eso es lo que pasa cuando tu fama de mujeriego y capullo te precede.

Novalie se desinfló y el paño que aún sostenía se escurrió de entre sus dedos. Se sentía demasiado dolida y acongojada por las palabras de Marco, porque estaba segura de que tenía razón. Pensó en Nick, en las veces que habían estado juntos en el velero, en la intimidad que habían compartido, en cómo se había entregado a él pensando que estarían juntos para siempre. El recuerdo era tan vivo, tan real, que la pena que había estado tratando de controlar asomó a sus ojos. Parpadeó para alejar las lágrimas.

Marco notó su reacción. Muy despacio se acercó a ella.

—No pretendía herirte.

—No lo has hecho —dijo Novalie, limpiándose una lágrima solitaria que resbalaba por su mejilla.

—No es malo que llores.

—Sí que lo es —le espetó ella, negándose a demostrar debilidad. Apretó los labios para contener el llanto.

—Vale, no llores si no quieres. —Ladeó la cabeza, buscando su mirada. Le limpió una lágrima con el pulgar y le rozó la punta de la nariz con un gesto cariñoso—. Sí, mejor no llores, se te pone la nariz roja cuando lo haces.

Novalie soltó una risita y le sostuvo la mirada. Un pequeño puchero asomó a sus labios cuando él sonrió con ternura. Se ruborizó. Seguro que parecía la persona más patética del mundo. Se estaba viniendo abajo delante del hermano del chico que le había roto el corazón y, para más inri, lo estaba convirtiendo en su confidente. Se preguntó cuán bajo podía caer.

—¿Estás bien? —susurró Marco. Su boca se curvó con una leve sonrisa.

Novalie notó un pellizco de dolor; Nick tenía un hoyuelo idéntico en el lado derecho de la cara. Sintió una punzada de nostalgia y se mordió el labio para que dejara de temblar.

—Mi hermano es un capullo —saltó de repente Marco. Al instante la envolvió en sus brazos y la apretó contra su cuerpo.

A Novalie la pilló tan de sorpresa que no reaccionó.

—Lo siento, lo siento mucho —musitó él con los labios sobre su frente—. No debí permitirle que llevara lo vuestro tan lejos.

—Tú no tienes la culpa, deja de excusarte.

Marco le tomó el rostro entre las manos.

—Pero es que siento que tengo la culpa. Te veo así y se me parte el corazón.

Antes de que Novalie tuviera tiempo de darse cuenta de nada, Marco tiró de ella y la besó con vehemencia. Con una mano en la nuca y otra en la espalda, la sujetó con fuerza impidiendo que se alejara.

Novalie comenzó a retorcerse. Lo empujó en el pecho con todas sus fuerzas y logró que trastabillara hacia atrás, soltándola. Le dio una sonora bofetada.

—¿Qué demonios haces? —le espetó furiosa.

—Lo siento...

—¡No vuelvas a acercarte a mí! ¿Qué pensabas, que la pobre despechada se lanzaría a tus brazos por un par de palabras amables? —le increpó mientras se limpiaba la boca con el dorso de la mano—. ¿Qué os pasa a todos vosotros? ¡Dios, estáis mal de la cabeza!

—Yo... lo siento... No sé por qué lo he hecho —empezó a disculparse.

—¡Márchate!

—Lo siento, perdóname.

—¡Que te largues! —gritó ella apuntándole con el dedo.

Marco obedeció sin decir nada más.

Con la respiración tan agitada que su pecho subía y bajaba de forma violenta, Novalie se apoyó en el escaparate completamente desbordada. Se percató de que la gente la miraba.

«¡Genial! ¡Más carnaza para los tiburones!», pensó, lanzando una mirada asesina a los curiosos mientras volvía adentro.

Más tarde, ese mismo día, Novalie se enfrentaba a su tercera noche sin dormir. El insomnio estaba haciendo mella en su salud. Una jaqueca terrible se había instalado en su cabeza y hasta el más mínimo ruido hacía que le latieran las sienes. Incluso su estómago se había rebelado y apenas podía comer sin sentir náuseas.

Se acomodó en el marco de la ventana abierta de su habitación, buscando algo de aire fresco que aliviara el sofocante calor. Todo estaba a oscuras y en silencio salvo el rumor de las olas rompiendo contra la orilla y el susurro de las hojas de los árboles mecidas por la brisa. Las lágrimas fluyeron sin control antes de que pudiera detenerlas. Cerró los ojos un instante, a sabiendas de lo que ocurriría si lo hacía. Las imágenes aparecieron como *flashes*: Nick en la playa, Nick en el velero, Nick sobre ella mirándola con deseo..., y Marco.

Se estremeció con el recuerdo del beso. Estaba convencida de que a aquella familia le pasaba algo grave, que tenían algún tipo de problema mental hereditario, o que simplemente eran odiosos, vanidosos y todo lo horrible que acabara en «osos».

Un ruido y un siseo llamaron su atención.

—¿Quién anda ahí? —preguntó casi con miedo.

—¿Tú qué crees? —murmuró una voz.

—¿Lucy?

—No, soy la Sirenita, que ha salido del mar para darse una vuelta hasta tu casa. ¡Baja de una vez!

Novalie frunció el ceño, desconcertada.

—¿Qué haces aquí tan tarde?

—Novalie Feist, baja ahora mismo.

Novalie obedeció sin saber muy bien por qué lo hacía. Bajó las escaleras a toda prisa y salió al porche cerrando la puerta batiente de la cocina con cuidado.

—Estoy aquí —susurró Lucy desde algún punto junto a la casa del árbol.

Novalie apretó el paso. La hierba estaba húmeda y sus pies descalzos resbalaban sobre ella. Lucy salió a su encuentro.

—¿Qué haces aquí a estas horas? —inquirió Novalie preocupada—. ¿Estás bien?

Lucy inspiró hondo antes de responder.

—Estoy aquí por Nick, y necesito que me escuches...

Novalie empezó a negar con la cabeza y a dar pasos hacia atrás antes de que su amiga terminara de hablar.

—Ya te he dicho que no quiero que me hables de él. No quiero saber qué le pasa, ni quiero que me des ningún mensaje. Se acabó. No voy a escucharte.

Nick había recurrido a Lucy al ver que Novalie se negaba a verle y a hablar con él. La chica lo había intentado, pero su amiga era demasiado cabezota y orgullosa y no daba su brazo a torcer.

—¡Vale, entonces escúchale a él!

Roberto apareció al lado de Lucy y, sin mediar palabra, se echó a Novalie sobre un hombro y comenzó a caminar con ella hacia la playa.

—Pero ¿qué haces? ¡Suéltame o empezaré a gritar! —masculló Novalie.

—Hazlo, grita cuanto quieras. Te aseguro que lo prefiero a seguir viendo a Nick en plan llorica —replicó Roberto.

La dejó sobre la arena y suspiró.

—Mira, no te pido que le perdones ni nada de eso, solo que me escuches. Y vas a hacerlo aunque tenga que obligarte, ¿de acuerdo? —afirmó muy serio.

Novalie se cruzó de brazos y asintió con un gruñido.

—Nick está destrozado por lo que ha pasado y que te niegues a hablar con él está a punto de volverme loco, porque adivina quién tiene que consolarlo. Me da igual si me crees o no, pero conozco a mi amigo desde siempre y sé que no te ha mentido. Él te quiere y te había elegido a ti por encima de su familia. Su decisión de vivir contigo en Boston era firme y no le importaban las consecuencias. El compromiso con Christine, la boda inminente..., todo es idea de Ivanna y Filipo. Ellos lo han organizado a espaldas de Nick, y ahora está atrapado en toda esa mierda sin poder hacer nada.

»Filipo tuvo un ataque hace dos noches. Ahora todos se aprovechan de ese inconveniente y culpan a Nick de provocarlo. Le están chantajeando, y si tú no haces nada...

—¡¿Qué quieres que haga?! —exclamó Novalie con ferocidad. Apenas lograba asimilar la información que Roberto le estaba dando.

—¡Que abras los ojos y dejes el orgullo a un lado! Habla con él, deja que te lo explique... Lo abandonará todo por ti si se lo pides. Él no quiere a Christine, no quiere esa boda, y si aún no ha hecho nada a ese respecto es porque está hecho un lío. Tú has desaparecido al primer contratiempo, teme por la vida de su abuelo... y es idiota. Un idiota que se ha dejado manipular toda su vida y que va a acabar muy mal si no se lo impides —dijo con un tono acerado.

—¿Y esperas que te crea? Eres su mejor amigo.

—¡Sí! —exclamó exasperado—. Piénsalo, Novalie. ¿De verdad crees que Nick ha jugado contigo? Le conoces. Y también conoces a su familia. Ellos han provocado esta situación y les ha salido jodidamente bien. Nick va a comprometerse y regresará a Europa. Y tú... tú has reaccionado justo como esperaban que hicieras. ¿Acaso no lo ves?

Las palabras de Roberto cayeron sobre Novalie como un jarro de agua fría. ¿Cómo podía haber estado tan ciega? Ella mejor que nadie sabía cómo era esa familia y también qué clase de persona era Nick. Pero había caído en la trampa, igual que su madre hacía ya mucho tiempo; y, al igual que ella, había elegido el camino fácil. En el fondo era una niñata estúpida, y esa certeza la cabreaba aún más.

—¡Está bien, lo he captado! —le espetó Novalie—. He sido una cría insegura y una tonta orgullosa.

—Pues sí. ¿Vas a hablar con él?

Novalie contuvo el aliento. El corazón le dio un vuelco y cerró los ojos, aliviada. Tragó saliva mientras notaba que el dolor de su pecho se calmaba poco a poco. Las últimas horas habían sido una tortura. Pero Nick continuaba siendo suyo. Sus ojos se iluminaron.

—Sí.

Roberto sacó su teléfono móvil del bolsillo y se lo ofreció.

—¿Ahora? Es un poco tarde, estará durmiendo —replicó Novalie, temerosa de dar el paso.

Cayó en la cuenta de todas las cosas horribles que le había dicho y se sintió insegura, avergonzada. Se abrazó los codos. De repente estaba helada a pesar del calor que hacía a esas horas de la noche. Notó las manos de Lucy en sus hombros, dándole un apretón cariñoso.

—Te aseguro que no. Se pasa las noches dando vueltas por la casa. Te echa de menos, Nov. Llámale y solucionad este lío.

Novalie cogió el teléfono. Marcó el número y esperó con el corazón retumbándole en el pecho.

—¿La has visto? —preguntó Nick al otro lado.

Novalie cerró los ojos un momento. El aire no le llegaba a los pulmones y así era incapaz de hablar.

—Hola —murmuró tras una larga pausa.

Nick se quedó mudo por la sorpresa. Apretó muy fuerte el teléfono contra su oído y se sentó en la cama.

—¿Novalie? —susurró, temiendo que no fuera ella.

—Sí... Soy yo.

Nick se dejó caer hacia atrás y sonrió con la vista clavada en el techo de su habitación.

—Hola, nena.

Ella sonrió y se pasó una mano por el cuello, maravillada por la rapidez con la que sus emociones cambiaban con solo oír su voz. Se le fundían los huesos cuando la llamaba «nena».

—Deberíamos hablar.

—Sí, deberíamos —corroboró él con el pulso acelerado. Se puso de pie, incapaz de permanecer quieto—. Dime dónde estás, iré allí ahora mismo.

Novalie suspiró. Se moría por verlo, y aun así dudaba. Iba a contestar que en la playa, frente a su casa, cuando la luz del porche se encendió.

—¿Novalie? —la llamó Tom.

—Ahora no puedo. ¿Mañana...?

Nick se desinfló como un globo. Se frotó el puente de la nariz con los dedos y suspiró con resignación.

—Mañana —confirmó con una mano rígida en la nuca. Eso era mejor que nada, y más de lo que esperaba conseguir; ya había perdido casi todas las esperanzas.

—A la hora de la comida, en la librería. No habrá nadie y podremos hablar —sugirió ella en tono vacilante—. ¿Te parece bien?

Nick sonrió, pero el corazón se le retorcía en el pecho.

—Allí estaré —aseguró él.

Novalie colgó el teléfono y se lo devolvió a Roberto. Se percató de que Lucy aún la mantenía abrazada. Ladeó la cabeza y sonrió a su amiga. Si no hubiera sido por ella, jamás habría dado el paso de esa noche. Le estaba agradecida.

—No lo digas —dijo Lucy—. Bastará con que nos invites a cenar una noche de estas.

Roberto asintió con un gruñido y tomó a Lucy de la mano.

—¿Te acompañamos? —preguntó él, señalando la casa con un gesto.

Novalie negó con la cabeza y, alzando la mano a modo de despedida, regresó sabiendo que de nuevo sería incapaz de dormir, solo que esta vez por un motivo muy diferente.

28

Nick salió de su habitación con el pelo húmedo, goteando sobre su camiseta blanca. Ni siquiera se había molestado en secarse, estaba demasiado impaciente.

Miró el reloj por enésima vez. El tiempo parecía no avanzar. Desde la escalera pudo oír a su madre dando órdenes a los nuevos miembros del servicio, a los que había contratado para la fiesta del día siguiente. Tomó aire. Había llegado el momento y estaba más decidido que nunca a terminar con aquella locura. Sabía que iba a hacer daño a muchas personas, pero esta vez esa idea no le causaba ningún remordimiento.

—¡Nick!

Se dio la vuelta y vio a Christine en el pasillo. Sintió remordimientos al contemplar su sonrisa y el brillo de sus ojos. No tenía ninguna duda de que ella estaba siendo tan manipulada como él. Marionetas en un teatro sin sentido.

—¿Sí?

—¿Podemos hablar? En privado, por favor —sugirió ella, lanzando una mirada a Dolores, que estaba colocando unos búcaros con flores al otro lado del pasillo.

—Claro —dijo él. Abrió la puerta de su dormitorio y le cedió el paso. Una vez dentro preguntó—: ¿De qué quieres hablar?

—De nosotros —respondió ella sin dudar. La mirada huidiza de Nick la hizo suspirar—. ¿Qué pasa, mi amor? Apenas te he visto estos días, y el poco tiempo que pasamos juntos te muestras distante y esquivo. Puedo entender que estés nervioso por el compromiso, yo también lo estoy. No esperaba que todo se desarrollara de una forma tan precipitada. —Soltó una risita y se ruborizó—. Esta situación me recuerda un poco a esas películas antiguas sobre matrimonios concertados. Pero, bueno, así son las tradiciones. Antes eran las familias las que pedían la mano de la novia… —Hizo una pausa y sonrió—. Aunque yo lo soñaba de otro modo. Ya sabes, flores, un anillo y una rodilla en el suelo… No una llamada de teléfono de tu abuelo.

—Christine, yo… lo siento…

—¡No! —exclamó ella colocando la mano sobre los labios de él para que guardara silencio—. No te estoy reprochando nada, pero tengo la sensación de que algo no está bien, que tú no estás bien. Ni siquiera me has besado una vez.

Los ojos de Nick volaron hasta el reloj que había sobre la cómoda. Debía irse ya si no quería llegar tarde. La tomó por los hombros y recorrió su cara con los ojos, en silencio. Frunció el ceño y suspiró. No quería hacerle daño, era una buena chica, y era tan víctima de aquel circo como lo era él.

—Nada está bien, Christine —indicó con pesar. Pudo ver un brillo de temor en los ojos de ella—. Tenemos que hablar sobre todo esto antes de que sea demasiado tarde.

—¿Tarde para qué?

—Necesito que me hagas un favor, ¿vale? —le pidió. Ella asintió con la cabeza—. Necesito que en un par de horas los reúnas a todos en el salón.

—Me estás asustando —musitó Christine.

Él la besó en la frente, entreteniéndose en el gesto unos segundos. Cuando se apartó la miró a los ojos.

—Espérame en la piscina unos minutos antes —dijo con ternura. Ella aceptó con un sí imperceptible—. Gracias. Ahora tengo que irme.

Abandonó la habitación como un rayo. Justo cuando comenzaba a descender las escaleras, vio a Marco saliendo por la puerta principal con un ramo de flores.

—¿Y eso? —preguntó con una sonrisa divertida.

Marco se giró sin prisa y se encogió de hombros mientras le lanzaba un vistazo al ramo de rosas.

—Una mujer —respondió.

—¡Vaya, debede ser muy especial! Creo que nunca te he visto comprarle flores a una chica.

—Bueno, hay chicas y chicas —comentó Marco en tono misterioso—. Y esta ha sido toda una sorpresa. —Suspiró—. Y tengo que disculparme por haber metido la pata hasta el fondo, así que... Espero que funcionen —añadió, agitando las flores.

—¿Y quién es? ¿La conozco?

Marco sonrió con una expresión maliciosa y volvió a encogerse de hombros.

—Llego tarde —anunció. Y sin más salió por la puerta.

Nick condujo hasta el pueblo, tratando de mantener bajo control los nervios que le oprimían el estómago. Apenas había gente por la calle y la mayoría de los comercios lucían el cartel de cerrado. A la hora del almuerzo Bluehaven casi se transformaba en un pueblo fantasma.

Dobló la esquina de la calle principal. Frenó ante el semáforo. Respiró profundamente varias veces, notando su pulso desbocado en el cuello. El semáforo se puso en verde y aceleró para pasar el cruce. Un camión de reparto cortaba el tráfico a media calle, así que giró a la izquierda. Giró dos veces más para dar la vuelta a la manzana y aparcó en una calle paralela a la avenida.

Saltó del Jeep, cada vez más nervioso. No veía el momento de estar con Novalie otra vez. La sensación de haberla perdido era la más dolorosa que había experimentado jamás, y no quería volver a pasar por eso nunca más. Haría cualquier cosa, lo que fuera necesario, para recuperarla.

Caminó con paso rápido los escasos metros que lo separaban de la librería, pero al llegar a la esquina se detuvo en seco. Marco caminaba por la otra acera con las flores en la mano. Lo siguió con la mirada y el corazón se le paró en la garganta cuando lo vio entrar en la librería.

Nick recorrió la calle, manteniéndose todo el tiempo bajo los toldos de las tiendas. Sintió el sabor de los celos en la boca. ¿Qué demonios hacía su hermano en la librería con un ramo de flores? Apretó los puños con fuerza, a pesar de que se estaba clavando las llaves en la palma de la mano.

Su teléfono vibró al recibir un mensaje. No hizo caso y continuó con la vista clavada en el otro lado de la calle. Confuso, no dejaba de preguntarse si debía o no entrar y ver con sus propios ojos qué estaba pasando allí dentro, en lugar de seguir torturándose con ideas disparatadas como lo estaba haciendo. El teléfono vibró de nuevo. Resopló mientras se palpaba el bolsillo y lo sacaba con un gesto brusco.

No era un mensaje de texto, sino un archivo, y de un número desconocido. Dudó si abrirlo o no, por si era uno de esos virus en cadena. Puso el dedo sobre la tecla de borrar, pero en el último momento cambió de opinión y lo abrió.

Apretó los párpados con fuerza, negándose a creer lo que estaba viendo. Volvió a mirar la pantalla y contempló una a una las fotografías, sintiendo cómo la vida abandonaba su cuerpo: Marco acariciando la mejilla de Novalie, abrazándola y... besándola, en mitad de la calle, sin ningún pudor.

Alzó la vista justo cuando su hermano abandonaba la librería, sin las flores y con una sonrisa de oreja a oreja que le iluminaba la cara. Cerró los ojos, confiando en que aquello solo fuera una pesadilla. Novalie no podía ser esa chica especial de la que hablaba Marco, no podía ser la chica de las fotos. Trató de contener su desesperación mientras miraba de nuevo las imágenes, pero la furia empezaba a arderle en las venas.

Siguió a Marco sin pensar, movido solo por un impulso violento que le nacía en las entrañas. Le dio alcance en el momento en el que Marco accionaba el mando a distancia del coche. Lo empujó por la espalda, estrellándolo contra el vehículo y, cuando Marco logró enderezarse y se dio la vuelta para ver quién lo había atacado, Nick le atizó con el puño en plena cara.

Marco retrocedió de golpe debido al impacto y cayó de espaldas. Se incorporó sobre el codo mientras le caía un hilo de sangre del labio.

—¿Por qué? —gritó Nick lleno de ira—. ¿Por qué has tenido que hacerlo? ¿Por qué has tenido que contaminar también esto?

—¿De qué estás hablando? —preguntó a su vez Marco con la mano en la mandíbula.

—Hablo de Novalie, hablo de las flores, y hablo de que la has besado.

Los ojos de Marco se abrieron como platos y guardó silencio mientras rechinaba los dientes y se ponía de pie, a pesar de que había muchas posibilidades de que su hermano volviera a sacudirle.

—¿Qué más has hecho con ella? —quiso saber Nick. ¡Dios, lo mataría si la había tocado!

Que Marco guardara silencio no hizo más que confirmar que sus suposiciones eran ciertas. Su mente no podía asimilarlo. Habían estado juntos. Sintió náuseas y una dolorosa sensación de asco le caló hasta los huesos.

—¿Por qué, joder, por qué?

—No lo sé. Nos encontramos por casualidad, empezamos a hablar... Estaba triste, dolida, y yo solo quería consolarla. Pasó sin que me diera cuenta —respondió Marco.

—¿Sin que te dieras cuenta? ¿Te acostaste con ella sin darte cuenta? —Nick miró a su hermano boquiabierto—. ¿Tanto me odias que no respetas ni a mi novia?

—Que yo sepa, la única novia que tienes se llama Christine, y yo nunca le he puesto una mano encima.

Nick lo agarró por el pecho y lo zarandeó, conteniéndose a duras penas para no machacarlo, consciente de que era más fuerte y que podría hacerle mucho daño si se dejaba llevar. Volvió a estamparlo contra el coche con un puño a la altura de su cara. El cuerpo le temblaba de forma incontrolable y empezó a perder la noción de la realidad.

—¿Qué es lo que te he hecho, Marco? ¿Qué es eso tan malo que te he hecho para que me castigues de esta forma?

Las lágrimas comenzaron a rodar por sus mejillas. Se llevó las manos a la cara con una desesperación insoportable. Resolló con los dientes apretados. Las dos personas más importantes de su vida lo habían traicionado.

—Iba a renunciar a todo por ella. Tú lo sabías. Sabías lo que ella significaba para mí.

—Lo lamento, Nick.

—Siempre he confiado en ti.

Marco se estremeció al oír esas palabras y el dolor que contenían.

—Lo siento —susurró Marco, alargando la mano para tocarlo. Los remordimientos le oprimían el pecho.

—¡Joder, joder, joder...! —explotó Nick, y comenzó a patear el coche de su hermano—. ¡Que te jodan, que te jodan! —le gritó apuntándole con el dedo a la cara. Le dio la espalda fuera de sí, alejándose unos pasos de él con las manos en las caderas. No podía seguir mirándolo o acabaría partiéndole la cara.

Marco se acercó y le rozó el hombro con los dedos.

—Nick...

—¡Déjame en paz! —le espetó, estremeciéndose como si el contacto de su hermano fuera ácido. Se dio la vuelta y lo miró a los ojos con una frialdad glacial.

Marco jamás le había visto esa mirada y dio un paso atrás.

—Siempre has envidiado todo lo que he hecho, todo lo que he conseguido —continuó Nick—. Siempre has querido tener mi vida. Pues bien, mi vida era ella y ya es tuya. Ahora olvídate de que existo, porque es lo que voy a hacer yo: olvidarme de que eres mi hermano.

Se arrancó el colgante del cuello, idéntico al que Marco poseía, y que ambos llevaban desde que eran pequeños. Era un regalo que se habían hecho el uno al otro cuando Nick se trasladó a Europa para estudiar y no les había quedado más remedio que separarse. Se lo arrojó a los pies.

—No hagas eso, Nick —suplicó Marco casi sin voz. Eso le había dolido.

—Tú y yo hemos terminado. Por mí puedes irte al infierno.

Nick regresó al coche. Le ardían los pulmones, al igual que los ojos. La rabia y la impotencia eran una bomba de relojería a punto de explotar en su interior. Durante unos minutos el dolor fue insoportable hasta que lo reemplazó la ira. Golpeó el volante y profirió una sarta de obscenidades que ni él mismo sabía que conocía. Con el puño golpeó el techo y de nuevo el volante.

Aceleró y enfiló el camino que conducía a la mansión de los Grieco. Aparcó junto a la fuente y se quedó sentado con el motor en marcha. Su mente seguía sumida en un torbellino de ideas; ideas que amenazaban su buen juicio y lo provocaban para cometer un sinfín de disparates. Continuaba poseído por la rabia y no había nada que lo calmara.

Su mundo se derrumbaba sin remedio. No quería pensar en nada. No quería pensar en Novalie, ni en Marco, y mucho menos en los dos juntos. El mejor verano de su vida se había convertido en una pesadilla y necesitaba salir de allí. Tenía que dejar la isla cuanto antes, alejarse para siempre, porque no pensaba regresar. Volver a ver a Novalie, junto a su hermano... Ni siquiera concebía esa idea.

El reflejo del espejo retrovisor le devolvió la mirada. Jadeaba con fuerza y tenía un aspecto enloquecido. Lo había perdido todo y no tenía ni idea de cómo. Cerró los ojos con fuerza. Tenía grabados a fuego los delicados rasgos de la cara de Novalie, las curvas de su cuerpo desnudo, el olor de su piel.

Bajó del Jeep y cerró con fuerza. Apoyó las manos en la ventanilla durante un largo minuto. Se maldijo a sí mismo. ¡Dios, cómo la echaba de menos y cómo la odiaba en ese momento!

Entró en el vestíbulo, subió las escaleras y se topó con Christine, que avanzaba por el pasillo vistiendo tan solo un diminuto bikini bajo una camisa abierta que apenas le llegaba a las caderas. Se quedó parado, mirándola fijamente.

—¡Nick, no esperaba que volvieras tan pronto! —exclamó un poco contrariada—. Aún no los he citado...

Él tardó un largo segundo en contestar. Su mente era un caos.

—No pasa nada. Ya no es necesario —respondió sin parpadear.

Y no lo era. Ya no quería hablar con nadie; ni siquiera iba a anular el compromiso, ya no. No estaba seguro de si la idea se debía al despecho, probablemente sí, pero le daba igual. Necesitaba acallar el fuego y la rabia que ardían en su interior, y lo iba a hacer pagando con la misma moneda.

—¿Ah, no? —se extrañó Christine. Sonrió y no pudo evitar sonrojarse al ver cómo él la miraba.

—¿A dónde vas? —preguntó Nick mientras se acercaba a ella. Se detuvo a solo unos centímetros.

—Iba a la piscina a refrescarme un poco, y después tengo que elegir el vestido que me pondré mañana —explicó con una tímida sonrisa.

—Y... ¿eso puede esperar? —Alzó la mano y le recogió un rizo rebelde detrás la oreja.

Ella lo miró y tragó saliva, notando cómo la respiración se le aceleraba al sentir los dedos de Nick acariciándole el cuello y el contorno de la clavícula.

—No sé, supongo... ¿Por qué lo preguntas?

—Se me está ocurriendo algo —susurró él.

Se inclinó sobre ella y le rozó el lóbulo de la oreja con los labios.

Christine se estremeció. Desde su llegada a la isla, dos días antes, Nick se había mostrado amable y complaciente, pero había evitado cualquier contacto íntimo con ella, ni siquiera un simple beso. Había intentado convencerse a sí misma de que todo se debía a los nervios por el compromiso, que una vez superaran el anuncio y regresaran a su rutina en Europa todo volvería a ser igual que antes, igual de apasionado. Pero Nick no solía ser tan frío ni distante, ni siquiera cuando estaba preocupado por algo.

—¿Estás bien?

—¿Por qué no iba a estarlo? —repuso él, y sus labios depositaron un cálido beso en el cuello de la chica.

—Te noto raro —musitó ella con los ojos cerrados mientras la mano de Nick se perdía en su espalda bajo la camisa.

—¿Raro? ¿Porque te beso? —Sonrió y volvió a besarla, esta vez en el hueco entre el hombro y el cuello, y su mano bajó hasta el final de la espalda—. Antes te has quejado de que no lo hiciera, pero si quieres... puedo parar. ¿Quieres que pare? —murmuró mirándola a los ojos, tan cerca que ella podía verse reflejada en sus pupilas. Deslizó la mano entre su piel y la licra.

Christine sacudió la cabeza, sin aliento.

—No, no quiero.

—No te he oído —susurró. Bajó la mano por su trasero desnudo y la agarró por la parte superior del muslo, clavándole los dedos en la piel con fuerza.

—No pares —jadeó ella.

Nick atrapó su boca y la levantó del suelo. Las piernas de Christine le rodearon la cintura y, sin dejar de besarla, se dirigió a la sala de música. Empujó la puerta con la espalda y se precipitó dentro. Fue directamente a la mesa y la barrió con un brazo, echando al suelo todo lo que había encima. Colocó a Christine sobre ella y dejó de besarla el tiempo necesario para quitarse la camiseta por la cabeza.

La miró un instante a los ojos; cómo agradecía que fueran oscuros, tanto como su melena. Se inclinó sobre ella mientras las manos de la chica se abrían paso hasta su pantalón y se deshacían del cinturón y los botones. Con una mano le deslizó el biquini por las piernas mientras con la otra tiraba de sus pantalones hacia abajo.

—¡Madre mía, te deseo! —exclamó Christine, convencida de que lo había dicho en silencio.

—¿Cuánto me deseas? —preguntó él. Su voz sonaba áspera, furiosa. Le levantó las piernas y las colocó alrededor de sus caderas—. ¿Cuánto?

Christine lo agarró del cuello y lo atrajo hacia sí.

—Con toda mi alma —gimió, moviendo las caderas, buscándolo.

—Solo a mí.

—Claro, solo a ti, solo a ti. Siempre a ti —resolló entre jadeos. Lo miró a los ojos, suplicante—. Por favor, por favor, amor.

Nick se hundió en ella profundamente y la besó con furia. Sabía que estaba siendo demasiado rudo y violento, pero a ella no parecía importarle, nunca le había importado, y él necesitaba desesperadamente ahogar aquel dolor que lo corroía por dentro. Empezó a moverse, sujetándole los muslos con fuerza, mientras marcaba un ritmo rápido que iba en aumento. Sepultó la cabeza en su cuello, incapaz de mantenerla derecha.

A medida que la tensión crecía, las exclamaciones y gemidos de Christine subieron de volumen. A Nick no le quedó más remedio que taparle la boca con una mano mientras con la otra le rodeaba la cintura, arrastrándola con él al suelo. Sus movimientos se volvieron implacables y Christine se estremeció bajo él. La agarró por las caderas con violencia y embistió una vez, y otra, mientras la tensión se enroscaba en sus entrañas y unos sollozos ahogados se mezclaban con un doloroso placer.

Minutos después, tumbados sobre la alfombra, entre el escritorio y la librería, Christine no podía apartar los ojos del rostro de Nick. Él mantenía los párpados cerrados y ella le recorrió las cejas con el dedo, después la nariz siguiendo el contorno de su perfil hasta la barbilla. Se inclinó sobre él y apoyó la cabeza en su pecho desnudo.

—Te echaba de menos y echaba de menos estar así contigo —susurró contra su piel.

Nick abrió los ojos de golpe, como si la voz de Christine lo hubiera sobresaltado, y se quedó mirando el techo.

—Mañana, en cuanto anuncie el compromiso, haremos las maletas y nos iremos —dijo él.

Christine se incorporó sobre el codo para mirarlo a la cara.

—¿Tan pronto? Creía que estaríamos aquí otra semana, hasta que empiece el festival. —Volvió a acomodarse sobre él—. Me gusta estar aquí.

—Christine, voy a irme después de la fiesta. Tú puedes quedarte si quieres —replicó muy serio mientras se incorporaba.

Ella también se sentó y apoyó la mejilla contra su espalda, abrazándolo.

—Pero ¿qué dices? Iré contigo a donde tú vayas. Nada va a separarme de mi prometido —susurró, regando su piel de besos.

Nick cerró los ojos al escuchar esa afirmación y todo lo que implicaba, y se pasó la mano por la cara para ocultar la frustración que sentía. Más le valía ir acostumbrándose a todo aquello.

—¿Y tu colgante? —preguntó Christine deslizando la mano por la nuca de Nick. Él no dijo nada y se encogió de hombros—. Hace un rato, cuando saliste, estoy segura de que lo llevabas.

—Lo habré perdido —respondió sin ninguna emoción. Clavó la mirada en la pared y su respiración se aceleró.

—¿Y no te afecta? Pensaba que era importante para ti. Desde que te conozco, nunca te he visto sin él.

Nick suspiró, haciendo acopio de paciencia.

—Solo es un colgante —masculló, dándose cuenta de inmediato de que su tono había sido brusco. Miró a Christine por encima del hombro y le dedicó una sonrisa—. Mañana es mi cumpleaños, puedes regalarme uno.

Christine se derritió con aquella sonrisa y le rodeó el cuello con los brazos mientras pegaba su mejilla a la de él.

—Ya tengo tu regalo de cumpleaños y es mil veces mejor que un colgante. Espera a verlo —musitó.

Deslizó las manos por el pecho de Nick hasta el estómago sin intención de detenerse.

Nick la sujetó por las muñecas.

—Estoy cansado, y aquí pueden vernos.

—Hace un momento no parecía importante —le hizo notar ella con un tono sugerente.

Él la miró. Creía que la agonía iba a menguar y a hacerse más soportable estando con ella, y durante un rato así había sido, pero ahora volvía a sentir una terrible angustia. Quizá la solución estaba en sumar muchos de esos ratos y en no permitirse ni un solo segundo para pensar. No importaba cómo.

Se dio la vuelta y quedó de rodillas frente a Christine. La tomó de la barbilla y la atrajo hacia su pecho. Cerró los ojos y su piel desnuda sobre la de ella hizo el resto.

29

Novalie se despertó con una profunda inspiración. La habitación estaba a oscuras, a excepción de un rayo de luna que entraba a través de la ventana trazando una estela azulada. El reloj marcaba las cuatro. Apenas había conseguido conciliar el sueño media hora. Alargó el brazo y le echó un vistazo a su teléfono móvil. Nada, ni siquiera un mensaje. Nick no había contestado a sus llamadas.

Se levantó de la cama y se sentó en el alféizar. Una brisa fresca le agitó el pelo y agradeció la tregua que el calor estaba dando esa noche. Se frotó los ojos. Llevaba casi setenta y dos horas sin dormir. A pesar de estar destrozada, estaba tan desvelada que creía que no podría dormir jamás.

No lograba entender nada. Nick no había aparecido, ni siquiera llamado, y ella había esperado pacientemente durante todo el día. Pero al llegar la noche y continuar sin noticias, no le había quedado más remedio que aceptar que su encuentro no se iba a producir.

Los primeros hilos de una idea comenzaban a tejerse en las profundidades de su mente, tratando de buscar respuestas, pero todas eran desconcertantes y descorazonadoras. Ni siquiera se atrevía a admitirlo. Sin embargo, la realidad estaba ahí, presente en los hechos. Él había elegido, a menos de un día de su compromiso, y había elegido a Christine.

No quería torturarse, pero no podía evitarlo. ¿Y si no hubiera dudado de él? ¿Y si en lugar de apartarlo como lo había hecho hubiera permanecido a su lado? Se llevó las manos a las sienes, presionando las palmas contra ellas. ¡Había sido tan estúpida al caer en la trampa de esa familia! Sabía cómo eran ellos y cómo era Nick, y había creído antes sus artimañas que en la sinceridad de la persona a la que amaba.

Inspiró hondo y el aroma de las rosas le colmó el olfato. Sintió remordimientos por haber tirado unas flores tan bonitas a la papelera, pero viniendo de quien venían, su lugar era ese. Las miró. Empezaban a marchitarse y algunos pétalos habían caído al suelo. Ni siquiera debería haberlas aceptado, pero no había tenido más opción que tomarlas y admitir las disculpas de Marco para que se marchara lo antes posible. Casi le había dado un infarto al verlo entrar ese mediodía en la librería con el ramo en la mano. En lo único que había podido pensar era en que Nick no debía verle allí. No lo entendería y, para que lograra comprender la incómoda situación, habría tenido que explicarle el beso del día anterior.

Se sentía sola y temía que aquel vacío interior pudiera expandirse de nuevo, apoderándose de ella, haciéndola desaparecer como en los últimos años. Nick había llenado ese vacío. Sin él estaba incompleta. Quería que volviera y que cumpliera sus promesas.

Al amanecer se duchó y fue directa a la librería. Agotada y nerviosa, sus ojos volaban constantemente a la puerta, esperando que en cualquier momento Nick la cruzara con su radiante sonrisa. No lo hizo.

Miró el reloj: apenas faltaban unas horas para la fiesta.

Las campanillas de la puerta sonaron y Novalie pegó un respingo. Un tipo vestido con el uniforme de una empresa de mensajería entró con un sobre en la mano.

—¿Novalie Feist?

—Soy yo —respondió con el ceño fruncido.

—Tengo una entrega para usted. Si es tan amable de firmar aquí —indicó el hombre mientras señalaba una casilla al final de una hoja impresa en un portafolios.

Novalie firmó y esperó a que el mensajero se marchara para echarle un vistazo al sobre. Le dio la vuelta, pero no encontró remitente, solo su nombre y la dirección de la librería. Lo abrió y otro sobre quedó a la vista. Era cuadrado, de color blanco marfil y decorado con una filigrana dorada. Su nombre estaba escrito con tinta azul; la caligrafía era muy bonita y de trazos firmes. Parecía escrita por un hombre.

Lo abrió y sacó una tarjeta. El corazón comenzó a latirle con fuerza y la respiración se le aceleró hasta un punto tan doloroso que pensó que iban a estallarle los pulmones.

Tengo el placer de invitarla a la fiesta que tendrá lugar esta noche en la residencia Grieco con motivo del anuncio de mi compromiso y futuro matrimonio con la señorita Christine Blair. Tanto mi prometida como yo esperamos contar con su inestimable presencia en una ocasión tan especial.

Nickolas Grieco Petrov

PD. Pensándolo mejor, no vengas. No quiero volver a verte.

Novalie dejó la tarjeta en el mostrador. Le temblaban tanto las manos que no podía sostenerla. ¿A qué venía aquello? ¿Cómo podía ser tan cruel? Dentro del sobre había algo más. Sacó las fotografías y las piernas dejaron de sostenerla. Se sentó en el sillón, junto a la chimenea, y se obligó a mirar las instantáneas. Se llevó una mano a los labios para contener un gemido y los ojos se le llenaron de lágrimas. Ahora todo cobraba sentido.

Cerró la librería y corrió hacia la camioneta como alma que lleva el diablo. No tenía ni idea de qué iba a hacer exactamente, pero ya pensaría algo. Lo que sí sabía era que no iba a dejar las cosas así. Cruzó entre el tráfico, y se disculpó con un gesto cuando un vehículo se vio obligado a frenar de golpe para no atropellarla.

Subió a la camioneta y enfiló la carretera que bordeaba la costa, en dirección al otro extremo de la isla, al acantilado donde se alzaba la mansión Grieco. Redujo la velocidad al tomar el camino de tierra. Enseguida se encontró atascada en una lenta cola de vehículos que iban avanzando a trompicones. Asomó la cabeza por la ventanilla y atisbó unos camiones de reparto y la furgoneta de la floristería.

En unos minutos, que se le hicieron eternos, consiguió llegar a la cancela de entrada a la finca. Se sorprendió al ver a dos guardias de seguridad custodiándola. Uno de ellos tenía un portafolios y comprobaba unos papeles, dando después paso al vehículo.

Llegó el turno de Novalie y se detuvo junto al tipo. Él la miró y después sus ojos volaron al interior de la vieja Betsy.

—¿Cuál es su nombre? —preguntó con una leve sonrisa.

—Novalie... Novalie Feist.

El hombre repasó una larga lista de tres folios y al llegar al final negó con la cabeza.

—Lo siento, pero su nombre no está en la lista. No puedo dejarla pasar.

Novalie apretó el volante.

—Necesito ver a alguien de esa casa. Por favor, solo será un momento —rogó.

—Lo siento, tengo órdenes de no dejar pasar a nadie que no figure en la lista.

—Vale. Haremos una cosa. Llame a la casa, por favor. Le aseguro que es muy importante.

—Señorita, tengo órdenes expresas de no...

—Por favor, solo consúltelo, ¿de acuerdo? —suplicó en tono ansioso—. Necesito hablar con Nickolas Grieco, es muy importante. Dígale que Novalie quiere verle.

El guardia tomó aire mientras la miraba fijamente. Se pasó la mano por la frente, preguntándose qué debía hacer.

—Por favor —insistió ella con ojos brillantes.

—Está bien. Espere aquí un segundo, señorita.

Novalie observó al hombre mientras se alejaba unos pasos y sacaba un teléfono de su bolsillo. Empezó a hablar, lanzándole miradas fugaces, pero ella no podía oír nada desde donde se encontraba. Al cabo de un minuto se acercó de nuevo al coche. Esta vez su gesto había cambiado y era más hosco.

—Lo siento, pero debo pedirle que dé la vuelta y abandone la propiedad. El señor Grieco no tiene ningún interés en recibirla.

—¡¿Qué?! ¿Eso es lo que le ha dicho? ¿Y está seguro de que era él? ¿Era Nickolas?

—Sí, señorita. Nickolas Grieco en persona ha atendido la llamada y me ha pedido que le diga, si insistía en su empeño... —hizo una pausa para tragar saliva. Se sentía incómodo con todo aquello—, que él también olvida pronto.

Novalie palideció y las manos comenzaron a temblarle. Notó cómo la rabia brotaba de su interior, expandiéndose en oleadas cada vez más intensas. Sin pensar, saltó de la camioneta bajo la mirada estupefacta del guardia.

—Pues si quiere que me vaya, que venga él mismo y me lo diga —le espetó, cruzándose de brazos.

—Por favor, no me obligue a...

—¿A qué? —lo retó ella.

El hombre esbozó una mueca severa mientras resoplaba. Agarró a Novalie del brazo, dispuesto a hacerla entrar en la camioneta.

—¡No me toques! —masculló ella zafándose del agarre con un tirón.

El otro guardia también se acercó e intentó agarrarla.

—¡Eh, yo me encargo! —gritó una voz.

Novalie y los guardias se giraron hacia Roberto, que se acercaba corriendo. Él rodeó con el brazo la espalda de Novalie y la apartó del camino.

—Tienes que irte —susurró con los labios apretados.

—Necesito hablar con él, Roberto. Hay algo que tengo que explicarle...

—No quiere verte —replicó él mirándola a los ojos—. Mira, solo sé lo que me ha contado, ¿vale? No sé qué ha pasado de verdad y no quiero saberlo. Conozco a Nick desde que éramos pequeños, es mi mejor amigo y jamás le había visto tan mal. Esas fotos le han partido el alma...

—Pero... Esas fotos no...

Roberto negó con la cabeza.

—¡No te estoy juzgando! —aseguró—. Pero ya es tarde. No va a ceder. Está como ido, no parece él. Va a comprometerse con Christine y tras la fiesta saldrán de viaje hacia Salzburgo —explicó. A Novalie se le doblaron las rodillas—. La mitad de los invitados ya está en la casa y la otra mitad llegará en un yate al muelle de la propiedad en pocas horas. ¡Por favor, deja las cosas como están! —suplicó.

Ella apartó la vista, destrozada. Le costaba creer cómo había cambiado todo en solo unos días. Habían pasado de hacer planes para vivir juntos en unos meses, a hacerse daño con una crueldad desmesurada. Su mundo se resquebrajaba en un montón de trocitos. Miró a Roberto a los ojos.

—Por favor.

—No hay nada que puedas hacer.

—Está bien. Espero... Espero que sea muy feliz —susurró Novalie.

Regresó a casa completamente derrotada. Lucy llegó poco después y se fundieron en un abrazo. Necesitaba a su amiga; ella era la única con la que podía compartir la verdad. Si sus tíos se enteraban de todo lo que estaba pasando, las consecuencias podrían ser desastrosas, y ya había comprobado cómo las gastaba la familia Grieco. No quería involucrarlos más de lo que ya estaban.

Juntas repasaron sin descanso cada minuto de los últimos días y ninguna lograba encontrarle sentido a aquella pesadilla. Era una locura.

—¿Y si intentamos hablar con su abuela? A ella le caes bien —sugirió Lucy. Se estaba rompiendo la cabeza para hallar una solución.

Novalie dijo que no con un gesto y continuó mirando el océano desde la pequeña ventana de la casa del árbol.

Lucy cogió las fotos y las contempló de nuevo. Si no fuera porque confiaba ciegamente en la palabra de Novalie, ella también las habría interpretado de la misma forma que Nick. En las imágenes solo se veía a una pareja haciéndose arrumacos y fundiéndose en un apasionado beso.

—¿Tú y Marco? ¡Es tan absurdo que no entiendo cómo se lo ha tragado!

Novalie continuó en silencio.

—Seguro que, cuando se pare a pensar, se dará cuenta de que nada de esto es posible —murmuró Lucy, devolviéndole las fotografías.

—¡¿Y cuándo será eso?! —estalló Novalie con lágrimas en los ojos—. ¿Cuando esté en un avión cruzando el Atlántico, o cuando ya esté en Salzburgo instalado con su prometida? ¡Ha preferido confiar en ellos antes que en mí! ¡Creí que le importaba!

Resopló y se sorbió la nariz. Lucy desvió la mirada sin fijarla en ningún lugar concreto.

—Bueno, no es por meter cizaña, pero tú tampoco confiaste mucho en él cuando esa chica apareció…

Novalie se giró y miró a su amiga. Apenas podía respirar y tenía la cabeza llena de pensamientos.

—Lo sé —admitió mientras se hundía en la autocompasión—. ¿Acaso crees que no me pesa? Pero la situación me desbordó, no conseguía pensar con lógica… Me sentía tan enfadada y traicionada…

—Como él se siente ahora —terminó de decir Lucy.

Novalie guardó silencio. Sabía que su amiga tenía razón y que no podía acusar a Nick de algo que ella había hecho mucho antes, aunque eso no lo hacía menos doloroso. No podía quedarse allí lamentándose. Tenía que hacer algo, cualquier cosa.

Una idea descabellada apareció en su mente.

—No puedo darme por vencida —dijo de golpe—. Tengo que intentar hablar con él.

Lucy dejó de juguetear con su pelo y la miró a los ojos. No le gustó nada la expresión que vio en la cara de Novalie. Reflejaba toda la desesperación que sentía, pero también una determinación que podía meterla en problemas. Sentía lástima por lo que había pasado, por su amiga y por Nick, pero estaba segura de que ya era demasiado tarde y que lo mejor que podía hacer era tratar de pasar página. Aun así le hizo la pregunta del millón:

—¿Y cómo piensas hablar con él?

—Voy a colarme en la fiesta —afirmó.

Se arrastró fuera de la casita del árbol y buscó el primer peldaño tanteando con los pies. Cuando lo encontró, descendió de un salto. Lucy salió tras ella y la siguió hasta la casa.

—¿Cómo piensas entrar allí? Por lo que has contado, el único acceso a la propiedad es esa puerta y hay dos guardias en ella.

—No es el único —respondió Novalie mientras subía la escalera hacia su habitación—. Tienen un muelle en la cala que hay justo debajo del acantilado. Desde allí se sube a la casa por una escalera.

Entró en el cuarto y fue directa al armario. Lo abrió y empezó a mover las perchas de un lado a otro buscando un vestido que pudiera servirle. Lucy cerró la puerta al entrar y se sentó en la cama sin dejar de observar a su amiga. Empezaba a preocuparse de verdad.

—¿No has pensado que esa parte también estará controlada? Roberto me comentó que les preocupaba mucho que la prensa se infiltrara en la fiesta. Tendrán guardias vigilando todos los accesos a la casa.

Novalie dejó un par de vestidos sobre la cama y los contempló con una mueca de fastidio.

—A tu chico se le escapó que un yate con invitados a la fiesta llegará a ese muelle esta tarde. Entraré con ellos... si encuentro algo elegante que no desentone con esa gente y me haga pasar desapercibida.

Se dejó caer en la cama, resoplando frustrada. Nada de lo que había en su armario la haría pasar por uno de los invitados.

—¿Cómo piensas llegar hasta allí? —preguntó Lucy cada vez más inquieta.

—Navegando —replicó sin más, como si fuese lo más fácil del mundo—. Remaré en el Titán hasta la cala anterior; cuenta con un muelle. Si no recuerdo mal, desde allí se puede cruzar por un paso entre las rocas y la pared. A esas horas aún no habrá subido la marea.

—Estás completamente decidida a seguir con esta locura, ¿verdad?

Novalie asintió con la vista clavada en el techo, en el que lo único que podía ver era el rostro de Nick.

—Sí. Si no lo intento, me arrepentiré el resto de mi vida.

Se produjo un largo silencio en el que solo se oían sus respiraciones y el tictac del reloj.

—¡Está bien, vamos! —anunció Lucy poniéndose de pie.

—¿A dónde?

—Necesitas un vestido, ¿no? Pues yo tengo uno que puede servirte.

Fueron hasta casa de Lucy y subieron a su habitación. La chica abrió su armario y sacó una funda de plástico con el logo de una firma de moda.

—¡No puedo usar tu vestido de cumpleaños! —exclamó Novalie mientras miraba el vestido que Lucy sostenía colgado de una percha.

Era precioso, todo negro, con un escote palabra de honor y una falda de tul bordada con pedrería gris y azabache.

—Sí que puedes, y lo harás. Con este vestido nadie sospechará de ti —dijo categórica. Se lo puso en los brazos a su amiga y sacó una caja del fondo del armario. La destapó y unas sandalias de tacón, a juego con el vestido, quedaron a la vista—. Te irán un poco apretadas, pero podrás llevarlas durante un rato sin que te destrocen los pies.

Novalie estaba a punto de echarse a llorar, embargada por la emoción. Lucy era una buena amiga, siempre estaba ahí, sin preguntas, sin reproches. Se lanzó a su cuello y la abrazó con fuerza.

—¡Gracias, gracias, gracias...! —susurró sin soltarla.

—Sigo pensando que es una locura, pero puestas a hacerlo, hagámoslo bien. —La miró con ojo crítico—. Bueno, ahora veamos qué podemos hacer con ese pelo y un poco de maquillaje.

Dos horas después había anochecido por completo y Lucy y Novalie se dirigían al embarcadero de Blackwater, uno de los muchos muelles de pescadores que había en la isla. Una vez allí buscaron el Sea Angel, un pequeño barco de pesca.

—¿Estás segura de que esto es una buena idea? —preguntó Novalie algo insegura mientras intentaba que no se le atascaran los tacones entre las maderas.

—Tan buena como colarte en la fiesta de los Grieco —señaló Lucy en tono mordaz.

—Sigo pensando que usar el Titán es mucho mejor que esto.

—Sí, si quieres acabar naufragando nada más salir a mar abierto. Ese cascarón no aguantaría los embates de las olas hasta el otro lado de la isla. Sin contar con que acabaríamos empapadas antes de llegar y que tardaríamos dos horas remando. —Se detuvo y se giró de golpe. Novalie estuvo a punto de chocar con ella—. Mira, es lo único que se me ha ocurrido, y hasta ahora mis ideas son mil veces mejores que las tuyas. Así que deja de protestar.

Novalie dio un paso atrás, impresionada por la reprimenda. Alzó una mano con un gesto solemne.

—Vale, no volveré a decir ni mu, palabra de abejita *scout*.

Lucy la contempló muy seria y, de repente, se echó a reír.

—¡Palabra de abejita *scout*! —exclamó entre hipidos—. Hacía siglos que no oía eso. ¡Dios, quemé mi uniforme el día que salí de ese grupo! ¡Lo odiaba!

—Yo también —admitió Novalie entre risas. Necesitaba reír para aflojar la tensión que sentía en cada músculo de su cuerpo.

—¿Quién anda ahí? —gritó una voz con claros síntomas de embriaguez.

Las chicas pegaron un respingo y dejaron de carcajearse.

—Estoooo... Señor Flinn, soy Lucy Perkins...

—¿Qué demonios haces aquí a estas horas? —le espetó el hombre asomándose por la borda de su pequeño pesquero.

Lucy agarró la mano de Novalie y acortaron los pasos que las separaban del barco.

—He venido a proponerle algo.

Dos botellas de bourbon y cincuenta dólares, ese fue el precio que pagaron al señor Flinn para que las llevara hasta la cala desde donde tratarían de alcanzar a los invitados de la fiesta. El mar estaba en calma, pero el viaje fue de lo más movido. El señor Flinn no dejaba de virar de forma brusca y las zarandeaba de un lado a otro de la cubierta como si fueran fardos. Cuando por fin se detuvo y Novalie pudo saltar al muelle, a punto estuvo de besar la arena cubierta de algas. Lucy la siguió y no cayó al agua de milagro.

Cruzaron descalzas el paso en la pared escarpada, con los zapatos en la mano. Nada más llegar al otro lado, descubrieron que un yate de dos cubiertas acababa de atracar y que varias decenas de personas ataviadas con elegantes conjuntos descendían a través de una pasarela, parloteando en diferentes idiomas. Amparadas por la oscuridad, recorrieron la orilla hasta llegar al muelle y lograron unirse al tropel de invitados.

Ya estaban dentro.

30

Desde una de las ventanas de la sala de música, Nick contemplaba cómo la casa se iba llenando de gente. El yate acababa de atracar y los pasajeros ascendían la escalinata acompañados por el servicio. Las últimas limusinas rodeaban la fuente para dejar a sus ocupantes en la entrada, donde eran recibidos por sus padres.

Se aflojó la corbata. Tenía la sensación de que el aire no le llegaba a los pulmones y que iba a asfixiarse en cualquier momento. Se pasó las manos por la cara, estirando la piel de sus mejillas con fuerza, y dejó escapar un suspiro. Ignoraba de dónde iba a sacar las fuerzas para seguir adelante con todo aquello. La única forma de lograrlo sería no pensar y simplemente dejarse llevar. Pensó que no debería resultarle tan difícil, ya que durante toda su vida no había hecho otra cosa que eso, dejar que la corriente lo arrastrara. Pero esta vez no le estaba resultando tan sencillo. Ese agujero que tenía en el pecho había cobrado conciencia y no dejaba de recordarle que jamás iba a conseguirlo, porque ahora todo era diferente. Él era diferente.

Vagó por la habitación. Sin apenas darse cuenta acabó sentado frente al piano con las manos entrelazadas sobre las piernas. Miró a su derecha, al lugar en el banco que Novalie había ocupado aquella mañana en la que apareció con los libros. Recordó su sonrisa, la forma en la que su pelo brillaba bajo el sol y el color verde esmeralda de sus ojos cuando los posaba en él. Inspiró con fuerza; le dolía recordarla y la echaba de menos con la misma intensidad con la que estaba enfadado con ella.

Apoyó las manos sobre las teclas y comenzó a tocar la pieza que había compuesto para ella. Esta vez tenía un tono triste y melancólico. Despechado por el engaño y la ruptura, la melodía fue cobrando fuerza bajo sus dedos, cada vez más rápidos sobre las teclas. Su cabeza y su respiración se sacudían al son de una música tan hermosa como inquietante. Era como si tratara de vaciar su interior, de volcar en aquellas notas la frustración y la rabia que sentía, pero también el amor.

La puerta se abrió justo cuando sus manos se detenían. Christine entró en la sala luciendo un vestido muy ceñido de color ciruela. Sus zapatos dorados repicaron contra el suelo mientras se acercaba. Le dedicó una sonrisa, le rodeó el cuello con los brazos desde atrás y le dio un beso en la mejilla.

—¡Es precioso! ¿Es tuyo? —preguntó. Nick asintió y alzó una mano hasta posarla sobre las de ella—. Deberías mostrar tus composiciones al mundo, cariño. ¿Por qué no tocas esta pieza en nuestra boda? —sugirió con entusiasmo.

Rodeó el banco y se sentó en su regazo. Le atusó el pelo y lo besó en los labios. Él sacudió la cabeza con una negativa.

—No creo que sea apropiada —respondió, mirándola a los ojos. Trató de sonreír, pero solo consiguió esbozar una extraña mueca.

—¿Por qué?

Nick se encogió de hombros y se puso de pie, sujetándola por la cintura para que se levantara con él.

—Simplemente no es apropiada —contestó sin intención de dar más explicaciones, y añadió al ver que el rostro de Christine se transformaba con un mohín triste—: Pero si te hace feliz, intentaré componer algo para ese día.

—¡Eso me haría tan feliz! —exclamó ella lanzándose a sus brazos.

Christine le besó las mejillas y los labios con efusividad y él se obligó a sonreír. Se había prometido a sí mismo que iba a hacerla feliz; ella no iba a pagar por su error. Un desdichado era más que suficiente en aquella relación, y él la estaba arrastrando a esa unión a sabiendas de que no era lo correcto.

Unos golpecitos sonaron en la puerta y Dolores asomó la cabeza a través de la abertura.

—Es la hora —anunció la mujer.

Nick y Christine se miraron, conteniendo la respiración.

—¿Listo? —preguntó ella.

Nick asintió, respirando hondo.

—¿Y tú?

Christine esbozó una sonrisa que habría rivalizado con la luz del sol.

—Jamás lo he estado tanto —musitó. Enlazó su brazo al de Nick y juntos se dirigieron al jardín.

Las luces de los candelabros y los búcaros que adornaban los contornos de los parterres conferían al jardín un aspecto idílico que parecía sacado de un cuento. Caminaron entre los centenares de invitados, recibiendo a su paso felicitaciones y saludos. Les llevó casi media hora llegar hasta el templete de piedra, donde ambas familias les esperaban para el gran anuncio.

Nick, con la mano en el bolsillo de su pantalón, no dejaba de darle vueltas a la cajita en la que guardaba el anillo de compromiso para Christine. Unos minutos más y todo habría acabado.

A un gesto de su abuelo, el cuarteto dejó de tocar. Esa era la señal. Nick cogió de la mano a Christine y se adelantó unos pasos hasta quedar frente a los asistentes. Se sabía el discurso de memoria, y aun así no sabía cómo empezar. Carraspeó y esbozó una sonrisa temblorosa.

—Bienvenidos...

Novalie se giró al escuchar la voz de Nick y el corazón le dio un vuelco. Llevaba cerca de una hora buscándolo, pero mantenerse oculta a los ojos de la familia Grieco y de Roberto no había sido fácil y no había logrado dar con él. Ahora que lo tenía delante, a solo unos pocos metros de donde ella se encontraba, no sabía cómo acercarse.

Se le aceleró el pulso en cuanto se dio cuenta de a dónde conducía el discurso que estaba pronunciando en ese momento. Estaba a punto de pedirle matrimonio a Christine. No se detuvo a pensar en la locura que cometía y se lanzó hacia delante sin importarle los empujones y los codazos que les estaba dando a aquellas personas. Debía impedir que Nick siguiera adelante con todo aquello. Debía explicarle que todo había sido un error, un malentendido, y que aún estaban a tiempo de arreglar las cosas. Un cuerpo se interpuso en su camino. Era Marco.

—¿Qué haces aquí? —le espetó él, mirando en derredor para asegurarse de que nadie se fijaba en ellos.

—¿Tú qué crees? Me la jugaste. Mejor dicho, nos la jugaste —replicó Novalie en tono airado—. ¡Aparta!

Él dibujó una sonrisa forzada y pegó su pecho al de ella.

—Me pregunto cuándo vas a dejar a esta familia en paz. No eres bienvenida y dudo que él quiera verte en este momento. —La tomó del brazo con intención de obligarla a salir. Al ver que ella se resistía, le clavó los dedos en la piel mientras se inclinaba sobre su oído—. ¿Qué pretendes con esto?

—No voy a permitir que te salgas con la tuya. Voy a decirle la verdad.

—Ya, como que te va a creer. Lárgate antes de ponerte en ridículo y estropearle a mi hermano su cumpleaños, además de la vida.

Novalie lo fulminó con la mirada y se retorció para que Marco la soltara. Los invitados más cercanos comenzaron a fijarse en ellos. Roberto apareció con Lucy, a la que prácticamente llevaba en volandas mientras ella no dejaba de protestar.

—¡Os largáis, ya! —mascullló con una nota violenta en la voz.

Novalie se puso tensa, preparándose para lo que estaba por venir, porque no pensaba moverse de allí. Levantó la vista hacia el templete y el tiempo se detuvo. Nick tenía los ojos clavados en ella.

Nick sintió cómo el corazón se le paraba al ver a Novalie con Marco entre el público. Aquello fue demasiado para él. No podía dar crédito a la situación. Escapaba a su entendimiento cómo su hermano y ella, después de todo lo ocurrido, podían estar allí, y juntos. Respiró hondo y apretó los dientes. Ella continuaba sin apartar los ojos de él. Había algo desconcertante en ellos, algo que no conseguía interpretar. Pero no se detuvo a pensar en ello, no podía. La necesidad de alejarse de aquella escena cuanto antes nubló cualquier pensamiento.

Sacó el anillo de su bolsillo y se obligó a mirar a Christine.

—Así que, como ya imagináis, esta fiesta no es solo para celebrar mi cumpleaños —continuó con su discurso—. Hay algo que quiero pedirle a una persona muy importante para mí. A una mujer maravillosa que ya lleva algún tiempo a mi lado y que me conoce mejor que nadie. A una mujer preciosa que se merece todo mi amor.

Christine se llevó una mano a los labios para contener un sollozo de emoción y sonrió con lágrimas en los ojos.

Nick se inclinó y apoyó una rodilla en el suelo; todo el mundo murmuró un «¡Oh!» cargado de ternura al ver la imagen. Abrió la cajita y contempló el anillo durante un instante. Lo tomó entre los dedos y alzó la mirada hacia ella.

—Christine Blair, en este momento y ante todos los presentes, ¿me concederías el increíble honor de convertirte en mi esposa? —dijo con el corazón latiéndole muy deprisa.

Christine parpadeó varias veces para alejar las lágrimas de sus ojos. Comenzó a asentir sin poder pronunciar una sola palabra.

—Sí —susurró—. ¡Por supuesto que sí! —logró decir en voz alta.

Nick se obligó a sonreír y muy despacio deslizó el anillo en el dedo de su futura esposa. Se puso de pie y la besó. Los asistentes rompieron el silencio con un fuerte aplauso. El cuarteto comenzó a tocar de nuevo y la pareja se vio rodeada de personas que querían felicitarlos por el compromiso. Entre todo el tumulto, Nick buscó con la mirada a Novalie. La vio alejándose en dirección a la casa. Marco, inclinado sobre ella, la llevaba del brazo y le iba diciendo algo al oído. Lo poco que quedaba entero dentro de él acabó por romperse.

Se disculpó con Christine en cuanto tuvo ocasión y regresó adentro. Como alma que lleva el diablo fue hasta su habitación y se encerró allí a punto de sufrir un ataque. Se paseó por el cuarto como un león enjaulado. La ira se estaba apoderando de él y al final se vio incapaz de controlar el acceso de violencia que pugnaba por salir de su interior. Arremetió contra la estantería y la volcó de un único empujón. El contenido quedó desparramado por el suelo y la emprendió contra la cómoda. Barrió su superficie con el brazo y pateó las fotografías enmarcadas y las figuras decorativas. Giró sobre sus talones, buscando un nuevo objetivo. Tomó la lámpara de la mesita y la arrancó del enchufe, estampándola a continuación contra la pared.

La puerta de la habitación se abrió de golpe y Roberto irrumpió en ella seguido de Filipo y Mario. Sujetó a su amigo por los brazos para evitar que continuara destrozando cosas y acabara llamando la atención de los asistentes a la fiesta.

—¡Nick, por Dios! ¿Quieres tranquilizarte? —masculló Filipo.

—¡No, no voy a tranquilizarme! —le gritó—. Es esto lo que querías, ¿no? Que me comprometiera, que mantuviera tu imperio, que continuara con *tu* sueño de convertirme en director. —Se sacudió para soltarse del agarre de Roberto y con brusquedad se apartó de su padre y de su abuelo—. Pues ya lo tienes. Ahora déjame en paz y no vuelvas a pedirme nada nunca más.

31

Septiembre comenzó con el tiempo revuelto. Unas lluvias torrenciales se instalaron en la isla sumiendo al pueblo en una extraña tristeza. Esa mañana, Novalie se levantó más tarde que de costumbre. Llegó al aparcamiento del instituto justo cuando sonaba la campana. Corrió bajo la lluvia cubriéndose la cabeza con la chaqueta. Abrió su taquilla y dejó sus cosas a toda prisa. Vio al señor Whitman por el pasillo. El profesor le dedicó una sonrisa y levantó una mano urgiéndola a que se diera prisa. La esperó sosteniendo la puerta.

—Gracias, señor Whitman —dijo ella al pasar por su lado.

—De nada, señorita Feist —respondió el hombre—. ¿Qué tal va ese club de lectura?

—Muy bien. Se está apuntando mucha gente y he pensado que podríamos empezar leyendo algo de Gaiman —informó ella con una sonrisa azorada. Se había ofrecido a crear un club de lectura y a ocuparse de él durante el primer semestre. Eso la ayudaría a sumar algunos créditos y a subir nota en clase de Literatura.

—¿Gaiman? ¿Ningún clásico?

Novalie se encogió de hombros.

—Bueno, Gaiman es un clásico para los de mi generación —apuntó en tono respetuoso.

El profesor Whitman le dedicó una sonrisa y le entregó una pila de folios.

—Eso es cierto. Me parece una buena elección. Ahora, si no le importa, reparta estos cuestionarios.

Novalie obedeció y unos minutos después se sentaba en su pupitre.

Los días pasaban envueltos en una rutina que, hasta cierto punto, era reconfortante. Tras el fin del verano, los turistas y veraneantes habían abandonado la isla y todo estaba más tranquilo. Novalie agradecía la calma. Los rumores sobre su relación con los hermanos Grieco se habían ido apagando y ya nadie recordaba nada de nada, en parte, gracias a que la familia al completo se había marchado tras la fiesta. Cinco semanas, ese era el tiempo que había pasado desde entonces, y Novalie seguía echando de menos a Nick. Su recuerdo era tan doloroso como al principio, pero ahora sentía una especie de resignación que lo hacía más soportable. La rabia que sentía hacia él también ayudaba en su recuperación.

Todas las noches soñaba con aquella mirada fría y desagradable que le había dedicado segundos antes de arrodillarse frente a Christine y pedirle matrimonio. No tenía dudas de que él la había visto allí, en la fiesta, buscándolo a pesar de que había sido cruel con ella y la había humillado con aquella invitación, que conservaba en un cajón de la cómoda. Solía mirarla cuando pensaba que la tristeza acabaría por ahogarla, y le ayudaba a recordar que no merecía la pena. Él no había dudado ni un segundo al elegir a Christine. Había dejado de pensar en ella.

Dejó la mochila sobre la cama tras pasar toda la tarde en la biblioteca y bajó a la cocina para preparar la cena. Salteó unas verduras y preparó pasta con salsa de tomate. Sirvió un plato y lo colocó en la bandeja junto a un vaso de agua, unos cubiertos y una manzana. En silencio subió la escalera, se dirigió al cuarto de su padre y llamó dos veces antes de entrar. Se acercó a la mesa y dejó la bandeja sobre ella.

Su padre la observó desde la cama. Estaba muy pálida. Las manchas azules que rodeaban sus ojos cada vez eran más visibles. Había perdido peso y debía haberse vuelto daltónica, porque los colores de su ropa chocaban entre sí de forma estrepitosa. Hacía un par de semanas que se había dado cuenta de que algo no iba bien, pero se sentía incapaz de abrir la boca y preguntarle qué le ocurría, ya fuera por el tiempo que llevaban sin relacionarse, o porque se sentía un completo cobarde por cómo se había comportado con ella y seguía comportándose. Dos veces abrió la boca para decirle algo, cualquier cosa, pero no fue capaz de pronunciar palabra alguna.

Novalie regresó a la cocina y se sentó a la mesa. Apenas había tocado la cena y apartó el plato en cuanto notó que la pasta estaba tan fría como sus manos. Las frotó contra el pantalón y lentamente recogió la cocina.

Subió hasta su habitación y le envió un mensaje a Lucy, que en pocos días se iría a la universidad. Con unas escuetas palabras canceló su cita para tomar algo en el café. Segundos después, su teléfono se iluminó con un mensaje:

> Tienes que salir, Novalie. Me da miedo dejarte, en serio. Temo que cuando vuelva por Navidad, te hayas convertido en una vieja gruñona rodeada de gatos. Mañana comeremos juntas y no acepto un no.

Al día siguiente, tras ducharse y vestirse apresuradamente, Novalie salió disparada hacia el instituto. Las primeras clases se le pasaron casi sin darse cuenta y llegó la hora de la comida. Lucy la esperaba en el aparcamiento. Se dejó abrazar por ella unos instantes y después buscaron una zona con césped donde calentara el sol. Sacaron su almuerzo y comenzaron a comer mientras hablaban de sus cosas.

—En serio, no sé el tiempo que podré soportar esta situación —dijo Lucy mientras rebañaba sus natillas de chocolate con el dedo—. Me llama todos los días, eso es verdad. Parece el mismo de siempre. Me dice que me echa de menos y que me quiere, y hasta tonteamos un poquito... —confesó ruborizándose—. Pero está en Europa y hace más de un mes que no le veo. ¿Te haces una idea de lo mucho que le echo de menos? No sé si merece la pena pasar por todo esto. Al fin y al cabo, es lo mismo que estar sola.

Novalie asintió con la cabeza mientras desmigaba su sándwich. Lucy suspiró y la observó un momento.

—Lo siento —se disculpó—. Que te hable de todo esto te incomoda.

—¡No, tranquila! —mintió Novalie forzando una sonrisa. En realidad todas aquellas quejas de Lucy la ponían enferma.

—Sí te importa. Y yo soy una bocazas por pasarme todo el día hablando de Roberto y de mí, con todos los recuerdos que eso debe de traerte.

Novalie apartó la mirada, incómoda. Se recogió el pelo tras las orejas y se puso de pie mientras guardaba los restos de su sándwich en la bolsa.

—No pasa nada, en serio. Puedes contarme todo lo que quieras. Para eso somos amigas, ¿no? —comentó con una sonrisa—. Además, ya lo tengo superado... —Hizo una pausa para tomar aire—. Es tarde, debo ir a la biblioteca si quiero acabar mi trabajo sobre Shakespeare antes de clase.

—¿Ahora? —preguntó Lucy con el ceño fruncido.

—Sí, anoche no logré terminarlo y debo entregarlo hoy. ¿Vienes?

Lucy se levantó de un salto.

—Ya me gustaría, pero debo volver a casa y seguir con el equipaje. En serio, no aguanto el drama de mis padres. Se comportan como si en lugar de ir a la universidad, estuviera a punto de viajar al espacio en un cohete pilotado por monos.

Novalie sonrió a pesar de la punzada de envidia que sintió en el estómago. Habría dado cualquier cosa por estar en el pellejo de Lucy. Pensó en lo maravilloso que sería hacer las maletas, coger un avión y plantarse en la otra punta del país. Una ciudad nueva, gente nueva; eso era lo que necesitaba, largarse lo más lejos posible de Bluehaven.

Novalie se despidió de Lucy y se dirigió al edificio principal. Atravesó la doble puerta que conducía a la biblioteca y se sentó a una mesa cerca de la salida de emergencia. Encendió uno de los ordenadores, tan lentos que a su lado un telégrafo parecía tecnología punta. Desparramó sus cuadernos y comenzó a tomar notas para su trabajo.

Al cabo de veinte minutos lo había terminado y aprovechó el tiempo que le quedaba para consultar unos ejercicios de Cálculo. La pantalla del ordenador se iluminó con un salvapantallas animado con la mascota del instituto. Se quedó mirándola, movió el ratón y apareció la página de inicio del buscador. La tentación que tanto tiempo llevaba ignorando se apoderó de ella. Puso los dedos sobre el teclado varias veces, pero cuando estaba a punto de escribir, los retiraba con un sentimiento extraño, mezcla de miedo y ansiedad. Al final tecleó el nombre: Nickolas Petrov.

La pantalla se llenó de imágenes y Novalie sintió cómo el corazón se le aceleraba, palpitando tan fuerte que pensó que iba a estallarle. Apartó la vista y miró en derredor, primero para tranquilizarse, y después para asegurarse de que nadie la observaba.

Volvió a contemplar las fotografías. En casi todas aparecía él, unas veces solo, otras con su familia, y también con Christine; en conciertos, en cenas elegantes o de paseo por alguna ciudad. Pinchó en un enlace que la llevó directamente a un vídeo en el que, según la descripción, Nick recogía el premio Leonard Bernstein de ese año. No tuvo el valor suficiente para abrirlo. Si ver una imagen estática ya le estaba resultando difícil y doloroso, no quería imaginar lo que sentiría al verlo hablar y moverse.

Regresó a la galería de imágenes y reparó en lo que parecía el «pillado» de un *paparazzi*: Nick saliendo de un restaurante, completamente solo. Novalie aumentó la fotografía y se fijó en sus rasgos. Parecía abatido, cansado, triste, como si hubiera envejecido de golpe. Sin pensar lo que hacía, alargó la mano y acarició la pantalla. Sus dedos recorrieron el contorno de su rostro. Añoraba sus ojos, añoraba sus labios, añoraba su ceño fruncido y ese hoyuelo que se le dibujaba en el lado derecho de la cara. Una lágrima amenazaba con rodar por su mejilla y se pasó el dedo por debajo de las pestañas para detenerla.

Se sobresaltó al oír sonar el timbre. Cerró el buscador y se puso de pie a la velocidad del rayo, aliviada por la interrupción. Aquello había sido una mala idea, muy mala idea, porque sentía las heridas tan abiertas como el primer día.

No logró concentrarse ni un solo segundo y la culpa la tenían aquellas imágenes. No debería haberlas visto, no debería haber sucumbido a la tentación. Cuatro semanas de rehabilitación forzada se habían ido al traste por un minuto de debilidad. Nick continuaba siendo una dolorosa adicción que circulaba por sus venas.

El timbre que anunciaba el final de las clases sonó por fin. Novalie recogió sus cosas y salió del aula a toda prisa, hacia su taquilla, antes de que el pasillo se llenara de gente. Cogió un par de libros que necesitaba y se dirigió a la salida mientras trataba de guardarlos en su mochila. Iba tan distraída que al doblar la esquina chocó con alguien. Soltó un grito al notar que perdía el equilibrio, pero una mano en su brazo evitó que cayera de culo. Alzó la mirada y palideció al encontrarse frente a frente con Billy Hewitt. ¿Qué demonios estaba haciendo él allí? Hacía años que se había graduado.

Billy la fulminó con una mirada cargada de desprecio y un atisbo de deseo. Sus dedos sudados le rodeaban el brazo y se clavaban en su piel. Novalie trató de soltarse, pero él la sujetó con más fuerza y se inclinó sobre ella.

—Hola, Novalie —susurró, echándole el aliento en la cara—. ¿Aún sigues por aquí?

—Eso no es asunto tuyo.

Billy la acercó a su cuerpo y la ciñó por la cintura.

—Deberías ser más amable con los viejos amigos.

Novalie lo empujó.

—¡Te dije que no volvieras a tocarme! —le espetó.

Dio un tirón y logró que le soltara el brazo. Resistió el impulso de frotárselo. Estaba convencida de que le saldría un moratón allí donde él había clavado sus dedos.

—Deberías darme las gracias por evitar que tu bonito trasero aterrizara en el suelo.

—Mi trasero es cosa mía —replicó ella en tono hosco, y lo apartó para seguir su camino.

—También podría ser cosa mía si tú quisieras. Por ahí dicen que los Grieco se han largado dejándote plantada.

Novalie respiró hondo y continuó andando mientras alzaba una mano y le hacía un gesto grosero con el dedo.

—No me acercaría a ti ni aunque fueses el último hombre sobre la tierra. Búscate a otra a la que acosar; eso se te da bastante bien.

—Un día de estos te bajaré esos humos… Y algo más. —Billy se echó a reír con malicia.

Novalie se detuvo en mitad del pasillo al percibir la amenaza implícita en sus palabras. Una rabia descontrolada brotó de su interior. Llevaba tanto tiempo reprimiendo sus sentimientos que estaba a punto de explotar. Volvió sobre sus pasos y empujó a Billy contra la pared. Sin quitarle las manos del pecho se inclinó sobre él.

—Dame un motivo, solo uno, para volver a romperte la nariz —le susurró al oído—. ¡Venga, hazme feliz! —añadió clavando sus ojos en los de él.

Billy apretó los dientes, sorprendido por la reacción tan agresiva y macarra de la chica. A punto estuvo de empujarla para quitársela de encima, pero el profesor Whitman apareció en el pasillo e inmediatamente se fijó en ellos.

—¿Va todo bien?

—Sí, todo va bien —respondió Novalie.

—¿Seguro?

Billy se obligó a apartar su mirada cargada de odio de Novalie y miró al señor Whitman con expresión despreocupada.

—Sí, no hay ningún problema. —Tiró de su camiseta para colocársela bien y se apartó de Novalie.

El profesor Whitman les observó durante un largo segundo.

—Señor Hewitt, me sorprende verle por aquí. Hace días que comenzó el curso universitario en Northwestern.

—He tenido problemas personales —explicó Billy con la voz carente de inflexión, lanzándole una fría mirada. La expresión de su rostro se oscureció y durante un segundo bajó los ojos, nervioso.

—Espero que se solucionen sus problemas, señor Hewitt.

—¡Billy!

Una chica pelirroja lo saludó desde la escalera.

—Gracias, señor Whitman. Discúlpeme, pero he de llevar a mi hermana a casa.

Miró a Novalie y una sonrisa torcida transformó su expresión.

—Me alegro de haberte visto, Novalie. Seguro que coincidimos muy pronto.

Novalie se quedó mirando cómo Billy desaparecía con su hermana por la puerta. La bilis le subió hasta la garganta y tragó saliva. ¡Mierda! De entre todas las chicas que compartían el planeta con él, tenía que tomarla con ella. Podría tener a cualquier mujer, pero Billy parecía haberse obsesionado con ella.

—¿Seguro que se encuentra bien?

Novalie parpadeó y prestó atención a su profesor, que continuaba mirándola con el ceño fruncido.

—Sí, no se preocupe. —Esbozó una sonrisa—. Hasta mañana, señor Whitman.

32

Nick abrió los ojos en cuanto el primer rayo de sol iluminó su suite en el hotel Radisson Blu Palais de Viena. Se quedó mirando el techo mientras se revolvía el pelo. Había llegado el día: su primer concierto solista tras haber ganado el premio. Esa noche miles de ojos estarían puestos en él y serían más críticos que nunca.

Ladeó la cabeza sobre la almohada y contempló el cuerpo semidesnudo de Christine a su lado, profundamente dormida. No se habían separado desde el compromiso. Apenas había pasado un mes y medio y ya se sentía prisionero. Suponía que aquello era lo mismo que estar casado: compartir hasta el último segundo juntos. No tenía ni idea de cómo iba a lograr acostumbrarse a vivir así el resto de su vida.

Se levantó mientras envolvía sus caderas con la sábana y se acercó a la ventana. Durante largos minutos contempló la calle. Los vehículos que circulaban y la gente que recorría la acera bajo un sol dorado y luminoso lo hacían sin prisa, entre edificios antiguos, con una paz que evocaba otra época.

Entró en el baño y abrió el agua caliente de la ducha. En segundos la habitación se llenó de una espesa nube de vapor. Cerró los ojos y dejó que el agua a presión le masajeara la espalda. Se quedó allí un rato, inmóvil. Su cuerpo no quería moverse, pero, de algún modo, se obligó a salir del trance apático en el que se encontraba.

Limpió con la mano el vaho del espejo y se quedó mirando su reflejo. Alguien llamó a la puerta de la habitación y a continuación se oyeron unos ruidos y unos susurros.

Christine lo esperaba sentada a la mesa, junto a una de las ventanas. El servicio de habitaciones había subido el desayuno. Alzó la vista hacia él y le sonrió, admirando sin pudor su cuerpo, apenas cubierto por una toalla. Tomó una cafetera humeante y comenzó a servir café en dos tazas.

—¿Leche? —preguntó mientras él se sentaba al otro lado de la mesa.

Nick asintió con un movimiento de cabeza y tomó la taza que ella le ofrecía.

—Gracias.

Se llevó la taza a los labios con la mirada perdida al otro lado del cristal.

—Deberíamos viajar a Londres la próxima semana —empezó a decir Christine—. Faltan menos de tres meses para la boda y ni siquiera he decidido quién diseñará mi vestido. Este mes ha sido tan caótico, entre los festivales y los conciertos, que no hemos tenido tiempo de planificar nada. Mi madre podría encargarse de todo, lo sé, e Ivanna estaría encantada de ayudarme. —Soltó una risita—. Se ha ofrecido como un millón de veces a ocuparse de los preparativos. Pero quiero hacerlo yo, quiero que hasta el último detalle sea perfecto. ¿Sigues queriendo que vayamos de luna de miel a Italia? Porque anoche soñé con unas Navidades en la nieve, y Aspen sería el lugar perfecto, ¿no crees?

Christine guardó silencio y suspiró al percatarse de que Nick no le prestaba atención, como casi siempre. Sus «ausencias» comenzaban a desquiciarla.

—Estoy embarazada.

Nick no cambió el semblante.

—Creo que de gemelos —dijo como si nada—. Y tú no eres el padre. Es un extraterrestre.

Continuó ensimismado sin prestarle atención.

—¡Nick!

Él la miró con los ojos muy abiertos.

—Disculpa, estaba distraído, ¿qué decías?

—Nada importante.

Dejó su taza sobre el plato y se puso de pie. Rodeó la mesa y se sentó en su regazo. Enredó los dedos en su pelo húmedo y comenzó a moldearlo. Le había crecido bastante y las puntas se le ondulaban un poco.

—Estás más callado de lo normal, ¿va todo bien?

Él asintió con un leve gesto mientras deslizaba la mano por la piel suave de la pierna de Christine. Ella le tomó el rostro entre las manos y lo besó en los labios.

—Es por el concierto, ¿verdad? Estás nervioso.

—No más que de costumbre —respondió.

—Conmigo no tienes que disimular. Sé lo que significa esta noche para ti, pero también sé que lo harás muy bien. ¡Vas a dejarlos con la boca abierta! —exclamó entusiasmada mientras lo abrazaba muy fuerte.

Nick la rodeó con sus brazos y cerró los ojos. Su melena rizada le hizo cosquillas en la mejilla y, sin pretenderlo, ese roce le trajo recuerdos de otros abrazos y una larga melena rubia en la que había ocultado el rostro como si fuera el lugar más seguro del mundo. Apartó el pensamiento con una mueca de disgusto. Era incapaz de borrar a Novalie de su mente. No importaba cuánto se esforzara para conseguirlo, ella continuaba bajo su piel.

Un poco más tarde salieron a la calle y pasearon por las calles cercanas al hotel hasta bien entrado el mediodía. Christine se empeñó en visitar algunas *boutiques* y Nick la siguió sumiso, aguantando estoicamente cada prueba de vestidos o zapatos. Asintiendo con una sonrisa cada vez que ella salía de un vestidor con un nuevo modelo: vestidos glamurosos, bikinis a juego con camisolas y pamelas... De nuevo acabó pensando en Novalie, descalza sobre la arena con unos tejanos cortos desteñidos y una camiseta sin mangas, y en lo hermosa que estaba con algo tan simple.

Regresaron al hotel y Roberto, que los esperaba en el vestíbulo, se hizo cargo de los paquetes.

—Os aguardan en el comedor —les informó.

—¿También mis padres? —preguntó Christine.

Roberto asintió con una sonrisa.

—¡Estupendo, quiero enseñarles el colgante que me has regalado! —le dijo a Nick, y se dirigió al comedor sin esperar a que este la siguiera.

—¿Qué tal estás? —preguntó Roberto mientras estudiaba su rostro—. Pareces cansado.

Nick alzó la vista hacia el techo de cristal y contempló las vidrieras de la primera planta.

—Estoy bien —respondió con una leve sonrisa—. ¿Y tú? Hace días que no te veo.

Roberto se encogió de hombros.

—Bien, de un lado para otro, ya sabes cómo es esto. —Hizo una pausa, y añadió en tono vacilante—: Ya he encontrado a alguien que me sustituya.

Nick clavó los ojos en Roberto y torció la boca con un gesto de disgusto.

—Así que vas a hacerlo, vas a dejarnos.

—¡No voy a dejar a nadie! —exclamó—. Solo dejo este trabajo. Estoy cansado de viajar y de conducir..., y de aguantar a tu abuelo. Porque, seamos sinceros... —bajó el tono y miró por encima de su hombro para asegurarse de que nadie más podía oírle—, es exigente hasta sacarte de quicio.

Nick sonrió. Roberto tenía razón, trabajar para Filipo era una tarea que podía arrastrarte a la locura si no poseías una paciencia infinita.

—¿Y qué vas a hacer ahora?

—He conseguido el trabajo del que te hablé. Comienzo dentro de dos semanas.

—¿Tan pronto? Voy a echarte de menos.

Roberto soltó una carcajada para aligerar el nudo que tenía en la garganta. Él también iba a echar de menos a su amigo, pero estaba cansado de una vida tan errante. Llevaba tres años trabajando para el abuelo de Nick; tres años en los que su vida había dejado de pertenecerle. Siempre disponible, sin poder hacer planes de ningún tipo porque en cualquier momento podía surgir algo que le obligaba a abandonarlo todo.

No quería ser un chófer guardaespaldas para siempre. Quería ser dueño de su vida, hacer planes para ir a un partido o a un concierto con semanas de antelación, sin preocuparse de que en cualquier momento pudiera sonar el teléfono y todos sus deseos se fueran por la borda.

Y luego estaba Lucy. La chica se había convertido en alguien importante para él. Jamás pensó que pudiera extrañar a una persona de la forma en la que la extrañaba a ella.

—¡Eh, seguiremos viéndonos! Irás a Nueva York a visitarme y yo apareceré por Bluehaven cuando estés por allí... —Guardó silencio al ver que Nick se ponía tenso y apartaba la vista al nombrar la isla. Reaccionaba así cada vez que oía el nombre—. Seguiremos en contacto, te lo prometo. —Sonrió y le dio un puñetazo en el hombro—. Deberías entrar antes de que se pongan histéricos. Están muy nerviosos por lo de esta noche.

—Ya, como si fueran ellos los que van a subir al escenario —masculló Nick con una nota de desprecio en la voz—. ¿Te veré esta noche?

—No me lo perdería por nada del mundo.

—Pasa por el camerino antes del concierto.

—Allí estaré —aseguró Roberto con una sonrisa.

Nick se la devolvió agradecido y se encaminó al comedor de la planta baja.

Sus padres y su abuelo, junto a los Blair, ocupaban una mesa en el centro del salón. Lo recibieron con un entusiasmo desmedido al que Nick apenas respondió con una breve sonrisa. Se sentó junto a Christine y comió en silencio mientras las conversaciones giraban en torno a la boda, a la casa que pronto se empezaría a construir para ellos a las afueras de Londres, y al concierto de esa misma noche.

El camarero acababa de servir el postre y de descorchar otra botella de Luxor rosado, cuando Marco hizo su entrada en el comedor.

—¡Champán! ¡Veo que llego en el momento oportuno! —exclamó.

—¡Marco, querido! —lo saludó Ivanna.

Marco se acercó a su madre y la besó en la mejilla. Ella le acarició con afecto la mano que reposaba en su hombro. Mario le dio la bienvenida con un apretón de manos, al igual que el matrimonio Blair. Para sorpresa de todos, Filipo se puso de pie y lo abrazó con una risa sincera, ofreciéndole una silla a su lado.

Nick observó la escena sintiendo cómo se le revolvía el estómago. Para cualquiera que les observara desde fuera, debían de parecer la familia perfecta: rica, afortunada, célebre y muy unida. Pero él sabía que toda esa apariencia era una gran mentira, una fachada tras la que se escondía la traición, el interés y un ansia de poder desmesurada que les obligaba a sacrificar a cualquiera de los suyos para lograrlo.

Su mirada se cruzó con la de Marco y la rabia y el desprecio se apoderaron de él. Cada vez que lo miraba, solo podía ver su cara sobre la de Novalie, besándola, corrompiendo lo único hermoso que había tenido en la vida. Si continuaba un segundo más allí acabaría vomitando. Se puso de pie y salió del comedor como alma que lleva el diablo. Era incapaz de estar en la misma habitación que su hermano.

Cruzó el vestíbulo y se dirigió a la calle sin saber muy bien a dónde iba. Solo quería alejarse de todos ellos.

—¡Nick, espera! —gritó Marco persiguiéndolo entre las personas que caminaban por la acera. Al ver que no se detenía, echó a correr y lo frenó agarrándolo por el brazo.

Nick se giró de golpe y lo empujó en el pecho.

—¡No me toques! —le espetó.

Marco trastabilló hacia atrás, sorprendido por el arrebato.

—¡Vamos, no puedes pasarte la vida enfadado conmigo! Somos hermanos.

—¿Hermanos? —repitió Nick en tono mordaz. Lo miró de arriba abajo con desprecio—. Lo somos por la sangre, y porque eso es algo que no puedo evitar. Pero en lo que a mí respecta, no eres mucho más que uno de esos desconocidos —masculló mientras señalaba a las personas que pasaban junto a ellos—. Déjame en paz.

Marco se quedó mirando cómo su hermano desaparecía entre la gente. No habían vuelto a verse desde la noche del compromiso y, en cierto modo, esperaba que las seis semanas transcurridas desde entonces hubieran enfriado las cosas entre ellos. Pero era evidente que no. Su hermano lo odiaba.

Nick siempre había estado a su lado, tanto en los buenos como en los malos momentos. Había dado la cara por él en infinidad de ocasiones. Había sido un hermano mayor leal e incondicional, y él lo había traicionado. Lo había golpeado allí donde más le dolía.

Se apoyó contra la pared del edificio y se frotó la cara. Se sentía miserable y los remordimientos lo estaban consumiendo. No había pasado ni un solo día sin arrepentirse de lo sucedido y, aun así, no le había puesto remedio. No había hecho nada. Una sola frase suya lo habría solucionado todo, pero era incapaz. Al final, el premio no había compensado, ni por asomo, la culpa que se había instalado en su corazón.

Apenas faltaba una hora para el gran momento. El coche se detuvo frente a la Musikverein de Viena, donde iba a tener lugar el concierto. Nick descendió del vehículo, y el director, que le esperaba en la puerta, le acompañó al interior del edificio. Le llevaron directamente a la Sala Dorada. A pesar de haber estado allí muchas veces, era la primera vez que lo hacía como concertista y no como mero espectador.

Desde el escenario contempló maravillado la sala rectangular. Casi conocía de memoria cada columna, cada cariátide, cada relieve y escultura. Levantó la vista y miró las arañas de cristal que pendían del techo. Trató de imaginar qué sentiría cuando la sala estuviera repleta de público. No tenía ni idea, pero el corazón se le aceleraba solo de pensarlo.

Se giró y contempló el piano. Muy despacio se sentó frente a él y rozó las teclas con los dedos. Comenzó a tocar. Cada centímetro de su piel se estremeció con el vello erizado. La acústica de la sala era excepcional. Ya había podido disfrutarla como oyente, pero desde allí arriba, en aquella soledad, era algo increíble.

Le acompañaron hasta el que sería su camerino esa noche. Se quitó la chaqueta y se tumbó en el sofá. Necesitaba relajarse y aplacar los nervios. Cerró los ojos y disfrutó del silencio durante unos minutos. La puerta se abrió, solo un poco, y a través del hueco apareció una mano que sostenía una botella de *whisky*.

—¿Se puede?

—Pasa —dijo Nick con una enorme sonrisa.

Roberto se coló en el camerino cerrando la puerta tras él. Agitó la botella y sacó dos vasos de los bolsillos de su chaqueta.

—Greenore, quince años. Bebida de dioses —anunció con una sonrisa traviesa. La abrió y comenzó a servirlo.

—Sabes que no bebo antes de un concierto.

—Ya lo sé, pero algo me dice que hoy lo necesitas. Y no irás a decirle que no a esta maravilla, ¿verdad? —inquirió Roberto con el ceño fruncido.

Nick sacudió la cabeza y tomó el vaso. Lo olió, deleitándose con el aroma.

—¿De dónde lo has sacado? Dudo que lo que te paga mi abuelo dé para esto.

—Uno tiene sus contactos —respondió Roberto. Dio un trago a la bebida y después chasqueó la lengua mientras se estremecía—. ¿Cómo lo llevas?

Nick se pasó una mano por el pelo.

—Nervioso. —Miró al trasluz el líquido dorado y dio un sorbo—. Pero ya sabes cómo soy. Se me pasará en cuanto haga sonar la primera nota.

Roberto se quedó mirándolo. Llevaba semanas preocupado por él. Nick no estaba bien, ni de lejos. Había cambiado y apenas era la sombra del chico que conocía.

—Quince minutos, señor Petrov —dijo una voz al otro lado de la puerta.

Nick resopló, soltando el aire de sus pulmones.

—Llegó el momento —susurró.

—¡Déjalos clavados en la butaca! —exclamó Roberto.

Le dedicó una sonrisa de ánimo y se dirigió a la salida. No llegó a tocar el pomo. La puerta se abrió y a punto estuvo de golpearlo en plena cara.

Nick se puso de pie al ver a Marco.

—¡Fuera! —le espetó—. ¿Aún no has entendido que no quiero saber nada de ti?

—Vamos, Marco. Esta noche no, por favor —intervino Roberto.

—No me iré hasta que hable con mi hermano.

—No quiero hablar contigo —replicó Nick cada vez más alterado.

—Vale, pues solo escucha...

Nick apretó los dientes y sacudió la cabeza. Lo agarró de la chaqueta, decidido a sacarlo de allí a la fuerza.

—Entre Novalie y yo nunca ha habido nada, te lo juro —soltó Marco de golpe. Nick se detuvo antes de estamparlo contra la pared. Lo miró a los ojos y pudo ver su desconcierto. Aprovechó para continuar—: Ese beso no fue real. Nada fue real. Nunca la toqué.

—¿Qué quieres decir?

—Que todo fue una treta para que la abandonaras.

Nick sintió cómo el suelo se abría bajo sus pies. Soltó a Marco y se llevó una mano a la frente mientras palidecía.

—Explícate —ordenó con vehemencia.

Marco se estiró la camisa arrugada y se aflojó la corbata para poder respirar.

—Lo siento, no debí participar en algo así, pero lo hice, y desde ese mismo instante no he podido perdonarme...

—¿Qué pasó con Novalie? —preguntó Nick, impaciente.

—Nada, ya te lo he dicho. Todo se orquestó un par de días antes, en cuanto vimos que ella te dejaba al saber de la existencia de Christine. Había que asegurarse de que no volvíais juntos, y ese parecía el mejor plan. Tu novia y tu hermano juntos: un golpe así debía bastar para alejarte de ella. Busqué a un tipo para que hiciera las fotos, y después se le pagó para que te siguiera y te las enviara si tratabas de ver a Novalie. ¿El beso? Yo provoqué ese beso. La forcé para que nos tomaran las fotografías y que todo pareciera real. ¡Aún me duele la bofetada que me dio después!

Nick no podía dar crédito a lo que estaba oyendo. Respiraba tan rápido que resoplaba por la nariz. Aquella historia parecía el guión de una mala película.

—¿Por qué hiciste algo así?

—¿Tú qué crees? El abuelo me lo pidió —respondió con una mueca de desprecio—, y ya sabes que cuando él pide algo, suele ser bastante persuasivo para salirse con la suya.

Nick apartó la vista. Sabía perfectamente a qué se refería Marco, pero nada de aquello justificaba lo que su hermano había hecho.

—Pudiste negarte. No me sirve esa excusa. ¡¿Te haces una idea de lo que me has hecho pasar?! ¡¿A lo que me has empujado?! —le gritó consumido por la rabia.

El rostro de Marco se contrajo con los labios apretados mientras trataba de reprimir las lágrimas.

—Lo siento. Yo solo quería... —Alzó la vista mientras suspiraba—. Solo quería que me aceptaran por una vez. Quería saber qué se sentía siendo su favorito, verles orgullosos de mí. Solo quería ser *su chico* por una maldita vez. —Se limpió una lágrima de la cara y se sorbió la nariz—. Siempre te han preferido a ti. Yo solo era esa cosa molesta que pululaba por la casa reclamando algo de atención. Nunca he existido para ellos.

—Eso no es cierto —susurró Nick conmovido por las palabras de su hermano.

—Sabes que lo es. —Marco esbozó una sonrisa triste y se dejó caer contra la puerta hasta quedar sentado en el suelo—. Lo es.

Nick tuvo que apoyarse en el sofá. Las piernas le temblaban tanto que no podía mantenerse de pie. Intentó asimilar el cariz que acababan de tomar las cosas, pero todo era tan surrealista que apenas podía procesar la información y darse cuenta de lo que aquello significaba. Novalie nunca lo había engañado. Ella no se había ido con Marco a la primera de cambio. A pesar de la evidencia, seguía dudando.

—Pero la noche de la fiesta... Vi a Novalie contigo y cómo os marchabais juntos...

—Las cosas no ocurrieron así. Ella se había colado en la fiesta para poder hablar contigo y explicarte...

—¿Qué? —interrumpió Nick sin dar crédito.

—Es cierto, yo estaba allí —intervino Roberto.

Nick lo miró espantado.

—¿Tú sabías esto?

—¡Por Dios, no! —exclamó Roberto—. No te comenté nada sobre ese asunto porque sabía que no querías verla. Ayudé a Marco a sacarla de allí, nada más.

—Esto es una locura —dijo Nick para sí mismo. Ocultó el rostro entre sus manos—. Una puta broma sin gracia.

—Lo siento, lo siento mucho —gimió Marco cubriéndose los ojos—. Siento todo el daño que te he causado, Nick. No he podido vivir desde entonces. Yo... no soporto que me odies... Necesito a mi hermano.

Nick alzó el rostro y miró a Marco. Estaba sentado en el suelo con la cabeza hundida entre las rodillas. Su cuerpo se agitaba bajo un llanto silencioso. Algo dentro de él se ablandó. A pesar de todo quería a su hermano y, hasta cierto punto, podía entender qué le había llevado a participar en un complot así.

—Marco —susurró.

Marco levantó la cabeza y se sorprendió al encontrar a Nick de pie, frente a él. Pero lo que le dejó sin aliento fue ver que le tendía la mano. Con un nudo en la garganta, la aceptó y dejó que le ayudara a levantarse. Y sin que le diera tiempo a reaccionar, Nick tiró de él y lo abrazó con fuerza, estrechándolo contra su pecho con una mano en la cabeza y otra en la espalda. Ese gesto hizo que Marco se sintiera aún peor y que las lágrimas brotaran de nuevo, agarrándose a su hermano.

—Lo siento.

—Lo sé.

—Lo siento mucho —repitió Marco hundiendo el rostro en el cuello de Nick.

—Olvidemos este asunto, ¿vale? —musitó sin dejar de abrazarlo.

Marco asintió, agradecido de haberlo recuperado.

—¿Y ahora qué vas a hacer? —preguntó con la voz entrecortada.

Nick lo soltó y le sacudió la chaqueta, arreglándosela para poder concentrarse en algo y no ponerse a gritar y a destrozar cosas.

—No lo sé. Tengo que pensar...

Sonaron unos golpes en la puerta.

—Señor Petrov, es la hora —informó alguien al otro lado.

Nick salió al escenario sin apenas ser consciente de lo que hacía. Tenía la sensación de encontrarse dentro de un torbellino oscuro que giraba cada vez más rápido, mareándolo. Se colocó frente al público y saludó. Un efusivo aplauso le dio la bienvenida y no cesó hasta que él se sentó frente al piano. Estiró los brazos con un leve tirón que dejó sus muñecas libres de los puños de la camisa, y colocó los dedos sobre las teclas.

Por un instante no recordó qué pieza había elegido para el inicio. Cerró los ojos y trató de concentrarse. *Ständchen,* de Schubert.

Sus manos se deslizaron con suavidad, haciendo fluir la melodía. Las sentía temblar de forma incontrolada. Miró de soslayo hacia el público, consciente de dónde estaba y de lo que hacía. Trató de vaciar su mente por todos los medios y pensar solo en ese momento, pero no podía. Un único pensamiento la ocupaba: Novalie.

Había sido un idiota al haberse dejado llevar por los celos y haber dudado de ella. No dejaba de preguntarse cómo había podido ser tan imbécil. Y, sobre todo, no dejaba de preguntarse qué iba a hacer ahora, si iba a continuar siendo el mismo cobarde que había sido durante toda su vida o no.

Sus ojos se posaron en su familia. Recorrió sus rostros extasiados y solo sintió lástima, lástima por ellos. Christine se limpiaba con disimulo una lágrima del rabillo del ojo y le sonreía. Sabía que ella lo amaba, quizá demasiado. Lo tenía idealizado y su amor desmesurado solo se debía a ese motivo, estaba seguro. Pero también estaba seguro de que no la amaba, que iba a convertirla en una persona infeliz si continuaba a su lado; porque él jamás dejaría de pensar en Novalie. Día tras día imaginaría cómo habría sido su vida junto a ella y no se perdonaría el no haberlo intentado.

Nick se dio cuenta de que había dejado de tocar. Los susurros se extendieron por la sala. El público le lanzaba miradas preocupadas y se preguntaba qué podría ocurrirle. Él continuó bloqueado, incapaz de mover sus manos.

Aquel no era su lugar. Nunca lo había sido.

—Lo siento —susurró mientras se ponía de pie—. No puedo continuar.

Salió del escenario y fue directo al camerino. Empezó a recoger sus cosas mientras llamaba a un taxi. La puerta se abrió de golpe y Filipo entró hecho un basilisco, lo agarró por el pecho y lo estampó contra la pared.

—¡¿Qué has hecho?! —gritó.

Nick, lejos de amedrentarse, le plantó cara.

—No. ¿Qué has hecho tú? —masculló en voz baja—. ¿Creías que no acabaría enterándome? ¿Que ibas a salirte con la tuya?

Christine irrumpió en la habitación.

—¡Nickolas! ¡Nickolas! —se lanzó a sus brazos—. ¿Te encuentras bien? ¿Qué ha pasado?

Nick la miró y apretó los dientes.

—¡No te atrevas! —lo amenazó Filipo, intuyendo sus pensamientos.

—Tú ya no eres nadie para decirme lo que debo hacer —le espetó. De nuevo miró a Christine—. Necesito hablar contigo, ahora.

—Claro —susurró ella.

Nick la cogió del brazo y la llevó a la salida casi en volandas bajo las miradas estupefactas del público asistente que comenzaba a llenar el vestíbulo. Salió al exterior justo cuando un taxi se detenía frente a la puerta. Ayudó a subir a Christine y se sentó a su lado sin mediar palabra. En pocos minutos llegaron al hotel.

—¿Qué ocurre? Me estás asustando —dijo ella una vez dentro del ascensor.

Nick no contestó hasta que estuvieron en su *suite*. Cerró la puerta y se quitó la chaqueta con lentitud. Dejó la prenda sobre la cama. Necesitó un instante para armarse de valor. Se giró hacia ella y la miró a los ojos.

—No puedo casarme contigo.

Nick contempló la habitación vacía. Hacía una hora que Christine había recogido sus cosas y abandonado el hotel. Había sido peor que cualquier cosa que hubiera imaginado. A pesar del sufrimiento que le había causado, Christine se había mostrado completamente serena y comprensiva. Ella misma había admitido que, en esas circunstancias, lo mejor era que se separaran, pero él habría preferido que le hubiera gritado, abofeteado, que le hubiera montado una escena. De ese modo, al menos no se sentiría tan despreciable.

Despacio preparó su maleta, ignorando el teléfono cada vez que sonaba. No tenía nada que decirle a nadie salvo a una persona. Pero antes sí que debía hacer una cosa.

Unos golpes sonaron en la puerta.

—Soy yo —dijo Marco al otro lado.

Nick abrió y le dejó entrar. Regresó al baño y continuó recogiendo sus cosas.

—Están hechos una furia —susurró su hermano, refiriéndose a sus padres y a su abuelo.

—No me importa. ¿Has conseguido los billetes?

—Sí, hay un avión a primera hora de la mañana. Hace escala en Londres y no llegaremos a Boston hasta las dos. No hay nada más rápido.

—Está bien así. Gracias.

—No debes dármelas. Jamás podré compensarte lo que te he hecho.

—Te dije que olvidaras el asunto —replicó con tristeza.

Marco sonrió y guardó silencio, observando a su hermano mientras este cerraba su maleta.

—Creo que ya está todo —dijo Nick.

—Hay un taxi abajo, nos esperará todo el tiempo que haga falta.

—Bien. Llévate esto y espérame en el taxi —pidió a su hermano, entregándole la maleta.

—¿No quieres que te acompañe? —inquirió Marco preocupado.

Nick sacudió la cabeza.

—No, así evitaremos que a ti también te hagan preguntas y... —Sacudió la cabeza, como si las explicaciones sobraran—. Iré solo.

Minutos después abandonaban la habitación. Marco salió a la calle donde les esperaba el taxi y Nick se dirigió a una de las salas de reuniones de las que disponía el hotel, donde se había citado a los medios ansiosos de saber qué le había pasado durante el concierto. Nick sabía que la única forma de poder zanjar aquel asunto era dando una explicación convincente que saciara la curiosidad de la prensa, para asegurarse de que después le dejarían tranquilo. Avanzó por el pasillo, completamente erguido.

—¡Eh!

Nick se volvió y se encontró con Roberto.

—¿Qué haces aquí?

—¿Crees que voy a dejar que te enfrentes solo a esos buitres? De eso nada. Hay un par de llaves nuevas que quiero probar —bromeó Roberto, esbozando una sonrisa de oreja a oreja.

—¿Y mi abuelo te ha dejado venir? —preguntó en tono escéptico.

—Digamos que... he acelerado mi despido —respondió Roberto—. ¿Listo para los leones?

Nick asintió, y juntos entraron en la sala donde le esperaba una veintena de periodistas.

33

Novalie abrió los ojos y se desperezó bajo las sábanas, estirando los dedos de los pies hasta que sintió calambres. Apenas entraba luz por la ventana, pues el cielo estaba cubierto por una espesa capa de nubes negras que amenazaba con lluvia. La noche anterior, la isla había entrado en estado de alerta por riesgo de fuertes vientos y tormentas.

Odiaba la temporada de huracanes.

Escuchó cómo Aly canturreaba una canción de Avril Lavigne mientras preparaba el desayuno. La voz de Tom se sumó a la de ella, tarareando el estribillo. La forma en la que desafinaban era una tortura y se cubrió la cara con la almohada para que no oyeran sus carcajadas.

De golpe, las voces quedaron en silencio y alguien subió el volumen del televisor. Novalie supo que estaban dando algún tipo de noticia y que debía de ser importante para haber captado la atención de sus tíos. Aguzó el oído, pero no podía distinguir ni una palabra desde allí.

Se levantó y bajó a la cocina. No pasó del umbral. Se quedó de piedra al ver a Nick en la pantalla. Aparecía tocando el piano en un marco impresionante. Se veía cómo, de repente, se quedaba inmóvil durante unos segundos, para después ponerse de pie y abandonar el escenario. Las imágenes cambiaron. Nick, con Roberto a su espalda, hablaba muy serio ante un grupo de periodistas que no dejaban de levantar los brazos pidiendo su turno para intervenir. Novalie tampoco pudo escuchar nada porque la voz de la periodista alemana se superponía sobre la de él.

—¿Qué estáis viendo? —preguntó.

Sus tíos se giraron. No se habían dado cuenta de su presencia.

—El canal internacional de noticias —contestó Aly.

—¿Qué ha pasado?

—Ni idea.

—Sea lo que sea, a nosotros nos trae sin cuidado —dijo Tom mientras apagaba el televisor con el mando a distancia—. Vamos, siéntate, el desayuno ya está listo.

Novalie desayunó en silencio. No dejaba de darle vueltas a lo que había visto en la televisión, preguntándose qué le habría pasado a Nick. A pesar de todo lo ocurrido, no podía dejar de preocuparse por él. Y en esas imágenes se le veía tan abatido y distraído...

Regresó a su cuarto y se preparó para el instituto. Mientras guardaba los libros en la mochila, no dejaba de lanzar miradas al ordenador. Ya estaba en la puerta cuando el impulso de saber fue más fuerte que su deseo de olvidarse de Nick.

Lanzó la mochila a la cama y encendió el portátil. No tenía ni idea de por dónde empezar. No hizo falta que se rompiera la cabeza. En cuanto escribió el apellido Petrov en el buscador, decenas de enlaces la remitieron a la última edición de varios periódicos digitales que hablaban de lo sucedido en un lugar llamado Musikverein.

Encontró noticias en alemán y francés, pero ni usando el traductor lograba entender con claridad qué había ocurrido. Empezaba a desesperarse cuando encontró un magacín sensacionalista londinense. Conforme leía los escasos cuatro párrafos que contenía el artículo, el corazón le latía más y más deprisa.

En cuanto aparcó su camioneta en el estacionamiento del instituto, se dirigió a toda prisa al otro lado de la calle, donde se levantaba el edificio del periódico de Bluehaven, en busca de Lucy. Subió a la primera planta, en la que se encontraba la redacción que dirigía la señora Perkins. Vio a Lucy junto a la impresora, haciendo unas fotocopias.

—¡¿Te has enterado?! —exclamaron las dos a la vez.

—Sí —respondieron con cara de susto.

—¿Qué crees que habrá pasado de verdad? —preguntó Novalie dejándose caer en una silla—. Todos esos periódicos suelen exagerar.

Lucy la imitó sentándose sobre su mesa.

—No lo sé. Pero es cierto que se largó del escenario delante de unas mil personas y sin dar una explicación. Hasta hay vídeos en YouTube.

Novalie subió las piernas a la silla y se abrazó las rodillas.

—En el artículo que he leído, afirmaban que Nick y Christine habían roto su compromiso de mutuo acuerdo. ¿Crees que será verdad?

—No lo sé, pero es posible... ¡No pegaban ni con pegamento! Y sigo pensando que él se comprometió con ella por despecho.

Novalie se mordió el labio y se recogió el pelo tras las orejas. Miró a Lucy con una sonrisa de disculpa.

—¿Por qué no llamas a Roberto y le preguntas? —sugirió en tono vacilante. La curiosidad la estaba matando.

—¡Creí que no ibas a pedírmelo nunca! —exclamó mientras buscaba el teléfono móvil en su bolso—. Me muero por saber qué ha pasado. Creo que esto del periodismo lo llevo en la sangre, en serio. ¡Cómo odio empezar a parecerme a mi madre!

Novalie sonrió. Lucy se llevó el teléfono a la oreja y esperó; una mueca de fastidio se dibujó en su cara.

—Apagado... —masculló. Sus ojos brillaron airados—. ¿Cómo lo puede tener apagado? ¿Qué hora debe de ser allí? Me hago un lío con las franjas horarias.

Novalie se encogió de hombros.

—No te preocupes, estará ocupado. Seguro que te llama en cuanto vea la llamada.

—Eso espero... —farfulló—. A ver quién se concentra con todo este misterio.

—Tengo que irme a clase. ¿Comemos juntas?

Lucy asintió con la cabeza.

—Claro. Allí estaré.

Novalie le dedicó una sonrisa y se fundieron en un abrazo. ¡Cómo la iba a echar de menos cuando se fuera!

—¿Estás bien? —preguntó Lucy, estudiando la cara de Novalie con atención.

—Sí, no te preocupes.

Novalie estaba bastante lejos de encontrarse bien. Cuando entró en el aula fue directamente a la parte de atrás y se sentó en un pupitre al lado de la ventana. Fuera había comenzado a llover y las gotas se deslizaban por el cristal como lágrimas. Las siguió con los ojos y recordó su primer beso con Nick. Había sido bajo la lluvia, en Boston, tras su audición.

Se llevó los dedos a los labios y apretó los párpados con fuerza. Vio su rostro con una claridad y nitidez perfecta, casi podía percibir su olor.

El dolor de su pecho era agónico. Lo añoraba terriblemente y se odió por seguir enamorada como una idiota de él. Pero estaba tan cansada de esforzarse para no pensar en él que se dejó llevar por los recuerdos.

Llegó la hora del almuerzo y se encontró con Lucy en la salida. Buscaron un lugar apartado y se sentaron sobre la hierba.

—¿Te ha llamado? —susurró Novalie.

Lucy sacudió la cabeza con un gesto negativo.

—Y lo sigue teniendo apagado. La incertidumbre me está matando. —Miró a Novalie a los ojos y arrugó los labios con un mohín—. ¿Crees que estará mal que escriba sobre esto en el periódico? Como práctica, ya sabes.

—¿Y qué pinta una noticia como esa en el periódico de la isla? —inquirió Novalie.

No le parecía una buena idea. Ahora que todo el mundo se había olvidado de los Grieco y de su relación con ella, no quería que aquel asunto acabara abriendo viejas heridas. En el fondo pensaba que ella debía ser la primera en pasar de todo. Ni siquiera debería estar pensando en Nick. No era de su incumbencia si había roto con Christine o si se había largado en mitad de un concierto como si hubiera perdido el juicio.

—¿Sabes qué? En realidad paso de todo esto. Me da igual lo que haya podido ocurrir. Nick ya no forma parte de mi vida. Así que… no quiero que intentes sonsacarle nada a Roberto. Olvida el tema —soltó Novalie, poniéndose de pie.

Agarró su mochila sin haber tocado la comida.

—¿Se puede saber qué mosca te ha picado? —inquirió Lucy sorprendida—. ¿He dicho algo? Si es por el periódico, tranquila, no escribiré la noticia.

—No es eso, Lucy. Es solo que… no está bien que piense en él —murmuró con la vista clavada en sus botas—. Me voy a casa.

Los ojos de Lucy se abrieron como platos, sin entender nada.

—¿A casa? ¿Y qué pasa con las clases? No puedes faltar a clase.

Novalie no respondió. Se limitó a encogerse de hombros y abandonó el instituto. En lugar de regresar a casa, se dirigió a la librería. Mientras conducía hacia la calle principal, la escena en la que Nick se levantaba del escenario se repetía en su cabeza como un bucle. La parte de ella que aún le quería y le echaba de menos no podía evitar preocuparse. La que le odiaba por haberla traicionado de aquella forma tan cruel, la recriminaba por hacerlo.

Aly levantó la vista del mostrador.

—¿Tú qué haces aquí? ¿Ha pasado algo en el instituto?

Novalie suspiró.

—No me encuentro bien. Me… me duele mucho la cabeza.

Aly suspiró y se acercó a ella. Le tocó la frente con el reverso de la mano, y después las mejillas.

—No tienes fiebre. ¿Te notas alguna otra cosa además del dolor de cabeza?

Novalie negó con un gesto. Dejó su mochila en el sillón, junto a la chimenea, y se sentó en el reposabrazos. Sabía que su tía la estaba estudiando a conciencia. Casi podía leerle el pensamiento por la forma escéptica con la que levantaba la ceja derecha. Sospechaba que su repentino malestar se debía a las noticias sobre Nick. Odiaba que la conociera tan bien.

—¿Y Britt? —preguntó Novalie.

—Su marido la llamó hace un rato. El bebé se ha resfriado y lo han llevado al pediatra. —Volvió tras el mostrador y continuó colocando etiquetas con el precio a las novedades que acababan de recibir—. Espero que no tarde mucho. El ferry llegó hace más de una hora y hay unos paquetes que debo recoger. Teddy suele dejarlos apilados en medio del muelle sin ninguna vigilancia y algún día alguien los robará.

—Pues ve a buscarlos, yo me quedo.

Aly la miró agradecida.

—¿Seguro que no te importa? Después debo ir a la biblioteca y no sé cuánto tiempo tendré que quedarme.

—No, tranquila, estaré bien.

—De acuerdo. Tardaré lo menos posible, prometido —aseguró Aly mientras agarraba las llaves del coche y salía a toda prisa a la calle.

Novalie se deshizo de la chaqueta y se acomodó en el sillón con la vista perdida en la ventana. Había dejado de llover. Que el tiempo mejorara provocó que la librería estuviera llena de clientes hasta bien entrada la tarde. Cerca de las seis y media logró un momento de tranquilidad, y continuó con el etiquetado de los nuevos libros. Con la inercia de haberlo hecho un millón de veces, casi no prestaba atención. Su mente vagaba entre los recuerdos de su infancia. Aunque solía ponerla triste, pensar en su madre la reconfortaba en cierta manera. No se molestó en reprimir la necesidad de llorar.

Alzó la cabeza para impedir que las lágrimas cayeran sobre los libros nuevos. Sus ojos se perdieron más allá de la ventana, en la calle borrosa y en el hombre que la cruzaba en dirección a la librería. Por un momento, se le paró el corazón. Se limpió los ojos y, con la boca abierta, observó cómo Nick desaparecía tras la pared contigua al cristal.

Pasó un minuto, dos, y nadie abrió la puerta. Novalie suspiró, desilusionada y avergonzada al mismo tiempo. ¿Tanto le había afectado ver a Nick en las noticias? ¿Iba a empezar a ver su rostro en cada una de las personas con las que se encontrara a partir de ahora? No podía permitirlo. No debía soñar despierta, no con él. Trató de seguir con su tarea.

La puerta se abrió con un repique de campanillas.

Pálida como la pared levantó la vista y se encontró con los ojos de Nick clavados en ella. Lo observó como si fuera la primera vez. Estaba tan guapo como siempre, incluso más, pero su cara reflejaba un cansancio y una tristeza que la sacudió por dentro.

Un silencio pesado cayó en la librería mientras se miraban sin parpadear. Sintió un escalofrío y él contuvo el aliento, pero no fue hasta que Nick habló que Novalie se convenció de que no lo estaba soñando.

—Hola —dijo él.

Dio un par de pasos hacia delante, indeciso, sin estar muy seguro de cuál era la distancia correcta para que ella no se sintiera incómoda. Solo deseaba acercarse, abrazarla y meter el rostro entre su pelo. No se movió, y tampoco lo hizo ella.

Novalie no contestó y continuó con su tarea, demasiado nerviosa. Empezó a pegar etiquetas con rapidez y sin cuidado. La mitad de ellas habría que despegarlas después y colocar otras nuevas. Tener a Nick allí era demasiado para ella, y no dejaba de preguntarse a qué habría venido.

—Siento presentarme sin avisar —empezó a decir él—. He llegado hace unos minutos, en el ferry. He ido al instituto. Allí me he encontrado con Lucy y me ha dicho que te habías ido... Pensé que podías estar aquí. Aunque no estaba muy seguro —comentó en tono vacilante.

Se sintió morir al ver que Novalie ni siquiera se dignaba a mirarlo. Se lo tenía bien merecido, por idiota. El pánico empezó a apoderarse de él. Se había mentalizado para un rechazo, sabía que corría el riesgo de haberla perdido para siempre, pero no estaba tan seguro de poder aceptarlo como había creído.

—Supongo que ya sabes lo que pasó anoche en el concierto... y también lo del compromiso...

Novalie no pudo soportar la tensión y perdió los nervios.

—¿Qué haces aquí? —le preguntó de malos modos.

—Quiero que hablemos de lo que pasó. Tenemos que hablar, Novalie.

—Pues yo no quiero. Así que estás perdiendo el tiempo —masculló, mirándolo con dureza.

La mandíbula de Nick se tensó y su rostro se ensombreció.

—Sé que entre mi hermano y tú no pasó nada. Él mismo me lo contó.

Novalie reaccionó como si se sintiera insultada.

—¡Vaya! ¿Y qué quieres? ¿Un aplauso? ¿Una ovación?

Nick bajó la mirada y luego la miró de nuevo; sus ojos mostraban una tristeza casi insoportable.

—Sé que tienes motivos para odiarme...

—¿Motivos? ¡Dudaste de mí! Y has necesitado que tu hermano destape el secreto para creer en mi palabra.

Así que por eso estaba allí, porque Marco había decidido acabar con la mentira. Y si no lo hubiera hecho, ¿qué? ¿También la habría buscado?

—Lo siento, Novalie. Sé que lo que hice estuvo mal, pero no fui capaz de pensar. Toda aquella situación me desbordó, pudo conmigo...

—Y te fue más fácil no creerme, humillarme y comprometerte con ella.

Nick dejó caer los brazos.

—Sé que no debí hacerlo. Me he arrepentido cada día desde entonces. Te lo juro. —Hizo una pausa y tragó saliva—. Y no he dejado de echarte de menos en ningún momento. Dime que tú no me has echado de menos.

Novalie lo miró a los ojos. Su cara llena de dolor, preguntas y confusión. Él continuó:

—Lo que ha habido entre nosotros ha sido demasiado intenso como para que se haya terminado. Sigue entre nosotros, y es real. Yo lo sé y tú lo sabes. Un amor así solo se encuentra una vez en la vida, Novalie. Un amor así no se consume.

Ella le sostuvo la mirada y se limpió una lágrima que resbalaba por su mejilla.

—Es posible, pero me has hecho sufrir tanto que ya no lo siento. Me dejaste por ella. La elegiste a ella.

Nick movió la cabeza con tristeza y suspiró.

—Lo siento tanto... —sollozó. Contuvo el aliento mientras intentaba retener las lágrimas que se arremolinaban bajo sus pestañas—. Te quiero. Vivir sin ti me está matando.

Novalie suspiró de forma entrecortada. «A mí también», pensó. Inspiró hondo.

—Es demasiado tarde. Todo ha cambiado, yo he cambiado.

—Novalie, por favor...

—Será mejor que te marches, he de trabajar.

Nick sintió que su corazón reventaba en mil pedazos.

—Por favor, no me pidas eso, soy incapaz de alejarme de ti otra vez. —Su voz se quebró y tuvo que tragar saliva—. Escucha. Deja que te invite a cenar. Hablemos.

Novalie sacudió la cabeza sin atreverse a mirarle de nuevo.

—No tengo nada que decirte.

—Por favor, no digas eso —pidió Nick acercándose al mostrador. Se detuvo al ver que ella retrocedía.

—¿Qué esperabas? ¿Que me lanzara en tus brazos en cuanto cruzaras la puerta con un «Lo siento»? Pues estás muy equivocado. Márchate y no vuelvas. No te necesito.

Los pedazos a los que había quedado reducido el corazón de Nick volvieron a fragmentarse en una miríada de trocitos. Imposible recomponerlo.

—Novalie, por favor —suplicó.

—Vete.

—No puedo —gimió él.

—¡Que te largues ya! —gritó Novalie entre sollozos—. Vete, vete, por favor. Quiero que te vayas.

Nick tembló destrozado. Asintió lentamente.

—Está bien —aceptó en voz baja.

Iba a marcharse sin más, pero cambió de idea. Se acercó al mostrador, tomó un bolígrafo y apuntó un número en un papel en blanco.

—Este es mi número de teléfono, es nuevo. Si cambias de idea llámame, por favor. Tómate el tiempo que necesites, no me importa. Voy a quedarme en la isla.

La miró durante un largo instante. Ella no levantó la vista del suelo en ningún momento, ni tampoco dijo nada, así que Nick dio media vuelta y salió de la librería.

Novalie sintió que las piernas no podrían sostenerla por más tiempo y se dejó caer en el suelo con la cabeza entre las rodillas. Se pasó las manos por la cara y después por el pelo, estirándolo hacia su nuca. Estaba sorprendida por la rabia con la que había reaccionado, por el odio que habían destilado sus palabras. Aún lo sentía en el paladar. No se reconocía a sí misma. Ella no era como esa persona que se había mostrado ante Nick.

Lloró desconsolada, y con las lágrimas se fue diluyendo su rabia. Poco a poco se dio cuenta de que nada de lo que le había dicho era cierto. Nunca había dejado de amarlo. Lo echaba de menos y tenía mil cosas que decirle, pero eso ya daba igual. Él se había ido.

La puerta se abrió de golpe, estrellándose contra la pared.

—¡Novalie! ¡Novalie!

Novalie se puso de pie y se encontró frente a frente con Lucy.

—¡Nick está aquí, te está buscando! —dijo a gritos.

—Lo sé —respondió ella sin ninguna emoción—. Acaba de marcharse.

—¿En serio? ¿Qué te ha dicho?

Novalie se encogió de hombros y suspiró para aflojar el nudo que tenía en la garganta.

—Marco le ha contado que nunca hubo nada entre nosotros y quería disculparse por cómo se había comportado.

Lucy la miraba sin parpadear.

—¿Y tú qué le has dicho?

—Que no quiero volver a verlo y lo he echado.

—¡¿Que le has dicho qué?! ¡¿Tú estás loca?! —explotó Lucy.

—¿Qué esperabas? ¿Que corriera a sus brazos como si nada hubiera pasado? —preguntó con la voz entrecortada. Casi no podía respirar.

—Sí —contestó con vehemencia su amiga—. Estás loca por él...

Novalie sacudió la cabeza, convencida de que tenía personalidad múltiple porque ya estaba cambiando de opinión otra vez.

—No es cierto. Ya no...

—Y él por ti —afirmó Lucy.

Novalie seguía con la vista clavada en sus manos.

—¿Y cómo estás tan segura de que me quiere de verdad?

Lucy gruñó.

—¿Has perdido el juicio? ¡Deja el orgullo a un lado y abre los ojos! Abandonó un concierto muy importante sin importarle las consecuencias, rompió su compromiso y dio una rueda de prensa en la que anunció que se retiraba, que dejaba su carrera.

Los ojos de Novalie se abrieron como platos.

—¿La rueda de prensa era para eso? —se sorprendió.

—Sí, cabezota. Anunció a los cuatro vientos que no iba a casarse y que lo dejaba todo. Y lo que hizo justo después fue coger un avión y plantarse aquí para verte. Si eso no significa que te quiere, ya me dirás tú qué significa.

—¿Cómo sabes todo eso?

Lucy esbozó una leve sonrisa y se ruborizó.

—Nick no ha venido solo. Roberto también está aquí, y Marco. Ellos me lo han explicado. Y yo he salido disparada para avisarte, pero ya veo que he llegado tarde.

Suspiró y rodeó el mostrador. Cogió a Novalie de las manos y la obligó a que la mirara.

—Te quiere, tonta, y tú le quieres a él. No dejes que el orgullo os separe. Si hay dos personas que merecen estar juntas para que los demás podamos creer en el amor, esos sois vosotros dos.

Novalie sonrió y se pasó una mano por la nariz.

—Eso ha sonado muy cursi, incluso para ti.

—¿Qué le voy a hacer? Un sexi español me ha sorbido el cerebro.

—¿Y ahora qué hago? —gimoteó Novalie a punto de echarse a llorar.

—¿Qué quieres hacer?

—No lo sé... —Tragó saliva y se abrazó los codos—. Quiero hablar con él. Tengo que hablar con él —dijo con decisión.

Lucy soltó una risita de alivio.

—¿A qué esperas? Llámale.

Novalie tomó el papel y el teléfono y marcó el número. Ni siquiera sabía qué iba a decirle.

—Hola —respondió Nick. Sabía que era Novalie, tenía el número grabado en su cerebro.

—Hola —susurró ella. Hizo una pausa, pensando qué decir—. ¿De verdad diste una rueda de prensa para anunciar que te retirabas?

—Sí, lo hice y lo hice por ti.

Iba conduciendo por la carretera de la costa hacia su casa, y redujo la velocidad.

Novalie enmudeció y no pudo evitar sentirse encantada con esa respuesta.

—¿Por qué?

—Porque en lo único en lo que puedo pensar es en ti y en que quiero estar aquí contigo —contestó sin vacilar.

A Novalie le latía el corazón con tanta fuerza que pensó que él podría oírlo al otro lado del teléfono.

—Si aún quieres invitarme a cenar... Podríamos hablar...

—Por supuesto que quiero —aseguró Nick.

—¿En el Grill?

—Estaré ahí en diez minutos.

Novalie sonrió y pensó que acabaría echándose a llorar.

—Novalie —dijo él—. Tenías razón. Solo yo puedo vivir mi vida. Ahora lo sé, y quiero vivirla contigo. Siempre has sido tú, siempre, desde aquel día en el ferry.

Se produjo un largo silencio en el que solo se oían sus respiraciones.

—¿Ensalada de pollo? —preguntó ella incapaz de contestar nada más.

—Ensalada de pollo estaría bien.

—Vale. No tardes, tengo hambre —musitó con una risita.

—No tardaré.

Nick colgó el teléfono sin dar crédito a lo que acababa de ocurrir. Sus labios se curvaron con una sonrisa que poco a poco se fue ensanchando hasta que rompió a reír. Tamborileó con las manos sobre el volante sin saber cómo dar rienda suelta a la alegría que sentía. Aún tenía una posibilidad con Novalie.

—¡Sí! —exclamó dando una palmada.

El golpe lo pilló por sorpresa, lanzándolo hacia delante. El cinturón de seguridad evitó que se golpeara la cabeza contra el volante.

—Pero ¿qué diablos...?

Miró por el espejo retrovisor a tiempo de ver que un todoterreno blanco se disponía de nuevo a embestir su Jeep. Aceleró y evitó por milímetros un golpe seguro. Sin perder de vista al vehículo a través de los espejos, continuó acelerando.

Las curvas cada vez eran más pronunciadas y seguidas. No entendía qué ocurría, solo que alguien estaba intentando darle un susto.

El todoterreno blanco apareció de nuevo en su campo de visión, cada vez más cerca. Notó un ligero meneo. Había sido solo un roce, pero había vuelto a darle. El coche se acercaba de nuevo, y pudo distinguir los rasgos del conductor. Billy Hewitt estaba tras el volante con una expresión desquiciada, y Nick estuvo seguro de que no pretendía asustarlo. Quería sacarlo de la carretera.

Apretó los dientes y aceleró tratando de ganar distancia y dejar atrás al chico. Sus ojos volaron al espejo durante una décima de segundo, el mismo tiempo que el conductor del camión que circulaba en sentido contrario perdió inclinándose sobre la guantera para coger un cigarrillo, invadiendo el otro carril.

Nick apenas tuvo tiempo de pisar el pedal del freno y girar el volante. Logró esquivarlo, pasando a solo unos centímetros de él. El Jeep se bloqueó, giró con un trompo y se detuvo en medio de la carretera. Nick vio cómo el coche blanco se acercaba. Por un momento pensó que iba a detenerse, pero no lo hizo y lo embistió acelerando contra la puerta.

Todo comenzó a dar vueltas.

Después, oscuridad y silencio.

Novalie miró de nuevo su reloj. Había pasado una hora. No le quedó más remedio que aceptar que Nick no iba aparecer. La camarera se acercó de nuevo para ver si iba a pedir algo o si seguiría esperando a su acompañante. Novalie se disculpó con ella y abandonó el Grill sumida en un mar de contradicciones.

Mientras caminaba despacio por la acera, trató de no pensar en nada, no quería hacerlo. Se negaba a suponer, a imaginar, a seguir planteándose preguntas para las que no tenía respuesta y que no hacían más que empeorar su ánimo. Quizá solo había tenido una avería y ella estaba sacando las cosas de quicio con esa actitud melodramática que no tenía ni idea de cuándo había desarrollado. Pero, si había sufrido una avería, ¿por qué no la había llamado?

Se paró junto al semáforo. Un coche de policía pasó frente a ella con las luces encendidas. Sus ojos se abrieron como platos al ver a Billy en el asiento trasero con los brazos a la espalda. Él clavó una mirada cargada de odio en ella y poco a poco esbozó una sonrisa maliciosa. Novalie se quedó mirando el coche hasta que desapareció al doblar la esquina. Se estremeció con un escalofrío, convencida de que ese chico no estaba bien de la cabeza. ¿Qué habría hecho para que lo detuvieran?

—¡Novalie!

Alguien gritó su nombre a lo lejos. Giró el cuello y vio a Aly con una mano en alto corriendo hacia ella. Novalie comenzó a levantar la mano para saludarla, pero un enorme camión grúa que circulaba por la calle llamó su atención. En la parte de arriba portaba un amasijo de hierros, un coche negro completamente destrozado. Apenas se podía identificar la marca y el modelo. Otro coche, un todoterreno blanco, era remolcado con una gruesa cadena. El coche tenía la parte delantera destrozada.

Novalie reconoció el vehículo oscuro. El tiempo se detuvo y todo a su alrededor comenzó a moverse a cámara lenta. Miró hacia su tía, que se acercaba corriendo y después la esquina por la que había desaparecido el coche de policía con Billy en su interior. Una idea espeluznante tomó forma en su mente y el recuerdo del sonido de unas sirenas cruzando la ciudad un rato antes hizo que todas las piezas encajaran.

Echó a correr hacia el hospital. Aún llevaba en la mano su teléfono móvil. Lo apretó muy fuerte, deseando que sonara y que fuera Nick dándole alguna excusa estúpida para justificar su retraso. La respiración le silbaba en la garganta por culpa del esfuerzo, pero no se detuvo. Entró a trompicones por la puerta de urgencias, jadeando.

—¡Señorita, señorita…, no puede pasar! —oyó que alguien le gritaba, pero no se giró y empujó la puerta abatible que conducía a las salas de examen.

Se cruzó con enfermeras y médicos que la miraban sorprendidos, pero ella pasó de largo sin dejar de buscar. Había cuatro salas con mucho espacio para maniobrar, dos a cada lado de un pasillo, cada una equipada con ecógrafos, oxígeno, suministros...

«Tensión arterial sesenta cuarenta y cayendo. Se nos va.»

«Carga a doscientos. Bien, vamos allá. Tres, dos, uno... Fuera.»

«Sigue cayendo.»

«Vuelve a cargar.»

«Listo. Fuera.»

El sonido de las voces y las descargas llegó hasta Novalie como una terrorífica premonición. Se asomó a través del cristal de una puerta y lo vio. Nick estaba sobre una camilla, completamente ensangrentado. Los médicos trataban de reanimarlo con un desfibrilador.

—¡Tenemos pulso! —exclamó una enfermera morena.

—Bien. ¡Hay que intubarlo, rápido! —gritó una doctora a un par de residentes—. Necesito placas de abdomen y tórax. Tac y ecografía, y lo necesito todo para ayer. ¡Ya! ¡Y que alguien localice a su familia!

Novalie empujó la puerta.

—¡Dios mío, Nick!

—¡Eh, tú!

—Nick... —Las lágrimas le brotaban de los ojos.

—¿Qué hace esta chica aquí? —vociferó otro médico.

—¿Cómo está? ¿Está bien? ¿Se pondrá bien? —preguntó Novalie con angustia mientras intentaba llegar hasta él.

Un enfermero la sujetó por los brazos y la apartó en volandas, obligándola a salir.

—Lo siento, pero no puedes estar aquí.

—Dígame cómo está, por favor. Solo dígame cómo está, se lo suplico —rogó mientras la llevaba de vuelta a la anodina sala de espera. Intentó resistirse, pero el hombre la doblaba en tamaño y fuerza.

—Los médicos están haciendo todo lo posible para salvarlo —respondió el enfermero antes de volver adentro.

«¿Para salvarlo?», pensó Novalie con una punzada de dolor atravesándole el pecho.

—¿Y eso qué significa? ¿Qué demonios significa eso?

—Lo siento.

—No lo siente, no lo siente —gimió destrozada—. Él no… Él no… ¡Dios mío, Nick!

—Deberías prepararte para lo peor —le advirtió antes de dar media vuelta.

Novalie se llevó las manos a la cabeza y giró sobre sí misma sin saber qué hacer. Aly cruzó la puerta en ese momento y corrió hasta ella. Se abrazaron con fuerza y Novalie rompió a llorar.

—¡Gracias a Dios que estás bien! Leí tu nota, y después oí lo del accidente y creí que… —dijo Aly. La besó en la sien, desterrando de su mente el terrible pensamiento, y se apartó para verle la cara—. ¿Cómo está Nick? ¿Has podido verle?

Novalie asintió entre sollozos, ahogándose en sus propias lágrimas.

—Está muy mal, tía. Y ni siquiera me han dejado acercarme. Si le ocurre algo, yo…

Aly la abrazó de nuevo, meciéndola entre sus brazos.

—No lo pienses. No lo pienses y no ocurrirá —susurró Aly sin soltarla, y cerró los ojos rezando para que a Nick no le pasara nada malo.

Rápidamente la luz que entraba por las ventanas se oscureció. Un extraño rumor se fue acercando con rapidez. Un trueno estalló sobre el edificio haciendo vibrar los cristales y la tormenta se desató sobre la isla.

34

Graham contempló su reflejo en el espejo del baño. Hacía meses que no se detenía a mirarse. Se pasó la mano por la cara recién afeitada. Sin la espesa barba que le había crecido en los últimos meses, pudo darse cuenta de hasta qué punto su aspecto era preocupante. Los pómulos sobresalían demasiado bajo una piel cetrina por la falta de sol. Sus ojos habían perdido la luz y estaban enmarcados por unos círculos oscuros que le hacían parecer un cadáver. El pelo le cubría las orejas y unas canas que no recordaba haber tenido antes salpicaban su cabeza.

Su cuerpo no estaba mucho mejor, había adelgazado bastante. Los músculos que a fuerza de ejercicio había lucido la mayor parte de su vida habían desaparecido. Ahora solo era un saco de huesos de piel flácida.

La luz del baño parpadeó con un zumbido. Una ráfaga de viento sacudió la casa al tiempo que el cielo comenzaba a destellar con los primeros relámpagos. Una lluvia torrencial empezó a golpear el tejado.

Regresó al cuarto y se sentó sobre la cama envuelto en el albornoz. Con la respiración débil y entrecortada, se quedó mirando la urna que contenía las cenizas de Meredith.

—Necesito que me ayudes —susurró—. Sé que no puedo seguir así, que les estoy haciendo daño, pero no sé cómo parar. ¡Cariño, necesito ayuda, necesito que me eches una mano para salir de este agujero, porque yo solo no puedo! Lo he intentado, pero soy incapaz de salir a ese mundo que hay fuera, no sé cómo regresar...

El teléfono comenzó a repicar. Graham lo ignoró, tal y como hacía siempre hasta que paraba. Pero esta vez sonó de nuevo, insistente, y no cesó. Bajó hasta la cocina, sin prisa, y descolgó.

—¡¿Graham?! —gritó la voz de su hermana al otro lado—. Se trata de Novalie, tienes que venir...

—¿Novalie?

La línea comenzó a hacer ruidos. Un trueno retumbó sobre la casa y los cristales vibraron. Algo se partió afuera.

—Un accidente... Carretera... Costa... —Graham se pegó el teléfono a la oreja. La línea se cortaba por momentos y no lograba oír con claridad—. Hospital... Está muy mal...

La llamada se cortó y Graham se quedó mirando la pared intentando unir las palabras que le habían llegado: Novalie, accidente, carretera, hospital, está muy mal. El teléfono se le escurrió de las manos y algo despertó dentro de él. La adrenalina hizo el resto. Corrió hasta su habitación y se vistió a toda prisa. Cogió un coche que estaba aparcado con las llaves puestas frente al taller de Tom. No tenía ni idea de quién sería el dueño, pero ese detalle estaba muy lejos de importarle en ese momento.

Condujo a toda velocidad, a pesar de que la espesa cortina de agua apenas le dejaba ver el asfalto. Los árboles se doblaban con las fuertes rachas de viento que soplaban desde la costa. A su derecha, el océano se agitaba y se elevaba tragándose la playa y las torres de los vigilantes.

Logró llegar al hospital y dejó el coche en el primer lugar que encontró. Cuando entró por la puerta de urgencias, estaba completamente empapado y temblaba sin parar. Y no era por el frío; era el miedo lo que le hacía estremecerse. Pálido como un cirio se acercó al mostrador de recepción, donde una enfermera hablaba por teléfono.

—Perdone. Creo que han traído a mi hija, Novalie Feist.

—Un momento, por favor.

Graham resopló y apoyó las manos mojadas en el mostrador.

—Es posible que haya tenido un accidente. Solo dígame si han ingresado a alguien con ese nombre.

—Enseguida le atiendo. Espere un momento, por favor —insistió la enfermera.

Graham agarró el teléfono y se lo quitó de las manos, colgándolo a continuación con un fuerte golpe.

—Novalie Feist. Búsquela —ordenó con una mirada asesina.

La mujer miró a su alrededor buscando ayuda, pero el guardia de seguridad no estaba por ninguna parte y optó por obedecer. Comenzó a teclear en el ordenador.

—¿Papá?

Graham se dio la vuelta y vio a Novalie sentada en el suelo con Aly a su lado.

—¡Papá! —repitió ella sin dar crédito a lo que veía mientras se ponía de pie.

Él estaba temblando violentamente; la adrenalina todavía fluía por su cuerpo y el corazón le latía desbocado golpeándole las costillas. Corrió hasta su hija y la abrazó con fuerza. Respirando con dificultad, la miró y levantó una mano. Le rozó la mejilla con los dedos, despacio, como si tuviera miedo de que ella se apartara.

Graham comenzó a llorar de una forma tan desconsolada que todo el mundo empezó a fijarse en él. Las lágrimas rodaban por su rostro como una cortina caliente y salada, sin control. Se llevó las manos a la cara y ocultó el rostro en ellas mientras caía al suelo de rodillas incapaz de sostener su propio peso.

—¿Papá? —susurró Novalie arrodillándose junto a él. Le puso una mano en el hombro.

—Pensaba que también te había perdido —gimió él—, que había perdido la posibilidad de volver a decirte cuánto te quiero. ¡Dios, he creído que ella había venido a por ti porque yo no te estaba cuidando como debía!

Sus dedos le recorrieron la cara.

—Tranquilo, estoy bien. ¿Lo ves? —dijo ella, colocando su mano sobre la de él—. Estoy bien.

Jamás había visto así a su padre, y su pena la estaba asustando más de lo que ya estaba. Lo abrazó y dejó que se desahogara, mientras sus propias lágrimas caían de nuevo. Algo le decía que su padre estaba dejando salir todo el dolor y sufrimiento de los últimos meses, que por fin estaba llorando la muerte de su madre.

—¿Tan importante es ese chico para ella? —preguntó Graham a Aly.

Aly alzó la vista desde las sillas de plástico en las que llevaban cerca de dos horas sentados y miró a su sobrina. Novalie no dejaba de dar vueltas ante la puerta, esperando a que apareciera algún médico que pudiera facilitarles información sobre Nick. Marco y Roberto, que habían llegado escoltados por una patrulla de la policía, tampoco habían salido en todo ese tiempo y empezaban a temerse lo peor.

—Está enamorada y es su primer amor. En este momento no hay nada más en el mundo salvo él —respondió.

Graham asintió sin apartar la vista de su hija. Meredith había sido su primer y único amor. Él mejor que nadie sabía cómo se sentía Novalie. La contempló. Se parecía tanto a su madre que casi daba miedo. Se preguntó en qué momento su pequeña había crecido tanto. Apenas reconocía en ella a la niña pálida y delgaducha a la que estaba acostumbrado. Novalie ya no era esa niña, ahora era una mujer. Una mujer que se había enamorado y él se había perdido todo eso.

Debía compensarla por tantas cosas que no sabía por dónde empezar. Quizá pudiera hacer algo para ayudarla en esos momentos. Se puso de pie y fue hasta el mostrador de recepción. La enfermera lo miró con recelo y se acercó manteniendo las distancias.

—¿Sigue el doctor Amell trabajando en este hospital? —preguntó.

—Sí, señor. El doctor Amell es el cirujano jefe del hospital.

—Pues necesito hablar con él. Dígale que Graham Feist está aquí.

—Disculpe, pero... dudo que pueda molestarle en...

Graham tomó el teléfono que antes había estrellado y se lo ofreció.

—Llámele.

Graham, Aly y Novalie siguieron a la enfermera a través de los pasillos del hospital hasta la primera planta. El ascensor se abrió y el doctor Amell salió de él junto a una residente. Firmó la prescripción de la historia clínica que llevaba en las manos y se la entregó a la mujer.

—¡Graham, cuánto tiempo! —exclamó.

Era un hombre moreno, de unos cincuenta años, con entradas y una sonrisa simpática.

—Gordon, me alegro de verte —dijo Graham mientras estrechaba su mano—. Ya conoces a Aly, y esta es mi hija, Novalie.

—Hola, Aly, me alegro de volver a verte. Novalie —saludó el hombre—. ¿Qué hacéis aquí? ¿Puedo ayudaros en algo?

Graham asintió con la cabeza.

—Sí. Os ha llegado un herido en accidente de tráfico. Un chico de veinticinco años. —Amell asintió de inmediato—. ¿Cuál es su estado?

—¿Le conocéis?

—Es amigo de Novalie. Es importante para ella.

Gordon Amell miró a Novalie y se percató de lo alterada que estaba.

—Ya veo. Bueno, lo diré de forma que todos podáis entenderlo. El paciente tiene heridas muy graves. Sufre una hemorragia interna en el abdomen, de la que se le está operando en este momento. Tiene perforado un pulmón y es posible que pierda el bazo. Pero lo que de verdad nos preocupa es el traumatismo que sufre en la cabeza. Hay una fractura severa y una inflamación de la membrana. El problema es la hemorragia; hay que drenar esa sangre y suturar los vasos, reducir la presión...

Novalie se llevó las manos a la boca para contener el llanto. Todo aquello sonaba tan mal...

—Pero no tenemos equipo para una operación de ese tipo —continuó el doctor—. El protocolo del hospital deriva estos casos a Portland o a Boston, pero con la tormenta, todo el tráfico, tanto aéreo como marítimo, está cerrado.

—¿Qué significa eso, papá? —preguntó Novalie sin respiración. Estaba a punto de vomitar.

Él le rodeó los hombros con el brazo y la atrajo hacia su pecho. El ascensor del fondo del pasillo volvió a abrirse y la familia Grieco salió de él junto a una enfermera que los guiaba. Graham reconoció a Mario Grieco.

—Novalie, has dicho que su familia no estaba en la isla.

—Eso es lo que me ha dicho Marco, el hermano de Nick, que su familia estaba volando desde Boston. Sus padres acababan de llegar en un vuelo desde Viena cuando ha conseguido localizarlos —respondió Novalie, dando un paso atrás al percatarse de la presencia de los Grieco.

Graham se dio cuenta de su reacción. Miró a Gordon.

—Si ellos han llegado hasta aquí, quizá sí haya forma de sacar al chico de la isla.

Gordon Amell negó con pesar.

—No se le puede mover en estas circunstancias, Graham. Su columna ha recibido un fuerte impacto y no puedo asegurar que no sufra daños irreversibles si se le traslada. Es arriesgado con una tormenta como esta.

Graham se pasó una mano por la cara, pensando.

—Vale, tengo otra idea.

—¡Por Dios, ¿cuál?! —inquirió Gordon con la esperanza de hallar una solución.

—Podría conseguirte un equipo que le operaría. Tengo un colega, el mejor en su campo, que trabaja en Nueva York y podría estar aquí en dos horas si organizamos el transporte.

—¿Qué hace esta gente aquí? —escupió Filipo al encontrar a los Feist en el pasillo—. ¡Fuera, fuera de aquí, no os quiero cerca de mi familia!

—No tienes derecho a estar aquí —le espetó Ivanna a Novalie—. Todo esto es culpa tuya. Mi hijo está al borde de la muerte por tu culpa.

—Yo no... —balbuceó Novalie.

Graham iba a intervenir cuando Aly se interpuso entre las dos familias.

—Este no es lugar para discutir —susurró mientras empujaba a Novalie y a su hermano para que se alejaran de allí.

—¿Tienes problemas con su familia? —preguntó Graham a su hija.

—Sí. No... no les gusto mucho.

Miró de reojo a los Grieco. Gordon les estaba explicando lo que un minuto antes les había contado a ellos. Novalie no perdía detalle de la conversación por si lograba enterarse de algo nuevo. Ivanna se abrazó a su esposo y comenzó a llorar desconsolada. El único que parecía imperturbable era Filipo, y verlo tan entero la estaba sacando de quicio. ¿Acaso aquel hombre no tenía sentimientos?

—¿Y sus manos? ¿Ha sufrido algún daño en las manos? —quiso saber Filipo.

Novalie se quedó muda por un momento. Sus ojos se abrieron como platos, sin dar crédito a lo que acababa de oír.

—Perdone, ¿sus manos? —inquirió Gordon, desconcertado.

—Sí, ¿ha sufrido fracturas o... algo peor?

Gordon abrió la boca para contestar, pero no supo qué decir. Con la vida de Nick pendiendo de un hilo, nadie se había fijado en eso.

—No sabría decirle.

Novalie no supo de dónde salió aquel impulso, pero antes de ser consciente de lo que hacía, ya se estaba abalanzando sobre el anciano.

—¡¿Sus manos?! —le gritó—. ¿Eso es lo único que le importa? ¿Sus manos? —Graham agarró a Novalie por la cintura y la apartó con serias dificultades para contenerla—. ¿De qué le servirán las manos si se muere? ¿De qué le servirán? ¡Me da asco! Es usted despreciable.

—¡Basta! —ordenó Graham. La abrazó contra su pecho y la alejó de allí a rastras mientras Novalie rompía a llorar otra vez—. Creo que va siendo hora de que tú y yo nos sentemos a hablar.

Se acomodaron en una pequeña sala de descanso para los médicos residentes. Novalie le fue relatando a su padre todo lo que pudo sobre su relación con Nick. Sin entrar en detalles íntimos, consiguió que él se hiciera una idea de lo que había ocurrido entre ellos. El control que su familia ejercía sobre él y hasta qué punto habían forzado las cosas para lograr separarlos. Le habló de los malentendidos, de las discusiones y de cómo Nick lo había abandonado todo para regresar junto a ella.

Graham escuchó con paciencia, haciendo preguntas solo cuando creía que iba a perderse entre tantos nombres, acontecimientos y detalles. No pudo evitar sonreír cuando supo lo del viaje a Boston. Solo a Novalie se le podía haber ocurrido algo así.

—Así que quieres estudiar en Boston —dijo él, dedicándole una sonrisa.

Novalie asintió.

—Pero sin él, creo que me dará igual.

—No digas eso. Verás cómo todo sale bien.

—¿Estás seguro? —preguntó con ojos llorosos. Necesitaba un sí como el aire para respirar.

—Va a operarlo uno de los mejores médicos del país. Con él estará en buenas manos —respondió Graham. Había movido unos cuantos hilos para localizar a uno de sus antiguos compañeros de universidad, ahora un neurocirujano de renombre internacional que trabajaba en el hospital Monte Sinaí de Nueva York. El hombre había accedido inmediatamente a viajar con un pequeño equipo de profesionales y a operar a Nick.

—¿Crees que tardará mucho en llegar?

—No creo. Un avión privado le llevará a Portland, y desde allí un helicóptero volará hasta la isla. Será rápido, ahora solo queda que... —Hizo una pausa sin atreverse a decir lo que pensaba.

—¿Qué, papá?

Él la miró sin poder disimular su preocupación y suspiró mientras le cogía la mano.

—Que el chico aguante, cariño. Que el chico aguante... —susurró con la vista clavada en la pared.

Nick había sido trasladado a uno de los cubículos de cuidados intensivos después de la operación de urgencia a la que lo habían sometido para controlar la hemorragia que sufría. Una sala de cuatro por cuatro completamente equipada. También dentro de la unidad, en otra sala, se encontraba su familia. Novalie se moría por entrar y poder ver a Nick, aunque solo fuera a través de la pared de cristal del cuarto. Pero los Grieco habían prohibido su presencia. Por suerte, Gordon les había permitido quedarse fuera, junto a la puerta de entrada a la UCI, y de vez en cuando salía para informarles de su estado.

Las luces del pasillo comenzaron a parpadear. Novalie miró hacia arriba, asustada, pensando en lo que pasaría con los equipos que asistían a Nick si se cortaba el suministro eléctrico. La tormenta había cobrado mucha fuerza en las últimas horas. Un sonido sordo vibró a través de la pared.

—Tranquila, los generadores están funcionando, no nos quedaremos sin luz.

Novalie sonrió a su padre y se relajó. Apoyó la espalda contra la pared y se quedó mirando al techo, aunque lo único que conseguía ver era el rostro de Nick sobre ella, aquella noche en el velero, cuando estuvieron juntos por primera vez. Se aferró a aquel recuerdo y, por primera vez en mucho tiempo, comenzó a rezar.

La puerta se abrió de golpe y Gordon Amell la cruzó a toda prisa.

Novalie y su padre se levantaron de golpe.

—¡Graham, tenemos un problema! Han emitido otro aviso de alerta. El frente que se alejaba hacia el norte ha girado y viene directo a la isla. Colisionará con la tormenta que asciende desde el sur en la costa de Portland en menos de una hora —iba explicando Gordon mientras recorría a paso ligero los pasillos que conducían a su despacho.

—¿Qué quieres decir con eso? —inquirió Graham, aunque podía hacerse una idea de lo que significaba.

—Tenemos a tu colega al teléfono.

Novalie los seguía intentando mantener el paso rápido que marcaban, pero se le habían adormecido las piernas después de pasar tanto tiempo sentada en el suelo. Ella tampoco era tonta, y la noticia sobre la nueva alarma le hizo temer lo peor.

Gordon se detuvo en el control de enfermería.

—¿Hay una llamada para mí? —preguntó a la enfermera.

La mujer asintió.

—Puede cogerla en su despacho, doctor.

Gordon se dio la vuelta y empujó una puerta con su nombre pegado a ella. Prácticamente se abalanzó sobre el teléfono y puso el manos libres haciendo un gesto a Graham para que respondiera.

—¿Eitan?

—¡Hola, Graham! —gritó una voz al otro lado, aunque apenas se podía distinguir lo que decía. Solo se oía el sonido de los truenos y el chasquido de los relámpagos junto al murmullo del viento—. Han cerrado el helipuerto y el aeropuerto. En estas condiciones es imposible volar hasta la isla. Tampoco se puede navegar, Graham. Hay olas de quince metros ahí fuera. Estoy atrapado en Portland. Lo siento, amigo, lo siento mucho. Pero no me necesitas. Conoces la técnica, tú podrías... —La comunicación se cortó.

Graham se quedó mirando el teléfono y después sus ojos volaron al rostro de Novalie. Se había puesto tan pálida como la pared que tenía a su espalda.

—¿No va a venir a operar a Nick? —susurró.

—Ya has oído que está atrapado en Portland.

—Pero si no opera a Nick, podría morir.

Graham apartó la vista. Ese sería el desenlace casi con seguridad. Novalie se volvió hacia Gordon.

—Tiene que operarlo.

—Novalie, yo soy cardiólogo. No puedo realizar una operación de ese tipo sin poner en riesgo la vida del paciente. Nunca he practicado esas técnicas, y este es un hospital pequeño, limitado en cuanto a recursos...

—¿Me está diciendo que va a dejar que se muera sin intentarlo? —le espetó con rabia mientras las lágrimas resbalaban por sus mejillas. Clavó la vista en su padre—. Hazlo tú.

—¿Qué?

—Opérale tú.

Graham empezó a negar con la cabeza.

—No puedo —rechazó la idea de lleno. Dio un paso atrás y, por un momento, pareció más asustado que ella.

—¿Por qué no puedes?

—Será mejor que os deje solos —dijo Gordon, abandonando el despacho a continuación.

—¿Por qué no puedes? —insistió Novalie—. He oído lo que ese hombre decía antes de que se cortara la llamada. Estaba diciendo que tú podrías operarle, ¿verdad?

—No es tan sencillo.

—¡Sí que lo es! —gritó Novalie—. ¿Puedes o no puedes?

—Me prometí a mí mismo que jamás volvería a ejercer... No puedo hacerlo.

—Así que podrías salvarle si quisieras —escupió ella con voz envenenada.

—Hija, no puedo hacerlo, sé que no puedo. Abandoné la Medicina porque yo ya no soy ese hombre, ¿entiendes? No soy el que era —susurró completamente angustiado, y abandonó el despacho, dejándola sola.

Novalie regresó junto a la puerta de entrada a la UCI en la que se encontraba Nick y se sentó en el suelo con la espalda en la pared. Ocultó la cara entre las manos y se quedó así, sin fuerzas para nada más. Le dolía el pecho de tanto llorar. Al cabo de unos minutos notó una presencia a su lado y la mano de su padre comenzó a acariciarle la larga melena.

—Lo siento.

—No puedo perder a nadie más —musitó ella sin alzar el rostro—. Perdí a mamá, casi te he perdido a ti. No puedo perderle también a él. A él no. —Un llanto amargo brotó de su garganta—. ¡Todo esto es culpa mía!

—¡No!

—Sí lo es. Nick va a morir y será por mi culpa y no podré soportarlo. ¿Sabes? Creo que ahora comprendo por qué te sentías culpable por la muerte de mamá. Y entiendo que no quieras vivir sin ella, porque si Nick se va, yo tampoco quiero vivir.

Graham se quedó demasiado impresionado al escuchar a Novalie, pero lo peor fue darse cuenta de que esas mismas cosas las había pensado él durante meses y meses, y sabía que su hija las decía en serio. Sin Meredith él había perdido las ganas de vivir. Rezaba para que ocurriera algo que acabara con su sufrimiento, o para tener el valor de acabarlo él mismo. Ahora se daba cuenta del infierno en el que se había sumido. No quería que ella acabara así.

—No digas eso, cariño. Tienes toda una vida por delante y una familia que te quiere y que sufriría por ti si te perdiera.

Novalie alzó la vista.

—Si Nick muere, yo no sé qué voy a hacer...

Graham miró a su hija. No soportaba verla así. Se miró las manos, las estiró y las dejó quietas con las palmas hacia abajo. Inmóviles como si fueran de mármol. Al menos eso seguía intacto. De repente se puso de pie y le tendió la mano. Le costara lo que le costara, iba a compensar el daño que le había hecho durante todos esos meses.

—Ven conmigo.

Novalie clavó sus ojos en él sin entender nada.

—¿A dónde?

—Quiero ver el estado de Nickolas por mí mismo.

Novalie se levantó con una sacudida del corazón y aceptó la mano. Juntos entraron en la unidad. Novalie pudo ver un mostrador circular en el centro, en el que había una enfermera rodeada de monitores y pantallas. Las habitaciones se distribuían alrededor. Recorrió con la vista cada puerta, preguntándose en cuál estaría él. Apenas podía controlarse para no salir disparada a buscarlo. Gordon salió de una de las salas acompañado por Ivanna y Filipo. Mario los seguía completamente abatido. El doctor les hablaba en susurros y ellos cada vez parecían más consternados.

Ivanna alzó la cabeza y vio a Novalie, sus ojos relampaguearon cargados de odio y sin dudar se encaminó hacia ella. Mario la tomó del brazo para detenerla, pero la mujer se deshizo de él.

—Tú no tienes derecho a estar aquí. ¡Fuera! —le espetó a Novalie.

Le clavó los dedos en el brazo dispuesta a sacarla de allí a rastras.

Graham lo impidió sujetando a la mujer.

—¡No me toques! Tu hija es la culpable de que mi hijo esté al borde de la muerte. Es tan culpable como si le hubiera disparado con un arma a bocajarro. —Se encaró con Novalie—. No podías dejarle en paz, ¿verdad? No podías dejarle tranquilo... Tenías que insistir e insistir hasta apartarlo de nosotros. Pues bien, ya lo has conseguido.

—No le hable así a mi hija —masculló Graham.

—Le hablaré como me plazca. ¡Porque es una asesina! —gritó Ivanna.

El padre de Novalie tuvo que hacer verdaderos esfuerzos para controlarse y no entrar en el juego de las acusaciones.

—Por lo que sé, su familia ha colaborado bastante para llegar a esta situación —respondió.

—¿Cómo te atreves? ¡Un don nadie como tú no tiene derecho a hablarnos de ese modo! —vociferó Filipo con desprecio.

—No voy a permitir que ni usted ni nadie le falte al respeto a mi hija.

—¿Quién te crees que eres para hablarnos así? —inquirió Ivanna apuntándole con el dedo de modo amenazante.

Graham guardó silencio un segundo, reuniendo el coraje que necesitaba. Cuando habló, lo hizo con una seguridad que intimidaba.

—Soy el cirujano que va a intentar salvarle la vida a su hijo. Así, si se recupera, tendrán otra oportunidad para volver a arruinársela. Quién sabe, quizá al final lo consigan.

Todos guardaron silencio, intentando asimilar lo que Graham acababa de decir. Novalie posó una mano en el brazo de su padre.

—¿Vas a hacerlo? —preguntó sin poder disimular la ansiedad. Su padre asintió una sola vez.

—Dime qué necesitas —pidió Gordon. Una sonrisa de alivio iluminaba su cara.

—Un momento. Si cree que voy a dejar que toque a mi nieto... ¿Quién me asegura...? —empezó a decir Filipo.

—El doctor Feist es el mejor —intervino Gordon.

—Y debo creer lo que usted me dice sin más, cuando es evidente que son amigos. Accedí a que trajeran a ese médico de Nueva York, pero de este hombre no tengo referencias... —le espetó Ivanna al jefe de cirugía sin darle opción a que se explicara.

—Señora Grieco, mi integridad es indiscutible, y el doctor Feist es lo mejor que podría desear su hijo.

—No me fío de usted...

—¡Basta! —gritó Mario, que hasta ese momento se había mantenido apartado. Se acercó a Graham con ojos brillantes—. ¿Crees que puedes salvarlo?

—Hay una posibilidad —respondió él con serenidad.

Mario bajó la vista, tratando de pensar con calma.

—Está bien. Una es mejor que ninguna. Intenta salvar a mi hijo, por favor. —Hizo una pausa y volvió a mirar al hombre que tenía frente a él—. Meredith hizo bien en elegirte a ti.

Dicho esto, dio media vuelta y se dirigió a otra sala. Al abrir la puerta, el sonido de unos monitores sonó con fuerza, y Novalie supo que allí era donde estaba Nick.

—Quédate aquí —le pidió Graham a Novalie junto a la puerta que conducía a los quirófanos. Había cambiado su ropa por un pijama quirúrgico azul y un gorrito que le recogía todo el pelo—. Le traerán por ese pasillo y podrás verle. Cinco segundos, Novalie, solo cinco segundos e irás a la cafetería con tu tía. ¿Me lo prometes?

—Te lo prometo.

—Subirán a su familia hasta aquí y no quiero que estéis en la misma habitación. ¿De acuerdo? Si me preocupo por ti, no podré hacerlo por él.

—Tranquilo —aseguró ella—. Pero tú prométeme que irás a buscarme en cuanto todo acabe.

—Lo haré —dijo con una sonrisa.

Novalie se echó a sus brazos y apoyó la mejilla en su pecho; cerró los ojos mientras él la estrechaba y oyó los latidos de su corazón. Fue como si viajara atrás en el tiempo, a cuando era pequeña y solía quedarse dormida en su regazo mientras él trabajaba en el despacho que tenía en casa.

Una puerta abatible al fondo del pasillo se abrió y una camilla apareció empujada por dos médicos residentes y dos enfermeros.

Novalie no pudo permanecer quieta y corrió a su encuentro. Verlo de aquella forma, inconsciente, intubado, con la cabeza vendada y un feo golpe en la mejilla y el mentón, más los tubitos de drenaje que sobresalían de su pecho y abdomen, la impresionó mucho más de lo que esperaba. Su padre había tratado de prevenirla sobre lo que iba a ver, se había preparado para afrontarlo, pero aquello superaba todo lo que había imaginado. Lo cogió de la mano sin dejar de caminar al ritmo de la camilla y se inclinó para besarlo en la mejilla.

—Todo va ir bien, ya lo verás. Mi padre es el mejor —le susurró al oído—. Nick, tienes que luchar, ¿vale? No puedes irte y dejarme sola.

Tienes que quedarte conmigo. —Una lágrima resbaló por su mejilla y cayó sobre la de él—. ¡Quédate conmigo!

Su cuerpo se estremeció. Durante un segundo sintió una leve presión en la mano. ¡Él le estaba apretando la mano! Sin fuerzas dejó que sus dedos resbalaran de entre los suyos. Y se quedó mirando cómo la camilla desaparecía. Sus ojos se encontraron con los de su padre y le sonrió.

—Me ha apretado la mano —murmuró con el corazón latiendo muy deprisa.

—Es buena señal —respondió él.

Muy despacio, Novalie se dirigió a la cafetería tal y como había prometido que haría. Le costaba horrores alejarse de allí, pero sabía que era lo más prudente. Caminaba arrastrando los pies, sin prisa. Decidió bajar por las escaleras. La tormenta seguía sobre la isla y no se fiaba de los ascensores por muchos generadores que el hospital pudiera tener. Al llegar a la planta baja, empujó la puerta y salió al vestíbulo. En ese momento uno de los ascensores se abrió y dos policías salieron de él con Billy Hewitt esposado. Llevaba un apósito en la frente y cojeaba de una pierna. Pasaron frente a ella y él la vio. Se quedó mirándola, con aquel gesto de desdén y superioridad tan innato en él. Solo necesitó mirarle a los ojos para darse cuenta de que no se arrepentía de lo que había hecho.

Novalie pensó que únicamente un loco podía hacer algo así sin sufrir remordimientos. ¿Y por qué? ¿Por qué la odiaba tanto como para haberle hecho algo tan horrible? Recordó su amenaza en el instituto, cuando le aseguró que las cosas no iban a quedarse así, y lo había cumplido.

Novalie le devolvió la mirada. Se moría por atizarle hasta hacerle desaparecer la sonrisa de su cara, pero se contuvo. No merecía la pena.

—Se han presentado cargos contra él por intento de homicidio. Hay un testigo y será más que suficiente para que vaya a prisión una buena temporada. Ni todo el dinero de su familia podrá librarle de esta —explicó Marco tras ella.

Novalie no apartó la mirada hasta que Billy desapareció. Se giró hacia Marco. Supuso que la había visto tomar la escalera y que la había seguido. Le costó alzar los ojos hacia él y contemplar su rostro, pero al final lo hizo. Había olvidado lo mucho que se parecían los hermanos, sobre todo en los ojos. Sintió una dolorosa sacudida en el corazón.

—Lo siento, siento todo lo ocurrido, Novalie —dijo él, algo vacilante—. Sé que no merezco tu perdón...

—No, no te lo mereces —lo interrumpió ella—, pero te perdono.

Él se quedó mirándola un momento, sin entender por qué le daba su perdón, así, sin más. Con Nick había sucedido de la misma forma. Eso le hizo sentirse aún más culpable de lo que ya se sentía.

—En el fondo todos hemos cometido errores. Nos hemos equivocado haciéndonos daño los unos a los otros. Yo me siento tan culpable como te puedes sentir tú —continuó ella.

Así de simple, sin culpas, sin reproches. Solo resignación y preocupación. Se miraron y esbozaron una leve sonrisa.

—Le he prometido a mi padre que me quedaría en la cafetería. ¿Te apetece acompañarme? —preguntó.

Marco miró a su espalda, hacia la escalera, indeciso. Por un lado quería acompañarla para que no estuviera sola, pero por otro tenía la necesidad de volver arriba, de estar cerca de su hermano por si ocurría algo. Novalie debió de adivinar sus pensamientos, porque añadió:

—Mi padre me ha dicho que irá allí a buscarme en cuanto salga del quirófano.

Marco sonrió y asintió con la cabeza. Juntos cruzaron el vestíbulo en dirección a la cafetería. La puerta principal se abrió y una ráfaga de aire frío penetró hasta ellos. Novalie se estremeció abrazándose los codos. Marco se quitó su cazadora y se la puso sobre los hombros. Ella se lo agradeció con una sonrisa.

Cuando entraron en el amplio comedor, se encontraron con que no estaban solos. Aly y Tom estaban allí, pero también Dolores, Roberto y Lucy, y Paolo y Simona, junto a su hija Nicoletta y los camareros del restaurante. Al verlos, Novalie no pudo evitar ponerse a llorar.

35

Habían pasado cuatro días desde la operación. Nick llevaba todo ese tiempo en la UCI. Se mantenía estable dentro de la gravedad, pero en las últimas horas se había empezado a apreciar cierta mejoría en su estado. Por eso Graham había decidido trasladarlo a planta y que Gordon se ocupara de él a partir de ese momento.

Novalie aún no había podido verle. Los Grieco no se separaban de él y solo sabía lo que su padre le iba contando: que se encontraba bajo un coma inducido para que su cerebro pudiera recobrarse y que, con un poco de suerte, se recuperaría en unas semanas sin que le quedaran secuelas salvo las cicatrices. Aun así, ella seguía en el hospital y solo regresaba a casa para darse una ducha y cambiarse de ropa. Era incapaz de permanecer lejos de él.

Alguien la tocó en el hombro. Novalie abrió los ojos y se encontró con el rostro sonriente de la enfermera que había ayudado a su padre durante esos días. Se dio cuenta de que se había quedado dormida en el sillón de la sala de descanso donde le habían permitido quedarse gracias al doctor Amell.

—Ven conmigo, tengo una sorpresa para ti —le dijo la mujer con ternura, y su sonrisa se ensanchó.

—¿A dónde? —preguntó Novalie desconcertada.

El corazón comenzó a latirle muy deprisa. No quería hacerse ilusiones, ni siquiera pensar en la posibilidad de poder ver a Nick.

—Se ha quedado solo, toda su familia se ha ido a casa. Si quieres verle, este es el momento —le indicó la enfermera, que se llamaba Ángela según la identificación que colgaba de su uniforme.

Novalie no pudo reprimir su alegría y se abrazó a la mujer. El nombre le iba que ni pintado, porque para ella era todo un ángel en ese momento. La siguió hasta la habitación.

—Es aquí —dijo Ángela. Hizo una pausa y la miró a los ojos—. Supongo que sabes que sigue en coma. —Novalie asintió—. Bien, no te asustes por el vendaje, es más aparatoso que lo que hay debajo. Tu padre hizo un trabajo excelente y apenas le quedarán cicatrices.

Novalie volvió a asentir con la mano en el pomo de la puerta, impaciente por poder entrar.

—¿Puedo?

Ángela le dio permiso con un gesto.

—Estaré vigilando, ¿vale?

—Vale —respondió Novalie y, con el corazón en un puño, empujó la puerta de la habitación.

Una vez dentro, tiró el bolso al suelo y corrió a la cama donde se encontraba Nick. Sus ojos lo recorrían de arriba abajo sin dar crédito a que por fin pudiera estar junto a él. Trató de ignorar los vendajes y los cardenales que le salpicaban la piel, los cables que lo mantenían conectado a un montón de monitores y la cantidad de vías que penetraban en su piel para administrarle medicinas desde los goteros. Estaba vivo e iba a ponerse bien, eso era lo realmente importante; el resto sanaría con el tiempo. Le tomó la mano y le acarició la mejilla.

—Hola —susurró emocionada.

Muy despacio se inclinó y lo besó en los labios. Apenas un roce por miedo a lastimarlo, pero cargado de amor y ternura. Lo miró de nuevo y las palabras que le había dicho en la librería la última vez que se vieron acudieron a su mente. Sintió una dolorosa opresión en el pecho. Sintió que se le partía el corazón de nuevo. No quería llorar, pero un sollozo escapó de sus labios. Se mordió los nudillos, tratando de contener el llanto. ¡Dios, había tenido tanto miedo, había estado tan asustada!

Se sorbió la nariz, segura de que tenía un aspecto lamentable, y trató de calmarse. Contempló el rostro de Nick a través de las lágrimas y, muy despacio, le acarició la mejilla. Con las puntas de los dedos le rozó la línea de la mandíbula y el arco que dibujaba sus cejas. Sonrió y el calor de su mano la tranquilizó. Estaba allí, con ella, y tenía la oportunidad de arreglar las cosas. Eso era lo único que importaba.

—Te quiero —susurró cerca de su oído—. Te quiero tanto... ¡Dios, Nick, lo siento mucho, siento todo lo que te dije! Yo tampoco soy capaz de vivir sin ti. Me mata. No sentía ninguna de las cosas que dije. Estaba enfadada, solo estaba dolida. Quiero que sepas que te amo con locura y que necesito que te pongas bien. Iremos a Boston, o a donde tú quieras, pero para eso tienes que ponerte bien —suspiró con su mano entre las de ella.

La enfermera regresó poco después.

—Siento tener que pedírtelo, pero debes marcharte. Su familia acaba de regresar; no tardarán en subir.

Novalie asintió con una triste sonrisa. Se inclinó y besó a Nick en los labios y en su rostro magullado.

—Hasta pronto —murmuró.

Tuvo que armarse de valor para soltarle la mano y no dejó de mirarlo hasta que la puerta se cerró ante sus narices.

—¿Me ayudará a verle de nuevo? —preguntó Novalie mientras volvían a la sala de descanso.

—Por supuesto, sobre todo después de haber comprobado los gráficos —dijo la mujer con una sonrisa enigmática.

—¿Por qué dice eso?

—Porque, durante el tiempo que has estado con él, sus niveles se han estabilizado dentro de los parámetros normales.

Novalie necesitó un segundo para pensar. Sus ojos se iluminaron.

—¿Quiere decir que sabía que yo estaba a su lado? ¿Ha notado mi presencia?

—Creo que sí, y eso le ha hecho bien. La próxima vez trata de hablarle o cantarle algo que conozca o sea importante para él. Cualquier cosa que se te ocurra y ya veremos qué pasa.

—¡Está bien! —exclamó Novalie con el corazón a punto de estallarle de alegría.

Llamó a su padre para contarle lo que había pasado y él apoyó sin dudar las conjeturas de la enfermera. Le aseguró que conocía casos de pacientes que se habían recuperado casi milagrosamente con los estímulos afectivos adecuados.

Esa noche Novalie regresó a casa para dormir allí. Sabía que debía estar al cien por cien, y que cansada y ojerosa no iba a ayudar a Nick. Además, Ivanna pasaba las noches con él, y Novalie sabía que mientras ella estuviera allí no podría verle.

Durante varios días se repitieron las visitas a escondidas. Novalie le hablaba sobre cualquier cosa que se le pasaba por la cabeza, e incluso comenzó a leerle pasajes de sus libros favoritos. Y tuviera o no relación con las visitas, él estaba mejorando.

Como cada mañana, Novalie se levantó antes de que amaneciera, esta vez con una nueva idea. Encendió el ordenador y descargó en su iPad un par de vídeos que Lucy había tomado de ellos dos juntos. Mentalmente le dio las gracias a su amiga por su manía de inmortalizarlo todo, y se prometió a sí misma que jamás volvería a quejarse cuando la persiguiera con una cámara en la mano.

Desayunó un bollo de leche mientras conducía hasta el hospital. Pasó frente a su instituto y sintió en el estómago un pellizco de culpabilidad. No había regresado a clase desde el accidente de Nick. Sabía que después tendría que ponerse las pilas y recuperar el ritmo, pero eso era lo que menos le preocupaba en ese momento.

Acababa de bajarse de la camioneta, cuando vio a Ivanna abandonando el hospital por la puerta principal. Novalie casi se tiró al suelo para que no la descubriera, y hasta que no subió a su vehículo y salió del aparcamiento, ella no se movió de su escondite.

Corrió hasta la planta donde se encontraba Nick y buscó a Ángela. La mujer la saludó desde el mostrador.

—Se me ha ocurrido una idea —dijo Novalie con una enorme sonrisa mientras agitaba el iPad ante su cara. Ángela levantó las cejas sin entender, y añadió—: Un vídeo. Sé que no puede ver las imágenes, pero si oye nuestras voces y las de nuestros amigos..., quizá le guste.

—Seguro que sí. Me parece una idea fantástica. Además, hoy va a estar solo un buen rato —susurró para que no pudiera oírla su compañera, que acababa de llegar con un montón de historias clínicas que revisar—. Anda, ve.

Novalie no necesitó que se lo repitiera dos veces y echó a correr por el pasillo. Irrumpió en la habitación y cerró la puerta con cuidado.

—Hola —susurró mientras lo besaba en los labios. Le acarició la mejilla y después el brazo—. Te he traído una cosa. ¿Recuerdas aquel día en la playa, cuando volamos las cometas y Lucy nos persiguió con su cámara en plan periodista acosadora? Me pasó el vídeo hace unos días. ¡Dios, es para morirse de vergüenza! Pero he pensado que te gustaría oírlo.

Rio para sí misma mientras lo ponía en marcha. La puerta se abrió de golpe e Ivanna apareció en la habitación. Había olvidado su bolso. Tras ella, Novalie pudo ver a Ángela completamente horrorizada.

Ivanna miró a Novalie sin dar crédito a que estuviera allí. Su expresión de sorpresa dio paso a un gesto de rabia y sus ojos la fulminaron con un brillo glacial.

—¡Fuera!

El grito asustó a Novalie y el iPad se le escurrió de las manos. Fue a cogerlo pero no tuvo tiempo. Ivanna la agarró del brazo, clavándole las uñas en la piel, y la sacó a empellones de la habitación.

—No vuelvas a aparecer por aquí o daré parte a la policía y lograré una orden de alejamiento. Hazme caso, porque yo no soy de las que solo amenazan —le advirtió antes de volver a la habitación y cerrar de un portazo.

Demasiado alterada para regresar a la calle, Ivanna se dejó caer en el sillón. Frunció el ceño al oír un rumor extraño. Escuchó voces y el murmullo del mar. Se levantó, rodeó la cama y encontró el iPad en el suelo. Lo tomó dispuesta a apagarlo y a deshacerse de él, pero Nick apareció en la pantalla y se quedó mirando su imagen.

Ver a su hijo completamente sano, riendo y corriendo de un lado a otro, era demasiado duro tras los días que llevaba contemplándolo inmóvil en aquella cama, sin saber si se recuperaría. Se echó a llorar, agotada por los nervios y el cansancio, pero sobre todo por el miedo. Amaba a su hijo hasta la locura. Se dijo a sí misma que haría cualquier cosa para volver a verle reír de aquella forma tan... feliz.

Felicidad absoluta, eso era lo que transmitía en aquellas imágenes. Se le formó un nudo en la garganta al darse cuenta de la expresión de su rostro, del brillo de sus ojos, de la ilusión y la vida que los iluminaban. Ella jamás le había visto así antes. Pero lo que la dejó deshecha fue darse cuenta de quién provocaba esas reacciones en él.

Se ruborizó al ver cómo se besaban y abrazaban, y apartó la vista un poco incómoda. Pero enseguida volvió a contemplar la pantalla, incapaz de apartar los ojos de él. Algo en su interior se aflojó. Una pequeña pieza que, de caer, arrastraría con ella todo el muro que había levantado para protegerse de su propia vida. De los sinsabores, del sufrimiento y de los anhelos. Apagó el vídeo y se apoyó contra la pared. El monitor que controlaba el ritmo cardiaco de Nick comenzó a sonar más deprisa. Dejó caer el iPad y corrió al otro lado de la cama, mientras la voz de Novalie volvía a oírse en la habitación. Los latidos aminoraron. Se quedó mirando a su hijo. ¡No podía ser!

Ivanna salió al pasillo y llamó a la enfermera. Ángela entró a toda prisa.

—¿Qué ocurre? —preguntó preocupada.

—Mire esto —susurró Ivanna con la respiración agitada. Apagó el vídeo y dos segundos después el corazón de Nick comenzó a acelerarse y su tensión a subir. Lo puso de nuevo en marcha y él, poco a poco, se tranquilizó—. ¿Ha visto eso? ¿Qué cree que significa?

Ángela sonrió mientras sacudía la cabeza.

Ivanna frunció el ceño al ver su reacción.

—¿Es que no le parece raro? —insistió.

—No, no me parece raro —respondió Ángela—. Ya lo he visto antes.

—¿Qué quiere decir? ¿Qué ha visto antes?

—Esa chica a la que ha echado hace un rato, lleva visitando a su hijo toda la semana. Le habla, le lee, hasta le canta, y él reacciona a esos estímulos. De hecho, está mejorando mucho y su cerebro responde muy bien a todas las pruebas.

Ivanna estaba atónita, sin saber qué decir; demasiado impresionada hasta para enfadarse al saber que Novalie había estado entrando en la habitación a hurtadillas.

—Mire, me da igual si lo que le voy a decir me cuesta el empleo —continuó la enfermera—. Sé quién es usted y que, si se lo propone, podría echarme de aquí, pero aun así se lo diré. Está usted muy equivocada. A veces es difícil dejar el orgullo a un lado y hacer las cosas bien, pero hay ocasiones en las que merece la pena ceder un poco por aquellos a los que queremos. Es evidente que usted quiere a su hijo. Por eso no entiendo por qué se empeña en apartarlo de aquello que le hace feliz.

Dicho esto, Ángela abandonó la habitación con la tranquilidad de haber actuado como debía.

Después del encuentro con Ivanna, Novalie había regresado a casa completamente abatida. Se había encerrado en su habitación sin querer ver a nadie y negándose a comer, hasta que su padre irrumpió en el cuarto y la sacó de la cama a rastras, obligándola a dar un paseo con él. Recorrieron los tres kilómetros de playa hasta llegar al muelle donde atracaban los pesqueros. Allí se sentaron a dar de comer a las gaviotas, mientras cenaban almejas fritas y veían la puesta de sol; igual que cuando era pequeña.

—¿Crees que puede denunciarme de verdad? —preguntó Novalie mientras regresaban por la playa a casa.

—Podría hacerlo si quisiera —respondió su padre.

—Entonces, ¿no podré volver al hospital?

—Lo mejor es que no vuelvas —aconsejó él a pesar de que sabía que Novalie no iba a estar de acuerdo—. Tendrás que esperar hasta que él se ponga bien y... después ya solo dependerá de vosotros y no de su familia. Ambos sois adultos. Dentro de unos días cumplirás diecinueve años, Novalie. Eres una mujer capaz de tomar decisiones.

Novalie dio un respingo con los ojos muy abiertos. Era cierto, cumpliría años en apenas dos semanas. Se le había olvidado por completo. Apartó esa idea y regresó a la que de verdad le preocupaba.

—¿Y tú no puedes hacer nada como médico? —insistió.

Sabía que su padre tenía razón, pero le costaba admitirlo y ceder a las presiones de la familia Grieco.

—No, mi niña. Yo ya hice cuanto podía hacer.

Novalie sonrió y se detuvo para mirar a su padre a los ojos. Se lanzó a su cuello y lo abrazó muy fuerte.

—Hiciste mucho, papá. ¡Le salvaste la vida! —exclamó.

Graham la meció entre sus brazos y la besó en el pelo.

—Regresemos, hace un poco de frío.

Cuando ascendieron desde la playa a la casa, les sorprendió encontrar a Tom y a Aly en el porche, tensos e inmóviles. Enseguida se percataron de que con ellos había alguien más.

Novalie se quedó de piedra al ver a Ivanna sentada al otro lado de la mesa, muy estirada y con las manos entrelazadas en el regazo. Ninguno hablaba y se limitaban a dedicarse miradas indiferentes. No se dio cuenta de que se había detenido, hasta que su padre la empujó por la cintura para que se moviera.

—Sea cual sea el asunto que la ha traído hasta aquí, quiero que guardes silencio y me dejes hablar a mí, ¿de acuerdo? —murmuró su padre entre dientes.

Novalie asintió, demasiado intimidada por la presencia de la mujer. Cuando llegaron al porche, Ivanna se puso de pie y se dirigió a ellos.

—Seré breve —anunció—. Según los médicos, tus visitas están haciendo que Nick reaccione positivamente. Mañana van a despertarle y creo que... —Asintió con la cabeza, animándose a sí misma a continuar. Le estaba resultando realmente difícil hacerlo—. Sería bueno para él que estuvieras allí. Que cuando despierte te vea allí.

Novalie estuvo a punto de caerse de culo por la impresión. Frunció el ceño, como si esperara que de un momento a otro apareciera un montón de gente gritando: ¡Inocente!

—Me... —Tragó saliva. Tenía la garganta demasiado seca para hablar—. ¿Me está diciendo que puedo ir a verle?

—Así es.

—¿Y que eso no me causará problemas?

—No. De hecho, trataré de que nadie de la familia esté allí cuando vayas. —Sus ojos se clavaron en Novalie con un brillo extraño—. Irás, ¿verdad?

—Sí, iré.

Ivanna curvó los labios con algo que pretendía ser una sonrisa.

—Bien, eso es todo. Buenas noches —se despidió, abandonando a continuación el porche en dirección a su coche.

—Ivanna —dijo Novalie. La mujer se detuvo, pero no se giró—. Gracias.

Se produjo un largo silencio en el que nadie fue capaz de decir nada. Ivanna ladeó la cabeza un poco, lo justo para mirarla por encima de su hombro.

—En el fondo yo nunca he querido hacerle daño a mi hijo. Lo único que he pretendido siempre ha sido procurarle todo aquello que creía que necesitaba para ser feliz. —Hizo una pausa—. Y parece que eres tú.

36

Un terrible dolor de cabeza aporreaba las sienes de Nick, acompañado de un molesto zumbido que le taladraba los oídos. Se sentía demasiado adormilado como para abrir los ojos. Los párpados le pesaban mucho y solo deseaba volver a dormir, pero con ese pitido constante era imposible hacerlo.

Trató de mover la mano, primero los dedos, después la muñeca. Dejó de moverse al notar que algo se le clavaba en el antebrazo provocándole un dolor horrible. Se preguntó por qué sentía el cuerpo tan pesado y entumecido. Algo no iba bien. Lentamente abrió los ojos. Parpadeó varias veces para aclarar su visión borrosa y contempló el techo blanco. En aquella postura yaciente poco más podía ver.

Giró los ojos hacia el lugar de donde provenía el molesto pitido y vio dos goteros colgando de una barra de metal y un monitor cardíaco del que provenía el sonido. Una ráfaga de imágenes se coló en su cerebro: el océano, la carretera, un camión y un fuerte golpe. Después el mundo comenzó a dar vueltas y todo se apagó. «Estoy en el hospital, porque he tenido un accidente. ¡Un accidente!», pensó.

Empezó a ser consciente de dónde se encontraba y por qué. El corazón comenzó a latirle muy deprisa y la respiración se le aceleró, causándole un dolor muy agudo en el pecho. Ralentizó las inspiraciones, calmándose poco a poco. Intentó alzar el cuello, lo justo para poder ver su cuerpo. Apenas sentía los miembros; sabía que estaban allí, pero los notaba como si estuvieran hechos de goma.

Muy despacio logró girar la cabeza hacia su izquierda. Forzó la vista en la penumbra hasta distinguir el contorno de un cuerpo acurrucado en el sillón. Enseguida reconoció a Novalie. No necesitó verle la cara para saber que era ella. Se quedó mirándola con un nudo en el estómago.

Las lágrimas se arremolinaron en sus ojos y parpadeó para alejarlas. A pesar de todo lo ocurrido, ella estaba allí, a su lado. De repente, ella se incorporó y sus miradas se encontraron.

Novalie se quedó inmóvil, estupefacta, como si le costara creer que él estuviera despierto.

—Hola —susurró Nick, esbozando una sonrisa cansada.

Novalie gimió, llevándose las manos a la boca. Una sonrisa le iluminó la cara y se abalanzó sobre él para abrazarlo.

—¡Ay! Ten cuidado, creo que no hay una sola parte del cuerpo que no me duela —protestó con una sonrisa.

Novalie se apartó de golpe.

—Lo siento —se disculpó—. ¿Estás bien?

Nick movió la mano para tomar la suya y asintió.

—Ahora sí.

—Debería llamar a la enfermera —sugirió, preocupada por él. Estaba muy pálido y respiraba con cierta dificultad, como si ni siquiera tuviera fuerzas para hacer algo tan mecánico.

Nick le apretó la mano, reteniéndola para que no se marchara.

—No te vayas, por favor.

Novalie contempló los ojos de Nick y contuvo la respiración unos segundos. ¡Había echado tanto de menos que la mirara así! Rompió a llorar, haciendo todo lo posible por tragarse las lágrimas.

—No me iré. —Sonrió, y con la mano libre cubrió la de él—. Aún no puedo creer que estés despierto.

—Y yo no puedo creer que estés aquí. —No podía dejar de mirarla, como si fuera la primera vez que la veía y quisiera aprendérsela de memoria. Ella le rozó con los dedos el interior de la muñeca. Aquella sensación hizo que se quedara sin aliento—. Ven, ponte a mi lado.

—¡No, podría hacerte daño!

Nick sonrió dulcemente.

—No vas a hacerme daño —dijo mientras abría un poco el brazo, invitándola a acercarse.

Novalie dudó un instante, pero se moría de ganas por aceptar la sugerencia. Muy despacio se sentó en la cama y se fue recostando hasta que su cuerpo encajó en el hueco libre del colchón.

—No tengas miedo, apoya la cabeza —la animó Nick. Ella obedeció y se quedó muy quieta—. Perfecto —murmuró mientras cerraba los ojos un segundo. Sentía el calor de su piel a través de la sábana y el olor de su pelo sustituyó al del desinfectante, provocándole una punzada nostálgica en el pecho.

Novalie se quedó quieta un buen rato, escuchando el ritmo acompasado del corazón de Nick. A su alrededor reinaba un silencio absoluto, roto solamente por el sonido de los monitores. Al cabo de un rato, Nick se movió un poco. Ella hizo ademán de levantarse, pero él se lo impidió con un pequeño apretón en la espalda.

—Ni se te ocurra —musitó.

Novalie sonrió y se abrazó a su cuerpo con cuidado de no lastimarlo. Alzó la barbilla y lo besó en el cuello con ternura.

—Tuve tanto miedo... —susurró—. Creí que te perdía. Estabas tan mal que llegué a pensar que me dejarías.

Nick inclinó el cuello hasta que logró rozar con los labios su cabeza. Estaba abrumado y le brillaban los ojos por la emoción.

—No podía irme... Me pediste que me quedara contigo.

Novalie enmudeció por la sorpresa, y sintió que una oleada de calor la recorría de arriba abajo. No podía creer que tuviera ese recuerdo.

—¿Me oíste?

Nick movió la cabeza afirmativamente.

—Es lo único que recuerdo después del accidente. Tu voz pidiéndome que me quedara. —Sonrió—. Quédate conmigo, dijiste.

—Y te quedaste.

—Y me quedé. ¡Como para no hacerlo! ¡Das miedo cuando te enfadas! —bromeó con un hilo de voz.

Novalie, lejos de enojarse, soltó una risita. Que Nick tuviera ganas de bromear solo podía significar que comenzaba a encontrarse mejor. Deseaba con todas sus fuerzas verlo completamente recuperado. Cerró los ojos con la cabeza en el hueco entre su hombro y el cuello.

—¿Y también recuerdas el accidente, lo que pasó?

Nick guardó silencio un momento y ella notó que se ponía tenso.

—Recuerdo cada segundo. Ese chico, Billy Hewitt, me sacó de la carretera. Y lo hizo a propósito.

—Lo sé —afirmó ella—. Y va a pasar bastante tiempo entre rejas por eso. Hubo testigos y le detuvieron inmediatamente. ¡Lo va a pagar! —masculló entre dientes con rabia.

Él no respondió y se quedó mirando el techo, sumido en sus pensamientos.

—Novalie —dijo al cabo de unos minutos. Ella contestó con un gruñido mimoso—. Tengo que preguntártelo. —Ella alzó la cabeza para verle el rostro—. El que estés aquí, esto. —Movió un poco el cuerpo, aclarando que se refería a ellos abrazados—. ¿Significa que tú y yo... estamos juntos?

—¡Claro! —exclamó sorprendida—. ¿Crees que me voy metiendo en la cama de cualquiera, por muy hecho polvo que esté?

Nick sonrió. ¡Cómo había echado de menos esos arranques! Estuvo tentado de provocarla solo para oírla gruñir otra vez, pero se contuvo. Necesitaba estar seguro de en qué punto se encontraban.

—¿Estás segura? ¿No quieres hablar de lo que pasó? Eso es lo que íbamos a hacer antes de... —Guardó silencio. Empezaba a sentirse muy cansado y hablar ya le suponía un esfuerzo.

—No. He tenido mucho tiempo para pensar en lo que ocurrió y en cómo llegamos a ese punto de no retorno. Me equivoqué al dudar de ti...

—Yo también dudé de ti.

—Sí, los dos nos dejamos llevar por el orgullo e hicimos muchas estupideces. Pero creo que hemos aprendido la lección, ¿verdad? —susurró, acurrucándose de nuevo en su pecho. Él asintió—. Lo único que sé es que lo dejaste todo y volviste a buscarme sin saber cómo te iba a recibir. Nunca nadie ha hecho algo así por mí.

—Haría cualquier cosa por ti. Te quiero más que a nada.

—Yo también te quiero, y no voy a dejarte nunca más.

A Nick se le iluminaron los ojos y los hoyuelos aparecieron en su cara.

—¿Me lo prometes?

—Te lo prometo.

—¿Para siempre?

Novalie se echó a reír y se incorporó sobre el codo. Le rozó los labios con los dedos.

—Para siempre —repitió completamente segura.

—Espero que te des cuenta de que ese «para siempre» cambiará algún día tu apellido —musitó agotado. Cerró los ojos un segundo y volvió a abrirlos. No quería dejar de mirarla. Sonrió al ver que ella se había ruborizado.

Novalie se mordió el labio. ¿De verdad había dicho eso?

—Si logras acordarte de esta conversación cuando se te pase el subidón de los calmantes, puede que me tome en serio lo que acabas de sugerir.

—Me acordaré, y me darás un sí.

Novalie lo miró fijamente. Las lágrimas titilaron bajo sus pestañas.

—Deberías dormir —musitó, acariciándole el brazo.

—Ya he dormido demasiado.

—Necesitas descansar para recuperarte.

—Necesito tenerte así para recuperarme —ronroneó él, demasiado débil como para mantener los ojos abiertos.

—Duérmete. Te prometo que estaré aquí cuando despiertes —musitó. Y le besó el cuello—. Duérmete.

Nick sonrió, y con ella acurrucada a su lado, se sumió en un sueño ligero aunque tranquilo.

Oyó voces que susurraban. Esta vez le resultó más fácil abrir los ojos. Sentía el cuerpo menos entumecido y sus sentidos más despiertos. Inspiró el olor que flotaba en la habitación y algo le dijo que ya lo conocía. De repente se puso alerta: era el perfume de su madre. Ladeó la cabeza. Novalie no estaba a su lado y tampoco en el sillón. Un mal presentimiento se apoderó de él. La respiración se le aceleró y el corazón comenzó a latirle más rápido.

—¡Novalie! —murmuró tratando de incorporarse.

—Eh, tranquilo, estoy aquí —dijo Novalie. Le puso las manos en el pecho para evitar que se moviera. Nick se fijó en su madre. Estaba junto a la pared y no se había movido. Tenía los brazos cruzados sobre el pecho y parecía a punto de llorar.

—Mamá —susurró y alzó la mano.

Ivanna no necesitó más y se acercó a él. Había pasado cada noche y día junto a su cama, rezando para que se recuperara. No había podido evitar sentir una punzada de envidia al escuchar a su hijo pronunciar el nombre de Novalie nada más despertar, antes que el de ella, y con ese miedo, pero era algo que debía comenzar a asumir. Cogió su mano y se la llevó a los labios.

—¿Qué tal te encuentras, cariño?

Nick miró a ambos lados de su cama, aún desconcertado.

—¿La verdad? Un poco confuso. Me sorprende veros aquí a las dos, juntas... y sin que haya que llamar a nadie de seguridad.

Ivanna y Novalie se miraron un instante. Aún les costaba relacionarse con normalidad. Hacer como que nada había ocurrido no era sencillo para ninguna de las dos.

—Ya no tienes que preocuparte por eso —comentó su madre, acariciándole la mejilla.

Novalie asintió mientras su mirada volvía a cruzarse con los ojos azules de la mujer.

—Es increíble que se esté recuperando tan rápido en tan poco tiempo, pero así es. Las heridas cicatrizan y las pruebas no podían dar mejores resultados. No preveo secuelas de ningún tipo —informó el doctor Amell un par de días después, mientras un enfermero volvía a colocar la cama de Nick en la habitación tras las pruebas que le habían realizado.

Ivanna se llevó las manos a las mejillas, encantada de tener tan buenas noticias.

El padre de Novalie los seguía.

—Voy a quitarte esto —le dijo Graham a Nick. Empezó a despegarle los electrodos que llevaba en el pecho—. Y si todo sigue como hasta ahora, en unos pocos días nos desharemos de esos goteros y comenzarás a levantarte. —Comprobó el vendaje de la cabeza.

—Señor Feist —dijo Nick sin apartar los ojos de la cara del hombre—, gracias por salvarme la vida. Gracias.

—No me las des. Fue un trabajo de equipo. Sin el empeño que tú pusiste en mantenerte vivo, yo no habría podido hacer nada —respondió mientras le daba un apretón amistoso en el hombro—. Ahora descansa. Regresaré mañana y veremos cómo van esos puntos.

Nick asintió, de nuevo agotado. Cerró los ojos al sentir la mano de Novalie sobre la suya y se la apretó con suavidad mientras el sueño le vencía. Oía susurros a su alrededor y alguien apagó las luces. Agradeció la penumbra y, sin soltar su mano, se quedó profundamente dormido.

Novalie se acercó a la ventana y contempló la calle. Se puso tensa al ver cómo Ivanna se levantaba del sillón y se acercaba hasta ella.

—Lo amas, ¿verdad? —preguntó Ivanna al cabo de unos minutos.

Novalie la miró, sorprendida por la pregunta.

—Sí.

Ivanna esbozó una leve sonrisa y desvió la mirada hacia la cama.

—Mis padres nunca se amaron. Ni siquiera se soportaban. —Suspiró y se pasó una mano por la garganta—. Mario jamás ha estado enamorado de mí. Es algo que siempre he sabido. Y yo... creo que confundí la admiración que sentía con el amor. Pero soy capaz de reconocer ese sentimiento, y puedo ver que lo que hay entre mi hijo y tú es especial, único.

Novalie sonrió, agradecida por sus palabras. Miró a Nick por encima del hombro y una sensación cálida le recorrió el cuerpo. Estaba perdidamente enamorada de él. Ni siquiera estaba segura de cuándo había ocurrido, lo que sí sabía era que ya no concebía un mañana sin él. Había estado a punto de perderlo en dos ocasiones y no iba a haber una tercera.

—Gracias —susurró Ivanna—. Gracias por quererle tanto.

Novalie la miró a los ojos y sintió el impulso de acercarse a ella y abrazarla. Tenía la sensación de que la mujer necesitaba ese abrazo. Tragó saliva y alzó una mano. De repente, la puerta se abrió y Mario y Filipo entraron en la habitación.

—¡¿Qué hace ella aquí?! —gritó Filipo al ver a Novalie. Se acercó a ella con intención de echarla, pero Ivanna se interpuso.

—Yo la invité.

—¡¿Que tú qué?! —bramó con voz envenenada.

Mario miró a Nick, que continuaba dormido, y se acercó a su padre para hablarle al oído.

—No deberíamos discutir aquí; dudo que sea bueno para él...

—¡Cierra el pico! —le espetó su padre—. Tu mujer está conspirando contra nosotros y tú lo consientes.

—Yo no he conspirado contra nadie —replicó Ivanna—. Solo he hecho lo correcto y lo mejor para mi hijo...

—¿Y lo mejor es una cualquiera que ha arruinado su futuro? —inquirió con sorna, interrumpiéndola mientras meneaba la mano con un gesto despótico.

—¿Te has parado a pensar alguna vez que quizá éramos nosotros los que estábamos arruinando su futuro? —preguntó Ivanna con rabia—. ¿Alguna vez has pensado de verdad en él y no en ti?

Filipo dio un paso amenazador hacia ella mientras la miraba con inquina.

—¿Qué insinúas? ¿Te estás poniendo en mi contra, querida? Porque si me estás desafiando...

—¿Qué, Filipo? ¿Qué vas a hacer? —lo retó ella—. La verdad es que me da igual, no te tengo miedo. Y voy a defender a mi familia de ti y tus ansias de... de... ¿De qué? —Hizo una pausa—. Lo tienes todo. ¿Qué más necesitas? Has anulado por completo a tu hijo y has convertido a los míos en unos infelices hasta el punto de enfrentarlos por tu propio interés. Eso se acabó.

Novalie se dio cuenta de que Nick se estaba despertando por culpa de los gritos. Le cogió la mano para tranquilizarlo, sin perder detalle del enfrentamiento. Filipo estaba a punto de perder el control, rojo por la rabia, mientras Ivanna continuaba siendo la mujer de hielo de siempre. En aquel momento era como una leona defendiendo a sus cachorros. Así debió de verlo Filipo porque por un momento dudó. Pero era demasiado orgulloso para dar su brazo a torcer.

—¡No voy a permitir que me hables así! Y te aconsejo que...

—¿Qué, Filipo? —preguntó una voz implacable tras ellos—. ¿Qué le aconsejas?

Teresa entró en la habitación del brazo de Roberto y con Marco tras ella.

—¡Mamá! —exclamó Mario yendo a su encuentro—. ¿Qué haces aquí?

—Ver a mi nieto, ¿qué si no? —respondió con una sonrisa. Su mirada se volvió dura cuando se giró hacia su esposo—. Bien, estoy esperando una respuesta.

—Teresa, tú no... —empezó a decir Filipo.

—¡Por Dios, cierra de una vez esa bocaza! Me avergüenzo de ti, de la clase de hombre en que te has convertido. ¿Crees que porque estoy enferma no me doy cuenta de lo que pasa a mi alrededor? —Dio un paso hacia él, buscándole la mirada—. Ni siquiera eres capaz de mirarme a los ojos. No veo en ti al hombre con el que me casé, Filipo, sino a un desconocido que es capaz de sacrificar a su familia por conseguir un sueño que nunca estuvo a su alcance.

—Teresa, todo lo que he hecho...

—¡Ha sido por ti! —lo atajó ella con un atisbo de lástima—. No te atrevas a decir que ha sido por ellos, porque solo pensabas en ti. Siento mucho lo que te pasó con tu padre. Siento lo que le pasó a tu mano y que no pudieras seguir tocando, pero conseguir tu sueño a través de tu hijo, o de tu nieto, no es justo para ellos. ¿De verdad sus éxitos llenan ese vacío que tienes en el pecho? Yo creo que no.

—Estás equivocada...

—¡No me ofendas insinuando que no te conozco! —le cortó—. Dejé que arruinaras la vida de Mario, pero no dejaré que le hagas lo mismo a mis nietos. Cuando te conocí eras un buen hombre, sencillo, honesto. Un hombre trabajador que de verdad luchaba por darle una buena vida a su familia. ¿En qué momento desapareció ese hombre, Filipo? Porque es a ese hombre al que necesito a mi lado los años que me queden de vida.

Él no contestó, pero parte de su soberbia había desaparecido y ahora parecía avergonzado, con la vista en el suelo.

—Piensa qué clase de hombre vas a ser a partir de ahora, esposo mío —continuó ella—. Porque a pesar de los años que llevamos juntos y del amor que te tengo, no estoy dispuesta a pasar ni un segundo más a tu lado si esto no termina.

Filipo alzó la cabeza con los ojos muy abiertos, sorprendido por la amenaza que contenían las palabras de Teresa.

—Sí, lo que has oído. Me divorciaré y te quedarás solo. Dudo que alguno de los presentes ponga objeciones después de cómo te has comportado —indicó sin perder ni un ápice de autoridad en su voz. Se dio cuenta de que Nick estaba despierto y que la miraba con la boca abierta—. ¡Mira quién está con nosotros! —exclamó con ternura. Se acercó a la cama y lo besó en la frente.

—Hola, Nana.

—Hola, cariño —susurró—. No vuelvas a darme un susto como este, ¿de acuerdo? —Nickolas negó con la cabeza. Teresa posó sus ojos en Novalie—. No dejes que ninguno de estos te amedrente, y si lo hacen, ven corriendo a decírmelo.

Novalie se ruborizó y apretó los labios para no sonreír.

—Bien, cuida de este jovencito para que vuelva pronto a casa —añadió Teresa.

—Sí —contestó Novalie.

—¿Sí...?

—Sí, abuela —susurró colorada como un tomate.

—Eso está mejor —respondió. Un atisbo de decepción cruzó por sus ojos al ver que Filipo había desaparecido de la habitación.

—Vamos, mamá, te llevaré a casa —sugirió Mario rodeando con su brazo los hombros de Teresa. Ivanna se apresuró a ayudarle, y le sonrió cuando sus miradas se encontraron.

—Nana —dijo Nick. Ella se giró para mirarlo—, ¿qué le pasó al abuelo? Eso que has dicho sobre su mano...

Teresa sonrió con nostalgia. Su mente vagó unos instantes en busca de recuerdos de otra época.

—¿De quién crees que tu padre y tú habéis heredado el talento para la música? ¿De mí? Tu abuelo tenía tu mismo don. Cuando se sentaba frente al piano, su música parecía provenir de los ángeles. Todo el mundo creía que se acabaría convirtiendo en uno de los mejores, pero su padre no opinaba lo mismo.

»Un día discutieron. Filipo quería dejar el taller y estudiar. La situación se descontroló y tu abuelo acabó con la mano rota. Ahí se terminó todo para él. Con los años me fui dando cuenta de que eso era algo que no lograba superar, que lo carcomía por dentro, y que le estaba cambiando. Debí intervenir cuando vi lo que trataba de hacer con tu padre... y después contigo. Ahora me arrepiento, porque podría haber evitado que las cosas llegaran a estos extremos. Mentiras, rencillas... Jamás pensé que vería a mi familia así.

—No te preocupes, mamá. Todo se arreglará —dijo Mario, guiando a Teresa fuera de la habitación.

—No tenía ni idea —susurró Nick cuando se quedó a solas con Novalie.

Ella se sentó en el borde de la cama.

—No es que vaya a justificarlo —musitó con expresión sombría—, pero esta historia aclara muchas cosas sobre tu abuelo.

Nick miró a Novalie a los ojos y buscó su mano.

—Lo explica todo —suspiró.

37

Los días se convirtieron en semanas, y Nick continuaba recuperándose. Sus médicos estaban realmente sorprendidos por la evolución de sus heridas y la falta de secuelas salvo las cicatrices. Había estado al borde de la muerte y nadie apostaba por él. Que continuara vivo era casi un milagro, un capricho del destino.

Novalie y él pasaban todo el tiempo juntos porque ella se había negado a separarse de su lado. Mataban las horas jugando a las cartas, viendo series antiguas en un ordenador portátil o leyendo. Hablaban sin parar de todas las cosas que harían en el futuro. Recorrer el país en coche durante todo un verano ocupaba el primer puesto de una lista muy larga. Se prometieron vivir cada día como si fuese el último, conscientes de que la vida les había dado una segunda oportunidad.

A veces transcurrían horas sin que pronunciaran una sola palabra. No necesitaban decir nada ni llenar los silencios. El simple hecho de estar juntos les bastaba para sentirse completos.

Novalie le acompañaba a sus sesiones con el fisioterapeuta y se encargaba de que descansara lo suficiente. Su cerebro aún necesitaba rehabilitación.

—No deberías pasar tanto tiempo aquí —dijo Nick.

Caminaba con Novalie por uno de los pasillos de la planta donde se encontraba su habitación, mientras le rodeaba con su brazo los hombros para mantener el equilibrio.

Novalie lo miró con el ceño fruncido.

—¿Estás tratando de decirme algo? ¿Intentas echarme? —replicó ella.

Nick dejó caer hacia atrás la cabeza.

—Deja de gruñir. —Se rio bajito—. Estás faltando mucho al instituto.

Novalie puso los ojos en blanco. Era como si ese día todos se hubieran puesto de acuerdo para decirle lo mismo: sus tíos, su padre y ahora Nick.

—No te preocupes por eso.

—Claro que me preocupo. ¿Cómo piensas graduarte si no vas a clase? —preguntó él sorprendido.

—Graduarse no es tan importante.

Nick le dedicó una mirada de reproche y sacudió la cabeza.

—Sí lo es. Y yo quiero que te gradúes y que vayas a la universidad.

Novalie le rodeó la cintura con el brazo y dieron media vuelta, regresando sobre sus pasos por el largo pasillo.

—Y lo haré... algún día —aseguró mientras esbozaba una sonrisa inocente que zanjara el asunto.

—¿Algún día? —repitió Nick con cara de pocos amigos.

—Voy a quedarme en Bluehaven contigo.

Nick escudriñó sus ojos y vio que lo decía completamente en serio. Él había decidido instalarse en la isla y tomarse un tiempo sabático indefinido. Quizá montar una escuela de música para niños o dedicarse a cualquier otra cosa. No había vuelto a tener noticias de Berklee después de que rechazara su oferta tras su compromiso con Christine, y daba por hecho que esa historia se había terminado por ambas partes. En el fondo le apenaba haber perdido esa oportunidad, pero convertirse en un isleño ocioso tampoco estaba mal. Que Novalie pretendiera lo mismo no le gustaba nada.

—Ni hablar. Irás a Boston y nos veremos los fines de semana.

Novalie resopló y pisoteó el suelo.

—¿De verdad vamos a discutir por esto? ¿Precisamente hoy?

Nick se detuvo y la miró a los ojos. Sus preciosos ojos verdes. Se inclinó y la besó en los labios.

—Hoy no —susurró—. Y hablando de hoy. Tengo algo para ti. —Metió la mano en el bolsillo de sus pantalones de algodón y sacó una cajita azul con un pequeño lazo rojo. Sonrió al ver la expresión atónita de Novalie—. ¡Feliz cumpleaños!

—¿Y esto? —preguntó ella ruborizándose.

—Tu regalo de cumpleaños. Novalie tomó la cajita y la abrió muy despacio. A la vista quedó un colgante, una pequeña bailarina de cristal que, a pesar de su diminuto tamaño, tenía infinidad de detalles que la hacían muy real. Se llevó una mano a la boca, ahogando un gemido. Estaba a punto de echarse a llorar como una idiota.

—Es... es... es perfecta —logró decir asombrada y conmovida.

—¿Te gusta?

Novalie abrió sus ojos brillantes de par en par. Le tomó la cara con una mano y le acarició la mejilla con el pulgar.

—¿Estás de coña? Es el mejor regalo de los mejores regalos de toda la Historia.

Nick sonrió encantado.

—Deja que te la ponga. —Tomó entre los dedos la cadena de la que colgaba la figura y se la puso en torno al cuello.

—¡Es preciosa, me encanta! —exclamó Novalie, acercándose para besarlo.

—Me alegro. He tenido a mi madre recorriendo toda Nueva York hasta encontrarla —declaró Nick avergonzado.

—No tenías por qué hacerlo.

—Quería hacerlo, quería regalarte algo especial.

—Esto es especial. Muy especial —aseguró Novalie muy emocionada.

El colgante era precioso, pero su verdadero significado era lo que le había llegado al corazón. Simbolizaba un lazo directo al recuerdo de su madre. Nick sabía cómo enamorarla todos los días, y lo adoraba por ello.

—Bueno, ¿cómo te sientes siendo un vejestorio? —preguntó Nick, sonriendo de oreja a oreja.

—Y eso me lo pregunta un carcamal al que le ponen las jovencitas.

Nick se echó a reír con ganas y a Novalie le dio un vuelco el corazón. Estaba tan guapo cuando reía así... Lo miró de arriba abajo y se empapó de él. Desde que le habían permitido levantarse de la cama, Nick se había negado a salir de su habitación con los horribles pijamas del hospital, por lo que solía vestirse con su propia ropa: un pantalón de algodón gris, una camiseta blanca y un gorro de lana azul marino que ocultaba las cicatrices de su cabeza hasta que volviera a crecerle el pelo. Era demasiado guapo como para no quedarse embobada.

Nick se inclinó sobre ella y observó sus preciosos ojos de cerca. Se pasó la lengua por el labio inferior y con las puntas de los dedos le acarició el brazo desnudo.

—En una cosa tienes razón. Me ponen las jovencitas —susurró junto a su oído.

Novalie se estremeció al sentir su aliento en la piel. El deseo los sacudió a ambos. Nick le rodeó la cintura con un brazo y la pegó a su cuerpo.

—Nick —musitó Novalie, mirando a su alrededor. El pasillo siempre tenía un flujo continuo de gente yendo de un lado a otro.

—¿Qué? —La apretó un poco más contra sus caderas.

—Sea lo que sea lo que estás pensando, no.

—No —repitió él. Le rozó la oreja con los dientes y ella se estremeció. Bajó el tono hasta convertirlo en un ronroneo sexi—. Te echo de menos.

A Novalie se le aceleró la respiración y sus ojos ardieron. Nick caminaba de espaldas, tirando de ella hacia la pared.

—Yo también te echo de menos —confesó—. Pero...

—Pero...

Nick tanteó la pared que tenía a su espalda hasta dar con la puerta que estaba buscando. Encontró el pomo y lo giró despacio; después empujó con disimulo hacia dentro lanzando una mirada a su alrededor.

—¡Estamos en un hospital y tú...!

Las palabras se atascaron en la garganta de Novalie mientras Nick la arrastraba al interior de una habitación sin ventanas. Él cerró la puerta con una mano y la empujó contra la pared. Ni siquiera sabía cómo había sido capaz de moverse tan rápido en su estado convaleciente.

—Pero ¿qué haces?

Miró a su alrededor y vio que se encontraban en un cuarto lleno de sábanas, toallas, papel para dispensarios y una camilla que almacenaba cajas con guantes de látex.

—No podemos estar aquí. Van a pillarnos —susurró.

Nick esbozó una sonrisa pícara y negó con la cabeza.

—Llevo días observando la rutina de las enfermeras y nunca abren este cuarto. Nadie va a pillarnos.

—¿Has estado espiando a las enfermeras? —preguntó atónita.

Nick miró alrededor, con ojos juguetones.

—Reconocía el terreno, mientras planificaba mi táctica.

Su sonrisa se ensanchó y ladeó la cabeza para mirarla de arriba abajo. Se mordió el labio de forma sugerente mientras se acercaba a ella.

—Me gusta tu vestido. Me gusta mucho —dijo con deseo.

Novalie miró su ropa. No llevaba un vestido, sino un peto de falda corta, puede que muy corta. Levantó la vista y lo miró a los ojos. La mirada de Nick estaba en llamas, y conocía esa expresión endiablada que oscurecía su cara.

—¡No! —exclamó ella, leyéndole el pensamiento. Cada paso que él daba, ella se alejaba otro—. Ni de coña. Ni siquiera lo pienses. Detente. No des un paso más. ¡Nick!

Chocó contra la camilla y oyó que él reía por lo bajo. Contuvo el aliento cuando le colocó las manos en la cintura y pegó sus caderas a las de ella; a continuación introdujo una de sus piernas entre las suyas y la obligó a separarlas. Le rozó el cuello con la nariz y le acarició un pecho por encima de la ropa.

—Estoy malito y necesito que me curen.

Novalie apretó los labios para no echarse a reír. Lo miró y frunció el ceño, severa.

—No vamos a hacer esto. ¡Por Dios, estamos en un hospital y tú aún estás convaleciente! ¿Cómo puedes pensar en...?

Nick le cerró la boca con un beso y lo único que pudo articular fue un gemido de placer al sentir su lengua colándose entre sus labios. Quiso oponerse, pero su boca volvió a atraparla. Casi jadeó cuando él le cogió una mano y la llevó a la parte delantera de sus pantalones. No creía haberle sentido nunca tan excitado.

—Si no me dejas meterme entre tus piernas ahora mismo, van a tener que operarme de nuevo, pero esta vez para aliviar la presión en otra parte de mi cuerpo. No logro pensar porque no me llega la sangre al cerebro —murmuró con voz ronca.

Novalie se apartó y una sonrisa brilló en su cara. ¿Quién necesitaba un novio cursi y romántico, cuando podía tener un chico malo con los ojos más bonitos del mundo y una mente adorablemente pervertida? Lo deseaba tanto que le dolía, pero temía que no fuera prudente hacer algo así en su estado.

—Nick, te juro que te deseo, pero...

—Y yo te juro que estoy bien y que no me va a pasar nada —la interrumpió adivinando sus miedos. Le pasó la lengua por el cuello y aplastó las caderas contra su mano—. Por favor, nena, necesito tomarte, aquí y ahora.

Novalie se estremeció. El deseo y el calor terminaron de apoderarse de su cuerpo. Él había dicho la palabra mágica. Que la llamara «nena» tenía efectos nefastos en su buen juicio.

—Como te dé un infarto, juro que te mato —gimió, sintiéndose arder mientras metía una mano dentro de sus pantalones.

Nick cerró los ojos y echó la cabeza hacia atrás derritiéndose con sus caricias.

—Adoro cuando te pones así. Me vuelves loco.

La empujó contra la camilla. Le apartó la mano y con movimientos bruscos le bajó las bragas. Novalie terminó de quitárselas con un par de sacudidas y se sentó en la camilla.

Nick la miró con una sonrisa traviesa y le separó las rodillas hasta acomodarse entre sus piernas. Soltó los tirantes del peto y deslizó las manos por debajo de su camiseta.

—Levanta los brazos.

Novalie obedeció.

—¡Dios, eres preciosa! —susurró él con voz ronca mientras le acariciaba el pecho por encima del sujetador.

Novalie le apartó las manos, se quitó el sujetador y lo tiró al suelo. Se estremeció al sentir el aire frío en su piel desnuda.

Nick tragó saliva y esbozó una sonrisa hambrienta.

—¿Tienes prisa?

—¿Tú qué crees? —replicó Novalie.

Lo deseaba tanto que ya no le importó que estuvieran en el almacén de un hospital. Le rodeó la cintura con las piernas.

Nick se bajó los pantalones sin dejar de mirarla a los ojos y tiró de sus caderas hacia delante, encontrando el ángulo perfecto. La besó en el cuello, bajando por la clavícula hasta llegar a su pecho. La acarició con la lengua y ella arqueó la espalda temblando de placer.

Entró de golpe en ella con un solo movimiento y tuvo que morderse los labios para no gritar. Cerró los ojos y siseó entre dientes, mientras comenzaba a moverse deprisa. Ninguno de los dos pensaba alargar mucho aquel encuentro. Habían pasado más de dos meses desde la última vez y la desesperación se respiraba entre ellos.

—Eres preciosa, perfecta —murmuró sin aliento—. Fui un idiota por dejarte...

Novalie gimió por lo deliciosa que sonaba su voz.

—Todo eso ya ha quedado atrás —dijo respirando su mismo aire.

—Te añoré muchísimo. Cada día te echaba de menos, cada día soñaba contigo —sollozó Nick con la voz entrecortada sobre sus labios. Ella abrió los ojos y lo miró sin parpadear. Cada embestida tensaba su cuerpo dolorido por la necesidad—. Todo dejó de tener sentido. Dolía demasiado.

Novalie se apretó contra él y se le humedecieron los ojos.

—No volverá a pasar, te lo prometo. Nada ni nadie va a separarme de ti nunca más. —Se movió ajustándose a su ritmo y echó la cabeza hacia atrás, pero Nick la atrajo hacia él con una mano en la nuca y la obligó a mirarlo a los ojos. Le mordió el labio inferior y lo lamió por entero, notando el sabor de sus lágrimas entremezcladas.

—Te necesito tanto...

Novalie musitó algo que sonó a «Yo también» y lo obligó a hundirse más en ella. Nick se movía cada vez más deprisa, embistiéndola con fuerza. Se devolvían los besos con la misma fuerza que se los daban, entre respiraciones aceleradas. Se abrazó a él sintiendo que todo su cuerpo temblaba y se estremecía con un suspiro glorioso cargado de placer.

Nick gruñó y apretó sus caderas contra las de ella. Un gemido hondo ascendió por su garganta mientras se desplomaba exhausto sobre ella. Novalie lo abrazó contra su pecho. Le acarició la espalda de forma tranquilizadora y los acelerados latidos de sus corazones comenzaron a calmarse.

Al cabo de unos segundos, Nick levantó la cabeza y la miró al tiempo que en su cara se dibujaba una preciosa sonrisa.

—Recuerdo nuestra conversación, Novalie, y ya no estoy puesto de calmantes. —Tomó su mano y se la llevó al pecho—. Sigo queriendo un «Para siempre». ¿Sabes lo que eso significa? Que tendrás que casarte conmigo.

Novalie se quedó boquiabierta, mirando sin parpadear sus ojos azules, que no dejaban de sonreír clavados en ella.

—¿Casarme... contigo? —musitó sin aliento.

Nick asintió con picardía y le acarició la mejilla.

—Bueno, si te casaras con otro no tendría la misma gracia —bromeó y sonrió con dulzura—. ¿Vas a casarte conmigo, nena? —le susurró apasionadamente al oído.

Novalie se estremeció. Suerte que se encontraban en un hospital, porque estaba segura de que iba a desmayarse de un momento a otro. ¿De verdad lo decía en serio? ¿Le estaba proponiendo matrimonio? Sus ojos buscaron los de él. ¡Dios mío, lo decía en serio!

Nick apoyó su frente contra la de ella y suspiró.

—Cásate conmigo... Cásate conmigo... Cásate conmigo... —repitió mientras la besaba.

Un dolor hermoso se instaló en el pecho de Novalie.

—Sí, me casaré contigo.

Nick se quedó quieto un segundo. De repente le tomó el rostro entre las manos y la miró a los ojos, tan cerca que podía verse reflejado en sus pupilas dilatadas.

—¿De verdad?

Esta vez fue Novalie la que empezó a sonreír como una tonta.

—De verdad. Pero tendrás que volver a pedírmelo. En otro sitio que no sea un hospital. Algo más romántico, con los pantalones subidos y con un anillo —enumeró mientras le rozaba la mejilla con los dedos.

—No sabía que te gustaba toda esa parafernalia.

Novalie se encogió de hombros.

—¡Qué le voy a hacer, soy una romántica! Aunque lo que de verdad quiero es poder contarle algún día a mis hijos cómo se declaró su padre sin morirme de vergüenza.

Nick se echó a reír y sacudió la cabeza. La sonrisa se borró poco a poco de su cara y una emoción muy intensa hizo que sus ojos brillaran.

—Me alegra saber que algún día querrás tener hijos conmigo. —Se le dibujaron hoyuelos en la cara—. Me gusta esa idea; una preciosa niña con tus ojos.

—O un niño con los tuyos.

—O gemelos.

Novalie alzó las manos con cara de susto.

—Vale, lo dejamos aquí. Y para que no haya malentendidos, nada de esto pasará hasta dentro de unos cuantos años.

Nick sacudió la cabeza, mientras se subía los pantalones y la ayudaba a bajar de la camilla.

—Vale. Pero seguiremos practicando, ¿no? Porque...

—Cállate.

—La abstinencia hasta el matrimonio no va conmigo.

—¿Ah, sí? No me había dado cuenta —replicó Novalie con los ojos en blanco mientras terminaba de vestirse a toda prisa.

Nick la miró de arriba abajo y se mordió el labio inferior.

—Si quieres te lo recuerdo.

Con los pulgares hizo como que iba a bajarse los pantalones de nuevo.

Novalie le sujetó los brazos y se echó a reír.

—No tienes arreglo —suspiró mientras lo empujaba hacia la puerta—. Me moriré como alguien me vea salir de aquí.

Nick abrió la puerta muy despacio y se asomó al pasillo.

—Parece desierto —susurró mirándola por encima de su hombro.

—¿Seguro que no hay nadie?

Nick abrió un poco más la puerta.

—Todo despejado —anunció. La tomó de la mano y le dedicó una sonrisa traviesa—. Ahora o nunca.

Salieron al pasillo a toda prisa y se dieron de bruces con Ángela.

Novalie se puso colorada como un tomate, incapaz de mirarla a la cara. Nick, por el contrario, la saludó sonriente. Ella les dedicó una mirada cómplice mientras reparaba en sus ropas arrugadas y en el rubor de sus mejillas, sin contar el pelo alborotado y los labios hinchados.

—¿Necesitas que compruebe tus constantes? —preguntó como si nada.

Novalie gimió muerta de vergüenza y Nick tuvo que morderse los labios para no echarse a reír a carcajadas.

—No, me siento perfectamente —respondió con tono inocente.

—¿Por qué será que no me sorprende? —replicó Ángela. Lo miró a los ojos y le apuntó con el dedo—. Se acabaron las emociones por hoy. Quiero que regreses a tu habitación y que te metas en la cama. ¿Entendido?

Nick asintió como un niño pequeño y le guiñó un ojo.

—Va a casarse conmigo —le susurró al pasar por su lado.

Ángela sacudió la cabeza con una risa silenciosa mientras seguía su camino.

—Ha sido muy bochornoso —sollozó Novalie.

Nick le rodeó los hombros con el brazo y la besó en el pelo.

—Eres tan adorable...

Regresaron a la habitación. Al alcanzar la puerta, Aly apareció en el pasillo a la carrera.

—¡Tía! ¿Qué haces aquí? —preguntó Novalie—. Aún no es la hora.

Aquel día no iba a ser especial solo por su cumpleaños.

Aly se apoyó en la pared a punto de desmayarse y le entregó a Nick un sobre marrón sin decir una palabra. Se llevó las manos a las caderas, intentando recuperar el aliento.

—¡Dios, solo a mí... se me ocurre subir por las... escaleras! —resopló.

—¿Qué es esto? —preguntó Nick.

—Es de Steve. Lleva días martirizándome para que te lo dé. Acaba de enviarlo por fax.

Nick entró en la habitación; necesitaba sentarse. Muy despacio abrió el sobre y sacó los documentos que contenía.

—¿Qué son? —preguntó Novalie.

Nick los estudió con detenimiento. La miró y esbozó una sonrisa maliciosa.

—Creo que ahora tendrás que ir al instituto sí o sí, y graduarte. Si quieres venir conmigo a Boston, claro.

Novalie le quitó los papeles de la mano y les echó un vistazo. Su cara se iluminó.

—¡Aún quieren que vayas! ¡Su oferta sigue en pie! —exclamó, sacudiendo el contrato ante su cara.

Nick sonrió de oreja a oreja y se recostó contra el respaldo del sillón.

—Gracias, Aly.

—De nada. Al final tendré que admitir que mi ex es un buen tipo. Pero no le digáis que lo he dicho. ¡Lo negaré!

Novalie se echó a reír y la abrazó. Miró su reloj.

—Se acerca el momento —susurró mientras tragaba saliva para aflojar el nudo que se le estaba formando en la garganta—. ¿Estarás bien? —preguntó a Nick.

—Sí, tranquila. Mi madre no tardará en llegar —respondió sin poder disimular un atisbo de preocupación—. Y tú, ¿estarás bien? Me fastidia no poder acompañarte.

—No te preocupes, estoy bien. Hace mucho que espero este momento.

Lo besó en los labios. Se demoró en el contacto, sujetándole el rostro entre las manos, sin importarle que su tía estuviera allí. Cuando se separaron, Nick le sonrió dándole ánimos y ella se estremeció. ¡No sabía qué habría hecho sin él!

La mañana era gris. El cielo estaba cubierto de nubes que el sol otoñal intentaba perforar haciendo llegar sus rayos hasta ellos. Novalie las contempló con una sensación de serenidad. Notaba la mano de su padre firme sobre la suya y se la apretó con fuerza para aplacar su propio temblor. Las olas, de un gris plomizo, rompían contra las rocas mientras avanzaban por el espigón.

Se detuvieron al final del rompeolas y el reverendo se giró hacia ellos para oficiar una ceremonia sencilla. Novalie miró de reojo a los asistentes. Sus tíos escuchaban el sermón en silencio, cogidos de la mano. Lucy y sus padres le sonrieron cuando sus miradas se encontraron. Un poco más atrás, Mario Grieco, junto a Marco y Roberto, tenía la mirada perdida en el mar. Novalie supo que el hombre pensaba en Meredith, pero no le importó. Él había formado parte de la vida de su madre en el pasado; un hecho que ya había asumido.

El reverendo dijo unas palabras cargadas de sentimiento y esperanza. Novalie no pudo reprimir la emoción y acabó llorando bajo el brazo de su padre. Después del servicio, los dos solos subieron al faro, hasta la pasarela que rodeaba la cúpula de cristal.

Contemplaron el vasto océano. Graham apretaba la urna contra su pecho con tanta fuerza que notaba las aristas del metal incrustándose en su piel. Novalie se dio cuenta de que flaqueaba y lo cogió de la mano. Él la miró y ella le dedicó una sonrisa.

—Es lo que ella quería —susurró.

Su padre asintió con las lágrimas derramándose por sus mejillas. Muy despacio, destapó la urna. Juntos la sujetaron por encima de la barandilla y, tras unos segundos que a ellos les parecieron eternos, volcaron las cenizas. Sopló una suave brisa que las arrastró hacia el mar, meciéndolas con suavidad. Un rayo de sol se coló a través del manto de nubes, incidió sobre ellos como una suave caricia y desapareció tan rápido como había aparecido.

Se quedaron allí, abrazados sin mediar palabra durante un buen rato.

Novalie notó un roce en el pelo. Su padre la besaba en la cabeza.

—Estás tiritando. Deberíamos regresar a casa —dijo él con un hilo de voz.

Novalie asintió. Volvieron abajo sin dejar de abrazarse y regresaron al coche. Los demás se habían marchado nada más terminar el oficio para darles intimidad, conscientes de lo delicado que iba a ser el momento.

Subieron al vehículo y fueron hasta casa en silencio, pero una vez allí, en lugar de entrar, se dirigieron a la playa. Por primera vez en mucho tiempo, Novalie se sintió ligera, como si de pronto se hubiera desprendido de un gran peso. Y su padre parecía sentirse de la misma forma, viendo la sonrisa que insinuaban sus labios mientras caminaban.

«Después de todo, es posible que lo logremos», pensó ella.

Pasearon durante un rato, sumidos en sus pensamientos, y no regresaron hasta que una fina llovizna comenzó a caer. Tuvieron que correr para no acabar empapados y cuando llegaron al porche empezaron a reír con ganas. No había un motivo; solo reían porque sí, porque lo necesitaban. Su padre se quedó mirándola, dándole vueltas a un asunto sobre el que no terminaba de decidirse.

—Gordon me ha ofrecido un puesto en el hospital. ¿Te parecería bien que lo aceptara?

Novalie se enderezó sorprendida.

—Sí. Claro que sí —respondió con ojos brillantes.

—Vale. Creo que puede ser una buena idea —replicó él con una enorme sonrisa.

—Lo es, papá. Es una idea estupenda.

La besó en la frente y entró en la casa.

Novalie se quedó mirando la puerta batiente. Su padre no solo se estaba recuperando de su depresión, sino que estaba dispuesto a seguir adelante. A Novalie casi le parecía un sueño que quisiera volver a trabajar. Se abrazó los codos haciendo verdaderos esfuerzos para no echarse a llorar y volvió bajo la lluvia. Después de tanto tiempo las cosas se estaban arreglando. El puzle que era su vida volvía a estar completo, y cada pieza encajaba en su sitio a la perfección, mostrando un futuro lleno de esperanza y posibilidades.

En la casa alguien puso música, y las risas de Tom y su padre llegaron hasta ella. Se llevó la mano al cuello y tomó el colgante entre los dedos. Miró al cielo y sonrió.

«Creo que ya puedes irte tranquila. Estaremos bien», le dijo a su madre en silencio.

Epílogo

Un año después.

—Adiós, señor Grieco.

Nick sonrió a su alumno y le revolvió el pelo al pasar por su lado en la escalera.

—Adiós, Alex.

—Irá al concierto, ¿verdad? —preguntó el chico con una sonrisa expectante.

—¡Por supuesto, no me lo perdería por nada del mundo! —respondió.

—¡Guay! —exclamó Alex mientras sacudía la cabeza—. Seguro que sale genial.

—Seguro.

Nick se deslizó por la baranda de la escalera y cruzó el vestíbulo de la escuela a toda prisa. Una vez en la calle fue hasta su bicicleta. Le quitó el candado y se colgó la mochila a la espalda. Mientras pedaleaba con su gorra calada hasta las orejas y la música a todo volumen en los auriculares, no dejaba de pensar en cómo había cambiado su vida en apenas un año. Adoraba su trabajo como profesor en Berklee. Disfrutaba dando clases. La satisfacción de ver cómo sus alumnos progresaban y se superaban día a día era como una droga sin la que no podría vivir.

Los chicos le tenían aprecio, podía verlo en sus caras cuando se dirigían a él. Y por primera vez en su vida tenía la sensación de estar haciendo una labor con la que de verdad aportaba algo a la música.

El colegio apenas se encontraba a unos veinte minutos del apartamento que había alquilado en la zona de Beacon Hill. De pie sobre los pedales, subió la empinada calle bordeada de casas de ladrillo rojo, donde aún se conservaban las antiguas farolas de gas.

Empujó la puerta del edificio con el hombro y cargó con la bici hasta la segunda planta, donde se encontraba su casa. La dejó en el pasillo y entró a la carrera. Mientras dejaba las llaves en un cesto en el recibidor, le llegó el olor a esmalte de uñas. Entró al salón y se encontró con Lucy sentada en el sofá, pintándose las uñas de los pies.

—¡Vaya, hola, Lucy! ¿Aún sigues por aquí? —preguntó en tono mordaz mientras se quitaba la mochila y la dejaba en un rincón.

Lucy le sacó la lengua, captando la indirecta.

—Ja, ja... Muy gracioso —replicó con una mueca—. Estoy aquí porque es el cumpleaños de mi mejor amiga. ¡No me lo perdería por nada del mundo! —exclamó aleteando las pestañas.

Nick rio entre dientes.

—¿Y el chico duro? —preguntó.

—¡Aquí! —contestó Roberto con medio cuerpo dentro de la nevera—. No quedan cervezas, ¿lo sabías?

—No soy yo quien se las bebe —comentó Nick, asomándose por encima de la barra que separaba el salón de la cocina—. ¿Cómo quieres que lo sepa? —replicó con los ojos en blanco—. ¿Ha llegado Novalie?

—En la ducha —informó Lucy sin apartar los ojos del televisor.

Nick fue hasta su dormitorio. Al menos aquel espacio era completamente suyo. Aún no había sido invadido por aquellos amigos disfrazados de *okupas* que tenía en casa.

—¡Hola! —saludó mientras se quitaba las zapatillas con un par de sacudidas y lanzaba la gorra sobre la cama.

—¡Hola! —respondió Novalie desde el baño—. ¿Qué tal tu día?

Nick se dejó caer sobre las sábanas y entrelazó las manos bajo la nuca.

—Genial. Ese chico del que te hablé, Alex, llegará lejos. Es un genio.

—¡Porque tiene un buen profesor! —gritó Novalie para hacerse oír por encima del ruido del agua.

Nick sonrió por el comentario.

—¿Y qué tal tú en la universidad? —preguntó.

El grifo de la ducha se cerró.

—Bien, aunque suspendieron las últimas dos clases y aproveché para ir a la academia y bailar un rato —respondió ella.

Nick vio el maillot ajustado de Novalie sobre la cama y lo cogió con un dedo.

—Mmm... Me pone verte con estas cosas —confesó, estirando la prenda de color gris.

Novalie apareció en la habitación envuelta en su albornoz y frotándose el pelo con una toalla.

—Eres un pervertido —dijo entre risas, arrebatándole el maillot de las manos.

Él se incorporó sobre los codos y esbozó una sonrisa de pirata.

—Y a ti te encanta que lo sea.

La atrapó por la cintura, la sentó en sus rodillas y la besó mientras su mano se colaba bajo el albornoz.

—Hueles muy bien, y tan mojadita...

—¿Por qué todo lo que dices suena siempre tan lascivo?

—Porque tu mente es tan depravada como la mía. —Nick alzó las cejas con un gesto muy sexi.

—Eso es porque eres una mala influencia para mí.

Tuvo que empujarlo en el pecho para que la soltara. Se acercó a la cómoda y abrió un cajón para coger su ropa interior. Comenzó a subirse las bragas con ligeros contoneos, de espaldas a él y sin quitarse el albornoz.

—¡No puedes hacer eso y esperar que me comporte! —exclamó Nick y, antes de que ella tuviera tiempo de protestar, la tomó en brazos y regresó a la cama.

La lanzó sobre las sábanas sin miramientos y la aplastó con su cuerpo mientras escondía la cara en su cuello.

—Cinco horas sin verte. ¿Te haces una idea de lo mucho que he llegado a echarte de menos? —susurró junto a su oído.

Novalie se derritió, pero no podía ceder en ese momento.

—Vamos a llegar tarde —musitó tomándolo por la barbilla para que la mirara—. Vamos a llegar tarde —repitió tratando de parecer severa. Pero lo cierto era que se estaba fundiendo por dentro y sus mejillas la delataban.

—No, si somos rápidos —susurró Nick deslizando los labios por su hombro. Se colocó entre sus piernas ayudándose de las manos, dejando claras sus intenciones.

Novalie se mordió el labio inferior y contuvo el aliento.

—¡Eres imposible! —Intentó levantarse. Nick se lo impidió y le sujetó las muñecas por encima de la cabeza. Se apretó contra ella—. Tienes un problema, y se llama «adicción al sexo».

—De eso nada —replicó Nick fingiendo que se había ofendido—. Soy adicto a ti. Deberías alegrarte. Me gustas tanto que dentro de sesenta años, cuando sea un abuelito, me seguirás poniendo cachondo.

Novalie se echó a reír con ganas.

—¿Qué dices? ¿Batimos otro récord? —preguntó Nick con una sonrisa sugerente.

La respuesta de ella fue enlazar los brazos alrededor de su cuello y atraerlo para besarlo. Era imposible decirle que no cuando lograba volverla loca con solo una sonrisa.

Nick se sacó la camiseta y comenzó a pelearse con el nudo de su albornoz. Logró quitárselo y la contempló maravillado.

—Eres preciosa —susurró, deslizando una mano por su estómago.

Novalie sonrió. Alargó el brazo y coló un dedo por la cinturilla de sus tejanos. Después le soltó el botón, le bajó la cremallera y tiró de él atrayéndolo hacia su cuerpo.

Sonaron unos golpes en la puerta.

—¡Yuju, parejita! ¡Vamos a llegar tarde! —aulló Lucy en el pasillo.

Nick resopló lanzando una mirada asesina a la puerta. Apoyó su frente sobre la de Novalie y cerró los ojos.

—¿Crees que se podría considerar defensa propia lanzarla por la ventana? Porque algún día va a matarme con sus interrupciones —masculló, aún con la respiración agitada.

Novalie dejó caer las piernas, con las que le rodeaba las caderas, y se echó a reír. Le tomó el rostro entre las manos y lo besó en los labios.

—Podríamos ir al concierto, nos dejamos ver por tus alumnos y... —Arrugó la nariz con un gesto coqueto.

—¿Y? —preguntó Nick con anhelo.

—Volvemos derechitos a donde lo hemos dejado. Solos, sin prisa, y podremos batir todos los récords que quieras.

Los ojos de Nick se iluminaron con los pensamientos que aquella frase despertó en su mente.

—¿Todos? Incluso ese que...

Novalie le tapó la boca con los dedos, y se ruborizó.

—Todos —musitó ella en tono tentador.

Nick se quedó mirándola fijamente mientras consideraba sus palabras.

—Vale.

Se levantó de un salto en busca de sus zapatillas, bajo la mirada divertida de Novalie.

—Vístete. Cuanto antes nos vayamos, antes podremos regresar.

El Paradise Rock Club era una de las salas de conciertos más famosas de la ciudad. En él habían tocado grupos como Kings of Leon, The Pretenders o incluso The Police. Nick aún no sabía cómo había sido capaz de convencer a sus propietarios de que le dejaran la sala para esa noche. Varios de sus alumnos habían formado una pequeña banda. Los chicos prometían y un agente discográfico iba a echarles un ojo aprovechando una improvisada fiesta de inicio de curso.

La sala estaba a rebosar. Steve subió al escenario y soltó su pequeño discurso de bienvenida. Después dio paso a la banda y la fiesta comenzó.

—¡Son geniales! —exclamó Novalie.

—¡Lo son! —gritó Nick. La abrazó por la cintura y la besó en el cuello—. ¿Te das cuenta de que es tu segundo cumpleaños conmigo y que aún no hemos podido celebrarlo como deberíamos?

Novalie se giró entre sus brazos y sonrió.

—¿Te refieres a esa cena romántica que me debes desde el año pasado?

Nick arrugó la nariz y asintió con un gesto de disculpa.

—Bueno, al menos entonces me hiciste un regalo —continuó ella. Nick bajó los ojos hasta el colgante que reposaba en su pecho—. Pero este año ni eso. ¿A qué esperas para dármelo?

—¿Y quién dice que tengo un regalo? —replicó él con los ojos en blanco.

—¡Oh, espero por tu bien que lo tengas! —repuso Novalie moviendo la cabeza de un lado a otro.

Nick soltó una carcajada y le plantó un beso en los labios, lento y profundo, cargado de pasión. La sensación y la intensidad del beso le arrancaron un gemido. Ella era todo su mundo, cuanto necesitaba. Su existencia era lo que le hacía sobrevivir, porque su corazón ya no era suyo, sino de ella. Novalie marcaba el ritmo de sus latidos.

—Demos la bienvenida al escenario al señor Nickolas Grieco, nuestro profesor —anunció uno de los músicos—. ¿Profesor? —insistió al ver que no aparecía.

—Creo que te llaman —dijo Novalie separándose de sus labios. Sus corazones latían sincronizados. Lo miró y observó sus preciosos ojos muy de cerca. Sonrió.

—Sí, eso parece.

—Deberías ir —le hizo notar al ver que continuaba sin moverse.

—Debería.

Nick la tomó de la mano y tiró de ella hasta la primera fila.

—No te muevas de aquí —le dijo antes de subir de un salto al escenario.

Cogió un micrófono y durante un par de segundos contempló la multitud. Después clavó sus ojos en Novalie y respiró hondo.

—Hola a todos —empezó a decir—. Os preguntaréis qué hago aquí arriba, porque nada de esto figura en el programa... —Se pasó una mano por el pelo, nervioso—. Pero esta noche es especial para mí. —Sacudió la cabeza—. Bueno, es especial para alguien muy importante para mí...

Los chicos empezaron a silbar y a aplaudir.

—Vale, vale... —rio Nick—. Hoy es el cumpleaños de una chica maravillosa, preciosa, inteligente..., de la que estoy completa y profundamente enamorado. Y que... ¡espero que aún quiera casarse conmigo después de esta encerrona! —bromeó, y le dedicó su sonrisa más inocente.

Los silbidos aumentaron de volumen.

Novalie hizo girar entre los dedos su precioso anillo de compromiso. Nick había cumplido su promesa. Un par de meses antes, después de haber pasado casi todo el verano viajando juntos por el país, la había llevado a navegar. En medio del océano, en una noche en calma, le había pedido de nuevo que se casara con él, porque solo concebía un futuro en el que estuvieran juntos y para siempre. Aún recordaba cada palabra de su declaración, y no pudo evitar que unas estúpidas lágrimas de felicidad se derramaran por su cara.

Todo el mundo la observaba. Notó que se ruborizaba y se prometió que iba a matar a Nick después de aquello. Él continuaba mirándola, con tanto amor que podía palparlo, y las lágrimas se convirtieron en un torrente.

—Si hoy estoy aquí, es gracias a ti —continuó Nick. Todo desapareció, la gente, el ruido, y solo quedó ella—. Me ayudaste a hallar mi camino, mi lugar. Estaba perdido y tú me encontraste. Es tanto lo que debo agradecerte que una vida entera no me bastaría para lograrlo. Nunca he vivido como ahora contigo. Me haces sentir completo. Tú lo eres todo para mí, el aire, la sangre, el corazón... Te quiero, Novalie, con toda mi alma. Te has convertido en mi pasado, mi presente y mi futuro. Porque, cuando intento imaginar mi vida dentro de cuarenta años, solo te veo a ti. Tú eres todo lo que podría soñar y mucho más. Tú eres mi constante.

El público se había quedado en silencio. Novalie esbozó una enorme sonrisa que logró detener las lágrimas que pugnaban por seguir derramándose. Para ella Nick también era todo su mundo. Movió los labios en silencio:

—Te quiero.

Nick sonrió. No dejaba de sorprenderle el alivio que sentía cada vez que escuchaba esas palabras de su boca.

—Me has pedido un regalo de cumpleaños —dijo él.

Novalie asintió casi sin aliento.

Nick cogió una guitarra y se la colgó del hombro. Esa iba a ser la primera vez que la tocaría en público, y, lo más importante, la primera vez que reunía el valor para interpretar un tema compuesto por él delante de otras personas.

Y no era un tema cualquiera. Era la banda sonora de sus vidas.

Así sonaban sus sentimientos por Novalie: el ritmo de su corazón cuando la observaba bailando por casa; la escala dulce y apremiante de su deseo por ella; la afinación perfecta de cada promesa de futuro; los acordes de un amor que perdurarían más allá del tiempo.

Se volvió hacia la banda.

—Bien, chicos. Una canción para Novalie.

Agradecimientos

En primer lugar, quiero darle las gracias a mi editora y a todas las personas que dentro de Titania han hecho posible que esta novela esté ahora en tus manos. ¡Habéis hecho mis sueños realidad!

A mis hijas. Me hacéis sonreír siempre y sois el mayor logro de mi vida. Os quiero a rabiar.

Le debo muchísimo a mis Manzanitas. No sé qué sería de mí sin ellas: Nazareth, Yuliss y Tamara, porque seguís recordándome que la amistad es desinteresada y para siempre. A Raquel Cruz, Victoria Vílchez, Cristina Más y Marta Fernández, gracias por vuestra infinita paciencia y por ser tan comprensivas cuando me pongo melodramática.

A Daniel Ojeda, María Cabal y Laia Soler. Os adoro.

Virginia Sobreira, gracias por esos mensajes de ánimo.

A Pat Casalá, Bea Magaña, Rocío Carralón y Julia Ortega. No os olvido.

A mis chicas de #YoLeoNewAdult. Sois maravillosas y admiro vuestro talento.

Gracias a mis Cruzadoras de Límites, por hacerme reír cuando más lo necesito.

A mis amigos y familia, que me han apoyado incondicionalmente en toda esta locura. Siempre vuelvo, y lo sabéis.

No hay palabras para expresar la gratitud que debo a todos los lectores, *bloggers* y personas que me seguís a través de las redes sociales. Nunca dejáis de sorprenderme con vuestro cariño y vuestro apoyo. Siempre estáis ahí y nos hemos convertido en una familia. De no ser por vosotros, mis historias no serían gran cosa. Vosotros sois la razón por la que escribo, y nunca podré agradecéroslo lo suficiente. ¡Os quiero!